Sie sind eine Dynastie von hervorragenden Waffenschmieden. Die Kunst, Erze zu schmelzen und Metalle zu formen, die die »Kinder des Löwen« meisterlich beherrschen, ist begehrt bei Fürsten und Händlern der alten Welt des Vorderen Orients. Aber von Anbeginn der Zeiten sind die Kinder des Löwen zu einem unruhigen Wanderschicksal verdammt.

Ihre Geschichte ist legendär. Sie berichtet von Selbstbehauptung in einer feindlichen Umwelt, von Liebe, Kampf und Verrat. An den Lagerfeuern des Orients wird sie in langen Wüstennächten von begabten Erzählern vor einer gebannt lauschenden Zuhörerschaft rezitiert: Wie Belsunu, der Meisterschmied aus Ur, sein Leben lang nach seinem in die babylonische Sklaverei verkauften Sohn Ahuni gesucht hat und wie er in der Wüste Negeb dem Patriarchen Abraham begegnete und an dessen Eroberung Kanaans teilnahm. Seit jener Zeit verbindet sich das Schicksal der Kinder des Löwen mit dem von Abrahams Sippe. Die Geschichtenerzähler berichten von Ahunis Liebe zu der ägyptischen Sklavin Schepset, der ein Sohn, Kirta mit Namen, entsprang.

Kirta, ein Meisterschmied wie seine Vorväter, lebt mit seiner Familie in Haran, einer Stadt im Norden Mesopotamiens. Dort ist auch Abrahams Enkel Jakob aus Kanaan um seiner großen Liebe Rahel willen hingezogen. Immer wieder kreuzen sich die Wege von Mitgliedern der beiden Familien. Doch Kirta läßt die Seinen im Stich. Einem inneren Ruf folgend, hat er sich aufgemacht, um das Geheimnis des dunklen Metalls zu ergründen: die Kenntnis von der Gewinnung des Eisens wäre für einen Schmied der Bronzezeit eine Fertigkeit von unschätzbarem Wert. Nach jahrelanger Irrfahrt landet er schließlich auf Kreta, der Insel der Göttin.

Peter Danielson stammt aus dem amerikanischen Süden und ließ sich nach seinem Militärdienst mit seiner Familie in Kalifornien nieder. Erste schriftstellerische Arbeiten entstanden neben seiner Tätigkeit als Journalist. Dann wandte sich Danielson jedoch zunächst einer ganz anderen Tätigkeit zu, machte sozusagen sein Hobby als Musiker zum Beruf und arbeitete fünfzehn Jahre lang als Musikmanager. Erst nach dem Ende dieser zeitraubenden Tätigkeit wurde er vollends zum Autor und schuf die mehrbändige Chronik der »Kinder des Löwen«.

Der erste Band dieser Chronik erschien unter dem Titel: »Im Zeichen des Löwen« (Bd. 14348) und der dritte Teil unter dem Titel »Die Nomadenkönige« (Bd. 14672, April 2000). Die Saga wird fortgesetzt.

Unsere Adresse im Internet: www.fischer-tb.de

Peter Danielson

Die Insel der Göttin

Roman

Aus dem Amerikanischen
von Brigitte Gruss

Fischer Taschenbuch Verlag

Deutsche Erstausgabe
Veröffentlicht im Fischer Taschenbuch Verlag GmbH,
Frankfurt am Main, Februar 2000

Dieses Buch erschien 1981 zusammen mit
›Die Nomadenkönige‹ als amerikanische Originalausgabe
unter dem Titel ›The Shepherd Kings‹
im Verlag Bantam Books, New York

Published by Arrangement with Book Creations, Inc.
Für die deutschsprachige Ausgabe:

Satz: Fotosatz Otto Gutfreund GmbH, Darmstadt
Druck und Bindung: Clausen & Bosse, Leck
Printed in Germany
ISBN 3-596-14349-7

Die Insel der Göttin

Die Länder
der Kinder des Löwen
Land
Lykien
Knossos
Kreta
Zypern
Das Große Meer
(Mittelmeer)
Sile
Ägypten
Nil

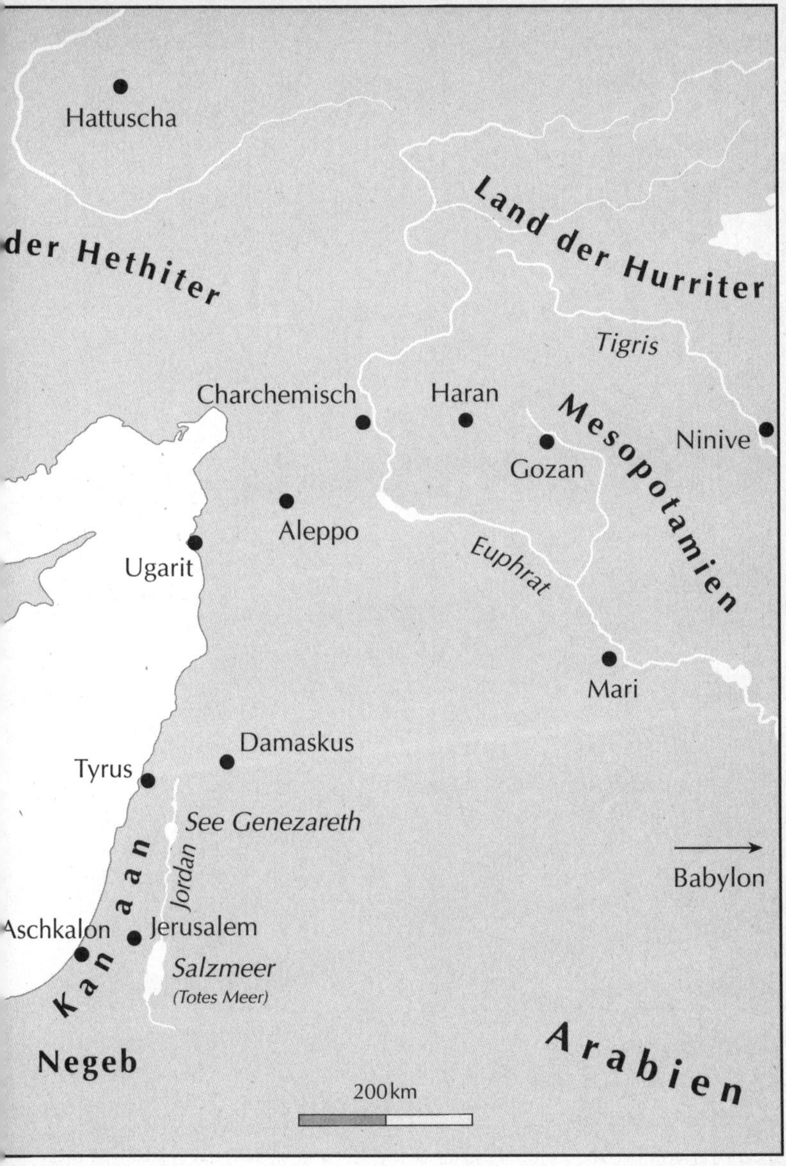

Hattuscha
der Hethiter
Land der Hurriter
Tigris
Charchemisch
Haran
Mesopotamien
Ninive
Gozan
Aleppo
Ugarit
Euphrat
Mari
Damaskus
Tyrus
See Genezareth
Jordan
Kanaan
Babylon
Aschkalon
Jerusalem
Salzmeer
(Totes Meer)
Arabien
Negeb
200 km

Verzeichnis der wichtigsten Personen

Anat	Ehefrau von Schobai
Danataja	Dienstmagd aus Haran
Hadad	Ein ›Kind des Löwen‹ – jüngerer Sohn von Kirta
Jakob	Enkel von Abraham; Oberhaupt der kanaanitischen Sippe in Haran
Karakin	König der Könige unter den Nomaden
Khalkeus	Kretischer Name von Kirta
Kirta	Ein ›Kind des Löwen‹ – Sohn von Ahuni und Enkel von Belsunu
Lea	Erste Ehefrau von Jakob
Lukios	Sklave von Xena
Manuk	Ein Anführer nomadischer Krieger und Kundschafter
Nikos	Sklave von Kirta auf Kreta
Oschijahu	Stadtkommandant von Haran
Rahel	Zweite Ehefrau von Jakob
Reschef	Offizier der haranischen Truppen
Schobai	Ein ›Kind des Löwen‹ – älterer Sohn von Kirta
Tallai	Ehefrau von Kirta; Mutter von Schobai und Hadad
Xena	Kretische Prinzessin; Tochter des Minos und Hohepriesterin der Großen Göttin
Der Geschichtenerzähler	Bewahrer der Legende von den ›Kindern des Löwen

Prolog

Das Lagerfeuer war niedergebrannt. Die Glut spendete zwar noch Wärme, aber kaum noch Licht. Als Lichtquelle für die um die Feuerstelle versammelten Menschen hatte jemand Lappen in Tierfett getaucht, sie an Holzstangen im Sand befestigt und angezündet. Die Flammen dieser beiden Fackeln loderten hell im Abendwind, als plötzlich und unbemerkt der Geschichtenerzähler auftauchte.

In der Menge erhob sich ein erwartungsvolles Murmeln. Es schwoll an, als der große, hagere Mann sich neben der Feuersglut niederließ, und verklang dann wieder. Die Augen des alten Mannes lagen tief in ihren Höhlen, aber er hatte den stechenden Blick eines Raubvogels. Ruhig musterte er die gespannten Gesichter seiner Zuhörer. Seine Wangen schienen zu glühen im Licht der erlöschenden Flammen.

Erneut erhob sich das Gemurmel – und verklang in dem Augenblick, als der Alte die Hand hob und, über die Köpfe seiner Zuhörer hinweg, die ersten Worte sprach: »Im Namen Gottes, des Barmherzigen, der voll des Mitleids ist...«

Er hatte ihre Aufmerksamkeit gewonnen, aber er wollte mehr. Er wollte ihre Herzen und ihre Seelen. »So hört die Geschichten der Kinder des Löwen!« fuhr er fort. »Hört von den Männern ohne Volk und von ihren endlosen, unermüdlichen Wanderungen durch die Länder der Erde.«

Er machte eine kurze Pause; seine Zuhörer seufzten erwartungsvoll. Dann, mit einer weiteren kleinen Handbewegung, brachte er wie durch Zauberkraft jeden Ton zum Verstummen.

»Ihr habt von dem großen Waffenschmied Ahuni gehört, dem Sohn von Belsunu aus Ur. Er war ein Kind des Löwen und ein Freund des großen Königs und Vaters seines Volkes Abraham, der die Verehrung des Einen Wahren Gottes nach Kanaan gebracht hatte. Ihr habt von Ahunis Liebe zu seiner Frau Schepset gehört. Schepset, die einst eine Sklavin in Ägypten war und die ihm einen Sohn gebar, Kirta mit Namen.

Hört also, daß Kirta, der Sohn des Ahuni, zum Mann heranwuchs, zu einem Mann mit starkem Geist und rastlosem Herzen, der heiratete und zwei Söhne zeugte. Auch sie waren Kinder des Löwen, aber so verschieden voneinander wie Tag und Nacht. Ahuni und Schepset starben in einem furchtbaren Sturm auf hoher See, und bis zum Ende blieb ihre Liebe zueinander unerschütterlich. Kirta, ihr Sohn, suchte Wissen. Er ließ Frau und Kinder in Haran zurück. Von einem dunklen, aber leidenschaftlichen Glauben an seine Bestimmung getrieben, machte er sich auf die Suche nach den Geheimnissen der Erde. Die Gewinnung eines kostbaren Erzes, des dunklen Metalls, das härter ist als alles, was die Welt bisher gesehen hatte, war sein Ziel.«

Immer kraftvoller wurde die Stimme des Alten, als er weitererzählte. »Jetzt hört von der Zeit, als Zwist und Hader die Nachkommen des Abraham entzweit hatten, als sein Enkelsohn Jakob, der König von Kanaan, als Knecht seines Schwiegervaters Laban in einem fremden Land lebte, eben in Haran, im Norden des Landes der zwei Ströme, weit fort von seinem Volk und vom heiligen Land seiner Väter.

Hört von der Zeit, als die Söhne des Kirta, die vaterlos in Haran zurückgeblieben waren, als Brüder aufwuchsen, aber einander keine Brüder waren. Der eine war reich, der andere arm, der eine groß und stark, der andere klein und verkrüppelt. Der eine war reich an weltlichen Dingen, der andere war groß im Herzen.

Hört von der Zeit, als die Nomadenkönige, wandernde Viehzüchter und Krieger aus einem fernen Land, durch die Berge im Norden streiften, zahlreich wie die Heuschrecken, so daß kein König und keine Armee ihnen standhalten konnte, bis die Torheit eines weisen Mannes durch die Tapferkeit eines Feiglings wettgemacht wurde und der wirkliche König Kanaans nach Hause kam, um seinem Volk beizustehen und es zu verteidigen.

Hört von dem großen Krieg, der die Länder des Halbmonds erschütterte. Hört von den großartigen und schrecklichen Armeen der Nacht und von der zerlumpten Schar der Helden, die ihnen entgegentraten. So hört also«, seine Stimme war jetzt kraftvoll wie die eines jungen Mannes, »hört die Geschichte von Kirta und seinen Söhnen, allesamt Kinder des Löwen. Von Kirta, den ein blindes Schicksal durch viele Länder trieb, bis er als Sklave nach Kreta gelangte, auf die Insel der Großen Göttin …«

Kapitel 1

I

Der Wind hatte sich gedreht und trug den Rauch der brennenden Schiffe zum Kommandoschiff der Invasionstruppe. Das Schiff ankerte an der Innenseite der Mole unterhalb der soeben eroberten Festung am Eingang zur Halbmond-Bucht. Marineus, der Anführer der kretischen Angreifer, rieb sich den Rauch aus den Augen und blickte verbittert hinaus aufs Meer.

»Herr des Himmels«, fluchte er. Über das bewegte Wasser jenseits der Mole näherten sich rasch kretische Galeeren mit der Flagge des Hauses der Doppelaxt. Seufzend wandte er sich zum stellvertretenden Kommandanten neben ihm und meinte angewidert: »Wir bekommen Gesellschaft, Tulisios. Niemand Geringeres als die königliche Flotte!«

Mit unbewegtem Gesicht versuchte Tulisios in dem Rauch etwas zu erkennen. »Richtig. Aber warum, Herr? Wer?«

»Wenn ich das nur wüßte! Vermutlich einer oder mehrere von den verwöhnten Gecken, die sich um Minos scharen. Sie tauchen gerade rechtzeitig auf, um sich am Ruhm einer bereits gewonnenen Schlacht zu beteiligen.« Marineus war wütend. »Wir haben die Flotte versenkt, die Befestigungsanlagen an der Mole gestürmt, und die Besatzung unserer sechs Galeeren dringt gerade in die Stadt vor. Und diesen Augenblick sucht sich einer von Minos' Schönlingen aus, um hier aufzutauchen! Ich höre schon die Geschichten, die sie in Knossos erzählen werden.«

»Wie recht Ihr habt!« pflichtete Tulisios ihm bei. »›Ihr hättet dabeisein sollen, als wir Ruso einnahmen!‹ werden sie sagen! Wir!«

»So wird es sein!« Marineus wandte sich den brennenden Schiffen in der Bucht zu. Der Rauch hatte sich geteilt und gab den Blick auf die Stadt und die Galeeren frei. Er konnte noch vereinzelt Zweikämpfe vor den Stadtmauern erkennen. »Noch ehe wir wieder auf See sind, werden sie bereits ihre Version über den Verlauf der Schlacht in Umlauf gebracht haben. Du und ich und unsere Hauptleute werden darin kaum vorkommen.«

»Moment. Ich sehe noch etwas unter dem Zeichen der Axt.«

Marineus starrte durch den abziehenden Rauch. »He! Du hast recht! Bei allen Göttern! Es ist wirklich ihr Schiff! Ihre Heiligkeit persönlich. Die Inkarnation der Göttin, habe ich recht?« Er fluchte und spuckte in die Wellen. »Gerade habe ich mich gefragt, was es Schlimmeres gibt als drei Schiffe mit müßigen Schwiegersöhnen von Minos' Höflingen. Jetzt weiß ich es.«

»Vielleicht ist sie nicht an Bord, Herr.«

»Das glaube ich nicht! Kannst du dir vorstellen, warum sie hier ist?«

»Ich denke schon, Herr.«

»Ich auch! Es geht um ihren Liebling! Sie muß sich um ihn kümmern, als wäre er ihr Sohn und nicht ihr Geliebter!«

»Er ist kein übler Kerl, Herr. Wirklich nicht.«

»Nein, das stimmt«, erwiderte Marineus mürrisch. »Ich mache ihm auch keinen Vorwurf. Es ist nicht seine Schuld. Ich weiß nicht, was ich täte, wenn ich an seiner Stelle wäre. Der arme Kerl! Sie ist die Inkarnation der Göttin *und* Tochter des Minos! Und wenn man bedenkt, wie er überhaupt in das Haus des Königs gekommen ist! Er hatte von Anfang an einen schweren Stand.«

Die beiden Männer tauschten verständnisvolle Blicke.

»Wo ist dieser Khalkeus überhaupt?« wollte Marineus dann wissen.

»Ich dachte, Ihr wüßtet es, Herr. Er wechselte auf das zweite Landeboot, nein, auf das dritte, als wir vor der Insel in Position gingen. Seither habe ich ihn nicht gesehen.«

Marineus seufzte ergeben. »Ja, richtig! Ich weiß natürlich, was er auf der Insel vorhat.«

»Er will Turios von Tyros finden, den Zauberer und Alchimisten.«

»Ganz recht! Selbstverständlich wird Khalkeus wieder unbewaffnet an Land gehen. Nicht einmal ein Kurzschwert wird er mitnehmen! Er tut immer so, als bestünde nicht die geringste Gefahr. Aber wenn ihm doch einmal etwas zustößt, dann wird sie uns zur Rechenschaft ziehen!«

»Da habt Ihr recht. Aber er ist wirklich sehr tapfer.«

»Das ist es ja gerade! Weißt du noch, wie wir damals diese ägyptische Stadt einnahmen? Wie hieß sie doch gleich? Egal, es spielt keine Rolle. Er wollte unbedingt in die Schmiede, bevor ein anderer etwas zerstört. Aber eigentlich kann ich ihn ja verstehen. Er ist eben ein Künstler auf seinem Gebiet.«

»Aber warum er unbedingt ihr den Kopf verdrehen mußte, weiß ich nicht! Er hätte sich doch auch eine andere aussuchen können.«

»Du sagst es!« Marineus blickte zu den Schiffen hinüber, die langsam näher kamen. Die erste Galeere drehte gerade an der Längsseite des Kommandoschiffes bei. »Hier ist sie also! Und sie kommt nicht als Würdenträgerin ihres Amtes, sondern wie eine Privatperson!«

Xena stand unter einem bunt bemalten Baldachin hinter den Ruderern. Sie war die Tochter des derzeitigen Minos, des Königs von Kreta, und Hohepriesterin der Großen Göttin. Wie Marineus richtig bemerkt hatte, trug sie nicht die Robe einer Priesterin der Großen Göttin, sondern war gekleidet, wie es unter den hochgestellten Damen am Hof des Minos üblich war: Sie trug einen Volantrock und eine offene Jacke, die ihre vollen Brüste entblößte. Die Brustwarzen waren mit Henna gefärbt, ebenso die Sohlen ihrer zierlichen bloßen Füße. Dennoch war wegen ihres Ranges ein Teppich an Deck ausgebreitet worden. Dort stand sie jetzt und blickte zu Marineus hinauf.

Sie verschwendete keine Worte. »Khalkeus!« rief sie laut. Ihre Stimme war so durchdringend, daß sie sogar den Schlachtenlärm in der Ferne übertönte. »Wo ist Khalkeus?«

Marineus brüllte einen Befehl. Ein Matrose trat vor und ließ eine Strickleiter zu dem kleineren Schiff hinunter. Der Kommandant wandte sich wieder Xena zu. »Er war auf dem dritten Landeboot, Herrin«, antwortete er unbewegt.

Sie hatte die Leiter ergriffen und kletterte daran hoch. Mit funkelnden Augen betrat sie das Deck von Marineus' Schiff. »Ihr seid ein Narr!« Ihre Stimme klang messerscharf. »Ihr seid ein hirnloser, elender Narr! Habt Ihr geglaubt, ich würde es nicht erfahren? Habt Ihr das wirklich geglaubt?«

Marineus blieb äußerlich ruhig. Nur seinen Augen merkte man an, daß er nahe daran war, die Beherrschung zu verlieren.

»Herrin«, begann er in gepreßtem Ton. »Der ehrenwerte Khalkeus ist sein eigener Herr. Er ist erwachsen und trifft seine eigenen Entscheidungen.«

»Hört auf damit!« Sie war nur halb so groß wie Marineus, doch das hinderte sie nicht daran, ihn voller Verachtung anzusehen. »Ihr seid der Kommandant. Jeder einzelne auf den beteiligten Schiffen hat Euren Befehlen zu folgen. Warum habt Ihr ihm nicht befohlen zu bleiben?«

Marineus war wütend. Mit ihrem wunderschönen Gesicht und ihren nackten Brüsten wirkte sie auf ihn wie eine Harpyie oder eine Gorgo. »Gut, daß Ihr mich daran erinnert, Herrin«, erwiderte er eisig. »Ich bin der Kommandant, und das trifft auch auf die augenblickliche Situation zu. Wenn ich es für richtig halte, daß Khalkeus mit an Land geht, um wertvolle militärische Geheimnisse sicherzustellen, ehe sie von den Verteidigern der Stadt zerstört werden können...« Marineus brach mitten im Satz ab, als Xena ihn mit ihren dunklen, beinahe schwarzen Augen durchdringend ansah. Sein Hals war plötzlich wie ausgetrocknet, und er war unfähig weiterzusprechen. Für einen Moment verschlug es ihm den Atem. Die Göttin, dachte er. Sogar jetzt besitzt sie die Kraft der Göttin.

Sie lächelte in grausamem Triumph. »Ihr fordert mich also heraus? Vielleicht steht Euch der Sinn nach einem kleinen Schlaganfall?« flüsterte sie. »Eine Lähmung Eurer rechten Seite? Oder was haltet Ihr von zeitweiliger Impotenz? Ihr könnt es Euch aussuchen! Die Göttin erfüllt Euch den Wunsch bestimmt, wenn ich für Euch bitte.«

»Nein, nein«, würgte Marineus hervor. »Bitte, ich wollte Euch nicht verärgern.«

Und dann war der Bann, mit dem sie ihn belegt hatte, wieder gebrochen. Marineus fühlte sich schwach wie ein krankes Kind und tastete zitternd nach der Reling. Tulisios kam ihm zu Hilfe und stützte ihn. Entsetzen stand in seinen Augen. Xena kletterte unterdessen zurück auf ihr Schiff, wo sie ihrer Mannschaft Kommandos zurief.

Der haar- und bartlose Lukios hatte die Arme vor seiner fetten Brust verschränkt und grinste die Inkarnation der Großen Göttin boshaft an. Außer seinen Schuhen trug er nur einen losen Lendenschurz, über dem sein widerlicher Bauch hervorquoll. Xena blickte finster zu Marineus' Männern hinüber. »Wollt Ihr ihn wirklich an Land verfolgen?«

»Warum denn nicht?« erwiderte Xena eisig. »Du wirst schon sehen!«

»Ihr wißt, was Euer Vater dazu sagt«, erwiderte der Eunuch. »Was ist, wenn man Euch gefangennimmt? Was dann?«

»Niemand wird mich gefangennehmen.« Sie beobachtete die Matrosen, die sich mit dem eingezogenen Segel plagten.

»Vielleicht ist das Euer heimlicher Wunschtraum! Stellt Euch vor, Ihr fallt den Grobianen auf diesen barbarischen Inseln in die Hände!« Der Eunuch verdrehte die Augen und schüttelte sich vor Vergnügen. »Ein köstlicher Gedanke! Dabei fallen mir meine Erlebnisse als Junge in Lykien ein!«

»Behalte Deine Erinnerungen für dich«, befahl Xena gereizt. »Ihr da oben! Rudern! Rudern!«

Der Trommler nahm seinen Platz ein und begann den Takt für die Sklaven zu schlagen. Die nackten Männer an den Rudern legten sich mächtig in die Riemen. Lukios beobachtete den Ruderslaven am äußersten Ende auf der Steuerbordseite und lächelte anerkennend. »Ich kann Euch nicht daran hindern, wenn Ihr unbedingt einen Streit anfangen wollt. Aber ich werde Euch in dieser Angelegenheit bestimmt nicht unterstützen. Ihr behandelt ihn vollkommen falsch!«

Xena sah auf. Zum ersten Mal zeigte sie Gefühl. »Falsch?« fragte sie, und ihre aggressive Haltung schien wie weggeblasen.

Lukios sah sie nicht an. Sein Blick ruhte immer noch auf dem Ruderer mit der breiten Brust und den muskulösen Armen. »Ja, Ihr behandelt ihn falsch. Und wißt Ihr auch, warum? Weil Ihr in Wirklichkeit nichts von Männern versteht.«

»Aber ...«

»Ihr versteht gar nichts. Männer mögen es nicht, wenn sie am Gängelband geführt werden. Das gefällt keinem Mann.« Er hielt in seinem Singsang inne und sah sie aufmerksam an. »Einem Mann wie Khalkeus gefällt das schon gar nicht. Er hat seinen eigenen Kopf. Er ist rastlos und geht den Dingen auf den Grund. Habt Ihr mir nicht erzählt, er sei auf der Suche nach irgendeiner alchimistischen Formel und habe deshalb eine Frau und zwei Kinder verlassen, obwohl er sie sehr gern hatte?«

»Das schon.« Xena zögerte. Lukios kam mit seinen Vermutungen der Wahrheit sehr nahe, und sie hatte ihm nichts entgegenzuhalten. »Aber das ist lange her.«

»Ach, mein Kind!« entgegnete der Eunuch sanft. »Ein solcher Mann ändert sich doch nicht! Glaubt mir! Wenn Ihr vernünftig seid, laßt Ihr ihm seinen eigenen Kopf. Für Männer wie ihn ist das beste Gefängnis überhaupt kein Gefängnis.«

»Gefängnis?« fragte Xena gereizt. »Wer redet von Gefängnis? Ich war es doch, die ihn befreit hat. Er war ein Sklave im Haus meines Vaters.«

»Ja, ja, schon gut. Kommt mir nicht mit diesem Unsinn. Ihr habt ihm die Ketten von den Füßen gelöst und ihm dafür andere Fesseln angelegt. Jetzt ist er Euch verpflichtet, und das haßt er.«

»Er haßt es? Meinst du wirklich?«

»Ich sage nicht, daß er Euch haßt. Er liebt Euch, sosehr ein Mann wie er eben lieben kann; aber er hat auch andere Dinge im Kopf als Frauen. Glaubt mir, er würde Euch noch viel mehr lieben, wenn Ihr ihm einfach mehr Freiraum lassen würdet. Statt dessen kommandiert Ihr ihn herum.«

Mittlerweile hatten die Ruderer einen gemeinsamen Rhythmus gefunden, und der Trommler erhöhte das Tempo. »Anhalten!« befahl Xena schroff. Der Trommler verlangsamte das Tempo. »Ruder einlegen! Ankern!« Die Mannschaft folgte verwirrt dem Befehl. Der Trommler blickte kurz in die Richtung, dann legte er seine Stöckchen beiseite.

»Ah! Ihr wollt also Vernunft annehmen!«

»Du hast recht«, pflichtete Xena dem Eunuchen bei. »Es gab immer wieder Streit, wenn ich mich so aufgeführt habe wie eben gerade.«

»Natürlich. Ihr solltet öfter auf mich hören. Ihr würdet Euch selbst viel besser kennenlernen!«

Wie ein entmutigtes Kind stand sie vor ihm, als warte sie auf Anweisungen. »Ich höre, Lukios. Sprich bitte weiter!«

»Wenn Ihr noch einmal lieb bitte sagt! Aber so seid Ihr eben. Als ich Euch das letzte Mal etwas gesagt habe, nanntet Ihr mich unverschämt und habt mir gedroht, mich auspeitschen zu lassen.« Aus seiner gespielten Gereiztheit war wirklicher Ärger geworden.

»Bitte, Lukios!«

»Also gut. Beim letzten Mal hättet Ihr ihn fast verloren. Er hätte Euch beinahe verlassen. In einem kretischen Hafen hatte er einen Kapitän kennengelernt, und er war entschlossen, ein kleines Boot zu stehlen, nachts hinauszurudern und als Waffenmeister anzuheuern. Er fühlte sich regelrecht erstickt von Eurer Allgegenwart. In letzter Minute ist er wieder schwach geworden. Er liebt Euch wirklich.«

»Er liebt auch das Geld meines Vaters, seine Macht, den Schutz, den ihm der Hof bietet, und die unbegrenzten Mittel, die ihm für seine Experimente zur Verfügung stehen.« In ihrer Stimme schwang ein Anflug von Verbitterung mit.

»Männer, die von etwas besessen sind, so wie er davon besessen ist, ein neues Metall zu entdecken, verlieren ihr Ziel nie ganz aus den Augen. Aber Ihr dürft Euch trotzdem nicht unterschätzen!«

»Lukios! Lüg mich nicht an! Schmeichle mir nicht!«

Lukios sah wieder hinüber zu den Ruderern, und sein Blick verweilte bei dem Sklaven an der Steuerbordseite. »Ich schmeichle Euch nie«, fuhr er fort, ohne den Sklaven aus den Augen zu lassen. »Im Gegenteil; meistens bin ich eher unverschämt. Khalkeus und ich sind die einzigen Menschen, die Ihr nicht mit Eurem Zauber belegen könnt und die keine Angst vor Euch haben. Deshalb können wir uns auch so viel erlauben, und ich glaube, das gefällt Euch sogar. Ihr zieht mich mehr ins Vertrauen als eine Freundin. Eine Frau hätte es auf Eure Stellung als Priesterin abgesehen ...«

»Lukios!«

»Natürlich wäre es so! Oder sie hätte ein Auge auf Khalkeus geworfen. Bei mir braucht Ihr Euch in keiner Beziehung Sorgen zu machen. Die Göttin hat für einen Kerl wie mich, den man gestutzt hat, keine Verwendung. Und was Khalkeus angeht, der ist mir ein wenig zu kühl. Nicht mein Typ. Sein Sklave Nikos, das ist etwas anderes, aber Khalkeus? Nein!«

»Also, was rätst du mir? Was soll ich jetzt machen?«

»Er wird schon nicht in Schwierigkeiten geraten. Laßt ihn einfach gewähren, und bereitet ein Siegesfest vor.« Er lächelte dem großen Ruderer geziert zu. »Gebt ein Fest! Nach der Schlacht werden alle gerne feiern, meint Ihr nicht? Khalkeus wird hier finden, was er sucht, und er wird zufrieden sein.«

»Lukios! Ich weiß nicht, was ich ohne dich täte!« Xena wollte den dicken Eunuchen umarmen, aber er verdrehte die Augen und wich ihrer Berührung aus. »Was willst du zur Belohnung? Wünsche dir etwas!«

Lukios lächelte, ohne den Ruderer aus den Augen zu lassen, der seine langen Beine ausstreckte, um ihre wohlgefällige Form besser zur Geltung zu bringen. »Es wird mir schon etwas einfallen«, meinte er bescheiden.

II

Khalkeus kam an eine Querstraße. Unter dem massiven hölzernen Türbogen eines dicken Gemäuers kämpften drei tapfere Verteidiger der kleinen Stadt gegen ein paar kretische Soldaten. Khalkeus beobachtete sie eine Weile, bevor er sich gleichmütig abwandte. »Nein, da geht es nicht weiter«, sagte er zu seinem Sklaven Nikos. »Wir versuchen in der kleinen Gasse hier weiterzukommen!« Nikos, der sein Schwert kampfbereit in der Hand hielt, blickte nach oben. Über ihnen schlugen die Flammen aus einer Fensteröffnung im ersten Stock. Eine Frau schrie laut und durchdringend.

»In Ordnung, Herr. Aber laßt mich bitte vorangehen! Oder ich muß Euch eine Waffe beschaffen.«

»Dafür ist Zeit genug, wenn wir in Schwierigkeiten geraten«, antwortete Khalkeus trocken. »Ich bin Waffenschmied und niemandes Waffenbruder. Aber wenn du darauf bestehst, dann geh ruhig vor!«

»In Ordnung, Herr!« antwortete Nikos. Mit seiner lebhaften Art wirkte er jünger als der vierzigjährige Khalkeus, obwohl die beiden etwa gleich alt waren. »Ich schaue nur eben vorsichtig um die Ecke.« Mit gezogenem Schwert ging er langsam weiter. »Hier geht es, Herr. Hier sind unsere Truppen schon gewesen. Gebt acht, wohin Ihr tretet!«

Khalkeus nickte. Dann bückte er sich, ging unter einem niedrigen Torbogen hindurch und folgte dem Sklaven. Sehr interessant, dachte er. Für eine kleine Stadt erstaunlich modern. Hinter dem Tor trat er auf eine Straße und folgte Nikos langsam über eine breite Treppe in die Oberstadt. Dabei fielen ihm die gut durchdachten Regenabflüsse auf, die während der Regenzeit die herabstürzenden Wassermassen ableiten sollten. »Bewundernswert«, murmelte er. Hier war ein kluger Kopf am Werk gewesen. Wer mochte es gewesen sein? Turios von Tyros? Vielleicht. Der Mann war als Ingenieur ebenso genial wie als Schmied. Schade, daß er in einer so unbedeutenden Stadt arbeitete. Mit seiner Begabung könnte er viel bewirken, wenn die Macht und der Reichtum des Minos von Kreta hinter ihm stünden!

Khalkeus war so in Gedanken versunken, daß er am Ende der Treppe weit hinter Nikos zurückgeblieben war. Da stürzte plötzlich aus einer dunklen Ecke ein Mann mit einem Messer auf Khalkeus zu. Der wich behende aus, machte einen Schritt zurück und bückte sich. Dabei schob er die Tunika über die Schulter zurück, um seinen muskulösen Armen mehr Spielraum zu geben.

Der Angreifer hatte über einem Auge eine blutende Wunde, die sein Sehvermögen deutlich beeinträchtigte. Trotzdem schien er zum äußersten entschlossen. »Du kretische Ratte!« schrie er und stürzte sich auf seinen Gegner. Khalkeus wich ihm abermals aus und tänzelte außerhalb der Reichweite seines Gegners hin und her. »Bleib stehen, du Säuglingsmörder, du verdammter!« schrie der andere.

»Ich bin nicht bewaffnet!« rief Khalkeus. »Ich bin Waffenschmied. Waffenschmiede kämpfen nicht. Sie bringen keine Säuglinge um und keine Frauen. Geht Eurer Wege, mein Freund. Am Fuß der Treppe können ein paar Eurer Freunde Hilfe gebrauchen.« Doch der Mann schien ihn nicht zu hören. Er fuchtelte mit seinem Messer herum und stieß schließlich zu. Hätte er besser gezielt, hätte er Khalkeus im Gesicht getroffen. Aber mit dem einen Auge berechnete er die Entfernung falsch, und Khalkeus konnte ihm ohne Mühe ausweichen. »Ihr Hurensöhne! Ihr habt meine Frau und mein Kind getötet. Meinen kleinen Sohn habt ihr umgebracht! Er war erst vier Jahre alt!«

Khalkeus wurde von Mitleid gepackt. Armer Teufel, dachte er. Er kann an nichts anderes mehr denken. »Verschwindet,

Freund«, rief er. »Verschwindet, solange es noch geht. Jetzt könnt Ihr vielleicht noch in die Hügel entkommen. Bei den Göttern, geht! Ich werde Euch nicht verraten. Ich bin auch ein Vater!«

Im selben Moment spürte er, wie falsch und unaufrichtig das klang. Vater? Der ziehende Schmerz, der ihm in jüngster Zeit nur allzu vertraut geworden war, machte sich wieder bemerkbar. Was für ein Vater war er denn?

»Khalkeus!« rief Nikos vom schmalen, überdachten Gang oberhalb der Treppe. »Kommt ihm nicht zu nahe!« Mit tänzelnden Schritten entfernte sich Khalkeus von der Treppe. Er wagte einen kurzen Blick zur Seite und sah, wie Nikos mit erhobenem Schwert angelaufen kam. Mittlerweile war es ihm gelungen, seinen Gegner in eine ungeschützte Position am oberen Ende der langen Treppe zu bringen, wo es für Nikos ein leichtes wäre, ihn zu Fall zu bringen und in die Tiefe zu stürzen.

Aber Khalkeus hatte Mitleid mit dem Mann. Ungeduldig und zornig über seine eigene Schwäche schüttelte er den Kopf. Mit der bloßen Hand täuschte er blitzschnell einen Angriff vor, drehte sich um, schwang ein Bein hoch und stieß so seinem verwundeten Gegner mit dem Fuß das Messer aus der Hand. Klirrend landete es auf den Steinen. »Jetzt lauft!« rief Khalkeus. »Verschwindet, solange noch Zeit ist!«

Aber die Verzweiflung hatte den Mann in den Wahnsinn getrieben und ihm den letzten Funken Vernunft geraubt. Mit einem wilden Aufschrei lief er über die Kante der Mauer und sprang in die Tiefe. Khalkeus hörte, wie er unten dumpf auf dem Boden aufprallte. Der Mann hatte nicht einmal mehr geschrien.

»Es tut mir leid, Herr«, sagte Nikos keuchend. »Es war meine Schuld. Ich bin zu weit vorausgegangen.«

»Es ist schon in Ordnung«, erwiderte Khalkeus. Kopfschüttelnd zeigte er auf die Stelle, wo der Mann in die Tiefe gestürzt war. »Der arme Teufel«, meinte er, und in seiner Stimme schwang ein für ihn untypisches Bedauern mit. »Hast du etwas gefunden?« wollte er dann wissen.

»Ich glaube ja. Wir befinden uns im richtigen Teil der Stadt. Ein Stück weiter stehen ein paar aneinandergebaute Häuser. Eines von diesen könnte es sein. Hier wurde noch nicht gekämpft. Meiner Meinung nach haben unsere Leute den Stadtteil bereits erobert. Jetzt wird nur noch aufgeräumt.«

»Ich verstehe«, antwortete Khalkeus. »Wir wollen uns das mal genauer ansehen!«

Inzwischen war in der Unterstadt in mehreren Häusern Feuer ausgebrochen. Die Häuser waren aus grob behauenen Steinblöcken gebaut, doch die Türen und die Rahmen der Fensteröffnungen waren ebenso aus Holz wie die Möbel. Die Fenster gingen alle zum Meer hinaus, damit der Seewind zur Kühlung in die Häuser hineinwehen konnte, aber jetzt fachte der Wind die Flammen in den brennenden Räumen nur noch mehr an. Schwarzer, stinkender Rauch verpestete die Luft. Nikos und Khalkeus hasteten eine steile, gewundene Straße hinauf, um in die Oberstadt zu gelangen. Immer wieder öffneten sie die Türen der Häuser, um einen Blick ins Innere zu werfen. Als sie kaum noch Luft bekamen, kauerten sie sich am Boden zusammen, wo der Rauch nicht so dick war und die Luft noch nicht ganz verbraucht. »Falls er wirklich hier ist, kann ich mir kaum vorstellen, daß er in diesem Rauch überlebt hat«, meinte Nikos keuchend.

»Aber wir müssen trotzdem versuchen, ihn zu finden, solange noch eine Chance besteht, daß er hier ist.« Khalkeus hustete und mußte sich über seine Schwäche ärgern.

»Ist es wirklich so wichtig, Herr?« fragte Nikos schwer atmend.

»Sollte es sich als unwichtig herausstellen, mein Freund, dann hätte ich mein Leben vergeudet. Ich glaube, daß ich der größten Erfindung auf der Spur bin, die je gemacht wurde. Und ich habe...« Wieder hustete er gequält. »Ich habe Grund zu der Annahme, daß Turios mir in der Sache voraus ist.«

Nikos sah seinen Herrn überrascht an, denn Khalkeus hatte ihn noch nie »Freund« genannt. In diesem Augenblick drehte der Wind. Ein kräftiger Windstoß blies den Rauch in eine andere Richtung, und die beiden Männer konnten sich aufrichten und wieder freier atmen.

»Ah, so ist es besser«, meinte Nikos erleichtert und holte tief Luft. Doch da begann Khalkeus plötzlich krampfhaft nach Luft zu ringen und sackte röchelnd in sich zusammen. Der Sklave schob sein Schwert in die Scheide, trat neben seinen Herrn und klopfte ihm kräftig auf den Rücken, bis es Khalkeus gelang, sich wieder aufzurichten. Mit aschfahlem Gesicht lehnte der Waffenschmied sich mit dem Rücken gegen eine Steinmauer. Er holte ein paarmal tief Luft, bevor er mit rauher Stimme murmelte: »Tut mir leid. Ich habe von meinem Großvater Belsunu eine schwache Lunge geerbt. Normalerweise habe ich damit keine Probleme, aber dieser elende Rauch hier ist einfach zuviel.« Er rang nach Luft und preßte eine Hand auf sein wild klopfendes Herz.

»Seid Ihr sicher, Herr, daß Ihr noch weiter suchen wollt?« fragte Nikos besorgt.

Khalkeus warf ihm einen eisigen Blick zu. »Natürlich. Selbst wenn ich heute abend an diesem Husten sterben sollte, würde das nichts daran ändern.« Er holte noch ein paarmal tief Luft. »Komm! Vielleicht finden wir Turios!«

Die ersten drei Häuser, deren Türen sie öffneten, standen leer. Als Nikos, der seinem Herrn ein paar Schritte voraus war, das vierte Tor öffnete und hineinblickte, winkte er Khalkeus zu. »Bei den Göttern!« rief er. »Hier liegt eine Frau, Herr! Ich glaube, sie lebt. Kommt, vielleicht können wir sie hinaustragen.«

Sie legten die Frau draußen auf dem Pflaster nieder, und sie öffnete kurz die Augen. »N-nein!« wimmerte sie erschrocken. »Nein, bitte ...«

Khalkeus beugte sich über sie. »Keine Angst, wir wollen dir nichts Böses. Wir sorgen für deine Sicherheit, wenn wir können. Aber wir suchen jemanden.«

Unruhig sah sie die beiden Männer an. Nikos blickte mitleidig drein, Khalkeus eher sachlich und nüchtern. Nach kurzem Zögern war sie offensichtlich überzeugt, daß keiner der Männer wie ein Mörder oder Vergewaltiger aussah. »Bitte, laßt mich gehen«, bat sie stöhnend.

»Gleich, meine Gute«, beschwichtigte Khalkeus die Frau. »Aber zuerst müssen wir jemanden finden. Der Mann heißt Turios von Tyros. Wenn du uns helfen kannst, werden wir versuchen, dich in Sicherheit zu bringen.«

»Turios?« fragte die Frau mit weit aufgerissenen Augen. »Ihr meint den Zauberer und Hexer?«

»Hexer?« wiederholte Khalkeus belustigt. »Nun ja, wenn du es so nennen willst. Den suche ich. Wenn ich ihn finde, kann ich ihn vielleicht vor den Horden der Angreifer schützen. Kannst du uns zu ihm führen? Bitte! Es ist sehr wichtig.«

Die Frau sah von einem zum anderen. »Turios? Ja, ich glaube schon, daß ich das kann. Aber bitte, laßt nicht zu, daß mir etwas geschieht. Ich habe gehört, wie sie meine Mutter unten im Hof gepackt haben, und habe mich versteckt. Wahrscheinlich bin ich durch den Rauch ohnmächtig geworden.«

»Wahrscheinlich.« Khalkeus' sachlicher Tonfall beruhigte die Frau. »Ich habe auch etwas von dem Rauch abgekriegt und hätte beinahe das Bewußtsein verloren. Aber jetzt hat der Wind gedreht, und es geht besser.« Khalkeus lächelte sie freundlich an. »Wir müssen Turios finden. Es ist sehr wichtig. Vielleicht kannst du uns sagen, wo er wohnt!«

Nikos half der Frau auf die Beine. Khalkeus betrachtete sie gleichgültig. Sie war vielleicht Mitte Zwanzig, doch ihr schmales Gesicht war unter der unbarmherzigen Inselsonne frühzeitig gealtert. Es war ein hartes Leben, wollte man dem trockenen Boden und der See das Notwendigste zum Überleben abringen. Vermutlich war sie die Frau eines Kaufmanns, sonst würde sie nicht hier in der Oberstadt wohnen. Die Frauen und Witwen der Fischer lebten näher am Meeresufer. Verlegen blickte die Frau von einem zum anderen. »Turios hat ein Haus oberhalb des Dorfes in den Bergen. Ihr müßt diesen Weg hier nehmen! Normalerweise geht keiner dort hinauf. Er kümmert sich nicht viel um die Menschen.«

Die beiden Männer nickten ihr zu und sahen dann in die Richtung, in die sie gewiesen hatte. Der Pfad führte am letzten Haus vorbei, zwischen vereinzelten verkümmerten Olivenbäumen den Hang hinauf. Die Frau nutzte den Augenblick, drehte sich um und lief so schnell sie konnte die Straße hinunter. »Bleib stehen!« rief Khalkeus ihr nach. Aber sie hörte nicht, und noch während die Männer ihr nachsahen, drehte der Wind wieder. Sofort war die Straße wieder voller Rauch, und sie war nicht mehr zu sehen.

»Verdammte Närrin«, murmelte Nikos. »Sie läuft direkt in ihr Verderben.« Da hörten sie einen durchdringenden Schrei und grobes Männerlachen. Nikos biß sich auf die Lippen und schüttelte traurig seine dunklen Locken.

Khalkeus' Herz klopfte zum Zerspringen, was nur zum Teil mit dem anstrengenden Weg den Berg hinauf zu tun hatte. Es war auch die Hoffnung auf die ersehnte Begegnung mit Turios von Tyros, die ihm jetzt den Atem nahm, als sie sich dem Haus näherten. »Gut, daß man das Haus durch die Bäume von unten nicht sieht«, stellte er beruhigt fest.

Nikos war als erster beim Haus und klopfte mit dem Schwertgriff gegen die Tür. »Ich hoffe, Ihr habt recht, Herr!«

Die Tür ging auf. Eine alte Frau steckte vorsichtig den Kopf heraus. Sie trug ein schmutziges Kopftuch über ihren strähnigen grauen Haaren.

»Ich bitte euch, laßt uns in Ruhe. Es ist jetzt nicht die Zeit...«

Khalkeus trat vor. »Wir tun euch nichts. Ich bin Khalkeus und suche Turios von Tyros, den Weisen. Ich komme in Frieden.«

»Khalkeus?« ertönte eine leise Stimme aus dem Inneren des Hauses. »Hat er Khalkeus gesagt? Laß ihn bitte herein. Ich habe auf ihn gewartet.«

Die alte Frau betrachtete die beiden Ankömmlinge mißtrauisch. Schließlich trat sie zur Seite und öffnete die Tür. »Also gut«, meinte sie gereizt. »Aber seid nur ja vorsichtig mit ihm.«

Nikos ließ seinem Herrn den Vortritt und blieb in der Tür stehen. »Vorsichtig?« fragte er die Frau. »Natürlich sind wir vorsichtig. Aber warum?«

»Warum?« entgegnete die Alte bitter. »Warum? Weil er im Sterben liegt, deshalb.«

III

Der Raum war nur spärlich mit einem Tisch und zwei Schemeln ausgestattet. In der Ecke, unter einem Fenster, das den Blick auf das Meer freigab, stand das Bett: ein Holzgestell, über das eine Tierhaut gespannt war. Darauf lag ein magerer Mann mit eingefallenen Wangen und einem grauen Bart. Er versuchte sich aufzurichten, als die beiden Männer den Raum betraten, sank aber gleich wieder zurück auf sein Lager. »Khalkeus«, begann er, »Khalkeus aus Kreta. Ich habe Euch erwartet. Als ich die Schiffe vor der Küste sah, wußte ich, daß man uns überfallen würde. Aber ich wußte auch, daß Ihr auf einem der feindlichen Schiffe sein würdet.« Seine Stimme klang schwach, doch der Blick des alten Mannes war so durchdringend, daß Khalkeus nervös wurde. Das war ungewöhnlich und irritierte ihn. Khalkeus ließ sich normalerweise nicht einmal von König Minos aus der Fassung bringen. »Meister«, begann er schließlich respektvoll und benutzte den Titel, den Mitglieder einer Zunft einem älteren Zunftmitglied gegenüber verwenden. »Mein bescheidener Ruf ist mir offensichtlich vorausgeeilt.« Khalkeus neigte ehrerbietig den Kopf.

»Ihr braucht nicht bescheiden zu sein. Ihr seid zu Recht für Eure Kunst berühmt.« Der alte Mann lächelte. »Genug davon. Verschwenden wir keine Worte. Ich weiß natürlich, warum Ihr hier seid.«

»Ich wollte Euch meine Aufwartung machen«, erwiderte er vorsichtig.

»Unsinn«, entgegnete der alte Mann. Er stemmte sich auf einen seiner dünnen Ellbogen. »Meine Haushälterin hat es bereits gesagt: Ich habe nicht mehr viel Zeit. Ich hatte bereits zwei Anfälle und kenne die Anzeichen, wenn das Herz schwach wird.«

»Herr«, begann Khalkeus noch einmal.

»Schluß! Wir wollen zur Sache kommen. Ihr glaubt, daß ich Geheimnisse des Metallhandwerks gelüftet habe, die Euch bisher verborgen geblieben sind. Ihr glaubt, daß ich Euch weiterhelfen kann.«

»Richtig, Herr«, gab Khalkeus zu.

»Ihr habt von mir gehört, mein Freund, so wie ich von Khalkeus von Knossos gehört habe. Jetzt wüßte ich gern mehr über Euch.«

»Was wollt Ihr denn wissen, Herr?«

»Ihr habt ja bereits einen Eindruck von Ruso gewonnen. Ich kam als Fremder in diese kleine Stadt und machte sie zu meiner Heimat. Ihr hingegen steht im Dienst des Minos, besitzt sein Vertrauen, lebt gut und in Annehmlichkeit. Vielleicht habt Ihr Euch gewundert, warum ich mein Leben im Dienst eines drittrangigen Königs in einer unbedeutenden Stadt wie dieser verbrachte, wenn der ungeheure Reichtum des Minos mich nicht nur wohlhabend und angesehen gemacht hätte, sondern mir auch unbegrenzte Möglichkeiten für meine Arbeit verschafft hätte. Habe ich recht?«

Khalkeus seufzte. »Das stimmt, Herr.«

»Ihr sollt es wissen. Nehmt mir nicht übel, was ich sage, aber ich würde nie einem tyrannischen König wie dem Minos dienen. Er fordert von den schwächeren Fürstentümern Tribut ein, stiehlt die Söhne und Töchter der friedlichen Inseln und macht sie zu Kriegern, Stierkämpfern und Huren; sie sehen ihre Familien nie wieder.«

»Das ist nun einmal der Lauf der Welt«, entgegnete Khalkeus kühl.

»Natürlich. Aber jeder von uns hat die Wahl, ob er sich dem unterwirft oder nicht. Wir treffen unsere Entscheidungen im vollen Bewußtsein, welche Entscheidung die richtige, die ehrenhafte ist. Wir können uns selbst nichts vormachen, auch wenn wir uns noch so sehr bemühen.« Sein Blick traf Khalkeus mitten ins Herz. Er schwieg. »Khalkeus«, fuhr der Alte fort, »ich wüßte gern, wie der Mann geartet ist, der von mir so wichtige Geheimnisse in Erfahrung bringen will.«

Khalkeus räusperte sich. Sein Hals war so trocken, daß er kein Wort hervorbrachte. Diesen Mann konnte man nicht täuschen.

»Kommt! Ich weiß, was Ihr wollt. Ihr könnt das neue Metall nicht bearbeiten. Ihr habt es versucht, und es ist Euch nicht gelungen, genau wie es mir vor langer Zeit erging. Die Temperatur reicht nicht aus, richtig? Aber Ihr habt die eine oder andere Waffe gesehen, die ich aus diesem Metall gemacht habe. Ihr wißt, daß ich es bearbeiten und nach Gutdünken formen kann. Es ist wie Wachs unter meinen Händen. Ihr habt mit eigenen Augen gesehen, was Waffen aus diesem Material gegen Klingen aus Kupfer und Bronze ausrichten können. Mit diesen neuen Klingen zerschlägt man jedes andere Schwert und haut jeden Schild in Stücke.«

»Ich besitze sechs solcher Klingen. Seit ich die erste dieser Art gesehen habe, versuche ich, selbst so ein Schwert herzustellen. Ich scheine meine Tage damit zu vergeuden, auf umständliche, mühevolle Weise das zu erreichen, was Euch gelungen ist. Mein ganzes Leben ist davon bestimmt, dieses Geheimnis zu lüften.«

Khalkeus wurde plötzlich verlegen. Er hatte seine verborgensten Gefühle vor einem Fremden ausgebreitet, noch dazu in Anwesenheit der Dienerin des Fremden und, was noch schlimmer war, vor seinem eigenen Sklaven.

Nikos erkannte das Problem. »Ich warte draußen, Herr«, sagte er. »Für den Fall, daß jemand kommt.«

Nikos begleitete die Frau zur Tür und trat hinter ihr hinaus ins Freie. Khalkeus blieb mit dem rätselhaften alten Mann allein, der ihn offensichtlich dazu bringen wollte, sein Innerstes zu offenbaren.

Khalkeus faßte sich ein Herz. Jetzt, wo er schon einmal begonnen hatte, konnte er ebensogut mit seiner Geschichte fortfahren. »Ich heiße eigentlich nicht Khalkeus. So nennen Minos' Leute einen Schmied. Ich wurde in Ägypten geboren. Meine Mutter war Ägypterin, mein Vater Sumerer. Mein wirklicher Name ist Kirta. Ich bin der Sohn der Schepset aus Sile und des Ahuni aus Babylon. Mein Großvater war Belsunu aus Babylon.«

Der alte Mann legte sich erschöpft auf sein Lager zurück und betrachtete den Jüngeren mit deutlich weniger Mißbilligung. »Das sind berühmte Namen in unserem Handwerk«, bemerkte er. »Bedeutende Namen. Ich besaß einmal ein Schwert, das Belsunu gefertigt hatte. Ich habe mir sehr viel Mühe gegeben, aber etwas Gleichwertiges habe ich nicht zustande gebracht. Ich habe viel Zeit darauf verwendet, das Geheimnis seiner ausgewogenen Balance zu ergründen. Es lag wunderbar in der Hand. Aber fahrt fort, mein Freund. Ich muß Euch kennenlernen. Ich muß wissen, wem ich das Geheimnis anvertraue, auf das Ihr so erpicht seid.«

»Seit mehr als zehn Jahren versuche ich, jemand zu werden, der ich nicht bin. Was Ihr über die falsche Entscheidung gesagt habt...«

»Ich verstehe«, sagte der alte Mann leise. Das warme Mitgefühl in seiner Stimme tat Khalkeus wohl. »Bitte fahrt fort. Ich glaube, daß es für Euch ebenso wichtig ist, mir alles zu erzählen, wie es für mich wichtig ist, es zu erfahren.«

»Mein Vater ließ mich in der Stadt Haran im Norden des Zweistromlandes zurück, wo er selbst als junger Mann lange Zeit gelebt hatte. Er und meine Mutter reisten in das Land im

Delta, wo ich zur Welt gekommen war. Er war ein fahrender Waffenschmied und diente vielen Königen. Ich bin ein ›Kind des Löwen‹, wie mein Vater und alle meine Vorfahren.« Er lüftete die Tunika ein wenig und drehte sich zur Seite, um Turios das rote Mal am unteren Rücken zu zeigen: Es hatte die Form einer Löwenpranke mit gespreizten Zehen.

»Ich habe von den Kindern des Löwen gehört.« Turios nickte. »Viele Könige wären überglücklich, wenn sie ein so berühmtes Mal trügen. Soviel ich weiß, vererbt es sich nur in der männlichen Linie der Familie.«

»So ist es. Meine beiden Söhne tragen es ebenfalls.« Der Gedanke an seine Söhne tat Khalkeus plötzlich unsagbar weh. »Meine Söhne!« Er holte tief Luft; es klang halb wie ein Seufzer, halb wie ein Schluchzen. »Ich habe meine Söhne genauso verlassen wie ihre Mutter, weil ...« Er konnte nicht fortfahren. Der kühle, stets so überlegen wirkende Khalkeus weinte wie ein Kind und konnte nicht aufhören. Seit mehr als zwölf Jahren hatte er nicht darüber gesprochen, und beinahe halb so lange hatte er sich nicht einmal gestattet, an seine Familie zu denken.

Der alte Mann sah ihm eine Weile zu und bedeutete ihm schließlich, auf einem Schemel neben dem Bett Platz zu nehmen. »Wir haben Zeit. Erzählt, wenn Ihr könnt. Es ist immer Zeit, junger Mann, Dinge zu ändern, deren man sich schämt. Glaubt mir. Ich habe wahrlich nicht mehr viel Zeit. Aber seit ich weiß, daß es mit mir zu Ende geht, habe ich meine Zeit damit verbracht, mein Leben in Ordnung zu bringen. Ich bin noch nicht fertig damit. Aber es ist nie zu spät, damit zu beginnen. Nach meiner Meinung ist es das Wichtigste, einen Anfang zu setzen. Es braucht Mut, viel mehr Mut als jede eitle kriegerische Heldentat, das könnt Ihr mir glauben. Man braucht ein ganzes Leben, um zum Narren zu werden, und nur einen Augenblick, um sich zur Weisheit zu bekehren.«

Khalkeus faßte sich und fuhr mit tränenerstickter Stimme fort: »Ich bin wie besessen von diesem wahnsinnigen Vorhaben! Das dunkle Metall! Meinem Vater ist es nicht gelungen, das Problem zu lösen, und ich glaube, es war der einzige Mißerfolg in seinem Leben. Er hatte sein Leben als Sklave begonnen und wurde der Waffenschmied von Königen. Ich war besessen von der Idee, ihn in dieser Hinsicht zu übertreffen. Ich wollte unbedingt das einzige Problem meistern, das er nicht gemeistert hatte. Ich war ein junger Mann und frisch verheiratet, als sich mein Vater und meine Mutter nach Ägypten einschifften; ihr Schiff sank in einem schrecklichen Sturm vor der Küste von Zypern. Meine Frau war sanft und schön wie der Mond. Sie schenkte mir zwei Söhne.« Wieder verstummte er. Turios streckte seine schwache, knochige Hand aus und strich über Khalkeus' Arm. Es dauerte eine Zeitlang, bis Khalkeus fortfuhr.

»Da kam mir ein Gerücht zu Ohren. Es hieß, jemand hier auf den Inseln habe das Geheimnis entdeckt, wie das Zeug zu schmelzen sei.« Der alte Mann bemerkte, wie die Augen des Jüngeren bei der Erinnerung aufleuchteten. »Ich habe Frau und Kinder verlassen, Turios, und bin an die westliche Küste gereist. Piraten nahmen mich gefangen und verkauften mich an einen Lydier, der mich auf eine kretische Galeere weiterverkaufte. Auf der Galeere ließ ich durchsickern, daß ich geschickte Hände habe. Als wir in Kreta anlegten, brachte man mich zu Minos. Seine Tochter verliebte sich in mich und kaufte mich frei.«

Khalkeus blickte nachdenklich aus dem Fenster aufs Meer, bevor er weitersprach. »Meine Arbeit gefiel Minos, und seine Tochter gefiel mir. Ich liebte sie nicht, das wußte sie. Unerwiderte Liebe ist schrecklich für eine stolze Frau wie Xena.« Er schüttelte den Kopf. »Ich habe unrecht an ihr gehandelt. Ebenso wie ich an meiner Frau und den Kindern unrecht gehandelt habe. Ich frage mich allmählich, Turios, ob ich in meinem bisherigen Leben überhaupt jemandem gerecht geworden bin.«

Der sterbende Turios ergriff die Hand des jüngeren Mannes und hielt sie so sanft in seiner, als wäre es die weiche Hand einer Frau und nicht die schwielige Hand eines Waffenschmieds. Khalkeus ertrug normalerweise keine fremde Berührung, doch jetzt vergaß er seine Zurückhaltung und sah den alten Mann seufzend an. Sanft erwiderte er den Druck von Turios' Hand.

»Ich war ein Narr, Turios. Es stand nicht dafür. Ich stehe an der Schwelle zur Entdeckung des Geheimnisses, dem ich alles geopfert habe, was gut und anständig in meinem Leben war. Plötzlich weiß ich, daß es die Sache nicht wert war. Ich bin überzeugt davon und wünsche mir bei allen Göttern im Himmel, daß ich den Weg nie gegangen wäre. Wäre ich dem Handwerk, das mich mein wunderbarer Vater gelehrt hat, treu geblieben, wäre ich trotzdem ein guter Waffenschmied geworden.«

»Ihr habt recht«, erwiderte Turios voller Mitgefühl. »Ich kenne Eure Arbeiten, und ich weiß, daß Ihr nicht nur ein Schmied, sondern ein Künstler seid. Aber ich wollte auch wissen, was für ein Mensch Ihr seid. Ob Ihr Mitgefühl, Güte und Verantwortung besitzt.«

»Ich besitze nichts davon«, beteuerte Khalkeus unter Tränen. »Ich bin kalt und grausam. Ich habe alle betrogen und enttäuscht, die an mich geglaubt haben, die mir vertraut und die mich geliebt haben, jeden einzelnen. Eigentlich weiß ich seit Jahren, daß das so ist, aber ich wollte es mir nicht eingestehen.« Er lächelte bitter. »Ich weiß, daß ich mich verkauft habe. Jedes Ideal, an das man mich zu glauben gelehrt hat, habe ich verraten. Auch die arme Xena habe ich verraten, indem ich sie zu meiner Geliebten gemacht habe, ohne sie wirklich zu lieben. Es wäre nur anständig gewesen, ihr das zu sagen, ihr die Augen zu öffnen. Statt dessen ließ ich zu, daß sie ihre Jugend vergeudete, ihre besten jungen Jahre. Jetzt...« Khalkeus lächelte unter Tränen.

Turios ließ die Hand von Khalkeus los, streckte sich aus und wiederholte mit zittriger Stimme Khalkeus' letztes Wort: »Jetzt... jetzt kann ich Euch das Geheimnis verraten.«

»Ihr könnt mir das Geheimnis verraten?« wiederholte Khalkeus verblüfft. »Jetzt? Nachdem ich Euch all das erzählt habe?«

»Ja, jetzt. Denn Euch ist klargeworden, wie wertlos es ist. Jetzt wißt Ihr, was wirklich Wert besitzt. Und Ihr kennt die Folgen, die das Geheimnis mit sich bringt: mehr Tote, mehr Zerstörung, mehr Witwen und Waisen, mehr Leid. Jetzt gebe ich es Euch preis, mein Sohn.« Er bedeutete Khalkeus, näher zu kommen; seine Stimme wurde schwächer. »Du möchtest das Metall schmelzen, das man Eisen nennt, aber du weißt nicht, wie du es anstellen sollst, damit der Schmelzofen heiß genug wird. Du gehst das Problem von der falschen Seite an. Du mußt einen Schmelzofen bauen, der sich von allen, die du je gesehen hast, unterscheidet. Ein im Krieg erblindeter Hethiter hat es mir gezeigt. Er hat es mir beigebracht...«

Der alte Mann verschied friedlich, während Khalkeus über ihn gebeugt dastand. Er blieb noch eine Weile am Bett sitzen, bevor er schließlich erschüttert zur Tür ging. Die Frau stürzte an ihm vorbei und brach in lautes Wehklagen aus. Nikos und Khalkeus sahen einander an. Nikos wirkte verändert, und Khalkeus dachte: Als sähe er seinen Herrn mit neuen Augen. Als sähe er mich zum ersten Mal oder als wäre ich ein anderer. Vielleicht bin ich tatsächlich ein anderer? Aber wer bin ich jetzt? Khalkeus? Kirta? Wer bin ich?

Kapitel 2

I

Auf dem Paß zwischen dem Militärlager und der Ebene von Aram hatte Ilihu die zweite Wache übernommen. Mit gezücktem Speer beobachtete er die Frau, die auf dem schmalen Pfad näher kam. Sie sah nicht aus wie die Frauen, die dem Troß folgten. Mit dem weißen Kopftuch, das züchtig die dunklen, gelockten Haare verdeckte, wirkte sie eher wie die heiratsfähige Schwester eines Kameraden. Ihre Haltung war aufrecht und würdevoll, und als sie ihn anblickte, geschah dies ohne jede Koketterie. Ein scheues Lächeln huschte über ihr Gesicht, aber Ilihu war überzeugt, daß sie keine Angst vor ihm hatte.

Er rührte sich nicht, als sie vor ihm stehenblieb. »Es tut mir leid, Frau«, begann er, »aber dieser Weg ist gesperrt. Ich muß dich bitten umzukehren.«

»Bitte laß mich durch«, bat sie und machte ein langes Gesicht. »Ich muß mit einem der Soldaten im Lager sprechen, mit einem Unteroffizier namens Jassib.«

»Jassib? In welcher Einheit dient er?«

Ihre Antwort kam prompt. »Er ist dem Kommando des ehrenwerten Oschijahu zugeteilt. Er ist Stabsoffizier und keiner Truppe zugeteilt.«

»Aha. Du weißt ungewöhnlich gut Bescheid über die Armee. Wie heißt du?«

»Danataja«, antwortete die Frau. »Ich lebe bei meiner Tante und meinem Onkel in Haran. Mein Vater hieß Nahum, und er war von Beruf Soldat. Er ist vor den Mauern von Mari gefallen, damals bei der großen Belagerung.«

»Nahum?« Ilihu lächelte jetzt. »Du bist Nahums Tochter? Ja, natürlich! Wenn ich dich genauer ansehe, dann gibt es da eine gewisse Ähnlichkeit. Du hast seine Nase. Besser gesagt, deine Nase ähnelt seiner, bevor er sie sich im Kampf gebrochen hat. Ich habe kurze Zeit unter Nahum gedient. Er war ein guter Soldat, aber ein strenger Vorgesetzter.« Ilihu nickte der jungen Frau zu.

»Nahums Tochter kann nichts Böses im Schilde führen, habe ich recht?«

»Ich? O nein, Herr! Aber ich muß Jassib unbedingt sehen.«

»Nun, ich glaube, das läßt sich machen. Du weißt, daß ich meine Befehle habe. Das verstehst du doch. Die Nachrichten aus dem Norden haben zu erhöhten Vorsichtsmaßnahmen geführt.« Er hielt inne und überlegte, ob er bereits zuviel gesagt hatte. Aber in Haran war das sicher alles längst bekannt. Haran war eine Karawanenstadt, in der alle noch benutzbaren Handelsrouten zusammentrafen, und Reisende aus den vom Krieg betroffenen Bergen im Norden brachten die neuesten Nachrichten mit.

»Ist es dort oben wirklich so schlimm, wie die Leute sagen?«

»Aus eigener Erfahrung kann ich nichts sagen«, antwortete Ilihu. »Aber ich habe mit einem Boten gesprochen. Er kam aus dem Lager eines Vorpostens und behauptete, die Nomaden seien wie ein Schwarm Heuschrecken, die über alles herfallen, was greifbar ist. Sie seien zahlreicher als Ameisen in einem Ameisenbau, und wie die Ameisen haben sie weder Gewissen noch Mitleid. Alles, was ihnen auf ihren Streifzügen in die Quere kommt, wird...« Er machte die Gebärde des Halsabschneidens.

»Bei den Göttern«, rief die Frau. »Jassib...«

»Mach dir keine Sorgen um Jassib«, beruhigte Ilihu. »Wenn es zur Schlacht kommt, dann ist er als Stabsoffizier weit hinter der Frontlinie ziemlich sicher. Außerdem wissen wir nicht einmal, ob sie sich wirklich in unsere Richtung bewegen. Sie könnten auch Mari angreifen und das Tal des Euphrat abwärts ziehen. Oder sie ziehen in Richtung Küste und vernichten Ugarit. Sie könnten aber auch in das Land der Hethiter vorstoßen. Wir wissen es nicht. Sie verfolgen keinen geradlinigen Kurs. Wir wissen nur, daß sie aus den Großen Bergen im Norden kommen und so zahlreich sind wie die Sandkörner am Meer. Sie scheinen auf der Suche nach fruchtbarem Land mit ausreichenden Weidegründen für ihre Tiere zu sein.« Ilihu sah hinüber zu der grünenden Ebene, die Padan-Aram hieß. »Es könnte sein, daß sie genau das hier suchen«, meinte er seufzend. »Andererseits gibt es im Süden angeblich noch besseres Land. Das erzählt man sich zumindest, ich selbst war noch nicht dort.«

»Mein Vater war dort«, erzählte Danataja. »Er sagte, Kanaan

sei wunderbar. Zuerst muß man durch eine große Wüste, aber dann gelangt man in das fruchtbarste grüne Land, das man sich vorstellen kann.«

»Aber dieses Land gehört dem mächtigen König von Ägypten, und niemand, nicht die Nomaden und auch kein anderer, legt sich freiwillig mit ihm an.« Er schüttelte versonnen den Kopf. »Wenn es aber stimmt, was ich gehört habe, dann haben diese Nomaden nicht mehr Verstand als die Ameisen, denen sie gleichen. Es würde ihnen ähnlich sehen, wenn sie sich mit den Ägyptern anlegen. Das würde eine Schlacht geben!«

»Dann würde unsere Gegend doch genau auf ihrem Weg liegen?« fragte Danataja besorgt.

»Ja, vielleicht.« Über diese Möglichkeit wollte Ilihu lieber nicht nachdenken. »Wenn du ins Lager möchtest, dann mach dich besser auf den Weg! Du hast höchstens eine Stunde Zeit für den Besuch bei deinem Freund. Danach mußt du wieder hier auf dem Paß sein und zurückgehen. Dann schaffst du es gerade noch rechtzeitig zurück in die Stadt, bevor die Stadttore über Nacht geschlossen werden.«

»Danke, daß du mich daran erinnerst.« Sie hat ein nettes Lächeln, dachte Ilihu. Weiße Zähne, ein leicht gebräuntes Gesicht, dunkle Augen, dunkle Haare. Sie wird eine richtige Schönheit werden. Ein bißchen zu dünn vielleicht. Ob ihr Onkel und ihre Tante ihr wohl ausreichend zu essen geben? Eine Frau in ihrem Alter sollte hier und dort ein wenig mehr gerundet sein. »Hast du noch Dienst, wenn ich zurückkomme?« fragte sie.

»Ja, wenn du dich an das hältst, was ich dir vorgeschlagen habe. Du darfst unten nicht trödeln! Erledige, was du zu erledigen hast, und komme gleich wieder zurück. Wenn dich jemand aufhält, dann sage, was du mir gesagt hast. Von Nahum, meine ich. Nahums Tochter sollte in einem Lager der Armee von Haran willkommen sein.«

»Ich hoffe es.« Danataja lächelte. »Vielen Dank.« Ilihu erwiderte ihr Lächeln und ließ sie passieren. Er sah ihr nach. Ihre weißen Fersen blitzten unter dem Saum ihres Kleides hervor. Dann wanderte sein Blick wieder über die weite Ebene, aus der sie gekommen war. Er mußte an den abgefangenen Bericht des Überläufers Sanehat denken. Es lag bereits ein paar Generationen zurück, daß Sanehat dem König von Ägypten eine Nachricht zukommen lassen wollte, und jeder Schuljunge in Haran wußte diese Nachricht auswendig: »Es ist ein gutes Land ... Es gibt Feigen und Trauben, der Wein fließt reichlicher als Wasser. Es gibt Honig im Überfluß, und die Olivenhaine werden von keinen anderen übertroffen. In den Obstgärten wächst eine Vielfalt an Früchten, es gibt Gerste und Weizen und Rinder in Überzahl ...«

Ilihu fröstelte. Es war tatsächlich ein wunderbares Land. Man brauchte es nur zu nehmen, denn die Streitmacht, die derzeit zu seiner Verteidigung mobilisiert werden konnte, war schwach. Er hoffte trotzdem, daß es nicht zum Krieg kommen würde.

Danataja brauchte ein gut Teil der ihr zur Verfügung stehenden Zeit, um Jassib ausfindig zu machen. Sie mußte erklären, was sie im Lager wollte, und die Wachen der Reihe nach überzeugen, daß sie nicht eine von den Frauen war, die dem Troß der Soldaten folgten.

Gerade als sie wieder mit einem Wachsoldaten debattierte, entdeckte sie den Gesuchten. »Jassib!« rief sie. Enttäuscht bemerkte sie seinen ärgerlichen, ungeduldigen Gesichtsausdruck, als er sie erkannte. Was noch schlimmer war: Im ersten Augenblick hatte es den Anschein, als wolle er ihren Zuruf ignorieren und so tun, als habe er sie nicht gehört. Aber ihre Blicke kreuzten sich, und Jassib kam seufzend auf sie zu.

Danataja wurde unsicher. Am liebsten wäre sie ihm entgegengelaufen und hätte sich ihm in die Arme geworfen, aber sie wußte, daß das jetzt nicht angebracht war. Sie blieb stehen und lächelte nervös.

»Danataja, was willst du hier?« begann er. »Habe ich dir nicht gesagt, daß du hier nichts verloren hast?« In seinem barschen Ton war nicht die kleinste Spur von Liebe zu entdecken. Sie legte ihre kleine Hand auf seinen kräftigen Unterarm und blickte mit Tränen in den Augen zu ihm auf. »Bitte, Jassib! Können wir uns irgendwo unterhalten? Nur ganz kurz! Ich bin den langen Weg allein gekommen und muß rasch wieder zurück.«

Sein Blick wurde etwas sanfter. »Du hast recht. Es wird spät. Du hast gerade noch ausreichend Zeit für den Heimweg. Schließlich willst du bei Sonnenuntergang nicht vor den geschlossenen

Stadttoren stehen.« Eine Spur von Besorgnis schwang in seiner Stimme mit. Er faßte sie unter dem Arm, drehte sie um und schob sie zurück auf die Straße in Richtung Stadt. »Ich habe nicht viel Zeit, aber ich begleite dich hinauf zum Paß. Unterwegs können wir uns unterhalten. Was führt dich her?«

Plötzlich blieb er wie angewurzelt stehen. Sein Gesicht verfinsterte sich. »Danataja! Du bist doch nicht heraufgekommen, um dir die Zeit zu vertreiben? Du bist doch nicht etwa...?«

»Nein, natürlich nicht«, erwiderte sie errötend. »Das ist es nicht. Ich bin nicht schwanger, Jassib.«

Jassib lächelte erleichtert, und in dem Moment erkannte sie in seinen Zügen das liebevolle Gesicht von damals wieder, als sie sich einander versprochen hatten. Was für ein stattlicher Mann er war, mit breiter Brust und kräftigen Armen! Und obwohl er sie schlecht behandelte, fühlte sie sich noch immer sehr zu ihm hingezogen. Aber schon schob er sie weiter und eilte mit ihr durch das Lager.

»Jassib«, begann sie aufs neue und versuchte zu Atem zu kommen. »Es ist wegen Onkel und Tante. Sie wollen wissen, wann wir heiraten. Sie sagen, daß sie nicht länger Platz für mich haben. Sie brauchen mein Zimmer, damit sie es an jemand anderen vermieten können, der mehr bezahlt. Es bringt ihnen zu wenig ein, wenn ich für sie arbeite. Sie brauchen Geld, und ich arbeite nur für Kost und Quartier, zahle aber nicht.«

»Ich verstehe. Schon bald. Sage ihnen, sehr bald. Ich muß zuerst wissen, was mein künftiges Aufgabengebiet ist. Davon hängt ab, wo wir leben werden!« Sie hätte sich gewünscht, daß er besorgter reagieren würde und sie beruhigen könnte. »Es kommt darauf an, ob ich die Mauern von Haran verteidigen soll oder auf einen Außenposten versetzt werde.«

»Aber Jassib! Warum können wir nicht heiraten?«

»Bitte!« Jassib war verärgert. »Ich kann dir jetzt darauf keine Antwort geben. Zuerst muß ich wissen, was die Zukunft bringt.«

Er bemerkte ihre Verwirrung, streichelte ihren Arm und fuhr beruhigend fort: »Ich kann dir schon bald mehr sagen, Danataja. Vielleicht schon heute. Bei Sonnenuntergang soll ich bei Oschijahu sein, wenn er von der Inspektion der Außenposten im Osten zurückkehrt. Er macht immer wieder überraschende Inspektionstouren, um sich von der Einsatzbereitschaft der Truppen zu überzeugen.«

»Einsatzbereitschaft? Ist es schon soweit?«

»Das ist nun einmal die Aufgabe eines Soldaten, das weißt du doch! Unser Kommandant Oschijahu wittert Gefahr bei der kleinsten Nachlässigkeit unsererseits. Ich gebe nicht allzuviel auf die Gerüchte über die Nomaden, aber der Kommandant tut so, als ob sie bereits auf der anderen Seite des Berges dort drüben stehen.«

»Aber ...« Danataja schluckte. »Du hast gesagt, daß du vielleicht heute noch mehr erfährst.«

»Stimmt. Gib acht, wohin du trittst!« Auf dem schmalen Pfad hinauf zum Paß, der eigentlich ein Trampelpfad für Kühe und Schafe war, mußten sie hintereinandergehen. Jassib schob sie eilig vor sich her. »Los, rasch, beeil dich, mein Liebes«, drängte er sie. »Es ist nicht mehr viel Zeit bis Sonnenuntergang. Ich habe meine Verabredung einzuhalten, und du mußt in die Stadt zurück.«

»Jassib!« Danataja hatte Tränen in den Augen. Sie hätte sich gern zu ihm umgedreht, aber sie mußte auf den steinigen, unebenen Weg achten. »Wann wirst du es mir sagen? Ich meine, was du heute erfährst? Ich bin nicht ins Lager gekommen, um dich zu ärgern, aber du warst seit drei Wochen nicht in der Stadt. Ich sehe dich kaum noch!«

»Ich kann zur Zeit nicht aus dem Lager fort. Allgemeine Einsatzbereitschaft. So lautet augenblicklich Oschijahus Befehl, und ich muß ihm gehorchen. Es ist ungemein wichtig für meine Zukunft. Für unsere Zukunft«, korrigierte er sich hastig. «Ich bin sicher, du verstehst das.«

Oben am Paß salutierte Ilihu dem jungen Offizier und lächelte Danataja zu. Er trat zurück und beobachtete, wie die beiden einander hastig umarmten. Ein wenig zu hastig, dachte er, als er Jassibs Ungeduld und Danatajas Niedergeschlagenheit bemerkte. Ilihu wollte die beiden nicht beobachten und drehte sich um, aber der Wind trug ihm Gesprächsfetzen zu.

»... dafür ist keine Zeit ... natürlich, das mußt du verstehen.«

»... der Onkel möchte Anfang nächster Woche Bescheid haben ... Ich muß Arbeit finden ...«

»...gebe ihm Bescheid, sobald ich etwas weiß.«

»...Ich könnte mich um eine Wohnung für uns umsehen und uns ein Heim einrichten. Es würde dir bestimmt gefallen, Jassib. Ich werde dich glücklich machen, bestimmt.«

Dann drehte der Wind, und Ilihu hörte nichts mehr. Er blickte sich nach dem Paar um. Jassib umarmte sie; sein Kuß war flüchtig und kühl, ihrer leidenschaftlich und verzweifelt. Sie trennten sich. Ilihu salutierte dem ranghöheren Offizier und blickte ihm nach, wie er wieder zum Lager hinunterging. Dann nickte er der jungen Frau zu, die noch zögerte. Sie hatte Tränen in den Augen, aber sie lächelte Ilihu kurz zu und ging dann den Pfad hinunter in die Ebene von Aram.

Armes Ding, dachte Ilihu. Jassib hatte nicht die geringste Absicht, das Mädchen zu heiraten, nicht jetzt und nicht später, soviel war Ilihu in den wenigen Minuten klargeworden. Wie schade, dachte er bei sich. Eine so hübsche Person!

II

Nur von seinem Burschen begleitet, ritt Oschijahu mit finsterer Miene an den inneren Wachposten vorbei ins Lager. Schwerter und Speere wurden zum Gruß gezückt, und die Soldaten nahmen eine stramme militärische Haltung an, sobald sie des Kommandanten ansichtig wurden.

Oschijahu sprang vom Pferd, noch ehe das Tier stehengeblieben war. Auf einer Reise in den Süden durch das Land der Moabiter hatte er einst seine Reitkünste perfektioniert, und in der Armee von Haran war er dafür berühmt, wie gut er im Sattel saß. Er reichte die Zügel einem Untergebenen und schritt auf den Kommandostand zu. »Danel!« schrie er, noch ehe er sein Ziel erreicht hatte. »Wo um alles in der Welt ist Danel! Vortreten! Bei allen Göttern, aber rasch, sonst kenne ich mich nicht!«

Ein Soldat schlug die Hacken zusammen und salutierte. »Kommandant! Ich melde gehorsamst: Der ehrenwerte Danel ist in der Verpflegungsstelle und kauft Gemüse.«

»Schafft ihn her, aber schnell!« befahl Oschijahu gereizt. »Hör dir das an!« meinte er zu seinem Burschen, der ihn mittlerweile eingeholt hatte und ihm wie ein Hund auf den Fersen folgte. »Er kauft Gemüse! Das ist Aufgabe für die Messe und nicht für einen Frontoffizier! Ein Frontoffizier soll eine anständige Truppe zusammenstellen, mit der man etwas anfangen kann. Die Soldaten müssen reibungslos funktionieren. Beauftrage einen Mann. Gestehe ihm einen Fehler zu, und reiße ihm den Kopf ab, wenn er ihn macht. Dann sieh zu, daß er ja keinen zweiten macht. Und wenn doch, dann schmeiß ihn raus.«

»Ganz richtig, Kommandant«, beeilte sich der Bursche zuzustimmen und fuhr fort: »Ihr habt gebeten, Euch an den Waffenschmied Schobai zu erinnern. Ihr wolltet mit ihm sprechen, ehe er das Lager verläßt.«

»Richtig! Und der junge Jassib, ist er in der Nähe? Ihn möchte ich auch sprechen.«

»Er ist noch nicht hier, Herr.«

»Das macht nichts; er hat noch etwas Zeit. Aber wenn er nach Sonnenuntergang kommt, kommt er zu spät. Kommt er früher, ist es in Ordnung. Ich habe den Zeitpunkt für unsere Verabredung etwas großzügig festgelegt.«

»Ganz recht, Herr.«

»Ha! Nichts ist ganz recht! Du weißt, warum ich wütend bin wie ein verwundeter Löwe, oder nicht?«

»Ich denke schon, Herr.«

»Der größte Sauhaufen, den ich je gesehen habe! Danels Aufgabe ist an den Außenlinien. Wenn ich einen Mann mit der Verantwortung für die Wachposten betraue, so erwarte ich, daß jeder Außenposten geführt wird, als wäre Krieg. Was finde ich stattdessen? An zwei Außenposten spielen die Männer, und an allen Posten, und ich meine wirklich an allen, ist zumindest ein Mann nicht in Uniform. So geht das nicht, das sage ich dir!«

»Nein, Herr. Aber wenn nur ein Mann ...«

»Nein!« brüllte Oschijahu. »Es gibt keine Entschuldigung! Wenn am Außenposten nur ein einziger Mann nachlässig ist, dann ist jeder einzelne Mann der Außenstelle dafür verantwortlich. Sehen sie es etwa nicht als ihre Pflicht und Schuldigkeit an, einen Kameraden zurechtzuweisen?« Der Wutanfall war ebenso rasch verflogen, wie er gekommen war. Schließlich sprach er nur mit seinem Offiziersburschen Duschratta. Der junge Mann war seit Jahren bei ihm und kannte die Wutausbrüche seines Herrn.

»Entschuldige, ich ließ mich gehen.«

»Nein, Herr. Es ist gut so. Habt Ihr bereits einen Entschluß gefaßt?«

Oschijahu grinste. »So, was glaubst du denn? Kannst du etwa Gedanken lesen?« Er stemmte die Hände in die Hüften und betrachtete seinen zierlich gebauten Burschen.

Duschratta war an die Methoden seines Herrn gewöhnt und ließ sich nicht beirren. »Ja, Herr. Ihr werdet Danel das Kommando entziehen.«

»Ganz recht«, gab Oschijahu zu. »Du machst mir Spaß! Was werde ich noch tun? Hast du diesbezüglich die Sterne befragt? Oder das Knochenorakel? Oder hast du dir bei den Innereien der Tauben Rat geholt?«

»Ihr habt bereits jemanden für diese Aufgabe ausgewählt, Herr. Ihr habt ihn schon vor Tagen dafür bestimmt.«

»Tatsächlich? Und was werde ich noch tun? Heraus damit, nur keine Schüchternheit.«

»Also gut, Herr. Ihr bezahlt mich schließlich nicht dafür, daß ich schüchtern bin. Ihr werdet außerdem den Koch der Messe entlassen und vermutlich auch in der Versorgungsstelle keinen Stein auf dem anderen lassen. Unlängst habt Ihr eine Bemerkung über betrügerische Marketender gemacht.«

»Stimmt.« Oschijahu wurde ernst. »Und jetzt genug der Weissagungen! Gehen wir zum Waffenschmied.«

In der Waffenkammer fanden sie die beiden Männer, die sie suchten. Jassib, Oschijahus junger Protegé, prüfte eine Waffe, während der etwas jüngere Schobai ihm dabei zusah. Jassib war stämmig gebaut und ein gutaussehender Mann, aber Schobai war einen Kopf größer als er und schön wie ein junger Gott.

»Seid gegrüßt, Herr«, sagte Jassib und nahm militärische Haltung an. »Schobai zeigte mir seine Arbeit. Wirklich bemerkenswert!«

»Du hast recht«, pflichtete Oschijahu ihm bei und nickte dem Waffenschmied zu. »Bei allem Respekt bezweifle ich jedoch, daß sein bestes Schwert sich mit diesem hier messen kann.« Er zog sein Schwert und reichte es dem Schmied mit dem Griff voran.

Schobai hielt das Schwert hoch und lächelte. Dieses Lächeln wirkte stets betörend. Oschijahu hatte noch nie einen so charmanten jungen Mann gesehen, und er wußte auch, daß Schobai sich seiner Anziehungskraft bewußt war, denn er galt allgemein als großer Weiberheld. »Ich kann Euch da nicht widersprechen, Herr«, pflichtete Schobai ihm bei. »Dieses Schwert hat Seltenheitswert, und ich wünschte, ich würde so ein Schwert mein eigen nennen.« Er reichte Jassib die Waffe. »Ich weiß natürlich, aus wessen Werkstatt es stammt«, meinte Schobai und lächelte wissend.

»Davon war ich überzeugt. Euer Urgroßvater Belsunu hat es gefertigt. Es war eines der letzten Schwerter, die er geschmiedet hat. Ich habe es von einem Mann gekauft, dessen Großvater in Kanaan als Söldner im Krieg gegen Elam gedient hatte; das waren Belsunus letzte Lebenstage. Nicht einmal die Schwerter Eures Großvaters kamen an Belsunus letzte Werkstücke heran, obwohl Ahuni für sein Können berühmt war. Angeblich starb Belsunu, nachdem er dieses hier gemacht hatte.« Oschijahu lächelte und schüttelte den Kopf. »Ich will gar nicht daran denken, wieviel ich dafür bezahlt habe.«

»Seit Jahren bin ich auf der Suche nach einem solchen Schwert. Seit ich meine Lehrzeit beendet habe. Aber das einzige, das ich außer diesem hier je in Händen gehalten habe, war das meines Vaters.« Er runzelte die Stirn und schüttelte dann leicht den Kopf, wie um die schmerzliche Erinnerung von sich zu schieben. »Aber das gehört nicht hierher.«

»Nein«, antwortete Oschijahu ruhig. Jassib gab Oschijahu das Schwert zurück. »Ich habe Eure Arbeit gesehen, Schobai, und bin zufrieden. Der Zahlmeister hält Euren Lohn für Euch bereit. Aber da wäre noch etwas, Schobai!«

»Ja, Herr?«

»Ich wüßte gern, wo Ihr Euch als nächstes um Arbeit umsehen wollt.«

Schobai runzelte die Stirn. Es war eine ungewöhnliche Frage. »Ich weiß es nicht, Herr. Aber Ihr kennt das Leben eines Waffenschmieds. Sobald wir eine Arbeit beendet haben, sind wir unerwünscht. Ich werde vermutlich annehmen, was sich mir bietet, vorausgesetzt der Auftraggeber kann mich bezahlen.« Schobais

Antwort klang leicht gereizt, aber sein strahlendes Lächeln täuschte über seine Verärgerung hinweg. »Ich weiß es noch nicht. Charchemisch. Ugarit. Vielleicht gehe ich nach Arzawa.«

Oschijahu sah ihn scharf an. »Ihr habt also nicht die Absicht, zum Beispiel nach Norden zu ziehen und den Nomaden Eure Dienste anzubieten?«

Schobais Augen blitzten für den Bruchteil einer Sekunde auf, doch sein Lächeln blieb unverändert. »Das wäre nur eine letzte Möglichkeit, Herr. Üblicherweise tritt man an mich heran. Nur in unerfreulich ruhigen Zeiten muß ich mich selbst um Arbeit bemühen.« Er grüßte die beiden Männer mit der ungezwungenen Höflichkeit des Gleichgestellten. »Mit Eurer Erlaubnis gehe ich jetzt zum Zahlmeister, Herr. Wenn ich schnell reite, schaffe ich es danach noch zurück in die Stadt.«

Jassib und sein Kommandant sahen Schobai nach; Oschijahus Bursche Duschratta begleitete ihn. »Seine Arbeit ist gut, Herr«, begann Jassib, »aber ...«

»Aber nicht so gut wie die seines Urgroßvaters. Und ich werde Euch noch etwas sagen: Er kommt auch nicht an seinen Großvater Ahuni heran und nicht an seinen Vater Kirta. Er ist einfach nur der beste, den wir haben. Es ist nicht sein Fehler. Wer weiß, was aus ihm geworden wäre, wenn Kirta hier gewesen und ihm das Handwerk beigebracht hätte. Aber wie die Dinge liegen, ist er der beste, den wir haben. Ich kann mich nicht beschweren. Nur ...«

»Was, Herr?«

»Ich hätte nicht gedacht, daß eines der Kinder des Löwen, wie gut er in seinem Handwerk auch sein mag, auch nur im entferntesten in Erwägung zieht, die Seiten zu wechseln.« Er runzelte die Stirn. »Aber es war natürlich sein gutes Recht, meine Frage abzuwehren. Es geht mich nichts an. Es ist so, wie er sagt: Ein Waffenschmied kommt und geht. Ein Waffenschmied, der das Zeichen des Löwen trägt, kann ungestraft für beide Seiten arbeiten.« Oschijahu seufzte. »Aber deshalb habe ich dich heute abend nicht zu mir gebeten.« Er sah Jassib kurz an und beobachtete danach die untergehende Sonne.

Er schwieg eine Weile. Jassib wartete geduldig. Schließlich fuhr sich Oschijahu mit der Zunge über die Lippen und sagte: »Ich werde mich von Danel trennen.«

»Wie bitte?«

»Ich trenne mich von ihm. Ich degradiere ihn um einige Ränge, so daß er entweder den Dienst quittiert oder aus seinen Fehlern lernt und noch einmal neu anfängt. Vielleicht arbeitet er beim nächsten Mal ernsthafter an seinem Aufstieg.«

»Aber ...«

»Mach dich nicht stark für ihn. Du weißt, daß er nachlässig ist. Außerdem ernenne ich dich zu seinem Nachfolger.«

»Herr!«

»Warum nicht? Du hast es verdient. Ich weiß, du rutschst damit einen Rang tiefer, aber dein Rang als Stabsoffizier ist ohnehin unrealistisch. Du brauchst jetzt ein direktes Kommando. Das ist gut für deinen Werdegang.«

»Herr ...«

»Unterbrich mich nicht. Ich beobachte dich schon seit geraumer Zeit. Du bist klug und ehrgeizig und weißt, wo deine Vorteile liegen. Du wirst es weit bringen. Du bist scharfsinnig, schlau, dynamisch. Ich wünschte, ich hätte in deinem Alter halb so viele Vorzüge besessen, dann hätte ich nicht so lange gebraucht, um die Position zu erreichen, die ich jetzt habe.«

»Ihr seid zu gut zu mir, Herr!«

»Nein, bin ich nicht. Ich brauche gute Männer unter mir, ergebene, tüchtige Männer, denen ich vertrauen kann. Dafür muß man sich junge Männer heranziehen. Aus diesem Grund übergehe ich ein paar Offiziere, die ein höheres Dienstalter haben als du.« Er lächelte, ohne den Blick von dem herrlichen Sonnenuntergang im Westen abzuwenden. »Ergebene Männer, habe ich gesagt. Männer, die mir nahestehen und die meine Denkungsart kennen.«

»Ich fühle mich geehrt, Herr.«

»Es geht nicht nur um die Beförderung. Ich hätte gern ... Nun, ich schlage dir eine Art Partnerschaft vor. Du bist mir untergeordnet, sollst aber mein Partner sein, der Verantwortung und Erfolg mit mir teilt.«

Jassib fehlten die Worte. Das Herz schlug ihm bis zum Hals.

»Du bist jung und nicht verheiratet. Hast du irgendwelche Pläne?«

Jassib fragte sich kurz, ob sein Kommandant ihm gerade eine

gleichgeschlechtliche Verbindung vorschlug, doch dann begriff er, worauf Oschijahu hinauswollte, und gab die richtige Antwort. »Nein, Herr. Nichts Ernstes.« Etwas in seinem Inneren rebellierte, als er das sagte, aber er fuhr unbeirrt fort: »Hier und da eine Tändelei. Nichts von Dauer.« Danataja! protestierte sein Herz. Aber es war ein schwacher Protest.

»Nun gut. Ich habe zwei heiratsfähige Töchter. Die ältere ist mein Augapfel, mein Liebling. Meine Frau starb bei der Geburt unserer zweiten Tochter, und danach habe ich unsere Erstgeborene während so mancher Kinderkrankheit selbst gepflegt. Ich hatte eine Kinderfrau angestellt, die die Erziehung übernahm. Beide Töchter sehen meiner Frau ähnlich, nicht mir. Meine Frau war schön. Gutes Amoriter-Blut aus Mari. Unsere ältere Tochter gerät nach ihr. Sie heißt Halima. Sie bekommt eine gute Mitgift, denn ich bin kein armer Mann. Als mein Schwiegersohn wirst du zügig vorankommen im Leben. Die Familie meiner Frau hat den Kindern ebenfalls eine bestimmte Summe vermacht, auf die ich keinen Zugriff habe. Dieses Vermögen wird bis zur Verheiratung der Mädchen verwaltet.« Er legte Jassib freundschaftlich die Hand auf die Schulter und geleitete ihn zur Offiziersmesse. »Am Tag ihrer Großjährigkeit erhält Halima die Summe von ...«

Jassib hörte zu, ohne voll zu begreifen. Das Herz wurde ihm immer schwerer. Er konnte sich alles lebhaft vorstellen. Als hätte er es immer gewußt, daß irgendwo eine Gelegenheit auf ihn wartete, der er nicht würde widerstehen können, die ihn aber zwang, Danataja zu verraten. Beklommen überdachte er seine Lage. Ihm winkten ein besserer Sold, eine neue Position und ein neuer Platz im Leben, doch auf Danataja mußte er verzichten. Er biß die Zähne zusammen, und es gelang ihm, die leise Stimme in seinem Inneren zum Verstummen zu bringen, die ihm sagte, daß Danataja ohne ihn verloren war.

III

Es war noch nicht völlig dunkel, als Danataja mit hochgehaltenem Gewand den Fluß an der Furt durchquerte. Höflich nickte sie den Frauen zu, die am seichten Ufer Wäsche wuschen. Die

Frauen erwiderten freundlich ihren Gruß, aber als Danataja in die Hauptstraße zur Stadtmauer einbog, wußte sie, daß die Frauen bereits über sie redeten. Sie redeten über alle.

Schapasch, die Frau des Barbiers, raffte ihre nasse Wäsche zusammen, um nach Hause zu gehen. »Ihr könnt sagen, was ihr wollt«, sagte sie, »aber an einer jungen Frau in ihrem Alter kann nichts Gutes sein, wenn sie nicht verheiratet ist und wenn sie mit einem Soldaten herumzieht.«

Die Witwe Galmat hatte ihr Hemd ausgezogen. Splitternackt stand sie im Wasser und schrubbte das einfache Kleidungsstück gegen einen Stein. Ihr voller Körper mit den runden Brüsten glänzte im Abendlicht. Wie Schapasch es vorausgesehen hatte, verteidigte Galmat die junge Frau. »Wenn sie mit einem dicken Bauch auftaucht, dann glaube ich das Schlimmste. Aber erst dann!« meinte sie.

»Übrigens«, fiel Pagat, die Frau des Bäckers, ihr ins Wort. »Der Waffenschmied Schobai täte gut daran, seine überhebliche Frau nicht aus den Augen zu lassen. Wenn er nicht da ist, gehen bei ihr die Männer zu jeder Tageszeit ein und aus.«

»Ach, Unsinn«, entgegnete die Witwe Galmat. Sie gähnte laut und streckte sich wohlig. »Das ist ihr Schwager Hadad, der aus Ton und Metall kleine Statuen von Göttern und Göttinnen macht. Er ist ein anständiger Kerl. Ihr wißt schon, der mit dem schlechten Bein.«

»Ja, aber er ist es nicht allein«, widersprach Pagat. »Es sind mehrere. Da ist noch ein Soldat, ein eher kleiner Mann. Er war gestern bei ihr.«

»Warum denn nicht? Wahrscheinlich will er eine Rüstung für festliche Gelegenheiten bestellen oder ein Zeremonienschwert. Schobai fertigt schließlich solche Sachen an.« Schapasch hielt immer noch ihre Wäsche im Arm; offensichtlich hatte sie vergessen, daß sie gehen wollte. »Mich würde es ehrlich gesagt nicht wundern, wenn sie sich ein bißchen amüsiert, sobald Schobai fort ist. Sie ist zwar hübsch, aber eingebildet und überheblich. Sie ist nicht viel wert.«

»Andererseits kann ich es ihr nicht wirklich verdenken«, wandte Pagat ein. »Man hört so manches über Schobai. Er ist auch kein Kostverächter. Mein Mann hatte einen Kunden aus

Charchemisch. Der hat erzählt, daß sich Schobai dort der Frauen gar nicht erwehren konnte. Er hat sich allerdings auch nicht besonders bemüht, sie loszuwerden.«

Die Witwe warf den Kopf in den Nacken und lachte herzlich. »Eins kann ich dir sagen: Sollte Schobai einmal auf mich ein Auge werfen, dann würde ich auch nicht nein sagen. Nein, meine Lieben. Auch wenn uns ein ziemlicher Altersunterschied trennt. Er ist ein Bild von einem Mann. Das hat er von seinem Großvater. Ahuni war ebenso groß wie Schobai und gab sich wie ein König. Ich war damals noch ein Kind, aber ich erinnere mich an ihn. Obwohl ich noch so jung war, war ich schrecklich verliebt in ihn.« Sie kicherte. »Stellt euch das nur vor. Er muß damals ungefähr so alt gewesen sein, wie ich jetzt bin.«

Schapasch beobachtete zwei sehr junge Frauen, die dort gebadet hatten, wo die Furt tiefer war. Jetzt näherten sie sich der Gruppe, und Schapasch betrachtete neidisch ihre festen Brüste, ihre glatten, schlanken Körper und die natürliche Anmut ihrer Haltung. »Wir wünschen uns doch alle manchmal, ein paar Jahre jünger zu sein«, meinte sie.

»Das stimmt«, gab die Witwe ihr recht und betrachtete dabei ihren eigenen Körper. »Das ist nur zu wahr! Doch wenn ich noch einmal jung wäre, müßte ich den Kummer und die Sorgen auch noch einmal durchmachen. Als ich damals mein kleines Mädchen verlor, meinen Mann ...«

»Quäl dich nicht mit dunklen Gedanken«, tröstete Pagat mitfühlend. »Denk daran, wieviel Freude es dir gemacht hat, deine zwei prächtigen Jungen großzuziehen! Sie haben geheiratet und dir Enkel geschenkt. Ich kann nur hoffen, Galmat, daß ich mich im Alter ebenso gut halte wie du.«

Sie brach ab. Alle Gespräche verstummten für einen Augenblick, denn Rahel, die Tochter des reichen Viehhändlers Laban, war ein gutes Stück unterhalb der Furt zum Fluß gekommen. Sie trug eine Amphore, bückte sich anmutig und füllte sie mit Wasser. Sie sah kurz zu den Frauen hinüber, wandte sich aber gleich wieder ab und schritt davon. Das hohe Gefäß trug sie auf der Schulter. »Du hast recht«, seufzte Galmat. »Man soll das Positive im Leben sehen. Wenn ich diese arme Frau anschaue!« Wieder seufzte sie, während sie das mittlerweile saubere Hemd auswrang und sich über den Kopf zog. »Sie hat es wirklich nicht leicht gehabt in ihrem Leben.«

»Auf alle Fälle ist sie eine furchtbare Enttäuschung für ihren Ehemann«, gab Pagat zu bedenken. »Ich frage mich nur, wofür die Götter sie bestrafen.« Nach kurzem Nachdenken fügte sie hinzu: »Oder ihn.«

»Sie glauben nicht an unsere Götter«, klärte Schapasch sie auf. »Ihr Mann, Jakob, kommt aus Kanaan, und dort leugnen sie die Götter und glauben nur an einen Gott. El Schaddai heißt er, oder so ähnlich. Mein Mann hat mir einmal erzählt, daß Jakob dort einen hohen Rang einnahm. Aber dann ist er in Schwierigkeiten geraten. Anscheinend wollte ihn jemand umbringen.«

»Das ist seltsam«, meinte die Witwe nachdenklich. »Ich habe ihn kennengelernt. Er scheint mir nicht der Typ Mann, den man umbringen will. Andererseits wirkt er auch nicht wie ein nobler Herr. Sein Schwiegervater...«

»Laban behandelt ihn wie den letzten Dreck. Für ihn ist er wie der Staub unter seinen Füßen. Er beschimpft ihn in aller Öffentlichkeit. Aber angeblich ist Jakob ein tüchtiger Verwalter von Labans Herden«, berichtete Schapasch.

»Der arme Mann«, sagte die Witwe bedauernd. »Er hat sich in Rahel verliebt, und Laban ließ ihn den Brautpreis abarbeiten. Als dann die vereinbarten Jahre um waren, änderte Laban seine Meinung und bestand darauf, daß Jakob zuerst seine ältere Tochter Lea heiratet. Er zwang ihn, noch einmal für Rahels Brautpreis zu arbeiten.«

Schapasch watete zurück ans Ufer. »Und dann stellt sich heraus, daß sie so unfruchtbar ist wie ein Maultier. Was für eine Enttäuschung!« Pagat und die Witwe folgten ihr ans Ufer, und Pagat fügte hinzu: »Trotzdem hat sich für Jakob alles ganz gut entwickelt. Zilpa und Bilha sind die Dienerinnen seiner Frauen und gleichzeitig seine Konkubinen. Mit Lea, der Schwester, die er nicht heiraten wollte, und den beiden Konkubinen hat er mittlerweile sieben oder acht Söhne. Ich weiß es gar nicht genau.«

»Es sind noch mehr«, verbesserte Schapasch. »Mindestens zehn. Aber soviel ich weiß, liebt der arme Mann eigentlich nur Rahel. Er zieht sie allen anderen vor, als hätte sie ihm diese strammen Jungen geschenkt.«

»Die Geschmäcker sind eben unterschiedlich«, stellte die Witwe fest. »Aber ich muß zugeben, daß sie sogar jetzt noch eine hübsche Frau ist. Wie alt mag sie sein? Ende Dreißig?«

»So ungefähr. Früher habe ich sie für hochnäsig gehalten und geglaubt, daß sie uns meidet. Aber vermutlich ist es ihr nur peinlich. Sie hat Angst, daß eine von uns die falsche Frage stellt und sie eine Antwort geben muß, die sie nicht geben will.«

»Ich wüßte gern, ob sie und Jakob noch miteinander schlafen?« überlegte die Witwe.

»Wer weiß?« Pagat zuckte die Achseln. »Es wird Zeit, daß wir gehen. Die Sonne geht schon unter.«

Das Abendbrot stand bereits auf dem Tisch, als Danataja im Haus ihres Onkels eintraf. Der Onkel war nicht zu Hause; die Tante fütterte die beiden kleinen Vettern. »Wo warst du?« fragte die Tante vorwurfsvoll.

»Ich war oben im Lager und habe mit Jassib gesprochen.« Danataja setzte sich und griff nach ihrer Schüssel. »Ich hatte Mühe, ihn zu finden.«

»Und? Was hat er gesagt?« wollte die Tante wissen. Sie füllte eine Schale und reichte sie dem kleineren Kind. »Hat er einen Tag für eure Hochzeit genannt?«

»Nein. Weißt du, er...«

»Er hat sich nicht festgelegt? Hast du nicht klar und deutlich gesagt, was du wolltest?«

»Doch. Aber seine Versetzung steht bevor, und er weiß nicht wohin.«

»Er weiß es nicht?« Die Tante blickte Danataja entsetzt an. »Aber du mußt hier fort, Danataja! Er wird seine Meinung ändern müssen!«

»Ich muß?« Danataja begriff. »Du willst damit sagen, daß du mein Zimmer bereits vermietet hast. Habe ich recht?«

»Ich mußte es tun, Danataja! Ganz gleich, was ich deinem Vater versprochen habe, ich kann dir das Zimmer nicht zu den gleichen Bedingungen vermieten wie bisher. Die Miete für das Geschäft meines Mannes wurde erhöht. Schon im vergangenen Jahr wurden die Steuern verdoppelt.« Sie schluchzte. »Wenn du nur Arbeit finden würdest!«

»Ich werde es weiterhin versuchen.«

»Danataja!« rief die Frau. Sie war aus Verzweiflung ärgerlich geworden. »Begreifst du nicht, was ich dir sagen will? Es ist zu spät! Dein Onkel hat das Geld des Mannes bereits genommen und auch schon ausgegeben. Verstehst du, was das bedeutet?«

Danataja schob ihre Schüssel von sich. Sie begriff nur zu gut. Schon in wenigen Tagen würde sie kein Zuhause mehr haben und nichts, wovon sie ihren Lebensunterhalt bestreiten konnte. Dumpfes Entsetzen erfüllte sie.

Oschijahu war damit beschäftigt, die Tontafeln der Marketender zu überprüfen, auf denen sie ihre Geschäfte mit der Armee während der vergangenen sechs Monate aufgezeichnet hatten, als Duschratta, sein Bursche, zum Zelt hereinsah.

»Der Bote aus dem Norden ist eingetroffen, Herr. Soll ich ihn hereinführen?«

»Ich gehe hinaus zu ihm«, antwortete der Kommandant. »Meine Augen tränen schon. Diese Arbeit ist zu anstrengend am Abend, wenn die Beleuchtung so schlecht ist.« Er stand auf, streckte sich und gähnte. »Einer der Marketender scheint in Ordnung zu sein. Alle Geschäfte wurden korrekt abgerechnet, zumindest während der in Frage stehenden Periode.«

»Und der andere, Herr?«

»Ich werde ihn morgen für seine Arbeit belohnen, falls du einen hohen Baum mit einem geraden Ast findest.«

»So schlimm ist es, Herr?«

»Schlimm? Pfählen sollte ich ihn lassen! Dabei fällt mir etwas ein. Hast du die Wachen informiert, daß beide vorerst festgehalten werden? Keiner darf sich entfernen.«

»Beide stehen unter Hausarrest. Ich bin so taktvoll wie möglich vorgegangen.«

»Gut.« Die beiden Männer gingen rasch die Lagerstraße hinunter, die von brennenden Fackeln beleuchtet wurde. »Der Bote bringt vermutlich Nachrichten über unsere Freunde, die Nomadenkönige.«

»Ja, Herr. Hier ist er schon. Fragt ihn selbst!«

Als sie um die Ecke kamen, stand vor ihnen am Lagerfeuer ein hochgewachsener Mann. Er salutierte. Oschijahu erwiderte den

Gruß und forderte den Mann auf, bequem zu stehen. »Nun, hast du sie dir angesehen?« fragte er.

»Einige, Herr. Man kommt nicht besonders nahe an sie heran. Zumindest nicht, ohne in unerwünschte Schwierigkeiten zu geraten. Kaum haben sie einen erblickt, hagelt es Pfeile.«

»Ich verstehe. Aber du hast sie gesehen?«

Der junge Krieger lächelte angespannt. Er gefiel Oschijahu. Er hatte ein selbstbewußtes Auftreten und sprach respektvoll, aber nicht unterwürfig. Der Mann hat Erfahrung, dachte Oschijahu.

»Ich habe sie von einer Hügelkuppe aus beobachtet, Herr. Ihr Lager erstreckt sich bis an den Horizont. Wenn sie vorbeiziehen, dauert das tagelang.«

»Wie sind sie bewaffnet?«

»Ihre Rüstungen sind schwerer als unsere. Die Schwerter sind länger und schwerer, und ihre Bogen sind eigenartig geformt.«

»Sind sie alle beritten?«

»Manche sind zu Pferd, manche zu Fuß, Herr. Die Kavallerie ist gut geschult. Ihre Reitkunst würde Euch gefallen. Sie reiten wie die Männer von Moab.«

»Das ist ein großes Lob. Was noch?«

»Nun, Herr, ich habe auch eine Stadt gesehen, die sie zerstört haben.« Seine Züge verfinsterten sich.

»Und?«

»Sie haben eine Art Maschine, mit der sie die Tore stürmen. Die Tore dieser Stadt waren mit schrecklicher Wucht nach innen gedrückt und zertrümmert worden. Auch Belagerungsausrüstung auf Rädern besitzen sie, die sie von Stadt zu Stadt transportieren.« Er dachte nach, fügte aber nichts mehr hinzu. »Das ist alles, Herr.« Er stand stramm. »Vielleicht hätte es noch mehr zu sehen gegeben, aber ich wurde entdeckt und mußte mich schleunigst in Sicherheit bringen.«

»Gut gemacht. Ich habe aber den Eindruck, daß du noch mehr zu erzählen hättest.«

»Ja, Herr. Sie... nun ja, sie leisten ganze Arbeit, wenn sie eine Stadt erobern.«

»Und dabei ist dir übel geworden? Deshalb brauchst du dich nicht zu schämen. Das ist nur ein Zeichen, daß du noch menschliche Gefühle besitzt. Erzähle!«

»Die Männer, die noch am Leben waren, als das Tor einstürzte, wurden kastriert, gepfählt, von unzähligen Pfeilen durchbohrt oder, wo sie saßen, gesteinigt. Die Frauen wurden vergewaltigt und auf jede Weise schändlich mißhandelt. Mit manchen trieben sie richtig ihre Späße. Sie gruben die Frauen in einer Reihe bis zum Hals im Sand ein. Dann ritten sie im Galopp an ihnen vorbei und schlugen ihnen mit den Schwertern die Köpfe ab.«

»Bei allen Göttern!«

»Ich traf einen Mann, der überlebt hat. Er war verwundet worden und hat sich totgestellt; da ließen sie ihn liegen. Er hat mir von den Frauen erzählt und von den Spielen, die sie mit ihnen trieben. Er erzählte mir auch von einem Freund, dem hackten sie Arme und Beine ab, schließlich seine Nase und seine Genitalien. Am Ende haben sie ihn geblendet und seine Zunge herausgerissen.«

»Pfui! Das hat dir der Überlebende erzählt?«

»Die Kinder! Sie warfen die Säuglinge in die Luft und fingen sie mit den Speeren auf. Die sechs- und siebenjährigen Kinder vergewaltigten sie und rissen ihnen die Eingeweide heraus. Sie fanden es sehr lustig, wenn die Armen herumliefen und ihre Därme hinter sich herzogen.«

»Schon gut!« Der Kommandant hob abwehrend die Hände. »Den Rest kannst du mir später erzählen, mein Sohn. Ruh dich aus! Du hast deinen Auftrag gut erfüllt. Ich danke dir, daß du heil zurückgekommen bist.«

»Zu Befehl, Herr!« Der Bote salutierte und wollte gehen.

»Warte! Ich habe deinen Namen nicht verstanden.«

Der Melder lächelte. »Hoschaja, Herr. Siebente Angriffsabteilung.«

»Aha«, sagte der Kommandant rauh, aber freundlich. »Hoschaja. Ich werde versuchen, mir das zu merken.«

Die Stadttore von Haran wurden mit den letzten Strahlen der untergehenden Sonne geschlossen. Wer sich nach Sonnenuntergang noch außerhalb der Tore aufhielt, mußte sich an der Stadtmauer einen Platz zum Schlafen suchen, wo sich fahrende Händler, Zuhälter, Diebe und anderes zwielichtiges Gesindel herumtrieben. Hier befand sich auch der Rastplatz der großen Karawanen, die die Handelsrouten von und nach Haran bereisten. Für Schobai, den Waffenschmied, gab es von Berufs wegen weder Mauern noch Grenzen. Auch das geschlossene Stadttor war für ihn kein großes Hindernis. Freundlich begrüßte er die Torwachen, die gerade die Tore schließen wollten, und sie ließen ihn lächelnd passieren. Er dankte ihnen mit einer ungezwungenen Handbewegung, wie jemand, der es gewohnt ist, daß man ihm einen Gefallen erweist.

Ein Waffenschmied trägt für gewöhnlich keine Waffen, außer in Zeiten der Bedrängnis. Doch heute hatte Schobai eine volle Börse unter seinem Gewand verborgen; daher steckte in seinem Gürtel ein langes, scharfes Messer. Das Messer stammte aus seiner eigenen Werkstatt und war ein Vielfaches dessen wert, was ein Mann normalerweise in einem Monat verdienen konnte, es sei denn, er war ein wohlhabender Schmied wie Schobai. Das Messer war jedoch reine Formsache. Schobai war nicht nur groß, sondern auch stark; seine breiten Schultern und die muskulösen Arme ließen keinen Zweifel daran, daß er sich im Notfall sehr wohl zu wehren wußte.

Jedes der vier Stadtviertel von Haran hatte seinen eigenen Basar. Schobais Weg führte ihn durch einen dieser Basare. Auf der Mauer eines Lagerhauses am Rand des Marktplatzes steckten Fackeln, so daß Schobai in ihrem Licht deutlich zu erkennen war. Die Kaufleute grüßten ihn ehrerbietig, und er erwiderte ihren Gruß mit einem kurzen Kopfnicken; ein Lächeln schenkte er nur den bedeutenden Bürgern der Stadt.

Er war zweiundzwanzig Jahre alt, und seit zwei Jahren zählte er in Haran zu den Besten seines Gewerbes. Das war nicht alltäglich, denn er war nur vier Jahre Geselle gewesen. Doch ein echtes Kind des Löwen zu sein wog in Haran schwer; man erinnerte sich hier an seinen Vater Kirta und seinen Großvater Ahuni und auch an die Geschichten über den großen Belsunu, der zu Abrahams Zeiten das berühmte Muttermal getragen hatte. Nach dem Tod seines Meisters hatte Schobai rasch eine führende Stellung in seinem geschätzten und gut bezahlten Gewerbe erlangt. Er war in dem Bewußtsein erzogen worden, etwas Besseres zu sein, doch es fehlte der Vater, der mäßigend auf sein Selbstbewußtsein hätte wirken können. Kurz vor seinem zehnten Geburtstag war sein Vater verschwunden; Schobai hatte damals noch nicht einmal seine Lehrzeit begonnen. Nach dem Verschwinden des Vaters hatte ein Kaufmann die Verwaltung des Vermögens übernommen; er hatte versagt und dann Selbstmord begangen. Schobais Mutter Tallai, die nun ihre beiden kleinen Söhne allein großziehen mußte, sah sich plötzlich vor große Probleme gestellt. Kirtas Gläubiger bedrängten sie, und so sah sie sich gezwungen, Kirtas luxuriöses Haus weit unter Wert zu verkaufen. Nachdem sie Kirtas Schulden bezahlt hatte, blieb ihr gerade noch genug, um ein bescheidenes Heim am Stadtrand zu kaufen. Sie brachte noch Geld für eine Lehrstelle für den älteren Sohn auf, aber für die Erziehung des zweiten Sohns war kein Geld mehr übrig.

Jetzt, Jahre später, lebte Schobai in großem Wohlstand. Er hatte Anat geheiratet, die Tochter eines reichen Kaufmanns. Sie hatte eine große Mitgift in die Ehe gebracht, mit der er die ersten Jahre als selbständiger Schmied finanzieren konnte. Mittlerweile hatte sich Anats Geld mehr als verdreifacht. Nicht nur finanziell war ihre Ehe eine gute Verbindung, auch vom Aussehen paßten die beiden gut zusammen. Sie waren ein schönes Paar und bei allen festlichen Veranstaltungen der Oberschicht von Haran gerngesehene Gäste. Sie waren immer so prächtig gekleidet, daß sie bewundert wurden, wo immer sie sich zeigten. Nur selten machte jemand eine Bemerkung darüber, daß Tallai, Schobais Mutter, in äußerst bescheidenen Umständen in einem heruntergekommenen Stadtteil lebte oder daß sein jüngerer Bruder Hadad sich nur mit Mühe seinen Lebensunterhalt verdienen konnte. Hadad fertigte kleine Ziergegenstände und billigen Schmuck aus Ton oder Metall. Er hatte das Handwerk nie wirklich gelernt, sondern sich seine Fertigkeiten durch Zuschauen erworben. Doch es schien, als ob Schobai sich immer weniger um seine Mutter und seinen Bruder kümmerte, je besser es ihm selbst ging.

Niemand schien ihm das übelzunehmen. Schobai war der geborene Sieger. Er war groß und gut gebaut und schon als Junge sehr hübsch gewesen. Inzwischen war er zum schönsten Mann der Stadt herangewachsen, und jeder sah in ihm den aufstrebenden, erfolgreichen jungen Mann. Die Menschen erwiesen ihm jeden nur möglichen Gefallen, weil sie wußten, daß sich der Wert dieser Gefälligkeiten vervielfältigen würde, je mehr Schobai an Macht und Einfluß gewann. Er war ein Jüngling gewesen, als die

Frauen ihm schon ihre besondere Gunst geschenkt hatten. Schobai akzeptierte auch diese Gefälligkeiten mit einer Selbstverständlichkeit, als hätte er einen Anspruch darauf. Das machte einen Teil seines aristokratischen Charmes aus, denn es wurde ihm nie bewußt, daß er Fehler hatte, die die Menschen aber übersahen.

Als er jetzt mit der dicken Geldbörse durch die Stadt ging, war er zufrieden mit seinem Erfolg, aber gleichzeitig rastlos. Schon der vorhergehende Auftrag hatte ihm so viel eingebracht, daß er sich einen noch aufwendigeren Lebensstil hatte leisten können als bis dahin, trotz Anats Extravaganzen. Die Summe, die er jetzt nach Hause trug, bettelte förmlich darum, ausgegeben zu werden. Aber wofür? Schobai konnte an nichts anderes denken, während er durch die engen Straßen nach Hause schritt.

Es war nicht die richtige Tageszeit, um einzukaufen. Die wenigen Händler, die noch auf den Straßen waren, bereiteten ihre Verkaufsstände für das Morgengeschäft vor oder wollten gerade schließen. Abgesehen davon hatten sie ohnehin nicht das, was er suchte. Schließlich konnte er mit dem Geld einen ganzen Laden kaufen, wenn er wollte.

Er blieb stehen. Das war eine gute Idee! Ein Haus oder ein Grundstück erwerben und daran verdienen? Keine schlechte Idee, warum nicht? Einen Monat zuvor hatte man ihm Häuser mit Wohnungen angeboten und früher bereits einmal ein Lagerhaus. Das Lagerhaus interessierte ihn wenig. Aber Häuser mit Wohnungen und Geschäften? Das würde ihm gefallen, denn dann könnte er für die Wohnungen und Geschäfte die Mieten kassieren.

Eine gute Idee! Ein vornehmer Herr verdiente Geld durch Vermieten und machte sich nicht selbst die Hände schmutzig. Anats Vater, sein Schwiegervater, hatte Schobai dies bereits kurz nach der Eheschließung empfohlen. Damit würde Schobai sich die Möglichkeit schaffen, sich beizeiten aus seinem Beruf zurückzuziehen; denn sein Beruf war zwar sehr angesehen, er galt aber trotzdem als Gewerbe. Der alte Mann rümpfte stets abfällig die Nase, wenn das verhaßte Wort »Gewerbe« fiel. Es war ein guter Rat gewesen, auch wenn er damals verfrüht gekommen war. Aber jetzt?

Schobai lächelte. Der Vorschlag hatte etwas für sich. Ein Grundbesitzer war in der Stadt hoch angesehen. Das Geld, das er bei sich trug, würde ihm zu Ansehen und Macht verhelfen – und zu neuen Aufträgen. Sobald er zur jüngeren Generation der Honoratioren der Stadt zählte, würde er Aufträge erhalten, bei denen er sich auch gestalterisch entfalten konnte. Das bedeutete mehr Geld, mit dem er weitere Grundstücke erwerben konnte. Hatte man einmal den Punkt erreicht, an dem das System für einen arbeitete, vervielfältigten sich Glück, Wohlstand und Macht wie von selbst. Der Gedanke faszinierte Schobai. Als er in die Straße einbog, die zu dem Stadtviertel führte, in dem er wohnte, blieb er stehen. Der Gedanke bedurfte sorgfältiger Überlegung und Vorbereitung! Zu Hause gab es keine Gelegenheit zum Nachdenken. Anat würde ihm von ihren Ideen und Projekten erzählen und seine konstruktiven Gedankengänge unterbrechen. Vielleicht sollte er seine Heimkehr hinauszögern? Aber wie? Und wo?

Schobai runzelte die Stirn und blickte suchend die Straße hinauf und hinunter. Schließlich entdeckte er ein paar Häuser weiter auf der linken Straßenseite das Schild einer Taverne. Die Schenke *Zum Weißen Pferd,* ein beliebtes Lokal, in dem einige seiner einflußreichen Freunde verkehrten. Auch der Kaufmann Aqhat kam oft hierher, und er war Grundstücks- und Häusermakler. Vielleicht war Aqhat gerade zufällig dort, und er konnte mit ihm ins Gespräch kommen.

Schobai lächelte und lenkte seine Schritte in Richtung der Taverne.

Und er hatte Glück! Aqhat war tatsächlich da und unterhielt sich mit zwei Freunden, die aber gerade im Begriff waren aufzubrechen. Schobai setzte sich zu ihnen an den Tisch, und als die beiden Männer gegangen waren, brachte er das Gespräch auf das Thema, das ihn beschäftigte.

Aqhat gab viele gute Ratschläge. »Bei allem was Euch heilig ist, mein junger Freund, leistet keine große Anzahlung! Gerade jetzt dürft Ihr nicht viel Bargeld in ein einzelnes Grundstück investieren; Ihr müßt das Risiko verteilen. Kauft Geschäftslokale hier und Wohnungen dort, dann seid Ihr immer abgesichert, ganz gleich, wie sich der Markt entwickelt. Kommt morgen zu mir nach Hause. Ich kann Euch ein paar sehr profitable Abschlüsse empfehlen. Wenn Ihr bereit seid, ein gewisses Risiko einzugehen, könntet Ihr Euer Geld sehr schnell verdoppeln. Ich kann Euch nicht sagen, woher ich es weiß, aber ich habe erfahren, daß die Stadt für die Erweiterung der Stadtwache bestimmte Gebäude kaufen möchte. Ihr Wert liegt dann weit über jenem, den der augenblickliche Besitzer verlangt. Der Eigentümer hat keine Ahnung, daß die Stadtverwaltung entschlossen ist, das Grundstück zu kaufen, und hält es daher für nicht besonders wertvoll.« Aqhat rief den Wirt und bestellte zwei Schalen Wein. »Findet Ihr es interessant?«

»Wenn Ihr es sagt«, antwortete Schobai und mußte sich bemühen, seine Begeisterung nicht zu zeigen. »Wieviel Geld müßte ich denn auf den Tisch legen?« Doch seine Worte gingen unter in dem plötzlichen Lärm, der von drei Musikern verursacht wurde, die auf der Lyra, der Flöte und auf Trommeln eine schwungvolle Melodie anstimmten. Unter dem Applaus der Zuschauer tänzelte eine junge Frau leichtfüßig zu den Klängen der Musik in die Mitte des Raums. Sie war barfuß, und halb durchsichtige Schleier umflatterten ihren Körper. Sobald sie auf der freien Fläche in der Mitte des Raums stand, schlugen die Musikanten einen pulsierenden Rhythmus an, und der Flötist spielte eine sinnliche Melodie dazu.

Aqhat leerte seine Schale und erhob sich. Er warf eine Münze auf den Tisch und sagte zu Schobai: »Bleibt sitzen. Ich muß gehen. Mein Sohn hat heute Geburtstag, und ich habe ihm ein Geschenk versprochen. Ihr bleibt hier und amüsiert Euch ein bißchen. Wir sehen uns morgen nach dem Mittagessen, in Ordnung?«

Schobai nickte und wandte seine Aufmerksamkeit der tanzenden Frau in der Mitte des Raums zu. Zwei Schleier hatte sie bereits abgelegt, und ihr Gewand enthüllte jetzt mehr, als es verbarg. Sie schien nur für ihn zu tanzen, für niemanden sonst, denn sie sah nur ihn an, und ihr vielversprechendes spöttisches Lächeln galt nur ihm.

Der nächste Schleier löste sich, und sie warf ihn beiseite. Ihre goldenen Brüste waren entblößt. Unter dem dünnen Stoff zeichnete sich ihr kräftiges Gesäß ab, und als sie sich wieder umdrehte, konnte Schobai für einen Augenblick den dunklen Haarschopf zwischen ihren Beinen erkennen. Immer weiter drehte sie sich im Rhythmus der Musik, und ihr Blick ließ den seinen nicht los.

Schobai lächelte und sah sie fragend an. Ihre Augen beantworteten seine Frage, und die weichen Bewegungen ihres verführerischen Körpers unterstrichen ihre Antwort. Sie blickte kurz hinauf in Richtung Obergeschoß und rollte bedeutungsvoll mit den Augen. Noch ein Schleier fiel, und noch einer. Jetzt war sie nackt, nackt bis auf einen breiten goldenen Gürtel, der um ihre schmale Taille saß, verführerisch über eine Hüfte glitt und sich ab und zu über den schwarzen Haarschopf zwischen ihren üppigen Schenkeln schob. Ihr Körper war von einem dünnen Schweißfilm überzogen, und sie wirkte wie eine goldene Statue, die durch einen Zauber zum Leben erwacht war, sich wendete und drehte und vor Erregung zitterte. Schobai konnte sie riechen, hörte ihr kehliges Stöhnen, als sie zuerst die eine und dann die andere nackte Brust lustvoll berührte. Dann drehte sie sich noch einmal – und war verschwunden.

Während des darauf folgenden Applauses schlüpfte Schobai zur Tür hinaus und stieg über die Außentreppe nach oben.

Während der Nacht erwachte er. Die Frau schlief; ihr Mund stand offen, und sie schnarchte leise. Schobai stand auf und streckte sich. Nackt wie er war, trat er hinaus auf das mondbeschienene Dach. Er gähnte. Es war eine schöne Liebesnacht gewesen; die Frau hatte nicht zuviel versprochen mit ihren verführerischen Blicken. Er dachte an die Verabredung, die er am vergangenen Tag getroffen hatte, und lächelte. Aber dann beschlich ihn ein ärgerliches Gefühl. Mit welchem Recht wollte ihm der Kommandant Oschijahu Vorschriften machen! Er war ein Kind des Löwen und konnte seine Erzeugnisse verkaufen, wem er wollte. Kannte er nicht das alte Bündnis des Kain, des ersten Waffenschmieds, der Schobais erster Vorfahre war? Wußte er nicht, daß Kain mit dem Mal gezeichnet worden war, genau wie seine männlichen Nachkommen, um sie von allen anderen Männern zu unterscheiden? Nach der Tradition war es jedem, der das Mal trug, gestattet, Grenzen zu überschreiten und alle Posten zu passieren. Sogar mitten im Krieg durfte er die Seiten wechseln, um seine Dienste als Waffenschmied anzubieten. Mit welchem Recht legte Oschijahu Schobai nahe, nicht nach Norden zu gehen und seine Dienste nicht den Nomaden anzubieten? So ein arroganter Kerl!

Die Frau rief Schobai. Sie war aufgewacht und suchte ihn. »Schobai? Schobai, Liebster, komm zurück in mein Bett! Komm, mein Geliebter!« Gähnend gehorchte er. Manchmal war es einfacher, mit dem Strom zu schwimmen.

Kapitel 3

I

Bei Einbruch der Abenddämmerung war die Stadt, in der Kirta das Geheimnis der Bearbeitung des Eisenmetalls erfahren hatte, nach dem er so lange gesucht hatte, von den Kretern eingenommen. Die Verteidiger waren entweder tot, oder sie lagen im Sterben. Diejenigen, die nicht mitgekämpft hatten, waren froh, daß sie in die Berge hinter der Stadt fliehen konnten, wohin ihnen niemand folgte. Der Überfall hatte zum Ziel gehabt, die Insel zu unterwerfen, doch hatte der Minos Befehl gegeben, die Zivilbevölkerung zu schonen. Nach der Eroberung der Insel würde Minos Tributleistungen fordern und die Insel schwer besteuern. Die Nachkommen der Überlebenden würden noch über mehrere Generationen unter der schrecklichen Last der kretischen Steuern stöhnen. Die Insel würde über viele Jahre unter der Dezimierung ihrer Jugend leiden, da Kreta einen jährlichen Tribut an Menschen für die Schiffe und die Stierarena forderte.

Das Kommando der Streitmacht hatte auf der Mole sein Hauptquartier aufgeschlagen; die Flotte lag innerhalb der Mole vor Anker. Eine kleine Einheit war zur Bewachung der Stadt abkommandiert worden, um einen Gegenangriff zu verhindern; eine zweite Einheit besetzte die Befestigungsanlagen am Ende der langen Mole. Wo der künstliche Wellenbrecher auf das Festland traf, waren die Vorbereitungen für eine üppige Siegesfeier in vollem Gang. Die besten der im Frühling geborenen Lämmer wurden geschlachtet, und die siegreichen Eroberer schleppten große Amphoren voll mit dem köstlichsten Wein der Insel herbei. In der Nähe des Lagerfeuers hatte man die jüngsten und hübschesten Frauen und Männer des besiegten Volkes in einem improvisierten Pferch zusammengetrieben; sie würden ebenfalls an den abendlichen Festlichkeiten teilnehmen, wenn auch unfreiwillig.

Xena hatte Nikos gefunden und ihn ausgeschickt, seinen Herrn zu suchen. Sie hatte sich parfümiert und die Haare mit

Pomade frisiert. Auf ihren bloßen, rot geschminkten Brüsten lag eine schwere goldene Kette. Lukios, ihr Eunuch, war ebenfalls festlich bemalt wie seine Herrin und beobachtete mit einem zynischen Lächeln, wie sie jetzt ungeduldig auf Khalkeus wartete und gereizt vor ihrem Zelt auf und ab ging.

Xena bemerkte es und runzelte ärgerlich die Stirn. »Was grinst du so albern? Du fällst mir auf die Nerven.«

Lukios betrachtete sie gelassen. Sie sieht nicht schlecht aus, das muß man sagen, zumindest für eine von ihnen, dachte er. Er hatte den weiblichen Körper nie besonders attraktiv gefunden – das war auch schon so gewesen, bevor man ihn kastriert hatte. Aber trotzdem mußte er zugeben, daß Xena für ihr Alter gut aussah und mit ihrer herrischen, arroganten Art eine gewisse Anziehungskraft besaß. Er selbst fand gehässige Frauen am attraktivsten. Vielleicht deshalb, weil sie sich dann weniger wie Frauen, sondern eher wie geschlechtslose Männer benahmen. »Ihr seht umwerfend aus, meine Liebe«, sagte er beschwichtigend. »Einfach umwerfend! Ihr seid der Liebreiz in Person. Er wird Euch nicht widerstehen können!«

»Ich wünschte mir, daß es so wäre«, erwiderte sie etwas unsicher und fuhr sich über ihre schwarzen Locken. »Wie soll ich ihn bloß halten, Lukios? Ich weiß, daß er mich nicht liebt.«

»Klammert Euch nicht an ihn. Das ist der erste Schritt. Das ist leicht gesagt, ich weiß. Ich war einmal unsterblich in einen Flötenspieler verliebt, und er hat mich an der Nase herumgeführt! Was habe ich nicht alles durchgemacht damals! Ich mag gar nicht mehr daran denken ...« Lukios verdrehte die Augen und seufzte. »Ich habe Euch nie gefragt, aber es interessiert mich doch: Ist er ein guter Liebhaber?«

»Lukios!« Xena stampfte heftig mit dem Fuß auf. »Was ist das für eine Frage!« Dennoch winkte sie ihn näher und beugte sich zu ihm hinüber. »Aber da du schon fragst: Er ist unglaublich! Sogar jetzt noch, nach all den Jahren. Falls es mir gelingt, sein Interesse zu wecken! Aber mit den Gedanken ist er oft abwesend.«

»Hm, es ist eine seltsame Sache mit den Männern. Manchmal werden sie vor Liebe impotent. Ich meine natürlich vor wahrer Liebe. Manchmal erreichen sie ihre absolute Höchstform mit einem Knaben oder mit einer Frau, für die sie nicht viel empfinden.« Er zuckte die Achseln. »Vielleicht seid Ihr so besser dran.«

»Du weißt, daß es nicht nur darum geht! Ich möchte spüren, daß ihm etwas an mir liegt.«

»Ihr wißt doch, wie besorgt er ist, wenn Ihr verletzt oder krank seid. Denkt nur daran, was war, als Ihr die Fehlgeburt hattet. Wie eine Amme hat er Euch behütet.«

»Das schon«, gestand Xena zu. »Aber das hätte er für jede Frau getan, die er gut kannte.« Sie wurde traurig. »Vielleicht ist das der springende Punkt, und es wäre anders, wenn ich ein Kind von ihm hätte!«

Lukios schürzte nachdenklich die Lippen. »Vielleicht. Kann sein, daß es etwas geändert hätte. Aber Ihr konntet nicht. Seien wir ehrlich! Und jetzt seid Ihr beinahe zu alt dazu.«

»Erinnere mich nicht daran. Meine Zofen zupfen mir jeden Abend ein Dutzend graue Haare aus. Und die Falten! Und diese hier!« Sie berührte ihre nackten Brüste mit den Händen. »Sie werden schlaff und hängen.«

»Unsinn. Ihr wißt recht gut, daß sich am Hof immer noch alle nach Euch umdrehen. Fürsten von hier bis Libyen würden sich um Euch bemühen, wüßten sie nicht alle über Eure Verbindung mit Khalkeus Bescheid. Noch dazu seid Ihr die Tochter des Minos und obendrein die Priesterin der Großen Göttin. Das wirkt abschreckend.«

»Ich weiß. Daher habe ich mich vor Khalkeus nie für einen einzigen Mann entschieden. Es schüchtert sie ein, besonders mein zeremonielles Amt. Früher hat mich das nie gestört, erst bei Khalkeus. Ich lebte mein Leben. Ich konnte jeden Mann haben, den ich wollte, und schätzte meine Unabhängigkeit. Vermutlich hätte ich ohnehin nie geheiratet. Bis Khalkeus in mein Leben trat, hatte ich alles fest im Griff, aber jetzt...« So rüde Xena auch sonst sein konnte, jetzt wirkte sie so unglücklich, daß Lukios Mitleid mit ihr hatte.

Nachdem Lukios seine Herrin beruhigt hatte, schlenderte er hinüber zur Umzäunung mit den Sklaven. Die meisten waren ziemlich schmuddelig, aber da gab es einen ganz bezaubernden kleinen Hirtenjungen, den er noch einmal anschauen wollte. Die Vorbereitungen für das Fest waren inzwischen in vollem Gang, und das Lammfleisch über dem Feuer begann schon himmlische Düfte zu verströmen. Als niemand hinschaute, ging Lukios kurz zum Kochplatz hinüber und nahm sich einen kleinen Weinschlauch aus Ziegenleder. Danach wanderte er durch einen Olivenhain und suchte sich einen ruhigen Platz unter einem Baum, von dem er einen wunderbaren Ausblick auf das Meer hatte. Seufzend ließ er sich nieder und genoß die kühle Brise, die vom Wasser her wehte. Langsam entkorkte er den Weinschlauch und trank einen Schluck von dem Inselwein, der wirklich sehr gut war.

Gerade wollte er wieder zum Trinken ansetzen, als er die Stimmen von zwei Männern hörte; er hielt inne. Seine erste Reaktion war, aufzustehen und nachzusehen, aber dann siegte seine Diskretion. Er war für die anderen nicht sichtbar, und so verschloß er den Weinschlauch, blieb, wo er war, und spitzte die Ohren.

»... hättest du mir das vor einem Monat erzählt, hätte ich dir nichts davon geglaubt. Aber nach dem, was heute passiert ist!« Die Stimme klang vertraut. Wer war das? Aber natürlich: Marineus, der Kommandant des Überfalls. Das war interessant!

»... schon vor einiger Zeit geplant... hoch geachtete Männer am Hof, keine Leute, die die Dinge überstürzen... aber einmal kommt der Tag, an dem es nicht so weitergehen kann wie bisher. Gibst du mir recht?«

»Ich möchte dir weder zustimmen noch widersprechen. Aber fahre doch fort. Du hast Amphimedes, sagst du? Und Orestes? Auch Klumenos? Das ist bemerkenswert. Klumenos ist der konservativste Mensch, den es gibt. Wenn er zu dem Schluß kommt, daß Minos und seine Familie abtreten müssen, dann ...«

Was hörte er da? Lukios spitzte die Ohren. Die andere Stimme gehörte Tros von Phaistos. Die zwei saßen da und redeten ganz ruhig über – über Revolution und Mord?

»... war nicht sofort dafür, das kann ich dir versichern. Aber sobald er einmal überzeugt war, wurde er unser Wortführer. ›Ich werde in vorderster Front stehen. Auf mich könnt ihr zählen‹, hat er gesagt.«

»Bemerkenswert. Ihr meint es also wirklich ernst!«

»Man kann nicht behaupten, es sei nicht gerechtfertigt. Im Gegenteil, es ist voll gerechtfertigt. Es wäre auch nicht das erste

Mal. Der Großvater des gegenwärtigen Minos ist selbst auf diese Weise an die Macht gekommen.«

»Aber die Priesterin der Göttin?«

»Du bist immer noch diesem Aberglauben verfallen? Jetzt sag einmal, befindet sich unter deinen Männern mit höherem Rang ein einziger, der wirklich an die allmächtige Große Göttin glaubt? Ich bevorzuge die Götter des Festlandes. Männliche Götter! Götter, die für die Anliegen eines Mannes Verständnis haben.«

»Es ist traurig, aber alles, was du sagst, stimmt.«

Lukios fielen beinahe die Augen aus dem Kopf. Sein dicker Mund stand offen, und sein Atem ging stoßweise. Das war schlicht und einfach Hochverrat! Da saßen die beiden ranghöchsten Männer in Minos' Flotte und besprachen vollkommen ruhig und entschlossen – zumindest der eine von ihnen war entschlossen – die Notwendigkeit, den bedeutendsten König nördlich des Nildeltas vom Thron zu jagen. Lukios starrte finster vor sich hin. Auch Xena wollten sie beseitigen. Seine Herrin! Wollten sie ihren Sklaven dann ebenfalls loswerden? Würden sie es für zweckdienlich halten, ihre gesamte Umgebung, groß und klein, zu beseitigen? Hatten sie das tatsächlich vor?

Er biß sich auf die Unterlippe. Hier bot sich ihm eine gute Gelegenheit. Er hatte alles gehört, noch ehe etwas passiert war. Als einziger wußte er Bescheid und war in der Lage, einen Staatsstreich zu verhindern. Er brauchte nur zu Xena zu gehen.

Aber sollte er sich nicht besser direkt an Minos wenden?

»... Pluteus ebenfalls. Er war einer der ersten, die sich uns anschlossen.«

Pluteus? Vor nicht einmal einem halben Jahr hatte Pluteus ihn bei einem Trinkgelage verführt. Und dieser Pluteus erzählte Xena jede Woche, wenn auch nur im Spaß, daß er ihr eines Tages ihren Sklaven abkaufen werde.

Lukios lächelte zufrieden. War es nicht besser, auf der Seite der Sieger zu stehen? Er würde sich wieder an Pluteus heranmachen. Jene wunderbare Nacht hatte Pluteus zutiefst befriedigt. Sie hatten ihr vergnügliches Beisammensein bis in die frühen Morgenstunden ausgedehnt und sich erst getrennt, als die ersten Sonnenstrahlen die Hügel im Osten gestreift hatten. Jetzt war Lukios entschlossen, aus der Verbindung Nutzen zu ziehen. Irgendwann in den nächsten Tagen wollte er sich in Pluteus' Bett stehlen und bei dieser Gelegenheit durchblicken lassen, daß er liebend gern bei ihm bliebe, falls seiner geliebten Herrin etwas zustoßen sollte. Und Xena? Die arme Frau muß für sich selbst sorgen!

Lukios wartete regungslos, bis die beiden Männer aufbrachen. Dann verließ er vorsichtig den kleinen Hain und schlenderte nachdenklich den Pfad weiter in Richtung Felsen. Hier brach das Land steil zu dem mit Seetang übersäten steinigen Strand ab. Erst auf den Klippen fiel Lukios ein, daß er den gestohlenen Weinschlauch zurückgelassen hatte. Es spielte keine Rolle. Durch Zufall war ihm etwas in den Schoß gefallen, das viel wertvoller und wichtiger war als der beste Wein: Pluteus. Sobald sie wieder in Knossos waren, wollte er sich sofort an Pluteus heranmachen. Im Palast des Königs war es immer einfach, ein »zufälliges« Zusammentreffen mit jemandem zu arrangieren, besonders mit jemandem, mit dem man früher einmal eine kleine Liaison gehabt hatte. Vielleicht bei einem Gelage? Demnächst gab es ohnehin ein paar Festtage, außerdem würde die erfolgreiche Einnahme dieser strategisch wichtigen Insel sicher auch im heimatlichen Knossos auf Kreta mit einem großen Fest gefeiert werden. Nachdenklich blieb Lukios stehen und überlegte. Sein Blick schweifte über die blaue Bucht mit den kretischen Schiffen. Der königlichen Familie der Insel war in der Hitze des Gefechts die Flucht gelungen. Zwei flinke kretische Schiffe waren ihnen nachgeschickt worden, um sie zurückzubringen. Jetzt beobachtete Lukios das Ergebnis dieser Verfolgung unten in der Bucht: Der König und sein Sohn waren enthauptet worden, und ihre Köpfe zierten die beiden Mastspitzen des Zweimasters. Die Königin und ihre zwei kleinen Töchter wurden an den Strand geführt. Alle drei waren nackt und mit ihrer zarten weißen Haut unter der sonnengebräunten Schiffsbesatzung leicht zu erkennen. Die Königin bemühte sich so gut es ging, einen Hauch von Würde zu bewahren, aber es wollte ihr nicht recht gelingen. Vergeßt alle bisherigen Vergnügen! dachte Lukios zynisch. Ihr werdet Euch an ein neues Leben gewöhnen müssen!

Er grinste zufrieden, während er weiter überlegte, wie er sich bei Pluteus und dessen Freunden einschmeicheln konnte. Das kleine Mordkomplott war offensichtlich noch nicht weit gediehen. Ein Anschlag auf Minos und seine Tochter mußte mit viel Bedacht geplant werden, und dazu benötigten die Männer Hilfe – zum Beispiel Hilfe von Informanten aus der Umgebung des Minos. Er, Lukios, konnte ein solcher Informant sein. Er konnte ungehindert kommen und gehen und sich in den königlichen Gemächern frei bewegen. Er hatte seine Ohren überall, und ihm entging nicht das kleinste Gerücht. Er wußte Bescheid über die Ablösung der Wachen, und er kannte die Schwachpunkte im Tagesablauf. Nur er konnte den Männern die richtigen Informationen darüber geben, wann der Augenblick zum Zuschlagen gekommen war.

Lukios war zufrieden. Seine Jahre als Sklave schienen gezählt.

II

Die Sonne war beinahe untergegangen, und Nikos suchte noch immer seinen Herrn, als er in der Nähe des Lagerfeuers für die Sklaven einen alten Freund traf: Der Mann wurde Ekhinos gerufen und war bekannt für seinen widerspenstigen Haarschopf. Ekhinos war der Sklave des Anführers einer Einheit, und er war den ganzen Nachmittag mit Nachrichten zwischen seinem Herrn und dem Kommandanten der Landetruppen hin- und hergelaufen. Jetzt hatte er einen Spieß mit Lammfleisch in der Hand und begrüßte Nikos mit einem freundlichen Lächeln. »Komm her, Freund, Schluß mit der Fasterei! Hier ist genug für alle.«

Nikos zögerte, aber er hatte seit dem Morgen nichts gegessen, und das Fleisch duftete gar zu gut. »Also gut. Ich suche zwar meinen Herrn, aber wahrscheinlich habe ich ihn bisher nur deshalb nicht gefunden, weil er nicht gefunden werden will.«

Ekhinos reichte dem Freund einen Spieß vom Feuer und deutete auf einen Weinschlauch, der gegen einen Baum lehnte.

»Frauengeschichten, nehme ich an. Ich habe gehört, die Hohepriesterin ist hier.«

Nikos nickte kurz, sagte aber nichts und gab so seinem Freund zu verstehen, daß er keine weiteren Fragen wünschte. Hier am Lagerfeuer gab es zu viele, die zuhörten, und es wurde bereits genug über seinen Herrn und dessen Beziehung zur Tochter des Minos geredet. Nikos wechselte das Thema. »Mein Herr und ich haben einen Mann ausfindig gemacht, der ein Geheimnis besitzt, das für meinen Herrn sehr wichtig ist. Ich vermute, daß er einfach in Ruhe darüber nachdenken möchte, was er erfahren hat.« Er biß vom Fleisch ab; es war saftig und schmeckte köstlich nach Rauch. Nikos nickte anerkennend. »Ich glaube, es handelt sich dabei um etwas, dem Khalkeus sein Leben lang auf der Spur war.«

»Schön für ihn. Minos wird sich freuen. Er wird deinen Herrn gut belohnen. Wer weiß, vielleicht springt auch für dich dabei etwas heraus.«

»Khalkeus ist großzügig«, pflichtete Nikos dem Freund bei.

Im Westen war der glühende Sonnenball im Meer versunken. Ein leichter Wind kam auf und fachte die Flammen über der heißen Glut zu ihren Füßen neu an. »Khalkeus ist sehr nachdenklich seitdem. Der Mann, der ihm das Geheimnis verraten hat, starb in seiner Gegenwart. Als Khalkeus nach dem Tod des Mannes aus dem Haus kam, hat er geweint. Und das um einen Fremden. Das Gespräch muß sehr wichtig gewesen sein.«

»Man kann nie wissen, was in einem anderen vorgeht«, meinte Ekhinos. Er griff nach dem Weinschlauch, drückte ihn zusammen und spritze sich einen Strahl Wein in seinen geöffneten Mund. Dann reichte er Nikos den Schlauch; Nikos trank ausgiebig. »Es ist eigenartig: Ich hätte mir nie vorstellen können, daß Khalkeus weint. Er wirkt immer so ausgeglichen. Aber der alte Mann muß etwas ganz Besonderes gewesen sein.«

»Khalkeus hat den Ruf, ein kalter Fisch zu sein!« meinte Ekhinos.

»Ich habe schon viel schlechtere Herren gehabt«, erwiderte Nikos. »Viele! Verglichen mit den anderen ist er weder gefühllos noch kalt.«

»Wie lang bist du schon Sklave, Nikos?«

»Seit zehn Jahren, sechs Monaten und vier Tagen.«

Nikos' scharfer Ton überraschte Ekhinos. »Ich kann dir jeden Augenblick sagen, wie viel Zeit seither vergangen ist, auf den Tag genau.« Er machte eine kurze Pause. Dann sprach er mit heiserer Stimme weiter: »Es vergeht kein Tag, ohne daß ich daran denke, was ... « Er brach ab. Der Spieß mit dem Fleisch wäre ihm beinahe aus der Hand gefallen.

»Ach, komm!« Ekhinos legte dem Freund tröstend die Hand auf die Schulter. »Schau...« Er wußte nicht, was er sagen sollte, und schwieg. »Ich weiß, die meisten von uns reden nicht gern über das, was wir verloren haben.«

Nikos hatte seine Beherrschung zurückgewonnen. »Ich hatte eine Frau, drüben an der Meerenge zwischen dem Festland. Sie kam von der Insel, genau wie ich. Wir hatten ein kleines Mädchen, sie war schön wie die Sonne und der Mond zusammen. Sie war damals gerade acht Jahre alt, glaube ich. Sie hatte große braune Augen und seidiges braunes Haar. Sie sang wie ein Vogel. Mittlerweile ist sie erwachsen. Falls sie noch am Leben ist. Vermutlich wird sie sich nicht an mich erinnern. Meine Frau war noch jung; sie wird einen anderen Mann gefunden haben. Ich hoffe, er behandelt sie gut.«

Ekhinos hatte wieder nach dem Weinschlauch gegriffen, stellte ihn aber wieder ab, ohne getrunken zu haben, und warf den langen Metallspieß ins Feuer. »Ich war ein Fischer, und ich hatte drei Söhne. Meine Frau starb bei der Geburt des jüngsten. Friede ihrem Schatten. Ich mußte mit ansehen, wie meine drei Söhne bei einem ähnlichen Überfall wie diesem hier getötet wurden.« Er wollte weitersprechen, brachte aber keinen Ton heraus. Seufzend schüttelte er den Kopf und starrte in die Glut.

»Es war bei einem Überfall wie diesem hier«, erzählte Nikos weiter. »Nur daß er nicht meiner Heimatstadt galt. Ich war in Geschäften unterwegs. Sie brauchten für den Angriff auf das Festland kräftige Männer für die Ruder und nahmen mich gefangen. Ich war ein Schreiber und lebte einigermaßen in Wohlstand. Ich hatte weiche Hände und war auch nicht besonders kräftig. Aber das änderte sich bald. An den Rudern bekam ich Blasen, Hände und Finger bluteten, und ich war blind vom Schweiß, der mir in die Augen rann. Ich dachte fortwährend nur an meine Frau und mein Kind. Selbst heute denke ich noch jeden Tag an sie. Es ist verrückt. Es ist immer verrückt, über Dingen zu brüten, die nicht zu ändern sind. Ständig habe ich ihr Bild vor Augen, so wie sie damals waren, nicht wie sie heute sind. Vermutlich würde ich sie kaum erkennen.«

»Aber darum geht es ja auch gar nicht, oder?«

»Nein, überhaupt nicht.« Ekhinos hörte zu. Normalerweise

redete Nikos nicht viel, aber jetzt, wo er einmal angefangen hatte, sprudelten die Worte förmlich aus ihm heraus. »Als sie mich von meiner Heimatinsel fortbrachten, steckte ich einen Stein in den Mund. Einen Stein aus meiner Heimaterde. Ich wollte etwas behalten, das mir gehörte und das mich erinnerte. Das war alles, was ich hatte. Ich war nackt und blutete aus vielen Wunden. Sie hatten mir die Hände auf den Rücken gebunden, aber ich ließ mich absichtlich fallen und vergrub das Gesicht im Staub. Und ehe ich mich wieder aufrichtete, entdeckte ich einen kleinen Kieselstein; vielleicht hatte ihn ein Junge einmal einem Schaf nachgeworfen. Ein kleiner Kieselstein, glatt gerieben von einem der Flüsse, die im Frühling von den Hügeln meiner Insel kommen. Ich schob mein Gesicht vor und schloß die Lippen um den Stein.« Er blickte Ekhinos nachdenklich an. »Als Sklave habe ich oft den Besitzer gewechselt. Jedesmal, wenn ich am Pfahl stand, um verkauft zu werden, hatte ich den Kieselstein im Mund. Wenn man verkauft wird, nehmen sie einem alles ab, auch die Kleidung, damit eventuelle Makel sichtbar werden. Die Zähne schauen sie nicht immer an. Ich habe immer breit gegrinst, damit sie gleich sahen, wie gesund meine Zähne waren. Der Kiesel blieb immer unentdeckt. Heute ist er mein ganzer Stolz.« Nikos griff in seine Tunika und hielt den Kiesel ins Licht des Feuers. »Er sieht nach nicht viel aus. Aber ich kann mir vorstellen, daß ich einen Mord begehen würde, nur um ihn zu behalten.« Ekhinos begriff die Heftigkeit nicht ganz, mit der Nikos das sagte. »Der Stein ist alles, was ich besitze. Bis auf den heutigen Tag.«

Ekhinos legte Nikos die Hand auf die Schulter. Es bedurfte keiner weiteren Worte zwischen ihnen.

Khalkeus hatte während der Unterhaltung der beiden Männer ganz in der Nähe auf einem Baumstumpf gesessen und hatte alles mit angehört. Diese Seite eines Sklaven bekam sein Herr nie zu sehen. Nur unter ihresgleichen offenbarten sie ihre Gefühle. Warum hatte er es nie bemerkt? Dabei war er doch selbst auch einmal Sklave gewesen! Warum war er so unempfindlich für die Gefühle jenes Menschen geblieben, mit dem er in den vergangenen Jahren die meiste Zeit verbracht hatte? Weil er zu sehr mit sich beschäftigt gewesen war und nur auf seinen eigenen Vorteil bedacht gewesen war. Aus diesem Grund hatte er auch allen anderen Menschen seine Gefühle vorenthalten.

Andererseits hatte er mit Absicht vermieden, Näheres über Nikos zu erfahren. Nikos' Geschichte hätte ihn zu sehr daran erinnert, was er selbst verloren hatte: Eine treue, tugendhafte Frau, die er geliebt hatte. Aber er hatte sie nicht genug geliebt, nicht so, wie sie es verdient hatte, dachte er bitter. Sie aber hatte ihn von ganzem Herzen geliebt. Und seine beiden Söhne: Schobai und den kleinen Hadad.

Als Kind des Löwen war er von Natur aus unstet, aber bei seiner Frau hatte Khalkeus über Jahre ein Heim gehabt. Ein Zuhause, wo er stets willkommen war, wo man ihn liebte und ehrte. Er hatte Freunde in der Stadt gehabt und viel Arbeit; seine Dienste waren gefragt. Im kriegerischen Landstrich zwischen dem Land der Hethiter und dem Zweistromland war ein Waffenschmied vielbegehrt. Ein ganzes Jahr hatte er fern von Frau und Kindern die stolze Stadt Mari mit Waffen versorgt. Seine Kunstfertigkeit als Schmied hatte dem König dazu verholfen, eine Belagerung der Assyrer abzuwehren. Die Bewaffnung der Stadt Ugarit hatte ihm hohes Lob und guten Lohn eingebracht.

Aber immer kehrte er zurück in sein wunderbares Heim, an den Herd, in dem das Feuer brannte und auf dem der Topf mit Essen brodelte. Die beiden fröhlichen Jungen hatten sich zu seinen Füßen gebalgt, und seine Frau hatte lächelnd zugesehen.

Und was hatte er jetzt? Er war ein wohlhabender Mann und trotzdem nach wie vor ein Leibeigener, wie damals, als er noch Sklave gewesen war. Er mußte nach Minos' Pfeife tanzen und lebte in einem Palast, in dem ihm kein einziger Stein gehörte. Nur seine Kleider gehörten ihm, aber das war schon alles, denn die Werkzeuge waren Eigentum des Minos. Und auch alles, was Khalkeus mit seinen geschickten Händen schuf, gehörte Minos.

Aber wie war das mit Xena? Er war zwar frei, aber dennoch war er ihr Sklave. Sie betrachtete ihn als ihren Besitz, jetzt ebenso wie damals, als er tatsächlich noch ein Sklave gewesen war. Sie gab sich zwar größte Mühe, um ihn vom Gegenteil zu überzeugen, doch sie war so grenzenlos eifersüchtig, daß sie sich immer wieder als Herrin ihm gegenüber aufspielte.

Wenn er sie wenigstens hassen würde! Aber er fühlte sich durchaus zu ihr hingezogen. Sie war eine schöne Frau und hätte für jeden König eine passende Gemahlin abgegeben. Man brauchte sie nur anzusehen! Aber warum empfand er dann nicht mehr für sie?

Nüchtern betrachtet kannte er die Antwort. Nikos hatte vorhin genau das ausgedrückt, was ihn selbst in den vergangenen Monaten gequält und seine Seele zerrissen hatte.

Dieses verrückte Ziel, das er so lange verfolgt hatte! Bedeutungslos, vollkommen bedeutungslos! Heute hatte er das Geheimnis erfahren, wie er das neue, vielversprechende Metall schmelzen konnte. Schon als er ein Junge war, hatte ihm sein Vater Ahuni von seinem Großvater Belsunu erzählt. Belsunu hatte die Männer des Patriarchen Abraham bewaffnet, als dieser in dem großen Krieg die Macht von Elam und Schinar über Kanaan ein für allemal gebrochen hatte. Belsunu hatte auf einem Markt in Aschkalon ein Schwert aus diesem Material gefunden. Es war ein dunkles, unglaublich hartes Metall, von dem manche sagten, es sei vom Himmel gefallen. Wie der unbekannte Handwerker es bearbeitet hatte, war ein Geheimnis, das weder Belsunu noch Ahuni je gelöst hatten. Aber die Vorstellung, die Bearbeitung dieses Metalls zu beherrschen, hatte Ahuni sein ganzes Leben lang verfolgt.

Und letztendlich hatte Khalkeus sein Heim verlassen, ohne einen Auftrag zu haben, um das Geheimnis zu ergründen, das für seinen Vater und seinen Großvater ungelöst geblieben war. Er hatte Frau und Kinder mit genügend Geld für ein unbeschwertes Leben zurückgelassen. Sogar für die Ausbildung der Jungen hatte er vorgesorgt, denn schon damals hatte er geahnt, daß er sie vielleicht nie mehr wiedersehen würde.

Er hatte sie verloren. Wofür? Jetzt, da er das Geheimnis kannte, war der Triumph für ihn wertlos und leer geworden. Er fühlte sich nicht besser, sondern schlechter als zuvor, seit er das begehrte Wissen besaß. Er hatte sein Leben vergeudet. Er hatte so viele Menschen betrogen, aber vor allem sich selbst. Er hätte zusehen können, wie seine prächtigen Söhne zu Männern heranwuchsen, und hätte in der liebevollen Beziehung zu seiner Frau langsam älter werden können. Um dieses Glück hatte er sich selbst betrogen. Und wofür? Um zu erfahren, wie man aus Keramik einen Ofen bauen könnte, in dem das Feuer heißer und heller brannte als je zuvor.

Doch was sollte er jetzt tun? Khalkeus richtete sich auf seinem Baumstumpf kerzengerade auf. Wenn er nach der heute gewonnenen Erkenntnis sein Leben nicht änderte, so wäre das eine Torheit, die alle früheren bei weitem übertraf. Schlug er an diesem Punkt den falschen Weg ein, war sein Leben nichts mehr wert. Es würde fortan nur noch aus sinnloser Arbeit bestehen, aus leeren Gesten und einem gewohnten Ablauf der Dinge, bis ein gnädiger Tod ihn erlöste. Schlug er hingegen den richtigen Weg ein, dann könnte er vielleicht vergangene Fehler berichtigen und Abhilfe schaffen.

Aber welches war der richtige Weg? Sollte er Xena verlassen, im Dunkel der Nacht sich davonmachen und sich auf einem Schiff fortstehlen, das nach Ugarit auslief? Sollte er zu seiner Familie zurückkehren, die ihn mittlerweile bestimmt vergessen hatte? Sollte er nach Haran zurückkehren?

Der Gedanke hatte etwas für sich. Er war der Verantwortung, die er dort gehabt hatte, ausgewichen. Seine Söhne waren Kinder des Löwen. Als ihr Vater hätte er sie in seinem Handwerk unterweisen sollen, aber er hatte sie im Stich gelassen. Wer hatte sie dann ausgebildet? Als er vor Jahren von Haran fortging, gab es dort nur Stümper in seinem Gewerbe. Es schauderte ihn. Wie hatte er seine Söhne diesen Leuten überlassen können! Er mußte zurückkehren.

Und jetzt wollte er also Xena verlassen, genau wie damals seine Frau und seine Söhne!

Khalkeus stand auf und schritt langsam und mit schwerem Herzen auf die Landspitze zu, wo Xenas Zelt stand. Nichts von alldem kam ihm richtig vor. Ganz gleich, was er tat, irgend jemanden würde er verletzen.

Als Khalkeus an Tros von Phaistos vorbeikam, drehte sich dieser zu seinem Mitverschwörer Amphimedes um und flüsterte: »Das ist auch einer von ihnen. Man kann ihm bestimmt nicht trauen. Wenn wir Xena in unser Vorhaben mit einbeziehen, muß auch er verschwinden.«

»Ich bin mir nicht so sicher«, wandte Amphimedes ein. »Die

beiden haben neuerdings Probleme miteinander. Er ist ein unabhängiger Typ, der meiner Meinung nach für jeden arbeitet, der an der Macht ist. Du mußt außerdem bedenken, Tros, daß Khalkeus ein sehr nützliches Handwerk betreibt. Sobald wir zuschlagen wollen, müssen wir uns bewaffnen. Minos hat Freunde, Verbündete, Verwandte, mit denen wir rechnen müssen. Wenn wir Khalkeus verschonen...«

Im flackernden Schein des Lagerfeuers war Tros' zorniges Gesicht undeutlich zu erkennen. »Nein!« kam seine entschlossene Antwort. »Wir töten ihn.«

III

Xenas Galeerensklaven hatten in der Nähe des Lagerfeuers der Offiziere ein Zelt für ihre Herrin errichtet, in dessen Innerem jetzt ein kleines Feuer loderte. Eine buntbemalte Statue der Göttin zierte die eine Ecke des Zeltes, und im Schein der Flammen hielt Xena davor Andacht wie an jedem anderen Abend auch.

Aber als sie sich heute vor der kleinen Figur verbeugte und sich abwandte, wurde ihr bewußt, daß ihre sogenannte Vereinigung mit der Göttin zu einer leeren Geste geworden war, die ihr nichts mehr bedeutete. In jüngster Vergangenheit verfügte sie immer seltener über die Kraft der Göttin, und die erregenden Augenblicke, in denen sie spürte, daß die Große Göttin ihren Körper und ihren Geist beseelte, waren äußerst selten geworden.

Wann hatte sie begonnen, sich etwas vorzumachen? Wann hatte die Göttin ihr zuletzt die Ehre erwiesen, ihren Körper mit ihrer Gegenwart zu beseelen? Xena fröstelte bei dem Gedanken, wie lange die Göttin sie schon allein ließ; so lange war es noch nie gewesen.

Der Gedanke kam wie ein Schock: Hat die Göttin mich für immer verlassen? Bin ich jetzt nichts als eine gewöhnliche Frau?

Sie war wie gelähmt, wenn sie daran dachte. Xena starrte in die tanzenden Flammen. Wenn die Göttin sie tatsächlich verlassen hatte, war sie jetzt sogar weniger als eine gewöhnliche Frau. Eine gewöhnliche Frau in ihrem Alter hätte mittlerweile einen Ehemann und Kinder. Und was hatte sie?

In Panik tastete Xena nach dem kleinen Tisch, den die Männer für sie aufgestellt hatten. Hier lag der bronzene Handspiegel, den sie überallhin mitnahm. Diese Falten um die Augen! Ich werde alt! Bestürzt ließ Xena den Spiegel zu Boden gleiten.

Wenn sie die Göttin verloren hatte!

Wenn sie Khalkeus verloren hatte!

Es half ihr wenig, daß sie sich immer wieder vorsagte, daß sie die Tochter eines Königs sei. Das war nur ein geringer Trost, wenn sie nachts nicht schlafen konnte. Als Tochter des Minos konnte sie jeden verfügbaren Mann am Hof haben und auch so manchen, der offiziell nicht zur Verfügung stand. Das würde ihr jedoch nur wenig helfen, falls Khalkeus wahr machte, was er bereits zweimal angedroht hatte, und tatsächlich fortging. Sie konnte kein Auge zutun, wenn Khalkeus ein oder zwei Nächte nicht in ihrem Bett schlief, weil er einen Magier am anderen Ende von Kreta aufsuchte oder Tag und Nacht an seinen Experimenten arbeitete. Jedes Mittel hatte sie versucht, keines half. Kehrte Khalkeus dann zurück, empfing sie ihn mit roten Augen und blassem, abgehärmtem Gesicht. Wenn sie ihn am dringendsten brauchte, sah sie am wenigsten anziehend aus.

Genau wie jetzt wieder! Dabei konnte er jeden Augenblick in ihr Zelt kommen. Zitternd griff sie abermals zum Spiegel. Mit kosmetischen Tricks konnte sie für den Augenblick das Schlimmste bereinigen, zumal es bereits dunkel war. Sie setzte sich vor den kleinen Tisch, lehnte den Spiegel gegen den Salbenbehälter und begann sich schön zu machen. Sie schnitt ihrem Spiegelbild eine Grimasse und entblößte ihre Zähne. Die waren zumindest in Ordnung. Nichts war so schlimm, wie einen Zahn zu verlieren, besonders einen Vorderzahn.

Xena bog den Rücken durch und drückte die Brüste vor. Erbarmungslos betrachtete sie sie im Spiegel, hielt sie hoch und drehte sich in alle Richtungen. Lukios hatte recht: Ihre Brüste waren wirklich bemerkenswert. Sie waren straff und schön, die mit Rouge geschminkten Brustwarzen waren zart und weich, und die Haut schimmerte weiß, beinahe durchsichtig. Es war ihr sehr schwergefallen, während der Überfahrt von Kreta unter dem schützenden Baldachin zu bleiben, aber jetzt beglückwünschte sie sich dazu. Doch wie stand es mit den Nachteilen? Sie runzelte die Stirn; sofort aber glättete sich ihre sorgenvolle Miene wieder. Von Sorgen bekam man Falten, ebenso wie vom Lächeln.

Voller Verzweiflung starrte sie in den Spiegel. Gleichgültig ob sie hübsch aussah oder nicht, Khalkeus behandelte sie immer rücksichtsvoll und mit höflichem Respekt. Wenn er ihr ein Kompliment machte, tat er es mit der gleichen Stimme, mit der er den Gärtner für das gelungene Blumenarrangement in den königlichen Gemächern lobte. Was immer er noch für sie empfinden mochte, Liebe war es nicht.

Vielleicht lag darin die Ursache für ihre langsame und womöglich endgültige Entfernung der Göttin. Seit sich Xena in Khalkeus verliebt hatte, hatte sie die Göttin täglich im Gebet angefleht, sie möge bewirken, daß er ihre Liebe erwidere. Aber die Göttin hatte ihren Klagen und verzweifelten Beschwörungen nie Gehör geschenkt. Kein Wunder, daß Xenas Glaube schwächer wurde und daß die Göttin sich ihrerseits von ihr zurückzog und ihr ihre furchtgebietende Macht entzogen hatte. Wenn sie zum Beispiel an die heutige Szene mit Marineus dachte: Früher hätte sie Marineus in die Knie gezwungen und dabei gespürt, wie die Kraft der Göttin sie durchströmte. Aber heute war es ihr nur durch reine Willensanstrengung gelungen, Marineus umzustimmen, und das konnte jeder Ungläubige erlernen.

Xena spielte mit ihrem Spiegel und starrte ins Feuer. Ein schrecklicher, gotteslästerlicher Gedanke drängte sich ihr auf und ließ sie nicht mehr los: Vielleicht hatten auch Götter und Göttinnen eine ihnen zugeteilte Zeit und mußten abtreten, sobald ihre Zeit um war, genau wie die Menschen. Vom Festland waren verschiedene Geschichten über neue Kulte und neue Götter bekanntgeworden. Diese Kulte hatten männliche Götter, die sich gegen das weibliche Mysterium als die Quelle allen Lebens stellten. Es gab jetzt den Kult des Welt-Erschütterers. Das war ein Gott, der Erdbeben und Vulkanausbrüche bewirkte. Aus diesem Kult hatte sich der Kult des großen Vaters des Meeres entwickelt. Diese derben, barbarischen Kulte hatten männliche Macht und Zerstörung zum Inhalt, anstatt das weibliche Geschenk des Lebens.

Traurig lehnte sie sich zurück und ließ den Spiegel sinken.

Khalkeus stand regungslos am Eingang des Zeltes und beobachtete sie. Ihr verzweifelter Gesichtsausdruck schmerzte ihn tief.

Und warum war sie so verzweifelt? Wegen seiner Gefühllosigkeit und seiner Unentschlossenheit. Irgendwann hätte er zu ihr gehen und ihr die Wahrheit gestehen müssen: Xena, ich liebe dich nicht. Du bist eine schöne und leidenschaftliche Frau. Du verdienst einen Mann, der dich liebt. Ich kann dich nicht lieben. Laß mich gehen. Du verzehrst dich in unserer Beziehung. Geh, suche dir eine Liebe, die dein Herz wieder jung werden und dein schönes Gesicht wieder erblühen läßt.

Und du, Khalkeus, der du einmal Kirta warst, was würdest du tun, nachdem du ihr das gesagt hast? Wohin würdest du gehen? Würdest du bleiben und Xena ständig an das erinnern, was nicht hatte sein können? Sie ständig quälen? Würdest du in deinen luxuriösen Gemächern im königlichen Palast ihres Vaters und deines Wohltäters und Herrn bleiben? Würdest du dich damit zufriedengeben, an dem dunklen Metall zu arbeiten? Würdest du dich nach den Erkenntnissen des heutigen Tages mit einem Leben begnügen, in dem menschliche Belange keine Rolle spielen?

Er wußte sofort, daß ihm das nicht möglich sein würde. Die heutige Begegnung mit dem sterbenden Turios von Tyros hatte sein Leben unwiderruflich verändert. Von nun an würde sein Leben in neuen Bahnen verlaufen, und je früher Xena die Veränderung erkannte, desto besser.

Er seufzte resigniert. »Xena!« rief er.

Xena war in Gedanken versunken und reagierte nicht sofort. Doch als sie sich schließlich umdrehte, begrüßte sie ihn mit der ganzen leidenschaftlichen Hingabe ihrer hoffnungslosen Liebe. »Khalkeus! Mein Liebster!« rief sie und flog in seine Arme. Khalkeus, der fest entschlossen gewesen war, sich aus ihrer Umarmung zu befreien und sie auf Distanz zu halten, reagierte anders als geplant. Zu seiner eigenen Überraschung spürte er, daß er sie verstand. Er wußte, was sie durchmachte, und er hatte diesen Gefühlen nichts entgegenzusetzen. Würde er je wieder seine Gefühle vor sich verbergen können? Vermutlich nicht, und das hatte er Turios zu verdanken. Khalkeus hielt Xena fest umschlungen, und plötzlich weinte er; ein krampfhaftes Schluchzen schüttelte ihn.

Xena, die nichts von seiner Begegnung mit Turios wußte, mißdeutete die Ursache seiner Gefühlsaufwallung. »Liebster«, flüsterte sie. »Mein Geliebter.« Sie streichelte seinen Rücken und seinen Nacken, zog seinen Kopf zu sich herunter und bedeckte sein Gesicht mit leidenschaftlichen Küssen. Khalkeus spürte ihr wildes Verlangen, aber seine Gefühle waren so widersprüchlich, daß er nicht wußte, wie er reagieren sollte.

»Khalkeus«, flüsterte sie. »Liebe mich, hier und jetzt, Liebster. Ich begehre dich. Du hast mir so gefehlt! Bitte, mein Geliebter, jetzt, bitte!«

Nichts verlief so, wie er es sich vorgenommen hatte. Khalkeus erwiderte ihre Küsse mit einer Leidenschaft, die ihn selbst überraschte. Mit seinen kräftigen Armen hob er sie mühelos hoch, und erregt, wie er seit Monaten nicht gewesen war, trug er sie auf die Kissen in der Ecke des Zelts. Wortlos liebte er sie, und sie gab sich ihm mit leisem Stöhnen hin, das in einem befreienden Schrei gipfelte.

Als er erwachte, war es kühl geworden, und nächtlicher Nebel lag über der kleinen Halbinsel. Khalkeus stand auf und deckte Xena mit einem Fell zu. Nackt trat er unter den offenen Zelteingang und blickte hinaus über das vom Mondlicht überflutete Meer. Ihn fröstelte in der kühlen Nachtluft, aber das störte ihn nicht. Zum hundertsten Mal an diesem Tag seufzte er. Er hatte einen Entschluß gefaßt – und etwas vollkommen anderes getan. Xena hatte seine verzweifelte Leidenschaft als ein Zeichen neu erwachter Liebe gedeutet, und er hatte es im Rausch des Augenblicks ignoriert.

Jetzt stand er da, und es war ihm bewußt, daß er nicht nur Xena betrogen hatte, sondern vor allem auch sich selbst.

Nikos' Worte fielen ihm ein: »Meine Frau war noch jung; sie wird einen anderen Mann gefunden haben. Ich hoffe, er behandelt sie gut.« Und was war mit seinen Söhnen? Seine beiden kleinen Söhne, die so unterschiedlich waren und doch jeder auf seine Art etwas so Besonderes.

Wenn er an die zahllosen Fluchtmöglichkeiten dachte, die sich ihm geboten hatten, verstand er nicht, wie er seine Frau und seine Jungen hatte vergessen können. Ohne sie hatte er in einem fremden Land ein sorgenfreies Leben geführt – der Gedanke schmerzte ihn tief, und langsam reifte in ihm ein Entschluß. Er mußte zurück nach Haran und seine Familie suchen. Falls es eine Möglichkeit gab, sie für das Leid zu entschädigen, das er ihnen durch seine Abwesenheit zugefügt hatte, dann wollte er die notwendigen Schritte tun.

Das war es! Sobald die Schiffe wieder in Knossos waren, wollte er mit der Vorbereitung seiner Rückkehr beginnen. Seine Angelegenheiten auf Kreta wollte er in aller Ruhe regeln, aber dabei niemandem von seinen Plänen erzählen. Er würde das Geld, das er sich im stillen beiseite gelegt hatte, benutzen, um die Überfahrt zu bezahlen. Wenn Minos und Xena es am wenigsten erwarteten, wollte er zum Hafen hinuntergehen und einen phönizischen Kapitän bestechen, damit er ihn auf einem Schiff versteckte, das nach Zypern, nach Aschkalon oder vielleicht nach Ugarit auslief. So wollte er es machen!

Marineus erwachte im Morgengrauen. Es war kühl, und er schlüpfte in eine wärmende Tunika. Überrascht bemerkte er, daß Tros von Phaistos sich an der erlöschenden Glut des Lagerfeuers wärmte und ihn aufmerksam betrachtete. »Tros«, fragte Marineus, »was machst du da?«

»Ich konnte nicht schlafen«, antwortete Tros. »Mir ging zu viel im Kopf herum. Einer unserer Männer hat einen lydischen Wahrsager gefangengenommen, der im Dienst des Königs dieser Insel gestanden hatte. Er erzählte ihm ein paar Einzelheiten über den Plan, den wir besprochen hatten. Der Wahrsager befragte sein Knochenorakel, und er befragte die Sterne. Er ...«

»Ja und?«

»Er sagte: ›Ihr müßt bald zuschlagen. Wenn die Sterne richtig stehen‹«, berichtete Tros mit steigender Erregung.

»Hm. Und wann soll das sein?«

»In der nächsten Mondphase. Dann stehen die Vorzeichen günstig.« Er hielt nachdenklich inne.

»Los, Mann, sag es endlich!«

Tros zögerte, bevor er fortfuhr: »In genau drei Wochen.«

Marineus' erste Reaktion war Angst, aber dann ließ er sich von Tros' Erregung mitreißen. Er blickte Tros unverwandt an und verschrieb sich endgültig der geplanten Revolute. »Nun gut, in drei Wochen also.«

IV

Unter den vom Feuer geschwärzten Mauern der einst weißen Häuser in der Bucht von Ruso holten die Schiffe die Anker ein, um mit der morgendlichen Flut auszulaufen. Die Besatzung von zwei Schiffen, Freigelassene und Sklaven, blieben in Vertretung der Besatzungsmacht zurück und sollten die Stadt verwalten, die jetzt Minos untertan war. Die dadurch frei gewordenen Plätze an den Rudern wurden von neuen Sklaven besetzt, von Männern, die am Vortag noch frei gewesen waren. Ihre Frauen wurden als lebende Beute unter den Kapitänen der kretischen Schiffe aufgeteilt. Xenas Schiff und die Schiffe in ihrer Begleitung waren zwar erst eingetroffen, als die Schlacht bereits geschlagen und gewonnen war, trotzdem nahmen auch sie Sklaven mit nach Hause. Wie Marineus es erwartet hatte, war die männliche Bevölkerung von Ruso nicht nur einmal, sondern zweimal dezimiert worden: Zuerst hatte die Schlacht viele Todesopfer gefordert, und danach waren Gefangene gemacht worden. Die Stadt würde mindestens eine Generation brauchen, bis sie sich davon erholte.

Nikos stand an der leeseitigen Reling und blickte verbittert über das Meer. Er dachte an die Stadt auf der Insel, deren Zerstörung und Unterwerfung er miterlebt hatte, an den Tag, an dem er seine Freiheit verloren hatte. Es gelang ihm noch immer, das Bild jener Stadt heraufzubeschwören, in der er einst gelebt hatte. Die Stadt stand vermutlich auch unter Minos' Herrschaft, obwohl er in den vielen Jahren seiner Knechtschaft nie ein Wort über den Ort gehört hatte, der seine Heimat gewesen war. Vor seinem geistigen Auge wiederholten sich die Vorgänge, die er heute gesehen hatte: Frauen und Kinder wurden von den Soldaten verschleppt und Mütter von ihren Kindern getrennt. In seiner Vorstellung waren die Verschleppten seine Frau und sein Kind. Nikos schloß die Augen, aber in der Dunkelheit wurde das Bild nur noch schärfer. Voller Sehnsucht blickte er nach Norden, wo seine Heimatinsel lag. Erinnerten sich die Seinen noch an ihn?

Fragten sie sich manchmal noch, was mit dem Ehemann und Vater geschehen war, als er damals fortging?

Xena stand rechts neben dem Mann am Steuer ihrer Galeere und blickte in Richtung Kreta; es ging nach Hause. Zum ersten Mal seit Jahren regte sich wieder Hoffnung in ihr. Zum ersten Mal seit vielen Monaten hatte sie das Gefühl, eine Zukunft zu haben. Sie fühlte sich lebendig. Was zählten die Jahre! Eine Frau war so jung, wie sie sich fühlte. Khalkeus war am Vorabend zwar schweigsam wie immer gewesen, aber seine Taten sprachen lauter, als Worte es je vermocht hätten. Er hatte geweint! Er hatte vor ihr Gefühle gezeigt. Er hatte sie in seinen starken Armen gehalten und sie mit dem Ungestüm des Jünglings und der Erfahrenheit der Jahre geliebt. Noch nie in ihrem Leben hatte sie sich einem Menschen so leidenschaftlich hingegeben, nicht einmal während der durch Drogen beeinflußten Feste zu Ehren der Göttin. Bei diesen Festen konnte eine der Großen Göttin geweihte Frau in einer Nacht ein Dutzend Männer lieben.

Die kostbaren Freuden der vergangenen Nacht hatten ihr wieder Hoffnung gegeben. Khalkeus hatte Gefühle zum Ausdruck gebracht, wenn auch nicht mit Worten, so doch auf vielfältige andere Weise. Vielleicht war es ihr durch einen unbekannten Zauber zum ersten Mal gelungen, zu seinem Herzen vorzudringen und die Geister zu verdrängen, die dort hausten: die verlassene Frau und die halb vergessenen Knaben.

War es ihr zum ersten Mal geglückt, eine Ecke seines Herzens zu erobern? Wie hatte sie nur einen Augenblick am schützenden mütterlichen Herzen der Göttin zweifeln können! Bestimmt verdankte sie es der Hand der Göttin, daß er zu ihr zurückgekommen war, und bestimmt würde die Göttin ihr helfen, ihn ganz für sich zu gewinnen! Sie schickte einen einzigen Gedanken hinauf zu den dunklen Wolken über dem Meer: Ich danke dir, Große Mutter. Ich danke dir.

Tros von Phaistos blickte ebenfalls über die schaumgekrönten Wellen in Richtung Kreta. Auch er war von Dankbarkeit erfüllt, aber seine Dankbarkeit galt dem Welt-Erschütterer, dem Quell aller Macht. Ich werde dir morgen früh einen Hahn opfern, du Großmächtiger! Du hast mir Minos in die Hände gespielt.

Er ballte die Hand zur Faust. Marineus, der mächtigste unter

Minos' Admiralen, war an seiner Seite! Bis jetzt hatte er nur Beamte, Höflinge, Gutsbesitzer und andere einflußreiche Männer der Stadt für sich gewinnen können; doch es war niemand dabei, der Minos und seine engsten Getreuen entmachten und umbringen könnte. Jetzt hatte er einen von Kretas fähigsten Kriegern dafür gewonnen!

Und als ob das noch nicht genug wäre, hatte der fette Eunuch, der im Auftrag des Minos Xena begleitete und ihr Gesellschaft leistete, seine Hilfe angeboten; er konnte den Verschwörern Geheimnisse aus der Umgebung des Königs zukommen lassen, was sich als sehr nützlich erweisen konnte. Tros wollte bei nächster Gelegenheit Pluteus gratulieren. Man wußte im voraus nie, welch nützliche Beziehungen aus einer unverbindlichen Tändelei entstehen konnten. Pluteus hatte den fetten Kapaun zufällig verführt, und daraus war ihnen ein Mitverschwörer erwachsen, auch wenn er nur ein Sklave war. Tros hatte das Gefühl, in der Gunst des mächtigen Welt-Erschütterers zu stehen. Er war so glücklich wie seit Jahren nicht. In drei Wochen würde er bei der Ermordung eines Königs die Hand mit im Spiel haben und ebenso an der Bestellung eines neuen. Dieser neue König würde sich zur gegebenen Zeit daran erinnern, wer damals, als man Minos entthronte, seine Freunde und Verbündeten gewesen waren.

Kirta, der Sohn des Ahuni, seit mehr als zehn Jahren unter dem Namen Khalkeus bekannt, stand am Bug des Schiffes und sah zurück in die Richtung, aus der sie gekommen waren. Das Schiff gehörte zur Kriegsflotte der Kreter. Er blickte nach Osten, wo Ugarit, die mächtige Stadt Charchemisch und die Handelsstadt Haran lagen. Sein Gesicht war ernst. Er schloß die Augen, um Bilder heraufzubeschwören. Aber weder Gesichter noch Bilder von vertrauten Plätzen tauchten vor seinem geistigen Auge auf. Kirta hatte seit seinen Kindertagen nur selten gebetet, aber jetzt begann er zu Göttern zu beten, die er ebenso vergessen hatte: Laßt mich sie finden, ehe es zu spät ist. Bitte, laßt mich sie finden!

Er öffnete die Augen und verfolgte den Flug einer Möwe hoch über dem Mast. Der Vogel mit seinen weiten Schwingen segelte nach Osten, dem verlorenen Land entgegen, in dem Kirta zur Welt gekommen war. Kirta ließ den Vogel nicht aus den Augen, bis er nur noch ein Punkt im blauen Himmel war.

Kapitel 4

I

Der Morgen war kühl und nebelig. Dem blinden Bettler Bahirum dröhnte der Kopf, und in seiner Brust spürte er einen dumpfen Schmerz, als er aufwachte. Als er versuchte, sich zu bewegen, durchzuckte ein stechender Schmerz seinen linken Unterarm. Bahirum wollte rufen, doch sein Hals tat so weh, daß er nur ein heiseres Krächzen herausbrachte.

Auf den rechten Arm gestützt, gelang es ihm mit viel Mühe, sich aufzurichten. Er versuchte sich zu erinnern. Den Stimmen nach mußten es drei gewesen sein, und dem Lärm nach hatten sie eine Menge Wein getrunken.

Da fiel ihm etwas ein. Trotz der Schmerzen in seinem Brustkorb beugte er sich vor und tastete mit der unverletzten Hand nach der Bettelschale. Die Bettelschale war leer! Dabei war gestern der beste Tag seit vielen Monaten gewesen! Leer! Er hatte zwei Tage lang gehungert, und jetzt das!

Entmutigt lehnte Bahirum sich zurück. Wie sollte er jetzt zu seinem Platz im Basar kommen? Bestimmt hatte er sich eine Rippe gebrochen und seinen linken Unterarm vermutlich ebenfalls. Er zweifelte, ob er überhaupt aufstehen konnte.

Da hörte er Schritte näher kommen. Kamen sie zurück, um ihn endgültig fertigzumachen? Er drückte sich an die Wand und hob die unverletzte Hand schützend vors Gesicht. »Nein, bitte nicht«, wimmerte er verängstigt. »Bitte nicht wieder schlagen!«

»Was ist denn hier los?« fragte jemand besorgt. »Bist du gefallen? Laß dir aufhelfen!«

Als der junge Mann ihn berührte und aufheben wollte, wandte ihm der Bettler sein schmerzverzerrtes Gesicht zu. »Nein, bitte nicht. Meine Rippen tun weh, und ich glaube, mein Arm ist gebrochen.«

Der andere kniete neben dem Bettler nieder und legte ihm beruhigend die Hand auf die rechte Schulter. »Dich haben sie wirklich bös zugerichtet, mein Freund. Und ich wette, du wurdest auch ausgeraubt. Du mußt nicht reden, wenn du nicht willst. Hm. Tut es hier weh?« Der blinde Mann zuckte zusammen. »Ich sehe schon. Ich glaube, dieser Arm ist gebrochen. Rühr dich nicht! Bleib ganz ruhig. Auf der Stirn hast du auch eine tiefe Wunde. Ich laufe rasch zum Brunnen und hole Wasser, damit ich dich waschen kann. Ich bringe dir auch gleich einen Schluck zu trinken mit.«

Bahirum dachte gar nicht daran, sich zu rühren. Schwer atmend lehnte er sich gegen die Wand. Zumindest waren sie nicht zurückgekommen. Der Fremde wollte ihm anscheinend helfen. Dessen Stimme kam ihm irgendwie bekannt vor. Wahrscheinlich war er dem jungen Mann bereits irgendwo begegnet.

Die Schritte kehrten zurück. »Hier! Ich habe mir deine Schale ausgeliehen. Trink zuerst, dann wasche ich dir Gesicht und Stirn, damit wir sehen, wie schlimm deine Verletzung ist.« Wieder waren Schritte zu hören. Der junge Mann tupfte vorsichtig Bahirums Kopf ab und rief: »Hallo, Abirapi! Komm her und hilf mir!« Die Schritte kamen rasch näher.

»Hadad!« rief eine zweite Stimme. »Was ist los? Das ist doch der Blinde vom Basar *Zu den Zwei Eichen*! Ich habe ihn erst vor einer Woche dort gesehen.«

»Ja, richtig«, antwortete die jüngere Stimme. »Ich glaube, du hast recht. Er ist furchtbar verprügelt worden und hat ein paar gebrochene Knochen. Tu mir einen Gefallen und lauf hinüber zum Barbier. Er weiß, was in so einem Fall zu machen ist. Sag ihm, daß wir hier einen Verletzten haben. Vielleicht kann er den gebrochenen Arm einrenken.«

»Nein, bitte nicht«, wimmerte der Blinde. »Ich habe kein Geld. Ich bin ein Bettler, und sie haben mich beraubt. Ich kann den Barbier nicht bezahlen.«

»Bitte geh, Abirapi«, widersprach ihm der Mann mit der fröhlichen Stimme, den der andere Hadad genannt hatte. »Du schuldest mir ohnehin noch einen Gefallen, das weißt du. Geh und hol den Barbier!« Die Schritte entfernten sich. Hadad versuchte Bahirum zu beruhigen: »Mach dir deshalb keine Sorgen. Der Barbier ist ein guter Kerl. Ich werde ihm ein oder zwei Münzen zustecken und den Rest später mit ihm abmachen.«

Nachdem sich der herbeigeeilte Wundarzt die Verletzungen

angesehen hatte, führte er den Alten mit Hadads Hilfe zu seinem kleinen Laden. »Herr!« sagte der Blinde plötzlich. »Euer Name ist Hadad? Ich kenne Euch. Ihr seid doch der Bildhauer aus dem Basar *Am Brunnen.*«

»Stimmt«, antwortete der junge Mann. »Jetzt vertraue meinem Freund und mach dir keine Sorgen mehr.« Er drückte dem Bettler eine Münze in die Hand. »Damit kommst du ein paar Tage über die Runden! Bis du wieder soweit hergestellt bist, daß du deinen Platz einnehmen kannst. Viel Glück!«

Der Barbier ließ Bahirums Arm kurz los. »Hadad! Laßt das doch! Ich weiß, wie wenig Ihr verdient. Das ist das Geld für Euer Essen. Warum tut Ihr das?«

»Ihr habt zur Abwechslung einmal unrecht, mein Freund«, antwortete Hadad. »Ich habe zufällig gestern etwas verkauft. Heute mittag hole ich mir das Geld, gleich nachdem ich meinem Bruder und meiner Schwägerin das kleine Geschenk zu ihrem Hochzeitstag gebracht habe. Heute nachmittag werde ich so viel Geld in der Tasche haben wie schon lange nicht mehr. Der Kaufmann hat mich nicht in kleinen Münzen bezahlt, sondern in Gold.«

»Schön für Euch!« Der Barbier nickte ihm anerkennend zu. »Trotzdem, steckt Euer Geld wieder ein!«

»Ich möchte aber, daß Bahirum es behält«, sagte Hadad. »Er wird es brauchen. Er macht nicht den Eindruck, als hätte er in letzter Zeit genug gegessen. Kauf dir eine ordentliche Mahlzeit dafür, mein Freund, verstanden? Du schuldest mir jetzt einen Gefallen und kannst dich am besten revanchieren, wenn du gut auf dich achtgibst.«

»Die Götter sollen Euch beschützen!« erwiderte der Blinde. »Vielen Dank, und alles Gute für Euch!«

Bahirum zögerte einen Augenblick und wandte sich dem Barbier zu. Er wollte, daß Hadad ging, damit er sich den Klang der Schritte seines Wohltäters einprägen konnte. So konnte er sicher sein, daß er den Mann an seinem Gang erkennen würde, falls sich ihre Wege wieder kreuzten.

Beim Klang der unregelmäßigen Schritte, mit denen sein junger Retter davonhinkte, wurde Bahirum traurig. Der arme Teufel ist ja lahm! dachte er.

Hadad stand vor dem Haus seines Bruders Schobai und klopfte. Die Sklavin Tanuha öffnete die Tür. Hadad begrüßte sie mit einem Lächeln. Armes Mädchen! dachte er und schüttelte den Kopf über Anats Eitelkeit. Nur seine Schwägerin – die schönste, aber auch die eitelste Frau in Haran – kaufte eine Haussklavin deshalb, weil sie reizlos war und durch den Kontrast zu ihrer Herrin deren Schönheit noch unterstrich. Er lachte gutmütig. Er bewunderte Anat trotzdem. Die schönste Frau der Stadt durfte sich ein paar kleine Fehler leisten.

»Die Herrin badet, Herr«, erklärte Tanuha. »Mein Herr ist noch nicht aus dem Lager zurückgekehrt. Aber die Herrin möchte Euch bestimmt sehen, wenn Ihr warten wollt.«

»Gut. Ich danke dir. Ich werde im Garten warten, wenn es recht ist. Von Blumen kann ich nie genug bekommen, und in meinem Teil der Stadt gibt es nicht sehr viele davon.«

»Ist gut, Herr.« Die Sklavin führte ihn weiter und sah ihn sich dabei verstohlen an. Er hatte dunkle, gelockte Haare, ein gutmütiges, freundliches Gesicht, eine Stupsnase und einen humorvollen Mund. Er war sehr schlank und hatte lange, ausdrucksvolle Hände. Künstlerhände, dachte sie und lächelte ihn an. Sie wünschte sich, frei zu sein; frei, reich und schön. Sie drehte sich um und ging ihm voran, weil sie seinen hinkenden Gang nicht sehen mochte. Der arme Mann!

Die Blumen in Schobais Garten waren prächtig und kostbar, wie alles in dem geräumigen Haus. Hier blühten Zierpflanzen, die als Samen, Knospen oder Ableger von weit her gekommen waren. Gelbe Schwertlilien, Rosen aus Scharon; aus der Gegend am See Genezareth in Kanaan hatten Händler sogar die seltene Nazareth-Iris gebracht. Langsam spazierte Hadad die Wege unter den überhängenden Bäumen entlang und sog glücklich den köstlichen Duft jeder einzelnen Blüte ein. Mit geschultem Blick bewunderte er die zart abgestimmten Farbtöne. Wie schön das hier ist! Eine Wohltat für die Seele, dachte er. Nach dem unerfreulichen Zwischenfall am Vormittag genoß er es doppelt. Es war für ihn unfaßbar, daß es Menschen gab, die einen armen, hilflosen blinden Mann verprügelten und einem Bettler sein jämmerlich verdientes Geld stehlen konnten. Nachdenklich trat er an einen kleinen Teich mit leuchtenden Hyazinthen.

»Hadad?« Anats Stimme klang kühl, wie immer. Hadad störte das nicht; denn er hatte sich inzwischen an das Benehmen seiner Schwägerin ihm gegenüber gewöhnt. Er drehte sich um und begrüßte sie mit einem bewundernden Lächeln. Aufrecht stand sie vor ihm und blickte ihn gelassen an. Ihre Haare waren perfekt frisiert, und das weiße Kleid fiel weich über ihre straffen Brüste. Ihre schönen Hände und Füße waren ungewöhnlich zierlich. Wenn Hadad sie ansah, war er stets voller Bewunderung für ihre Schönheit.

»Guten Tag, Anat«, begrüßte er sie.

»Wir sind heute vormittag sehr beschäftigt, Hadad«, erwiderte sie ungeduldig. »Ich habe nicht viel Zeit. Was kann ich für dich tun?«

Hadad schluckte. »Nun, mir fiel ein, daß heute euer Hochzeitstag ist. Aus diesem Anlaß habe ich etwas für dich gemacht; das wollte ich dir bringen. Dir und Schobai natürlich.« Verlegen griff er unter sein Gewand. »Hier ist es. Hoffentlich gefällt es dir.«

Er reichte ihr sein Geschenk. Zwei Wochen lang hatte er immer wieder daran gearbeitet, auch wenn es nicht so aussah. Erst nach wiederholten Versuchen war ihm die kleine Statue so geglückt, daß sie die Anmut zum Ausdruck brachte, die ihm von Anfang an vorgeschwebt hatte. Hadad war stolz darauf. Er hatte sein Bestes gegeben, auch wenn es vielleicht nicht viel war. »Es ist die Göttin Anat, deren Namen du trägst, und ich hoffe, daß sie dir und Schobai gefällt.«

Sie nahm die Statuette und betrachtete sie. Hadad beobachtete sie mit seinen klaren grünen Augen. Im ersten Augenblick tat sie das Geschenk einfach ab. Danach betrachtete sie es mit sachlichem Blick wie ein Goldschmied und erkannte, daß die Statue ein kostbares kleines Kunstwerk war. Aber sie wollte nicht durch übertriebene Dankesbezeigungen irgendwelche falschen Erwartungen bei ihrem »armen Verwandten« wecken. »Wie schön. Und wie nett von dir, Hadad«, sagte sie herablassend, als hätte er eine Handvoll Blumen aus dem Rinnsal aufgehoben und sie ihr mit schmutzigen Fingern überreicht. »Das ist sehr aufmerksam von dir.«

»Anat? Anat! Wo bist du?« erklang da eine vertraute Stimme im Haus.

»Schobai!« rief Hadad erfreut. »Wir sind hier im Garten.«

Schobai trat zu ihnen. Hadads Blick wanderte zwischen seinem Bruder und Anat hin und her. Ihr Gesicht war kühl und abweisend. »Guten Morgen, Schobai«, begrüßte sie ihn kurz. »Wo warst du?«

»Ach, ich wurde im Lager aufgehalten«, antwortete Schobai sorglos. Er wirkte anders als sonst: Sein Gesicht war gerötet, die Haare waren zerzaust und seine Kleider schmutzig. »Was machst du denn hier, Hadad?«

»Er hat mir ein Geschenk gebracht«, antwortete Anat gereizt an Hadads Stelle. »Gestern war unser Hochzeitstag. Ich habe dich gestern abend ebenso sehr vermißt wie die Gäste, die wir eingeladen hatten.«

»Wenn ihr wollt, komme ich später wieder«, meinte Hadad, dem die Situation peinlich war.

»Nein, nein«, widersprach Anat kühl. »Es war sehr freundlich von dir, an unseren Hochzeitstag zu denken, Hadad. Schobai und ich sind dir sehr dankbar.« Aber sie richtete ihre Worte nicht an Hadad, sondern sah ihren Mann an. »Das heißt, falls Schobai sich daran erinnert, was ein Hochzeitstag ist oder was er bedeutet.«

»Woran sollte ich mich erinnern?« erwiderte Schobai verärgert. »Es gibt andere Dinge, an die ich zu denken habe, Anat! Falls es dich interessiert, kann ich dir beispielsweise sagen«, er räusperte sich, »daß ich mich mit dem Kaufmann Aqhat unterhalten habe. Ich möchte nämlich ... ein neues Haus kaufen. Ein Haus in der Nähe des Ischtar-Tempels. Das ist eine bessere Gegend. Dort könnten wir richtig große Gesellschaften geben. Ich habe schon ein paar Häuser angeschaut«, improvisierte er weiter und überflog im Geist die zum Verkauf stehenden Häuser, von denen er wußte. »Da wäre zum Beispiel das Haus von Jahile, dem Wesir des Königs. Es hat einen Dachgarten und einen kleinen Teich mit einem Wasserfall.«

Mit Anat ging eine erstaunliche Veränderung vor. »Liebling!« schnurrte sie und ließ sich in Schobais Arme gleiten; Hadad war vergessen. Sie umarmte Schobai und flüsterte ihm heiser Zärtlichkeiten ins Ohr. Dabei rutschte Hadads kleines Geschenk aus ihrem Gewand und fiel auf die Steine. Der Kopf der Göttin Anat brach ab. Hadad erschrak, aber er mußte trotzdem lächeln, als er Schobais triumphierendes Gesicht bemerkte. Schobai, der seinen Bruder gar nicht beachtete, führte Anat ins Haus. Die zerbrochene kleine Statue blieb auf dem Boden liegen.

Hadad wartete noch einen Augenblick, dann bückte er sich und hob sie auf. Vielleicht konnte er sie wieder zusammenfügen.

II

Hadad ging langsam durchs Haus und hinaus auf die Straße. Traurig hielt er die zerbrochene Statue in der Hand. »Nun ja«, murmelte er resigniert, »vielleicht war ich doch zu voreilig. Schließlich war die Statue doch nur von mir, und wer bin ich denn schon? Warum sollte etwas, das ich gemacht habe, für jemand anderen etwas Besonderes sein! Amitanu, der Hofbildhauer, der die Dagon-Statue vor dem Tempel gemacht hat, der ist etwas Besonderes, aber ich?«

Hadads Gefühle waren ihm deutlich anzusehen, denn er besaß nicht das geringste Talent, sich zu verstellen. Sein unglückliches Gesicht fiel auch dem Mann mit den braunen Haaren auf, der ihm in der Nähe des Basars begegnete. Der Mann hatte es offensichtlich sehr eilig, doch er drehte sich trotzdem nach Hadad um, als dieser an ihm vorbeihumpelte. »Entschuldigt«, sagte er. Hadad zuckte zusammen, und sein Blick schien von weit her zu kommen. Überrascht blieb er stehen. »Ihr seht aus, als hättet Ihr Kummer. Es geht mich zwar nichts an, aber ...« Etwas verlegen zuckte er mit den Schultern. »Kann ich etwas für Euch tun? Kann ich Euch helfen?«

Hadad seufzte. »Vielen Dank. Ich war in Gedanken. Ich fühle mich nicht besonders wohl und habe nicht auf den Weg geachtet.« Er sah, daß der Mann ehrlich besorgt war, und war dankbar für die Anteilnahme. »Es war sehr freundlich von Euch, zu fragen. Aber es ist alles in Ordnung«, sagte er und lächelte.

Der Fremde wirkte so anständig und kameradschaftlich, daß Hadad instinktiv Freundschaft für ihn empfand. Der Mann nickte ihm zu. »Wie Ihr meint, aber Ihr habt so ausgesehen, als hättet Ihr gerade Euren besten Freund verloren, oder jemanden, der Euch sehr nahestand. Ich habe auch schon Freunde verloren, liebe Freunde. Ich weiß, wie weh so etwas tut.« Er legte Hadad die Hand auf die Schulter. »Ich will mich Euch nicht aufdrängen, aber vielleicht kann ich Euch irgendwann einmal helfen. Ich heiße Jakob. Ich wohne in der Straße beim Aquädukt. Ihr braucht nur nach mir zu fragen; dort kennt mich jeder.«

»Vielen Dank«, erwiderte Hadad und legte Jakob freundschaftlich eine Hand auf die Schulter. »Vielen herzlichen Dank! Ihr habt mich überrascht, denn ich bin es nicht gewohnt, daß Menschen unaufgefordert so freundlich sind. Ihr heißt Jakob? Ich heiße Hadad. Ich habe einen kleinen Laden im Basar in dieser Straße hier, gleich nach dem Brunnen. Es freut mich, daß wir uns kennengelernt haben.«

»Ich freue mich auch«, entgegnete Jakob warmherzig. »Was ist mit Eurem Bein? Habt Ihr Schmerzen?«

»Das Bein? Nein, nein, das stört mich nicht. Ich war noch ein Kind, als es passierte. Wir hatten kein Geld, um es behandeln zu lassen. Seither ist das Bein nicht mehr gewachsen. Ich spüre nichts, nicht das geringste, aber es ist nett von Euch, daß Ihr gefragt habt. Ich habe das Gefühl, daß ich heute einen Freund gewonnen habe, und das ist immer ein fröhlicher Anlaß. Es geht mir schon viel besser! Wenn Ihr Zeit habt, schaut doch einmal in meinem Laden vorbei! Es würde mich sehr freuen!«

»Das mache ich gern«, versprach Jakob. Hadad fragte sich, wie alt er wohl sein mochte. War er schon vierzig? Wie dem auch sein mochte, der Fremde hatte eine besondere Ausstrahlung. »Entschuldigt, aber ich habe noch eine Verabredung und bin schon spät dran«, sagte Hadad bedauernd. »Alles Gute für Euch, und Gott sei mit Euch!« antwortete der andere. Hadad lächelte und sah Jakob nach, bis er um eine Ecke verschwand. Was für ein seltsames, nettes Zusammentreffen! Ein eigenartiger Mann. Dem Dialekt nach zu urteilen, stammte er nicht aus Haran. Vermutlich stammte er aus dem Süden. Und der seltsame Abschiedsgruß! »Gott sei mit Euch!« Welcher Gott? Bel? Dagon? Baal? Hadad zuckte die Achseln. Was wog, war die Freundlichkeit des Mannes. Es wäre schön, Jakob wieder zu begegnen.

Hadads Verabredung war kurz und angenehm. Der Kaufmann

gratulierte ihm zu seiner Arbeit und überreichte ihm eine kleine Geldkatze. »Ihr seid ein guter Handwerker, junger Mann, doch Ihr seid kein Mitglied der Gilde. Wenn Ihr eine neugierige Frage gestattet: Warum nicht? Hattet Ihr Schwierigkeiten mit der Gilde?«

»Nein, Herr«, antwortete Hadad und wog dabei den Geldbeutel in der Hand. Mehr als ich gehofft habe! dachte er aufgeregt. »Ich war noch sehr jung, als ich meinen Vater verlor. Wir hatten kein Geld, und ich konnte mich bei keinem Meister als Lehrling einkaufen, um das Handwerk richtig zu erlernen. Ich war darauf angewiesen, die Augen offenzuhalten und mir hier und da etwas abzuschauen.«

»Das ist nicht die schlechteste Lehre! Ich habe mein Geschäft auch so erlernt. Auch ich habe arm angefangen. ›Ibalum der Schäbige‹, so haben sie mich am Anfang gerufen. Aber Ihr habt Talent! Gibt es Künstler in Eurer Familie?«

»In der Tat, die gibt es, Herr!« antwortete Hadad stolz. »Mein Vater war ein Schmied, und mein älterer Bruder Schobai ist ebenfalls Schmied, der beste in der Stadt.«

»Ich kenne Schobai! Er ist ein guter Handwerker, aber Ihr seid talentierter als er. Weitaus talentierter!« Er wehrte Hadads erschrockenen Protest ab. »Nein, nein! Laßt mir meine eigene Meinung, junger Mann. Was Ibalum der Kaufmann diesbezüglich sagt, wird vielerorts nicht in Frage gestellt. Widersprecht mir also nicht!«

»Ihr seid sehr gütig.«

»Unsinn! Hört mir zu, junger Freund. Wie lebt Ihr? Ich meine, wovon bezieht Ihr in der Hauptsache Euer Einkommen?«

»Ich fertige kleine Götterstatuen für die Hausaltäre an. Diese Statuen verkaufe ich.«

Ibalum lächelte spöttisch. »Für einen Pappenstiel, nehme ich an. Die Priester des Dagon verlangen von Euren Kunden dann sechsmal so viel dafür, daß sie die Statuen segnen. Ich weiß, wie diese Dinge ablaufen. Ihr braucht mir nichts zu erzählen.« Er hob die Hand, als Hadad protestieren wollte. »Aber das tut nichts zur Sache. Ihr habt ausgezeichnete Arbeit geleistet, und das ist nicht selbstverständlich in Haran, das kann ich Euch versichern.«

»Ich habe mein Bestes gegeben, Herr.«

»Ich weiß, und das ist auch nicht selbstverständlich. Ihr kennt Euren eigenen Wert nicht, junger Mann, und ich bin ein alter Narr, daß ich Euch darüber aufkläre, wie gut Ihr seid! Ich glaube, ich werde langsam alt und sentimental!«

»Wie meint Ihr das, Herr?«

»Als Kaufmann müßte ich versuchen, Euch so wenig wie möglich zu bezahlen, und Euch in dem Glauben lassen, daß Ihr eine hoffnungslose Niete seid und von Eurem Gewerbe nichts versteht. Das wäre geschäftstüchtig. Ich aber stehe hier, singe ein Loblied auf Euch und erhöhe so Euren Preis.«

»Ich danke Euch, Herr.«

»Gern geschehen. Ich werde die Stadt für einige Zeit verlassen. Bleibt mit meinen Verbindungsleuten in Kontakt und erkundigt Euch, wann ich wieder zurückerwartet werde. Ich möchte Euch nicht aus den Augen verlieren, denn ich kann Euch sicher noch mehr Geschäfte vermitteln. Vielleicht schicke ich auch den einen oder anderen Freund von mir zu Euch. Meine Freunde wissen hübsche Dinge zu schätzen.«

»Vielen Dank, Herr!« Glücklich verabschiedete Hadad sich von dem alten Händler.

Seine gute Laune hielt an, während er durch die Stadt in seinen Basar ging. Hier im Basar, wo ihn jeder kannte und freundlich grüßte, fühlte er sich immer wohl. Erst auf dem Nachhauseweg überkam ihn oft ein Gefühl der Einsamkeit, denn in seinem Zimmer, das vollgestopft war mit Dingen, wartete niemand auf ihn. Nur im Basar hatte er gute, liebe Freunde: Marsatum, die Frau des Gemüsehändlers, der er bei der Pflege ihrer Kinder während einer Lungenkrankheit geholfen hatte. Bunu-Ischdar, der Schmied, dessen Frau er bei einer schwierigen Steißgeburt beigestanden hatte. Jahila, die Frau des Fleischers; Uzzija, der Gewürzhändler.

Als er jetzt den Platz überquerte, stieß er mit einem Kunden zusammen, der über Hadads abgespreiztes Bein stolperte und zu Boden fiel. Der Mann, der sich über das Mißgeschick ärgerte, fing an, Hadad zu beschimpfen, und nannte ihn einen schäbigen Krüppel. Da wurde es plötzlich vollkommen still auf dem kleinen Platz, und Bunu-Ischdar, der Schmied, ging hinüber zu den beiden und baute sich vor dem Besucher auf. Der Schmied war nicht nur sehr groß gewachsen, er hatte auch Hände so groß wie Kohlenschaufeln.

»Hört gut zu, mein Freund!« sagte er mit seiner tiefen Stimme. »Vielleicht fühlt Ihr Euch in einem anderen Basar wohler. Ich schlage vor, ich begleite Euch aus diesem Basar hinaus und zeige Euch den Weg.«

»Was ist denn los?« Der Besucher war sprachlos. Händler und Handwerker sollten sich doch um die Gunst des Kunden bemühen, schließlich ging es um Geschäfte. »Wer seid Ihr, daß Ihr mir vorschreiben wollt, wo ich einkaufen soll! Am liebsten würde ich eine Wache rufen«, erwiderte er empört.

Bunu-Ischdar lächelte ihn von oben herab an. »Nur zu, aber zuerst verschwindet Ihr von hier. Ihr werdet feststellen, daß die Händler und Handwerker in diesem Basar tief in der Schuld stehen bei dem schäbigen Krüppel, wie Ihr ihn genannt habt. Darüber hinaus werdet Ihr entdecken, daß der schäbige Krüppel Ischi-Dagan, dem Wachposten des Viertels, das Leben gerettet hat, als eine Diebsbande über ihn hergefallen war, ihn verprügelt und böse zugerichtet hatte. Für einen feinen Pinkel wie Euch mag Hadad vielleicht nicht viel hermachen, aber er versteht sich sehr gut auf seine Steinschleuder. Noch etwas laßt Euch gesagt sein, mein Freund: Hadad ist uns viel mehr wert als das Geschäft mit Euch. Seid Ihr jetzt so gut und verschwindet von hier? Sonst muß ich Euch unter den Arm nehmen und ...« Aber der Besucher hielt es für klüger, freiwillig das Feld zu räumen.

Während dieses Wortwechsels war Hadad immer verlegener geworden, denn er schätzte es nicht, wenn die Leute so viel Aufhebens um ihn machten. Um das Thema zu wechseln, wandte er sich deshalb an die Frau des Gemüsehändlers. »Schau her, Marsatum, was ich gerade verdient habe.« Dabei zog er den kleinen Geldbeutel hervor, den Ibalum, der Kaufmann, ihm gegeben hatte, und machte ihn auf. »Ich habe einem reichen Kaufmann eine kleine Statue verkauft. Er hat meine Arbeit sehr gelobt.« Verblüfft starrte Hadad in den Beutel. »Jetzt schau dir das an! Bei den Göttern! Wer hätte das gedacht, daß er mir so viel bezahlt!«

»Noch dazu in Gold, nicht in Kupfer«, sagte Marsatum und lächelte ihn erfreut an. »Wie schön, Hadad! Jetzt kannst du dir den Winterumhang kaufen, den du dir so gewünscht hast. Vergangenes Jahr haben wir uns alle Sorgen um dich gemacht, als es so lange kalt war.«

»Winterumhang? Ach ja, richtig. Aber schau! Es ist nicht gemünztes Gold, sondern ein Goldklumpen. Wieviel mag der wohl wert sein? Das ist meine Chance, Marsatum! Ich habe noch nie Gold gehabt, das ich bearbeiten konnte. Wenn ich mir einen kleinen Keramikofen baue, könnte ich es bearbeiten. Meine Mutter würde sich so über eine kleine Ischtar-Statue aus Gold freuen. Ich könnte mir sogar Wachs für ein Modell leisten.«

»Hadad!« Marsatum war entrüstet. »Du hast heute genügend Geld bekommen, um deine Ausgaben für den nächsten Winter zu decken und dir vielleicht ein besseres Zimmer zu mieten. Woran aber denkst du? Denk an dich! Plane dein Leben! Wir machen uns ständig Sorgen um dich, weil du so unvernünftig bist.«

»Ich bin unvernünftig?« erwiderte Hadad verständnislos. Er hatte ihr gar nicht richtig zugehört. Er fragte aus reiner Höflichkeit, denn in Wirklichkeit war er mit seinen Gedanken ganz woanders. Er entwarf im Geist bereits das zierliche Abbild der Göttin.

»Ganz richtig! Ich wüßte, was ich an deiner Stelle mit dem Geld täte. Wenn ich du wäre, würde ich mir zuerst eine Frau suchen, damit du etwas gegen deine Einsamkeit unternimmst. Du zählst doch mindestens neunzehn Sommer. Was soll denn das, wenn ein netter junger Mann wie du jeden Abend nach Hause in ein leeres Zimmer geht und allein im Bett liegt.«

»Eine Frau?« Hadad errötete. Wie ich es mir gedacht habe: Er ist noch Jungfrau! dachte Marsatum bei sich. »Aber Marsatum! Wer will denn jemanden wie mich haben! Ich bin dünn und mache einfach nicht viel her. Noch dazu mit meinem häßlichen steifen Bein. Ich mache mir nichts vor, Marsatum. Ich weiß, was die Frauen schätzen, selbst wenn ihre Väter nichts dabei mitreden. Die Väter aber wollen einen Mann mit Zukunft, jemanden, der es sich leisten kann, eine Schar gesunder Enkelkinder großzuziehen. Und die Frauen? Sogar die Frauen aus dem Viertel, wo die Väter nichts mitzureden haben, auch diese Frauen wollen einen hübschen, großen, kräftigen Mann, jemanden wie Schobai.«

»Schobai?« fragte Marsatum ungläubig. »Schobai? Ach, Hadad! Du redest den größten Unsinn, den ich je gehört habe. Eine

Frau wünscht sich einen Mann, der jeden Abend nach Hause kommt, nicht einen Mann, der ständig auf der Suche ist und sich aus purer Eitelkeit mit jeder einläßt, die daherkommt. Und der früher oder später dann eine nette Krankheit mit nach Hause bringt.«

»Marsatum!« Hadad war wieder rot geworden. »Du solltest nicht so von Schobai sprechen!«

»Aber Hadad! Glaubst du vielleicht, die Leute im Viertel haben keine Augen und Ohren? Erst gestern ...«

Hadad hielt sich mit den Händen die Ohren zu. »Ich will nichts hören, Marsatum. Er ist mein Bruder. Außer meiner Mutter habe ich nur ihn und Anat.«

»Anat? Die ist doch ein kalter Fisch. Auch über sie könnte ich dir ein paar nette Geschichten erzählen.« Hadad preßte die Hände noch fester auf die Ohren, aber vergeblich. »Sie mag ein kalter Fisch sein oder auch nicht, sie weiß auf alle Fälle, daß ihr Ehemann hinter ihrem Rücken seine Spielchen treibt, und hat ihre eigenen Vorstellungen, wie sie sich dafür schadlos hält.«

»Bitte hör auf, Marsatum! Ich will nichts mehr hören!«

»Beobachte einmal ihr Haus, Hadad. Überzeuge dich selbst, wenn Schobai das nächste Mal fort ist.«

III

Jakob blieb gedemütigt und zitternd vor Wut auf der Straße stehen und starrte seinem Schwiegervater Laban nach, der mit seinem Schreiber Ischiluna davonging. Er ballte die Fäuste und öffnete sie wieder; sein Hals war wie ausgetrocknet.

Wie konnte Laban es wagen, in der Öffentlichkeit so mit ihm zu sprechen! Wie konnte er es wagen, seinen Schwiegersohn in Anwesenheit eines Dritten, der nicht zur Familie gehörte, so unmöglich zu machen? Er, Jakob, hatte jahrelang ohne ein einziges Wort des Dankes für Laban gearbeitet, hatte immer in dessen Interesse gehandelt und nichts für sich selbst genommen. Und jetzt hieß es plötzlich, er sei unehrlich, weil jemand angeblich eine Unstimmigkeit in den Büchern entdeckt hatte.

Was noch schlimmer war: Laban hatte Jakob vor dessen Söhnen gescholten! Levi und Dan hatten sich gerade mit ihrem Vater unterhalten, als Laban zu ihnen getreten war. Die beiden waren Zeugen der Auseinandersetzung geworden und hatten mit angesehen, wie Jakob keinen Finger gerührt hatte, um sich gegen die Angriffe des älteren Mannes zu verteidigen. Seine Söhne hatten ohnehin nicht viel Respekt vor ihm, und so eine Szene konnte sie in ihrer Haltung nur bestärken.

Sie waren seine Söhne, aber sie waren nicht die Söhne aus einer Liebesheirat, keiner der beiden. Levi war der dritte Sohn der Lea, der älteren Schwester seiner geliebten Rahel. Jakob hatte Lea nie geliebt; er hatte sie – gegen seinen Willen – als Teil seines Handels mit Laban genommen, durch den er schließlich Rahel bekommen hatte, die wahre und einzige Liebe seines Lebens. Dan war der Sohn von Jakobs Konkubine Bilha. Jakob hatte auch die Konkubine nicht geliebt. Die Mütter der Jungen wußten das und erzogen ihre Söhne so, daß es ihnen nicht verborgen blieb. Mit den Söhnen der Zilpa, Jakobs anderer Konkubine, war es nicht anders. Sie lehnten ihn alle ab und verachteten ihn, weil er sich dem Mann beugte, der ihn so schlecht behandelte.

Sie alle – die drei Frauen mit ihren insgesamt zehn Söhnen – behandelten die arme Rahel abscheulich, und das schmerzte Jakob mehr als die anderen Probleme, die er zu tragen hatte. Die arme unfruchtbare Rahel! Sie hatte sich ihre jugendliche Schönheit trotz der jahrelangen Enttäuschungen und falschen Schwangerschaften bewahrt. Als Rahel einmal wirklich schwanger gewesen war, hatten sie und Jakob alle ihre Hoffnungen in diese Schwangerschaft gesetzt. Doch dann hatte Rahel eine Fehlgeburt gehabt und war nie wieder guter Hoffnung gewesen. Erst jetzt zeugten die ersten Falten in ihrem schönen Gesicht von ihren Sorgen und ihrem Unglück.

Jakob liebte sie nicht wegen ihrer Schönheit; die Straßen waren voll von hübschen Frauen. Als er ihr vor vielen Jahren begegnet war, hatte er tief in seinem Innersten gewußt, daß sie die Gefährtin seiner Seele war, nach der er sich während seiner Jugend und als junger Mann gesehnt hatte. Er liebte sie, und sie hatte seine Liebe von Anfang an erwidert. Für beide war es die wahre und einzige Liebe geblieben.

Mit einem müden Seufzer machte sich Jakob auf den Heimweg. Die Jahre waren so rasch vergangen, und Rahel war unfruchtbar geblieben. Und das in einem Haus, in dem drei andere Frauen mit ihrem Mann geschlafen und ihm stramme Söhne geboren hatten, mit denen sie Rahel verhöhnten, wie Frauen es eben tun. Es war ein schrecklicher Makel für eine Frau, unfruchtbar zu sein und ihren Mann wieder und wieder zu enttäuschen.

Wie konnte er sie trösten? Jakob versuchte es Tag und Nacht. Er liebte sie innig und vorbehaltlos. Er hatte ihr seine Liebe oft gestanden und sie ihr immer wieder bewiesen, dennoch zog sie sich von ihm zurück in ihr schützendes Schneckenhaus. Er mochte ihr zureden und sie zärtlich streicheln, sie entzog sich ihm in ihrem Unglück. Er konnte einfach nicht zu ihr durchdringen.

Aber er brauchte sie, denn sie war seine einzige Trostquelle in dieser Stadt, in der er sich nach so vielen Jahren immer noch fremd fühlte. Er war ein Fremder in einem fremden Land, ein Herrscher im Exil in der Fremde, und das schmerzte noch immer.

In jüngster Zeit mußte er oft an seinen blinden alten Vater Isaak denken und an seine Mutter, die sich immer schützend vor ihn gestellt und ihn seinem Zwillingsbruder, dem erstgeborenen Esau, vorgezogen hatte. Auch über Esau dachte er nach, seinen rothaarigen Bruder mit seinen impulsiven Launen, und über Kanaan, das wunderbare Gelobte Land, das der Eine Wahre Gott seinem Großvater Abraham geschenkt hatte. Manche nannten diesen Gott El-Schaddai, andere gaben ihm mystische Namen, die kein Mensch laut aussprechen durfte.

Der Gedanke schmerzte Jakob. Er war der Priester und Prophet dieses Gottes, wie seine Väter auch, doch er, Jakob, hatte diesem Gott schlecht gedient, indem er Kanaan verlassen hatte, was immer auch die Gründe dafür gewesen sein mochten. Auf dem Weg nach Norden ins Exil hatte dieser Gott so unvergeßlich zu ihm gesprochen. Seit aber sein Fuß fremde Erde berührt hatte, Erde, die nicht Ihm geweiht war, hatte Gott nicht mehr zu ihm gesprochen. Gott hatte ihn verlassen.

Jakob beschleunigte seine Schritte. Seit einer Weile ging ihm ein bestimmter Gedanke nicht aus dem Kopf, und auch jetzt überlegte er wieder, ob er nicht mit seinen Frauen, Konkubinen und Söhnen nach Kanaan zurückkehren sollte. Er müßte nur seine Verpflichtungen gegenüber Laban ein für allemal begleichen, danach wäre er wieder ein freier Mann. Vielleicht war das die Lösung für all seine Probleme. Vielleicht würde der Gott seiner Väter wieder gnädig auf ihn blicken und Rahels Leib mit neuem Leben segnen? In Kanaan könnte er sich mit seinem jähzornigen Bruder Esau versöhnen, dem er Unrecht zugefügt hatte.

Isaak, du mein vergessener Vater! Rebekka, meine vernachlässigte Mutter. Kanaan, Gelobtes Land, das ich verlassen habe!

Tief in Gedanken ging Jakob weiter die Straße hinunter, als er Rahel entdeckte, die auf dem Weg nach Hause war. Sie hatte im Basar eingekauft und trug ein Bündel vom Gemüsehändler bei sich. »Rahel!« rief er. Sie drehte sich um und wartete auf ihn. Mit einem gequälten Lächeln sah sie Jakob kurz an und senkte sofort wieder den Blick. »Wie schön, daß ich dich hier treffe, Liebste!«

Doch sie begrüßte ihn nicht und sah ihn auch nicht an. »Rahel? Was ist los?«

»Ach nichts, Jakob. Es ist nur ... weil ich wieder meine Periode habe. Ich habe dich wieder enttäuscht. Wird sich das nie ändern?«

Er nahm ihre Hände; sie tat ihm so schrecklich leid, aber er wußte nicht, wie er sie trösten könnte. Sollte er sagen, daß es nichts ausmache? Das wäre ein schwacher Trost für sie, denn in Wahrheit war es für sie das Wichtigste auf der Welt. O Gott meiner Väter! Verzeih mir! Verzeih mir!

Oschijahu hatte seinen jungen Offizier Jassib in die Stadt begleitet und ihn am nächsten Vormittag seiner Tochter Halima vorgestellt. Halima war eine Schönheit. Sie hatte olivfarbene Haut, dunkle, ausdrucksvolle Augen, einen vollen, geschwungenen Mund und konnte bezaubernd lächeln. Die Mitgift wurde festgesetzt und der Tag für die Hochzeit bestimmt. Oschijahu war durch und durch Soldat, und er hielt nichts davon, Dinge aufzuschieben.

Jassib kam sich vor wie in Trance. Über Nacht hatte sich sein ganzes Leben verändert. Gestern war er noch ein einfacher Soldat gewesen, der im stillen mit einer jungen Frau verlobt war. Die Zukunft hatte nicht gerade rosig ausgesehen. Heute war er in aller Form mit einer anderen Frau verlobt. Er kannte die Frau zwar kaum, doch seine Zukunft war gesichert. Nicht mehr lange, dann war er ein wichtiger Mann in der Armee von Haran. Kein Wunder, daß er benommen war.

Jassib und Oschijahu waren beim Stadtschreiber gewesen, der das formelle Übereinkommen zwischen ihnen abgefaßt hatte. Sie schlenderten gemächlich durch die Straßen. Oschijahu redete, und Jassib beschränkte sich darauf, zustimmend zu murmeln. Er konnte keinen klaren Gedanken fassen. Er war von Natur aus ehrgeizig und fand es unfaßbar, daß sein Ehrgeiz jetzt so leicht zu befriedigen war.

»... alles in allem eine schöne Stadt«, plauderte Oschijahu dahin. »Sie hat natürlich auch schwere Zeiten erlebt. Es gab Kriege und die Pestepidemie vor zwei Generationen. Im großen und ganzen steht die Stadt in der Gunst der Götter, falls es Götter gibt. Du brauchst nicht so entsetzt zu schauen. Wann hast du das letzte Mal einen altgedienten Soldaten gesehen, der an diese Phantome glaubt, von denen sie in den Tempeln faseln?

Die Stadt ist in vieler Hinsicht begünstigt. Man lebt gut hier und kann ziemlich leicht reich werden. Es ist nur wichtig, seine Fehler in geniale Glückstreffer zu verwandeln. Einer meiner Hauptvorzüge als aufstrebender Offizier war meine Fähigkeit, meine Fehler zu vertuschen. Und ich habe viele Fehler gemacht, das kannst du mir glauben. Zu meiner Verteidigung muß ich sagen, daß sie in jüngster Zeit äußerst selten geworden sind, denn inzwischen habe ich genügend Erfahrung. Ich wünschte, ich könnte einen Teil dieser Erfahrung mit Seiner Königlichen Hoheit teilen oder mit einem seiner so überaus friedliebenden Berater, die er derzeit um sich schart. Diese verdammten Narren waren nie im Krieg. Sie haben nie erlebt, was mit einer Stadt geschieht, die einen Krieg durchmacht und ihn verliert.

Schau dir das hier an. Siehst du auf der Stadtmauer die Wachen in voller Stärke? Nein, siehst du nicht, weil wir viel zu wenig Soldaten haben. Die Garnison der Stadt besitzt nur ihre halbe Streitkraft. Nimm meine eigene Truppe, unsere Truppe: Du hast keine Ahnung, wieviel Mühe es mich kostet, damit ich genügend Geld bekomme, um sie zu erhalten. Von einer Erhöhung der Streitkraft gegen die Bedrohung vom Norden ganz zu schweigen. Sie glauben, daß es überhaupt keine Bedrohung gibt.«

»Wie schlimm ist die Lage im Norden wirklich?« wollte Jassib wissen. »Was geschieht, wenn die Nomaden tatsächlich in unsere Richtung ziehen?«

Oschijahu blieb stehen und sah Jassib ernst an. »Wenn sie wirklich in unsere Richtung ziehen, werden sie kurzen Prozeß mit uns machen; die Berichte, die ich beinahe täglich von Kundschaftern bekomme, lassen daran keinen Zweifel. Nach drei Tagen Belagerung ist die Stadt Haran eine ausgebrannte Ruine. Die Männer werden in Stücke gehauen in den Straßen liegen. Die Frauen, ach verdammt, denken wir lieber nicht an die Frauen! Für sie und die Kinder wird es am schlimmsten werden. Ich bin früher schon einmal solchen Menschen begegnet. Das war jenseits des Meers; ich war damals noch ein Junge und habe mich als Söldner verdingt und mein Handwerk gelernt. Wir stießen auf eine Stadt, die das Opfer eines solchen Überfalls geworden war. Es war natürlich nicht dasselbe Volk, aber es waren Wilde vom gleichen Schlag. Nie in meinem Leben habe ich ein so erbärmliches Gemetzel erlebt wie damals, nicht einmal nach dem Überfall der Assyrer auf die Städte östlich von Mari. Ich weiß nicht, wer diese Menschen im Norden sind und woher sie kommen, aber ihre Heimat liegt jenseits der großen Berge, und sie sind Wilde. Verglichen mit ihnen haben die Assyrer ein weiches Herz. Ich weiß, wovon ich rede. Meine Kundschafter sind überall. Wenn einer zurückkommt, schicke ich noch am selben Tag einen anderen los. Diese Boten berichten ...«

»Was, Herr?« Jassib begriff allmählich, daß er gegen dieses Volk, von dem der Kommandant sprach, würde kämpfen müssen.

»Man will ihnen nicht glauben. Man will es einfach nicht glauben. Aber schließlich wird man es glauben müssen.« Oschijahu war nachdenklich geworden. »Schau dich um. Eine wunderbare Stadt mit vernünftigen, ordentlichen Menschen. Sie können sich nicht vorstellen, daß es Krieg gibt, und ihre Anführer glauben mir auch nicht. Sie reden weder von Angriff noch von Verteidigung. Sie schicken Friedensgesandtschaften nach Norden, die den Barbaren berichten, daß wir ... warte, wie hieß es doch genau ... wir grüßen sie in Frieden und wollen ihnen nichts Böses. Dieser Unsinn soll die Barbaren zum Umdenken bewegen.«

»Und Ihr meint, daß das nicht so sein wird?«

»Im Gegenteil! Es wird diese Nomaden nur davon überzeugen, daß wir ein Haufen Feiglinge sind, die nicht kämpfen wollen. Es wird sie anziehen, wie der Honig den Bären anzieht. Überleg einmal, Jassib: Du hast gesehen, wie ein Löwe eine Gazelle reißt. Aber Löwen jagen Gazellen nur im Notfall. Ein Löwe wird ein schwaches Kaninchen, das sich nicht wehrt, einer Gazelle immer vorziehen, denn eine in Panik geratene Gazelle kann einen Löwen mit einem gezielen Tritt für Tage außer Gefecht setzen. Dann kann es sein, daß er sogar verhungert, auch wenn er der König der Tiere ist. Solange es jede Menge Kaninchen gibt, wird kein Löwe eine Gazelle jagen. Verstehst du, was ich meine?«

»Ja, Herr. Aber welche Chancen haben wir, wenn wir keine Boten mit Nachrichten schicken und dafür unsere Verteidigungsbereitschaft erhöhen?«

»Fünfzig zu fünfzig, mein Freund. Nicht mehr. Unsere einzige echte Chance ist, daß sie sich entschließen, nicht durch unser Gebiet zu ziehen. Das Land, das sie durchqueren, ist einen Monat später Brachland, nichts weiter. Sie zerstören alles auf ihrem Weg, wie Heuschreckenschwärme. Sogar die Geier werden unser Land meiden, weil sie hier nichts zu fressen finden. Ein Tal, übersät von Schädeln und Knochen. Haran wird nicht mehr existieren, nur noch ein Haufen Schutt an der Handelsstraße wird davon übrig sein. Wenn es soweit ist, dann mögen die Götter den Menschen weiter im Süden beistehen. Ein fruchtbarer Landstrich wie Kanaan? Kanaan hätte keine Chance.«

Jassib spürte, wie ihm vor Entsetzen ein Schauer über den Rücken lief. Aber er wußte nicht, ob er Oschijahu wirklich Glauben schenken sollte ...

»Nein, das kann ich mir einfach nicht vorstellen. Es muß jemand anders gewesen sein«, murmelte Danataja zutiefst betroffen.

Ihr Onkel schüttelte den Kopf. »Unmöglich. Ich war dort, hast du nicht gehört? Ich habe meine vierteljährlichen Steuern bezahlt und es mit eigenen Ohren gehört. Sie haben das Aufgebot bestellt, dein Jassib und diese Frau. Ich weiß nicht, wie sie heißt, aber es war die Tochter des Kommandanten. Dein Freund hat einen besseren Weg gefunden, wie er vorwärtskommen kann.

Das ist auch der Grund, warum er dich so lange hingehalten hat.«

»Aber er hätte es mir doch gesagt. Bestimmt!«

»Hör zu, Danataja! Wir haben dich bei uns behalten, weil ich meinem Bruder einen Gefallen tun wollte, die Götter seien ihm gnädig! Aber offen gesagt hatten wir auch gehofft, daß du dich gut verheiratest und danach vielleicht einen Teil deiner Schulden bei uns zurückzahlst. Aber jetzt? Man muß den Dingen ins Auge sehen. Deine Hochzeit ist geplatzt, und du mußt nächsten Monat ausziehen. Ich habe bereits einen neuen Mieter.«

»Ich habe noch keine Arbeit und auch kein Geld.«

»Es tut mir leid. Ich würde gern auf meine Gefühle hören und dir einen Gefallen tun. Aber die Zeiten waren schlecht für deine Tante und mich. Wir haben keine andere Wahl und müssen tun, was ich dir gesagt habe. Es tut mir leid. Selbst wenn Jassib seine Meinung ändert, Danataja, haben wir uns festgelegt. Das Zimmer ist bereits vermietet.« Die Sache war ihm unangenehm, und er klang verärgert. »So leid es mir tut, du mußt gehen.«

Er wandte sich um und ging zur Tür hinaus. Danataja starrte auf die leere Wand. Das kann nicht wahr sein, dachte sie verzweifelt. Aber sie wußte, daß es dennoch so war. Ihr Leben hatte sich verändert. Für immer.

IV

Am Morgen ritt Hirgab, der Mann, der Harans Streitkräfte im Norden befehligte und Oschijahus Stellvertreter war, in Begleitung seines Beraters Reschef hinaus zu den entlegenen Außenposten. Die Luft war frisch, das Wetter heiter und mild, und ein sanfter Wind wehte über die Steppen. Sie kamen gut voran.

Der schmale Pfad, der durch die Berge führte, zwang sie dazu, die meiste Zeit hintereinander zu reiten. Schließlich hatten sie die Berge hinter sich, und vor ihnen lag flaches Land. Der Weg wurde breiter, und Reschef gesellte sich neben seinen Anführer. Hirgab nickte ihm zu. Er respektierte Reschef, mochte ihn aber nicht. Reschef war ein Fuchs in Menschengestalt, schlau, unabhängig und listig. Ein Mann, der andere Menschen nicht als seinesgleichen betrachtete, sondern als Angehörige einer minderwertigen Spezies. Sein Grinsen war gefährlicher als der wütende Gesichtsausdruck vieler anderer Männer.

Hirgab begann das Gespräch. »Solange es keinen Skandal gibt, geht es mich nichts an, aber man beginnt über dich und diese Frau zu reden. Du weißt schon, die Frau des Schmieds.«

»Wie bitte?« fragte Reschef. Wenn er lächelte, sah er aus wie ein Schakal. »Ich dachte, ich hätte alle Spuren verwischt. Nun, es ist egal. Die Kleine ist diskret, und sie weiß besser Bescheid, wann er kommt und geht, als er selbst. Die Chance, daß er nach Hause kommt und uns überrascht, ist gering.«

»Gib nur acht! Der Schmied ist ein starker Mann. Wenn er dich mit seiner Frau erwischt, macht er dich fertig.« Hirgab warf seinem Begleiter einen kurzen Blick zu. Reschef mochte es nicht besonders, wenn man andeutete, daß er jemandem unterlegen sein könnte. Er war ohnehin in allem sehr empfindlich, denn er war ein unehelicher Sohn aus der Verbindung eines Adligen mit der Tochter eines armen Schluckers. Seine Herkunft hatte anfangs seine Karriere behindert, aber dafür seinen Ehrgeiz angestachelt, und es war bekannt, daß er auf niemanden Rücksicht nahm. »Keine Sorge. Das hier macht alle Menschen gleich.« Reschef klopfte auf sein Schwert, das in der Scheide steckte. Das stimmt, dachte Hirgab. Sein Berater war ausnehmend geschickt im Umgang mit der Klinge. »Ich glaube, wir sind da«, bemerkte Reschef. »Dort müßte Balamis Signalfeuer sein.« Er deutete hinaus in die Steppe. »Ihr bleibt am besten hier, und ich reite voraus. Wir haben unsere Frontlinie ziemlich weit hinter uns gelassen, und man kann nie wissen, wie es am Außenposten aussieht. Ich kann nicht verantworten, daß der zweite Kommandant unserer Armee in eine Falle reitet. Ich schaue mir die Sache an und signalisiere Euch dann, ob Ihr nachkommen könnt.«

»In Ordnung«, stimmte Hirgab zu. »Ich warte hier.« Der kleine Mann mit dem scharf geschnittenen Gesicht trieb sein Pferd an und galoppierte über die Steppe davon.

Als er bei Balamis kleinem Lager ankam, verlangsamte Reschef das Tempo. Der Soldat begrüßte ihn mit erhobenem Speer, und Reschef sprang vom Pferd. Balami deutete auf einen Gefangenen. »Ein guter Fang, Herr«, erzählte er. »Ich habe ihn nördlich von hier gefunden; er war halb tot vor Durst. Anscheinend ist er der einzige Überlebende nach einem Überfall der Nomaden auf eine kleine Stadt im Nordwesten.«

Reschef betrachtete den Gefangenen. Der Mann war abgemagert und blutverschmiert; seine Kleider waren zerfetzt. »Komm, wir müssen versuchen, ihn zum Reden zu bringen. Es ist eilig.«

Gemeinsam richteten sie den ausgemergelten Mann auf und lehnten ihn gegen einen Felsen. »So. Wer bist du? Woher kommst du?« begann Reschef das Verhör.

Der Gefangene blinzelte und versuchte zu sprechen. Balami entkorkte einen ledernen Wasserschlauch und gab dem Mann zu trinken. »Danke«, murmelte der Gefangene. »Ich komme aus Ditana. Ditana gibt es nicht mehr. Die Barbaren ...«

Reschef kniete neben ihm nieder. »Erzähl uns von ihnen. Wir müssen es wissen. Vielleicht müssen wir auch gegen sie kämpfen. Jede Einzelheit ist für uns wichtig.«

»Sie haben uns tagelang belagert«, fuhr der Gefangene fort. Sein Blick verlor sich in der Ferne, als er sich daran erinnerte. »Die Alten und die Kinder sind verdurstet und verhungert. Dann kam ein Bote aus dem Lager der Nomaden. Nein, Bote stimmt nicht. Er hatte eine wichtige Stellung bei ihnen. Er sagte, er heiße Manuk und sei gekommen, um zu verhandeln. Er wirkte sehr überzeugend und brachte Grüße von seinem Kommandanten. Von diesem Mann sprach er nur als dem ›Anführer‹. Er nannte diesen Anführer nicht beim Namen, nie. Er sagte nur, daß dieser Anführer der König der Könige sei, der Anführer der Hirtenkönige, die über die Nomaden regieren. Er sagte, wenn wir uns ergeben, die Waffen niederlegen und die Tore öffnen, wäre es das Ende des Blutvergießens. Sie wollten unsere Frauen und Kinder verschonen. Unser König machte ihnen ein Angebot; die Stadt wollte sich bedingt ergeben. Manuk ritt mit unserer Antwort zu seinem Anführer zurück und kehrte dann später noch einmal zurück, um zu sagen, daß unsere Bedingungen angenommen seien.« Der Gefangene machte eine Pause und schloß die Augen.

»Und?« fragte Reschef ungeduldig. »Weiter, Mann! Erzähl!«

»Wir öffneten die Tore und streckten die Waffen. Und ...«

»Weiter!« Ungeduldig packte Reschef ihn am Hals und schüttelte ihn. Er achtete nicht auf Balami, der laut protestierte. »Was geschah dann? Erzähl weiter!«

Schluchzend fuhr der Gefangene fort: »Wie die Schlächter fielen sie über uns her und metzelten alle nieder. Mir schlug einer mit einem Stein beinahe den Schädel ein. Später wachte ich unter einem Berg von Toten wieder auf. Sie hatten mich wohl auch für tot gehalten. Die Leichen hatten sie übereinandergetürmt, um sie in Brand zu stecken, doch dann hatten sie es sich wohl anders überlegt, denn sie zogen einfach weiter. Ich ging durch die Straßen, überall lagen Leichenteile, tote Kinder, tote Säuglinge, zerfetzt und von Speeren durchbohrt. Die Frauen, meine eigene Frau, Tasuba …«

»Ich verstehe.« Reschef nickte. »Und dieser Manuk: Er ist sozusagen ihr Unterhändler?« Der Gefangene hielt die Augen geschlossen und wandte das Gesicht ab. »Verdammt!« brüllte Reschef wütend. »Antworte mir, oder ich …« Er rüttelte den Mann, der aber stieß einen letzten schwachen Seufzer aus und verlor das Bewußtsein. »He! Komm!« Reschef war rasend vor Wut. »Wach auf!«

Dann stieß er den Gefangenen verächtlich von sich, stand auf und wischte sich das Blut von den Händen.

Balami beugte sich über die zusammengesunkene Gestalt und berührte den Mann an verschiedenen Stellen. »Ich spüre keinen Herzschlag. Er ist tot.«

»Kein Schaden.« Reschef zuckte die Achseln und sah nachdenklich in die Ferne. Dann lächelte er kaum merklich. Das ist ja ein unverhoffter Glücksfall, dachte er. Einfach zu gut, um ihn zu teilen. Es sei denn, zu meinen eigenen Bedingungen. Er überlegte kurz und kam dann zu einem Entschluß. »Balami, gib mir doch bitte den Wasserschlauch!«

Der Wachposten drehte sich um. In diesem Augenblick zog Reschef sein Schwert und bohrte es ihm blitzschnell in den Rücken. Es drang so tief in Balamis Oberkörper, daß es vorne wieder herauskam, und Reschef mußte dem Mann einen Tritt in den Rücken versetzen, um seine Klinge wieder herauszuziehen. Balami fiel schwer auf sein Gesicht. Schnell beugte Reschef sich über ihn und durchtrennte seinen Hals. Danach hatte er einen Einfall: Er stellte sich über den Gefangenen und durchbohrte den Leichnam an mehreren Stellen. Er reinigte seine Klinge und besudelte zum Abschluß das Schwert des Wachpostens mit dessen eigenem frischen Blut.

»So, das hätten wir«, sagte er zu den toten Männern. »Du hast dir Balamis Schwert geholt und ihn getötet. Dann habe ich dich getötet.« Nach kurzer Überlegung tauchte er sein sauberes Schwert in das Blut des toten Gefangenen. Erst jetzt befriedigte ihn das ausgedachte Szenario. Er bestieg sein Pferd und ritt auf den Hügel, um Hirgab das versprochene Signal zu geben.

Während er auf seinen Kommandanten wartete, dachte er über das nach, was der Gefangene berichtet hatte. Manuk war demnach der Unterhändler, auf den es ankam, es sei denn, man konnte bis zu ihrem Anführer vordringen.

Reschef hockte sich nieder, zog das Schwert aus der Scheide und zeichnete damit eine grobe Skizze der Region im Norden in den trockenen Sand: das Gebirge und die Route, die die Nomaden bisher eingeschlagen hatten. Sie führte genau nach Süden.

Doch nein! Das stimmte nicht. Zogen sie wirklich nach Süden? Ditana war nicht mehr als zwei Tagesritte von hier entfernt und lag eindeutig westlich der ursprünglich eingeschlagenen Route nach Süden.

Reschefs Herz schlug zum Zerspringen, und er biß sich vor Aufregung auf die Lippen. Mit zitternder Hand trug er das gefallene Ditana in seine Skizze ein, weitab von der ursprünglichen Route der Barbaren.

Sie hatten die Richtung geändert.

Sie zogen gegen Haran.

Unterdessen war Hirgab herangekommen und hatte sich einen Eindruck von dem Vorfall verschafft. »Es ist eine Schande!« bemerkte er voller Bedauern. »Es kann einen das Leben kosten, wenn man nur einen Augenblick unaufmerksam ist.« Er stieß die Leiche des Gefangenen mit dem Stiefel an. »Gut, daß du ihn erwischt hast. Das hast du gut gemacht.«

»Danke. Aber es nützt uns nichts, wenn wir jetzt Balamis guten Namen beschmutzen. Er hat sich tapfer gezeigt, als er den Kerl gefangengenommen hat. Ich würde vorschlagen, wir sagen, daß er bei der Verteidigung des Postens getötet wurde. Das würde die Stellung seiner Witwe verbessern, nicht wahr?«

So viel Rücksichtnahme war eigentlich nicht Reschefs Art, und Hirgab sah ihn erstaunt an. Doch Reschef verriet sich mit keiner Miene. »Vermutlich hast du recht«, pflichtete Hirgab ihm bei. »Hat er noch etwas über den Gefangenen sagen können? Wer er war und woher er kam? Seine Wunden sind noch nicht alt, höchstens zwei Tage, nicht mehr.«

»Nichts, Herr«, log Reschef. »Vielleicht wurde er in einem Grenzscharmützel verletzt.« Er improvisierte in aller Eile, und dabei kam ihm eine ausgezeichnete Idee. »Der Gefangene hat noch etwas gesagt. Ich kenne die Mundart; ich habe sie in den Bergen nördlich von Mari schon einmal gehört.«

»Mari? Was macht er dann so weit im Westen?«

»Das weiß ich nicht. Aber er redete von den Nomaden.«

»Aha. Das ist interessant. Vielleicht kam er aus einer Stadt, die von den Nomaden überfallen wurde. Mari? Das würde bedeuten, daß die Nomaden nach Süden ziehen, und zwar östlich von uns.« Er schüttelte den Kopf. »Maris Pech kann unser Glück bedeuten. Diese verdammten Narren dort unten haben keine Ahnung, wie man die Nomaden behandeln muß. Sie sind Hitzköpfe, genau wie Oschijahu. Du kennst ihn. Er will kämpfen bis zum letzten Mann, aber ein kluger Mann überlegt, wie man sich arrangieren könnte. Man stürmt nicht einfach drauflos und greift an, wenn die Aussichten zu gewinnen so schlecht stehen.«

Ein schlaues Grinsen umspielte Reschefs schmale Lippen. Daher also wehte der Wind. Hirgab wollte mit ihnen verhandeln! Einer von diesen Friedensengeln als zweiter Kommandant der Armee, das war interessant. Noch dazu einer, auf dessen Wort der König viel gab, wie man sich gerüchteweise erzählte, denn Hirgab war mit dem halben Hofstaat entfernt verwandt.

Reschef half Hirgab beim Aufsteigen und trat neben sein eigenes Pferd. Er hielt die Zügel bereits in der Hand, als er noch einmal innehielt.

Er hatte recht daran getan, Balami zum Schweigen zu bringen. Was Balami gehört hatte, war sein Todesurteil gewesen. Niemand außer Reschef durfte in Haran wissen, wie es wirklich stand: Die Nomaden zogen auf die Stadt zu. Diese Kenntnis verschaffte Reschef einen Vorsprung und damit Zeit zum Überlegen. Nachdenklich geworden, stieg er auf sein Pferd. Haran war natürlich dem Untergang geweiht. Darüber bestand kein Zweifel. Ferner gab es keinen Zweifel darüber, daß er, Reschef, nicht im Kampf um seine geliebte Stadt untergehen würde. Er würde einen Weg finden, der ihm nicht nur dieses Schicksal ersparte, sondern ihn von der Situation profitieren ließ. Er wollte den Niedergang Harans unbeschadet überleben und noch dazu so viel Geld herausschlagen wie möglich.

In der Zwischenzeit war es wichtig, daß er seine Position in der Stadt, in der Armee und beim König verbesserte. Hirgab war kein besonders kluger Mann, aber er hatte Verbindungen, die ihm nützlich sein konnten. Die Nomaden zogen nur langsam weiter und würden noch eine Weile brauchen. Es war bekannt, daß sie in einem neu eroberten Gebiet so lange lagerten, bis ihr Vieh die frischen Weiden bis auf den letzten Halm abgefressen hatte. Er hatte also genug Zeit, um sich einen Plan zurechtzulegen. Zunächst aber wollte er sich bei Hirgab beliebt machen; dabei tat große Umsicht not.

Weit im Nordosten ging Manuk an diesem Abend durch den von Fackeln gesäumten Weg zum Zelt des Anführers. Manuk gehörte keinem Stamm an und war Stellvertreter des großen Anführers mit dem Namen Karakin, der alle Stämme unter sich vereinte. Karakin stammte aus den Hohen Bergen; er hatte es sich verbeten, daß ihn einer beim Namen nannte. Die Wachsoldaten standen stramm, als Manuk vorbeikam. Vor dem Zelteingang stellte sich ihm eine Wache vorschriftsmäßig in den Weg.

»Ich bin Manuk«, gab er sich zu erkennen. »Ich möchte mit dem Erhabenen sprechen.«

»In Ordnung, Herr!« Der Wachposten gab den Weg frei, und Manuk betrat das Zelt. In der Mitte des Zeltes brannte ein Feuer. Dahinter waren zwei schwerbewaffnete Soldaten postiert. Zwischen ihnen – links und rechts von Karakin – standen zwei nackte Sklavinnen, die einander glichen wie ein Ei dem anderen. Sie warteten darauf, ihrem Herrn auf Befehl Speisen und Getränke zu reichen.

Karakin überragte die beiden Wachen an Größe und Stärke. Er hatte mächtige Schultern und eine breite Brust. Sein wirres Haar und der verfilzte schwarze Bart waren grau meliert, aber sonst deutete kaum etwas darauf hin, daß er nicht mehr ganz jung war.

»Erhabener«, begann Manuk. »Der Gefangene kam bis zum Außenposten von Haran. Unsere Männer haben beobachtet, wie er gefangengenommen wurde. Mittlerweile wird die Kunde vom Fall von Ditana bis Haran vorgedrungen sein.«

»Gut!« knurrte Karakin mit seiner tiefen Stimme. »Einmal Wein für den Hauptmann!«

Die Sklavin zu seiner Linken beugte sich vor, um Wein in eine Schale zu gießen, und stolperte. Der rote Wein spritzte auf die dunklen Stiefel des Erhabenen. Er sah sie mit wutverzerrtem Gesicht an. Dann gab er der Wache hinter der Frau ein Zeichen mit den Augen, nickte und knurrte etwas. »Nein!« rief die Sklavin erschrocken. Mit ihrer schmalen Hand fuhr sie an den Ring um ihren Hals. Mit der anderen Hand versuchte sie, ihre nackten Hüften zu schützen. Sie drehte sich zu dem Soldaten um – und sein Schwert erwischte sie genau unter dem Kinn. Blut spritzte. Sie schwankte. Der Soldat holte nochmals mit dem Schwert aus.

Ihr Kopf rollte ihnen vor die Füße, ihr Körper sackte zusammen. Der Erhabene sah sich, noch immer wütend, im Zelt um. Sein Blick fiel auf die Zwillingsschwester, die neben ihm kauerte. Seine rauhe Stimme glich dem wütenden Knurren eines Tieres: »Sie waren ein Paar. Jetzt ist sie wertlos.« Er nickte dem zweiten Wachsoldaten zu. »Sofort!«

Diesmal schwang der Soldat die Klinge nur einmal.

Manuk hatte alles schweigend mit angesehen, ohne zu reagieren. Vor dem Anführer zeigte man keine Gefühlsregungen. Er bückte sich nach dem zu Boden gefallenen Weinschlauch und schüttelte ihn; er enthielt noch etwas Wein. Fragend hielt er den Schlauch hoch. Der Erhabene nickte; Manuk trank. Er vermied es, die Sklaven anzusehen, als sie das Ergebnis des mörderischen Zorns des Anführers beseitigten.

Karakin lehnte sich in die Kissen zurück. »So«, begann er aufs neue. Seine Stimme zitterte immer noch, aber Manuk konnte den Grund dafür nicht erraten. »Du sagtest Haran. Was ist in Haran? Was sollte ich über Haran wissen?«

Kapitel 5

I

»Khalkeus! Khalkeus! Laß mich rein!« rief Xena aufgeregt.

Ihre hohe Stimme drang durch die Eichentür und war in allen Räumen zu hören, die Minos seinem Schmied im Palast der Doppelaxt zur Verfügung gestellt hatte. Nikos stand in der Nähe der Tür und zögerte. Fragend sah er Kirta an.

»Jetzt um diese Zeit!« seufzte Kirta. »Sag ihr ... Ach nein. Sie würde nicht auf dich hören.« Er legte den Blasebalg beiseite und ging zur Tür. »Xena«, begann er, ohne seinen Ärger zu verbergen. »Bei allen Göttern, ich bitte dich! Ich habe nicht nur zu tun, sondern stecke gerade mitten in einem sehr schwierigen Versuch.«

»Bitte, Khalkeus. Nur einen Augenblick!«

Kirta wechselte einen Blick mit Nikos, dann schob er kopfschüttelnd den Bolzen zurück. »Xena, wenn du endlich ...«

Sie stürzte ihm in die Arme und vergrub ihr verweintes Gesicht an seiner Brust. Khalkeus trat zurück und wollte ihr ausweichen.

»Bitte, Xena! Ich bin schmutzig und von oben bis unten voll Ruß. Du wirst auch schmutzig werden.«

Sie löste sich von ihm, ließ aber ihre Hände auf seinen Oberarmen liegen. Ihr Gesicht war bereits schmutzig von dem schwarzen Ruß auf seiner nackten Brust. »Ich mußte dich sehen, Khalkeus. Ich hatte einen fürchterlichen Traum.«

»Einen Traum? Du platzt mitten in meine Arbeit, weil du einen Traum hattest? Bei allen Göttern, Xena!«

»Der Traum war so wirklich, so deutlich. Er glich dem Traum, den ich vor einer Woche hatte. Gegen mich und Minos hatten sich irgendwelche Leute verschworen und wollten uns töten. Und dich auch. Ich bin gelaufen, so schnell ich konnte, doch sie holten mich ein.« Sie wollte ihn berühren, doch er wich zurück. Schließlich legte er ihr doch den Arm um die Schultern.

»Xena, Liebling, es war nur ein Traum. Er hat nichts zu bedeuten. Geh zurück in deine Gemächer. Nikos wird dich begleiten. Ich komme bald nach; ich muß noch diese Arbeit hier beenden.«

»Was machst du eigentlich da?« fragte sie interessiert. Lukios, ihr vertrauter Eunuch, hatte ihr einiges beigebracht, und sie gab sich jetzt große Mühe, sich für seine Arbeit zu interessieren, während sie früher keinen Hehl aus ihrem Unmut darüber gemacht hatte. »Stimmt etwas nicht?«

»Nun ja, was mir Turios von Tyros erklärt hat, ist nicht ganz so einfach, wie es klingt. Ich weiß im Prinzip, wie ich vorgehen muß, aber die Durchführung ist dennoch viel schwieriger, als ich mir vorgestellt habe.« Xena entging es nicht, wie entspannt er plötzlich wirkte, während er über seine Arbeit sprach. Lukios hatte recht gehabt: So konnte sie sein Herz erreichen. »Komm!« Khalkeus führte sie zu seinem Arbeitsplatz, den er sich an einem Ende des Raums eingerichtet hatte.

»Hier stehen ja zwei Öfen!« staunte Xena. »Warum zwei, Khalkeus?«

Kirta zuckte zusammen, als sie seinen kretischen Namen verwendete. Er hatte sie wiederholt gebeten, ihn fortan bei dem Namen zu nennen, den man ihm bei seiner Geburt gegeben hatte. Trotzdem fuhr er ruhig in seinen Ausführungen fort. »In einem Ofen wird das Erz geschmolzen. Der andere dient dazu, das Metall wieder zu erhitzen, damit es weich wird und man es bearbeiten kann.« Die Temperatur im Schmelzofen war gefallen, und Kirta öffnete vorsichtig eine kleine Tür. »Siehst du? Das Erz muß rundherum von Holzkohle umgehen sein. Ich brauche sehr viel Holzkohle. Daher liegt auch der zusätzliche Berg Holzkohle draußen. Westlich von hier haben wir beinahe einen ganzen Wald dafür abgeholzt.«

»Und was ist nun so schwierig?« fragte Xena weiter. Sie wußte nicht genau, was sie fragen sollte. Wichtig war, daß er mit ihr redete. Seine Stimme klang so sanft, wenn er ihr etwas erklärte!

»Die Schwierigkeit liegt darin, daß das Erz hart und spröde wird, wenn es zu lange im Feuer liegt. Andererseits verändert es sich auch, wenn es der Luft ausgesetzt wird. Das wenige Eisen, das ich bisher erzeugt habe, ist porös. Ich muß es wie verrückt mit dem Hammer bearbeiten, und das Ergebnis kommt an die besten Arbeiten des Turios bei weitem nicht heran.«

»Ich verstehe.« Xena gab sich redlich Mühe, interessiert auszusehen. Dabei hatte sie nicht die geringste Ahnung, wovon er sprach. »Hast du nicht kürzlich gesagt, es sei dir gelungen, ein paar Stücke reines Eisen herzustellen? Das war damals, als du singend hereingekommen bist.«

»Das schon. Aber kleine Stücke konnten wir schon immer herstellen, auch wenn wir Kupfer oder Blei geschmolzen haben. Das Eisen verbindet sich mit dem Quarzsand und bildet Schlacke. Ab und zu, wenn das Feuer heiß genug ist und die Luftzufuhr stimmt, bleiben neben dem Blei auch ein paar kleine Stücke reines Eisen übrig. Aber das ist reiner Zufall. Ich möchte mit meiner Arbeit einen Weg finden, der den Zufall ausschließt und der mir erlaubt, die Qualität des gewünschten Endprodukts einigermaßen genau festzulegen.«

»Aha. Das ist eine Art Zauberei. Alchimie.«

»Nein, nein«, widersprach Kirta ein wenig ungeduldig. »Alchimie ist keine Zauberei. Es ist die Anwendung von Prinzipien, und das kann jeder, der genügend Geduld hat. Ich könnte es selbst dir beibringen, Xena.«

Sie überging die unbeabsichtigte Kränkung. »Könntest du das wirklich, Khalkeus? Kann ich dir zumindest ab und zu zuschauen?«

»Würdest du dich dabei nicht langweilen?« fragte er und wischte sich mit dem rußverschmierten Arm den Schweiß von der Stirn. »Wie schade! Ich habe dein Kleid schmutzig gemacht. Geh und zieh dich für das Abendessen um. Ich werde mich waschen und komme gleich. Minos wird nach mir fragen und wissen wollen, wie ich vorankomme. Ich wünschte, ich hätte bessere Ergebnisse vorzuweisen.«

»Mach dir seinetwegen keine Sorgen. Ich werde schon fertig mit ihm. Du mußt mir nur beibringen, wie ich mit einfachen Worten, die jeder versteht, beschreiben kann, woran du arbeitest. Ich werde deine Vermittlerin sein.« Kirta nickte anerkennend, als sie das sagte, und sie sprach eifrig weiter: »So werden wir es machen! Das ist eine gute Idee, Khalkeus!«

»Kirta«, korrigierte er sie. »Bitte: Kirta!«

»Also gut, Kirta. Mir ist es gleichgültig, wie ich dich nenne, Liebling. Ab sofort berichtest du mir jeden Tag, was du gemacht hast, und gibst mir Anweisungen, wie ich es Minos erklären soll. Ich übernehme Minos; ich kann besser mit ihm umgehen als du. Ich kenne ihn länger.«

»Das ist eine wunderbare Idee, Xena.« Er legte ihr seinen schmutzigen Arm um die Schulter und zog sie an sich. Xena blieb beinahe das Herz stehen vor Glück. So nett war er schon lange nicht mehr zu ihr gewesen.

Zu beiden Seiten der Stierarena führten steil ansteigende Steinstufen, auf denen man sitzen konnte, in die Höhe. Es war Spätnachmittag, und in der Sonne war es immer noch unangenehm heiß. Auf den sonnigen Plätzen saßen daher nur ein paar rangniedere Höflinge. Die Schattenplätze waren zu zwei Dritteln gefüllt. Die Menschen plauderten, schlenderten von einem Platz zum anderen, unterhielten sich mit Freunden, flirteten und tratschten. Es war eine gute Gelegenheit, um zu sehen und gesehen zu werden.

Es war auch eine gute Gelegenheit, unauffällig zu bleiben. Je weiter außen man saß, nahe den Ein- und Ausgängen, wo die Tänzer und der große Stier hereinkamen, desto weniger Aufmerksamkeit erregte man und konnte nach Belieben kommen und gehen. Amphimedes kam von der entgegengesetzten Seite und hatte Mühe, Tros von Phaistos zu entdecken. Als er den schmalgesichtigen Mann schließlich im Schatten erspähte, schaute er mit Absicht an ihm vorbei. Er setzte sich nicht gleich zu ihm, sondern stieg vier Reihen weiter hinunter, ging auf die andere Seite und nahm dort Platz.

Tros gesellte sich unmittelbar darauf zu ihm und setzte sich auf den mit Absicht frei gelassenen Eckplatz. »Ich grüße dich«, begann er. »Hast du gesehen? Xenas fettes Schlitzohr sitzt ganz unten, als gehörte er zur königlichen Familie. Die widerliche Kröte! Dabei ist er nur ein Sklave. Er kommt und geht mit einer Unbekümmertheit, die sich nur wenige Adlige erlauben können.«

»Du darfst nicht vergessen, daß er uns nützlich ist, im Augenblick zumindest«, gab der besonnene Amphimedes zu bedenken. »Laß ihn kommen und gehen, wie es ihm beliebt. Er versorgt uns mit Neuigkeiten.« Amphimedes hatte Wein mitgebracht und bot ihn Tros an, doch der schüttelte den Kopf und ließ den dicken Sklaven nicht aus den Augen, der schamlos mit einem der schlanken jungen Tänzer flirtete, die sich unten auf dem Kampfplatz auf ihre Vorführung vorbereiteten. »Ich habe ihn heute früh getroffen. Angeblich haben Khalkeus und Xena ihren Zwist beigelegt.«

»Ich habe es dir gleich gesagt«, gab Tros mürrisch zurück. »Er ißt Xenas Brot, und er ist Xenas Mann. Minos ist ihm gleichgültig. Für Khalkeus ist Minos nur Mittel zum Zweck; er ermöglicht ihm seine endlosen Versuche, Metall zu schmelzen. Khalkeus' Beziehung zu Xena ist enger, als es den Anschein haben mag. Es gab eine Zeit, da hätte er sie vielleicht verlassen. Aber jetzt nicht mehr.«

»Ich glaube nur, daß die Veränderung weniger mit Xena zu tun hat als mit den geheimnisvollen Experimenten, die Khalkeus seit der Rückkehr aus Ruso beschäftigen.« Amphimedes lächelte nachsichtig.

»Das verstehe ich nicht.«

»Dem Sklaven zufolge glaubt Khalkeus, er sei auf Ruso einem umwälzenden Geheimnis auf die Spur gekommen. Wunderschwerter, mit denen man eine Rüstung durchstoßen kann wie mit einem scharfen Messer die Butter. So etwas in der Art. Ich verstehe nichts von diesem alchimistischen Zeug. Aber du kennst den Schmied. Er lebt für diese Sachen, so wie Minos für die Macht lebt und wie du, mein Freund, für den Umsturz lebst.«

»Und du? Ist deine Begeisterung für unser Vorhaben abgeflaut?«

»Keineswegs. Ich halte es nach wie vor für absolut notwendig. Minos' Politik hat den Wert unserer Münzen in allen anderen Ländern reduziert. Meine Stellung hat sich verschlechtert. Das gleiche gilt für das Geschäft, von dem ich lebe, und ich lebe davon bei weitem nicht so gut, wie ich es gern hätte. Aber wir müssen überlegt und mit kühlem Kopf zu Werke gehen.« Er betrachtete seine Hand, als hätte er die Tat bereits begangen. »Mit einem kühlen Kopf tötet man genauso schnell und effektiv wie ein Heißsporn. Nur daß man mit einem kühlen Kopf weniger Fehler begeht.«

Tros zuckte die Achseln. Er konnte diese Art von persönlichen Gesprächen nicht leiden; er hatte dann immer das Gefühl, als wolle sein Gegenüber ihn zurechtweisen. »Wie du meinst. Was hat das fette Schwein noch gesagt?«

»Unmittelbar nach der Rückkehr hatte es wohl den Anschein gehabt, als wolle Khalkeus Kreta verlassen und auf einem Schiff nach Osten segeln und in irgendeine Stadt im Landesinneren aufbrechen, aus der er angeblich stammt. Er hatte von allem die Nase voll.«

»Wieso hat er seine Meinung geändert?«

»Seine Experimente begannen Erfolg zu zeigen. Von da an war er wie besessen und arbeitete Tag und Nacht weiter. Er hat zwar noch immer nicht alle Schwierigkeiten im Griff, aber sie sind zumindest nicht mehr unlösbar.«

»Was hat das mit Xena zu tun?«

»Sie hat anscheinend zum ersten Mal einen Weg zu Khalkeus' Herz gefunden. Sie unterstützt ihn jetzt bei seiner Arbeit, anstatt wie früher dagegen zu kämpfen. Gestern beim Abendessen hielt sie vor Minos und den engsten Mitgliedern des Hofs eine leidenschaftliche Rede. Khalkeus stünde knapp vor einer Entdeckung. Kreta könne zur unumstrittenen Macht in diesem Bereich des Großen Meeres werden und es sogar mit den Hethitern und Ägyptern aufnehmen. Das könne vielleicht den Zustrom der neuen Völker eindämmen, die das Festland vom Norden her überfluten.«

»Xena spricht über Politik? Das ist neu.« Tros war beunruhigt. »Khalkeus muß sie überzeugt haben.«

»Richtig. Jetzt denk einmal nach, Freund: Was ist, wenn Khalkeus tatsächlich etwas Neues entdeckt hat? Etwas, das unsere Krieger unschlagbar macht?«

Tros wurde nachdenklich. »Stell dir vor, er stellt Minos seine neue Entdeckung zur Verfügung, noch ehe wir zuschlagen!«

»Eine Katastrophe! Aber angeblich ist er noch nicht soweit, daß er mit der Herstellung von Waffen beginnen kann. Es gibt immer noch Probleme. Aber er ist nahe dran. Allzulange wird es nicht mehr dauern, bis er aus dem neuen Material Waffen herstellen kann. Das beeinflußt unsere Pläne, meinst du nicht auch?«

Tros starrte ihn an. »Sprich weiter!«

»Was schlägt das Orakel jetzt vor?«

»Daß wir am festgesetzten Tag zuschlagen sollen. An dem Tag, für den wir den Umsturz geplant hatten.«

»Vielleicht brauchen wir neue, bessere Wahrsager. Einen

neuen Astrologen, der den Himmel für uns deutet. Denk einmal nach, Tros. Kein Mensch ist unersetzlich. Habe ich recht?«

»Ich verstehe nicht.« Dann dämmerte es ihm allmählich. »Meinst du, daß wir die Sache beschleunigen sollten?«

»Genau. Das Ganze muß über die Bühne gehen, ehe Khalkeus den neuen Herstellungsprozeß im Griff hat, ihn in die Praxis umsetzt und die Armee unserer Feinde mit den neuen Waffen versorgt.«

»Genauso ist es.«

»Wenn wir zur richtigen Zeit zuschlagen und Khalkeus im richtigen Moment erwischen, erfahren wir sein Geheimnis und machen es uns selbst zunutze. Wenn wir ihn nicht mehr brauchen, werden er und Xena aus dem Weg geschafft.« Amphimedes machte eine Pause und beobachtete lächelnd die Tänzer, die sich feierlich auf das Kommen des Stiers vorbereiteten. »Es muß bald geschehen, Tros, früher als geplant.«

»Ich verstehe.«

»Du mußt mir einen neuen Astrologen verschaffen. Sofort. Such einen neuen Mann, der den Taubenmist und die Knochen interpretiert. Wir beide glauben nicht an das Zeug, aber unsere Mitverschwörer tun es.«

Tros grinste hintergründig. »Und was sollen die Sterne und Knochen am besten raten?«

Amphimedes trank genüßlich einen Schluck Wein, ehe er antwortete: »Nächste Woche beginnt das Mondfest. Am Ende werden Xena und ihre Frauen wieder wie üblich in der heiligen Grotte unter Einfluß der Rauschmittel ihr Hurenprogramm absolvieren. Für gewöhnlich stehlen sich dann auch die königlichen Wachen in die Grotte und holen sich eine Probe von dem, was sonst nur die Söhne der Reichen genießen.«

»Amphimedes!« Tros war entsetzt. »Während eines religiösen Festes?«

»Da sind sie am schwächsten. Du darfst außerdem eines nicht vergessen: Viele unserer Freunde würden den Dienst an der Göttin gern gegen die Verehrung des Großen Welt-Erschütterers eintauschen. In dem Fall wäre unsere Aktion kein Sakrileg.« Amphimedes lächelte selbstgefällig. »Minos wird so schwach bewacht sein wie sonst das ganze Jahr nicht.« Er ließ Tros Zeit, den

Gedanken zu verarbeiten. Dann fügte er noch hinzu: »Aber was machen wir mit dem Astrologen und dem Seher, Tros?«

Tros grinste böse. »Sie sind schon so gut wie tot.«

II

Genau sieben Tage vor dem letzten Tag des dreitägigen Festes begann Xena ihren Reinigungsprozeß und bereitete sich auf den Weg nach Osten vor. Sie wollte über die Pässe nach Lato wandern, dem Ort, der der Göttin besonders heilig war. Da sie wenig Geduld im Umgang mit Tieren besaß, hatte sie Lukios mitgenommen, der die Tiere führen sollte, die ihren kleinen Wagen zogen. Doch sie hatte es schon bereut. An diesem besonderen Tag wünschte sich Xena nichts so sehr wie Ruhe. Sie wollte sich konzentrieren und ihre Gedanken vor der geistigen Begegnung mit der Großen Göttin ordnen, doch der geschwätzige Lukios an ihrer Seite ließ ihr keine Ruhe.

Oben auf der Paßhöhe blickte sie zurück. Das imposante Knossos unten in der Ebene wurde vom gewaltigen Massiv des Berges Ida überschattet, dessen Gipfel immer noch weiß war, obwohl die Tagundnachtgleiche nicht mehr fern war. Weingärten und Olivenhaine zogen sich die sanften Hänge hinauf. Der verwüstete kleine Wald unterhalb der Stadt war das einzig Störende; die Bäume waren abgeholzt worden, um Khalkeus' Feuer Tag und Nacht in Gang zu halten, das er für seine unermüdlichen Versuche zur Ergründung der metallurgischen Geheimnisse benötigte.

Es war ein schönes Land – ihr Land. Das Land ihrer Vorväter. Dank der Großen Göttin war es zu einem grünen Land geworden. Die Göttin nahm die Opfer, die ihr zu den vier Festen im Sonnenkalender dargebracht wurden, gnädig an, und das Land blieb fruchtbar. Die Winter waren nicht lang und nicht besonders kalt; fast das ganze Jahr über gab es grünes Gemüse, und das Vieh fand an den Hängen der Hügel immer nahrhafte Weiden.

Wenn nur Lukios aufhören würde zu plappern. Sie wollte über die Idee nachdenken, die seit einiger Zeit immer wieder ihre Gedanken bestimmte.

Doch nein! Das war unmöglich! Es wäre verrückt, sinnlos – ein Sakrileg!

Und trotzdem! Der Gedanke ließ sie nicht los.

»Lukios? Kennt man die Große Göttin auch im Osten? Wird sie dort auch verehrt?«

Der Eunuch sah sie erstaunt an. »Warum? Was ist das für eine Frage! Wollt Ihr Knossos verlassen?«

Die Frage war ihr peinlich, und sie log wenig überzeugend. »Ach nur so. Reine Neugierde. Die Leute reden davon, daß der Kult des Welt-Erschütterers sich hier und dort breitmacht.«

Der Eunuch verdrehte die Augen. »Nun, ich würde sagen, daß eine göttliche Macht, ähnlich Eurer Göttin, irgendwann einmal über den ganzen Osten geherrscht hat. Es gibt immer noch Städte, in denen man sie verehrt. Aber Ihr wißt, wie es mit diesen isolierten Kulten geht. Es entstehen Abweichungen.« Er seufzte. »Man könnte sagen, daß ich auch einmal ein Novize der Göttin war. Auf diese Weise wurde ich ... nun, beschnitten.«

»Das kann ich kaum glauben! Männer werden nicht ...«

»Hierzulande nicht. Ich habe auch nicht von Kreta gesprochen. Wollt Ihr es hören oder nicht?« fragte er gereizt.

»Bitte.«

»Also gut. Es war bei genau dem gleichen Fest, wie es jetzt vor der Tür steht. Seltsam.« Er gähnte. »Das Fest wurde anders gestaltet. Am ersten Tag fällten sie eine Kiefer im Wald und brachten sie ins Heiligtum der Ky... der Göttin, wie Ihr sie nennt. Es gab so etwas wie eine geheiligte Zunft der Baumträger; die waren dafür verantwortlich. Sie umwickelten den Stamm mit Wollbändern, als wäre er ein Mensch, und bedeckten ihn mit Kränzen aus Veilchen.«

»Aus Veilchen?« fragte Xena interessiert. Die Göttin liebte Veilchen, besonders zu dieser Jahreszeit.

»Ja. Dem Volksglauben zufolge erblühten Veilchen dort, wo das Blut des Attis hinfiel, des Gemahls der Göttin. Danach banden sie ein Abbild des Attis an den Baum. Am zweiten Tag ...«

»Bitte, erzähl weiter!« bat Xena erregt. Das Ritual war anders, aber Xena erkannte gewisse Ähnlichkeiten.

»Der zweite Tag war der Tag der Musik. In der Hauptsache Hörner, soweit ich mich erinnere. Der dritte Tag ...« Lukios sah sie seltsam an. »Ich habe seit Jahren nicht daran gedacht, und es läuft mir heute noch kalt über den Rücken bei der Erinnerung.«

»Bitte, Lukios!«

»Bitte, sagt Ihr? Das gefällt mir.« Er lächelte geziert, aber seine Augen blieben ernst, und nüchtern fuhr er fort: »Ich erinnere mich nur dunkel. Ich war noch sehr jung. Es wurde viel getanzt, und dann wurden wir, die Novizen, und die Priester eingeladen, vom heiligen Pilz zu essen. Es war sehr aufregend. In meinem Kopf drehte sich alles. Die Priester tanzten im Kreis und fügten sich an Armen und Beinen und auf der Brust mit Tonscherben Schnittwunden zu. Sie brachten ihr Blut auf dem Altar und dem geweihten Baum als Opfer dar.« Seine Stimme klang eigenartig. Er lockerte den Griff an den Zügeln, und der Wagen wurde langsamer. Xena sah ihn an. Seine Augen glänzten, und auf seinem fetten Gesicht standen Schweißperlen.

»Der Hohepriester sammelte das Blut aus seinen Armen auf und opferte es auf dem Altar. Dazu erklang ekstatische Musik. Ich war berauscht von den Pilzen und wußte nicht, was ich tat. Der Tanz wurde immer schneller und schneller. Sie schnitten unsere Kleider auf, meines und das der anderen Novizen, und wir waren nackt. Alle Priester waren nackt, und ihre Körper waren blutüberströmt. Nur unsere jungen Körper waren weiß und unbefleckt. Die Zimbeln klirrten, und die Trompeten und Trommeln dröhnten. Wir drehten uns im Tanz im Kreis, daß uns schwindelte. Aber wir wußten es, trotz unserer berauschten Benommenheit wußten wir, was von uns erwartet wurde. Und während wir tanzten, reichte mir einer von ihnen ein blitzendes Messer. Ich sah meinen Freund Daos an. Er verdrehte die Augen, faßte mit einer Hand nach seinem Penis, in der anderen Hand hielt er das Messer. Es blitzte auf. Mein Herz schlug wie rasend, so aufgeregt war ich. Und ich griff auch nach meinem Penis wie Daos und ...«

»Nein! Bitte, Lukios!«

Der Wagen blieb stehen. Lukios tastete vorsichtig nach der bewußten Stelle, als würde es ihm Schmerzen bereiten. Stöhnend ließ er die Hand wieder sinken. Seine Augen waren geschlossen, und er brach in wildes Schluchzen aus.

Xena legte ihm die Hand auf den breiten Rücken. »Lukios! Lukios?«

Er richtete sich auf und fuhr sich über die Augen. »Es tut mir leid«, sagte er nach einer Weile. »Ich hatte es beinahe vergessen. Aber es spielt keine Rolle mehr. Ich war damals noch ein Kind. Wo ich herkomme, passiert das vielen Kindern. Es hat nur wenig Unterschied in meinem Leben gemacht. Ich bin eben nie Vater geworden.« Er zuckte die Achseln. »Na und? Ich wollte kein Vater sein.« Seine Stimmung wechselte, und er fand zu seiner alten Unbekümmertheit zurück. »Ich wollte auch kein Priester sein. Vermutlich war es gut, daß ich bald danach gefangengenommen wurde. Ich glaube, mir gefällt mein jetziges Leben sogar besser als das eines Priesters der Kybele.«

»Kybele?«

»So hieß die Muttergöttin dort, wo ich herkomme.« Er blickte Xena ohne jede Unterwürfigkeit an. »Ihr seht also, daß Eure Göttin auch in jenem Teil der Welt verehrt wird, oder zumindest wurde, in dem ich lebte, als ich ein Junge war. Wer weiß, was sich seitdem alles verändert hat!« Er schnalzte mit der Zunge, und der Wagen setzte sich wieder in Bewegung. »Euer Interesse an der Göttin hat doch einen bestimmten Grund.«

»Es ist wirklich nicht für andere Ohren bestimmt«, begann sie vorsichtig. »Ich schneide dir die Zunge ab, wenn du nur ein Wort verlauten läßt.« Sie zögerte immer noch.

»Erzählt es mir! Ihr wißt, Ihr könnt mir vertrauen. Wenn Ihr mir nicht vertrauen könnt, wem dann?« Xena schien den Übereifer, den falschen Klang in seinen Worten nicht zu bemerken.

»Lukios«, begann Xena noch einmal. »Khalkeus, besser gesagt Kirta, denn er besteht darauf, daß ich ihn so nenne, möchte in sein Land zurückkehren.«

»Aha«, meinte Lukios nachdenklich. Das war neu!

»Er hat schreckliche Schuldgefühle. Nicht so sehr wegen seiner Frau, die er verlassen hat. Sie hat mittlerweile bestimmt einen anderen Mann gefunden. Sie war jung und hübsch, als er sie verließ. Aber er fühlt sich seinen Söhnen gegenüber schuldig. Zwei Jungen. Er ist der Meinung, daß er sie um ihre Zukunft betrogen hat. Er stammt aus diesem alten Geschlecht von Waffenschmieden, das im Zweistromland sehr berühmt ist.«

»Ich habe schon einmal davon gehört. Es hat etwas mit seinem Muttermal zu tun. Ihr wißt doch, daß ich Khalkeus früher beim Baden bedient habe.«

»Ich weiß. Die Geschichte mit seinen Söhnen läßt ihm einfach keine Ruhe.«

»Dann schickt ihn zurück. Er wird sie nie finden. Sie sind mittlerweile erwachsen.«

»Ich würde ihn nie wiedersehen, wenn er erst einmal fort ist.« Sie seufzte. »Ich falle wieder in meine alten Fehler zurück. Natürlich habe ich mich geändert. Seine Schuldgefühle haben, glaube ich, damals begonnen, als er sich in mich verliebte.« Sie hob abwehrend die Hand. »Nein, nein, es stimmt. Ich muß es wissen. Ich weiß schließlich auch, wie es ohne Khalkeus' Liebe war.«

»Kirtas Liebe, wollt Ihr wohl sagen.«

»Natürlich. Jahrelang hat er mich nicht geliebt, aber jetzt ist es anders. Ich spüre den Unterschied in unserer Beziehung. Jetzt empfindet er zum ersten Mal etwas für mich.«

Lukios sah sie erstaunt an. »Ich traue meinen Ohren nicht. Wollt Ihr damit sagen, daß Ihr daran denkt, fortzugehen?« Lukios war fassungslos vor Staunen. »Bei allem, was heilig ist! Ihr meint es tatsächlich ernst!«

Der Wagen war wieder langsamer geworden.

»Ihr wollt alles verlassen, den Palast Eures Vaters, Eure Stellung, Euer Amt als Priesterin der Göttin!«

»Die Göttin wird mich verlassen, wenn ich ihr gegenüber unehrlich bin. Vielleicht kann ich ihr am besten dienen, wenn ich das Haus meines Vaters verlasse.«

»Aber wie werdet Ihr leben?«

»Ich habe ihm noch nichts davon gesagt, und du behältst mein Geheimnis besser für dich, oder du weißt schon! Ein Waffenschmied findet immer Arbeit.«

»Was ist, wenn ihr beide in Gefangenschaft geratet und als Sklaven endet?«

»Wer würde es wagen, Minos' Tochter, die Hohepriesterin der Göttin, zu versklaven?«

Lukios wandte sich ab und schwieg. Diesmal wußte er keine Antwort.

Der Tempel der Göttin in Lato war halb verfallen; einige Säulen waren umgestürzt, aber der Altar stand noch. Erst als Xena im Tempel verschwunden war, begriff Lukios allmählich die Tragweite ihrer Worte.

Wie sah ihr Zeitplan aus? Wann wollte sie fliehen? Wann wollte sie Kreta, Minos, den königlichen Palast und die vom kretischen Volk verehrte Göttin verlassen?

Wollte sie Kreta womöglich noch vor der letzten Nacht des Festes verlassen? Diese letzte Nacht des Festes hatte den Namen Blutnacht, obwohl die kretische Version der Festlichkeit harmlos war, verglichen mit den Ritualen, mit denen man in Kleinasien der Göttin huldigte.

Xenas Fluchtplan jagte Lukios einen gewaltigen Schrecken ein. Wenn ihre Flucht gelang und es ihr glückte, Knossos zu verlassen und ihren verrückten Plan durchzuführen, würde sie jenen Männern entgehen, die Kreta von Xenas Vater und seinem Einfluß säubern wollten. Was wäre dann aber sein Schicksal?

Lukios hatte Angst. Er mußte hören, was sie der Göttin dort vor dem halb zusammengestürzten Altar sagte.

Er schlich um die Tempelruine herum und kroch auf allen vieren so nahe wie möglich an das innerste Heiligtum heran. Tatsächlich gelang es ihm, zwischen dem Rauschen des böigen Windes ein paar Worte zu verstehen.

»... vergib mir, was ich vorhabe ... ein noch schlimmeres Vergehen wäre es weiterzumachen, so wie ich derzeit empfinde ... du hast das große Herz einer Frau, geliebte Mutter, du kennst meine Gedanken und weißt, daß ich aufrichtig meine, was ich sage ...« Der Wind wurde stärker. Kurz darauf beendete Xena das Ritual und war im Begriff, den Tempel zu verlassen. Lukios kroch zurück und erreichte den Eingang gerade noch rechtzeitig. Zu seiner Freude bemerkte sie ihn nicht einmal, sondern spazierte den steilen Abhang neben dem Heiligtum hinauf. Mit dem Rücken zu Lukios blickte sie auf das dunkle Meer tief unten und weiter in die Ferne, wo das geheimnisvolle Land lag, in dem Kirta geboren worden war, wohin ihn sein Schicksal führte und vielleicht auch das ihre. Xena trat einen Stein los, und er fiel über die Felsen in die Tiefe. Es dauerte lange, ehe Lukios von unten den Aufprall des Steins hörte.

Eine Windböe erfaßte Xenas Gewand, ließ es um ihre schlanken Knöchel flattern und zerzauste ihr Haar.

Lukios' Herz raste vor Aufregung. Wenn sie Kreta verließ und der Säuberung lebend entkam, wäre das Geschlecht des Minos nicht erloschen. Minos' Tochter, die Inkarnation der Großen Göttin, könnte sich an den Mördern und Nachfolgern ihres Vaters rächen. Der neue Thron wäre nicht gesichert, und er, Lukios, würde in der gleichen Gefahr schweben.

Zögernd schlich er näher.

Es bedurfte nur eines kleinen Stoßes. Sie stand am Rand der Klippe; vor ihr tat sich ein gähnender Abgrund auf.

Er hob die Hände.

In dem Augenblick drehte sie sich um. Sie sah ihn lange an. Dann sagte sie unbewegt: »Komm, Lukios, wir wollen versuchen, noch vor Einbruch der Dunkelheit zu Hause zu sein.«

III

Nikos stand auf einer kleinen Erhebung oberhalb des königlichen Palastes. Unterhalb der Westmauer hatten die Sklaven das kleine Wäldchen abgeholzt und eine wüste Rodung zurückgelassen. Von dort näherte sich ein Mann. Nikos fragte sich verwundert, welche Nachricht ihm ein Sklave aus dem Haus des großen Klumenos überbringen mochte, und blickte ihm erwartungsvoll entgegen.

Der Sklave blieb in angemessener Entfernung stehen. »Ich grüße dich, Nikos. Ich bin Alektruon, Sklave des ...«

»Ich weiß, wem du dienst«, unterbrach Nikos ihn gleichmütig. »Was kann ich für dich oder deinen erhabenen Herrn tun?«

»Mein Herr möchte sich mit dir unterhalten.«

Nikos sah sich um. »Ich verstehe. Hier?«

Alektruon machte eine vage Handbewegung. »In seinen Gemächern. Wann es dir beliebt, aber je eher, desto besser. Du könntest gleich mit mir kommen, ich bringe dich zu ihm.«

»Ich beaufsichtige die Werkstatt für meinen Herrn«, antwortete Nikos. »Aber hier ist im Augenblick nicht viel zu tun, und meine Anwesenheit ist nicht wirklich erforderlich. Wenn du kurz wartest, lasse ich Khalkeus benachrichtigen und bestellen, wo ich hingehe.«

Alektruon runzelte die Stirn. »Mein Herr würde es begrüßen, wenn du genau das nicht tätest. Er möchte nicht, daß Khalkeus von dem Gespräch weiß.«

Nikos zögerte. Er versuchte vergeblich, Alektruon zu durchschauen. Ein Treffen, von dem Khalkeus nichts wissen sollte? Das war ungewöhnlich. Mehr als das, es schien ihm bedrohlich. »Es tut mir leid«, entgegnete er daher. »Ich muß meinem Herrn immer über meinen Aufenthalt Bescheid geben. Ich kann nicht einfach fortgehen.«

Alektruons Lächeln wirkte irgendwie bedrohlich, als er sagte: »Mein Herr möchte, ja er drängt nahezu darauf, daß du für eine Stunde deine Bedenken vergißt. Es hat mit gewissen Umständen zu tun, die die Sicherheit deines Herrn betreffen.« Der Sklave sah sich vorsichtig um, dann fuhr er fort. »Unter uns gesagt, das Leben deines Herrn ist in Gefahr.«

»Ich verstehe. Und wer trachtet ihm nach dem Leben?« Nikos kannte die Antwort bereits im voraus und fügte hinzu: »Ich weiß, das wird Klumenos mir selbst sagen. Richtig?«

»Richtig. Wenn du also jetzt so freundlich wärst mitzukommen!«

Schon von außen wirkte die Suite des Klumenos im obersten Stockwerk des königlichen Palastes äußerst luxuriös. Klumenos verfügte über seinen eigenen Innenhof, den er mit niemandem teilen mußte. Vom zweiten Geschoß, in dem die königliche Familie von Knossos Geschäfte abwickelte und Besucher von fremden Höfen empfing, führte eine offene Treppe nach oben in Klumenos' Suite. Aufgrund der exklusiven königlichen Besuche war der Hof, in den diese Treppe führte, mit großem Prunk ausgestattet. Beeindruckt nickte Nikos Alektruon zu. Aber Alektruon blieb unbewegt. »Bitte warte hier«, sagte er kurz.

Nikos tat, wie ihm geheißen, und bewunderte in der Zwischenzeit die aufwendige Gestaltung der Innendekoration. Die eine Wand zierte ein Fresko, das eines Königs würdig gewesen wäre; Marmorfliesen, von wahrhaft meisterlicher Hand verlegt.

Ein kleiner Teich mit Wasserlilien und Hyazinthen, in dem fremdländische Fische pfeilschnell hin und her sausten.

Ein Geräusch erschreckte Nikos. Er drehte sich um, und eine noch größere Überraschung erwartete ihn. Vor ihm stand Klumenos. Er war nur mit Kilt und Hosenbeutel bekleidet, wie es unter Adeligen der Brauch war, wenn sie sich in ihre privaten Gemächer zurückzogen. Klumenos war nicht mehr ganz jung, aber sein Körper war immer noch schlank und geschmeidig. Er hatte kräftige Beine und einen festen Bauch. Sein Haar begann grau zu werden, doch er strahlte Kraft und Vitalität aus.

»Ich ließ dich hierher bitten, Nikos, weil uns hier niemand stört. Ich muß dir etwas sagen: Das Leben deines Herrn ist in Gefahr. Aber du darfst es ihm nicht sagen!« Er unterstrich seine Worte mit einer gebieterischen Geste.

»Ich verstehe nicht, Herr!«

»Es muß unter uns bleiben. Aber durch deine Hilfe kann das Leben deines Herrn und vielleicht auch der Frieden an Minos' Hof gerettet werden.« Er warf einen Blick über Nikos' Schulter und winkte Alektruon. »Alektruon, bring Wein! Für mich und für unseren... unseren Gast.« Nikos bemerkte sehr wohl, mit welcher gegenüber einem Sklaven ungewöhnlichen Höflichkeit er hier behandelt wurde, aber er ließ es sich nicht anmerken.

»Eines sage ich dir vorweg«, fuhr Klumenos fort. »Du darfst mit niemandem darüber reden, auch nicht mit deinem Herrn; es würde euch beide in Lebensgefahr bringen.«

»Meine Lippen sind versiegelt«, beteuerte Nikos.

»Gut. Eine Art Palastrevolte ist im Gang. Es ist geplant, in Kürze den König zu töten und mit ihm auch die Inkarnation der Göttin, seine Tochter.«

Nikos konnte sein Entsetzen darüber nicht verbergen, aber er schwieg.

»Ein paar von uns haben davon erfahren. Wie, das steht nicht zur Debatte. Wir haben beschlossen, einzuschreiten und das Komplott zu verhindern. Aber es nützt nichts, wenn wir zum Zeitpunkt der Verhaftung nicht alle Verschwörer kennen. Derzeit sind uns nur einige bekannt.«

»Herr, ich kenne meinen Herrn. Bei so etwas würde er nie mitmachen. Er lebt nur für seine Arbeit.«

»Ich weiß«, beruhigte ihn Klumenos. »Wir wissen, daß sich dein Herr neutral verhält. Wir wissen jedoch auch, daß er eine, sagen wir, ungewöhnlich enge Beziehung zur Inkarnation der Göttin unterhält.«

Nikos zuckte die Achseln. Das wußte jeder.

»Wir haben erfahren, daß Prinzessin Xena ebenfalls zu den Personen zählt, die getötet werden sollen. Bleibt die Beziehung deines Herrn zur Prinzessin bestehen, so ist anzunehmen, daß sich der Anschlag auch gegen Khalkeus richtet. Wenn die Prinzessin hingerichtet wird, ist das nicht bloß ein politischer Mord, sondern auch ein unverzeihliches Sakrileg. Können sie bei so etwas Khalkeus als Zeugen zurücklassen?«

»Was kann ich tun, Herr?« fragte Nikos.

»Ich sehe, du verstehst mich. Wir können Khalkeus nicht vorwarnen. Er würde bestimmt sofort etwas unternehmen, um Xena zu schützen. Damit wüßten die Verschwörer, daß ihre Pläne bekannt sind und daß sie beobachtet werden. Xena würde zu Minos gehen. Der würde die Revolte zwar zerschlagen, aber dann besteht die Gefahr, daß nicht alle Verschwörer entdeckt werden. Diese würden sofort Pläne für einen neuen Anschlag schmieden.«

Klumenos ging auf und ab und warf Nikos nur ab und zu einen Blick zu. »Du siehst also, wo das Problem liegt. Wir müßten über Xenas Pläne und über Khalkeus' Unternehmungen Bescheid wissen, da wir überzeugt sind, daß Xena ihm überallhin folgen wird. Und wenn wir sie nicht beschützen können ...«

»Verzeiht, Herr«, unterbrach ihn Nikos. »Ihr kennt demnach den Zeitplan nicht? Ihr wißt nicht, wann sie zuschlagen wollen?«

»Nein. Das ist genau das Problem. Wir wissen nur, daß es bald sein soll, sehr bald.« Er blieb stehen und sah Nikos in die Augen. »Hier kommst du ins Spiel. Minos und ich hatten eine kleine Auseinandersetzung. Normalerweise haben wir ein sehr enges Verhältnis, aber im Augenblick genieße ich nicht sein volles Vertrauen. Es ist ein sehr ungünstiger Zeitpunkt für einen solchen Zwist. Gerade jetzt, da ich so viel wie möglich wissen muß, um Minos beschützen zu können, haben wir diese lächerliche Auseinandersetzung! Ausgerechnet über die Zuteilung von Lampenöl! Aber lassen wir das. Wir müssen folgendes wissen: Haben Xena und Khalkeus für die nächsten Tage Pläne? Was wollen sie unternehmen? Wann wollen sie was unternehmen? Hat sich ihre Beziehung in letzter Zeit geändert?«

»Was den letzten Punkt betrifft, Herr, so behaupte ich mit ziemlicher Sicherheit, daß sich ihr Verhältnis zueinander sehr verbessert hat. Die Herrin Xena hat in meiner Gegenwart davon gesprochen, mit Khalkeus fortzugehen.«

»Aha! Genau von solchen Dingen müßten wir Kenntnis haben. Wann wollen sie fort? Wohin wollen sie?«

»Das weiß ich nicht, Herr. Aber ich kann es herausfinden.«

»Das wäre sehr gut! Denn wenn sie abreisen, entziehen sie sich unserem Schutz. Bekommen aber die Verschwörer vor uns Wind davon, würden sie sie abfangen.«

»Ich verstehe, Herr. Das wäre schlecht.«

»Katastrophal wäre das! Dann wäre da noch etwas: Es geht das Gerücht um, daß Khalkeus eine alchimistische Formel oder einen Zauber entdeckt hat.«

»Es ist kein Zauber. Es geht um die Herstellung von ...« Nikos erinnerte sich an sein Versprechen, darüber Stillschweigen zu bewahren. »Ich kann Euch nicht sagen, worum es geht, Herr.«

»Du bist ein guter Diener. Behalte das Geheimnis für dich. Es hat nichts mit unserer Sache zu tun. Wenn die Zeit gekommen ist, wird Khalkeus uns alles erzählen. Ich bewundere deine Vorsicht. Wenn du mein Geheimnis, das heißt, unser Geheimnis, nur halb so gut bewahrst wie dieses, bin ich zufrieden. Mir geht es vor allem um Khalkeus' Zeitplan. Hat er sein Ziel erreicht? Wenn nicht, wie lange braucht er noch, um ans Ziel zu gelangen? Kannst du uns vielleicht benachrichtigen, wenn er soweit ist?«

»Das kann ich tun, ohne meinen Eid zu brechen, Herr. Das mache ich gern.«

»Gut! Sehr gut. Du weißt, worum es geht: Unsere Feinde, die Verschwörer, wissen, daß Khalkeus einer wichtigen Sache auf der Spur ist. Sie halten die Angelegenheit für ebenso bedeutungsvoll wie du. Damals auf der Insel Ruso ging ein Gerücht um. Wie hieß der Magier doch gleich? Ach ja, Turios! Die Leute wußten, daß er etwas Wichtiges entdeckt hat. Und unsere Verschwörer wissen, oder glauben zu wissen, daß Turios in seiner letzten Stunde Khalkeus ins Vertrauen zog.« Klumenos sah Nikos scharf an. »Vielleicht warst du auch dabei?«

»Nein, nein!« beteuerte Nikos hastig. »Khalkeus bat mich, draußen zu warten, während er mit Turios sprach, und das habe ich getan. Es wäre ungehörig gewesen zu lauschen.«

Klumenos hob einen warnenden Finger. »Ah! Damals wäre es ungehörig gewesen, aber jetzt? Jetzt steht Khalkeus' Leben auf dem Spiel! Wenn deine Umsicht und Treue den Tod deines Herrn zur Folge haben könnten?«

»Ich verstehe, Herr.«

»Gut. Die Verschwörer werden Khalkeus vermutlich erst töten, nachdem er sein neues Verfahren perfektioniert hat. Sie möchten es für sich und den Usurpator verwenden, den sie auf den heiligen Thron des Minos setzen wollen. Da wäre noch etwas, Nikos.«

»Ja, Herr?«

»Wir haben Grund zur Annahme, daß die Verschwörer in Xenas unmittelbarer Umgebung bereits einen Spitzel eingeschleust haben.«

»Nein! Das kann nicht sein! Wer?«

»Das tut nichts zur Sache. Tatsache ist, daß Xena und Khalkeus von jemandem verraten werden, der Xena und ihre Gedanken genau kennt.«

»Lukios! Lukios, der Sklave der Herrin! Das fette Schwein!«

»Schon gut. Ich sage nicht ja und nicht nein dazu. Aber ich möchte noch etwas hinzufügen: Falls es die Person ist, die du meinst, begreifst du, in welch unmittelbarer Gefahr sich dein Herr und die Herrin Xena befinden?«

»Ganz richtig, Herr.«

»Gut. Ein Grund mehr, die Schlinge um den Hals der Möchtegernverschwörer rasch zuzuziehen! Sobald wir sie alle kennen.«

»Wie recht Ihr habt, Herr!«

»Dieser Spion, der den Verschwörern alles verrät, was Xena weiß und denkt, macht es für uns absolut notwendig, ebenfalls auf dem laufenden zu bleiben.«

»Ich verstehe, Herr! Ich verstehe sehr gut, was Ihr meint.« Nikos schüttelte ungläubig den Kopf und wurde von Klumenos mit feierlichem Ernst verabschiedet.

Alektruon kam und holte die Weinschalen. »Er ist also unser Mann, Herr?« fragte er.

»Ich denke, ja«, antwortete Klumenos. »Er glaubt, Khalkeus zu beschützen und wird uns alles berichten. Endlich haben wir jemanden in ihr Lager eingeschleust, eine Art Spion. Das verbessert in meinen Augen die Situation. Xena reagiert schließlich nur auf das, was Khalkeus sagt oder tut. Damit gewinnen wir einen Tag Vorsprung. Außerdem traue ich Lukios nicht über den Weg.«

»Ihr habt recht, Herr. Ich werde mich bemühen, mit Nikos in Zukunft engen Kontakt zu halten.«

Nikos verließ den königlichen Palast und kam gerade zurecht, als die nicht beaufsichtigten Holzarbeiter ihre Arbeit frühzeitig beenden wollten. Er befahl ihnen, bis Sonnenuntergang weiterzuarbeiten, und setzte sich mit überkreuzten Beinen auf einen flachen Stein, um ihnen zuzusehen. Seine Gedanken kreisten fieberhaft um das Gespräch, das er soeben geführt hatte.

Eines war klar: Klumenos war ein Lügner. Er gehörte selbst den Verschwörern an. Er und seine Freunde planten, Minos, Xena und Khalkeus zu töten.

Was sollte er, Nikos, jetzt unternehmen? Er spielte mit dem Stein aus der Heimat in seiner Tasche, und seine Finger glitten über die glattpolierte Oberfläche. Wenn die Verschwörer gewannen, würde er ein Sklave sein. Wenn sie verloren, würde er auch ein Sklave sein. Mit welcher Partei würde er besser fahren? Grimmig blickte er über das wellige Land am Fuß des königlichen Palastes und spielte dabei gedankenverloren mit dem kleinen Stein, der ihn durch all die Jahre des Exils und der Sklaverei begleitet hatte.

IV

Am nächsten Morgen schickte Kirta Nikos in zwei Dörfer oben an der Straße nach Inatos. Am Tag zuvor war ein Holzkohlenmeiler eingebrochen; zwei Männer, die sich auf dem Meiler aufgehalten hatten, waren getötet worden. Nikos sollte den Witwen der Männer Geld bringen. Nachdem Nikos gegangen war, stand

Kirta nachdenklich vor seinen kalten Schmelzöfen. Stand es dafür, sie anzuheizen? Allein konnte er nicht sehr viel tun. Er war schon fast entschlossen, zumindest einen zu befeuern, als er das vertraute Klopfen an der Tür vernahm. »Ja?« Er seufzte.

»Ich bin es, Xena. Kann ich bitte hinein?« bat sie durch die schwere Tür.

Er zog die Augenbrauen hoch und lächelte. In letzter Zeit behandelte Xena ihn mit einer Höflichkeit, die er ihr nie zugetraut hätte. Natürlich hatte er auch früher schon mal das Wörtchen »bitte« von ihr gehört, aber das war eher selten gewesen, denn sie war das Befehlen gewohnt. Jetzt bat sie um etwas, noch dazu in höflichem Ton. Es geschah nicht oft, daß eine Frau in ihrem Alter etwas so Alltägliches erlernte. Um wieviel ungewöhnlicher war es für eine Königstochter, die darüber hinaus auch das religiöse Oberhaupt ihres Volkes war! Sie war es immer gewohnt gewesen, ihren Kopf durchzusetzen!

Er öffnete die Tür und sah sie erstaunt an. »Xena!« Es verschlug ihm die Rede.

Sie sah gar nicht aus wie die Xena, die er kannte. Sie wirkte um Jahre jünger in dem Gewand, das einer Tunika ähnelte, wie die Bauern sie trugen, und das ihre wunderschönen Brüste und strammen Schenkel unbedeckt ließ. An den Füßen trug sie einfache Ledersandalen; die Fußspangen und Zehenringe, mit denen sie sich normalerweise schmückte, fehlten. Die Haare trug sie hochgesteckt, was die Aufmerksamkeit auf ihren schönen, schlanken Hals lenkte. Das sonst stark geschminkte Gesicht hatte sie blank geschrubbt. Sie lächelte ihn strahlend an. Die Falten waren verschwunden, nur die winzigen Lachfältchen in den Augenwinkeln verrieten ihr Alter. »Xena! Ich weiß nicht, was ich sagen soll!«

»Du könntest zum Beispiel sagen: Komm herein, Xena, Liebste!« schlug sie kokett vor. »Dann könntest du mir sagen, wie hübsch ich aussehe.«

Er nahm sie bei den Händen. »Du siehst wunderbar aus! Was für eine angenehme Überraschung. Aber wie bist du angezogen? Und warum? Das verstehe ich nicht.«

Sie drückte seine Hände, zog sein Gesicht zu sich herunter und küßte ihn. »Kirta! Liebster! Jetzt bist du schon so lange hier und denkst an keinen unserer Festtage. Niemand arbeitet am Tag vor dem Fest. Das weißt du doch!«

»Aber ...«

»Sieh mal an!« Sie deutete auf den Arbeitsplatz am anderen Ende des Raums. »Du mußt eine Eingebung gehabt haben. Ohne es zu wollen, ehrst du unsere Bräuche. Die Öfen sind kalt.«

»Ich habe gerade überlegt, ob ich versuchen soll, mit meiner Arbeit voranzukommen.«

»Und du hast dich dagegen entschieden. Wunderbar! Gibt es eine bessere Gelegenheit für einen Tag im Freien? Schließlich hast du dich seit Tagen hier drinnen verkrochen. Komm, ich habe zwei Pferde gesattelt vor den Toren stehen. In den Satteltaschen ist Wein und Käse, Brot, Obst und Oliven. Ich habe auch etwas Geld mitgenommen. Wir wollen unten bei Amnisios ein Boot mieten und etwa eine Stunde Richtung Osten segeln. Ich kenne dort noch aus meiner Kindheit eine Bucht, die man vom Land her nicht erreichen kann. Sie hat einen wunderschönen Strand und ist völlig abgeschieden. Wir können schwimmen und ...«

»Xena! Bitte!«

»... und nackt in der Sonne liegen und ...«

»Xena, ich habe keine Zeit für so etwas.«

»... wir können uns lieben wie zwei Halbwüchsige. Komm, Kirta. Schau, wie lieb ich sein kann. Seit Tagen habe ich dich nicht Khalkeus genannt. Komm, wir verschwenden die Zeit! Bitte, Kirta! Heute ist kein Tag, an dem man herumsitzt und rußig wird vom Kohlenfeuer. Es ist ein wunderschöner, warmer Frühlingstag. Die Luft ist so lau. Es ist lange her, daß wir etwas unternommen haben, zu lange.«

Er wollte wieder protestieren, aber dann sah er ihr in die Augen. Das war eine neue Xena. Ein Geschöpf ohne Arglist, ein Mensch mit klaren Augen und strahlendem Lächeln. Eine attraktive Frau! Eine Frau, nach der man sich umsieht, ganz gleich, was sie trägt. Kirta lächelte. »Ich muß sagen, so gefällst du mir. Du gefällst mir wirklich!«

»Warum auch nicht?« antwortete sie. »Ich gefalle mir auch. Endlich siehst du mich mal richtig an, Kirta! Glaubst du, du kannst mich je wieder ignorieren? Ich werde dich überraschen! Warte es nur ab! Ich werde jünger werden, nicht älter. Ich bin die faszinierendste Frau, die dir je begegnet ist.« Sie fuhr sich herausfordernd durch die Haare. Die unbefangene Geste besaß für Kirta einen nie gekannten Charme.

»Vielleicht hast du recht«, gab er zu. Er blickte auf sein Arbeitsgewand aus grob gewebtem Stoff. »Ich ziehe mich nur um.«

»Nein! Das gehört dazu und macht Spaß. Wir sind heute zwei ganz gewöhnliche Leute, zwei Arbeiter, die einen Ausflug machen. Komm her und bück dich!« Er neigte sich vor, Xena zog ihm das Oberkleid über den Kopf und ließ es auf den Boden fallen. Jetzt war er nackt bis auf den Lendenschurz. »Kirta! Du siehst wunderbar aus. Du solltest immer so gehen. Mit deiner breiten Brust und deinem straffen Bauch siehst du nur halb so alt aus, wie du bist! Komm, zieh deine Sandalen an. In Amnisios sind viele scharfkantige Felsen; dort wirst du sie brauchen.« Bevor sie ihn losließ, umarmte sie ihn noch einmal und drückte ihr Gesicht zärtlich an seine nackte Brust.

Als sie am Hafen ankamen, stellten sie die Pferde in einem Stall unter und borgten sich von einem Fischer ein kleines Segelboot. Er wollte kein Geld von ihnen nehmen, denn er hatte Xena erkannt. Die Leute vom Hof verkleideten sich manchmal zum Spaß und mischten sich unter das Volk; das eine oder andere Mal gelang es ihnen auch, unerkannt zu bleiben, obwohl ihre hellere Haut und ihr hochmütiges Gebaren ihre Herkunft verrieten. Aber die Inkarnation der Göttin? Sie war Priesterin und die Tochter des Königs und fiel überall auf, ganz gleich, was sie trug. Kirta bestieg als erster das kleine Boot und half Xena beim Einsteigen. Doch sobald sie an Bord waren, wurde sein Beistand überflüssig, denn Xena übernahm das Kommando. Sie bat Kirta nur, sein Gewicht zu verlagern, sobald das Boot Fahrt aufgenommen hatte und sie eine Landspitze umsegelten. Xena war die geborene Seefahrerin, nicht Kirta. Er war im Landesinneren aufgewachsen und bewunderte ihre Vertrautheit mit Wind und Wellen, als sie das kleine Boot an steilen Klippen vorbei in eine schmale kleine Bucht lenkte. Am Fuß der Felsen lag ein verlockender Strand. In sicherer Entfernung vom Land holte sie das quadratische Segel ein und wickelte es um den Mast. Danach warf sie den Anker.

»Was soll das hier?« fragte Kirta. »Das Essen wird naß, wenn wir an Land schwimmen.«

Xena zog ihre Tunika über den Kopf, so daß sie nackt und in ihrer ganzen Schönheit im Boot stand. »Nichts wird naß werden«, entgegnete sie. Sie stand auf dem Sitz über dem Ruder und sprang elegant über Bord. Einen Augenblick später tauchte sie auf und spuckte Wasser. Sie zog sich am Dollbord ins Boot hoch und griff mit einer Hand nach dem Bündel mit dem Essen. Vorsichtig ließ sie sich wieder ins Wasser gleiten, legte sich auf den Rücken und hielt das Bündel über der Wasseroberfläche hoch. Ihr heller Körper schimmerte im blautransparenten Wasser, und die offenen Haare umgaben ihren Kopf wie ein schwarzer Strahlenkranz. »Komm ins Wasser!« rief sie. »Zieh deinen Lendenschurz aus. Ich schwimme auf dem Rücken mit einer Hand und werde eine Landratte wie dich trotzdem schlagen.«

Kirta zog sich aus und sprang ins Wasser. Er spritzte sie dabei an, und sie rief: »Das ist nicht fair!« Doch Kirta schwamm bereits an Land.

Einen Augenblick später schwamm Xena mit kräftigen Beinstößen hinterher; mit ihrem freien Arm durchteilte sie kraftvoll das Wasser. Trotz seines Vorsprungs hatte Kirta gegen Xena, die am Wasser aufgewachsen war, keine Chance. Gleichzeitig erreichten sie das Ufer und saßen dann lachend und nach Luft ringend am Strand. »Ich habe gewonnen!« rief Xena und warf das Bündel mit dem Essen auf einen etwas höher gelegenen trockenen Platz.

»Nein, hast du nicht!« protestierte Kirta. Er zwinkerte ihr zu und sah sie dabei mit neu erwachtem Interesse an. »Komm, ich werde dir zeigen, was man bei uns zu Hause mit Schwindlern gemacht hat.« Er wollte ihr Bein fassen.

Doch sie war zu schnell für ihn. Blitzartig war sie auf den Beinen und lief über den Strand davon. Kirta lief ihr lachend nach und fühlte sich dabei jung und unbeschwert wie ein Kind; Schuld und Reue waren wie weggeblasen.

Schließlich bekam er sie zu fassen. Gleich darauf waren sie beide mit Sand und Kies bedeckt und mußten wieder ins Wasser, um den Sand abzuwaschen. Xena schwamm mit mühelosen Bewegungen voraus ins tiefe Wasser jenseits des verankerten Boots.

Sie tauchte und forderte ihn auf zu folgen. Tiefer und tiefer tauchte sie hinunter. Kirta folgte ihr, bis er das Gefühl hatte, seine Lungen würden bersten, und er sich geschlagen geben mußte. Prustend tauchte er auf. Besorgt wartete er, bis endlich ihr dunkler Kopf auftauchte und er ihr fröhliches Lachen sah. Er schwamm zu ihr und strich ihr zärtlich über das Gesicht. Danach ließen sie sich gemächlich an den Strand zurücktreiben und genossen die Sonnenwärme auf ihren Gesichtern.

Kirta stand bis zum Kinn im Wasser und spürte die Steine unter den Füßen. Xena schwamm zu ihm, legte ihre Hände auf seine Schultern, zog ihn an sich und schlang die Beine um seine Hüften. Im Wasser wog sie beinahe nichts; schwerelos schmiegte sich ihr weicher nackter Körper an seinen. Er fand sie unerhört erregend, und sie wußte es. Zum ersten Mal an diesem Tag liebten sie sich.

Sie schwammen, sie aßen und tollten wie die Kinder. Nackt wie die ersten Menschen verbrachten sie den Tag in spielerischem Müßiggang. Nur das Boot, das draußen auf dem Wasser sanft auf und ab tanzte, erinnerte an die Zivilisation.

Als schließlich die Klippen ihre langen Schatten über den Strand warfen, wurde die Kühle des nahenden Abends spürbar. Kirta stand fröstelnd auf. »Komm! Zurück ins Boot!« Er trieb zur Eile. »Es ist spät geworden!« Sie umarmten einander und schwammen hinaus zu ihrem kleinen Gefährt. Zurück blieb der einsame kleine Strand, an dem sie vielleicht zum ersten Mal in ihrer Beziehung richtig glücklich gewesen waren.

Inzwischen hatte es aufgebrist, und das Wasser war bewegt. Xena war immer noch nackt, als sie das Boot mit halb eingezogenem Segel geschickt um die Landzunge herum steuerte. Eine starke Strömung und der böige Wind machten das Navigieren schwierig, doch mit vielen Wendungen steuerte Xena das Boot sicher zurück in den Hafen. Die Überfahrt hatte lange gedauert, und sie legten erst an, als die Sonne bereits unterging.

Eine schmale Mondsichel war am Himmel zu sehen, aber immer öfter verdeckten sie die vorbeiziehenden Wolken. Über dem Meer stand ein Gewitter, und auch am Ufer nahm der Wind zu. Sie hatten sich angezogen und erreichten den Stall, gerade als es zu regnen begann. Dennoch ritten sie los, denn zuerst fiel der Regen nur sanft, aber schon bald prasselte er nadelscharf auf sie nieder. In dem kühlen Wind zitterten sie vor Kälte und suchten Zuflucht in einem Gasthaus. Dort saßen sie vor einem prasselnden Feuer, und der Wirt brachte ihnen eine wärmende Mahlzeit. Naß wie sie waren, hatte er Xena und Kirta nicht erkannt, und sie lächelten einander vertraulich zu, als sich ihre Knie unter dem Tisch berührten.

»Wirt!« rief Kirta. »Hast du ein Zimmer für die Nacht?«

»Sicher, Herr. Über meinem Zimmer. Ich sage meiner Frau, daß sie ein wenig aufräumt.« Der Wirt verbeugte sich ehrerbietig und verschwand durch eine Tür.

Kirta lächelte Xena zu. »Ich fühle mich großartig!« gestand er. »Ich bin so entspannt wie seit Jahren nicht.«

»Ich bin so glücklich, Liebster!«

»Ich habe so vieles über dich bisher nicht gewußt. Ich war einfach zu beschäftigt, um es zu bemerken.«

»Es ist nie zu spät, Kirta. Wir haben noch viel Zeit.«

Sie hielt inne und sah ihn ängstlich an.

»Was ist los?« fragte er und faßte zärtlich nach ihrer Hand.

»Ich fürchte, es könnte alles wieder zu Ende gehen. Du machst dir immer noch Gedanken um deine Frau und deine Söhne. Du möchtest zu ihnen zurückkehren.«

»Xena, ich ...«

»Wir müssen darüber sprechen, Kirta, bitte! Ich kenne deine Gefühle. Wie sollte es auch anders sein? Ich habe Angst, daß du eines Tages nicht mehr hier bist, wenn ich aufwache.«

»Xena!«

»Kann ich dich begleiten, Kirta, wenn du fortgehst? Ich möchte nur bei dir sein. Ich möchte dich nicht verlieren.«

»Das würdest du tun?« fragte er ungläubig. »Du würdest alles aufgeben, was du hier hast, du würdest deinen Vater verraten und deiner Religion die Treue brechen?«

»Es ist schlimm, aber ich würde alles aufgeben. Alles. Bitte verlaß mich nicht! Bitte!«

Kirta berührte sanft ihre Wange. Noch nie hatte er Xena so zärtlich berührt. Sie war so bewegt, daß ihr die Tränen in die Augen traten. »Xena«, flüsterte er. »Ohne dich könnte ich nirgendwohin gehen. Jetzt nicht mehr. Ich habe dich jahrelang vernachlässigt und dich gefühllos behandelt. Du hast also keinen Grund, mir das jetzt zu glauben, doch ich liebe dich. Ich habe es bis heute nicht gewußt. Die Liebe muß allmählich in mir gewachsen sein. Du hast mich heute so glücklich gemacht, wie ich es seit Jahren nicht gewesen bin.« Er strich ihre feuchten Haare glatt und wischte ihr mit den Fingern die Tränen von den Wangen. »Xena, meine Xena!«

»Du verdammter Narr! Wie konnten sie dir entwischen?«

»Ich weiß es nicht, Herr. Als ich nach Amnisios kam, waren sie bereits mit einem Segelboot draußen auf dem Meer. Niemand wußte, wohin sie wollten.«

Tros von Phaistos sah seinen Diener wütend an. »Ich habe dir doch gesagt, daß du sie keinen Augenblick aus den Augen lassen darfst.«

»Das tat ich auch nicht, bis sie die Abkürzung über die Felder nahmen. Sie ritten auf Pferden, und ich fuhr in einem Ziegenkarren. Ein Karren kann nicht über Hecken springen, Herr. Ich mußte auf der Straße bleiben.«

»Und sie sind nicht zurückgekommen?«

»Nein, Herr. Ich habe bis zum Einbruch der Dunkelheit gewartet. Sie sind nicht aufgetaucht. Und noch etwas, Herr ...«

»Ja?«

»Ihr wolltet wissen, ob im Hafen fremde Schiffe liegen.«

»Waren welche da?«

»Zwei Händler vom Festland. Eine lykische Galeone und ein Phönizier.«

»Ein Phönizier? Bist du sicher?« fragte Tros erschrocken. Als der Diener ängstlich nickte, drehte er sich um und ging davon. Der Diener hatte auf dem Weg hierher ein geborgtes Pferd zuschanden geritten und sein eigenes Leben aufs Spiel gesetzt. Unter diesen Umständen konnte man ihm keinen Vorwurf machen. Aber was für ein Pech! Das Paar war entkommen, und das am Vorabend der Revolte. Sie mußten also ihre Pläne ändern. Es gab keinen Grund, noch länger zu zögern. Wenn sie jetzt zuschlagen würden, könnten sie ihre neu gewonnene Macht sichern, solange sie die Möglichkeit dazu hatten. Später konnte man immer noch Leute nach Xena ausschicken und sie aus dem

Weg schaffen. Aber der Zeitpunkt für die Machtergreifung war jetzt!

»Schnell«, wandte er sich noch einmal an den Diener. »Such dir ein paar gute Männer. Bring Marineus, Klumenos, Amphimedes, Pluteus und Orestes zu mir. Die anderen hole ich selbst. Beeil dich!«

»Ja, Herr.« Der Diener wollte gehen, dann drehte er sich noch einmal um. »Bedeutet das, daß wir nicht während des Festes zuschlagen, Herr?« fragte er.

»Das heißt, daß wir morgen zuschlagen!« erwiderte Tros heiser. »Verstanden? Und jetzt geh!«

V

Todmüde, durstig und hungrig stolperte Nikos in der Dunkelheit den Hügel hinauf zum Südeingang des Königspalastes. Der massige Bau war wie eine kleine Stadt, in der auch der Palast untergebracht war. Das Bemerkenswerte daran war, daß der Palast von Knossos weder von hohen Mauern noch von einer Palastwache geschützt wurde.

In der Dunkelheit wirkte der Komplex noch wuchtiger als sonst. Zeitweise fiel das Licht des Mondes auf die hohen Dächer, und die Fenster der oberen Geschosse waren von flackerndem Lichtschein erhellt.

Die Tatsache, daß es weder Mauern noch Tore gab, zeugte von der gefestigten Herrschaft der kretischen Regenten. Oder lag es anders? War dieser Umstand eher ein Zeichen für die Verletzlichkeit des Throns des Minos? Schließlich waren die unmittelbaren Vorfahren des derzeitigen Königs auch nicht durch dynastische Erbfolge auf den Thron gekommen, sondern hatten sich die Macht mit Gewalt genommen. Jetzt war wieder eine Verschwörung im Gange, die immerhin die Unterstützung eines so mächtigen und als konservativ geltenden Mannes wie Klumenos gefunden hatte.

Es könnte funktionieren, das wußte Nikos. Unter günstigen Umständen würde der Plan tatsächlich aufgehen, das war ihm nach seinem Gespräch mit Klumenos klargeworden. Klumenos hatte ihm natürlich nur so viel von der Verschwörung erzählt, wie nötig war, um ihn von der Richtigkeit zu überzeugen. Nikos wußte, daß die Verschwörer ihre Schritte sorgfältig planen würden.

Die Straße mündete in den Weg, der außen um den großen Gebäudekomplex herum verlief. Nikos blickte auf die Fackel oberhalb des südlichen Palasttores, stolperte und fiel einem anderen Mann direkt vor die Füße. Er rappelte sich wieder auf und schluckte die heftigen Worte hinunter, die ihm auf der Zunge lagen. Schließlich war er immer noch Sklave und konnte nicht wissen, wem er in der Dunkelheit in die Quere gekommen war.

Ein Lichtschein fiel auf Nikos' Gesicht. »Nikos!« rief jemand.

Nikos blinzelte in die Dunkelheit und versuchte, das Gesicht zu erkennen. »Ich bin es, Alektruon.«

»Ach so. Es tut mir leid. Ich konnte nichts sehen.« Er betrat die Treppe, die zum Tor mit der flackernden Fackel hinaufführte; er hörte, wie Alektruon ihm direkt folgte. »Was machst du so spät noch hier draußen?«

»Ich?« fragte Alektruon. »Weißt du es noch nicht?«

Nikos drehte sich um. »Ob ich was weiß? Ich war den ganzen Tag auf dem Land.«

»Tros von Phaistos! Er hat versucht, den König umzubringen.«

»Das darf nicht wahr sein!« Nikos dachte fieberhaft nach. War das Komplott früher als geplant in die Tat umgesetzt worden – und fehlgeschlagen? Wenn Tros redete und seine Mitverschwörer preisgab – wie lang würde es dauern, bis Minos ihn, Nikos, vor den Thron zitierte? Schließlich hatte er sich bereit erklärt, Xena und Khalkeus auszuspionieren. Es würde niemanden interessieren, daß er nur zugestimmt hatte, um seine eigene Haut zu retten. Er hatte die Verschwörung nicht gemeldet, und das wäre ein ausreichender Beweis dafür, daß er ebenfalls am Komplott beteiligt gewesen war. »Was haben sie von Tros bisher erfahren?« wollte Nikos wissen. »Wie geht es Klumenos?«

Alektruon sah Nikos scharf an. »Aha! Du hast also die Version nicht geglaubt, die dir mein Herr verkaufen wollte. Nun, die Wahrheit ist, daß niemand etwas Genaues weiß. Ich meine, jeder weiß, wie es Klumenos geht. Es geht ihm gut. Er war nicht dabei. Tros ist allein vorgeprescht. Er muß in Panik geraten sein.« Alektruon seufzte. »Du siehst ja, daß das Südtor nicht bewacht ist. Alle Wachposten wurden abgezogen, um strategisch wichtige Plätze zu bewachen, wie zum Beispiel die Treppe in das zweite Geschoß, die vom mittleren Hof in der Nähe des Thronsaals nach oben führt. Dort wimmelt es von Wachposten.«

»Demnach sind die oberen Geschosse derzeit abgeriegelt? Ich habe mich schon gewundert, weil dort oben so viele Lampen brennen.«

»Man nimmt an, daß etwaige Verschwörer aus Minos' unmittelbarer Umgebung kommen.« Alektruon hob den Kopf und lauschte. »Horch! Tros wird gefoltert.«

Aus den inneren Räumen im ersten Stockwerk kam ein gellender Schrei; gleich darauf folgte ein zweiter. »Ihr Götter!« Nikos wischte sich den kalten Schweiß von der Stirn. »Vermutlich wird es nicht sehr lange dauern. Entweder er redet, oder er stirbt.«

Sie hatten die Eingangshalle erreicht, von der man in den inneren Hof des großen Palastes kam. Tros' gequälte Schreie wurden lauter. In der Mitte des Hofes hatten die Soldaten einen Kreis gebildet, und Minos selbst führte das Kommando. Sein unordentlicher grauer Haarschopf war deutlich zu erkennen. Man hatte Seile über die Balken gespannt und Tros mit ausgebreiteten Armen daran festgebunden, so daß seine Füße den Boden nicht berührten. Er war nackt und blutete aus mehreren Wunden. Minos stand vor dem Gefangenen, neben ihm ein Aufseher und auf der anderen Seite ein Becken mit glühenden Kohlen; Minos hielt etwas in der Hand.

Zum Teil verstanden Nikos und Alektruon jetzt die Worte des Königs. »Was hast du meiner Tochter angetan? Was habt ihr mit ihr gemacht? Lüg mich ja nicht an!«

Die Gestalt zwischen den Seilen krächzte heiser: »Entkommen ... geflüchtet ... mit dem Schmied auf und davon ...«

»Auf und davon gelaufen?« brüllte Minos. »Die Tochter eines Königs läuft nicht davon! Die Hohepriesterin der Großen Göttin flieht nicht mit ihrem Geliebten!« Er senkte den Gegenstand in seiner Hand in das Becken und stocherte damit in den glühenden Kohlen herum. Die beiden Sklaven, die die Szene von einer etwas erhöhten Position aus beobachteten, konnten erkennen, daß er eine Zange in den Händen hielt.

»Ich schwöre es! Ich ließ sie beschatten. Sie ritten nach Amnisios. Dort haben wir ihre Spur verloren.« Er rang nach Luft; er litt furchtbare Schmerzen. »Leute im ... im Hafen behaupteten, sie seien hinausgesegelt.«

»Ihr habt sie umgebracht«, behauptete Minos haßerfüllt. »Ihr habt sie umgebracht, elender Köter!« Er holte ein Stück weißglühende Kohle aus der Pfanne, hob sie langsam hoch und zielte damit auf den hilflosen Mann.

Noch nie hatte Nikos jemanden so schreien gehört. Er schloß die Augen und preßte die Hände auf die Ohren. Der Schrei dauerte an, bis Tros die Luft ausging und er schluchzend nach Atem rang. Es roch nach verbranntem Fleisch.

»Ich halte das nicht mehr aus«, flüsterte Nikos mit kreideweißem Gesicht. Er drehte sich um und flüchtete in den nächsten Raum. Es war ein Vorratsraum, an dessen Wänden riesige Pithoi standen – große mit Lampenöl gefüllte Krüge. Nikos übergab sich auf der Stelle.

Als er sich wieder gefaßt hatte, wankte er auf eine Steinbank an der gegenüberliegenden Wand zu und setzte sich. Doch in dem Moment erklangen wieder die fürchterlichen Schreie. Nikos sprang auf und rannte fort, so schnell er konnte, fort von dem entsetzlichen Geschehen.

Im Westflügel des Palastes kreuzte ein langer von Norden nach Süden verlaufender Korridor die Vorratsräume. Nikos lief nach Norden. Seine Knie zitterten immer noch, als die schrecklichen Schreie allmählich verklangen. Schließlich gelangte er in die Nähe des Nordtores, das hinter den Räumlichkeiten rund um den Zeremoniensaal lag; hier hielt Minos manchmal hof, wenn lokale Angelegenheiten behandelt wurden.

Nikos kam an einer Bank vorbei und setzte sich. Müde und verängstigt starrte er vor sich hin, als er plötzlich hinter einem Ölkrug ein paar Schuhe bemerkte.

»Wer ist da?« rief Nikos ins Halbdunkel hinein. Er tastete nach seinem kleinen Messer, das er sich am Morgen vor dem Aufbruch an den Gürtel gesteckt hatte. »Zeigt Euch!«

Aber es war nur Xenas dicker Sklave, der hinter dem Krug

kauerte. Er spähte vorsichtig in den Korridor, bevor er sich heraustraute. »Nikos?« fragte er. »Ich hatte schon Angst, es seien die Wachen.«

»Keine Angst«, beruhigte ihn Nikos. »Die sind mit Tros beschäftigt. Ich bin eben erst gekommen. Wie ist das alles passiert? Erzähle rasch! Ich habe keine Zeit zu verlieren.«

»Tros hat herausgefunden, daß Xena und Khalkeus in die Stadt gegangen sind. Danach verlor er sie aus den Augen und dachte, sie ... nun, er dachte, Khalkeus habe seinen Plan in die Tat umgesetzt und sich davongemacht.«

»Und wie kam er darauf, daß Xena vorhatte, ihn zu begleiten?« fragte Nikos. Doch er hätte gar nicht fragen brauchen; ein Blick in das Gesicht des dicken Eunuchen genügte, und Nikos wußte Bescheid. »Was für eine feige kleine Ratte du doch bist! Du hast ihnen nachspioniert und den Verschwörern alles berichtet, was?«

»Ich mußte; sie haben mich bedroht.«

»Mich haben sie auch bedroht. Aber ich habe niemanden ans Messer geliefert. Wie konntest du das tun!« Nikos war wütend, aber er beherrschte sich, denn jetzt galt es, einen kühlen Kopf zu bewahren. »Es spielt keine Rolle mehr. Jetzt sag mir eines, aber schnell! Du hast Bescheid gewußt, nicht wahr? Aber du hast Tros nichts davon erzählt.«

»Das war der einzige Weg, Xena zu retten«, wimmerte der Eunuch.

»Sie zu retten? Du hast sie verraten!«

»Schau, sie glauben, daß sie geflohen ist. Eine bessere Chance zu entkommen gibt es nicht für sie. Es ist nicht meine Schuld, daß Tros in Panik geraten ist und zu früh losgeschlagen hat.«

»Wir müssen sie retten.«

»Sie retten? Aber wer wird mich retten? Sobald Tros den Mund aufmacht, wird er meinen Namen nennen. Ich war der letzte, mit dem er gesprochen hat.«

»Ihr Götter! Wenn du ...« Nikos hielt mitten im Satz inne. Tros hatte aufgehört zu schreien. Ein anderes Geräusch wurde laut: Ein vielstimmiges Geschrei aus unzähligen Männerkehlen. »Warte hier!« befahl Nikos dem Eunuchen. Gebückt huschte er durch ein Labyrinth von Türen und Korridoren zu einem Fenster, das den Blick auf den mittleren Hof freigab. Über die breite Treppe stürmten aus den unteren privaten Gemächern östlich des Innenhofes Männer herauf und kämpften mit Wachsoldaten. Vor Nikos Augen flog ein Pfeil durch die Luft und traf Minos in die Brust. Der König sank in die Knie. Zwei Wachposten eilten ihm zu Hilfe und wehrten den Angriff von zwei Schwertkämpfern ab, als ein zweiter Pfeil Minos in den Hals traf. Ein dunkler Blutstrahl quoll hervor, und Minos schwankte.

Sie hatten es getan! Sie hatten ihren Plan in die Tat umgesetzt.

Nikos zögerte. Was sollte er tun? Minos war tot oder würde es im nächsten Augenblick sein. Er selbst hatte gegenüber Lukios offenbart, auf wessen Seite er stand, und befand sich in großer Gefahr. Einen Doppelagenten würden sie sofort und ohne Nachdenken erledigen.

Da half nur eines: Er mußte so schnell wie möglich nach Amnisios und Khalkeus und Xena benachrichtigen. Sie mußten fliehen, bevor es zu spät war, denn die Rebellen würden nicht eher ruhen, bis der letzte Tropfen königlichen Bluts vergossen war. Nur so konnten sie sichergehen, daß keine Nachkommen oder nahen Verwandten von Minos am Leben blieben, die die Legitimität des Nachfolgers anzweifeln könnten, ganz gleich, wer die Nachfolge des Minos antreten würde.

Da hörte er plötzlich schwere Schritte, die schnell näher kamen. Ein Soldat bog mit erhobenem Schwert um die Ecke. In Panik floh Nikos durch mehrere Vorratskammern, glitt auf einem nassen Fleck aus und fiel mit Wucht zu Boden.

Er rollte sich zur Seite, als der Soldat auf ihn losging. Nikos packte sein Messer, und es gelang ihm, den Soldaten am Bein zu verletzen. Der Mann stieß einen Fluch aus und fiel zu Boden. Etwas benommen richtete Nikos sich auf und sah mit Erstaunen, daß Lukios den Soldaten verfolgte. Er hielt eine kleine Amphore in den Händen und schlug sie dem Wachposten auf den Kopf. Die Scherben der Amphore fielen klirrend zu Boden, der Mann stürzte, und alles war mit Wein vollgespritzt.

Nikos bückte sich nach dem Schwert des Wachpostens. »Ich dachte, du seist auf ihrer Seite, Lukios.«

»War ich auch«, gestand der Eunuch. »Aber eigentlich ist es für uns egal, wer hier gewinnt, denn wir sind beide Sklaven. Uns bleibt nur eines zu tun: Wir müssen so schnell wir können nach Amnisios.«

»Aha.«

»Wir müssen Xena und Khalkeus warnen. Bete zu den Göttern, daß sie uns mitnehmen, ganz gleich, wohin sie gehen.«

Nikos überlegte. »Du würdest mich nur aufhalten«, meinte er schließlich.

»Bestimmt nicht«, beteuerte Lukios. Er hatte sich etwas beruhigt. »Ich habe am Fuß des Burgberges einen Karren versteckt und zwei Esel, die ihn ziehen. Sie sind schnell und trittsicher.«

»So?«

»Und sie gehorchen nur mir.«

»Ich verstehe. Dann also los!«

Doch mittlerweile wurde auch in diesem Korridor gekämpft. Einer der Rebellen entdeckte sie. »Halt! Bleibt stehen!« Jemand schoß einen Pfeil in ihre Richtung und verfehlte Nikos nur um eine Handbreit.

»Fort!« rief Nikos und rannte auf das Nordtor zu. Der dicke Sklave folgte ihm.

VI

»Kirta! Kirta aus Haraaan!«

Kirta war sofort hellwach und saß kerzengerade im Bett. Er rieb sich die Augen, stand rasch auf und legte seinen Lendenschurz an.

»Kirtaaa!« erklang die Stimme wieder. Kirta trat hinaus auf den kleinen Balkon am oberen Treppenabsatz.

Wer kannte seinen Namen? Hier auf Kreta niemand außer Nikos.

Er sah hinaus und entdeckte das ungleiche Paar, das in der kühlen Morgendämmerung durch die schmale Gasse eilte. Auch ein paar Fischer waren bereits unterwegs zum Hafen, um ihr Tagewerk zu beginnen. Nikos und der fette Sklave, den Xena so schätzte! Was wollten die hier? »Hier bin ich!« rief Kirta und winkte. Nikos hörte auf zu rufen und rannte auf ihn zu. Der dicke Eunuch lief keuchend hinter ihm her.

Auch Xena war aufgewacht. Sie schlüpfte in ihre kurze Tunika und trat hinaus auf den kleinen Balkon. »Kirta!« begann Nikos atemlos und vergaß vor Aufregung jede förmliche Anrede. »Es gab eine Palastrevolte. Minos ist tot oder liegt im Sterben. Sie haben die Macht an sich gerissen.«

»Bei allen Göttern!« rief Kirta. Xena riß erschrocken die Augen auf, bewahrte aber die Ruhe. Jetzt zeigte sich, daß sie die Tochter eines Königs war, eines Königs, der immer wieder Kriege geführt hatte. Von Kindheit an war sie auf diesen Augenblick vorbereitet worden. Nur der harte Zug um ihren Mund zeugte von ihrem Schmerz. »Wer hat die Macht ergriffen?«

»Sie haben es schon seit einiger Zeit geplant«, erklärte Lukios nach Luft schnappend. »Pluteus ist mit dabei, Orestes, Amphimedes und Klumenos auch. Ich vermute, Klumenos wird jetzt König werden. Er wird der neue Minos.«

»Klumenos!« rief Xena gereizt. »Klumenos, der gute Freund meines Vaters! Vor zwei Tagen hat er noch mit Minos zu Abend gegessen.«

Kirta legte ihr eine Hand auf den Arm. »Bitte!« beruhigte er sie. »Erzähl weiter, Lukios!«

»Bei der Schlacht auf Ruso haben sie Marineus für sich gewonnen, glaube ich. Außerdem noch Tros von Phaistos.«

»Dieses Schwein!«

»Bitte, Xena! Was war der Auslöser?«

»Tros ließ Euch beschatten. Sie hatten Wind davon bekommen, daß Ihr fortwollt von hier und Kirta in seine Heimat zurückkehren möchte. Sie wußten auch, daß die Herrin Xena daran denkt, ihn zu begleiten.«

»So! Das haben sie erfahren!« Xenas Augen funkelten zornig. »Wie wollen sie das wohl erfahren haben? Das wüßte ich jetzt gern! Du warst doch der einzige, der davon wußte.«

»Bitte, Xena! Jetzt ist keine Zeit für Beschuldigungen. Jetzt ist Lukios auf unserer Seite, soviel steht fest. Sein Kopf steckt auch in der Schlinge. Erzähl weiter, Lukios!«

»Danke, Herr. Ich mußte ihnen etwas sagen. Es tut mir furchtbar leid, aber sie haben mich bedroht.« Er beschloß, diese Lüge nicht weiter auszuschmücken. »Auf alle Fälle hatten sie die Absicht, mit dem Angriff bis zum Höhepunkt des Festes zu warten, weil Minos dann nicht so gut bewacht wird. Ihr beide solltet auch sterben.«

»Tros schickte Euch einen Spion hinterher, der aber Eure Spur im Hafen verlor. Man sagte ihm, Ihr hättet ein Boot genommen. Danach wartete er bis zum Einbruch der Dunkelheit, bevor er nach Knossos zurückritt. Tros nahm an, daß Ihr geflohen seid ...« Nikos mußte husten.

»Daraufhin geriet Tros in Panik«, fuhr Lukios fort. »Mit einem Messer stürzte er sich während des Essens auf Minos. Man nahm ihn gefangen und folterte ihn. Währenddessen griffen seine Freunde den Palast an und eroberten ihn. Wir ritten in der Dunkelheit den Hügel hinunter und dabei sahen wir, daß die oberen Geschosse des Palastes in Flammen standen.«

»Der Palast in Flammen?« Kirta konnte es kaum glauben. Zu Xena gewandt fuhr er fort: »Wir dürfen keine Zeit verlieren. Wenn ich mich nicht täusche, werden ihre Männer bereits in wenigen Stunden in Amnisios sein. Zuallererst werden sie den Hafen abriegeln.«

»Kirta! Was sollen wir tun?«

Kirta schob sie alle ins Zimmer und schloß die Tür. »Jetzt ist keine Zeit zum Reden. Im Hafen liegt ein Handelsschiff aus Zypern. Mein Volk nennt die Insel Kittim. Ich habe gestern abend bei der Einfahrt in den Hafen das Segel und die Flagge gesehen. Du warst vermutlich zu beschäftigt damit, den Kapitän zu spielen, Xena. Kittim ist nicht sehr weit. Von dort finden wir bestimmt eine Gelegenheit zur Überfahrt nach Ugarit.«

»Aber wie? Wir haben kein Geld.«

»Ein Schmied findet immer Arbeit. Und diese beiden können rudern, wenn es sein muß.«

Entsetzt betrachtete Lukios seine zarten Hände. »Ich soll rudern?« fragte er entgeistert.

»Aber Kirta! Wie soll ich mein Land jetzt verlassen? Wie kann ich mein Volk im Stich lassen, wenn es mich braucht?« Xena griff nach Kirtas Hand.

Entschlossen redete Kirta auf sie ein. »Für dein Volk kannst du jetzt nur noch sterben; das aber lasse ich nicht zu. Ihr beide seid bewaffnet, richtig?« Er inspizierte die beiden Sklaven. »Ein Messer und ein Schwert, das ist nicht viel, aber es muß reichen. Ihr bewacht die Herrin Xena, und wenn es euer Leben kostet! Verstanden? Wenn ihr etwas zustößt oder wenn man sie gefangennimmt, dann überlebt das keiner von euch. Ich gehe hinunter zum Hafen und sorge für unsere Überfahrt. Ich vermute, daß das Handelsschiff mit der Flut in See stechen wird.«

Lukios wimmerte unglücklich, aber er blieb. Nikos reichte ihm sein kurzes Messer, er selbst behielt das gestohlene Schwert. »In Ordnung, Herr. Aber beeilt Euch. Sie werden schneller hier sein, als wir denken.«

»Ich verstehe«, antwortete Kirta entschlossen. Xena sah ihn erstaunt an. So hatte sie ihn noch nie erlebt. Kirta zeigte ihnen allen eine neue Seite seines Wesens. Oder eine alte. Das Wesen jenes Mannes, der vor vielen Jahren Haran verlassen hatte, würde wieder Oberhand gewinnen, sobald Kirta Heimaterde betrat. Xenas Herz klopfte zum Zerspringen, so aufregend fand sie den Mann, den sie jetzt ganz neu kennenlernte.

Kirta ging zur Tür. Am offenen Fenster blieb er einen Augenblick stehen. »Schaut!« Ihre Blicke folgten seiner Hand. Über den Hügeln im Süden stand eine dicke dunkle Rauchsäule, die den Fall des königlichen Palastes bezeugte.

Der Kapitän war ein rundlicher Mann mit einem Spitzbart. Er hieß Poliwos, was soviel bedeutete wie »Tintenfisch«. Es war ein treffender Name, denn seine Haare auf dem Kopf und am Körper waren so grau wie die Haut eines Tintenfisches. Kirtas ungewöhnliche Geschichte erregte seine Aufmerksamkeit. Ein Schmied, der sein Handwerk in Ägypten von einem Sumerer gelernt hatte, war nichts Alltägliches in dieser Gegend, doch Poliwos hatte als Kind von Ahuni aus Babylon gehört. Dennoch hatte er seine Zweifel. War es möglich, daß dieser glattrasierte Kreter im Lendenschurz der Sohn des berühmten Ahuni war? Nach einiger Überlegung war Poliwos bereit, das Risiko einzugehen. »Aber Ihr müßt Euch beeilen«, mahnte er. »Wir laufen aus, wenn die Sonne über dem Mast hochsteigt.«

»Verstanden.« Kirta dachte angestrengt nach. Das ließ ihm nicht viel Zeit, aber er hatte keine Wahl. »In Ordnung. Wir sind dann zur Stelle.«

In freudiger Erregung verließ er das Schiff. Er sollte wieder aufs Meer hinaus! Es ging nach Hause, in das Land, in dem er geboren worden war! Es war ein wunderbares Gefühl.

Kirta ging schnell zurück ins Dorf. Sein Weg führte über den künstlich angelegten Wellenbrecher, der sich weit in die Bucht hinausschob und das geschützte Hafenbecken begrenzte. Kirta genoß den Morgen. Nach dem Gewitter am Vorabend hatte es wieder aufgeklart, und die Sonne schien angenehm warm. Die Wellen schlugen gegen den Steinwall, und das Wasser spritzte über seine Füße, so daß die Sandalen naß wurden. Es war ein herrlicher Tag, um in See zu stechen.

Kirta blickte hinüber zu den sanft zum Meer abfallenden Hügeln und zur Straße nach Knossos.

Da sah er, wie einige Reiter auf der schmalen Straße hinunter in Richtung Hafenstädtchen ritten.

Die Rebellen! In kurzer Frist würden sie in der Stadt sein.

Kirta begann zu laufen, erst langsam, dann immer schneller. Er mußte Xena und die anderen so rasch wie möglich auf das Schiff schaffen. Waren sie erst einmal an Bord, konnte er Poliwos sicher davon überzeugen, wie gefährlich es wäre, länger im Hafen zu bleiben. Bewaffnete Männer würden auf das Schiff kommen, würden alles mögliche ruinieren, Seeleute zum Dienst an Land pressen und Fracht beschlagnahmen. Wenn Poliwos länger als unbedingt notwendig im Hafen blieb, könnte es sein Verderben sein.

Kirta bog in eine kleine Gasse ein, in der die Seiler ihrem Handwerk nachgingen, Taue drehten und Schnüre flochten. Nach der nächsten lief er so schnell er konnte zurück zu dem kleinen Gasthaus. Über die Außentreppe erreichte er das Gästezimmer im Obergeschoß.

Er sah hinauf, und ihm blieb beinahe das Herz stehen.

Die Tür stand weit offen.

»Xena!« rief er. Zwei Stufen auf einmal nehmend raste er nach oben. »Lukios!« Der dicke Eunuch saß mit verweinten Augen auf dem Fußboden. »Lukios! Wo sind sie? Wo sind Xena und Nikos?«

»Ich kann nichts dafür, Khalkeus. Sie hat ihren eigenen Kopf. Ich konnte sie nicht davon abbringen.« Der Sklave schluchzte, unfähig weiterzusprechen.

Kirta riß ihn hoch und versetzte ihm links und rechts eine Ohrfeige. »Verdammt noch mal! Wohin sind sie gegangen?«

»Zuerst war sie noch richtig fröhlich«, erzählte der Eunuch. Seine Stimme klang immer schriller vor Aufregung. »Sie wollte mit Euch fortgehen. Dann begann sie laut über ihre Verantwortung nachzudenken, und daß ihr Volk sie brauche und sie sich bei der Göttin für die Menschen einsetzen müsse. Sie sagte, sie hätten gesündigt und die Göttin würde ihnen zürnen.«

»Genug davon! Ist sie in den Palast zurückgekehrt?«

»J-jaa. Nikos wollte sie nicht allein gehen lassen. Er nahm das Schwert und das Messer, das er mir gegeben hatte, und begleitete sie. Sie wollten die Pferde holen, mit denen Ihr gekommen seid.«

Kirta fluchte und ließ den Sklaven los. Der Dicke fiel auf den Fußboden und wollte sich an Kirtas Beine klammern, doch Kirta schüttelte ihn ab. »Bitte, Khalkeus, geht nicht mit ihnen! Ihr werdet genauso umkommen wie Xena und Nikos. Geht hinunter zu den Schiffen. Bitte, bitte! Und nehmt mich mit! Geht nicht zurück, ich flehe Euch an!«

Kirta stieß den Eunuchen mit einem Fluch von sich, sprang zur Tür und lief die Treppe hinunter. Die Reiterkolonne, die den Hügel herunterkam, war bereits deutlich zu erkennen. »Nikos!« brüllte Kirta, als er die Ställe erreichte. »Nikos! Warte! Geht nicht weiter!«

Xena und Nikos kamen ihm zu Pferd entgegen; Xena drückte ihrem Pferd die Fersen in die Seite, sobald sie ihn kommen sah, und galoppierte los. »Xena!« rief Kirta voller Angst. »Bitte nicht! Sie kommen! Die Aufständischen kommen!«

Nikos beugte sich zu ihm nieder, brachte sein Pferd zum Stehen und hielt Kirta die Hand hin. »Steigt auf, Herr!« rief er.

Kirta sprang hinter Nikos auf das Pferd. »Hol sie ein, Nikos! Laß sie nicht entkommen!« Nikos trieb sein Pferd an und schnitt Xena den Weg ab. Kirta griff ihr in die Zügel. »Xena«, brüllte er heiser. »Ich kann dich nicht gehen lassen. Die Soldaten kommen bereits den Hügel herunter. Wir schaffen es gerade noch. Rasch!«

Xena sah ihm in die Augen, zögerte und berührte seine Hand. In diesem Augenblick entschied sie sich für ihn, für immer. Sie machte kehrt und ritt im Galopp zurück zum Hafen. Xena beugte sich über den Hals des Tieres, und in Windeseile brachten sie die

Mole hinter sich, an deren Ende der hohe Mast des Handelsschiffes zu sehen war.

Kirta drehte sich um. Die Soldaten hatten die Stadt erreicht und schwärmten aus in die menschenleeren Straßen. »Schneller, Nikos!« rief Kirta, und das Pferd galoppierte über die Mole zum Schiff.

Xena war schon vom Pferd gesprungen und deutete in die Richtung, aus der sie gekommen war. Poliwos hörte ihr zu und folgte mit den Blicken ihrem Finger. »Schneller, Nikos!« brüllte Kirta seinem Sklaven ins Ohr. In dem Moment stolperte das Pferd, fiel und warf die beiden Reiter in hohem Bogen zu Boden.

Kirta schlug auf dem Boden auf, rollte ab und sprang sofort wieder auf die Beine. »Kirta!« rief Xena mit schriller Stimme. Kirta drehte sich um; Nikos lag reglos auf dem Boden, und die Verfolger trieben bereits ihre Pferde auf die Mole. Der Abstand zu ihm, Xena und dem Schiff wurde immer kleiner.

Kirta überlegte kurz – und ließ den armen Nikos liegen. Er rannte los. Auf dem Schiff brüllte Poliwos bereits seine Befehle, und die Matrosen machten die Taue los. Kirta rannte, so schnell er konnte, und als sich das Schiff eben von seinem Anlegeplatz löste und die Ruderer sich kraftvoll in die Riemen legten, setzte er zu einem gewaltigen Sprung an und landete gefährlich knapp auf dem Deck.

Xena half ihm auf. Auf der Mole waren die Soldaten von den Pferden gesprungen und riefen ihnen nach. »Kommt zurück! Kommt zurück, im Namen des Minos, im Namen des Königs von Kreta.«

»Minos ist tot!« schrie Xena. Sie schauderte – vor Erleichterung? Oder vor Glück? Sie drehte der Menge auf der Mole den Rücken zu und umarmte Kirta. »Mein Liebster, ich hatte solche Angst, du könntest es nicht schaffen. Wie konnte ich nur einen Augenblick lang daran denken, dich zu verlassen! Ich kann ohne dich nicht mehr leben!« Sie hielt ihn fest umschlungen. Sie hatte ihn gefunden, und hatte ihn verloren. Jetzt war er ihr wiedergeschenkt worden, und sie wollte ihn nie mehr loslassen. Kirta rang immer noch nach Luft, aber er drückte sie fest an sich und vergrub sein Gesicht in ihren dunklen Haaren. In seinen Augen standen Tränen.

Da ging plötzlich ein heftiger Stoß, wie das Nachbeben eines Erdbebens, durch ihren kleinen warmen Körper, und Xena sank in seinen Armen zusammen. Kirta blickte auf. Auf der Mole legten die Bogenschützen erneut an, und es hagelte Pfeile. Einer landete auf dem Deck neben ihm und grub sich mit seiner scharfen, glänzenden Spitze in die Bohlen.

Kirta drückte Xena an sich, doch sie reagierte nicht mehr. Er tastete über ihren Rücken und hielt den hölzernen Schaft zwischen den Fingern, der aus ihrer linken Schulter ragte. Mit einem verzweifelten Aufschrei ließ er sie zu Boden gleiten. Ihre Augen waren geschlossen, und ihr Atem ging stoßweise.

»Xena«, rief er hilflos, doch er spürte, wie das Leben aus ihr wich. Er zog den Pfeil aus der Wunde auf ihrem Rücken. Ein Blutschwall quoll hervor. »Ihr Götter helft mir! Ich flehe euch an!« flüsterte er. Doch tief in seinem Herzen wußte er, daß es zu spät war. Er nahm ihr schlaffes Handgelenk, kein Puls war mehr zu spüren, nichts. Blind vor Verzweiflung starrte er Poliwos an, während das Schiff unter den kräftigen Schlägen der Ruderer allmählich in Fahrt kam und hinausglitt auf das offene Meer. Kirta hielt immer noch den schmalen hölzernen Pfeil in der Hand.

Er hatte Adlerfedern am Ende. Kirta kannte die Machart. Der hölzerne Schaft war lang und elegant und glänzend poliert. Kirta kannte den Handwerker, der mit Geduld und Sachkenntnis diesen Pfeil geschaffen hatte.

Die blutige metallene Pfeilspitze, die Xenas Herz durchbohrt hatte, war eine primitive Arbeit, ein noch unbeholfener Versuch aus Eisen.

Es war eine seiner eigenen Pfeilspitzen.

VII

Sie legten Xena in Poliwos' Kabine. Sobald die Galeere die Landspitze umrundet hatte und sich auf dem offenen Meer befand, zogen die Männer die Ruder mit langen, gleichmäßigen Schlägen durch das Wasser, und bald hatten sie den Hafen von Amnisios weit hinter sich gelassen. Nach einiger Zeit waren auch die Berge hinter der Stadt nicht mehr zu sehen. Poliwos sah angestrengt achtern über das Meer, aber von Kreta war nichts mehr zu erkennen, außer der Rauchwolke, die noch von dem brennenden Palast kündete. Poliwos setzte den Kurs fest, bellte seinem Stellvertreter Simon ein paar Kommandos zu und ging zu seiner Kabine.

Auf seinem Bett lag Xena, nur mit ihrer kurzen Tunika bekleidet, ohne Schuhe, die schmalen Hände über der Brust gekreuzt. Ihre Augen waren geschlossen, und auf ihrem Gesicht lag ein friedlicher Ausdruck. Sie sah jung und wunderschön aus, eine Frau, die die Schwelle zum Erwachsensein noch nicht lange überschritten hatte und deren Schlaf von heiteren Träumen verschönt wurde.

Kirta saß ihr gegenüber. Er war müde und todtraurig. Als Poliwos zur Tür hereinkam, blickte er kurz auf, doch er konnte den Blick nicht von Xena wenden.

»Sie war eine schöne Frau«, begann Poliwos leise. »Eine Königstochter und Priesterin!« Er schüttelte den grauen Kopf. »Sie sieht aus, als wäre sie zu jung, um eine Novizin zu sein!«

»Sie war beinahe so alt wie ich«, erwiderte Kirta und seufzte. »Sie war beinahe zu alt, um ein Kind zu bekommen, falls es möglich gewesen wäre.« Er biß sich auf die Lippen. Seine Stimme war so ausdruckslos wie seine Augen. »Nie hat sie so jung und schön ausgesehen wie jetzt!« Er schüttelte den Kopf. »Die Falten, über die sie sich so viele Sorgen gemacht hat, sind alle verschwunden. Ich hatte schuld an ihren Falten, weil ich sie vernachlässigt habe. Jetzt ist sie von meiner Nachlässigkeit und Gedankenlosigkeit erlöst.«

Poliwos setzte sich neben das Bett und sah Kirta an. »Ihr habt getan, was Ihr konntet. Ihr wart schon so gut wie in Sicherheit, als sie getroffen wurde. Es war nicht Eure Schuld.«

Kirta sah den Kapitän unglücklich an. »Ich selbst hatte den Pfeil gemacht. Er flog so gut und traf mit solcher Wucht, weil er aus besserem, schwererem Metall gemacht war als die anderen. Dieses Metall ergibt trotz meiner stümperhaften Arbeit schärfere Kanten. Ich hätte genausogut aus dem Zeug ein Messer schmieden und sie damit erstechen können.«

»Seid doch kein Narr«, schalt Poliwos.

»Ich bin kein Narr. Ich sehe den Dingen nur ins Gesicht. Das hätte ich schon viel früher tun sollen. Seit zwölf Jahren bin ich hier. Zwölf Jahre habe ich die Verantwortung für meine Frau und meine zwei Söhne einfach fortgeschoben.« Er vergrub den Kopf zwischen seinen Händen.

»Erzählt!« bat Poliwos leise.

»Ich kam als Sklave nach Kreta. Ich habe nie an Liebe auf den ersten Blick geglaubt, aber bei Xena muß es zugetroffen haben. Sie hat mich gesehen und bald darauf erreicht, daß mich ihr Vater freiließ und ich arbeiten konnte. Minos fand Gefallen an mir. Am besten gefiel ihm, daß ich nicht auf den Gedanken verfallen konnte, seine Tochter zu heiraten. Er glaubte außerdem meine verrückte Geschichte, daß ich eines Tages das Geheimnis um die Erzeugung von Eisen ergründen würde. Wenn es mir gelungen wäre, hätte ich seine Seestreitkräfte damit aufgerüstet. Damit wäre er fast unbesiegbar gewesen. Ich hatte die Absicht, die Vorderseite seiner Kampfgaleeren mit dem Metall zu bestücken. Nur wenig unter der Wasserlinie sollte am Bug eine scharfe Spitze montiert werden. Würde man dann ein feindliches Schiff rammen, würde sich die Eisenspitze durch die Seite des feindlichen Schiffes bohren und es an Ort und Stelle versenken.«

»Eigentlich eine hervorragende Idee«, meinte Poliwos nachdenklich. »Vor allem, wenn dieses neue Metall wirklich das hält, was Ihr Euch davon versprecht.«

»Es ist bedeutungslos. Die Spielereien eines Kindes. Und das war ich auch: ein großes, dummes Kind. Und Xena ...« Er seufzte. »Die Jahre vergingen. Ich habe sie vernachlässigt. Ihre Jugend verging, und ich merkte es noch nicht einmal. Ich habe mit ihr geschlafen, habe mit ihr gelebt und bin den Weg des geringsten Widerstands gegangen. Es war weniger anstrengend, sich den Gegebenheiten anzupassen. Ich habe nur für meine Arbeit gelebt, und Minos investierte riesige Summen in meine Forschung.«

»Ich sehe keinen Grund, warum Ihr Euch deshalb Vorwürfe machen solltet«, stellte Poliwos fest.

»Vorwürfe? Was ändern Vorwürfe? Aber ich bereue viel. Sie war eine wunderbare Frau, um die mich viele Männer beneideten. Ich war anscheinend der einzige, der das nicht begriffen hat.

Wie war das nur möglich? Dann kam der Tag, auf den ich so lange gewartet hatte. Ich kam dem Geheimnis des dunklen Metalls auf die Spur. Ich hatte erwartet, daß ich dann im Besitz der göttlichen Erkenntnis wäre, aber es gab keine Offenbarung und keine Erkenntnis. Mir wurde plötzlich bewußt, wie wertlos dieses törichte Spiel und der von mir so ersehnte Preis waren. Ich habe ein eitles Leben geführt, mein Leben verschwendet und durch mein egozentrisches Benehmen viel Leid verursacht. Plötzlich sah ich Xena in einem neuen Licht, sah in ihr das, was alle Männer jahrelang gesehen hatten, nur ich nicht.«

Poliwos nickte, sagte aber nichts, um Kirta nicht zu unterbrechen.

»Eine Frau, die geliebt wird, wird nicht älter, sondern jünger. Als ich sie das erste Mal mit den Augen der Liebe ansah, blühte Xena richtiggehend auf. Es war erstaunlich. Ich dachte: Es ist nicht zu spät. Ich kann wiedergutmachen, was ich im Leben angerichtet habe. Wenn ich an die Orte zurückkehre, an denen ich Menschen Leid zugefügt habe, kann ich es vielleicht wettmachen.« In Kirtas Augen brannte eine verzweifelte Sehnsucht. »Wißt Ihr, was ich meine?« fragte er.

»Ja, ich glaube schon«, antwortete Poliwos nachdenklich. »Aber es funktioniert nicht immer. Es ist auch nicht immer notwendig. Jeder Mensch lebt sein eigenes Leben. Eure Söhne, zum Beispiel. Vermutlich kommen sie ohne Euch gut zurecht. In ihren Adern fließt schließlich gutes Blut! Wahrscheinlich sind sie mittlerweile beide so reich wie Minos. Wer weiß? Wenn Ihr zurückkehrt und sie aufsucht, verkompliziert das vielleicht das Leben Eurer Söhne eher, als daß Ihr ihnen etwas Gutes tut. Ihr richtet womöglich mehr Schaden an als Nutzen.«

Kirta war wie vom Donner gerührt, denn dieser Gedanke war ihm noch gar nicht gekommen. Es war tatsächlich möglich, daß seine Rückkehr nichts als Schmerz und Verwirrung brachte. Wenn zum Beispiel Tallai, seine Frau, wieder geheiratet hatte? Was wäre, wenn die Jungen als Söhne dieses anderen Mannes herangewachsen waren, jenes Mannes, den ihre Mutter geheiratet hatte?

Kirta runzelte die Stirn. Vor ihm lag ein gefährlicher Weg, doch es war an der Zeit, daß er sich seiner Vergangenheit stellte, seinen Versäumnissen und Fehlern ins Gesicht sah und sich mit den Ergebnissen auseinandersetzte.

Xena sah so jung und schön aus! Erst jetzt, da er sie für immer verloren hatte, wurde ihm bewußt, wieviel Mut und Kraft sie ihm gegeben hatte. Woher sollte er nur die Kraft zum Weitermachen nehmen? Wie sollte er ohne sie seinen Weg gehen? Er wußte keine Antwort.

Für eine richtige Beerdigung fehlte die Zeit. Das Schiff wurde in Zypern erwartet, und nur schlechtes Wetter hätten Poliwos' Kommissionäre als ausreichende Erklärung für eine Verspätung gelten lassen. Kirta küßte die kalten Lippen; danach nähten Poliwos' Matrosen Xenas Leiche in Segeltuch ein. Sie bekam das Begräbnis eines Seemanns. Die Männer ließen sie über die Seite des Schiffes ins Meer gleiten, wie es der Tochter eines Seefahrerkönigs würdig war. Sie war eine Frau gewesen, die sich mit Segelbooten ausgekannt hatte. Den leisesten Seewind hatte sie sicher zu deuten gewußt und ein Boot bei Nacht genauso gut zu manövrieren verstanden wie bei Tag. Kirta fühlte sich vollkommen leer, als der Leinensack in den Wellen verschwand und die Heckwelle der Galeere den Punkt überspülte, an dem er versunken war. Eine graue Wolke schob sich vor die Sonne und verdunkelte sie. Weit entfernt machten sich die ersten Vorboten eines Gewitters bemerkbar. Kirta sah das alles und sah gleichzeitig, wie zwölf Jahre seines Lebens allmählich zu Schatten eines entfernten Traums verblaßten. Leb wohl! Leb wohl!

Kapitel 6

I

Da Hadad seinen Goldklumpen auf keinen Fall antasten wollte, ging ihm schon bald wieder das Geld aus. Nachdem er seinen Hauswirt bezahlt hatte – und ohne es seiner Mutter zu sagen, auch den ihren –, reichte sein kleiner Geldvorrat gerade noch zum nackten Überleben. Ich wollte in diesem Sommer ohnehin nicht dick werden, dachte er, wenn er die Mittagsmahlzeit ausließ. Sein Gesicht wurde schmal, und wenn er lächelte, entstanden um Mund und Augen Falten. Um über die Runden zu kommen, arbeitete er hart an den kleinen Götterstatuen für die Festtage. Seinen Freunden in dem kleinen Basar fiel bereits auf, wie schlecht er aussah, und sie beschlossen, Hadad etwas unter die Arme zu greifen. Einmal zu Mittag brachte der Gewürzhändler Uzzija Hadad kräftigen Ziegenkäse und ein Fladenbrot. Am nächsten Tag schenkte ihm Marsatum, die Frau des Gemüsehändlers, ein paar Feigen und Oliven. Sie behauptete, die Früchte seien vom Karren gefallen und zerdrückt worden, so daß sie sie nicht mehr verkaufen könne. Es war ein offenkundiger Vorwand, den auch Hadad durchschaute. Aber um Marsatum nicht zu verletzen, tat er so, als bemerke er die Täuschung nicht. Am dritten Tag brachte Jahila, die Frau des Fleischers, zwei köstlich aussehende Streifen getrocknetes Salzfleisch. Hadad betrachtete das großzügige Geschenk und meinte: »Jahila, du willst mir doch nicht erzählen, das Fleisch sei vom Karren gefallen. Das ist erstklassiges Fleisch. Noch in einem Monat kannst du es zu Höchstpreisen verkaufen.« Er gab ihr das Fleisch zurück. »Du weißt, wie dankbar ich bin, aber das kann ich nicht annehmen«, beteuerte er. »Ich weiß, wie eure Geschäfte in letzter Zeit gegangen sind. Ich kann von dir nicht etwas annehmen, das du verkaufen könntest. Der Erlös würde dir und meinem guten Freund Abisuri helfen, eure Schulden zu begleichen.«

»Bitte, Hadad«, antwortete sie. »Abisuri wird sehr böse mit mir sein, wenn du es nicht nimmst. Bevor ich heute früh zum Basar ging, hat er mir aufgetragen, dir das Fleisch zu geben.«

Hadad seufzte. »Ich verstehe. Und wir wollen doch nicht, daß Abisuri mit dir böse ist, nicht wahr. Ich werde es also nehmen.« Er steckte das Fleisch ein. »Aber es geht mir gut. Ihr braucht euch um mich keine Sorgen zu machen. Sollte es mir wirklich einmal schlechtgehen, kann ich immer noch etwas von dem Gold einschmelzen.«

»Hadad! Wenn du endlich einmal ...«

»Pscht. Bitte! Ich sage dir etwas. Ich werde das Fleisch mit meiner Mutter teilen. Sie bekommt selten so etwas Gutes wie das hier und wird es sehr zu schätzen wissen. Wir werden es gemeinsam essen.«

Jahila legte eine Hand auf Hadads dünnen Arm. »Wie geht es Tallai, Hadad? Ich habe sie schon seit einiger Zeit nicht mehr gesehen. Abisuri hat nach ihr gefragt. Marsatum auch.«

Hadad lächelte traurig. »Manchmal geht es ihr gut. Dann ist es wie früher, als Schobai und ich noch jünger waren und er während seiner Lehrjahre immer wieder für ein paar Tage nach Hause kam. Sie lacht und erinnert sich an alte Zeiten. Manchmal erzählt sie mir Geschichten über meinen Vater; dann leuchten ihre Augen richtig.« Seufzend fügte er dann hinzu: »Aber manchmal ist sie gar nicht ansprechbar.«

»Ist es so schlimm, Hadad?«

Hadad lächelte bedauernd. »Du siehst es mir an, was?« Er schüttelte den Kopf, und sein trauriges Lächeln verschwand. »Ich will es oft nicht wahrhaben, aber es gibt Zeiten, da entgleitet sie mir richtig. Tagelang geht das dann so. Ich gebe es nur ungern zu, Jahila, aber dann möchte ich auch nicht hingehen. Manchmal habe ich richtig Angst. Ich weiß oft schon im voraus, noch ehe ich bei ihr bin, daß sie wieder ein Stück weiter fort ist.« Hadad standen Tränen in den Augen. Er versuchte, zuversichtlich zu lächeln, aber sein Lächeln wirkte noch trauriger als die nicht geweinten Tränen.

»Weiß Schobai davon, Hadad?«

»Schobai? Aber nein! Ich vermute zumindest, daß er es nicht weiß. Ich verberge es vor ihm so gut es geht. Es würde ihn nur aufregen.«

Jahila sah ihn scharf an. »Besucht er sie denn nie?« fragte sie mit gespielter Unschuld, denn sie wußte längst, wie wenig sich Schobai um seine Mutter kümmerte.

Hadad war mit den Gedanken woanders gewesen, und die leise Ironie in ihrem Ton war ihm entgangen. »Ich weiß es nicht«, antwortete er. »Natürlich besucht er sie. Es muß ungefähr zwei Monde her sein, seit er das letzte Mal dort war. Sie hat es mir erzählt. Nein, vor drei, nein, eigentlich war es...« Er hielt unschlüssig inne. »Sie ist noch so jung, das macht mich besonders traurig.«

»Ich weiß. Sie ist nicht einmal so alt wie ich. Die Arme!«

»Jetzt ist sie wie eine Urgroßmutter oder so etwas Ähnliches; wie eine uralte Frau. Aber ihr Gesicht ist noch jung, nur auf der Stirn hat sie Falten, sonst nirgends.«

»Kummerfalten«, bemerkte Jahila kühl. »Sorgenfalten. Die Götter mögen die arme Frau verschonen, sie mußte schon genug ertragen. Ihr Mann verschwand einfach. Ihren gesamten Besitz haben sich angebliche Gläubiger unter den Nagel gerissen, als du und dein Bruder noch zu jung wart, um ihr gegen diese Hyänen beizustehen.«

»Bitte, Jahila! Es führt zu nichts, wenn wir mit der Vergangenheit hadern. Das ist alles längst vorbei. Ich will nicht darüber nachgrübeln, was hätte sein können.«

»Bei allem, was heilig ist, Hadad! Man hat dich, deine Mutter und deinen gedankenlosen Bruder reingelegt. Wenn mir das jemand angetan hätte, wäre ich noch heute furchtbar wütend!«

Hadad seufzte. »Bitte! Du könntest genausogut sagen: ›Hadad, warum bist du nicht mehr auf die Jungen zornig, die dich als Kind gehänselt haben?‹ Was würde das bringen? Was hätte ich davon, wenn ich sie hassen würde? Sie verstehen es nicht besser. Sie wollten mich nicht verletzen, sondern haben nur ihre dummen, kindischen Scherze mit mir getrieben.«

»Die Leute haben deiner Mutter das Haus abgeluchst, das dein Vater für sie gebaut hatte; war das auch nur ein kindischer Scherz?« Jahila war sehr verärgert, aber sie konnte Hadad nicht wirklich böse sein. »Jetzt nimm das, Hadad!« Sie griff in ihren Korb. »Wenn du es nicht nimmst, dann erzähle ich es Abisuri, das schwöre ich dir. Und der wäre wirklich beleidigt.«

»Jahila! Das sind fünf Stücke Fleisch! Nein, sechs! Das kann ich nicht annehmen!«

»Das ist doch nicht alles für dich!« log sie. Sie wußte, unter welchem Vorwand man Hadad Essen aufdrängen konnte, wenn er so störrisch war wie jetzt. »Es ist für Tallai! Wir machen uns alle Sorgen um sie. Wer kümmert sich denn außer dir noch um sie? Schobai bestimmt nicht, so selten wie er sich zu Hause blicken läßt.«

»Jahila, bitte! Ich dulde nicht, daß du so über Schobai sprichst.«

»Und du solltest endlich einmal den Dingen ins Gesicht sehen.«

»Jahila! Nimm das zurück! Schobai ist ein vielbeschäftigter Mann.«

Jahila hatte die Hände in die Hüften gestemmt, und ihre Augen funkelten. »Du bist ein Dummkopf!« sagte sie. Alle Handwerker, Händler und Kunden in dem kleinen Basar wandten bereits die Köpfe. »Nimm es endlich! Du bist wirklich ein Narr! Ein dummer, sorgloser Narr!« Sie machte kehrt und stampfte davon.

II

Bahirum, der blinde Bettler, verließ seinen Platz an der großen Mauer erst spät am Nachmittag. Es war viel los auf den Straßen von Haran, und Bahirum kam es vor, als würde es täglich mehr werden. Er tappte durch die schmalen Straßen, auf der Suche nach dem Basar. Da stieß er plötzlich mit Hadad zusammen, der gedankenverloren die Straße entlanggehumpelt war, ohne auf den Weg zu achten.

Hadad schwankte, aber er hielt den Bettler an den Armen fest, um ihn vor dem Fallen zu bewahren. »Entschuldige, Freund«, bat Hadad. »Ich habe nicht achtgegeben.« Er hielt inne. »Sag, sind wir einander nicht schon einmal begegnet?«

Der Blinde runzelte die Stirn; dann lächelte er. »Ja, stimmt. Ihr seid Hadad, der Bildhauer, nicht wahr? Ihr habt mir einmal nach einer Schlägerei geholfen.« Er legte seine Hände auf Hadads

Schultern und bemerkte, daß sie bedingt durch das lahme Bein schief waren.

»Du bist unterwegs. Kann ich dich irgendwohin begleiten? Wenn du mit mir gehst, bist du schneller, ganz gleich, wohin du willst. Auch wenn ich nicht so flink bin wie andere.«

»Danke«, entgegnete der Blinde. »Ich gehe nach Hause. Ich wohne unten hinter dem Tempel. Ich wollte auf dem Basar noch etwas fragen.«

»Das trifft sich gut«, meinte Hadad. »Ich möchte meine Mutter besuchen. Sie wohnt auch in dieser Richtung. Vielleicht kann ich dir deine Frage beantworten!«

»Danke«, entgegnete der Bettler. Er ging neben Hadad und stützte sich auf dessen Arm. Langsam gingen sie durch das schmale Gäßchen bis zur ersten größeren Querstraße. »Mir ist aufgefallen, daß in letzter Zeit viele Menschen in der Stadt sind, die eine fremde Sprache oder einen ungewohnten Akzent sprechen. Es sind mürrische Leute, die an einem Bettler vorbeigehen, ohne etwas in seine Schale zu werfen.«

»Stimmt, ich habe sie auch gesehen, wenn auch nicht so viele, wie bei dir vorbeigekommen sind. Sie kommen nur in den frühen Morgenstunden in die Basare, wenn die Verkaufsstände öffnen; tagsüber meiden diese Menschen die Basare. Am Morgen betteln sie beim Gemüsehändler um Abfälle.«

Hadad geleitete den Blinden um eine Ecke und durch eine schmale Seitengasse. »Soviel ich weiß, kommen sie aus dem Norden, und das schon seit mehr als einem Monat. Zuerst waren es nur wenige, aber es werden immer mehr.«

»Sehr viel mehr! Ich sehe sie natürlich nicht, aber ich kann ihre Zahl nach ihren Stimmen beurteilen. Ich spüre viel, das ich nicht sehen kann. Es sind bestimmt mehr als hundert, die im Laufe eines Tages an mir vorbeiziehen.«

»Bei allen Göttern!« rief Hadad bestürzt. »So viele? Angeblich gibt es oben im Norden Krieg. Irgend jemand hat diese Leute aus ihrem Land vertrieben, oder ihre Häuser wurden verbrannt. Angeblich leben sie jetzt in schrecklicher Armut vor unseren Stadtmauern. Tagsüber sehen sie sich in der Stadt nach Arbeit um. Auch für die Bewohner der Stadt ist es nicht leicht. Die Fremden besitzen absolut nichts. Sie können auch nichts ausgeben. Ein paar wenige konnten ein bißchen Geld mitnehmen. Andere verstehen sich auf ein gefragtes Handwerk. Diese beiden Gruppen wohnen in der Stadt, und dadurch schnellen in den ärmeren Vierteln die Mieten in die Höhe. Es würde mich nicht wundern, wenn mein Hausherr demnächst meine Miete oder die meiner Mutter erhöht.«

»Womöglich wird meine Miete auch erhöht! Und wie soll ich das dann bezahlen?«

Hadad blieb stehen, um einen schwerbeladenen Esel vorbeizulassen, dessen Besitzer wie wild an den Zügeln zerrte. »Es wird schwer werden«, fuhr Hadad fort. »Stell dir vor, du suchst Arbeit, und die Fremden sind bereit, für weniger Geld zu arbeiten als du.«

»Warum lassen wir sie herein? Das verstehe ich nicht.«

»Mein Freund Bunu-Ischdar, der Schmied, meint, daß die Leute, die hier das Sagen haben, von den neuen billigen Arbeitskräften profitieren. Aber Bunu-Ischdar ist sehr zynisch, und in letzter Zeit verstärkt sich das deutlich. Er sieht alles immer sehr negativ. Ich stimme nicht unbedingt mit ihm überein. Ich verstehe deine Frage, aber ich weiß keine befriedigende Antwort darauf.«

Als sie um die nächste Ecke bogen, begegneten sie einer Gruppe dieser fremden Menschen, von denen sie eben gesprochen hatten. Hadad blieb stehen und sah ihnen nach. Die Leute waren mager und in Lumpen gekleidet; in ihren Augen lag ein gehetzter Ausdruck. Sie unterhielten sich in unverständlichen einsilbigen Lauten. »Es kommen gerade wieder welche vorbei«, stellte Hadad fest. »Es sind arme Menschen, und sie haben bestimmt viel durchgemacht.«

»Das verstehe ich nicht!« Danataja schüttelte den Kopf und drückte ihr Bündel fest an sich. »Ihr habt mir das Zimmer versprochen! Ihr habt gesagt, wenn ich heute noch komme, kann ich es haben.«

»Es ist mir gleich, was ich gesagt habe«, antwortete der Wirt der Herberge. »Diese Leute haben im voraus bezahlt. Fünf oder gar sechs von ihnen wohnen in einem Zimmer, und zusammen zahlen sie doppelt soviel wie du geboten hast. Die Zeiten sind schwer, mein Kind. Ich muß mein Geld zusammenhalten!«

Doch trotz seiner hartherzigen Rede hatte er ein schlechtes Gewissen. Die Zeiten waren wirklich schwer. Wer wußte das besser als Danataja? Sie hatte für den Mann sogar Verständnis und machte ihm nicht einmal Vorwürfe. Sie an seiner Stelle hätte vielleicht dasselbe getan und dann genauso schuldbewußt ausgesehen. Sie ließ die Schultern hängen und wandte sich zum Gehen, ohne ein weiteres Wort zu verlieren.

»Es tut mir wirklich leid!« Der Wirt folgte ihr auf die Straße und rief ihr nach. »Wenn du nichts anderes findest, dann weiß ich vielleicht doch noch ein Zimmer für dich. Versuche es im Gasthof *Zum Weißen Löwen*. Dort kannst du vielleicht sogar die Miete abarbeiten.«

Danataja merkte sich zwar den Namen der Herberge, aber ihre Stimmung besserte sich kaum. Der Tag war beinahe um, und sie hatte keine Arbeit gefunden. Zu allem Überfluß hatte ihr Onkel das Zimmer bereits heute haben wollen, um es für den neuen Mieter sauberzumachen. Er hatte ihr auch nicht in die Augen sehen können, als er ihr das gesagt hatte.

Sie wußte nicht, wo sie schlafen sollte. Sie hatte keine Bleibe mehr. Doch dann erinnerte sie sich an eine Frau in der Straße *Zu den Zwei Toren*. Die Frau hatte ihr Arbeit in Aussicht gestellt. Danataja wußte, daß sie viel leichter ein Zimmer finden würde, wenn sie erst einmal Arbeit hatte.

Die Sonne war bereits hinter den Stadtmauern verschwunden, und Danataja lief rasch die lange Gasse entlang, die zu diesem Haus führte.

Das Bündel mit ihren Habseligkeiten hielt sie fest an sich gedrückt, als sie dort wieder und wieder anklopfte, ohne daß geantwortet wurde. Schließlich wurde der Riegel zurückgeschoben, und eine Frau sah heraus. »Ach so, du bist es«, sagte sie.

»Ich hoffe, ich komme nicht zu spät. Ihr habt gesagt, bei Sonnenuntergang, und es ist noch nicht ganz soweit.«

»Ich habe schon jemanden für die Arbeit, schon seit einer Stunde«, sagte die Frau unfreundlich. Sie wollte die Tür schließen, aber Danataja drückte ihr Bündel in den Spalt und verhinderte es. »Also bitte!« rief die Frau verärgert. »Ich rufe meinen Mann! Auf diese Weise kannst du dir nicht den Zugang erzwingen!«

»Bitte!« flehte Danataja. »Ich werde hart arbeiten. Ich werde mehr und schwerer arbeiten als jeder andere. Ich werde . . .«

Doch die Frau schob das Bündel durch den Spalt zurück und wollte die Tür zudrücken. »Für eine Küchenmagd hast du zuviel verlangt. Ich habe jemanden gefunden, der für weniger arbeitet. Eine Frau aus den Siedlungen im Norden. Ihr Mann arbeitet als Gärtner. Die beiden zusammen kosten mich so viel wie du allein.« Sie hatte das Bündel zurückgedrängt und schlug die Tür zu. Ihre zornige Stimme war noch durch die dicke Holztür zu hören. »Jetzt verschwinde und komm nicht mehr zurück!«

Danataja trat auf die Straße. Sie war müde. Mutlos starrte sie auf die geschlossene Tür, dann wanderte ihr Blick über den östlichen Himmel, wo die Dunkelheit der Nacht allmählich heraufzog.

Schobai wollte gerade ausgehen, als der Bote kam. Schobai sprach kurz mit ihm, gab ihm eine kleine Münze und entließ ihn. Er ging zurück ins Haus, wo Tanuha gerade ihre Herrin bediente. Die Sklavin kniete vor Anat, nahm ihren nackten linken Fuß zwischen ihre Hände und polierte geschickt die rosa Zehennägel; dabei ging sie so sorgfältig zu Werke wie ein Bildhauer. Kühl und unbeteiligt blickte Anat Schobai an. »Ich dachte, du wolltest ausgehen«, bemerkte sie.

»Das hatte ich auch vor. Aber ich muß dir etwas sagen: Ein Bote aus Charchemisch war soeben hier. Wir müssen unsere Pläne ändern. Ich kann nicht auf das Fest des Oberhaupts der Gilde der Schreiber gehen.«

Anat entzog der Sklavin zornig ihren Fuß und hätte Tanuha beinahe ins Gesicht getreten. Die Sklavin setzte sich zurück auf die Fersen und wartete geduldig darauf, daß sie weitermachen durfte. »Aber Schobai! Ich habe mir für dieses Fest extra ein neues Kleid machen lassen! Meine Frisur ist fertig!«

»Es tut mir leid!« Schobais Ton ließ keine Widerrede zu. »Es ist ein ziemlich gutes Angebot. Wenn ich es annehme, und das werde ich natürlich tun, können wir das neue Haus, das ich dir gezeigt habe, problemlos kaufen. Du weißt, welches ich meine, das mit dem Teich und dem Garten.«

Anats Gesicht war so kühl und bewegungslos wie das einer

Statue. Nur ihre Augen verrieten ihre wahren Gefühle: eisiger Haß und kühle Berechnung. Sie lächelte. »Nun gut, Schobai. Ich verzichte auf das Fest. Wann gehst du?«

»Morgen früh. Es ist ein dringender Auftrag. Ich soll die Truppen der Stadt bewaffnen und die Instandsetzung der Verteidigungsanlagen beaufsichtigen. Man ist nervös geworden. Sie nehmen diese angebliche Bedrohung aus dem Norden ziemlich ernst. Mir soll es recht sein, denn solche Sachen wirken sich sehr günstig auf meinen Geldbeutel aus.« Er gähnte. »Ich muß früh aufstehen. Gleich nach Tagesanbruch macht die Karawane sich auf den Weg.«

»Also gut.« Anat nickte huldvoll. »Wie lange bist du weg?«

»Mehrere Monate. Aber denke an das viele Geld! Der Gedanke daran wird dir helfen, dir die Zeit zu vertreiben.« Schobai wandte sich zum Gehen, drehte sich dann aber noch einmal um. »Sitz nicht zu Hause herum und langweile dich. Du kannst eine Menge unternehmen. Du hast Freunde.«

»Mach dir keine Sorgen um mich, Liebster«, erwiderte sie lächelnd. »Ich werde mich nicht langweilen!« Dann sah sie ihn fragend an. »Wohin gehst du jetzt?«

»Ich muß mich um den Transport kümmern«, antwortete Schobai gähnend und streckte sich genüßlich. »Ich weiß nicht, wie lange ich dafür brauche. Warte mit dem Essen nicht auf mich.«

»Das habe ich nicht vor.« Anat wartete, bis er fort war, dann wandte sie sich an Tanuha. Die Sklavin erschrak über das leidenschaftliche Funkeln in ihren Augen.

»Tanuha«, begann Anat.

»Ja, Herrin?« antwortete die Sklavin und wollte wieder nach dem Fuß ihrer Herrin greifen. Aber Anat reagierte nicht.

»Du hast gehört, was mein Herr und Gebieter gesagt hat. ›Du brauchst dich nicht zu langweilen‹, hat er gesagt. Sein Wort ist mir Befehl. Ich möchte, daß du für mich eine Nachricht austrägst.«

»Ihr meint, ich soll ...«

»Du weißt, wen ich meine. Bestelle ihm, daß dein Herr die Stadt morgen früh mit der Karawane verlassen wird. Sag ihm ... ach nein, das reicht, er weiß dann schon Bescheid. Wir werden gemeinsam einen Weg finden, damit ich mich nicht langweile. Wer weiß? Vielleicht tut es mir dann nicht einmal leid, daß ich das Fest versäumt habe!«

Danataja blieb eine ganze Weile allein. Als die Frau endlich wiederkam, brachte sie den Wirt mit. Er war dick und hatte einen schwarzen Bart, wie ihn die Männer aus dem Süden trugen; er sah Danataja aufmerksam an. Die Frau deutete auf Danataja. »Das ist sie.«

»So. Und was will sie?«

»Ich habe gehört, daß Ihr ein Zimmer habt. Bitte!« flüsterte Danataja.

Der Wirt musterte sie von Kopf bis Fuß. »Stimmt, ich hatte ein Zimmer, aber jetzt nicht mehr. Hast du Geld?«

»Nein. Zumindest nicht viel. Aber ich suche Arbeit und werde bestimmt welche finden.«

»Ach so. Da bin ich mir nicht so sicher.« Er brummte etwas und musterte sie nochmals eingehend. »Was meinst du, Admuniri?« fragte er seine Frau, ohne Danataja zu beachten. »Ein bißchen dünn, oder? Vielleicht etwas unterernährt?«

»Sie ist jung und kräftig; sie wird noch etwas voller werden. Versuch es doch mit ihr!«

»Also gut!« Er wandte sich an Danataja. »Wie heißt du?«

»Danataja, Herr. Wißt Ihr, wo ich Arbeit finden könnte und ein Dach über dem Kopf?«

»Vielleicht. Ich könnte eine Frau für die Unterhaltung der Männer brauchen. Du weißt schon!« Er machte eine unbestimmte Handbewegung. Danataja sah die Frau an und errötete.

»Nein, Herr! Bitte! Das könnte ich nicht. Ich habe noch nie...«

Die Frau lachte geringschätzig. »Ich habe nicht erwartet, daß du von der die Antwort bekommst, die du gerne hören möchtest, Abi-Samar«, sagte sie zu ihrem Mann. »Schau, Kleine«, sagte sie zu Danataja, »du siehst gut aus, auch wenn du etwas zu dünn bist. Wir können jetzt eine Arbeitskraft für alles mögliche gebrauchen. Wir zahlen nicht viel, aber es ist besser als nichts, und nichts, das ist es, was da draußen auf dich wartet. Nichts, oder noch etwas Schlimmeres. Glaub mir, ich weiß, wovon ich rede.«

Sie legte Danataja die Hand auf den Arm. »Du brauchst dich vor ihm nicht zu fürchten. Er ist nur ein grober alter Mann.«

»Also bitte, Admuniri! Du sollst dich nicht einmischen!«

Admuniri beachtete ihn gar nicht. »Ich kann dir nur raten, die Arbeit anzunehmen. Du mußt zwar hart arbeiten, aber vielleicht ergibt sich irgendwann etwas Besseres. Wenn du willst, dann fängst du morgen früh bei uns an, und ich empfehle dich einem Freund, der für dich ein günstiges Zimmer hat.«

Danataja blickte die beiden zögernd an.

Admuniri lächelte etwas spöttisch.

»Aber muß ich ... ich meine mit den Männern?«

Die Frau sah ihr in die Augen. »Nicht, wenn du nicht willst«, beruhigte sie Danataja. »Anfangs will keine.«

III

Am nächsten Morgen tauchte ein charmanter Sänger im Basar *Am Brunnen* auf; er war mit der Karawane aus Mari angekommen und wirkte selbstbewußt und gebildet. Er spielte mit großer Virtuosität auf der mehrsaitigen Lyra und hatte eine angenehme Stimme mit fremdländischem Akzent.

Sein Repertoire war reichhaltig; er sang Liebeslieder von Dumuzi und Inanna, das Lied vom »Honigmann«, das lustige Lied über den übersättigten Liebhaber, der seine Geliebte anfleht, ihn doch gehen zu lassen, weil er sie für diesen Tag genug geliebt hat. Seine Lieder erinnerten an die klassischen Lieder der Sumerer: *Sagidda*-Lieder, *Balbale*-Lieder und *Tigi*-Lieder. Der Sänger machte seine Sache sehr gut, aber der Markt war an diesem Vormittag voll von armen Leuten und Bettlern, die mit den Flüchtlingen in die Stadt gekommen waren, und der Sänger verdiente nicht viel bei seinem morgendlichen Auftritt. Gegen Mittag verlief sich die Menge, und der Sänger machte ein mißmutiges Gesicht.

»Kommt her, Sänger!« rief Marsatum, die Frau des Gemüsehändlers. »Ihr habt uns heute vormittag gut unterhalten. Es hat zwar heute keiner von uns viel verdient, aber wir werden trotzdem zusammenlegen und Euch zu essen geben.« Sie nahm eine Schüssel und füllte sie mit Trauben und frischen Früchten. Bihira, die Frau des Ziegenhirten, legte Käse dazu, und Pagat, die Frau des Bäckers, spendete ein Fladenbrot. »Da, bitte! Laßt Euch die Laune nicht verderben!« Marsatum reichte ihm die Schüssel.

Der Sänger zuckte etwas geringschätzig mit den Schultern und nahm die Schüssel. »Danke«, sagte er leichthin, wie jemand, der die Gaben als etwas ansah, das ihm zustand. Er nahm einen Bissen von Bihiras Käse und zog anerkennend die Brauen hoch. »Ich hielt Haran für eine blühende Stadt«, fuhr er fort. »Hätte ich heute früh gewußt, was ich jetzt weiß, dann wäre ich mit der Karawane nach Charchemisch gezogen.« Er beobachtete die Wirkung seiner Worte und beschloß, sie etwas abzuschwächen. »Mmmh! Das schmeckt nicht schlecht. Wirklich nicht schlecht! Ihr Leute versteht zu essen.«

»Normalerweise ist es besser hier«, erklärte Marsatum. »Aber die Stadt quillt über mit Flüchtlingen aus dem Norden. Angeblich gibt es dort Krieg. Die Leute kommen alle verarmt und halb verhungert in die Stadt.« Sie schüttelte den Kopf. »Vielleicht haben einige von ihnen Geld, aber falls dem so ist, gaben sie es nicht in diesem Basar aus.«

»Vielleicht versuche ich es am Nachmittag woanders.« Der Sänger sah auf und bemerkte eine hübsche, dunkelhaarige junge Frau. Sie trug ein grobes Hemd, wie eine Dienerin, und ihr Gesicht war schmutzverschmiert von der harten Arbeit am Vormittag. Sie tauchte einen Wasserkrug in den Brunnen. »Vielleicht bleibe ich doch hier«, meinte er.

Marsatum hob den Kopf. »Die könnt Ihr vergessen, mein Freund. Sie ist seit heute die neue Dienerin im Gasthof *Zum Weißen Löwen*. Wenn ich Abi-Samar richtig kenne, läßt er sie bis spät in die Nacht hinein arbeiten, bis sie vollkommen erschöpft ist. Selbst wenn sie Euch wohlgesonnen wäre, wird sie todmüde sein, bis sie mit der Arbeit fertig ist. Zum Schäkern hat sie dann bestimmt keine Lust mehr.« Sie sah der jungen Frau in dem kurzen Hemd nach, wie sie den schweren vollen Krug auf dem Kopf balancierte und mit anmutig schwingenden Hüften davonging. »Ein hübsches Ding. Vermutlich wird sie im Obergeschoß des Gasthofes enden, wie die meisten«, meinte sie nachdenklich.

»Aha. Ich habe mich schon gewundert. Sie hat bereits dreimal Wasser geholt«, erwiderte der Sänger.

»Wenn ich mich nicht täusche, läßt Abi-Samar sie zwischen den Gängen zum Brunnen auf Händen und Knien die Treppen scheuern«, klärte Marsatum ihn auf. »Ihr habt ein wunderschönes Instrument!«

Der Sänger tat das Kompliment mit einem Blick ab. »Ja, es ist nicht schlecht. Ich habe es in Schinar anfertigen lassen. Es ist eine Kopie der Lyra, die einst Schulgi gehört hat. Ihr wißt schon, Schulgi, der Musikerkönig von Ur. Es liegt schon einige Generationen zurück.«

»Wir haben von Schulgi gehört. Hadad, der Bildhauer, singt manchmal das eine oder andere Lied von Schulgi. Sein Urgroßvater war der berühmte Waffenschmied Belsunu, der noch vor dem Fall in Ur gelernt hat.«

»Tatsächlich?« Der Sänger biß mit Appetit in das frische Brot, das Pagat ihm geschenkt hatte. »Als Kind habe ich ein Schulgi-Lied gehört, aber ich habe es vergessen. Wer ist dieser Hadad? Belsunu sollte mir eigentlich ein Begriff sein, nicht wahr?« Er aß ein paar Trauben. »Aber Ihr wißt ja, wie wir Sänger sind. Wir kümmern uns nie viel um Dinge, die nichts mit Musik zu tun haben. Es sei denn, wir haben den Auftrag, ein Lied über die tugendhaften Vorfahren eines reichen Mannes zu schreiben.«

»Hadad!« rief Marsatum. »Komm mal her!« Der junge Bildhauer humpelte herüber und gesellte sich zu der kleinen Gruppe. »Hadad, du mußt diesen Sänger kennenlernen. Wie heißt Ihr? Ich habe Euren Namen nicht verstanden.«

»Ninschubur«, antwortete der Musiker. »Schön, dich kennenzulernen, mein Freund. Die Frau hat erzählt, daß du einige Lieder von Schulgi kennst. Ein Sänger ist immer auf der Suche nach neuen Liedern, oder auch nach alten Liedern von Wert, die in Vergessenheit geraten sind.«

Hadad lächelte breit, und seine Augen strahlten vor Begeisterung. »Ich kenne nur die, die auch mein Großvater gesungen hat. Er hat sie nicht von seinem Vater gelernt, denn die beiden wurden durch ein unglückliches Schicksal getrennt. Aber er war stolz auf seine sumerische Abstammung und hat sich viel Mühe gegeben, die Lieder zu erlernen. Vielleicht stimmt der Text nicht ganz, wie ich ihn singe.«

»Das macht nichts«, beruhigte ihn Ninschubur. »Ein Sänger

paßt seine Lieder immer ein wenig an seine eigene Persönlichkeit an. Das ist unvermeidlich. Ist man musikalisch, dann fügt man eher etwas hinzu, als daß man etwas wegläßt. Spielst du die Lyra?«

»Ja, Herr, ein wenig. Aber ich würde mich nie erdreisten, das Instrument eines professionellen Sängers, wie du einer bist, zu spielen. Deine Lyra ist wunderschön!«

»Nimm sie und spiel! Geh aber bitte behutsam damit um. Wenn du Lieder von Schulgi kennst, dann kann ich sie bei Hof vorsingen, wenn ich das nächste Mal in Schinar bin.«

Hadad nahm die Lyra und drehte sie behutsam in alle Richtungen. Dann legte er sie in seinen Schoß, wobei er sein lahmes Bein unbeholfen nach vorn wegstreckte. Prüfend zupfte er die Saiten. »Mein Großvater hat mir die alte, in Ur gebräuchliche Tonlage beigebracht. Sie paßt besser zu den Liedern. Darf ich?«

Der Sänger zögerte, dann lehnte er sich seufzend zurück. »Du scheinst zu wissen, was du tust.«

»Bis jetzt auf alle Fälle«, antwortete Hadad humorig. »Also: Diese muß eine Stufe hinauf, und diese drei Stufen hinunter.«

Ninschubur sah mit wachsendem Interesse zu. »Das ist die alte Art zu spielen«, erklärte Hadad. »Heute kennt das so gut wie niemand mehr. Vielleicht bin ich in ganz Padan-Aram der einzige.« Er spielte zuerst prüfend auf jeder Saite eine Note, danach ein paar Akkorde.

»Das ist jetzt gut.« Hadad nickte zufrieden und stimmte den Anfangsakkord an. In dem kleinen Basar verstummten die Gespräche. »Das ist ein Lied, in dem der große König Schulgi seine Macht und seine Großtaten besingt. Es darf euch nicht stören, daß nur ich es bin, der singt, Hadad, der Krüppel. Macht die Augen zu und stellt euch den großen König vor, stark und schön. Er schreitet mächtig aus und zieht in die Schlacht und lehrt mit seinen starken Armen die Feinde das Fürchten.« Hadad schlug einen Akkord und sang:

Ich, der König, ein Held bin ich, seit ich dem Schoß meiner
  Mutter entsprungen,
Ich, Schulgi, ein mächtiger Mann bin ich, seit dem Tag
  meiner Geburt,

Ein Löwe mit wild funkelnden Augen, geboren bin ich von
Uschumgal,
König der vier Himmelsrichtungen bin ich.

Marsatum warf dem Sänger einen stolzen Blick zu. Der beobachtete Hadad mit weit aufgerissenen Augen und ließ sich keinen Ton entgehen. Hadad hatte eine wunderschöne Stimme, und er verstand sie einzusetzen. Nachdem er mit packend männlichem Bariton das Manifest des kriegerischen Königs zum besten gegeben hatte, ein Manifest für Freiheit und Gerechtigkeit, gestützt vom mächtigen Schwert des gütigen Tyrannen, nahm seine Stimme jetzt eine andere Klangfarbe an:

Ich habe Wege gebaut, im ganzen Land die Straßen
begradigt,
Ich habe die Wege gesichert, habe große Herbergen gebaut,
Habe Gärten angelegt und Rastplätze,
Und freundliche Menschen dort angesiedelt.
Damit jeder, der kommt, von flußauf und flußab,
Sich erfrischen möge im friedvollen Schatten der Bäume.
Der Reisende, der des Nachts über meine Straßen zieht,
Möge dort Zuflucht finden, wie in einer gut bewachten Stadt.

Auf dem Höhepunkt des Liedes pries der Sängerkönig die Sicherheit in seinem Land. Das Lied klang aus in einer lang ausgehaltenen Note der Lobpreisung. Hadad endete mit einem schnellen Tusch auf den schön gestimmten Saiten.

»Du bist mir als Musiker ebenbürtig!« rief Ninschubur begeistert. Die Menschen in dem kleinen Basar klatschten begeistert in die Hände, und Ninschubur umarmte Hadad. »Du bist mir nicht nur ebenbürtig, du bist ein Genie! Was hockst du hier in diesem schäbigen Basar?« Er sah sich um und gewahrte die feindseligen Blicke rundherum. Rasch versuchte er, seine Bemerkung wiedergutzumachen. »Ich meine es nicht böse, Freunde, aber dieser Mann sollte vor Königen und Königinnen singen, vor den Adeligen der Welt!«

Hadad legte dem Sänger die Hand auf den Arm. »Mein Freund Ninschubur, diese Menschen hier sind die Adeligen meiner Welt.

Ich könnte die ganze Welt bereisen und würde keine Menschen finden, die meine Liebe und meinen Respekt mehr verdienten. Ich singe nur, weil es mir Freude macht.«

Doch das begriff Ninschubur nicht. »Ich habe mein ganzes Leben dem Singen und der Musik gewidmet. Ich würde alles dafür geben, wenn ich das könnte, was du kannst!« Er seufzte aufgeregt. »Spiel, mein junger Freund, spiel! Ich hoffe nur, ich erinnere mich an deine Lieder, wenn ich wieder nach Schinar komme. Aber auch dann werde ich meinen Vortrag immer mit deinem vergleichen.« Er schüttelte unwillig den Kopf. »Spiele! Singe!«

»Nun gut«, stimmte Hadad zu. »Das nächste ist ein Wiegenlied, das Schulgi für seinen Erstgeborenen geschrieben hat, der das Licht seines Lebens und die Freude seines Alters war.« Er schlug einen neuen Akkord an und sang, diesmal mit leiser, sanfter Stimme, mit der Stimme eines Vaters, der auf sein schlafendes Kind blickt und dem das Herz vor Liebe zerspringen möchte:

Komm Schlaf, komm sanfter Schlaf,
Komm zu ihm, meinem Sohn,
Komm schnell, Schlaf, zu meinem über alles geliebten Kind
Und drücke ihm die ruhelosen Augen zu.

Das Gemurmel, das noch einen Augenblick zuvor den kleinen Basar erfüllt hatte, verstummte. Es herrschte vollkommene Stille. Nur das leise Klimpern der Lyra und Hadads beruhigende, beinahe hypnotisierende Stimme waren zu hören. Ninschubur hatte Tränen in den Augen. Hadad verstand es, ein tiefempfundenes Gefühl in seinem Gesang mitschwingen zu lassen. Marsatum war wie immer ganz bezaubert von Hadads Musik. Das ist der wirkliche Hadad, dachte sie bei sich. Nicht der mit dem schwachen, verkrüppelten Körper. Mach die Augen zu, und verschließe deine Sinne, lasse nur seine Stimme auf dich wirken, und ein anderes Bild wird vor deinen Augen aufsteigen: Du wirst einen Mann sehen mit einem starken Herzen und einem starken Körper, mit kräftigen Beinen und starken Armen ...

Danataja stand wie gebannt mit dem leeren Krug in der Hand am Brunnen. Hadads Gesang war das Schönste, was sie je gehört hatte. Die kräftige junge Stimme klang unbeschwert und gefühlvoll über den Platz. Die Akkorde wurden im richtigen Abstand zu den gesungenen Worten angeschlagen und ergänzten harmonisch den Vortrag. Danataja konnte sich nicht satt hören an dem herrlichen Gesang.

Jetzt konnte sie über die versammelte Menge hinweg das Gesicht des Sängers erkennen. Der Mann saß anscheinend auf dem Verkaufspult eines Händlers, damit man ihn besser sehen und hören konnte, aber Danataja sah nur sein Gesicht. Es war ein gutmütiges, liebenswertes Gesicht, mit einem großen Mund und warmen, braunen Augen. Der lockige Haarschopf war ein wenig unordentlich, wie bei einem Kind. Danataja fühlte sich seltsam hingezogen zu dem jungen Mann.

Doch sie mußte wieder an die Arbeit. Immer noch lauschend, füllte sie den Krug. Das Lied verklang, und Applaus brach aus. Als sich die Menge zerstreute, blickte Danataja auf. Der Sänger des Liedes legte die Lyra beiseite und bedankte sich gerade bei Ninschubur dafür, daß er darauf spielen durfte. Als sich die Menge lichtete, sah Danataja den jungen Mann in voller Größe und bemerkte, daß er hinkte; der Anblick seines verkrüppelten Beins schmerzte sie. Der arme Mann! dachte sie. Der arme, liebe Mann! Wie können die Götter so etwas zulassen?

Auch Reschef hatte den Sänger gehört auf seinem Weg durch den Basar. Er grinste. Der Krüppel, dachte er. Manchmal versuchen die Götter etwas wieder wettzumachen. Er zuckte die Achseln. Er hatte gehört, daß der junge Mann nicht verheiratet war. Nun ja, eine schöne Stimme war nur ein kleiner Trost für ein einsames Bett. Er schob den Gedanken an Hadad beiseite, und sein Blick schweifte über die wenigen Kunden auf dem Platz, ehe er in eine Seitengasse einbog. Flüchtlinge, dachte er. Verdammt viele von dem Pöbel. Bis zum Jahresende würden es noch viel mehr werden, die ängstlich und verschreckt durch die Straßen einer fremden Stadt hasteten und sich ständig fragen mußten, woher sie die nächste Mahlzeit nehmen sollten.

Geschieht ihnen recht, den verdammten Narren. Warum lassen sie sich auch aus ihren Städten vertreiben! Warum wollen sie unbedingt kämpfen, anstatt mit den Nomadenkönigen zu verhandeln, wie es jeder vernünftige Mensch tun würde! Wenn man es mit einem Feind zu tun hat, der einem an Stärke überlegen ist, muß man ihm etwas anbieten, damit er einen nicht bei lebendigem Leibe auffrißt. Eines war sicher, ihm würde so etwas nicht passieren. Sollte Haran angegriffen werden, er würde etwas oder jemanden finden, um es den Nomadenkönigen anzubieten. Er würde die Dinge in die Hand nehmen und Gewinn daraus ziehen. Wenn Haran dann fallen würde, würde er die Stadt längst mit einem beträchtlichen Vermögen und mit heiler Haut verlassen haben.

Reschef war an seinem Ziel angelangt: ein großes Haus mit einem prunkvollen Tor. Ein lüsternes Grinsen umspielte seine Lippen, als er die Stufen hochstieg und kräftig klopfte. Die kleine Sklavin öffnete die Tür und bat ihn einzutreten. Reschef ließ sich Zeit, sah sich um und streckte sich gähnend. Was kümmerte es ihn, ob er gesehen wurde? Es störte ihn nicht im geringsten.

»Reschef!« kam eine scharfe Stimme aus dem Inneren. »Komm herein! Die ganze Straße sieht dir zu!«

Kühl lächelnd betrat Reschef das Haus. Sie erwartete ihn, mit erlesenem Geschmack gekleidet und frisiert, wie die Frau eines Königs. Ihrem Gesicht war die Unruhe anzumerken, die jedoch schwand, sobald er sich ihr näherte.

»Guten Morgen, Anat«, begrüßte er sie kurz, nahm sie in die Arme und küßte sie. Sie zitterte vor Erregung.

IV

Der erste Tag war erst zu zwei Dritteln um, und die Sonne näherte sich langsam dem westlichen Horizont. Danataja bezweifelte, daß sie bis zum Ende des Tages durchhalten würde. Ihr tat alles weh, besonders ihr Rücken und die Füße. Außerdem waren ihre Schultern wund vom Wassertragen, denn sie war die einzige, die für diese Arbeit zur Verfügung stand, und in einem Gasthaus wurde viel Wasser verbraucht.

Doch sie hatte noch Schlimmeres zu erdulden als die Schmerzen, denn im Gasthaus saß allerhand ungehobeltes Pack herum. Wie ein Stück Vieh wurde sie immer wieder gestreichelt und gekniffen. Am Spätnachmittag hatte sie das Gefühl, als müßte sie von den vielen Fingern schon blau und schwarz sein. Ihr blieb nichts anderes übrig, als die anzüglichen Bemerkungen der Männer zu ignorieren, und sie war froh, als die besseren Kunden die Schenke allmählich verließen und die Flüchtlinge hereinkommen durften, um zu essen, was andere übriggelassen hatten. Die Männer waren von dem, was sie erlebt hatten, meist so verstört, daß ihnen nicht der Sinn danach stand, eine Frau zu belästigen. So anstrengend es auch war, auf Händen und Knien die Böden und die Vordertreppe zu schrubben, so war es für Danataja doch die angenehmste Arbeit, weil sie dabei Zeit zum Nachdenken hatte.

Als sie, nachdem die Gäste gegangen waren, am Nachmittag den Boden schrubbte, dachte sie an das jämmerliche Zimmer, das Admuniri für sie gefunden hatte, und an Horon, den groben Menschen, der es ihr vermietet hatte. Zuerst wollte er im voraus bezahlt werden. Dann machte er anzügliche Vorschläge, welche Gegenleistungen sie anstatt der Mietvorauszahlung erbringen könnte. Admuniri mußte sich erst einschalten, damit er sich einverstanden erklärte zu warten, bis sie ihr erstes Geld ausbezahlt bekam. Doch kaum hatte Admuniri sich umgedreht, da fing er schon wieder an sie zu beleidigen. Danataja hatte früher immer gedacht, ihr Leben mit Tante und Onkel sei schwer gewesen, doch jetzt begriff sie allmählich, wie behütet sie in jenen Jahren gewesen war.

Sie versuchte, nicht an Jassib und seinen Verrat zu denken, denn der Gedanke an ihn brachte sie so zur Verzweiflung, daß sie an Selbstmord dachte. Dabei konnte sie Jassib noch nicht einmal einen Vorwurf machen. Das Leben war nun einmal hart und grausam, und Jassib hatte die Chance wahrgenommen, die sich ihm geboten hatte: Er hatte die reiche Tochter seines Vorgesetzten einer mittellosen Waise vorgezogen. Außerdem hatte Danataja Oschijahus Töchter nackt beim Baden im Fluß gesehen. Sie waren schöne, üppige Frauen, während sie selbst ziemlich dünn war und wenig ausgeprägte weibliche Formen hatte. Noch dazu hatte sie ihre Jungfräulichkeit aufgegeben, kurz nachdem sie dem hübschen Jassib begegnet war, der sie mit seinen Überredungskünsten bald für sich gewonnen hatte. Sie konnte Jassib weder hassen noch verachten; sie allein war für ihr Schicksal verantwortlich, niemand sonst. Eine Närrin war sie gewesen, daß sie sich über ihre gesellschaftliche Stellung hinaus verstiegen hatte. Wie hatte sie so dumm sein können, Jassib zu vertrauen und zu erwarten, daß er ein Versprechen einhielt, das er einem Mädchen ohne Vermögen, ohne Familie und ohne Mitgift gegeben hatte? Er war ein junger Soldat mit Zukunft, und Danataja konnte ihm auf seinem Weg nach oben nur hinderlich sein.

Doch ihre Gedanken liefen in eine ganz falsche Richtung! Sie mußte an etwas anderes denken. An Jamam, die Tänzerin, zum Beispiel. Jamam hatte sie mittags gegrüßt. Jamam war Ende Zwanzig, hatte volle Brüste und war wunderschön. Sie hatte geschmeidige Hände und Füße und breit ausladende Hüften. Ein Muttermal auf der Wange saß genau an der richtigen Stelle und verschönte ihr strahlendes Lächeln. Als sie einander zum ersten Mal begegnet waren, war Jamam freundlich und verständnisvoll gewesen. Sie hatte Danataja wie ihresgleichen behandelt, nicht wie eine Sklavin, die die Böden schrubbt. »Ich hoffe, daß wir Freundinnen werden, wenn du einmal Zeit hast«, hatte Jamam gesagt. Dann hatte sie Admuniri halb im Spaß einen Vorschlag gemacht: »Laß Danataja zur Vorstellung kommen! Man kann nie wissen, vielleicht bringt es sie auf neue Ideen!«

Aber Admuniri hatte gebrummt und sie fortgejagt, und Danataja war zurückgekehrt an ihre Arbeit. Doch das angenehme Gefühl, eine Freundin zu haben, war geblieben. Der Gedanke, am Abend bei der Vorstellung zuzusehen, schockierte sie zwar noch ein wenig, aber trotzdem freute sie sich darauf, zu sehen, wie die Musiker in einer Ecke musizierten, während Jamam auftrat und – ja, was tat Jamam eigentlich? Sie tanzte für die Männer. Sie zog ihre Kleider aus. Und ...

Es war bestimmt sehr aufregend, und Danataja mußte immer wieder darüber nachdenken. Niemand außer Jassib hatte bisher ihren Körper gesehen, und auch er nur flüchtig, da sie einander meist bei Nacht oder bei schlechtem Licht getroffen hatten. Kein Mann hatte sie je nackt gesehen. An der Furt war sie immer viel schamhafter gewesen als die meisten anderen Frauen. Die zogen sich nackt aus, ohne sich Gedanken darüber zu machen, ob ein Mann sie sah, der am Ufer vorbeikam oder flußaufwärts auf einem Pferd den Fluß durchquerte. Danataja badete lieber an Stellen, wo ihr das Wasser bis zum Hals reichte. Sie schämte sich immer ein wenig, weil sie nicht so üppig und schön war wie die anderen Frauen. Das bewegende Erlebnis am Brunnen fiel ihr wieder ein, als sie dem Gesang des jungen Mannes gelauscht hatte. Er hatte eine so schöne Stimme und ein so liebenswertes Gesicht! Anfangs hatte sie geglaubt, der Sänger wäre ein großer, starker Mann. Erst später hatte sie sein Gesicht gesehen und gemerkt, daß die gefühlvolle Stimme viel besser zu dem empfindsamen Gesicht eines jungen Mannes paßte.

Sie mußte daran denken, wie er stand und ging, wie er sein verkrüppeltes Bein nachzog oder es seitwärts wegstreckte. Was für eine Ungerechtigkeit! Wozu war es gut, wenn ein gutaussehender junger Mann wie Jassib sich als niederträchtig erwies? War es gerecht, wenn ein junger Mann mit einer so schönen Stimme als Krüppel durchs Leben gehen mußte?

Danataja ließ den Lappen sinken und blickte nachdenklich auf. Eigentlich war er schön, der junge Mann mit dem schlechten Fuß! Er hatte ein gutes, vertrauensvolles Gesicht; alles Schlechte schien ihm fremd zu sein. Er hatte etwas so Liebes, Unverdorbenes an sich, wie Danataja es nie zuvor an einem Mann gesehen hatte. Als er sang, hatte sie sich plötzlich gewünscht, er möge aufschauen und sie bemerken. Nur für einen Augenblick sollte er ihr in die Augen schauen und zur Kenntnis nehmen, daß es sie gab.

Doch dann mußte sie wieder an seinen unschönen Gang und seinen schwachen, dünnen Körper denken und runzelte die Stirn.

Sie begann wieder kraftvoll den Boden zu schrubben. Jamam fiel ihr ein, wie sie nackt vor den Männern tanzte. Diese Gedanken vermengten sich mit den Erinnerungen an den verkrüppelten jungen Sänger. Eine Vorstellung tauchte vor ihr auf, die ihr angst machte. Es war nur ein einziges Bild, das sie aus Furcht und Verlegenheit sofort wieder verdrängte. In diesem Bild präsentierte sie ihren zierlichen nackten Körper mit den mädchenhaften Brüsten dem jungen Sänger. In seinen schönen braunen Augen flammte das Verlangen auf, und über sein gutmütiges Gesicht huschte ein Anflug von Leidenschaft. Sein breiter Mund stand in glücklichem Erstaunen offen, weil sie, Danataja, vor ihm tanzte. Auf bloßen Zehenspitzen bewegte sie ihren schlanken Körper mit den schmalen Hüften anmutig vor ihm und enthüllte ihren Bauch. Sie hielt die Hände hoch, um zu zeigen, daß sie sich ihm in ihrer Verletzlichkeit öffnete, daß sie ihn einlud, seine Anerkennung für ihre junge Weiblichkeit zu zeigen, die sie ihm darbot.

In dem Moment tauchte Abi-Samar hinter ihr auf und bemerkte, daß sie nichts tat. »Weitermachen, Mädchen!« fauchte er sie an. »Jeden Augenblick kann das Abendgeschäft beginnen, und dann muß es sauber sein!«

Hadad hämmerte noch einmal an die Tür. »Mutter!« rief er. »Mutter! Bist du da? Bitte mach die Tür auf!«

Er wollte gerade aufgeben und einen Nachbarn fragen, was mit Tallai los sei, als sich die Tür einen Spalt breit öffnete. Im dämmrigen Licht war nur ein Auge zu erkennen, mehr nicht. »Mutter!« rief er. »Ich bin es!«

»Schobai?« fragte die verwirrte Frau erwartungsvoll. »Schobai, mein Liebling! Bist du es? Ich wage es nicht, die Tür zu öffnen. Es sind so viele Fremde in der Gegend. Sie sprechen unverständliche Sprachen.«

»Mutter, ich bin es, Hadad, dein Sohn.«

Sie machte die Tür ein wenig weiter auf. »Wer? Ist es nicht Schobai? Nein, nein, du bist nicht Schobai. Schobai ist groß und stark, und du bist ...« Sie wurde traurig. Dann lächelte sie. »Ach, Hadad! Hadad, du besuchst mich.« Sie öffnete die Tür noch ein Stück. Jetzt sah Hadad ihr Gesicht und das strähnige, ungekämmte Haar.

»Mutter, bitte! Laß mich hinein. Ich bringe dir etwas zu essen. Siehst du?« Er schlug das Gewand auseinander und zeigte ihr das getrocknete Fleisch und die Früchte, die seine Freunde ihm geschenkt hatten, sowie das Brot und den Käse. »Bitte, Mutter, laß mich hinein. Es wird allmählich dunkel.«

Endlich öffnete die Alte die Tür. In den ausdruckslosen Augen zuckte ein Funke von Verständnis; doch das Licht erstarb sofort wieder. In welchem Jahr wird sie heute wohl leben? fragte sich Hadad verzweifelt. Bei seinem letzten Besuch hatte sie auf ihre beschränkte Art die letzte Woche durchlebt, bevor Kirta sie verlassen hatte und für immer verschwunden war. Sie behandelte ihn, als wäre er der kleine Junge von damals, nur daß sie ihn fortwährend Schobai nannte. »Hadad?« fragte sie. »Ich dachte, es sei Schobai.«

»Es tut mir leid Mutter, daß Schobai nicht hier ist«, erwiderte Hadad tröstend. »Er mußte ganz plötzlich nach Charchemisch.« Hadad ging ins Haus, fand eine Kerze, zündete sie an und stellte sie auf einen Teller außerhalb ihrer Reichweite. »Ich habe auch erst davon erfahren, als ich heute nachmittag bei Anat war. Sie hat nicht aufgemacht, und dann hat mir ein Nachbar erzählt, daß Schobai heute zeitig am Morgen fortmußte.«

»Der liebe Schobai«, murmelte Tallai, doch ihr Gesicht blieb ausdruckslos. Manchmal sah sie Hadad an, doch dann ging ihr Blick wieder ins Leere. Hadad konnte es kaum ertragen und wandte sich ab. »Der liebe Schobai«, wiederholte sie. »Erst unlängst hat er mich besucht, weißt du. Es war, nun ich weiß nicht genau, vor kurzem. Es war, nun, warte, es war am Tag des Sonnenwendfestes. Ich erinnere mich, weil...«

Hadad überlegte. Vermutlich hatte Schobai sie wirklich besucht. Aber wann war das gewesen? Vor vier Monden! Die Arme! Sie wartete so geduldig auf Schobais seltene Besuche. Wer konnte ihr einen Vorwurf daraus machen, daß ihr Verstand in der Zwischenzeit aussetzte? Außerdem war sie der Realität bereits zu fern und verstand Schobais Arbeit genauso wenig wie die Tatsache, daß ihm seine Arbeit oft wenig Zeit für einen Besuch bei ihr ließ. Er hatte Verabredungen mit den einflußreichen Leuten der Stadt; es war wichtig für sein Geschäft, daß sie ihm gewogen blieben. Er mußte Kontakte pflegen, und das hieß, daß er ein geselliges Leben führen mußte. Er war verpflichtet, Feste und Essen zu geben und die Feste der anderen zu besuchen. Und wenn er in der Stadt nicht viel zu tun hatte, war er im Land unterwegs. Wie sollte er das einer armen Frau erklären, die allmählich den Verstand verlor?

Nein, korrigierte sich Hadad im Geiste. Nein, sie hat den Verstand bereits verloren, jedesmal ein bißchen mehr. Das Herz wurde ihm schwer, als er ihr zusah, wie sie – ob zu seinen Ehren oder zu Ehren des abwesenden Schobai, er hatte keine Ahnung – die vertrockneten Kräuter in den Vasen immer wieder aufs neue ordnete, als wären es Blumen. »Mutter«, begann Hadad noch einmal. »Ich habe dir etwas zu essen gebracht: köstliches getrocknetes Fleisch! Feigen und Oliven, schau! Es ist alles für dich. Meine Freunde aus dem Basar haben es mir für dich gegeben. War das nicht nett von ihnen?«

»Sehr nett, Schobai, mein Liebling«, antwortete sie. »Es war sehr nett von ihnen. Bitte richte ihnen aus, wie froh ich darüber bin. Aber du mußt auch etwas davon nehmen, wenn du wieder in deine Lehre zurückgehst. Hier, mein Lieber, nimm! Keine Widerrede! Hadad und mir macht es nichts aus. Wir kommen schon durch. Jeder ist so nett zu uns. Außerdem ist Hadad klein. Er braucht nicht so viel zu essen. Aber du bist im Wachsen, mein Junge. Du wirst groß und stark wie dein Vater. Du mußt es nehmen! Mehr noch, bitte nimm mehr! Ich weiß, daß dein Meister dir nichts zu essen gibt. Mein armer Liebling, du arbeitest so schwer. Glaub mir, Schobai, wir können es entbehren. Hadad und mir geht es gut hier, wo wir wohnen. Erst unlängst gab jemand Hadad einen ganzen Sack voll Brot, das erst einen Tag alt war. Das hat uns für eine Weile gereicht, nicht wahr, Hadad? Hadad? Hadad! Wo ist der Junge nur wieder? Er ist nie zu finden, wenn man ihn sucht. Nein, warte, Schobai. Ich finde ihn! Es dauert nicht lang.«

Hadad sah ihr zu, wie sie sinnlos mit den vertrockneten Kräutern in der verstaubten Vase hantierte, und er wußte nicht, was er sagen oder tun sollte, um den närrischen, herzzerreißenden Monolog zu unterbrechen. Die Tränen standen ihm in den Augen, und er seufzte. Er wischte sich die Augen trocken und versuchte zu lächeln, als sie sich ihm zuwandte. Doch er wußte, daß es keinen Unterschied machte. Sie sah ihn nicht, sie sah Hadad nicht. Immer weiter glitt sie hinab in ihre Traumwelt, in der sie alle ihre Hoffnungen auf ihren älteren Sohn setzte. Nachdem man sie um das Vermögen betrogen hatte, das Kirta ihr hinterlassen hatte, war Schobai ihre ganze Hoffnung gewesen. Ihr älterer Sohn sollte sie vor Armut und Not bewahren. In ihrer Welt hatten sie und ihr jüngerer Sohn nur eine Aufgabe: Schobai nicht mit der Wirklichkeit zu konfrontieren. Sie und Hadad mußten durchhalten, koste es, was es wolle, bis der Abschluß von Schobais teurer Ausbildung sie von allen Ängsten und Sorgen befreien würde. Denn seit dem Tag, da Kirta sie verlassen hatte, hatte sie ständig in Angst und Sorge gelebt.

Hadad schüttelte den Kopf; er war auf sich selbst wütend. Was waren das nur für Gedanken! Seine Mutter spielte immer noch mit den trockenen Blättern. »Komm, Mutter«, sagte Hadad, wie er es oft als Kind gesagt hatte. »Komm! Die Sonne geht gleich unter. Wir haben jetzt immer so schöne Sonnenuntergänge! Komm mit und schau dir den Sonnenuntergang an!«

Als er sie zur Tür hinausführte, quälte er sich mit Selbstvorwürfen. Da siehst du es, Hadad! dachte er. Etwas anderes als einen schönen Sonnenuntergang kannst du ihr wahrhaftig nicht bieten!

V

Jassib ging durch die von Fackeln beleuchteten Straßen von Haran, stets darauf bedacht, nicht in Pfützen oder Unrat zu treten und den vorbeihuschenden Ratten auszuweichen. Zu dieser nächtlichen Stunde war es in diesem Viertel nicht ungefährlich, und Jassib war froh, daß er bewaffnet und in Uniform war. Trotzdem war er im Viertel der Diebe nur knapp dem Angriff einer Bande entgangen. Mit der Hand am Schwert hatte er einen Befehl gebrüllt; die Männer hatten gezögert und sich schließlich in eine dunkle Ecke zurückgezogen. Sie wußten, daß es bei der gespannten Stimmung in der Stadt nicht dafürstand, sich mit einem Angehörigen der Armee anzulegen. Wurde ein Soldat in einer Schlägerei verletzt, so konnte es leicht passieren, daß in der Folge eine ganze Schwadron über das Viertel und seine Bewohner herfiel, um Vergeltung zu üben.

Jassib trat in eine Pfütze und fluchte, als er spürte, wie Fuß und Sandale naß wurden. Diese Leute hier lebten wahrhaftig wie die Schweine! Aber er hatte keine Wahl, wollte er auf seinem Weg zu Schobai nicht an der Schenke *Zum Weißen Löwen* vorbeigehen, wo – wie ihm ein Freund berichtet hatte – seit heute Danataja arbeitete. Wenn er eine Begegnung mit ihr dadurch vermeiden konnte, trat er lieber in Kehricht oder Schlimmeres. Was sollte er ihr denn sagen? »Es tut mir leid, Danataja, aber jemand hat mir ein besseres Angebot gemacht?« Die Worte würden ihm im Hals steckenbleiben. Und was würde sie tun? Was würde sie sagen?

Welche Reaktion war von ihr zu erwarten? Wäre sie der Typ, der fluchte und ihn beschimpfte, dann könnte er sich wenigstens wehren. Aber Tränen? Er hatte keine Ahnung, wie er damit umgehen sollte. Außerdem würde sich Danataja selbst die Schuld geben, und das wäre noch schlimmer. Sie würde sagen: »Ich weiß, ich bin schuld. Ich bin nicht hübsch und habe kein Geld. Ich verstehe, daß du eine andere Frau bevorzugst.« Er wußte, daß er das nicht ertragen könnte, deshalb ging er ihr lieber aus dem Weg, bis Gras über die Sache gewachsen war.

Er bog in ein besseres Viertel ein und atmete erleichtert auf. Hier wohnten Leute mit Geld, und die Wachen patrouillierten ständig durch die Gassen. Jassib war zwar nicht feige, aber wozu ein unnötiges Risiko eingehen? Oschijahu hatte ihn eines gelehrt: Ein Soldat wird dafür bezahlt, daß er erst im entscheidenden Augenblick kämpft, um die Stadt und ihre Bewohner zu verteidigen. Jassib fand diese Einstellung richtig. Er tastete nach der Tafel, die Oschijahu ihm gegeben hatte. Darauf war in Keilschrift eine Nachricht geschrieben. Es waren beunruhigende Neuigkeiten, obzwar Oschijahu versucht hatte, sie im Zuge ihrer Unterhaltung abzuschwächen. Der Kommandant hatte seine Späher offensichtlich überall, sonst wäre er nicht an diese Neuigkeit gekommen. Oschijahu hatte sich sehr lobend über einen der Kundschafter geäußert. Wie hieß er doch gleich? Hoschaja, ja, das war sein Name. Hoschaja und ein paar andere hatten berichtet, daß der Feind seine Richtung geändert hatte. Die Nomaden zogen in Richtung Haran! Das bedeutete, daß die Armee sich ihnen im Kampf stellen mußte, es sei denn, es gelang, mit den Nomaden eine Art Abkommen zu schließen.

Es stand nicht dafür, mit Oschijahu über ein Abkommen zu reden. Oschijahu glaubte nicht an solche Lösungen. Kompromisse und Waffenstillstand, das war nicht der Stil des alten Fuchses. Seine Devise war es, den Feind auszutricksen oder ihn fertigzumachen. Ist keines von beidem möglich, ziehst du dich auf den strategisch günstigsten Punkt zurück und läßt sie für das Land, von dem du dich zurückgezogen hast, so teuer wie möglich bezahlen. Für jede Handbreit Land, die sie dir abringen, laß sie bluten. Laß die Bastarde zahlen, und verbrenne alles hinter dir, was du zurücklassen mußt. Nahrungsmittel, Bäume, Häuser, alles.

Verbrenne, was du nicht forttragen kannst. Laß nichts zurück, das ihnen nützt. Nach einer gewissen Zeit wirst du haben, was du brauchst, und sie haben ein totes, unfruchtbares Land.

Nimm zum Beispiel die Nomaden. Sie waren einfache Schafhirten, die ihre Anführer Hirtenkönige nannten. Sie ritten auf Pferden, und Pferde zogen die neumodischen Wagen, auf denen sie saßen und von denen unsere Späher so beeindruckt waren. Schafe und Pferde brauchen Weiden. Wenn du dich über Nacht eine Wegstrecke zurückziehst, stecke die Weideflächen in Brand, sobald der Wind in die richtige Richtung bläst. In einem Tal ändert der Wind normalerweise bei Sonnenuntergang die Richtung. Positioniere dich so, daß du ihnen gegenüber stehst und der Wind tagsüber in deine Richtung bläst. Bei Sonnenuntergang steckst du das Land auf der ganzen Front in Brand, und der Abendwind wird dem Feind das Feuer zutragen. Sie werden ihre liebe Not mit dem Feuer haben. Und was haben sie gewonnen? Wertloses, verbranntes Land, über das sie ihre Weidetiere treiben müssen.

Der alte Fuchs war wirklich brillant! Kein Wunder, daß er so viele Jahre in der Armee überlebt hatte. Jetzt bot er ihm, Jassib, an, ihm alles beizubringen, was er wußte. Es war eine wunderbare Chance für ihn. Dennoch gab es Gerüchte, daß Oschijahu mit seiner harten Strategie bei der Stadtverwaltung und am Hof auf Kritik stieß. Außerdem war es kein Geheimnis, daß Hirgab, Oschijahus Stellvertreter, dessen draufgängerische Art nicht schätzte.

Jassib hatte Oschijahu darüber befragt. Oschijahu wußte schließlich bereits seit geraumer Zeit, daß Hirgab sein Feind war, und er beförderte ihn trotzdem. Warum? Oschijahu hatte nur gelacht und geantwortet: »Es ist besser, ein Feind bekleidet offen eine verantwortliche Position. In Friedenszeiten kann er mir ohnehin nicht viel anhaben, und im Krieg bin ich sein Vorgesetzter. Wenn er wirklich unerträglich wird, kann ich ihn in der Schlacht immer noch in die vordersten Reihen abkommandieren, und zwar dann, wenn wir die betreffende Schlacht ohnehin verlieren. Schlägt er sich gut, um so besser. Dann hast du dazu noch einen unerwarteten Sieg zu verzeichnen. Passiert, was du erwartet hast, ist es auch gut, dann hast du einen Feind weniger.« Er lächelte wissend. »Eines darfst du mir glauben: Viele meiner größten

Siege wurden für mich von Leuten, ich meine damit von Untergebenen, gewonnen, die mich gehaßt haben und die mir die Kehle durchgeschnitten hätten, hätte ich ihnen die geringste Chance dazu geboten. Das Geheimnis liegt darin, mein Junge, ihnen keine Gelegenheit dazu zu geben.«

Er war wirklich ein schlauer alter Fuchs! Trotzdem erschien es Jassib nicht ratsam, sich voll und ganz hinter Oschijahu zu stellen. Man konnte nie wissen. Es war bestimmt nicht schlecht, sich auch mit einigen von Hirgabs Freunden gutzustellen.

Mit Reschef zum Beispiel. Er würde sich ohne jeden Zweifel auf Hirgabs Seite schlagen, sollte eine Entscheidung zwischen Oschijahu und Hirgab notwendig werden. Manche behaupteten sogar, Reschef sei die eigentliche Triebfeder für Hirgabs Machtspiele bei Hof. Nun, vielleicht zog er noch nicht die Drähte, aber er wußte auf alle Fälle, wie er seine Ideen durchsetzen konnte. Hirgab hatte zwar gute Verbindungen am Hof, aber er war weder besonders klug noch berechnend. Reschef hingegen war es. Es könnte dafürstehen, die Beziehung zu Reschef zu pflegen, auch wenn er ihm nicht traute und sogar manchmal Angst vor ihm hatte.

Welches war das Haus? Jassib blieb stehen und sah sich um. Dieses war es! Er schritt auf das prächtige Tor zu und klopfte. Von drinnen waren Schritte zu hören. Dann wurde die Tür einen Spalt geöffnet. »Ich bin Jassib und dem Befehlshaber Oschijahu zugeordnet, dem Kommandanten von Haran. Ich möchte den ehrenwerten Reschef sprechen.« Er sprach mit militärischem Nachdruck.

»Einen Moment bitte«, antwortete eine Frau, ohne die Tür weiter zu öffnen. Doch aus dem Inneren rief eine vertraute Stimme: »Laß ihn rein!« Die Dienerin öffnete das Tor, und Jassib trat ein.

Zu seiner großen Überraschung begrüßte ihn Reschef in vollkommen unsoldatischer Bekleidung: Er band sich gerade noch rechtzeitig ein schmutziges Lendentuch um die Hüften. Seine Haare waren zerzaust. Jassib warf einen Blick auf die Sklavin. Reschef mußte sich mit der Herrin des Hauses vergnügt haben, nicht mit der Sklavin. Aber hier? Das war das Haus von Schobai, dem Schmied, der Oschijahus Armee mit Waffen versorgt hatte.

Schobai war ein großer, starker Kerl und würde nicht zögern, einem Nebenbuhler den Arm zu brechen. Reschef traute sich etwas, dachte Jassib bei sich.

Reschef zog die Sandalen an. »Ich nehme an, du hast eine Nachricht für mich. Ich höre.« Er gähnte herzhaft, um gleich danach wieder zu grinsen. »Geh, Tanuha, ruf deine Herrin. Bist ein braves Mädchen!« Dabei gab er ihr einen hörbaren Klaps auf das Hinterteil.

»Aber Herr, sie ist ...«

»Tu, was ich dir sage, oder willst du eine Tracht Prügel?« Reschef sah sie warnend an. Danach wandte er sich liebenswürdig an Jassib. »Ich lasse gleich Wein bringen. Diese Militärgeschäfte sind immer so trocken.« Er schlüpfte in seine Tunika und gürtete sie mit dem Schwertgürtel zu. »Du hast dich ziemlich rasch hochgearbeitet«, stellte Reschef fest. »Ich habe gehört, daß du die Kleine des Kommandanten heiraten wirst.«

»Herr, ich ...« Jassib stand stramm; er war wütend.

»Komm, komm! Spiel nicht den Unschuldigen. Wenn man weiterkommen will, ist ein Weg genauso gut wie jeder andere. Warum regst du dich darüber auf? Wie gefällt dir dein zukünftiger Schwiegervater? Du weißt natürlich, daß du dir Probleme erheiratest. Du brauchst nicht glauben, daß du dich bei ihm wie eine Laus in den Pelz setzen und erwarten kannst, an seiner Seite zu Macht und Einfluß zu kommen.«

Jassib entspannte sich etwas. »Ich weiß, daß sich der Kommandant politische Feinde gemacht hat«, gab er mißmutig zu.

»Feinde? Das kannst du laut sagen! Die hat er! Sie werden ihn demnächst absägen.« Reschef drehte sich zornig um. »Anat!« brüllte er. »Tanuha, wo ist sie! Sag ihr, sie soll ihren Hintern herbewegen!«

In diesem Augenblick wurde eine Tür geöffnet, und eine Frau betrat den Raum. Sie sah sich um. Zwar wirkte sie verärgert, war aber gleichzeitig zu ängstlich, um es zu zeigen. Ihr Blick wanderte zwischen den beiden Männern hin und her. »Reschef, bitte! Nicht so laut! Die Nachbarn!« bat sie leise. Jassib starrte sie schamlos an. Sie war wunderschön, selbst in ihrem unordentlichen Aufzug – barfuß, mit herunterhängenden Haaren und nur mit einem kurzen Hemd bekleidet. Auf den Armen hatte sie blaue

Flecken von Reschefs groben Händen, und am Hals prangten kirschrote Bißspuren.

»Laut? Du willst, daß ich laut werde? Das kannst du haben, wenn du dich nicht sofort in Bewegung setzt und Wein für uns bringst!« fuhr er sie an. Anat zuckte zusammen, aber sie gehorchte und ging leise aus dem Raum. »Verdammte Weiber! Man muß ihnen immer zeigen, wer der Herr ist. Wenn man sie ein bißchen besser behandelt, tun sie gleich ganz vornehm. Schau dir die hier einmal an: Der Trottel von Ehemann verwöhnt sie, wie es ärger nicht geht, und sie haßt ihn. Kannst du dir das vorstellen? Und zu wem läuft sie, sobald ihr Alter die Stadt verlassen hat? Zu mir! Ich aber behandle sie wie eine Hure, die sie in Wahrheit auch ist.«

Jassib spielte verlegen mit der Tafel unter seinem Gewand. »Herr«, begann er. »Der ehrenwerte Anführer Oschijahu hat mich beauftragt, Euch so rasch wie möglich eine Nachricht zukommen zu lassen. Ich muß Bericht erstatten!«

Reschef verzog verärgert das Gesicht, kratzte sich und gähnte herzhaft. »Also gut, dann laß mal hören!«

Jassib zog die Tafel hervor und reichte sie Reschef. Der las die Botschaft gelangweilt, besah sie noch einmal und warf sie Jassib wieder zu. Der konnte sie gerade noch rechtzeitig auffangen.

»Aber Herr!«

»Was soll sein? Die Nomaden ziehen in unsere Richtung. Was weiter?« Reschef rieb sich verschlafen die Augen, kratzte sich auf dem Kopf und streckte sich. »Das haben wir doch alles erwartet, oder nicht? Haran ist klein und nicht besonders gut gerüstet. Das gleiche trifft auf Charchemisch zu. Mari hingegen ist reich und mächtig. Verärgert man den König von Mari, legt man sich gleichzeitig mit den Königen von Schinar und Elam an und macht womöglich auch noch die Assyrer auf sich aufmerksam. Ist ein richtiges Wespennest da oben. Wäre ich an der Stelle der Nomaden, ich würde Mari auch in Ruhe lassen.«

»Wenn Ihr gestattet, Herr, nehmt Ihr das nicht alles ein wenig zu sehr auf die leichte Schulter?«

»Tu ich das?« Reschef riß erstmals die Augen auf und blickte Jassib ins Gesicht. »Hast du etwa ein persönliches Interesse an der Sache? Was ist das für eine soldatische Einstellung, junger Freund? Als nächstes wirst du gleich die patriotischen Tugenden rühmen und das Banner von Haran schwingen. Sag mir nur ja nicht, daß du für dieses schmuddelige Provinznest irgendwelche Gefühle hegst!« Er blickte so kalt und berechnend drein, daß Jassib ganz verunsichert war.

»Aber Herr, ich meine ja nur... Ich meine nicht wirklich... Aber schließlich...« stotterte er.

»Schau, du bist doch ein kluger Bursche. Ich habe schon von dir gehört. Man sagt, daß du nicht auf den Kopf gefallen bist. Du bist in der Lage, deinen Vorteil wahrzunehmen, und du weißt auch, was es dir einbringt, wenn du Oschijahus Tochter heiratest. Und du wirst auch genau wissen, wann es an der Zeit ist, ihre Bindung an das Elternhaus zu lösen. Habe ich recht?«

Reschef hatte ein gräßliches kaltes Lächeln und einen so bohrenden Blick, daß Jassib wußte, daß er diesem Mann nichts vormachen konnte. Er hatte zwar bereits gelernt, Oschijahu die haarsträubendsten Lügen zu erzählen, und beherrschte diese schwierige, gefährliche Kunst bis zur Perfektion. Aber es war etwas ganz anderes, Reschef anzulügen. Reschef war selbst ein Lügner. Er konnte es förmlich riechen, wenn jemand die Unwahrheit sagte.

»Ich ergebe mich Eurem besseren und reiferen Urteilsvermögen, Herr«, flüsterte Jassib mit trockener Kehle.

Reschef lachte höhnisch. »Gut formuliert!« lobte er anerkennend. »Selbst mir wäre keine diplomatischere Antwort eingefallen. Du hast gute Anlagen, junger Mann, aus dir könnte etwas werden, aber du darfst nicht schwach werden. Kennst du den Grundsatz, den du soeben angewandt hast? Es ist einer der wichtigsten. Ich fasse ihn in einem einzigen Satz zusammen: Wenn man um eine Antwort verlegen ist, dann beantwortet man jede Frage mit einer Gegenfrage. Hervorragend! Wirklich hervorragend! Noch besser ist es, eine süße Schmeichelei hinzuzufügen. Ich gratuliere dir! Du wirst es weit bringen.«

Die Frau kam mit dem Wein herein: ein Krug und zwei Schalen. Sie sah die beiden Männer zornig an und zog sich wieder zurück. Reschef machte keine Anstalten, ihr zu danken. Er goß ein und hob die Schale. »Trink, junger Mann!« Sie leerten die

Schalen und setzten sie gleichzeitig wieder ab. »Du hast deinen Wein getrunken. Jetzt kannst du dich auf den Weg machen«, forderte Reschef den jungen Jassib auf. »Sag dem ehrenwerten Anführer, daß ich am Morgen zur Stelle sein werde, und so weiter, und so weiter. Du weißt, was man so sagt. Sag ihm, was er hören will. Sag ihm, daß ich tief besorgt bin. In diesem Sinn. Ich glaube, du verstehst dich recht gut auf die blumige Ausdrucksweise, mit der man diese Sachen formuliert. In der Zwischenzeit werde ich... nun ja, du weißt schon.« Er gähnte abermals und verabschiedete Jassib mit einem schäbigen Grinsen. »Mach dich auf den Weg. Wir bleiben in Verbindung. Ich bin sicher, wir werden im Lauf der Zeit noch mehr miteinander zu reden haben. Habe ich recht?«

»Vermutlich, Herr«, antwortete Jassib. Er wurde das Gefühl nicht los, eine Verpflichtung eingegangen zu sein, deren Umfang und Tragweite noch im dunkeln lag. Aber er hatte keine andere Wahl gehabt. Reschef war unterdessen mit seinen Gedanken schon ganz woanders. Jassib hatte noch nicht die Tür erreicht, als Reschef mit sarkastischer Stimme rief: »Anat, Liebste! Anat! Anat! Wo bist du? Komm in meine Arme, meine Taube! Beim Licht deiner Augen, jetzt komm endlich!« Weder Liebe noch Respekt, noch sonst ein positives Gefühl waren aus Reschefs Worten herauszuhören. Jassib lief es eiskalt über den Rücken. Seine Ohren brannten vor Scham, und er verließ hastig das Haus.

VI

Am Morgen kam ein Bote vom Tempel der Ischtar und brachte einen Auftrag für zwei Dutzend kleine Statuen der Göttin. Weder Einlegearbeiten noch andere Verzierungen waren gewünscht. Der Tempel hatte seine eigene Stilrichtung. Auch die Bezahlung war nicht außergewöhnlich. Aber immerhin zahlte man dafür, und Hadads magere Reserven waren längst erschöpft, denn den Klumpen Gold hatte er nicht angerührt. Er war froh über den Auftrag und machte sich sofort fröhlich summend daran, den Ton zu formen.

Statuetten dieser Art boten wenig Spielraum für eine individuelle Gestaltung und zählten schon deshalb nicht zu Hadads Lieblingsarbeiten, von der Bezahlung ganz abgesehen. Er hätte viel lieber weltliche Figuren angefertigt; die konnte er individuell gestalten, eine mit einem komischen Bauch, eine andere mit einem Buckel, Gesichter mit blinzelnden Augen und solche mit einem breiten Grinsen oder Gesichter von alten Menschen mit Falten und voller Charakter. Solche Aufträge freuten Hadad; er interessierte sich für Menschen, und es bereitete ihm Vergnügen, Gesichter zu formen. Wer seine Arbeiten kannte, bewunderte seine Fähigkeit, in seinen Büsten die Persönlichkeit des Porträtierten treffend zum Ausdruck zu bringen.

Aber diese Arbeit hier? Er mußte sich nach dem Stil des Tempels richten. Das Abbild der Göttin wurde erst zu etwas Besonderem, nachdem es geweiht worden war. Danach verkauften die Priester und Priesterinnen seine Arbeiten an die Reichen weiter und verlangten dafür viel mehr, als Hadad vom Tempel erhielt. Hadad akzeptierte diese Tatsache und dankte seinem glücklichen Stern, daß er überhaupt Arbeit hatte.

Doch er hatte den Kaufmann Ibalum nicht vergessen und frage sich des öfteren, ob ihr Treffen wohl noch zustande kommen würde. »Setzt Euch mit meinen Leuten in Verbindung«, hatte der Mann gesagt. »Erkundigt Euch bei ihnen, wann sie mich zurückerwarten. Ich hoffe, daß ich weitere Aufträge für Euch habe. Vielleicht schicke ich Euch auch den einen oder anderen Freund. Meine Freunde wissen schöne Dinge zu schätzen.«

Hadad knetete den Ton und dachte über das Gespräch mit Ibalum nach. Natürlich durfte er nicht darauf bauen. Man konnte nicht erwarten, daß sich ein wichtiger Mann wie Ibalum an jeden dahergelaufenen Kerl erinnerte, ob er nun ein Künstler war oder nicht. Aber es wäre schön, ihn oder andere Menschen, die »schöne Dinge zu schätzen wissen«, wiederzusehen.

Es ging Hadad dabei nicht nur um Geld. Er fühlte sich bereits belohnt, wenn Menschen beim Anblick seiner Arbeit leuchtende Augen bekamen. Ihm war es schon genug, wenn andere die hübschen Einzelheiten wahrnahmen, die Hadad beim Formen seiner Figuren einfielen. Manche konnten sich richtig für Hadads Kunst begeistern, und diese Freude mit ihnen zu teilen, war ausreichender Lohn für Hadad. Gaben sie ihm danach noch Geld, so war das für ihn wie ein warmer Regen.

Es gab natürlich auch Ausnahmen. Ein- oder zweimal hatte man ihn sogar offen beschwindelt, aber im allgemeinen waren die Menschen ehrlich, oft sogar großzügig. Einige Kunden schätzten seine Arbeit höher ein, als er selbst es tat; Ibalum war einer von ihnen.

Wenn er einen Mann wie Ibalum als ständigen Kunden hätte, hätten alle Sorgen ein Ende. Er schätzte Hadads Arbeit und konnte ihn auch weiterempfehlen, so daß er endlich genug Geld zum Leben hätte. Es war nur ein schöner Traum, aber trotzdem...

Das war das Problem bei der Arbeit an den eintönigen Figuren. Der Geist war nicht ausreichend beschäftigt, und das Ergebnis davon war, daß man sich in Träumereien verlor. Hadad träumte, wie es wäre, genug Geld zu haben und ein bequemes Leben zu führen. Es müßte nichts Besonderes sein, ein hübsches Haus in einem sauberen, sicheren Stadtteil, vielleicht mit einem kleinen Garten. Ein Zimmer für Tallai und jemand, der sich um sie kümmerte. War er mit seinen Tagträumen einmal so weit gekommen, fügte er gleich noch ein paar Dinge hinzu: einen kleinen Fischteich im Garten, mit bunten Fischen und Teichrosen; auch einen Koch könnte man einstellen, der die Mahlzeiten zubereitet. Warum nicht? »Hadad! Gib acht! Jetzt schau einmal, was du gemacht hast!« Marsatums Stimme holte ihn in die Wirklichkeit zurück. Hadad blickte sie erschrocken an. »Schau, was du in der Hand hast!« Sie deutete lachend auf den Ton in seinen Händen.

Hadad betrachtete das Ergebnis seiner Arbeit, und vor Überraschung wäre ihm der geformte Ton beinahe aus der Hand gefallen. Er hatte nicht darauf geachtet, was er tat, und aus der kleinen Statue in seinen Händen war nicht die gewünschte schematisch genormte Figur geworden, sondern das realistische Abbild eines Frauenkörpers, mit wollüstig geformtem Bauch, runden Gesäßbacken und vollen weiblichen Brüsten mit Brustwarzen, die wie kleine Daumen vorstachen. Hadad sah Marsatum an und wandte sich sofort verlegen wieder ab. »Bitte! Ich war mit meinen Gedanken woanders...«, stammelte er.

»Das stimmt«, pflichtete Marsatum ihm wohlmeinend bei. »Ich finde auch nichts dabei. Du bist schließlich auch nur ein Mensch, Hadad!«

Am frühen Nachmittag war Hadad mit mehr als der Hälfte der Statuen bereits fertig. Er hatte auf das Mittagessen verzichtet, weil er ohnehin kein Geld für Essen hatte, bis der Tempel ihn für die Statuen entlohnte. Er hatte sich sogar noch das Geld für den Ton leihen müssen. Als er jetzt von seiner Arbeit aufsah, bemerkte er einen gut gekleideten Mann, der offensichtlich zu ihm wollte. »Seid Ihr Hadad, der Bildhauer?« fragte der Mann.

»Ja, der bin ich.« Hadad lächelte und arbeitete weiter; er brauchte nicht hinzusehen, um zu wissen, was seine Hände taten. »Was kann ich für Euch tun?«

»Ich heiße Arusian und arbeite für den Kaufmann Ibalum«, stellte der Mann sich vor.

»Ach, wirklich? Ich habe erst vorhin an ihn gedacht.«

Das interessierte den Mann wenig. »Ibalum bat mich, mich mit Euch in Verbindung zu setzen und Euch daran zu erinnern, daß er sich für Eure ... nun, für Eure Arbeit interessiert.« Dabei blickte er skeptisch auf die Figuren, mit denen Hadad sich gerade beschäftigte. Hadad bemerkte den Blick seines Besuchers. »Ach diese Tempelstatuen! Die sind nur eine Auftragsarbeit für den Tempel. Damit verdiene ich mir mein Brot. Aber wenn ich Zeit habe ...«

»Ich verstehe. Ich bin sicher, daß Ibalum weiß, was er tut. Ich soll Euch in seinem Auftrag daran erinnern, Euch sofort mit ihm in Verbindung zu setzen, sobald er von seiner Geschäftsreise zurück ist. Er ist mit der Karawane nach Charchemisch gereist.«

»Ach ja. Mein Bruder ist mit derselben Karawane gezogen.«

»Verstehe. Er hat in Charchemisch und Ugarit Geschäfte zu erledigen und auch in den Städten im Süden, an der Küste des Großen Meeres, in Tyros und Aschkalon. Er wird nicht sehr lange fortbleiben und möchte Euch danach einen Vorschlag unterbreiten. Das heißt, wenn es Euch interessiert.«

»Mich interessiert?« rief Hadad begeistert. »Natürlich interessiert es mich! Wen würde es nicht interessieren!« Dann hielt er kurz inne und fragte: »Was für ein Vorschlag soll das sein?«

»Ich glaube, er möchte als Euer Agent agieren und Eure Arbeiten sowohl hier als auch in anderen Städten verkaufen. Dazu möchte ich Euch eines sagen, junger Mann: Es ist nicht alltäglich, daß er so etwas tut. Für gewöhnlich werden Geschäfte mit... nun mit Leuten, die solche Sachen herstellen, so abgewickelt, daß die Arbeiten billig gekauft und anderswo weiterverkauft werden. In Eurem Fall schlägt Ibalum aber etwas ganz anderes vor.«

»Etwas anderes?« Hadad legte die kleine Figur beiseite und sah seinen Besucher an. »Inwiefern anders?«

»Nun, er plant, Euch einerseits bei der Finanzierung des Materials behilflich zu sein und andererseits Eure Arbeiten für Euch zu verkaufen.«

»Das verstehe ich nicht. Ich habe bisher immer nur direkt verkauft. Das ist alles neu für mich.«

»Er wird Eure Sachen zum bestmöglichen Preis verkaufen. Davon zieht er die Kosten für das Material ab, das er für Euch gekauft hat, behält einen bestimmten Anteil für sich, und den Rest bekommt Ihr.« Arusian schüttelte den Kopf. »Äußerst ungewöhnlich. So etwas hat er noch nie gemacht, nicht mit einem gewöhnlichen Handwerker.« Arusian korrigierte sich sogleich. »Ich wollte Euch nicht beleidigen. Ich meinte nur...«

»Es ist schon gut«, fiel Hadad ihm ins Wort. »Jetzt verstehe ich. Ich bin höchst erstaunt! Es ist sehr freundlich von Ibalum.«

»Stimmt. Ist Euch auch klar, mein junger Freund, daß Ihr ziemlich wohlhabend werden könnt, wenn sein Interesse für Euch anhält? Ibalums Anteilnahme und seine tatkräftige Unterstützung haben schon für so manchen Künstler eine glückliche Wende herbeigeführt. Er hat Maler, Musiker und Komödianten gefördert. Aber besonders im Leben von Menschen, die Dinge herstellen, so wie Ihr, hat er schon oft eine große Rolle gespielt. An dem Abend vor seiner Abreise war ich in seinem Haus. Er gab ein Fest für ausgesuchte Gäste. Jedem hat er die Werke gezeigt, die Ihr für ihn gemacht habt, hat sie gepriesen und hat auch Euren Namen genannt. Aber, und das ist das Besondere daran, er sagte niemandem, wo Ihr zu finden seid. Ihr könntet ebensogut in Charchemisch oder Mari leben und arbeiten.«

»Warum? Das verstehe ich schon wieder nicht.«

»Weil er Euch allein vertreten will. Wenn sich jemand für Eure Werke interessiert, soll deren Verkauf nur über ihn getätigt werden. Und das ist gut so, mein Freund. Denn wenn die Käufer direkt zu Euch kommen, bekommt Ihr nur einen Bruchteil von dem, was er bei seinen Verhandlungen mit den Leuten für Euch erzielen kann. Selbst nach Abzug seiner Kommission bekommt Ihr... Nun, ich weiß nicht, wieviel Ihr jetzt verdient.« Hadad nannte ihm eine Zahl. »Das ist alles? Ich würde sagen, daß Ihr mindestens zehnmal soviel bekommen werdet. Mehr noch!«

Hadad war fassungslos. »Mir dreht sich der Kopf. Ich denke besser nicht daran. Bestellt bitte Ibalum meinen Dank, wenn Ihr ihm das nächste Mal eine Nachricht überbringen laßt. Und Euch vielen Dank, daß Ihr gekommen seid!«

Für den Rest des Tages fühlte Hadad sich ganz benommen. Als der Abend dämmerte, stieg er die Treppe zum Tempel hinauf, um die kleinen Statuen abzuliefern. Er wurde bezahlt und machte sich auf den Heimweg. Die Stadt breitete sich unter ihm aus, und sein Blick wanderte über Häuser und Straßen, über die Gärten und die Stadtmauern.

In der Hand hielt er eine schmale Geldkatze, gefüllt mit Münzen, die er für die Statuen bekommen hatte. Es war nicht viel, aber im Augenblick war er über jeden Verdienst froh. Am Vorabend hatte er nicht einmal gegessen, da er das Obst, den Käse und das Fleisch bei seiner Mutter gelassen hatte. Er hatte eine Nachbarin überredet, das Essen für sie aufzubewahren und es ihr in kleinen Portionen zu bringen. Jetzt konnte er zumindest die Miete bezahlen und hatte für etwa eine Woche zu essen, vielleicht auch für länger, wenn er sparsam war.

Was bedeutete es, wenn Arusian die Wahrheit gesagt hatte? Wenn Ibalum sich wirklich für ihn interessierte, sich für ihn einsetzen und dafür nur Provision nehmen wollte? Das wäre eine außerordentliche Chance! Er könnte reich werden! Er könnte sich das Haus mit Garten kaufen, von dem er heute geträumt hatte. Er könnte sich tatsächlich einen Koch leisten und eine Dienerin, die sich um seine Mutter kümmerte. Hadad seufzte. Es klang alles durchaus glaubhaft, zumal wenn er bedachte, wie freundlich Ibalum ihn behandelt hatte. Es war keine dieser unrealistischen Hoffnungen, die auftauchten, wenn man zu viel Wein getrunken hatte. Er hatte mit Ibalum gesprochen und hatte immer noch seine Stimme im Ohr und sein Bild vor Augen. Es könnte wahr werden!

Hadad blickte hinunter auf die Stadt, über die Dächer und Gärten. Die Anordnung der Bäume und Blumen in einem der Gärten kam ihm bekannt vor.

Natürlich, es war Schobais Haus! Schobais Garten! Wer hätte das gedacht, daß man von hier oben in den hinteren Teil des Gartens einsehen konnte! Seltsam.

Plötzlich erschrak er.

Eine Frau betrat den Garten. Sie trug nur ein einfaches Hemd. Sie löste den Gürtel um ihre Mitte und ließ das Hemd zu Boden gleiten! Ihr Gesicht halb abgewandt, stand sie vollkommen nackt im Garten. Hadad versuchte, den Blick abzuwenden, aber es gelang ihm nicht. Nicht einmal die Augen konnte er schließen! Es ist die Frau deines Bruders, sagte er sich. Du darfst sie nicht ansehen!

Anat. Anat!

Hadad wischte sich den Schweiß von der Stirn. Die Frau winkte jemanden näher, der nicht zu sehen war. Ein Mann tauchte auf, ein Soldat in Uniform. Sie umarmte ihn und drückte ihren nackten Körper leidenschaftlich an seinen. Der Mann schob sein Knie zwischen ihre nackten Schenkel.

Anat! Bitte! Bitte tu es nicht!

Jetzt öffnete sie den Gürtel des Mannes, legte sein Schwert beiseite und nahm ihm die Tunika ab. Nur mit einem knappen Lendenschurz bekleidet stand er vor ihr. Sie entfernte auch diesen. Mit den Händen streichelte sie seinen nackten Körper. Sie sank vor ihm in die Knie und packte ihn an den behaarten Beinen. Er stand vor ihr und vergrub seine Hände in ihren dunklen Haaren. Hadad war den Tränen nahe, aber er konnte sich von der Szene unter ihm nicht losreißen. Er preßte die Hand auf den Mund und biß hinein, um nicht laut aufzuschreien. Er zitterte am ganzen Körper. Das Schlimmste daran war, daß er nicht nur erschüttert war über das, was sich abspielte, sondern daß es ihn auch erregte. Er ballte die Hände zu Fäusten, um sein Zittern zu kontrollieren, und wollte sich zwingen wegzusehen. Die Frau seines Bruders mit einem Fremden, einem Soldaten! Nein, es war kein Fremder! Es war Reschef. Reschef, der so einen schlechten Ruf hatte. Wie konnte sie nur! Noch dazu so schamlos, so vulgär! Wie konnte eine Frau, eine anständige Frau, so etwas tun?

VII

Am nächsten Morgen stand Danataja bereits vor Beginn der Morgendämmerung auf. Als es hell war, hatte sie die Schenke bereits blitzsauber geschrubbt. Abi-Samar, der in einem anderen Viertel der Stadt wohnte, nickte zufrieden und rief freundlicher als sonst: »Gute Arbeit! Wenn du so weitermachst, wirst du keine Klagen von mir hören. Hast du schon gegessen?«

»Nein, Herr! Dazu war noch keine Zeit. Ich wollte hier saubermachen, bevor die Leute aufwachen und zur Arbeit kommen.«

»Nimm dir zu essen! Du bist zu mager. Ich mache mir Sorgen um dich. Erkundige dich beim Koch und sag ihm, daß ich dich schicke. Verstanden? Ich möchte, daß du ein bißchen runder wirst. Nicht viel, aber ein bißchen. Du könntest ganz hübsch sein, wenn du ein bißchen mehr Fleisch auf den Rippen hättest!«

»Danke, Herr!« Sie wollte gerade gehen, als eine Frau auf sie zukam. Danataja und Abi-Samar bemerkten sie gleichzeitig. Die Frau war mager, noch magerer als Danataja. Sie trug ein graubraunes Kopftuch, und ihr hübsches Gesicht war voller Sorge.

»Rahel! Was kann ich für Euch tun?« begrüßte Abi-Samar die Frau. Danataja hätte gehen können, aber der sorgenvolle Ausdruck der Frau erweckte ihr Mitleid, und sie blieb. Vielleicht konnte sie der Frau helfen. »Es ist wegen Jakob«, sagte die Frau. »Er ist gestern nicht nach Hause gekommen. Ich habe alle gefragt. Niemand weiß, wo er sein könnte. Ich getraue mich nicht, Laban nach ihm zu fragen. Wenn mein Vater erfährt, daß Jakob nicht hier ist, wird er zornig.«

»Ich weiß«, antwortete Abi-Samar. »Laban muß nicht unbedingt erfahren, was ich von ihm halte, aber ich finde, er ist ein harter Mann. Und er behandelt Jakob hart, zu hart. Hier im Viertel wollten schon ein paar Leute deswegen etwas zu ihm sagen. Jakob verwaltet die Herden Eures Vaters wirklich gut. Ich wünschte, der Mann, der sich um meine Tiere kümmert, wäre nur halb so gut! Ich würde Jakob sofort einstellen, wenn Euer Vater einverstanden wäre, aber nein! Wenn Jakob irgendwann seine Schulden abgetragen hat, steht er auf eigenen Füßen, das ist gewiß. Er wird dann für niemanden mehr arbeiten wollen.«

Rahel hörte sich Abi-Samars Rede geduldig an. »Aber er ist fort«, sagte sie. »Das sieht ihm nicht ähnlich. Außerdem hat jemand gesagt, er habe Jakob gestern abend hier gesehen. In Eurer Schenke, Abi-Samar.«

»Jakob? Hier? Nun, ich war den Großteil des Abends hier, aber ich habe ihn nicht gesehen.«

Jetzt mischte sich Danataja ein. »Entschuldigt, aber ist Jakob ein mittelgroßer Mann mit großen, braunen Augen? Hat er ein trauriges Gesicht mit tiefen Falten um den Mund?«

»Ja!« rief die Frau und sah Danataja gespannt an. »Das ist Jakob. Wo ist er hingegangen?«

»Das weiß ich nicht, Herrin. Aber sein Gesicht fiel mir auf. Er sah aus wie ein Weiser oder wie ein Priester. Als hätte er in den Sternen oder ich weiß nicht wo die Zukunft gelesen und dabei erfahren, wie schlecht es um uns bestellt ist und daß die Dinge noch schlechter werden.«

»Ja, das ist Jakob«, nickte Abi-Samar besorgt. »Und? Was war dann?«

»Nun, mir ist etwas hinuntergefallen, und er half mir beim Aufheben. Daher erinnere ich mich.«

»Wo war das? Draußen? Im Basar?«

»Nein, Herr. In der Schenke. Dann fiel mir noch etwas auf. Er wirkte irgendwie verzweifelt, schrecklich unglücklich.«

»Das ist er auch. Erzählt weiter.«

»Er bestellte Wein.«

»Wein? Jakob? Jakob trinkt in der Schenke?« Rahel war entsetzt. »Ich will Euch nicht kränken, aber das ist unmöglich. Jakobs Religion, ich meine unsere Religion, verbietet uns zu trinken.«

»Das war auch das seltsame daran, Herrin. Er bestellte Wein, und dann saß er davor und starrte ihn an. Als wüßte er nicht, was er jetzt tun sollte. Als hätte er ein unlösbares Problem zu lösen. Eine unerträgliche Last zu tragen. Er wirkte unentschlossen, weil ihm keine der vorhandenen Möglichkeiten gefiel.«

»Du bist sehr einfühlsam«, antwortete Rahel. »Du bist klug und beobachtest genau. Und du hast Herz. Ich danke dir dafür, was du erzählt hast. Aber was geschah dann? Nein, warte!« Sie legte Danataja die Hand auf den Arm. »Ich glaube, ich weiß, was danach kam. Sein Pferd war heute früh nicht hier. Mit diesem Pferd reitet Jakob auf die Wiesen weit draußen, wo Labans Herden weiden. Das Pferd war nicht da, aber keiner seiner Söhne hat Jakob gesehen, und sie ließen mich wissen, daß Jakob nirgends aufgetaucht ist.« Rahel streichelte dankbar Danatajas Arm. Sie sah Abi-Samar an. »Ich fürchte, er ist verschwunden. Laban, mein Vater, hat ihn gestern schändlich bloßgestellt, und zwei von Jakobs älteren Söhnen waren dabei, die Söhne meiner Schwester Lea. Sie behandeln ihren Vater ziemlich schlecht, haben ihn vermutlich verhöhnt, weil er sich nicht wehrt, wenn Laban ihn beschimpft. Aber nur weil Jakob Vaters Wutanfälle so nachsichtig ertragen hat, wurde des Leben für sie und ihre Brüder in all den schweren Jahren erträglich.«

»Ach ja, die undankbaren Bengel!« Abi-Samar spuckte verächtlich auf die Straße. »Jakob hat es wirklich schwer gehabt. Ich hätte Laban schon längst ein Messer in den Leib gerammt. Laban hat eine scharfe Zunge. Glaubt Ihr wirklich, daß Jakob gestern abend auf und davon ist?«

»Der Mond schien, und es war hell genug zum Reiten. Jakob ist bekannt an den Toren. Er hat kein Problem, die Stadt zu verlassen. Vielleicht mußte er einfach allein sein und die Lage überdenken. Aber wir haben unruhige Zeiten. Es sind viele verzweifelte Fremde aus dem Norden in der Gegend, im Osten ist Mari vom Krieg bedroht, und durch die Berge, wo nur wenige Wachposten patrouillieren, streifen Banditen.«

»Darüber würde ich mir keine Sorgen machen. Jakob weiß sich zu helfen und gibt auf sich acht. Er wird bald wieder zurückkommen. Macht Euch keine Sorgen, Rahel. Es passiert ihm bestimmt nichts. Ich mache mir um Euch mehr Sorgen als um Jakob. Ihr seht nicht gut aus. Ihr seid zu dünn, wie die kleine Danataja hier. Ich habe euch noch nicht miteinander bekannt gemacht. Das ist Rahel, die Tochter des Woll- und Rinderlieferanten Laban; sie ist Jakobs Frau. Das ist Danataja, die jetzt bei uns arbeitet.«

»Es ist schön, dich kennenzulernen.« Rahel nickte Danataja freundschaftlich zu, und Danataja erkannte, wie schön sie eigentlich war. Rahel legte ihr noch einmal die Hand auf den Arm, dann lächelte sie Abi-Samar zu und bat ihn: »Wenn Ihr etwas hört, laßt es mich wissen!« Damit ging sie davon.

Als Danataja ebenfalls gehen wollte, tauchte am Ende der Straße eine andere Gestalt auf. Danataja hätte ihren halben Lohn darauf verwettet, daß ihr an einem Morgen nicht zwei so unglückliche Menschen wie Rahel begegnen können. Sie hätte die Wette verloren. Hadad, der junge Sänger, humpelte schwerfällig näher. Sein Gesicht war gezeichnet von tiefem Schmerz. Er starrte vor sich hin, ohne Danataja wahrzunehmen. Seine Augen waren rot – ob vom Weinen oder aus Schlafmangel konnte Danataja nicht sagen; vielleicht von beidem. Sein Mund bewegte sich, aber es waren keine Worte zu vernehmen. Abi-Samar schüttelte mitleidig den Kopf und nickte Danataja zu. »Hol dir etwas zu essen, Danataja, und vergiß die Sorgen der anderen Leute. Du hast heute noch viel Arbeit vor dir. Iß etwas, damit du sie schaffst!«

Oben auf dem Bergrücken zügelte Jakob sein Pferd und blickte hinüber zu dem Buschwerk im Osten. Auf einem der nahe gelegenen Hügel stand ein Pferd. Als es ihn bemerkte, wieherte es auf und lief davon. Jakob hätte das Tier gern aus der Nähe gesehen, um Sattel und Zaumzeug des Tieres näher in Augenschein zu nehmen. Beides war ihm vollkommen unbekannt, aber eines war sicher: Das Pferd hatte einen Reiter gehabt. Doch wo war er? Wie lang war es her, daß das Pferd seinen Reiter abgeworfen und zurückgelassen hatte? Wer, außer ihm selbst, ritt allein durch diese verlassene Gegend? Jakob hatte die äußersten Vorposten weit hinter sich gelassen, und in den Bergen trieben sich Banditen herum. Sogar Karawanen waren vor ihnen nicht sicher, wenn sie keinen Geleitschutz hatten.

Je länger Jakob über seine Situation nachdachte, desto mehr wurde ihm bewußt, daß er sich in eine schwierige Lage gebracht hatte. Er hatte das dringende Bedürfnis gehabt, allein zu sein. Er hatte zwar daran gedacht, einen Lederschlauch mit Wasser zu füllen und Brot und Käse in die Satteltasche zu stecken. Er war eben ein besonnener Mann, im Gegensatz zu seinem Bruder

Esau. Doch dieser Ritt in die einsamen Berge war eher etwas, was sein Bruder tun würde, nicht er, Jakob.

Jakob runzelte die Stirn. Selbstbeschuldigungen waren unangemessen für einen erwachsenen Mann. Es war vielleicht unklug gewesen, hierher zu kommen, aber es tat ihm gut, allein unterwegs zu sein. Als Junge in Kanaan war er oft auf einem von Isaaks Moabiter Pferden über das weite Land geritten, das Gott den Nachkommen Abrahams für alle Zeiten geschenkt hatte. Wie hatte er sich damals an dem Land seiner Väter gefreut! Wie sehnte er sich jetzt danach!

Die Sonne stieg höher. Es wurde Zeit für ihn umzukehren. Er hatte noch viel Arbeit zu erledigen. Wenn Laban bemerkte, daß er verschwunden war, ohne daß es eine vernünftige Erklärung dafür gab, dann gab es wieder Streit, und Jakob wußte nicht, wie viele Auseinandersetzungen mit Laban er noch ertragen konnte.

Doch da drang plötzlich ein Laut an seine Ohren und unterbrach seine Gedanken. Jakob richtete sich auf, legte eine Hand beruhigend auf den Hals des Pferdes und lauschte.

»Aihee!«

Der Schrei kam von weit weg, aber es war ganz deutlich die Stimme eines Menschen. Jakob klopfte dem Pferd abermals beruhigend den Hals und lauschte noch einmal. Wieder war ein Schrei zu vernehmen. Jakob ritt weiter bis zum Gipfel des Berges und sah sich um. Beim nächsten Mal klang der Schrei näher.

Jakob lenkte sein Pferd den Abhang hinunter, und plötzlich sah er im Licht der Morgensonne Metall aufblitzen.

Er ritt an den Rand des Abhangs. »Wo seid Ihr?« rief er und spähte den Abhang hinunter. Dann sah er, daß etwas weiter unten ein Mann auf dem Rücken lag. Der Mann rief etwas, aber Jakob verstand nicht, was der andere ihm sagen wollte. Ohne abzusteigen, ritt er näher an den Rand des Abbruchs. »He! Ihr da unten! Ich werfe Euch einen Strick hinunter und ziehe Euch hinauf! Versteht Ihr mich?«

Der Fremde sprach die in Haran und Mari gesprochene Sprache nur stockend. Sowohl seine Ausdrucksweise als auch seine Kleidung waren Jakob vollkommen unbekannt. Es war nicht einfach, aber schließlich war es Jakob gelungen, den Fremden aus der Schlucht zu befreien, in die er gestürzt war. Der Mann hatte sich am Knöchel verletzt. Jakob wollte ihm aufhelfen und ihn auf sein eigenes Pferd setzen, aber der Fremde lehnte die Hilfe ab und stieß einen lauten, ohrenbetäubenden Pfiff aus.

Zu Jakobs Erstaunen tauchte das Pferd mit dem fremdartigen Sattel, das er zuvor auf dem Hügel gesehen hatte, wieder auf und kam schnell angetrabt. Sofort hatte der humpelnde Fremde die Hand am Zaumzeug des Tiers und klopfte ihm mit derber Zärtlichkeit den Hals. Dann wandte er sich an Jakob und sagte: »Ich danke Euch.«

»Jetzt steht Ihr in meiner Schuld.« Jakob lächelte den Fremden an. »Ihr könnt Eure Schuld abtragen, wenn Ihr mit mir eine Mahlzeit teilt.«

Aber so einfach verstand der Fremde nicht, was Jakob meinte. Erst nach einigen Umwegen gelang es Jakob, sich verständlich zu machen. Er band seinem Pferd die Beine zusammen, zog die Satteltasche herunter und deutete auf das Brot, den Käse und den Wasserschlauch. Jetzt band auch der Fremde seinem Tier die Beine zusammen, und die beiden Männer setzten sich auf den Boden, teilten Brot und Käse und ließen den Wassersack hin- und hergehen.

»Ihr seit von ... wo?« fragte der Fremde.

»Ich bin aus Haran«, antwortete Jakob. »Zumindest lebe ich jetzt dort. Ursprünglich komme ich aus dem Süden. Und Ihr?«

Der Fremde ignorierte die Frage. »Süden? Wie ist es dort? Grün? Viel Gras? Viel ... äh, viele Feigen, Oliven?«

»So ist es«, antwortete Jakob. »Aber es ist nicht so fruchtbar wie Goschen, so nennen wir das Delta des Nils. Dort fließen wirklich Milch und Honig. Man legt einen Samen in den Boden, und im nächsten Moment ist schon alles grün, so schnell wächst dort alles.« Jakob lächelte. »Aber meine Heimat Kanaan ist auch schön. Ich würde gerne wieder dort leben.« Er reichte dem Fremden den Wassersack. »Und Ihr? Woher kommt Ihr?«

»Von weit oben im Norden. Hinter hohen Bergen. Überall trocken, kein Wasser. Kein ... wie heißt das? Gras ist krank. Krank.«

»Ihr meint, das Gras ist verdorrt?« Der Fremde nickte. »Das ist schlimm. Wenn Eure Herden nicht zu groß sind, könntet Ihr hier Weiden finden. Wie viele Tiere habt Ihr?«

Der Fremde blickte Jakob unverwandt an. »Wie viele?« wiederholte er. »Wie viele Sandkörner?« Er hob eine Handvoll Sand auf und ließ den Sand durch die Finger rieseln. »Wie viele Sterne am Himmel?« Sanft fuhr er fort. »Ihr heißt? Wie?«

»Jakob. Wenn Ihr nach Haran kommt, fragt nach mir. Wir haben zusammen Brot gebrochen.«

Der Fremde nickte. »Brot, zusammen. Ist gut. Ihr ... Freund.«

»Selbstverständlich«, stimmte Jakob zu. Der andere schien noch etwas sagen zu wollen; Jakob wartete, während der andere seine Gedanken sammelte.

»Ihr ... Freund. Habt geholfen. Ich Euch auch helfen.« Dabei machte er mit Gesten deutlich, was er meinte, indem er zuerst auf Jakob deutete, dann auf sich. »Wenn ich nach Haran komme, wird Haran nicht mehr sein. Verschwunden. Alles verschwunden. Ich schicke nach Euch. Ihr, Jakob, verschwunden. Geht fort! Ich verschone Euch. Hirtenkönige, Soldaten, verschonen Euch. Eure Familie. Eure Herden. Hört Ihr? Sonst niemanden! Nur Jakob. Seine Frauen, seine Söhne, seine Töchter. Seine Herden. Versteht Ihr? Ich schulde Euch, Jakob. Jakob, mein Brot-brech-Bruder. Ich komme, ich suche Euch, Ihr verschwindet. Geht bald, Jakob. Alle sterben.«

Der Fremde bestieg sein Pferd und ritt davon. Auch Jakob saß bald wieder im Sattel und sah dem Fremden nach, der nach Nordosten davonritt. Jakob überdachte das Gespräch und fragte sich, wie ernst die Worte des Mannes zu nehmen waren. Herden so zahlreich wie die Sterne am Himmel. Hirtenkönige? Das alles klang so sonderbar, aber Jakob wußte, daß die Flüchtlinge in der Stadt unzählige Geschichten von riesigen Nomadenarmeen erzählten, die, angeführt von großen Häuptlingen, über das Land fegten und alles Leben vernichteten.

Der Fremde hatte ihn gewarnt. Die mit ihm geschlossene Freundschaft sollte Jakob und die Seinen vor Schaden bewahren, den das Volk des Fremden über Haran bringen könnte.

Der Fremde hatte ihm seinen Namen genannt und ihm beteuert, daß dieser Name für Jakob und die Seinen eines Tages lebensrettend sein werde. Jakob wollte den fremd klingenden Namen nicht vergessen und sagte ihn sich immer wieder laut vor: Manuk.

VIII

Hadads Freunden entging die Veränderung nicht, die mit ihm vorgegangen war. Er war verdrossen, wortkarg und saß oft da und starrte abwesend vor sich hin. Seine Hände zitterten bei der Arbeit, und er mißhandelte seinen Ton, statt ihn zu kneten. Seine Freunde unternahmen alles mögliche, um ihn aufzuheitern, aber ihm schien nichts mehr Freude zu machen.

Auch an diesem Tag standen sie wieder in einer Ecke des Basars zusammen und sprachen über Hadad. Nach der Mittagsmahlzeit trat Marsatum, deren Stand dem von Hadad am nächsten war, zu ihm und versuchte es von neuem: »Mit dir stimmt etwas nicht, Hadad. Lüg mich nicht an! Wir machen uns Sorgen. Du erweist uns einen schlechten Dienst, wenn du dich quälst und es für dich behältst.«

Hadad standen die Tränen in den Augen. »Ich ...« Er schluckte und begann noch einmal: »Ich kann es dir nicht erzählen, Marsatum.«

»Ist es wegen deiner Mutter?« bohrte sie weiter. »Schau, wir können dir dabei helfen, sie zu versorgen. Jeder von uns kümmert sich einen Tag in der Woche um sie. Verstehst du? So wird die Last für keinen zu groß.«

»Nein, nein. Meiner Mutter geht es gut. Ich meine, man kann nicht sagen, daß es ihr gutgeht, aber das ist es nicht, was mich beschäftigt.«

»Hat dich jemand gekränkt wegen ...« Sie warf einen Blick auf sein verrenktes Bein.

»Nein, nein, Marsatum. Aber was würdest du tun, ich meine, du, wenn jemand, den du liebst und den du bewunderst, dem du vertraust ...«

»Um wen geht es? Um einen Freund? Um deinen Bruder?«

»Nein. Ich meine, wenn du siehst, wie jemand etwas tut, das ihn in den Ruin treibt, das sein Leben kaputtmacht und das anderer Leute noch dazu.«

»Ist es jemand, der dir nahesteht, Hadad? Sag schon!«

»Ich will es nicht sagen.«

»Wie soll ich deine Frage beantworten, wenn du mir nichts erzählst? Wie soll ich dir dann helfen?«

»Ich kann nicht mehr sagen!« rief Hadad gequält. »Ich bitte dich, laß mich zufrieden!«

Der vorderste Posten des Armeelagers hielt Jakob an. »Es tut mir leid, Herr, aber ich kann Euch nur durchlassen, wenn Ihr eine Erlaubnis habt.«

»Höre, mein Freund«, entgegnete Jakob einsichtig. »Vielleicht kannst du einen deiner Vorgesetzten rufen. Ich kenne den ehrenwerten Oschijahu. Ich habe ihm Schaffleisch für das Heer verkauft. Vielleicht bist du so gut und holst ihn!«

»Er ist auf Inspektion«, antwortete der Posten. »Sein Bursche und sein Adjutant begleiten ihn. Ich kann nichts tun.« Dann entdeckte der Posten jemanden hinter Jakob. Jakob drehte sich um. Ein Soldat stieg vom Pferd, dessen Gesicht Jakob auf unangenehme Weise bekannt vorkam, aber er konnte sich nicht an den Namen des Mannes erinnern. Der Mann überreichte die Zügel seines Pferdes dem Wachposten. »Was wollt Ihr?« fragte er Jakob. »Wie heißt Ihr?« Jakob antwortete nicht sofort. Besonnen, immer besonnen! »Ich heiße Jakob. Ich liefere Schaffleisch an Eure Marketender.«

»Ihr habt den Marketendern Schaffleisch verkauft? Ihr wißt vermutlich auch, daß einer von ihnen vielleicht sogar gehenkt wird? Er hat mit betrügerischen Händlern gemeinsame Sache gemacht.«

»Das mag schon sein, aber ich habe korrekt abgerechnet. Außerdem bin ich wegen einer anderen Sache hier.«

Jakob dachte nach. Wie war der Name? Wie hieß er doch gleich? Reschef! Was für ein Name! Wer nennt ein unschuldiges Kind nach dem Gott der Pest? »Gestern abend bin ich über Land geritten«, begann er, »bis jenseits der letzten Außenposten. Ich war bis heute früh unterwegs. Ich begegnete jemandem, der vermutlich nicht dort sein sollte. Das wollte ich melden.«

Der Soldat runzelte die Stirn. »Kommt mit mir!« Er winkte dem Wachposten beruhigend zu. »Das ist in Ordnung. Er kommt mit mir.« Damit führte er Jakob an einen ruhigen Platz. »Ich nehme an, was Ihr mir zu sagen habt, ist nicht für jedermanns Ohren bestimmt. Erzählt!«

»Für wessen Ohren das bestimmt ist, geht mich nichts an«, begann Jakob gleichmütig. »Ich hielt es für richtig, an eine befugte Stelle weiterzuleiten, was ich gesehen und gehört habe.« Dann erzählte er rasch seine Geschichte: den Unfall des Fremden, wie er ihn aus der Schlucht befreit und sie danach das Brot geteilt hatten, von der Drohung und dem Versprechen des Mannes. »Das ist alles«, endete Jakob. »Ich habe keine Ahnung, ob dieser Manuk die Wahrheit sagte oder nicht.«

Der Soldat trat einen Schritt zurück, stemmte die Hände in die Hüften und lachte laut. »Ihr habt keine Ahnung! Wißt Ihr denn wenigstens, ob er Hörner am Kopf hatte oder nicht? Oder ob er lederne Flügel und eine Schweineschnauze hatte? Geht nach Hause, Freund, und schlaft Euren Rausch aus! Macht in Zukunft einen großen Bogen um jede Schenke. Ich habe gesehen, wie Ihr gestern im Gasthof *Zum Weißen Löwen* ordentlich gebechert habt.«

»Das stimmt nicht«, widersprach Jakob. »Ich habe Wein bestellt, ihn aber nicht getrunken. Ich habe ihn nur angestarrt. Ich war beunruhigt.«

»Schon gut, mein Freund. Geht nach Hause zu Eurer Frau und schlaft Euch aus. Eure Phantasie hat Euch einen Streich gespielt.«

»Ich weiß, was ich gesehen habe!« Jakobs Gleichmut war verflogen, aber noch war er nicht zornig. »Ich wollte meine Pflicht tun und das Militär davon unterrichten. Das ist alles.« Er blickte Reschef scharf an, lächelte kühl und drehte sich um.

Reschef sah Jakob nach. Der Name des Fremden war Manuk? Dieser Manuk war allein unterwegs gewesen, um sich die Umgebung von Haran anzusehen. Ein waghalsiges Unterfangen. Manuk war ein Name, den er sich merken mußte. Vielleicht sollte er Kontakt mit ihm aufnehmen? Möglicherweise konnten sie sich einigen. Dieser Manuk schien ein kluger Mann zu sein. Vielleicht hatte er, Reschef, durch ihn die Chance, den Nomadenkönigen klarzumachen, daß es von Vorteil wäre, eine Stadt wie Haran ungeschoren zu lassen. Haran war eine reiche Stadt in einer fruchtbaren Gegend und Mittelpunkt eines Netzwerks von Handelswegen. Die Stadt könnte als eine Art Zwischenstation und Lagerhaus fungieren und den Nomaden auf ihrem Weg zu den fruchtbaren Gebieten im Süden den Nachschub sichern. Sie sollten die Stadt unterwerfen, aber sonst ungeschoren lassen. Dann bräuchten sie jemanden, der Haran in ihrem Sinne verwaltete. Konnte man sich in diesen Zeiten einen besseren Freund als ihn, Reschef, vorstellen?

Es dämmerte bereits, als Jakob die Furt vor den Toren Harans erreichte. Rechts von ihm badeten die Frauen. Kichernd spritzten sie sich gegenseitig naß und tollten im Wasser herum. Er sah sich nicht nach ihnen um. Die Frauen anderer Männer interessierten ihn nicht besonders. Er hatte zwei Frauen und zwei Konkubinen – Frauen waren für ihn kein großes Geheimnis mehr, vor allem nicht in ihrem Verhalten Männern gegenüber. Die eine Frau verachtete sich selbst und wollte bestraft werden. Eine andere spielte die liebreizende Verführerin, auch wenn sie längst eine fette alte Wachtel war. Die nächste lehnte alle Männer ab, einfach weil sie Männer waren, und weil sie Männer schlecht behandelte, bekam sie ihrerseits nicht die Aufmerksamkeit, die sie eigentlich haben wollte. Höchstens einmal im Leben, wenn überhaupt, begegnete ein Mann einer Frau, die ihm eine gleichwertige Partnerin war. Mit Rahel konnte er immer über alles sprechen, weil sie nicht ständig ihre Spielchen mit den Männern trieb. Es brach ihm das Herz, wenn er daran dachte, wie unglücklich sie war.

Während er über die Frauen nachdachte, hatte Jakob das Unbehagen über das Zusammentreffen mit Reschef verdrängt, doch jetzt war das unbefriedigende Gefühl wieder da. Etwas an dem Gespräch war sehr eigenartig gewesen. Reschef hatte Jakobs Geschichte zwar geglaubt, hatte es aber nicht zugegeben; warum das so war, wußte nur Reschef. Seine Beleidigungen hatten jeder Grundlage entbehrt und waren nicht persönlich gemeint gewesen, davon war Jakob überzeugt. Reschef schien erreichen zu wollen, daß Jakob die Sache nicht weiterverfolgte.

Aber warum?

Es war höchst eigenartig, und Jakob konnte es sich nicht erklären. Soldaten standen in vorderster Front und setzten ihr Leben aufs Spiel, lange ehe der Krieg die Stadt selbst bedrohte. Warum schlug also ein Soldat eine solche Warnung in den Wind? Jakob beschloß, über diesen Reschef Erkundigungen einzuziehen. Gott der Pest, der Name schien zu passen.

Danataja wischte sich den Schweiß von der Stirn und schob eine Haarsträhne unter das Kopftuch. Mit der vorderen Gaststube war sie fertig, und die ersten Abendgäste konnten kommen. Was hatte sie noch zu tun?

»Danataja?« rief jemand hinter ihr. Sie drehte sich um. Vor ihr stand Jamam, in einem wunderschönen Kleid aus teurer purpurroter Seide. »Du arbeitest dich zu Tode. Komm mit. Ich habe etwas Käse und ein paar Feigen. Wenn ich nicht irre, hast du seit dem Morgen nichts gegessen. Komm mit, das Essen reicht für uns beide. Wir setzen uns am Brunnen hin.«

»Danke«, antwortete Danataja. »Aber Admuniri hat gesagt...«

»Ach, vergiß Admuniri. Ich habe das bereits mit ihr geklärt. Ich habe es sogar Abi-Samar gesagt. Sie werden dich nicht suchen und auch nicht böse werden, wenn du nicht im Haus bist. Komm!« Jamam streckte Danataja freundlich lächelnd die Hand hin.

»Aber ich bin schmutzig.«

»Das macht nichts. Du kannst dich beim Brunnen waschen. Ich habe dir sogar ein Kleid mitgebracht, falls du dich umziehen willst. Wir sind ungefähr gleich groß.«

»Das ist sehr nett von dir.«

»Das ist doch selbstverständlich. Komm jetzt!« Danataja ließ sich an der Hand durch die Straßen zum Basar führen. Jamam half ihr, die zerzausten Haare auszukämmen und Gesicht und Arme zu waschen. Während Danataja das neue Kleid anzog, schützte Jamam sie vor fremden Blicken.

Danataja zog ihre Sandalen aus und wusch ihre Füße. »Du hast keine Ahnung, wie erfrischend das ist! Es ist schrecklich, wenn man so verschwitzt und schmutzig ist.«

»Ich weiß«, tröstete Jamam sie. »Was glaubst du, wie ich in der Schenke begonnen habe? So fangen wir alle mal an. Ich kenne eine Frau, die hat auch mal Böden geschrubbt und ist jetzt Kurtisane des Königs. Ihre Wohnung ist doppelt so groß wie die Schenke, und für jeden Handgriff hat sie einen Diener. Aber wenn sie nicht auf ihr Gewicht achtet, wird das nicht mehr lange so bleiben.«

»Du hast auch so begonnen?« staunte Danataja.

»Ja. Ich habe aber mein endgültiges Ziel noch nicht erreicht. Ich möchte auch noch angesehen sein, wenn ich einmal eine alte Schachtel bin. Daher will ich einen Ehemann oder einen Liebhaber, der mir Geld vermacht, das mir seine Erben nicht wegnehmen können.«

»Einen Ehemann? Findet man bei deiner Arbeit einen Ehemann?«

»Meine Arbeit? Tu nicht so, als wäre meine Arbeit etwas Unanständiges, meine Liebe. Du mußt es nur einmal versuchen; leicht möglich, daß es dir gefällt. Mir gefällt es. Du würdest staunen, was für Angebote du bekommst. Und erst die Geschenke! Ich muß dir ein Paar Ohrringe zeigen, die ich vergangene Woche geschenkt bekam. Noch ein paar von der Art, und ich kann mich zur Ruhe setzen. Falls ich das will. Aber warum sollte ich mich zur Ruhe setzen, ehe mein Körper seine Reize verloren hat?«

»Willst du damit sagen, daß du nicht arbeiten mußt?«

»Bei den Göttern! Nein! Nach ungefähr einem Jahr müßtest du das auch nicht. Ich erzähle dir ein kleines Geheimnis. Ein reicher Kaufmann hat mir einen Heiratsantrag gemacht. Ich überlege es mir. Er sagt, er möchte eine achtbare Frau aus mir machen. Gut möglich, daß ich einwillige. Natürlich will er mich nicht wirklich als ehrbare Frau sehen, das weiß ich. Er will, daß ich genauso bleibe, wie ich bin, aber ich soll nur für ihn allein nackt herumspazieren und nur mit ihm ins Bett gehen. Das wollen sie alle. Es ist daher nur recht und billig, wenn eine Frau sich die beste Partie aussucht und genau das tut.«

Danataja war sprachlos.

»Ich schlage dir vor, ich lerne dich an, damit du in meine Fußstapfen treten kannst. Abi-Samar und Admuniri sind meine Freunde. Ich will sie nicht im Stich lassen, wenn ich mich einmal zurückziehe.«

»Aber Jamam! Ich könnte das doch nicht! Wirklich nicht!«

»Sei dir dessen nicht so sicher. In uns allen steckt eine gewisse Schamlosigkeit. Auch in dir. Du müßtest es nur zulassen. Wenn du einerseits schamlos sein kannst und andererseits ehrbar bleibst, bist du genau die Frau, die ein reicher Mann heiraten und von der er Kinder haben will.«

»Aber wie bringe ich das fertig?«

»Du darfst nicht vorschnell urteilen. Für heute hast du genug Sklavenarbeit geleistet. Gönne dir heute abend ein wenig Ruhe und schau von der Tür aus meinem Tanz zu. Wenn du willst, zeige ich dir danach in meinem Zimmer ein paar Tanzschritte für den Anfang. Morgen ist ein Festtag, da brauchst du nicht so früh aufstehen.«

»Das ist sehr lieb von dir, Jamam, aber ...«

»Kein Aber. Ich bestehe darauf.«

IX

Die Frau des Wirtes trat selbst an Hadads Tisch. »Entschuldigt, Herr, kann ich Euch vielleicht etwas zu essen bringen?« fragte sie und blickte vielsagend auf die leeren Weinschalen, die vor ihm auf dem Tisch standen. »Ich würde Euch abraten, auf leeren Magen so viel Wein zu trinken.«

Hadad rülpste leise, blickte auf und gab sich Mühe, ihr Gesicht scharf zu sehen. »Ich kenne Euch«, begann er stockend. »Ihr seid Admu – Admuni ...«

»Admuniri, ja, das stimmt. Ihr seid der Bildhauer, der im Basar *Am Brunnen* arbeitet. Wollt Ihr wirklich noch Wein?«

»Schaut her!« Hadad leerte den Inhalt des kleinen Geldbeutels auf den Tisch; es war das Geld, das er für die Figurinen für den Tempel verdient hatte. »Falls Ihr Euch Sorgen macht, ob ich zahlen kann! Hier seht, ich kann zahlen!« Er lächelte, und sein Lächeln war noch trauriger als das traurige Gesicht, das er den ganzen Abend über gemacht hatte. »Bringt mir bitte noch Wein!«

Admuniri sah ihn skeptisch an und überlegte, was Abi-Samar tun würde, wäre er hier. »Ich mache Euch einen Vorschlag: Ich bringe Euch noch Wein, wenn Ihr auch Brot und Käse eßt.«

In diesem Augenblick setzte die Musik ein, laut und eindringlich. Admuniri richtete sich auf, und ihr Blick wanderte zwischen den Musikanten und Hadads vom Wein gezeichneten Gesicht hin und her. Vielleicht lenkt ihn die Tanzdarbietung ab, dachte sie. Wenn er die Vorgänge auf dem Tanzboden verfolgt und sich von den fröhlichen Klängen der drei Musikanten mitreißen läßt, vergißt er vielleicht, daß er unbedingt noch mehr Wein trinken wollte. Hadad klopfte mit einer Hand den Takt und summte mit heiserer, aber wohltönender Stimme die Melodie. Admuniri beschloß, ihn ein wenig zu vernachlässigen. Sie drehte sich um und verließ Hadads Tisch.

Hadad hatte die Melodie erkannt und lachte. Es war ein fürchterliches Lachen. »Gut gespielt!« brüllte er. Er hob seine Weinschale hoch und verschüttete dabei etwas Wein über Kopf und Schultern. Seine Stimme war heiser vom sauren Wein, vom stundenlangen Weinen und von den quälenden Gedanken, die ihm seit zwei Tagen zu schaffen machten. Trotzdem sang er:

Preiset die Göttin, die ehrfurchtgebietende Göttin,
Laßt uns die Herrin der Menschen verehren, die größte aller *Igigi*;
Preiset Ischtar, die ehrfurchtgebietende Göttin,
Laßt uns die Königin der Frauen verehren...

»Ihr da hinten, haltet den Mund!« rief jemand. Aber Hadad sang weiter, bis er zu lallen anfing und kein Wort mehr herausbrachte. Dann klopfte er nur auf den Tisch, zuerst noch im Takt, aber dann erzeugte er nur noch Lärm; die vergangenen Stunden waren einfach zu viel für ihn gewesen. Als jemand ihn am Arm packte und ihm Einhalt gebot, ließ Hadad den Kopf auf den Tisch fallen und blieb einen Augenblick mit dem Gesicht in dem verschütteten Wein liegen. Da wurde es unruhig in der Gaststube, und Hadad richtete sich wieder auf.

Zuerst nahm er nur wirbelnde Bewegungen wahr. Flatternde Schleier, ein nackter Arm, dann ein Bein mit bronzenen Ringen an den Knöcheln, die im Takt der Musik klirrten. Hadad bemühte sich, scharf zu sehen, aber es gelang ihm nicht auf Anhieb. Noch nie zuvor hatte er mehr als eine Schale Wein am Tag getrunken, und die hatte er mit dem Wasser aus dem Brunnen verdünnt. Das verstand man also unter Trunkenheit? dachte er. Er hatte sich von der lindernden Wirkung des Weines wesentlich mehr erhofft. So viel hatte er schon getrunken, und der Schmerz war noch genauso groß! Vielleicht hatte er noch nicht genug getrunken? Er wollte nach mehr Wein schreien, aber Hand und Stimme versagten ihm plötzlich den Dienst.

Jetzt sah er scharf. Klar und deutlich erkannte er Jamams kreisende, wirbelnde Gestalt, ihre üppigen Brüste und vollen Schenkel, als sie den dritten Schleier abwarf. Ihre Bewegungen hatten etwas Animalisches, zeugten aber auch von gekonnter Anmut, und es bereitete ihm Freude, ihr zuzusehen.

Es war ein wunderbarer Tanz. Schließlich war sie von der Taille aufwärts nackt. Sie hatte herrliche Brüste. Ihr runder Bauch mit dem tiefliegenden Nabel erregte seine Aufmerksamkeit, und Jamam ließ ihn unentwegt kreisen! Ihre schönen Hände winkten und lockten – jetzt warf sie noch einen Schleier ab. Sie war beinahe nackt; tanzte nackt vor ihm und den anderen Männern! Ihr Blick streifte ihn und wanderte weiter. Sie hatte ein kluges und gleichzeitig quälendes Lächeln...

Danataja sah von der Tür her zu. Ihre Brüste hoben und senkten sich vor Erregung, und äußerst unterschiedliche Gefühle bewegten sie. Rund um den Tanzboden hatte man Lampen aufgestellt, die den Raum in ein flackerndes Licht tauchten. Danatajas Blick wanderte zwischen Jamams schönem, nacktem Frauenkörper, der schweißbedeckt im Licht schimmerte, und den Gesichtern der Männer hin und her, die die tanzende Jamam nicht aus den Augen ließen.

Nicht einmal damals, als Jassib sie geliebt hatte, war Danataja so erregt gewesen wie jetzt. Jassibs Liebesspiele waren unerfahren und hastig gewesen. Danataja hatte sich oft gefragt, was die Frauen meinten, wenn sie beim Baden an der Furt von Leidenschaft sprachen, von Erregung, die es ihnen unmöglich machte, den sie umwerbenden Männern zu widerstehen. Jetzt begann sie zu begreifen. Sie war vollkommen gebannt, genau wie die Männer auch, die zusahen, wie Jamam wollüstig ihren Körper bewegte und ihre Hinterbacken kreisen ließ.

Danataja preßte ihre dünnen Beine zusammen und legte eine Hand auf ihren Bauch, als präsentierte sie sich selbst nackt vor den Männern. Sie konnte den Blick nicht abwenden von Jamams goldbraun schimmerndem Leib, von ihren Haaren, die ihr weich über die Schultern fielen, und den schlanken Knöcheln mit den blitzenden Metallspangen, die jetzt alles waren, was Jamam noch trug. Dann beobachtete Danataja wieder die Gesichter der Männer. An einem blieb ihr Blick hängen. War das nicht der junge Sänger mit dem verkrüppelten Bein? Wie hieß er nur gleich? Er beobachtete Jamam mit dem gleichen Interesse wie die anderen Männer auch. Seine Augen waren trüb, und auf seinem vom Wein gezeichneten Gesicht lag der gleiche Ausdruck hilfloser Lust wie auf den Gesichtern der anderen. Aber noch etwas anderes schien ihn zu bewegen. Ein Kummer, für den es keinen Trost, und ein Schmerz, für den es keine Linderung gab. Ein Ekel vor sich selbst, der nichts gelten ließ, was gut in ihm war oder je gut in ihm sein könnte. Da war der Tanz zu Ende, und Jamam verschwand durch die Tür. Lächelnd huschte sie an Danataja vorbei, griff nach einem Tuch und wischte sich den Schweiß von Gesicht und Körper. Im Vorübergehen strich sie Danataja zärtlich über den Nacken. »Kommst du nach der Arbeit mit zu mir, ja?« flüsterte sie.

»Ich ... ich weiß nicht. Abi-Samar hat gesagt ...«

Jamam trocknete ihren Bauch und ihre Beine. »Reibst du mir den Rücken trocken? Das ist lieb.«

Danatajas Hand zitterte, als sie Jamam den schweißnassen Rücken trocknete. »Ich könnte das nie tun, Jamam!«

»Ach komm!« rief Jamam gut gelaunt. »Natürlich könntest du es! Nur das erste Mal ist schwer. Ich habe mit Abi-Samar gesprochen. Er hat gesagt, daß du heute wie ein Ochse geschuftet hast und etwas früher aufhören kannst. Außerdem brauchst du ja morgen nicht so früh aufzustehen. Du kannst also bei mir bleiben. Bei mir ist es schöner als in dem kleinen Loch, das Admuniri für dich gefunden hat. Wir werden etwas trinken, dann gehen wir zu Bett und schlafen bis Mittag. Es wird lustig. Ich habe schon sehr, sehr lang keine Freundin mehr bei mir gehabt. Ich werde dir ein paar Tanzschritte zeigen.«

Aber Danataja hörte gar nicht richtig zu. Sie dachte an den jungen Sänger mit dem verkrüppelten Bein und an die unterschiedlichen Gefühle, die sich während Jamams Tanz in seinem Gesicht gespiegelt hatten. Der junge Mann war ihr ein Rätsel. Er hatte so nett und liebenswert gewirkt, und alle Leute im Basar schienen ihn gern zu haben. Dazu noch seine bezaubernde

Stimme! Und jetzt saß er betrunken wie ein Soldat in der Schenke und konnte sich kaum aufrecht halten. Warum? Was hatte ihn dazu veranlaßt? War er immer so? War es möglich, daß sie sich so in ihm getäuscht hatte?

Einige Soldaten betraten die Schenke. Hadad war es gelungen, doch noch eine Schale Wein zu bekommen. Damit klopfte er jetzt auf den Tisch und sang ein mißtönendes Lied über einen Floh, der in ein schlecht beleumundetes Haus spazierte. Bei jedem ordinären Wort verzog er das Gesicht, und seine Stimme zitterte unsicher.

»He du! Halt den Mund!« brüllte jemand. »Du klingst wie ein brünstiger Esel!«

Hadad wollte aufstehen, aber er schaffte es nicht, zumindest nicht auf Anhieb. Mit der Weinschale in der Hand versuchte er es noch einmal. In diesem Augenblick drängten sich zwei junge Soldaten an ihm vorbei. Die Schale in seiner Hand geriet ins Wanken, und der Wein ergoß sich über Gesicht und Gewand des einen Soldaten. »Kannst du nicht achtgeben!« schrie der Soldat, packte Hadad am Gewand, daß es vorne an der Brust zerriß, und zerrte ihn auf die Beine.

»Entschuldigt«, stammelte Hadad. »Ich bitte um Entschuldigung. Das wollte ich nicht.«

»Laß ihn zufrieden«, meinte der zweite Soldat versöhnlich. »Er ist betrunken.«

»Ich werde diesem Saufbold eine Lektion erteilen! Diese verdammten Zivilisten glauben wohl, sie können sich alles erlauben.«

»Laß ihn doch los!«

»Tut mir leid. Ich wollte Euch nicht im Weg stehen.«

Doch der Soldat war bereits übermäßig erregt. Er hatte einen schweren Tag hinter sich. Man hatte ihn angebrüllt, ihn bestraft und ihn alles mögliche geheißen; jetzt gab es für ihn kein Halten mehr. Er hob die Faust und schlug Hadad ins Gesicht. Hadad taumelte, stolperte über eine Bank und fiel rücklings zu Boden. Der Soldat stürzte sich auf ihn. Hadad hielt die Arme vor sein Gesicht, doch der Angreifer stellte ihn wieder auf die Beine, damit er ihn besser treffen konnte. Es hagelte Schläge in Hadads Gesicht. Dann packte er ihn an den Haaren, schob ihn mit Gewalt zur Tür und warf ihn hinaus auf die Straße. Es gab noch ein paar Tritte, und schließlich landete Hadad im Rinnstein, von wo er sich nicht mehr erhob. Sein verkrüppeltes Bein stand in einem unnatürlichen Winkel seitlich ab; ein Arm war unter dem Oberkörper eingeklemmt, und sein Gesicht lag zur Hälfte in der Gosse.

Drinnen in der Schenke hatten die Musikanten wieder zu spielen begonnen. Fröhliche Tanzmusik erklang. »Jetzt komm!« mahnte der zweite Soldat. »Der hat seine Lehre bekommen. Gehen wir! Der Tanz fängt gleich an.«

Erst als die Musik die dritte Tanzvorführung an diesem Abend ankündigte, kam Hadad langsam wieder zu sich. Er bewegte den Kopf ein wenig – und bemerkte, daß er mit dem Gesicht im stinkenden Abwasser lag. Hustend richtete er sich auf die Knie auf. Sein Kopf schmerzte; alles um ihn schien sich zu drehen, und beinahe wäre er wieder auf sein Gesicht gefallen. Es würgte ihn, er mußte sich übergeben und erbrach in die Pfütze, in der er zuvor gelegen hatte.

Er versuchte aufzustehen, aber seine Gliedmaßen gehorchten ihm nicht. Schließlich gelang es ihm, sich hinzuknien, und er sah sich um. Das eine Auge war zugeschwollen und schmerzte entsetzlich. Seine Nase hatte geblutet, und er spürte die Blutkrusten auf Gesicht, Hals und Brust, als er sich vorsichtig betastete. Ein Zahn schien locker zu sein.

Beim nächsten Versuch kam Hadad schließlich auf die Beine, doch wieder übermannte ihn ein Schwindelanfall, und er taumelte mit Wucht gegen die Mauer gegenüber der Schenke. Schwankend lehnte er sich an und merkte, daß er sich nicht ohne Stütze aufrecht halten konnte. Die Beine versagten ihm den Dienst, so daß er sich nicht einmal bis zum Basar schleppen konnte. Dort hätte er sich zumindest in Ruhe hinsetzen und warten können, bis er sich wieder etwas besser fühlte.

Die Schenke leerte sich allmählich. Keiner der Gäste schenkte ihm Beachtung, bis auf einen betrunkenen Fremden. Der lachte ihn aus und warf etwas nach ihm, das klirrend an der Wand hinter ihm zerbarst. Hadad bewegte das verkrüppelte Bein zaghaft einen Schritt vor und setzte sein gesundes Bein unbeholfen nach.

Verzweifelt krallte er sich an der rauhen Mauer fest und holte erschöpft Luft.

Jakob war auf dem Heimweg von seinem langen Ausritt, als er Hadad fand, der keuchend an der Mauer lehnte. Jakob sah sich hilfesuchend um und bemerkte zwei junge Frauen, die gerade Arm in Arm aus der Schenke kamen. »Hallo, ihr beiden!« rief Jakob leise, aber höflich. »Ich glaube, ich brauche Hilfe. Hier ist jemand verletzt. Hierher, bitte!«

Jamam und Danataja eilten sofort herbei, und Jakob fing Hadad gerade noch rechtzeitig auf, bevor er zu Boden stürzte.

X

Mit vereinten Kräften brachten sie Hadad zurück in die Schenke. Admuniri wollte soeben abschließen und protestierte zuerst, doch dann sah sie Hadads übel zugerichtetes Gesicht. »Aha«, sagte sie nur. »Ich hätte mir denken können, daß so etwas passiert. Er ist keiner von denen, die viel trinken und die wissen, wie man damit umgeht.«

Jakob setzte Hadad vorsichtig auf einen Stuhl an der Wand. »Geht es dir einigermaßen gut? Wo tut es weh? Hier? Oder vielleicht hier?« Er tastete vorsichtig Hadads Brust und Arme ab und berührte auch das verkrüppelte Bein. »Ich glaube, es ist nichts gebrochen.« Dann bat er Danataja: »Holt Ihr mir bitte ein nasses Tuch oder etwas Ähnliches? Ich würde ihn gern vorsichtig abwaschen. Ihr seid doch Jamam, habe ich recht? Vielleicht könntet Ihr ein paar Kerzen bringen, damit wir sehen, wie schwer er verletzt ist.«

Die beiden Frauen machten betroffene Gesichter und verschwanden. »Wie ist denn das passiert?« fragte Jakob Admuniri. »Er ist betrunken. Dieser junge Mann hat in seinem ganzen Leben noch nie zuviel getrunken, darauf wette ich. Er kann es sich außerdem gar nicht leisten.«

»Ihr habt recht«, stimmte Admuniri niedergeschlagen zu. »Ich schäme mich, daß ich ihm den Wein gebracht habe. Sobald ich bemerkt habe, daß er nichts verträgt, habe ich ihm nichts mehr gebracht, aber da war es schon zu spät. Wie hätte ich das wissen sollen? Schließlich ist sein Bruder gut bekannt hier. Sein Bruder ist reich. Warum sollte er es sich nicht leisten können? Sein Bruder trinkt viel, und man merkt es ihm kaum an.«

»Schon gut. Denkt nicht mehr daran«, erwiderte Jakob. »Wir wollen ihn waschen.« Die beiden jungen Frauen waren wieder aufgetaucht. »Ich danke Euch«, meinte Jakob und nickte ihnen zu. Er stellte die beiden Wachslichter so, daß er einigermaßen sehen konnte, und tauchte das Tuch, das Danataja ihm reichte, in die Wasserschüssel. Sanft tupfte er Hadads verschwollenes Gesicht ab und wischte den Schmutz von seinem geschwollenen Auge. »Hadad?« fragte er leise. »Hadad? Hörst du mich?«

Der junge Mann stöhnte und wandte den Kopf ab – und erbrach den Rest seines Mageninhalts auf den Fußboden. Danataja lief los, um einen Scheuerlappen zu holen. Geduldig richtete Jakob den Ärmsten wieder auf und wusch ihn noch einmal. Leise sprach er dabei mit den drei Frauen: »Wenn es in Haran einen Menschen gibt, zu dem es ganz einfach nicht paßt, daß er sich in einer Schenke betrinkt, dann ist es dieser junge Mann hier. Ich habe mich bei seinen Freunden im Basar und anderswo über ihn erkundigt. Alle behaupten das gleiche: Er hat das beste Herz, das man sich denken kann. Er ist freundlich, großzügig und warmherzig.« Jakob blickte den drei Frauen abwechselnd in die Augen. »Ich wüßte nicht, warum ich das Wort der Leute im Basar anzweifeln sollte. Nach dem, was sie sagen, wünsche ich mir nur, ich hätte einen Sohn, wie er einer ist. Ich habe viele Söhne, aber keiner von ihnen ist so wie dieser Mann hier.«

»Da fällt mir ein, Jakob: Rahel hat Euch gesucht«, warf Admuniri dazwischen. »Sie hat sich Sorgen gemacht. Es sieht Euch nicht ähnlich, einfach zu verschwinden.«

»Das stimmt«, gab Jakob ihr recht. »Ich werde sobald wie möglich zu ihr gehen, um sie zu beruhigen. Aber zuerst wollen wir diesen jungen Mann hier in Sicherheit bringen.«

Halb führten und halb trugen Jakob, Danataja und Jamam Hadad zu seinem Zimmer, wo sie ihn vorsichtig auf seine dürftige Bettstatt legten. Als sie gingen und die Tür hinter sich zuzogen, sahen sie im schwachen Licht des Mondes, daß er mit dem unverletzten Auge an die Decke starrte. »Der arme Kerl wird nicht schlafen können. Unter anderen Umständen würde ich bei ihm bleiben. Aber ich muß Euch begleiten, und meine Familie braucht mich.« Jakob schüttelte bedauernd den Kopf und geleitete die beiden Frauen durch die schmale Gasse davon.

»Ihr habt gesagt, es habe ihn jemand gekränkt. Wieso glaubt Ihr das?« fragte Danataja.

»Ich vermute, er hat etwas in Erfahrung gebracht, das ihn sehr schmerzt. Wenn er es zuläßt, werde ich ihm gern helfen, seinen Kummer zu bewältigen. Es steckt viel Gutes in ihm, und eines Tages wird er einer Frau ein wunderbarer Ehemann sein.« Er warf einen verstohlenen Blick auf Danataja. »Er?« fragte Jamam mit sanftem Tadel. »Freund Jakob! Eine Frau braucht einen Mann mit gesellschaftlicher Stellung, mit Besitz und Zukunftsaussichten.«

»Was wißt Ihr über Hadads Zukunft? Ich sage doch, daß eine Menge in ihm steckt! Er braucht nur etwas länger. Meiner Meinung nach hat er das Zeug dazu, eine Frau reich zu machen, wenn sie ihm den Weg dazu zeigt. Vielleicht fehlt ihm nur die richtige Frau. So wie manche Speisen ohne ein spezielles Gewürz ihre Eigenart nicht entfalten können. Versteht Ihr, was ich meine?«

»Vielleicht. Aber man kauft nicht die Katze im Sack, Jakob«, gab Jamam zu bedenken. »Eine Frau weiß lieber von Anfang an, worauf sie sich einläßt. Eine Frau läßt sich nicht gern vom Zufall überraschen. Das ist etwas für Männer, nicht für Frauen.«

»Das ist Eure Meinung. Deshalb müssen nicht alle Frauen so denken«, antwortete Jakob. »Ich lebe mit vier Frauen, und diese vier können sich nicht einmal darauf einigen, ob es morgen regnet. Warum sollen Frauen einstimmig eine Meinung vertreten, wo es doch die Männer auch nicht können? Warum sollten Frauen nicht ebenso unterschiedliche Meinungen und Geschmäcker haben wie die Männer? Was meint Ihr, Danataja? Ihr heißt doch Danataja, nicht wahr?«

»Ja, Herr. Ich für meinen Teil schätze an einem Mann ein gutes Herz. Ich habe einem vertraut, der groß und stark war; er hat gut ausgesehen, war ehrgeizig und hatte gute Zukunftsaussichten. Er war so schön wie die Sonne und der Mond. Aber sein Herz war schlecht, und er hat mir weh getan wie noch kein anderer Mann, und auch keine andere Frau.«

»Seht Ihr?« sagte Jakob zu Jamam. »Eine Frau ist mager, die andere rund und sinnlich. Sie können nicht die gleichen Kleider tragen. Warum soll ihnen der gleiche Typ Mann gefallen?« Jakob war gut gelaunt und stimmte ein lustiges Lied an, das sie alle kannten. Während sie singend durch die Straßen gingen, fielen die Jahre von Jakob ab wie die zerfetzten Lumpen eines alten Gewandes.

Jakob betrat leise sein Haus. Der Mond schien durch das offene Fenster und warf sein Licht auf Rahel, die im Sitzen eingeschlafen war. Sie hatte den Oberkörper über den Tisch gebeugt und das Gesicht auf die Arme gelegt. Jakob betrachtete sie liebevoll, bevor er ihren Namen flüsterte: »Rahel!«

Sie rührte sich im Schlaf und bewegte den Kopf. Jakob strich ihr zärtlich über die Haare.

»Rahel, mein Liebstes«, flüsterte er noch einmal.

Jetzt hob sie den Kopf und blinzelte ihn an. Im weichen Licht des Mondes sah sie besonders schön aus. »Jakob! Ich bin eingeschlafen! Es ist dunkel geworden! Wo warst du? Ich habe mir solche Sorgen gemacht.«

Jakob setzte sich ihr gegenüber an den Tisch. Er streichelte lächelnd ihre Wange, und Rahel hielt seine Hand fest. »Rahel! Liebe Rahel! In meinem ganzen Haushalt bist du die einzige, die auf mich wartet, wenn ich nach Hause komme. Während der vielen mühsamen Jahre hast nur du an mich geglaubt. Ich war meinen Söhnen ein schlechter Vater. Ich war meinen Frauen und Konkubinen ein schlechter Gefährte. Die anderen haben ihr Vertrauen in mich verloren, und ich kann es ihnen nicht übelnehmen. Aber du? Du bist wie der Stern des Nordens in meinem Leben. Du allein bleibst wach und wartest auf mich.«

Ihr schönes Gesicht strahlte, obwohl sie noch verschlafen war. Sie lächelte und wollte etwas sagen, ließ es aber doch wieder sein.

»Rahel«, begann Jakob wieder. »Ich bin wieder zu Hause, und ich bleibe zu Hause. Und ich sage dir noch etwas: Von heute an hat Laban nicht mehr die Zügel unseres Lebens in seiner Hand. Ich entreiße sie ihm oder vielmehr: Ich habe sie ihm entrissen.

Von jetzt an werde ich über diese Familie bestimmen – und nicht Laban. Es mag einige Zeit dauern, bis ich mich durchgesetzt habe, aber ich schwöre dir beim einzigen und wahren Gott meiner Väter, daß ich von heute an der Mann sein werde, den du zu heiraten geglaubt hast. Ich stehe von nun an dieser Familie vor. Ich werde meine Rechte als Patriarch gegenüber Laban wahrzunehmen wissen.«

Rahel stand auf und stürzte sich in seine Arme. »Jakob!« flüsterte sie. »Mein geliebter Jakob!«

»Und ich muß dir noch etwas sagen, Rahel: Wir ziehen zurück nach Kanaan. Wir werden nach Kanaan gehen, wo ich ein König bin. Ich werde meinem Bruder gegenübertreten, mit meinem Vater Frieden schließen und das Königreich in Besitz nehmen, das mir zusteht. Ich werde das sein, wogegen ich mich die ganze Zeit über gewehrt habe. Es wird nicht über Nacht gehen. Die Vorbereitungen brauchen Zeit, und es wird nicht einfach werden, mich von Laban zu lösen. Er glaubt, ich gehöre ihm. Aber vertraue mir, Rahel!«

»Ich vertraue dir!« Ihre Stimme klang dunkel und heiser. »Und ich brauche dich so sehr, Jakob!«

Von da an waren Worte überflüssig. Jakob hob sie hoch. Federleicht lag sie in seinen Armen, als er sie hinübertrug ins Bett.

XI

»Das kann nicht dein Ernst sein!« Jamam schüttelte den Kopf. Sie saß im Schneidersitz auf ihrem Bett und sah Danataja zu, die eines von Jamams Tanzkostümen probierte. »Glaubst du das wirklich?«

»Du hast ihn nicht singen gehört!« schwärmte Danataja. »Du füllst diese Kleider aus, an mir hängen sie einfach. Dabei bin ich eigentlich gar nicht so flachbrüstig.«

»Nein, bist du nicht. Du mußt nur regelmäßig essen, und das kannst du bei Abi-Samar. Das muß ich ihm lassen. Würde ich nicht achtgeben, so wäre ich fett wie ein Schwein. Jetzt streck die Brust ein wenig heraus! Ja, so ist es besser! Deine Brüste sind vielleicht etwas klein, aber das wird sich ändern. Auf alle Fälle sind sie wohlgeformt. Wenn du den Männern einmal eingeheizt hast, spielt das keine Rolle mehr. Du mußt sie richtig scharfmachen, so daß ihnen die Zunge raushängt. Sobald du dann die Kleider ausgezogen hast, sind sie schon zufrieden, wenn du kein Mann bist. Dafür, daß du so schlank bist, siehst du nackt recht hübsch aus!«

»Du machst mich verlegen. Gehört dieser Schleier so?«

»Über die Schulter. Wenn du ihn ablegst, wirbelt er herum.« Jamam goß noch einmal Wein in ihre Schale und trank. Ein angenehmes Gefühl durchrieselte sie. Spielerisch bewegte sie mit den Fingern ihrer linken Hand die Zehen ihres rechten Fußes. »Ich fühle mich einfach wunderbar. Das ist ein vorzüglicher Wein. Wenn Abi-Samar wüßte, wer ihn genommen hat!«

»Du weißt, daß er nichts dagegen hätte. Du kurbelst sein Geschäft an. So, ich glaube, jetzt habe ich alles an. Es ist ziemlich viel.«

»Sieben Schichten. So viele Schichten würdest du nie auf der Straße anziehen. Zu Beginn der Vorstellung ist es wirklich zuviel. So, jetzt mach ein oder zwei Schritte, wie ich es dir vorhin gezeigt habe. Laß den Bauch rotieren, du weißt schon wie! Du mußt das üben! Als ich ein Kind war, hat man diesen Tanz den schwangeren Frauen beigebracht. Das half ihnen, ihren Körper für die Geburt vorzubereiten.«

»Wirklich?« Danataja hielt in der Bewegung inne. »Übrigens, ich bin nicht schwanger, Jaman!«

»Gratuliere! Der Soldat, von dem du mir erzählt hast?«

»Nein. Mit dem ist nichts mehr, das weiß ich bereits seit Wochen.«

»Ich verstehe. Dann trinken wir darauf. Du trinkst ja gar keinen Wein, Danataja! Dabei habe ich mir solche Mühe gegeben beim Stehlen!«

»Ich trinke schon!« Danataja drehte sich im Kreis, damit die Schleier um ihren schlanken Körper wirbelten. Sie nahm einen Schleier ab und machte verlegen eine Pause. »Ich werde mich nie trauen! Nie!«

»Das habe ich auch gesagt. Wenn du einen oder zwei Monate so schwer arbeitest, wie du heute gearbeitet hast, bist du bereit, auf dem Dach des Bel-Tempels Kopfstände zu machen, nur um dieser gräßlichen Arbeit zu entgehen.« Jamam trank und fuhr sich lächelnd mit der Zunge über die Lippen. »Mmmh! Du versäumst etwas.« Sie hatte etwas Wein auf ihrer entblößten Brust verschüttet und wischte ihn mit einer Hand ab. Ansonsten trug sie nur einen kurzen Rock. »Noch einmal zurück zu diesem verkrüppelten Burschen: Glaubst du wirklich, daß an ihm etwas dran ist? Er sieht noch aus wie ein Junge. Ich wette, er ist noch Jungfrau! Jakob hat etwas in dieser Richtung angedeutet.«

»Jungfrau ist besser als impotent oder imkompetent. Das hat meine Tante immer gesagt.«

»Das mag stimmen. Aber dieses Bein!«

»Du hast ihn nicht singen gehört. Da kribbelt es am ganzen Körper. Noch nie in meinem ganzen Leben habe ich etwas so Schönes gehört. Außerdem sind gerade Beine nicht alles im Leben.« Danataja nahm noch zwei Schleier ab, aber auf gänzlich ungraziöse Art; sie wollte ihre Beine frei bewegen. Dann nahm sie ihre Schale mit Wein und trank. »Der ist wirklich gut! Aber ich sollte nicht so schnell trinken.«

»Er ist stärker als die meisten Weine. Setz dich. Du kannst die Schleier wieder ablegen. Was hast du gesagt?«

Danataja entledigte sich der restlichen Kleidungsstücke bis auf einen kurzen Rock, der ihr knapp bis zu den Schenkeln reichte. Errötend sah sie Jamam an und bedeckte ihre Brüste mit einem Arm. Dann zog sie ein Hemd über. »Ich finde ihn gar nicht so häßlich. Er hat ein hübsches Gesicht. Ein hübsches, ausdrucksvolles Gesicht.«

»Ich weiß nicht. Sein Bruder, das wäre etwas anderes.« Jamam leerte ihre Schale und goß noch einmal Wein nach. Mit dem freien Arm wischte sie sich über den Mund. »Soll ich dir ein Geheimnis verraten? Vor einer Woche habe ich mit seinem Bruder geschlafen.«

»Mit dem reichen? Wie heißt er? Scho...?«

»Schobai. Er sieht sehr gut aus: groß und stark und noch dazu ist er reich wie der König von Ägypten und...«

»Und was? Da ist noch mehr.«

»Ja, du hast recht. Es gibt mehr, als groß und reich zu sein und gut auszusehen. Schobai hat sich Mühe gegeben, mir zu gefallen, aber er hat eine gekonnte Schau abgezogen. Ich war einmal mit dem Liebhaber der Königin im Bett. Sie hat ihn ausgehalten, wie üblicherweise ein Mann eine Frau aushält. Ab und zu ist er entwischt.«

»Und dann?« Danataja riß erstaunt die Augen auf. Derart offenherzige Enthüllungen hatte sie noch nie gehört.

»Nun, ich weiß geschicktes Fingerspiel und geflissentliche Aufmerksamkeiten zu schätzen, das will ich nicht leugnen. Wir hatten eine kleine Affäre. Die Königin hatte die Stadt anläßlich einer königlichen Beerdigung in Charchemisch verlassen, in Staatsangelegenheiten sozusagen. Sie war zwei Wochen fort. Für mich war es eine großartige Zeit.« Jamam seufzte.

»Das klingt, als hätte alles mit einer großen Enttäuschung geendet.«

»Hat es auch.« Sie trank und füllte Danatajas Schale mit Wein. »Nach zwei Wochen mit ihm fühlte ich mich vollkommen leer. Es war eine Zeit voll ungekannter Leidenschaft. Trotzdem habe ich mir ständig gewünscht, er möge sich endlich wie ein gewöhnlicher Mann benehmen, mich wild und ungestüm wie ein Bär lieben, bis mir die Zähne klappern. Verstehst du, was ich meine?«

Danataja errötete und verbarg ihr Gesicht hinter der Weinschale. »Ich weiß nicht. Jassib war der einzige Mann, mit dem ich je geschlafen habe.«

»Aha. Und er war jung und übereifrig.« Sie seufzte wieder und trank. »Du mußt noch viel lernen, meine Liebe. Gutes und Schlechtes. Ich wünschte, ich könnte dir das Schlechte ersparen. Aber das kann niemand. Wir müssen alle unsere eigenen Erfahrungen machen. Freunde können nur trösten, wenn die Dinge nicht zum besten stehen, das ist alles.« Sie lächelte unbestimmt; ihr Gesicht war vom Trinken rot geworden. »Ich mag dich, Danataja. Ich wünsche mir, daß wir Freundinnen werden. Mein Leben besteht nur aus Männern.«

»Mein Leben besteht nur aus Arbeit.«

»Genau. Du siehst, wir haben beide eine Freundin nötig. Ich möchte, daß du meine Arbeit übernimmst, wenn ich gehe.« Sie begann allmählich zu lallen. »Vielleicht werde ich wirklich diesen reichen Gockel heiraten. Im Bett ist er nicht gerade umwerfend, aber er ist reich, und er hält meine Liebesspiele für das Höchste!«

»Jamam!«

»Nun, du weißt schon, was ich meine. Aber nun zu dir: Ich will nicht, daß du wegen eines armen Kerls mit einem krummen Bein den Kopf verlierst. Er betrinkt sich und läßt sich von ein paar Soldaten verprügeln, das ist nichts für dich!«

»Wenn ich nur wüßte, was ihn so verletzt hat. Du hast ja gehört, was Jakob gesagt hat. Der Mann, ich meine Hadad, ist nicht der Typ, der so etwas tut. Er ist liebenswürdig und rücksichtsvoll und dazu großzügig.«

»Es ist zwecklos, mit dir zu reden!«

»Wie wirst du damit fertig, Jamam, wenn du nackt vor den Männern stehst? Ich meine, was geht dir dabei durch den Kopf?«

»Ich denke nur daran, wieviel Geld ich verdiene.« Jamam sah nicht mehr ganz scharf und lächelte Danataja ironisch an. Dann wechselte ihr Gesichtsausdruck. Sie legte Danataja eine Hand auf das nackte Bein, streichelte es zärtlich und schüttelte dabei langsam den Kopf. »Nein, wenn wir Freundinnen sein wollen, muß ich ehrlich zu dir sein. Ich werde dir sagen, was ich tue. Ich suche mir in der Menge ein Gesicht heraus. Natürlich schaue ich alle der Reihe nach an, aber in Wirklichkeit beschäftige ich mich nur mit dem einen Mann. Ich setze alles daran, daß er sich in mich verliebt, und wenn es nur für eine Stunde ist.« Ihre Hand ruhte auf Danatajas Knie. »Verstehst du, was ich meine? Vielleicht nicht.« Sie trank, und ihr Blick wurde trübe. »Nein, vielleicht verstehst du es nicht.«

Danataja tätschelte ihr die Hand. Sie war mit ihren Gedanken weit fort. »Vielleicht verstehe ich dich doch«, sagte sie so leise, daß man es kaum hörte.

Nach einiger Zeit stand Jamam auf, leerte eine letzte Schale Wein, küßte Danataja schwesterlich, löschte das Licht auf ihrer Seite des Zimmers und ging zu Bett. Im nächsten Moment schlief sie tief und fest.

Danataja starrte in ihre Weinschale und leerte sie in kleinen Schlucken. Nachdenklich blickte sie auf Jamams üppigen Körper; nein, sie beneidete die Freundin nicht. Dann löschte auch sie das Licht.

Sie konnte nicht einschlafen und starrte an die Decke. Ihr ganzes Leben lang hatte sie Menschen wie Jamam beneidet, die sich umdrehten und einschliefen. Danataja brauchte immer lange, bis sie einschlafen konnte; manchmal gelang es ihr gar nicht.

Jamam war nett. Vielleicht war sie berechnend und ein wenig gewöhnlich. Aber sie war ein guter Mensch und könnte eine gute Freundin abgeben. Danataja würde in nächster Zeit Freunde bitter nötig haben, das wußte sie. Sie streckte die schmerzenden Gliedmaßen aus. Heute hatte sie viel gearbeitet, aber morgen war ein freier Tag. Vielleicht konnte sie sich ausruhen. Sie würde bis in den Vormittag hinein schlafen. Dann könnte sie zur Furt gehen, baden und ihre Kleider waschen.

Sie würde gern den jungen Sänger besuchen und sich nach seinem Befinden erkundigen. Der Arme! Er hatte eine ordentliche Tracht Prügel einstecken müssen. Wie konnte man nur einen netten Kerl wie ihn derart verprügeln?

Danataja schloß die Augen, und sofort tauchte sein Gesicht vor ihr auf. Nicht das verschwollene, verprügelte Gesicht, wie sie es abends in der Schenke im Licht der Lampen gesehen hatte, sondern das liebenswerte Gesicht vom Basar, als er gesungen hatte. War das erst gestern gewesen? Hatte sie erst gestern zu arbeiten begonnen? Monate schienen seither vergangen zu sein. Seltsam! Im Geist hörte sie, wie er mit seiner sanften, väterlichen Stimme das Schlaflied für ein kleines Kind sang, und spürte, wie sie langsam schläfrig wurde:

Komm schnell, Schlaf, zu meinem über alles geliebten Kind,
Und drücke ihm die ruhelosen Augen zu

Der Mond schien durch das Fenster auf Danatajas friedliches Gesicht. Sie schlief, und ihre wirren Gefühle schickten ihr die verschiedensten Traumbilder: kindhaftes Verlangen, erotische Bilder, Angst. Sie schrie im Schlaf leise auf, aber Jamam war in ihren eigenen Träumen verloren und hörte sie nicht.

Noch vor dem Morgengrauen erwachte Anat. Sie rückte an ihre Seite des Bettes und befreite sich von Reschefs schwerem Arm, der besitzergreifend auf ihr gelegen hatte. Sie roch seinen schlechten Atem, und es schauderte sie.

Vorsichtig befühlte sie ihren nackten Körper, spürte die eingetrockneten schleimigen Krusten auf ihrem Bauch, die Kratzer, Bisse und Schwellungen und kam sich besudelt vor. Häßlich und schmutzig. Reschef hinterließ in ihr jedesmal diese Gefühle.

Eigentlich geschah es ihr ganz recht; es war der Lohn für ihren schlechten, gewöhnlichen Geschmack. Aber war das wirklich so? Ursprünglich hatte sie sich an Reschef herangemacht, um Schobai eins auszuwischen. Sie wußte, daß die größte Schwäche ihres Mannes seine maßlose Eitelkeit war, und nur dort konnte sie ihn treffen. Er sah in ihr seinen schönen, kostbaren Besitz. Gab sie sich aus freien Stücken dem häßlichsten und bösartigsten Mann hin, war das für ihn ein Schlag ins Gesicht.

Doch auch das stimmte nicht ganz. Wenn sie ganz ehrlich war, dann mußte sie zugeben, daß sie Reschef von Anfang an bewundert hatte. Alle Männer hatten einen wunden Punkt, an dem sie verletzlich waren; alle außer Reschef. Reschef war hart, durch und durch hart.

Anat fand das sehr erregend. Sie konnte sonst mit Männern immer machen, was sie wollte, aber bei Reschef war das anders, bei ihm erreichte sie nichts. Sie empfand auch nicht die Verachtung wie bei den anderen Männern, die sie herumkommandieren konnte. Reschef gab ihr das Gefühl, gegen eine Wand aus Stein zu rennen. Er war härter, stärker und weniger verletzlich als sie.

Anat tastete verstohlen nach seinem muskulösen Arm. Er war sehnig und steinhart; sie fand das sehr erregend. Hart! Unbeugsam! Kalt und grausam! Das war sie auch. Sie verachtete diese Eigenschaften, und gleichzeitig waren es die einzigen, die sie respektierte.

Ein kühler Lufthauch kam durchs Fenster. Rahel bewegte sich; es war so tröstlich, in Jakobs Armen zu liegen. Sie drehte sich ein wenig zur Seite und betrachtete im Licht des Mondes sein schlafendes Gesicht. Wie lange war es her, daß er so friedlich geschlafen hatte? Sie konnte sich nicht erinnern.

Auch sie fühlte sich so wohl wie schon lange nicht; körperlich gelassen und befriedigt. Jakob hatte sie geliebt, so zärtlich und leidenschaftlich wie seit zehn Jahren nicht. Das Beste aber war, er war heimgekommen, wirklich heimgekommen, für immer.

Jakob bewegte sich im Schlaf und zog sie näher an sich.

Hadad schlief unruhig. Seine Nachbarn aus dem Basar schliefen, ebenso die Soldaten und Offiziere im Lager und die Flüchtlinge; ganz Haran lag im Schlaf. Manchen Menschen war friedlicher Schlummer beschieden, manche hatten unruhige Träume. Es war später Frühling; linde Luft lag über den Hügeln und Padan-Aram. Es sollte das letzte Jahr in Frieden und Wohlstand sein.

Weit im Nordosten fiel im Morgengrauen eine kleine Stadt den Nomadenkriegern zum Opfer. Der Vormarsch der Eroberer verlangsamte sich; sie wollten die Freude des Sieges auskosten, die tote Stadt plündern, die Frauen vergewaltigen, die Alten und Schwachen töten und die Kinder versklaven. Sie trieben ihre Herden auf die grünen Weiden auf den Hügeln; ihre Herden, die so zahlreich waren wie die Sterne am klaren Himmel über der Halbwüste. Die Tiere würden auf den Hügeln grasen, bis kein Halm mehr stand. Erst wenn das Land braun und kahl war, würden die Nomaden weiterziehen, langsam und unaufhaltsam weiter nach Südwesten. In Richtung Ugarit. In Richtung Charchemisch.

In Richtung Haran.

Kapitel 7

I

»Was führt Euch an den Hof von König Hagirum, Ibalum?«

Leicht belustigt antwortete Ibalum seinem Nachbarn an dem langen Tisch: »Das gleiche wie immer: Geschäfte. Und was bringt Euch hierher, Freund Jasihamu? Was hat Euch veranlaßt, die Basare von Aleppo zu verlassen? Etwa die Frauen von Charchemisch? Ich kann mir nicht vorstellen, daß in Aleppo plötzlich ein Mangel an Kurtisanen herrscht.«

»So könnte man es auch ausdrücken.« Jasihamu seufzte. »Seien wir doch einmal ehrlich, mein Freund. Von Zeit zu Zeit werden die Freuden schal, die wir zu Hause genießen. Dann suche ich nach Gründen, um hierher nach Charchemisch zu kommen. Für eine Reise gibt es eigentlich immer einen guten Grund!«

»Da gebe ich Euch recht. Ich habe diesmal einen sehr triftigen Grund, genau wie Ihr, mein Freund. Ich möchte hören, was Hagirum von seinen Beratern über die Bedrohung aus dem Osten erfahren hat.«

»Ach das? Ihr nehmt das doch nicht wirklich ernst?«

»Aber natürlich nehme ich es ernst!« erwiderte Ibalum. »Im Nordosten von Gozan sind die Handelsrouten unterbrochen. Seit vielen Monaten habe ich keine Waren mehr aus Ninive erhalten. Außerdem sollen die Nomaden angeblich ihre Route geändert haben. Das Gerücht sagt, daß sie jetzt in unsere Richtung ziehen, mein Freund, in Richtung Haran, Charchemisch, Ugarit und Aleppo.« Ibalum nahm beim Aufzählen der Namen seine Finger zu Hilfe.

»Wenn das stimmt, wie kommt es, daß ich nichts davon gehört habe?«

»Vielleicht, weil man in Aleppo genauso sorglos ist wie in Haran. Haran hat anscheinend das Geschick zur Verteidigung verloren. Die Berater des regierenden Monarchen sind kindische Friedensfreunde. Sie glauben, daß man einem kriegerischen Feind am besten einen Blumenstrauß überreicht, damit er einen ungeschoren läßt. In dieser Stadt leben die Menschen so, als ob die Nomaden gar nicht existierten. Neuigkeiten, die sie nicht hören wollen, nehmen sie einfach nicht zur Kenntnis.«

»Es ist etwas wahr an dem, was Ihr sagt. Wir kennen solche Probleme auch in Aleppo. Meine Karawanen werden in den Hügeln regelmäßig von Banditen überfallen, doch die Stadtregierung sieht tatenlos zu, wie die Gegend immer unsicherer wird.«

»Genauso ist es. Um wieviel schlimmer wäre es erst, wenn es sich nicht um Banditen handelte, sondern um eine Armee, die, wie manche behaupten, mächtiger und besser bewaffnet ist als die des Königs von Ägypten?«

»Ist es wirklich so schlimm?«

»Ich habe mit Leuten im Osten gesprochen und mich auch mit den Flüchtlingen unterhalten, die tagtäglich in unsere Stadt strömen. Da sind Männer dabei, die wissen, wovon sie reden, Männer, die früher einmal Rang und Namen hatten. Ich vertraue der Beobachtungsgabe dieser Menschen wie meiner eigenen.«

Jasihamu nickte nachdenklich. Sein Blick wanderte über die Gesichter der Männer an dem langen Tisch. Es waren Männer aus Ugarit, Arvad, Byblos, Tyros, Damaskus, Megiddo. »Ihr seid anscheinend nicht allein mit Eurer Neugierde.«

»Ich weiß. Alle diese Männer haben in ihren Heimatstädten etwas zu sagen. Hagirum hat uns zusammengerufen, um mit uns über die Bedrohung durch die Nomaden zu sprechen. Vermutlich wird er uns in Kürze zu sich beordern. Eines muß man ihm lassen: Er reagiert schnell. Unvorstellbar, daß Schemaria von Haran so entschlossen handeln könnte, ganz gleich ob in dieser Angelegenheit oder einer anderen!«

Gegen Ende der Mahlzeit ertönten die Trompeten, ein Höfling mahnte zur Ruhe und verkündete die Ankunft des Königs. König Hagirum war eine beeindruckende Gestalt. Er hatte dichte, dunkle Brauen, volles graues Haar und leuchtende Augen. Mit ernstem Gesicht wandte er sich an die Tischgesellschaft, nachdem er auf seinem Thron Platz genommen hatte. »Meine Freunde«, begann er. »Ich habe euch gerufen, um euch mitzuteilen, was meine Kundschafter über die großen Wanderzüge im

Osten in Erfahrung gebracht haben. Ihr sollt hören, wie Charchemisch auf die Bedrohung reagieren wird.«

Er räusperte sich und fuhr fort: »Ich bin überzeugt, ihr habt mittlerweile davon gehört. Ein nomadisches Hirtenvolk von unvorstellbarer Größe zieht von den Hohen Bergen nördlich des Van-Sees nach Süden. Es wird von grimmigen Häuptlingen angeführt, und seine Krieger sind mit furchterregenden Waffen ausgestattet. Sie sind räuberisch, blutrünstig und kennen weder Angst noch Mitleid. Und sie wollen uns alle unterwerfen.«

Bei diesen Worten erhob sich ein Gemurmel. Ibalum lehnte sich interessiert vor, um besser zu hören. Der König sprach weiter: »Zwanzig Städte sind diesen Nomadenkönigen bereits zum Opfer gefallen.« Er machte eine Pause, um die Wirkung seiner Worte zu verstärken. »Manche davon wurden einfach dem Erdboden gleichgemacht. Von ihnen blieb nichts weiter übrig als ein Haufen Steine. Die Bewohner sind tot. Städte, die an wichtigen Handelsrouten liegen und eine Art Versorgungskette bilden, wurden von den Eindringlingen besetzt und befestigt. Nach den Kenntnissen, die ich mir verschafft habe, sind diese Befestigungsanlagen so gut wie uneinnehmbar, und die Städte können von ihren ursprünglichen Bewohnern nicht mehr zurückerobert werden.«

Der König gab einem seiner Begleiter ein Zeichen, der nickte und verschwand. Einen Moment später betraten ein paar Männer den Raum mit einem Brett, auf dem ein aus Ton gefertigtes Modell einer befestigten Stadt aufgebaut war.

»Die von den Nomaden befestigten Städte sehen in etwa so aus. Das hier war zum Beispiel eine Stadt in der Nähe der Quellen des Tigris, ziemlich weit nördlich von Ninive. Hier befand sich die ursprüngliche Stadt, die gefallen ist.« Er zeigte auf eine kleine Ansammlung von Gebäuden in der Mitte der Konstruktion. Die niedrigen Mauern und kleinen Tore wurden von den sie umgebenden Wällen förmlich erdrückt. König Hagirum zeigte auf die Festungsbauten und fuhr fort: »Das hier sind die Befestigungen, die die Nomaden gebaut haben, um die eroberte Stadt zu verteidigen. Massive Dämme und abgeschrägte Mauern, umgeben von tiefen Gräben, die weder zu Fuß noch zu Pferd überwunden werden können. Auf den ersten Blick ist zu erkennen, daß wir es mit einer vollkommen neuen Art der Kriegsführung zu tun haben.«

Die tiefen Seufzer der Umsitzenden wurden von einer Stimme unterbrochen. Es war ein Abgesandter aus Haran. »Das ist wirklich sehr eindrucksvoll, ehrwürdiger Herrscher«, begann er. »Aber wir sind doch gar nicht im Krieg mit den Nomaden.«

Der König winkte mit einer verächtlichen Geste ab. »Keiner von uns führt mit irgend jemandem Krieg, noch nicht. Aber ihr könnt mir glauben, daß ich dieses Treffen nicht voreilig einberufen habe. Als die Handelsroute nördlich von Ninive unterbrochen worden war, sandte ich Kundschafter aus.« Er hielt kurz inne. »Einige von ihnen kamen nicht mehr zurück«, schloß er in unheilvollem Ton.

»Es gibt immer wieder Unfälle«, murmelte der Abgesandte aus Haran. »Und Überläufer.«

»Überläufer?« rief König Hagirum mit zornig blitzenden Augen. Wieder gab er ein Zeichen, worauf einer seiner Männer einen Sack hereinbrachte. »Wir schickten noch einen Kundschafter in diese Gegend, und ein Nomade verkaufte ihm den Inhalt dieses Sackes. Ihr habt richtig gehört: Er hat ihm die Sachen für ein paar Kupfermünzen verkauft. Das war in einer Stadt am Rand der Zugroute der Nomaden. Diese Stadt gibt es übrigens nicht mehr.« Der König knüpfte mit eigener Hand die Schnur auf, mit der der Sack zugebunden war, und ließ den Inhalt auf den Tisch rollen. Ein Aufschrei des Entsetzens wurde laut.

Es war der Kopf eines enthaupteten jungen Kriegers; die leeren Augenhöhlen eines Mannes, der kaum dem Knabenalter entwachsen war, starrten ins Nichts.

»Nehmt ihn wieder fort«, bat der König. Einer der Männer räumte den Tisch ab. »Er war einer meiner ergebensten jungen Männer an den Außengrenzen. Der arme Kerl hat es nicht mehr zurück geschafft. Andere hatten mehr Glück, und sie erzählten von brutalen, grausamen Szenen. Sie haben auch mit einigen Nomaden gesprochen, und zwar in den Städten, die bald darauf von den Nomaden geplündert und zerstört wurden. Vor jeder Schlacht mischen sich ein paar Nomaden einzeln als Händler unter die Menge. Dabei kundschaften sie die Befestigungen der Stadt aus und beruhigen die Menschen. Und so heißt es dann:

›Warum sollten wir uns vor den Nomaden fürchten? Ich bin vor gar nicht langer Zeit einem begegnet, und er war wirklich nett!‹« Wütend fuhr der König fort: »Ich bin überzeugt, daß sich auch in euren Städten der eine und andere findet, der so einen Unsinn redet!«

Manche der Anwesenden murmelten zustimmend, doch andere machten ihrem Unmut Luft.

Ohne auf sie zu achten, sprach Hagirum weiter. »Ihr habt alle Macht und Einfluß in den Städten, die auf der Zugroute der Nomadenkönige liegen, wie zum Beispiel Haran und Charchemisch. Ich hoffe auf eure Unterstützung bei meinem Kampf gegen die Tatenlosigkeit derer, die unsere Verteidigungsbereitschaft opfern wollen.

Ich weiß nicht, wie ihr euch entscheiden werdet, aber ihr sollt wissen, daß Charchemisch sich zu verteidigen wissen wird. Charchemisch wird befestigt werden. Die jungen Männer von Charchemisch werden in den nächsten drei Monaten zum Dienst in meiner Armee einberufen, mindestens ein Sohn pro Haushalt, wodurch sich die Zahl meiner Truppen verdreifachen wird.« Er wartete, bis die überraschten Ausrufe verklungen waren, dann fuhr er entschlossen fort: »Ich habe mir bereits den besten Waffenschmied der Gegend verpflichtet: Schobai, den Enkel des großen Ahuni. Er ist ein Kind des Löwen und wird die Ausrüstung herstellen, die meine Armee benötigt.« Er deutete auf einen hochgewachsenen jungen Mann, der auf dem übernächsten Platz links von ihm saß. Der junge Mann war eine beeindruckende, elegante Erscheinung, als er jetzt aufstand und sich verbeugte.

»Außerdem habe ich soviel wie möglich über die Befestigungsanlagen der Nomadenkönige in Erfahrung zu bringen versucht. Es versteht sich, daß niemand eine Befestigungsanlage baut, die er selbst mit Leichtigkeit stürmen könnte. Ich werde daher mehrere tausend Arbeiter damit beauftragen, für Charchemisch Befestigungen zu bauen. Dabei werden wir uns das zunutze machen, was wir über die Anlagen der Nomaden selbst gelernt haben. Die Nomaden werden vielleicht Mari erobern. Soviel ich weiß, haben sie mittlerweile sogar das stolze Ninive eingenommen.« Mit einem finsteren Blick auf den Vertreter von Haran fügte er hinzu: »Jawohl, mein Freund, sie werden das ruhige, friedliche Haran einfach überrennen. Wenn ihr euch nicht rüstet, habt ihr nur noch höchstens ein Jahr zu leben. Neun Monate vielleicht. Oder zehn? Nächstes Jahr um diese Zeit wird von eurer Stadt nicht mehr übrig sein als ein Haufen Schutt. Nicht einmal die Geier werden sich noch dafür interessieren.« Erregte Rufe wurden laut, aber der König beachtete sie nicht. »Aber Charchemisch wird nicht erobert. Nicht, solange ich lebe. Charchemisch wird kämpfen. Charchemisch wird standhalten. Charchemisch wird sich behaupten!«

Ibalum verließ gemeinsam mit den anderen Männern die Versammlung des Königs und schlenderte mit einigen von ihnen durch die Straßen von Charchemisch. »Wie hat Euch die kriegerische Rede gefallen, Ibalum?« fragte Imna von Byblos.

»Mir?« meinte Ibalum gelassen. »Ich liebe schöne Reden. Ganz gleich, worum es geht. Aber wer will an einem Abend wie heute über Politik reden? Ihr, Imna? Oder Ihr, Gera aus Ugarit? Oder vielleicht Ihr, Elon aus Tyros? Die Nacht ist jung. Wer von Euch will in der Schenke *Zu den Vier Palmen* mein Gast sein? Ich ließ dort ein Zimmer für uns reservieren. Es wird Musik geben, und hübsche Frauen werden uns bedienen.«

Ibalum brachte mühelos eine stattliche Gesellschaft zusammen. Er übersah ostentativ den Gesandten von Haran und zog mit den anderen lachend und plaudernd durch die mondhellen Straßen. Die Nacht war tatsächlich noch jung, und es blieb noch genügend Zeit sowohl für Geschäfte als auch für Vergnügen.

Die kleine Tänzerin eilte nach ihrer ersten Vorführung mit klingenden Knöchelglöckchen aus dem Zimmer, und die Aufmerksamkeit der Männer in der Runde galt wieder anderen Dingen. Ibalum ließ noch einmal Wein bringen und begann beiläufig ein Gespräch. »Ihr seid alle Kaufleute. Ich kann mir vorstellen, daß Euch das hier interessiert.«

Damit zog er einen kleinen Lederbeutel aus seinem Gewand, öffnete ihn und legte das Kunstwerk auf den Tisch, das er in Haran von Hadad gekauft hatte. Sofort richtete sich die allgemeine Aufmerksamkeit auf die kunstvolle Arbeit, und die kleine Figur wanderte von Hand zu Hand. Die Runde sparte nicht mit Anerkennung, und Ibalum lehnte sich mit wohlgefälligem Lächeln zurück.

»Großartig«, stellte Elon von Tyros fest. »Wo habt Ihr das wieder her, alter Freund? Ich wußte gar nicht, daß die Handelsrouten in das Hethiter-Land wieder offen sind. Ihr seid doch ein schlauer Fuchs! Ihr habt eine neue Quelle entdeckt. Das kommt aus Hattuscha, nicht wahr? Kommt, sagt schon! Wo habt Ihr es her?«

»Hattuscha?« Ibalum schüttelte lächelnd den Kopf. »Ihr würdet es mir nicht glauben, wenn ich es Euch sagen würde. Aber eines verrate ich Euch: Meine Quelle bleibt geheim! Wo das herkommt, gibt es mehr, ich habe das alleinige Recht, diese Kunstwerke zu verkaufen.« Es war eine kleine Lüge, die er leicht berichtigen konnte, sobald er wieder in Haran war. Er fuhr fort: »Die Wahrheit ist die: Durch einen meiner Vertreter habe ich dieses Genie entdeckt. Er zählt zu den begabtesten Männern, denen ich je begegnet bin, aber außer mir kennt ihn so gut wie keiner.«

»Aber wie kann denn das sein?« wollte Gera aus Ugarit wissen. »Wie kann es in einem von einer Gilde regulierten Gewerbe ein unerkanntes Genie geben? Die Gilde kennt ziemlich genau den Stil und die Fähigkeit sämtlicher Mitglieder in jeder Stadt.«

Ibalum lächelte vergnügt über sein Geheimnis. »Wer sagt Euch denn, mein lieber Freund, daß mein unerkanntes Genie Mitglied der Gilde ist?«

»Aber wie ist das möglich?«

»Er hat nie eine Lehre absolviert. Seine Familie war zu arm dafür. Sein Vater ist vor vielen Jahren verschwunden; vermutlich ist er tot. Soviel ich weiß, hat er seine Familie mittellos zurückgelassen. Der Bruder des jungen Mannes hat ein Handwerk erlernt, aber er selbst mußte sich als der Jüngere auf der Straße das eine oder andere aneignen, was er für sein Handwerk benötigte. Er lebte von der Hand in den Mund. Während ich Euch hier von ihm erzähle, lebt er praktisch in völliger Mittellosigkeit. Aber meine Leute haben den Auftrag, ein Auge auf ihn zu haben und darauf zu achten, daß ihm während meiner Abwesenheit nichts zustößt.«

Gera aus Ugarit nahm die kleine Statue in die Hand. »Wenn er weiter so arbeiten kann, wird er nicht mehr lange arm sein.

Nicht, wenn er einen klugen Kaufmann wie Euch kennt.« Er machte eine Pause; jetzt hatte er begriffen! »Aha! Jetzt weiß ich, warum Ihr uns hergebracht habt. Deshalb habt Ihr uns also eingeladen! Sobald Euer Genie zu produzieren beginnt, sind wir Eure Abnehmer!«

»Ihr sagt es. Ihr und andere, die diese Woche hier in der Stadt sind. Ich werde mit Männern reden, die aus Lydien, Ägypten und Elischa kommen, das bei Euch im Süden Zypern heißt. Aus Lykien und Kreta sind Leute hier und aus den Inselkönigreichen im Norden. Aber Ihr, meine Freunde, Ihr seid meine ältesten Geschäftspartner. Ich weiß gar nicht genau, wie lange wir schon miteinander Geschäfte machen. Deshalb wollte ich Euch zuerst davon erzählen, bevor Eure Konkurrenten etwas erfahren.« Eine Dienerin brachte Wein und goß ihn in die Schalen. Sie war schüchtern und lief sofort wieder hinaus.

Ibalum hob seine Schale. »Mir ist klar, daß Ihr mehr Beweise seiner Kunstfertigkeit braucht. Ihr werdet sie bekommen. Aber glaubt mir, ich weiß, wovon ich spreche. Er ist ein Genie. Wollen wir uns daher in der Zwischenzeit darauf einigen, daß Ihr die Vertretung dafür auf Euren Märkten übernehmen wollt?«

Die Männer am Tisch waren alle harte Geschäftsleute, die stets genau kalkulierten. Keiner von ihnen schien einen Zweifel daran zu haben, daß mit Hadads Kunst eine Menge Geld zu verdienen war. Lautstark gaben sie Ibalum ihre Zustimmung.

II

»Es tut mir leid, Annuta-Aram«, beteuerte Schobai. »Ich muß jetzt wirklich gehen.« Er strich sein Gewand glatt und blickte die Frau von König Hagirums Berater für äußere Angelegenheiten an. Sie lag immer noch in herausfordernder Pose auf dem Bett, doch Schobai war mit seinen Gedanken schon woanders. Sie war nackt; der einzige Schmuck auf ihrem üppigen Körper bestand aus einer goldenen Halskette, die Schobai nach Angaben des Ehemanns für sie angefertigt hatte. Die Kette und die üblichen Ringe an Fingern und Zehen glänzten im Licht des späten Nachmittags. Die Frau war enttäuscht. Sie hatte einen schönen Körper, den sie Schobai jetzt so einladend präsentierte, aber ihre Enttäuschung erhöhte nur Schobais Überdruß. »Schobai«, jammerte sie. »Du kannst jetzt nicht gehen. Ich habe geplant, daß wir gemeinsam essen. Nur wir beide. Es wäre so schön! Die Lilien duften so herrlich im Garten, und wir könnten draußen essen.«

»Es tut mir leid«, bedauerte Schobai. Er fuhr sich mit den Fingern durch die ungekämmten Haare und lockerte sie etwas auf, wie es Frauen gern machen. Doch sogar diese Geste wirkte bei ihm ausgesprochen männlich; sie entsprang seiner grenzenlosen Eitelkeit, genau wie die Angewohnheit, von Zeit zu Zeit nach dem Spiegel zu greifen und sich darin zu betrachten. »Du hättest mir vorher von deinen Plänen erzählen sollen. Ich habe heute abend eine geschäftliche Besprechung im Haus eines Geschäftsfreundes. Es ist kein Fest, sondern nur ein kleines Zusammentreffen. Morgen früh muß ich zu einer Besprechung der Anführer der Armee von Charchemisch, bei der die Männer ihre Anliegen vorbringen. Am Nachmittag werde ich Handwerker einstellen, Schmiede, Waffenmeister und dergleichen. Leute, die die grobe Arbeit machen, die ich und die geschickteren Gesellen dann zu Ende bringen. Mein Aufenthalt hier ist eigentlich nur eine rein geschäftliche Angelegenheit!«

»Aber Schobai!« Die Frau kniete auf ihre Hände gestützt auf dem Bett. Ihre schönen Brüste hingen wie reife Früchte herab, und sie präsentierte anmutig ihr wohlgerundetes Gesäß. Einen Augenblick lang spielte Schobai mit dem Gedanken, sich neuerlich auf ein Liebesspiel mit ihr einzulassen. Sie war zwar nicht mehr ganz jung, aber für ihr Alter wirklich verführerisch. Doch nein, seine Arbeit war wichtiger.

»Es tut mir leid«, beharrte er. Sie drückte ihren warmen nackten Körper an ihn und umschlang ihn mit ihren weichen Armen. Schobai war bereits vollständig angezogen und reagierte nicht auf ihre Zärtlichkeiten. »Bitte, Annuta-Aram! Ich muß gehen. Wenn ich die Wahl hätte, würde ich natürlich bleiben. Aber es geht um Geschäfte. Dies ist der größte Auftrag, den ich je übernommen habe. Ich verdiene dabei so viel, daß ich das Geld gar nicht nach Hause transportieren kann, wenn ich am Ende bezahlt werde. Ich würde zu viele Männer zur Bewachung benötigen. Hagirum wird daher einen Boten nach Haran schicken, der arrangiert, daß mir die Regierung meiner Stadt den entsprechenden Betrag gutschreibt. Von da an muß ich nur noch zu Griffel und Tafel greifen und kann über mein Geld verfügen, wann immer ich will.«

»Wie schön für dich«, antwortete sie gereizt. »Wie schön für deine frigide Frau, von der du mir erzählt hast.«

»So sei doch nicht so! Natürlich wird Anat auch Vorteile von dem Geld haben. Wir werden ein größeres Haus kaufen. Den Rest werde ich in Grundbesitz investieren. Das große Haus dient in der Hauptsache zur Repräsentation, genau wie Anat auch. Auch mit ihr repräsentiere ich, denn sie ist auf ihre Art überwältigend schön!«

»Schobai!« gurrte Annuta-Aram und drängte sich noch näher an ihn.

»Du weißt schon, was ich meine«, beruhigte er sie. »Anat ist wie ein Schmuckstück. Wenn einer die schönste Sklavin der Stadt besitzt, macht ihn das in den Augen der anderen reicher und bedeutender. Ähnlich ist es hier. Es hebt meine gesellschaftliche Stellung und damit die Preise für meine Arbeit.«

»Schobai! Sie kann dir keine Kinder gebären.«

»Vermutlich nicht. Ich kann mir immer noch eine andere Frau nehmen.«

»Wie scheußlich, Schobai!«

»Vermutlich wird einmal die Zeit kommen, da ich mir einen Erben wünsche. Aber warum soll ich mir den Kopf darüber zerbrechen, daß Anat keine Kinder gebären kann? Es würde nur ihren perfekten Körper ruinieren. Was hätte ich von ihr, wenn sie verunstaltet und dick wäre? Sie würde aussehen wie jede andere Frau, und ich könnte mit nichts mehr vor meinen Besuchern protzen.«

»Ihr Männer seid so grausam und berechnend.«

»Findest du? Und ihr Frauen? Ihr seid nicht so, was? Ihr denkt nie praktisch, oder wie ist das? Laßt ihr etwa nicht durch Mittelsleute die finanzielle Situation eines Mannes auskundschaften, bevor ihr euren liebenden Vätern erlaubt, die Werbung des Mannes zuzulassen. Die repräsentative Fassade ist euch egal, was?« Schobai hielt sie auf Armeslänge von sich. »Schau, meine Süße, du hast doch nicht die Absicht, deinen Ehemann zu verlassen. Du kennst die Strafe, die darauf steht. Du gewinnst doch gar nichts, wenn du mit Anat tauschst; ich bin zwar reich, aber dein Ehemann besitzt Reichtum und Macht. Du würdest keinen guten Tausch machen!«

»Schobai!«

»Du gibst es also zu?« Er lächelte spöttisch. »Du möchtest an deiner derzeitigen Situation nichts ändern. Aber du willst, daß ich mich schuldig fühle, weil ich gehe, ehe du mich entlassen hast.« Er gab ihr einen spielerischen Klaps. »Ich kenne euch Frauen. Glaubst du, ich durchschaue eure kleinen Spielchen nicht?« Er bückte sich zu ihr hinunter und küßte sie. »Es ist schon gut. Ich wollte dich nur ein wenig necken. Du weißt, daß ich dich liebe. Aber ich muß wirklich gehen. Diese Arbeit ist für mich sehr wichtig.«

»Wann wirst du zurückkommen, Schobai, Liebster?«

»Das kann ich nicht mit Sicherheit sagen. Es kommt darauf an, wie alles läuft. Zuerst bin ich etwa zwei Wochen im Lager und beaufsichtige die Schulung. Danach reise ich nach Norden, um in den Bergen Kupfer zu kaufen. Die Sicherheit der Handelsroute für die Lieferung muß ebenfalls gewährleistet werden. Dazu steht mir ein Trupp Soldaten zur Verfügung. Ich werde aber die Aktivitäten deines Ehemannes im Auge behalten, damit ich weiß, wann er kommt und wann er geht.«

»Ich lasse es dich wissen, wenn er fort ist.«

»Gut. Aber bitte sei diskret! Schicke einen Mittelsmann. Wenn es nicht anders geht, dann eben einen Sklaven, dem du vertrauen kannst. Aber nein: Bei einem Sklaven weiß man sofort, daß er aus deinem Haus kommt. Schicke einen Dritten, jemanden, der nicht direkt mit dir in Verbindung gebracht werden kann. Ein Sklave soll ihn beauftragen.« Er spielte mit ihren Brüsten, wog sie in seinen Händen und ließ sie schließlich los. Bevor du sie verläßt, wecke noch einmal ihr Verlangen, dachte Schobai bei sich. »Leb wohl, meine Liebe. Wir werden so bald wie möglich wieder zusammensein, das verspreche ich dir.«

Er ging zur Tür, ohne sich umzusehen, und wußte, daß er log. Sie wurde aufdringlich. Wenn er die Liaison fortsetzte, brachte er damit seine Position an Hagirums Hof in Gefahr. Es war das beste, die Affäre zu beenden. Frauen gab es schließlich genug, das wußte er, seit er ein Jüngling war. Schöne Frauen saßen gelangweilt und unbefriedigt allein zu Hause; sie waren mit Männern verheiratet, die bessere Geschäftsleute als Ehemänner waren.

Es war nicht die erste Lüge, die Schobai Annuta-Aram an diesem Tag aufgetischt hatte. Als er durch die belebten Straßen von Charchemisch schlenderte, mußte er an das »Geschäft« denken, das er vorgeschoben hatte. Natürlich hatte er etwas zu erledigen, aber es war anderer Natur. Nach dem Abendessen am Vorabend im Palast war er einem entzückenden kleinen Ding begegnet. Sie war die Frau eines Kaufmanns aus der Stadt. Ihr Ehemann bereiste die Märkte an den Küsten des Großen Meeres. Sie hatte ihn so gut wie auf der Stelle verführt. Die Kleine hatte einfach seine Hand genommen und sie unter ihr Gewand geführt. Er freute sich auf die Begegnung, sogar nach dem morgendlichen Liebesspiel mit einer erfahrenen Frau wie Annuta-Aram. Die Liebe nahm den gleichen Verlauf wie alles andere auch: Die Neuheit verlor sich, und die Sache wurde beschwerlich. Der Reiz lag in der Abwechslung. Der Kleinen vom Vorabend wollte er vor allem einmal die Kleider ausziehen und sie von oben bis unten betrachten. Wie würde sie wohl darauf reagieren?

Es gab so unterschiedliche Frauen! Warum sollte sich ein Mann an eine binden? Das wäre nichts anderes, als müßte sich eine Biene auf eine einzige Blume beschränken.

Wer könnte es mit Anat ein Leben lang aushalten? Anat langweilte ihn zu Tode. Kein einziges Mal war es ihm gelungen, in seiner Frau Anat auch nur einen Funken von Leidenschaft zu wecken. Auch ihre Schönheit änderte nichts daran, daß sie ihn nicht interessierte. Er hielt sie daher gefangen in einem goldenen Käfig, aus dem er sie jederzeit herausholen konnte, wenn er sie Leuten von Rang präsentieren wollte, die weibliche Schönheit zu schätzen wußten. Zu gegebenem Anlaß präsentierte er sich mit ihr, die übrige Zeit kurierte er ihre Leiden und Klagen mit Geld. Sie war oberflächlich. Es reichte, ihr einen Köder vor die Nase zu halten, und schon war der Sack voll Klagen vergessen, den sie ihm vor die Füße schütten wollte.

Diese Überlegungen gingen Schobai durch den Kopf, als er plötzlich eine Schenke entdeckte. *Zum Krebs* hieß die kleine Kneipe. Schobai hatte seit Stunden nichts gegessen. Annuta-

Aram war von der krankhaften Angst besessen, dick zu werden, und so bekam auch Schobai bei ihr nie genug zu essen. Sein Magen knurrte. Besser, er stillte gleich seinen Hunger, dann würden ihm bei seinem abendlichen Stelldichein nicht die Kräfte schwinden.

Er setzte sich an einen freien Tisch. Daneben saßen ein paar Soldaten, die offenbar dienstfrei hatten. Die Wirtin – eine stämmige, fröhliche Person – brachte ihm Wein. Schobai bestellte Lamm am Spieß, Käse und Fladenbrot. Da er nichts anderes zu tun hatte, holte er die Tafeln hervor, die König Hagirum ihm am Abend zuvor gegeben hatte, auf denen die zu erledigenden Arbeiten aufgelistet waren. Er achtete nicht auf die laute Unterhaltung am Nebentisch, bis er plötzlich hörte, wie jemand seinen Namen nannte.

Schobai wurde hellhörig. Er richtete sich auf, beugte sich aber gleich wieder über die vor ihm auf dem Tisch ausgebreiteten Tafeln. Er wollte sich nicht gleich zu erkennen geben; vielleicht erfuhr er hier etwas Wichtiges. Worüber unterhielten sich die Soldaten? »...kam gestern abend mit der Karawane aus Haran. Er hat mir erzählt, daß sich der verdammte Kerl an das prächtigste Weibsstück der Stadt herangemacht hat.«

»Aber wer ist dieser Schobai? Du tust so, als müßte man ihn kennen.«

»Das ist der Kerl, der unsere Armee aufrüstet, wegen der Leute, die im Osten für so viel Aufregung sorgen. Er hat Haran anscheinend schon vor Tagen verlassen, und während die Katze aus dem Haus ist...«

»Ich verstehe. Dieser Schobai hat einen Beruf, der die Frau in Versuchung führt. Er ist ständig von zu Hause fort...«

»Genau. Reschef hat angeblich behauptet, daß sie schon seit einiger Zeit hinter dem Rücken ihres Mannes ihre Spielchen treibt. Ein richtiges Stadttor, durch das jeder darf, zumindest jeder ab einem gewissen Rang.«

»Aber was geschieht, wenn der Mann nach Hause kommt?«

»Das ist das schöne daran. Er kommt nicht. Sie weiß genau Bescheid über seine Aufträge. Und wenn er an einem großen Auftrag arbeitet, wie zum Beispiel jetzt, glaubst du, daß unser ehrwürdiger Herrscher ihn für ein paar Tage beurlaubt, damit sich der Schmied vergewissern kann, was seine Frau zu Hause treibt?«

»Nein.«

»Soviel ich gehört habe, ist mit diesem Schobai nicht zu spaßen! Er ist stark wie ein Bulle. Und du kennst doch Reschef, das dürre, kleine Wiesel. Wenn Schobai je von der Sache Wind bekommen sollte, dann kann Reschef etwas erleben. Die meisten Schmiede sind groß und kräftig, und mein Freund behauptet, daß Schobai sogar für einen Schmied außerordentlich stark ist. Der Beschreibung nach muß er ungefähr so groß sein wie der Kerl hinter dir.«

»Dann sollte Reschef sich in acht nehmen! Aber kannst du dir vorstellen, was diese Frau an einem häßlichen Schurken wie Reschef findet? Eine Frau, die einigermaßen bei Verstand ist, würde doch lieber mit einem Schakal ins Bett steigen als mit Reschef!«

»Wer weiß schon, was im Kopf einer Frau vorgeht? Sie denken anders als wir. Vielleicht ist sie auf Ordinäres aus, oder sie läßt sich gern quälen und bekommt das von Reschef. Ich kann ihn mir nicht als zartbesaitete Seele oder romantischen Liebhaber vorstellen, der ihr die Zehen küßt.«

»Ich gebe dir recht. Frauen sind wunderlich. Aber ausgerechnet Reschef?«

»Du hast recht. Er ist der Typ von Mann, dem man nie den Rücken zukehren sollte. Er kann großartig mit dem Schwert und dem kurzen Messer umgehen. Er ist der beste Fechter in der Armee von Haran. Früher hat er bei Festlichkeiten Darbietungen gegeben. Ich habe ihn einmal bei einem Sonnenwendfest in Ugarit gesehen.«

»Ich wäre auch nicht scharf darauf, mich mit ihm einzulassen. Aber stell dir doch einmal Reschef als Liebhaber vor! Als Liebhaber, der die schöne Frau eines reichen Mannes verführt? Das kann ich einfach nicht glauben. In einem Bordell bei einer betrunkenen Hure mit zerrauften Haaren und schmutzigem Gesicht, so kann ich ihn mir vorstellen. Aber du hast schon recht, auf den Geschmack der Frauen ist kein Verlaß. Manchmal glaube ich, daß sie nichts als Haferspreu im Kopf haben.«

Schobai hatte sich unwillkürlich aufgerichtet, um dem Gespräch besser folgen zu können. Er war aschfahl geworden. Seine

Hände hielt er regungslos im Schoß, die Lippen hatte er fest aufeinandergepreßt. So saß er immer noch da, als die Wirtin mit seinem Essen kam. »Es tut mir leid«, sagte er und erhob sich. »Ich bezahle, aber ich habe keine Zeit mehr zu essen. Gebt es jemandem in der Küche. Ich habe noch eine wichtige Verabredung.«

»Aber Herr!« protestierte die Wirtin. Dann blickte sie auf die vielen Kupfermünzen in ihrer Hand. »Danke vielmals, Herr! Kommt bald wieder!«

Aber Schobai kehrte ihr bereits den Rücken zu. So rasch, wie er gekommen war, war er gegangen.

III

Noch keine Stunde war seit der Ankunft der Karawane in Charchemisch vergangen, da hatte Ami-Malik bereits ein Opfer gefunden, das ihn für diesen Tag freihielt. Der Fremde war klein und kräftig. Er hatte einen schwarzen Bart und war wie die Leute aus Mari gekleidet. Doch Haar- und Barttracht war anders, irgendwie eigenartig. Er konnte sich mit den Menschen in Charchemisch in ihrer Sprache verständigen, aber er sprach langsam und mit starkem Akzent. Die örtlichen Gebräuche hingegen waren ihm vollkommen neu. Ein solcher Mann konnte die Dienste eines erfahrenen Führers gut gebrauchen.

Der Mann befand sich offenbar auf einer langen Reise und war gut und teuer gekleidet. Wo er herkam, hatte er nicht verraten. Für einen erfahrenen Dieb und Betrüger wie Ami-Malik, der vorgab, ein Bettler oder Tagelöhner zu sein, und nicht davor zurückschreckte, sich gelegentlich auch als Mörder zu verdingen, konnten sich da ungeahnte Möglichkeiten ergeben. Zunächst aber wollte er dem Fremden die Stadt zeigen. Er mußte herausfinden, wieviel Geld der Fremde bei sich trug und wo er es aufbewahrte. Am Ende des Tages würde Ami-Malik mit ihm in einer Schenke einkehren. Sie würden trinken, und auf Ami-Maliks Geheiß könnte der Wirt ein Getränk mit einem betäubenden Mittel versetzen. Danach würde Ami-Malik den Fremden in ein Viertel führen, wo treu ergebene Freunde bestimmt in eine andere Richtung sehen würden, während er ...

Das Problem dabei war, daß der Fremde keineswegs einfältig aussah. Er wirkte zwar gutmütig und lächelte unverbindlich, aber seinem scharfen Blick entging nichts. Er war kräftig gebaut, hatte starke Unterarme und trug ein gefährlich aussehendes Messer; man mußte es also geschickt anstellen. Ein Grund mehr, ihn zuerst zu betäuben, ehe man etwas unternahm. Wenn sich in seinem Kopf alles drehte, würde er zur leichten Beute werden.

Der Fremde lief mit eiligen Schritten durch die Stadt, so daß sein Führer bei diesen ungewohnten Strapazen etwas ins Schwitzen kam. Er war grenzenlos neugierig: Was für ein Gebäude ist das? Das dort drüben? Laut wunderte er sich über alles: über die erst kürzlich verdoppelten Wachkommandos hoch oben auf den mächtigen Mauern von Charchemisch, über die breiten inneren Rampen, über die Konstruktion der großen Tore, durch die jedermann mußte, der in die Stadt wollte. Ich bin, wie sagst du? Hausmacher? Wo ich herkomme. Mauern-Macher. Meinte er, daß er Baumeister sei? Ja, Baumeister. Ist gutes Wort. Baumeister. Ich lerne, wie Menschen diese Dinge machen.

Das war begreiflich. Er wollte sich darüber informieren, was andere auf seinem Gebiet hervorbrachten. Es war auch gut vorstellbar, daß ein Baumeister so wohlhabend war, wie der Fremde es zu sein schien.

Der Fremde blieb wieder stehen und wartete auf seinen Führer. »Was ist das?« fragte er. »Haus von König?«

»Aber nein!« antwortete Ami-Malik. »Das ist der Tempel der Anat. Sie ist eine Göttin. Der Palast des Königs ist dort drüben, das große Gebäude mit dem Turm.«

»Aha!« Der Fremde lachte über seinen Irrtum, aber Ami-Malik bemerkte, daß seine Augen ernst blieben. »Ich machen viele Fehler«, entschuldigte sich der Fremde. »Du bist, wie sagen? Freundlich, ja, du bist freundlich. Du wirst mich ausbessern.«

»Ach, das ist doch selbstverständlich. In Charchemisch sind alle freundlich. Unsere Gäste sollen sich wohlfühlen, besonders wenn sie das erste Mal hier sind. Aber vielleicht seid Ihr hungrig, Herr? Ihr habt noch gar nichts gegessen. Wollt Ihr einkehren?«

Die Frage war nicht unangebracht. Die Stadttore waren bereits geschlossen gewesen, als der Fremde am Vorabend eingetroffen war. Gemeinsam mit den vielen anderen war er dann am Morgen in die Stadt gekommen. Er mußte doch hungrig sein! Bestimmt konnte er es sich leisten, seinem getreuen Führer eine Mahlzeit zu bezahlen. »Nein danke«, antwortete der Fremde. »Keine Schenke. Gibt es Basar? Vielleicht wir essen Obst? Oliven und Käse?«

»Sicher.« Ami-Malik war enttäuscht. Oliven und Käse! Aber er mußte das Beste daraus machen. In dem Basar *Zum Feigenbaum* hatte er Freunde. Mit ihnen konnte er vielleicht über ein Geschäft reden, das im Lauf des Abends abzuwickeln war. Die Schenken hatten dann bereits geschlossen, und der Fremde hatte hoffentlich guten, betäubenden Wein getrunken. »Natürlich, Herr. Ich weiß, wohin wir gehen. Wir gehen in einen Basar, in dem viele Fremde wie Ihr verkehren. Dort werdet Ihr Euch wohlfühlen.«

Der Basar *Zum Feigenbaum* befand sich genau zwischen zwei unterschiedlichen Stadtteilen und wurde von den Bewohnern beider Viertel besucht. In einem Teil verkauften die Künstler und Handwerker ihre Waren, der andere Teil gehörte zum Viertel der Diebe und war ein schmutziges Labyrinth aus schmalen, gewundenen Gassen. Nur ein Narr war hier nachts ohne Waffe unterwegs. Auch die Bewohner dieses Viertels übten ihr Gewerbe im Basar aus.

Die Sonne stand jetzt hoch am Himmel, und der Basar war sehr belebt. Ami-Malik zeigte dem Fremden, wo er frisches Obst kaufen konnte und erstand auf seine Bitte hin eine leichte Mahlzeit. Der Fremde setzte sich in der Nähe des Brunnens nieder, aß und beobachtete dabei das bewegte Treiben um ihn her. Ami-Malik bahnte sich währenddessen einen Weg durch die Menge bis dorthin, wo der Basar an das Viertel der Diebe grenzte. Einige Künstler unterhielten sich lebhaft über die Arbeit eines Kollegen, aber Ami-Malik beachtete das aufgeregte Gespräch nicht. Schließlich entdeckte er seinen Freund Jadinim, der wohl der geschickteste und verläßlichste Auftragsmörder der Stadt war. »Jadinim! Kommst du kurz mit mir, vielleicht dort hinter den Verkaufsstand? Ich möchte dir ein Geschäft vorschlagen.«

Ibalum zeigte den Handwerkern in ihren Ständen seine Waren und bemerkte dabei Ami-Malik und Jadinim, die in ein Gespräch vertieft waren. Mißbilligend schüttelte er den Kopf. Das ist mir vielleicht ein Paar! dachte Ibalum. Das kleine Wiesel und der große Bär. In ganz Charchemisch gibt es vermutlich keine schmierigeren Gesellen als die beiden. Was die zwei wohl aushecken?

Er zuckte die Achseln und wandte sich wieder seinen eigenen Geschäften zu. Ibalum interessierte sich auf seinen Reisen immer für die Zustände in der jeweiligen Stadt und versuchte auch, soviel wie möglich über die Kriminalität in Erfahrung zu bringen. In Charchemisch war er inzwischen so gut bekannt und verfügte über entsprechende Beziehungen, daß die meisten Diebe einen großen Bogen um ihn machten. Wachen und Gerichte in Charchemisch waren äußerst streng. Die Diebe beschränkten daher ihre Übergriffe auf Fremde und Leute von geringem Stand. Wenn jemand, der in der Gunst des Königs stand, geschädigt wurde, konnte das leicht eine allgemeine Razzia im Viertel der Diebe zur Folge haben, unter der dann alle zu leiden hatten.

Ibalum pries seine Waren an. »Seht her, meine Herren, was ich diesmal aus Mari mitgebracht habe. Nehmt Euch Zeit und bedenkt, daß die Karawanen die Route zwischen Mari und Haran in zunehmendem Maß meiden. Es kann ein Jahr oder länger dauern, bis Ihr wieder Ware aus Mari bekommt.«

»Ihr werdet doch diesen Unsinn nicht glauben, der hier dauernd erzählt wird?« fragte einer der Händler. »Solche Gerüchte werden immer dann in Umlauf gesetzt, wenn die Leute versuchen, die Preise über Gebühr anzuheben.«

»Was wollt Ihr damit sagen?« entgegnete Ibalum sanft, aber seine Augen funkelten eisig.

»Ach nichts ...«

Ibalum wartete nicht auf eine Entschuldigung. »Merkt auf, jetzt möchte ich Euch aber einen Vorgeschmack auf die Waren geben, die ich beim nächsten Mal anbieten werde.« Er packte Hadads kleines Kunstwerk aus und legte es vorsichtig auf den Tisch. »Sagt mir bitte, was Ihr davon haltet. Ich kann mich irren, aber ich glaube, daß ich damit einen guten Griff getan habe.«

Der allgemeine Lärm wurde von bewundernden Ausrufen übertönt. Mehrere Kaufleute drängten näher und wollten das kleine Kunstwerk in die Hand nehmen und eingehend prüfen.

»Ihr seid ein alter Fuchs!« rief einer. »Seit zwei Jahren versuche ich, im Land der Hethiter ins Geschäft zu kommen. Und Ihr kommt mir zuvor! Wie ist Euch das gelungen?«

»Es stammt nicht von den Hethitern«, entgegnete Ibalum.

»Unsinn! Das ist das Beste, was mir in diesem Jahr untergekommen ist.«

»Ihr könnt mir glauben, es stammt nicht von den Hethitern. Es stammt von einem genialen jungen Künstler. Der Mann, der das gemacht hat, hat nie Unterweisung erhalten und gehört nicht einmal der Gilde an.«

»Das glaube ich nicht. Laßt mich das Ding noch einmal ansehen!«

»Glaubt, was Ihr wollt. Ich versuche auch schon seit Jahren, mit den Gilden in Hattuscha ins Geschäft zu kommen. Ich verstehe Eure Enttäuschung sehr gut. Aber es ist mir genausowenig gelungen wie Euch, ich habe das Problem eher umgangen als gelöst. Schaut Euch das Kleinod hier gut an. Der Künstler, der es geschaffen hat, ist meine Entdeckung. Sobald ich ihn das nächste Mal sehe, werde ich einen Vertrag mit ihm machen und werde sein alleiniger Repräsentant für den Handel sein.«

»Aber kann er Dinge wie das hier in beliebiger Anzahl herstellen?«

»Wenn ich ihn entsprechend gut bezahle, kann er es. Und wenn ich ihm das Gold für seine Arbeit zur Verfügung stelle, was ich tun werde. Ich habe die Absicht, den jungen Mann reich zu machen. Wenn ich Euch sage, daß ich ihm die Arbeiten nicht einfach abkaufen möchte, sondern sie auf Kommissionsbasis verkaufen werde, dann könnt Ihr ermessen, wie sehr ich an ihn glaube.«

»So etwas macht ein kluger Geschäftsmann, wie Ihr einer seid! Warum?«

»Je glücklicher der Künstler ist, desto besser wird er arbeiten. Die meisten von uns begreifen das ihr Leben lang nicht. Ich habe es endlich begriffen, und ich werde diesen jungen Mann reich machen. Je reicher ich ihn mache, desto reicher macht er mich. Glaubt mir, ich kann Euch seinen Namen nicht nennen, ehe wir die Tafeln, die uns verpflichtend aneinander binden, nicht unterzeichnet und verbrieft haben. Aber ich will Euch etwas verraten:

Innerhalb von fünf Jahren wird sein Name überall in der uns bekannten Welt berühmt sein. Und das mit Recht!«

»Wenn er regelmäßig Kunstwerke in dieser Qualität herstellt, stimme ich Euch voll und ganz zu.« Ein anderer Händler reichte das kleine Kunstwerk seinem Nachbarn und meinte lächelnd zu Ibalum: »Wenn Ihr uns nicht etwas vormacht, dann gebe ich zu, daß Ihr wirklich etwas Besonderes entdeckt habt. Falls Ihr hier noch niemanden habt, werde ich Eure Vertretung übernehmen.«

»Abgemacht. Ich lasse die Tafeln für den Vertrag aufsetzen.« Nach außen lächelte Ibalum nur verhalten, aber in Wahrheit hätte er nicht glücklicher sein können. Er hatte ein Genie entdeckt! Er konnte es kaum erwarten, Hadad die Neuigkeit zu überbringen und sein Gesicht dabei zu sehen.

Schobais Gesicht wirkte hart wie aus Stein gemeißelt. Ihm gegenüber saß ein Mann mit einer Augenbinde und einem narbigen Gesicht. »Ihr könnt mir vertrauen, Kihilum«, versicherte Schobai seinem Gegenüber. »Ich werde Euch nicht an die Wachen verraten.«

»Ich weiß nicht recht«, gab der andere zu bedenken. »Euer Vorschlag verstößt gegen alle Gesetze. Ich könnte mir eine Menge Schwierigkeiten einhandeln.«

»Ich auch«, entgegnete Schobai. »Das dürft Ihr nicht vergessen. Wenn wir erst handelseinig sind, kann jeder den anderen dem Henker ausliefern. Ich gehe das Risiko ein und bin auch bereit, dafür zu zahlen; vermutlich seid Ihr noch nie so gut für eine Arbeit bezahlt worden.«

»Ich brauche einen Helfer und weiß noch nicht, wen ich dafür nehmen könnte. Er müßte wirklich gut und vor allem verschwiegen sein. Das Problem ist eben, daß alles, was wir in Haran tun, leicht eine politische Dimension bekommen könnte.«

»Ach Ihr mit Eurer Politik!«

»Ihr habt gut reden. Aber die Beziehungen zwischen Charchemisch und Haran sind nicht die besten. Unser König Hagirum hat Euren Herrscher Schemaria wegen seiner Friedenspolitik in aller Öffentlichkeit lächerlich gemacht. Schemaria hat darauf sehr beleidigt reagiert. Es könnte zu einem Abbruch der Beziehungen kommen.«

»Was hat das mit unserer Angelegenheit zu tun?«

»Sehr viel. Ihr redet von einem Anschlag auf eine bekannte Person. Man könnte das auch vor einem politischen, eventuell sogar militärischen Hintergrund sehen. Das könnte zu politischen Problemen führen.«

»Nicht unbedingt. Findet Männer, die sich für den Auftrag eignen. Man muß ihnen unbedingt vertrauen können, und sie dürfen die Sache nicht vermasseln. Ihre Gesichter sollten weder hier noch dort bekannt sein.«

»Ihr gebt nicht auf, oder? Ihr seid ja richtig blutrünstig!«

»Und Ihr seid unverschämt!« brauste Schobai auf. »Behaltet Eure Meinung gefälligst für Euch!«

»Bei allen Göttern! Wollt Ihr Euch jetzt mit Eurem Rang vor mir aufspielen? Ha! Ihr sitzt da und schlagt mir ein Verbrechen vor. Eure arroganten Anwandlungen müßt Ihr schon anderswo ausspielen!« Der Mann mit der Augenbinde wollte aufstehen. Schobai legte ihm seine Hand auf den Arm. »Entschuldigt. Ich bin wütend, aber ich sollte meinen Zorn nicht an Euch ablassen, ich weiß.«

»Da habt Ihr recht. Nicht an mir und auch an keinem anderen. Zorn macht unvorsichtig. Ihr müßt ruhig und beherrscht bleiben. Ein Verbrechen, das in Erregung geplant oder durchgeführt wird, ist von vornherein zum Scheitern verurteilt. Ihr müßt Euch vollkommen unter Kontrolle haben, dann könnt Ihr das Richtige tun.« Er lächelte und entblößte dabei seine Zahnlücken. »Lächelt, lächelt immerzu, und wiegt den Gauner in Sicherheit!«

»Ihr habt recht, das ist ein guter Rat.« Schobai atmete tief durch und beruhigte sich. »Also wie ist es? Könnt Ihr es machen?«

»Ich werde sehen. Ihr wollt nicht, daß wir ihn töten, nicht wahr? Ihn umzubringen wäre aber besser. Tote können nichts mehr über Gesichter erzählen, die sie in einem verirrten Lichtstrahl gesehen haben wollen.«

»Wenn es sich vermeiden läßt, vermeidet es. Tote empfinden auch keinen Schmerz. Ich will, daß dieser Mann leidet. Wenn es möglich ist, hätte ich gern die Gewißheit, daß er für den Rest seines Lebens Schmerzen hat. Und zerstört sein Gesicht. Stecht ihm ein Auge aus! Ich will, daß er so häßlich wird, daß nur noch eine betrunkene Hure aus dem übelsten Bordell in Damaskus ihm einen verliebten Blick zuwirft, und das nur, wenn sie unbedingt Geld braucht.«

»Ich verstehe«, nickte der Mann mit der Augenbinde. »Er hat sich an Eure Frau herangemacht, was? Oder war es Eure Geliebte?«

»Das geht Euch nichts an!«

»Oho! Ihr seid empfindlich! Aber Ihr habt recht. Es geht mich nichts an. Bleiben wir beim Geschäft. Ihr wollt ihn lahm und verstümmelt. Noch etwas?«

»Das sollte reichen. Natürlich wünsche ich, daß weder Ihr noch ich mit der Sache in Verbindung gebracht werden können. Ihr werdet den Auftrag an jemand anderen weitergeben?«

»Natürlich. Kommen wir zur Bezahlung: die Hälfte jetzt, die andere Hälfte nach Auftragserfüllung. Das heißt, nachdem Ihr Euch davon überzeugt habt, daß ich meinen Teil des Handels erfüllt habe. Wie Ihr das anstellt, bleibt Euch überlassen.«

»In Ordnung. Wieviel verlangt Ihr?«

»Tausend.«

»Einverstanden. Wenn mir das Ergebnis gefällt, gibt es einen Bonus.«

»Sehr schön. Gute Arbeit verdient gute Entlohnung.«

»Aber vergeßt nicht: Er ist ein Meister im Schwertkampf, der die Soldaten der Armee ausbildet.«

»Wir werden uns nicht auf einen Schwertkampf einlassen. Es gibt andere Mittel und Wege.« Er grinste. »Im Dunkeln gibt es ohnehin keine Meister im Schwertkampf. Überlaßt das ruhig mir, mein Freund!«

IV

Es dämmerte, und lange Schatten legten sich über die Stadt. Ami-Malik hatte für den Fremden bei einem Zunftbruder ein Quartier gefunden. Er wußte, daß sein Freund zur rechten Zeit wegschauen würde und auch ein sehr kurzes Gedächtnis besaß. Jetzt steuerte er mit dem Fremden eine Schenke am Rand des Viertels der Diebe an; der Wirt dort schuldete ihm noch einen Gefallen.

Der Fremde bestellte für sie beide eine üppige Mahlzeit. Tagsüber war er sehr genügsam gewesen, jetzt am Abend taute er ein wenig auf. Das war gut so; der Fremde trug einen Geldbeutel an einer Schnur um den Hals; den konnten sie ihm mühelos abnehmen, wenn sie ihn erst außer Gefecht gesetzt hatten.

Als die Tänzerin das Lokal betrat, entschuldigte sich Ami-Malik. Er konnte auch später noch auf das wohlgerundete Hinterteil starren und eine privatere Vorstellung arrangieren, sobald er einen wohlgefüllten Geldbeutel sein eigen nannte. Er trat ins Freie und stieß vor der Schenke einen leisen Pfiff aus.

»Ami-Malik?« fragte jemand dicht neben ihm, so daß der Angesprochene erschrocken zusammenzuckte.

»Sei still!« flüsterte Ami-Malik zornig. »Keine Namen, das weißt du doch! Wer in aller Welt bist du?«

»Keine Namen, hast du gesagt.« Im Licht des Mondes war der angeheuerte Attentäter nur undeutlich zu sehen. »Jadinim hat mich geschickt. Er wird sich später noch zu uns gesellen.«

»In Ordnung. Wenn er kommt, richtest du ihm aus, daß wir bis nach dem zweiten, vielleicht auch bis nach dem dritten Tanz bleiben werden. Ich locke ihn so bald wie möglich wieder auf die Straße. Aber er muß ein bißchen betrunken sein, ehe wir ihm das Betäubungsmittel in den Wein mischen können, sonst schöpft er Verdacht.«

»Ich verstehe. Ist er bewaffnet?«

»Er trägt ein Messer. Nimm dich in acht! Er macht den Eindruck, als wüßte er sehr gut damit umzugehen.«

»Ich dachte, es wird eine einfache Sache!«

»Das hoffe ich auch, aber man muß eben alle Eventualitäten bedenken. Nimm dich also in acht!«

»Schon gut, schon gut! Du wirst doch nicht glauben, daß Jadinim einen Anfänger schickt!«

»Nein, das glaube ich nicht. Dann rede aber auch nicht wie ein Anfänger!«

»Schon gut. Jadinim schlägt die Brücke über den Fluß vor.« Damit verschwand der gedungene Attentäter in der Dunkelheit.

»Verstanden. Dann also bei der Brücke.«

Drinnen in der Schenke unterhielt sich der Wirt mit seinem neuen

Küchengehilfen, einem Flüchtling, den er nur für Kost und Logis schuften ließ, über den grimmig aussehenden Fremden, der gerade seine Mahlzeit beendete, ohne die Tänzerin aus den Augen zu lassen.

»Bist du sicher?« fragte der Wirt. »Es könnte jemand sein, der ihm ähnlich sieht.«

»Ich bin sicher«, beharrte der Flüchtling aus dem Norden. »Kein Zweifel. Ich gesehen mit meinen Augen. Ihr glauben, ich vergesse? Vergesse Mann, der Sohn und Vater getötet?«

»Aber er könnte von überall gekommen sein. Er könnte auch aus Haran kommen.«

»Nein. Nicht Haran. Hört ihn reden! Geht! Ihr reden mit ihm! Hört, ob er reden wie Mann aus Haran.« Die Stimme des Küchengehilfen zitterte vor Erregung. »Er nicht Mann aus Haran. Er Mörder!«

»Das sind schwerwiegende Anschuldigungen von einem Mann wie dir!«

»Bitte, hört auf mich! Ich Wein verschüttet vor seinem Fuß und mich bücken und aufwischen. Ich höre Mann reden. Redet anders, aber ist selbe Mann. Ich kenne Stimme.«

»Sei es, wie es sei. Es geht mich nichts an, solange er seine Rechnung bezahlt, und das tut er sehr gewissenhaft.«

»Aber ...«

»Und dich geht es auch nichts an!«

»Aber, bitte! Wenn ...«

»Es geht dich nichts an!« beharrte der Wirt, der das Gespräch gern beenden wollte. »Genug davon! Geh und wasch die Schalen! Bald kommen neue Gäste, und wir brauchen Gefäße für den Wein!«

»Aber wenn es stimmt ...«

Der Flüchtling starrte dem Gastwirt nach. Sein Herz klopfte wie rasend, und das Blut kochte ihm in den Adern. Mörder! Mörder! Suchend sah er sich in der Küche um, und sein Blick blieb an dem scharfen Messer hängen, mit dem er den Käse geschnitten hatte. Scharf und lang. Mit zitternder Hand griff er danach.

Bei seiner Rückkehr in den Gastraum bemerkte Ami-Malik verwundert, daß Kihilum sich ebenfalls in der Schenke herumtrieb, und fragte sich, was er wohl vorhatte. Doch noch ehe er weitere Überlegungen anstellen konnte, gesellte sich der Mann mit der Augenbinde schon zu ihm.

»Sei mir gegrüßt!« begann Kihilum leise. »Ich muß mit dir reden. Vielleicht habe ich Arbeit für dich.«

Kihilums Angebot kam Ami-Malik denkbar ungelegen. »Nicht jetzt«, antwortete er ausweichend. »Vielleicht später. Ich habe auch etwas laufen.«

»Aha! Ich habe schon gehört, daß du ein neues Opfer gefunden hast. Hat es nicht etwas Zeit, bis wir unsere Unterhaltung beendet haben? Was ich für dich hätte, wird gut bezahlt, sehr gut sogar!«

Ami-Malik seufzte. »Es hat keinen Sinn. Such dir jemand anderen!« Aber dann wurde er doch neugierig: »Was für ein Auftrag ist es? Etwas Schnelles?«

»Nein. Das auf keinen Fall. Dauert mindestens eine Woche. Aber das Geld stimmt! Ich brauche zwei Männer, die gut mit Waffen umgehen können. Ungefähr dreihundert für jeden.«

»Dreihundert? Das ist nicht schlecht. Aber für eine ganze Woche?«

»Vielleicht sogar dreihundertfünfzig.« Kihilum runzelte die Stirn. Je mehr er den Männern bezahlen mußte, desto weniger blieb für ihn selbst übrig. »Mehr wird es vermutlich nicht. Wenn du die Arbeit nicht selbst machen willst, kann eventuell ein anderer sie für dich erledigen. Jemand, der auf der Flucht ist und dem es gelegen kommt, für ein paar Tage die Stadt zu verlassen und unterzutauchen.«

»Ich muß es mir überlegen. Ich werde sehen, was ich für dich tun kann. Wenn ich es nicht selbst mache, dann kann ich dir vielleicht jemand anders schicken.«

»Überlege es dir nicht zu lange! Die Zeit drängt. Im trauten Heim meines Kunden hat sich jemand eingenistet.«

»Will er den Mann umbringen lassen?«

»Nein. Aber derjenige soll die Begegnung nie vergessen. Je schmerzhafter sie ausfällt, desto besser. Du weißt schon, eine Hand, ein Auge, gebrochene Knochen.«

»Und wie gut ist das Opfer bewacht?«

»Er ist allein – solange er in der Stadt ist. Er ist Offizier in der Armee von Haran. Ein geübter Schwertkämpfer.«

»Damit scheiden schon ein paar Leute aus, die ich andernfalls empfohlen hätte.«

»Was ist mit Jadinim? Er ist stark und schnell.«

Ami-Malik überlegte. »Im Moment arbeitet er für mich. Aber wenn wir damit fertig sind und alles so läuft, wie wir hoffen, dann sei den Göttern Dank, und dann rede ich mit ihm. Aber eine ganze Woche?«

»Ja, in Haran.«

»Das ist riskant. Kann auch zu politischen Problemen führen.«

»Richtig.« Kihilum sah seine Felle davonschwimmen, aber er war nicht bereit, noch mehr Geld auf den Tisch zu legen. »Denk doch mal daran, was du dir für dreihundertfünfzig alles kaufen kannst! Außerdem muß Jadinim doch gar nicht wissen, wieviel du bekommst! Du bestimmst, wie die siebenhundert aufgeteilt werden. Nimm dir vier und gib ihm drei.«

»Allmählich sprechen wir dieselbe Sprache. Ich gebe dir morgen früh Bescheid. Wir treffen uns im Basar, einverstanden? Oder noch besser, unten am Kanal.«

»Sobald die Stadttore geöffnet werden. Ich werde dort sein. Wenn du mich bis dahin noch einmal sprechen willst, findest du mich im *Springenden Löwen*. Ich bin den ganzen Abend dort.«

»In diesem Schweinestall? Was machst du dort?«

»Einen Handel abschließen, mein Freund. Ich habe gestern auf dem Markt ausgezeichnete Hethiter-Frauen für das dortige Bordell gekauft. Sie wurden bei einem Überfall erbeutet, alles richtig tolle Weiber, saftig wie reife Feigen. Der Gewinn ist nicht besonders hoch, aber ich habe mir in einer Nacht immerhin sechshundert verdient.«

»Verstehe. Beim *Springenden Löwen* also. Wir werden sehen, wie es heute nacht bei mir läuft.«

»Dann also bis später.« Der Einäugige nickte höflich, nur sein gemeines Lächeln paßte nicht zu dieser Höflichkeit.

Der Fremde hatte Unmengen von Wein getrunken, zeigte aber keinerlei Anzeichen von Trunkenheit. Ami-Malik zweifelte allmählich daran, ob seine Pläne an diesem Abend tatsächlich so einfach in die Tat umzusetzen waren. Der Fremde klopfte den Takt zur Trommel und ließ die kleine Tänzerin, die sich nackt und glänzend vor Schweiß im Schein der Fackeln vor ihm drehte, nicht aus den Augen. »Wieviel diese Frau?« fragte er und deutete auf die Tänzerin. »Wieviel kosten Frauen?«

Ami-Malik betrachtete das pralle Hinterteil der Tänzerin. »Ich weiß es nicht«, antwortete er. »Wenn Ihr wollt, erkundige ich mich. Zehn Kupfermünzen, vielleicht weniger.«

»Zehn?« Der Fremde schob die Lippen vor. »So viel?«

»Wartet, ich erkundige mich.« Ami-Malik verließ den Tisch und bahnte sich einen Weg durch den schlecht beleuchteten, überfüllten Raum zur Küche. Dort winkte er den Wirt zu sich. »Jetzt!« sagte er. »Bist du sicher?« fragte der Wirt. »Vorhin wirkte er noch so nüchtern, als hätte er den ganzen Abend nur Ziegenmilch getrunken.«

»Ich bin ganz sicher«, beteuerte Ami-Malik. Seine Zweifel schob er einfach beiseite. »Mach schon!«

»Ich will aber keine Schwierigkeiten!«

»Los! Mach schon!«

Der Wirt drehte sich um. »He! Verdammt, wo ist der Neue? Die Weinschalen sollten längst sauber sein!«

Ami-Malik beobachtete den Fremden dabei, wie er langsam und schluckweise trank. Schmeckt er den Unterschied? fragte sich Ami-Malik und wischte sich den kalten Schweiß von der Stirn. Der Fremde vergaß für einen Augenblick die nackte Frau und warf einen nachdenklichen Blick in seine Schale. Dann trank er wieder. Er stellte die Schale ab und blinzelte.

Er spürt es! Er spürt es bereits! dachte Ami-Malik aufgeregt. Sein Herz klopfte heftig.

»Seltsam!« Der Fremde schüttelte verwundert den Kopf. »Plötzlich ich bin nicht gut.« Dabei fuhr er sich mit der Hand an die Stirn und schloß die Augen.

»Es ist eng hier«, beruhigte ihn Ami-Malik. »Zu wenig Platz. Frische Luft wird Euch sicher guttun.«

»Ja«, stimmte der Fremde zu und erhob sich schwankend. Ami-Malik stützte ihn und half ihm ins Freie. Draußen war es mondhell. Der Fremde blieb mitten auf der Straße stehen und schüttelte den Kopf. »Seltsam«, sagte er wieder. »Wein schmeckt schlecht.«

Ami-Malik sah sich um und bemerkte, wie eine dunkle Gestalt im Schatten der Häuser verschwand. »Kommt!« forderte er seinen Begleiter auf. »Wir gehen zur Brücke hinunter. Die Luft am Wasser ist frischer.« Er überlegte fieberhaft. Warum trieben sich die anderen an der Schenke herum? Sie wollten sich doch an der Brücke treffen, nicht hier, wo die Gäste des Wirtshauses kamen und gingen und die Wachen dreimal pro Nacht vorbeikamen, um für Ruhe zu sorgen.

Er wollte den Fremden am Arm nehmen, doch der war schneller. Er packte Ami-Malik am Handgelenk. Vergeblich versuchte der so Überrumpelte, sich loszureißen. Im nächsten Augenblick blitzte ein Messer in der freien Hand des Fremden. »Was geschieht bei Brücke?« wollte er wissen. »Freund von dir dort warten? Du und Freund mich töten und ins Wasser werfen? Nein? Du mein Geld nehmen und mich töten? Was?«

»Nein, nein«, stammelte Ami-Malik. Sein Messer steckte auf der falschen Seite. Er konnte es mit der freien Hand nicht erreichen, ohne den Fremden näher an sich heranzulassen. »Ihr irrt Euch. Das war nicht meine Absicht.«

»Du Wein schlecht gemacht. Du glauben, ich nicht merke.« Mit quälender Langsamkeit zog der Fremde Ami-Malik näher an sich. Das Mondlicht spiegelte sich in der langen Klinge seines Messers.

Ami-Malik tastete vergeblich nach seiner Waffe.

Da ertönte in der Dunkelheit hinter dem Fremden plötzlich ein heiserer Wutschrei, und im nächsten Augenblick stürzte sich ein Mann auf die beiden. Ein zweites Messer blitzte auf und traf den Fremden im Rücken. Der fuhr zurück, ließ Ami-Malik los, drehte sich um und entkam dem neuen Angreifer.

Ami-Malik fiel zu Boden, richtete sich aber sofort auf einem Knie wieder auf und versuchte, den Angreifer zu erkennen. Es war gar nicht Jadinim; auch nicht dessen namenloser Helfer. Ami-Malik hatte den Mann noch nie zuvor gesehen.

Doch nein, das stimmte nicht! Es war der Flüchtling aus der Schenke, der den Wein verschüttet hatte und aufwischen mußte. Sein Instinkt sagte Ami-Malik, daß er jetzt um sein Leben rennen mußte. Aber ein ebenso starkes Gefühl hielt ihn zurück. Der Flüchtling vollführte ein Täuschungsmanöver mit seiner Klinge und holte weit aus. Der Fremde parierte den Streich, sprang vor und streifte den Flüchtling mit dem Messer.

»Ich kenne dich«, schrie der Flüchtling heiser vor Zorn. »Du bist der Anführer der Armee, die meine Stadt zerstört hat. Ihr kommt in Frieden, habt ihr gesagt. Wir machen die Tore auf, und ihr tötet alle. Meinen Vater, meinen Sohn! Ich kenne dich! Jetzt töte ich dich!«

»Du dich irren!« widersprach der Fremde ruhig und wehrte einen Streich seines Angreifers ab. »Jetzt geh! Ich nicht wollen dich töten.«

»Ich töte dich!« schrie der Flüchtling außer sich vor Wut. Wo ihn der Fremde mit dem Messer getroffen hatte, war sein Gewand mit Blut getränkt. »Du bist ein Mörder! Manuk!«

Ami-Malik hatte den Eindruck, als seufze der Fremde bedauernd, so als wolle er sagen: Tut mir leid, mein Freund, du hast es nicht anders gewollt. Er hob die Hand, und im nächsten Augenblick hatte er dem Flüchtling das Gesicht zerschnitten. Es war blitzschnell gegangen. Blutüberströmt ließ der Flüchtling sein Messer fallen und betastete sein verletztes Gesicht. Da stach der Fremde zweimal zu. Sein Gegner fiel zuerst auf die Knie, dann auf sein Gesicht.

Der Fremde drehte sich um.

Ami-Malik lief, so schnell er konnte. Niemand folgte ihm. Er lief trotzdem weiter. Er wollte nur möglichst weit fort von dem Fremden. Die Brücke fiel ihm ein, wo die anderen auf ihn warteten. Er lief zum Wasser und schrie mit angsterfüllter Stimme: »Jadinim! Lauf! Lauf! Es hat keinen Sinn!«

Gleich darauf hörte er die Schritte seiner Kumpane. Ami-Malik rannte so schnell er konnte weiter ins Viertel der Diebe. Er hatte kein bestimmtes Ziel, er wollte nur so schnell wie möglich fort.

In einer Straße, in der sich eine Reihe von Bordellen befand, blieb er schließlich stehen und wartete auf seine Freunde. Die Huren riefen ihm nach, aber er beachtete sie nicht. Nach Atem ringend, ging Ami-Malik mit seinen Freunden ein Stück weiter, wo die Frauen ihr Gespräch nicht mithören konnten. Hier erzählte er den beiden anderen, was er von dem Vorfall mitbekommen hatte.

»Jetzt bist du aber wirklich in Schwierigkeiten.« Jadinim schüttelte den Kopf. »Er hat dich gesehen. Er kennt dich. Solange er in der Stadt ist, bist du nicht sicher.« Er stieß einen leisen Pfiff aus. »Du solltest so schnell wie möglich von hier verschwinden.«

Ami-Malik keuchte immer noch. Er zitterte vor Angst, wenn er an die eiskalte Wut des Fremden und sein blitzendes Messer dachte. »Ich soll die Stadt verlassen? Aber wie?«

In dem Moment fiel ihm wieder seine Unterhaltung mit Kihilum ein. »Ich wüßte einen Auftrag, Jadinim. Eine gut bezahlte Arbeit außerhalb der Stadt; dauert etwa eine Woche. Wir könnten sofort aufbrechen.«

»Wie gut bezahlt?« wollte Jadinim wissen. Doch bevor er weiterfragte, schickte er seinen Helfer fort. Dies war eine Angelegenheit, die zwischen ihm und Ami-Malik bleiben sollte. »Wie gut bezahlt, Ami-Malik? Und wohin müßten wir?«

Ami-Malik wartete, bis der Helfershelfer sich schimpfend verzogen hatte, ehe er antwortete: »Wir müßten nach Haran. Wenn wir uns beeilen, können wir die Sache noch heute abschließen. Wir müßten in die Schenke *Zum*...«

»Wieviel?« beharrte Jadinim. »Haran ist weit.«

»Zweihundertfünfzig. Wir hätten vielleicht eine Stunde Arbeit, mehr nicht.«

Jadinim runzelte die dunklen Brauen. »Laß es zweihundertachtzig sein!«

Ami-Malik legte die Hand auf sein klopfendes Herz und nickte. »Einverstanden!« meinte er.

V

»Kann der Mann auch in einem anderen Stil arbeiten?« wollte Imna von Byblos wissen und griff nach einer Olive. »Ich meine im Stil der Kreter zum Beispiel oder so, wie in Lykien gearbeitet wird.« Ibalum sah sein Gegenüber über seine Weinschale hinweg an. »Guter Freund, mein junger Mann kann alles. Er verdient sich seinen Lebensunterhalt mit stilisierten Statuetten für den Tempel, für die er nicht viel mehr als ein Almosen bekommt. Seine Arbeiten auf diesem Gebiet sind mindestens so gut wie die jedes anderen. Er wird erst wirklich gut, wenn er frei arbeiten und seine Vorstellungen zum Ausdruck bringen kann.«

»Danach habe ich nicht gefragt«, antwortete der Händler. Er beobachtete einen Vogel, der eine Krume vom Tisch aufpickte. »In Lykien zum Beispiel wird die Kybele oder Attis auf ganz bestimmte Weise dargestellt. Ich möchte wissen, ob er das kann.«

»Ich verstehe, was Ihr meint. Auf diese Weise hat der Mann sein Handwerk erlernt. Er hat irgendwie herausgefunden, wie man aus geeigneter Erde Ton macht, mit dem sich arbeiten läßt. Er war nie in einer richtigen Lehre. Er lernte, indem er andere kopierte. Er kopierte alles, wirklich alles. Vielleicht war das für seine Entwicklung besser als eine normale Lehrzeit. Der Meister einer Werkstatt hätte ihn vielleicht gezwungen, Dinge auf herkömmliche Weise zu tun, und seine Entwicklung dadurch in eine bestimmte Richtung gedrängt. Ihr werdet sehen: Zeigt ihm eine Stilrichtung, und falls er keine andere Arbeit hat, bringt er Euch eine Woche später seine Version davon.«

»Gut. Ich habe in Lykien einen Markt für religiöse Kunst. Ich hatte auch Statuen der Großen Göttin und des Kraken auf Kreta. Aber nach der Palastrevolte läßt sich natürlich nicht vorhersehen, wie sich der Handel in den nächsten sechs Monaten entwickeln wird.«

»Es wird sich alles wieder beruhigen. Der neue Minos wird sich vom alten nicht viel unterscheiden, zumindest was den Handel betrifft. Der König von Kreta kann nicht zulassen, daß die Geschäfte auf Dauer Schaden leiden.«

»Vielleicht. Ich sehe das etwas pessimistischer, aber wie dem auch sei ... Wir sprechen hier schließlich vom teuersten Material und limitierten Mengen.«

»Ich habe natürlich nichts dagegen einzuwenden, daß mein junger Mann einen oder zwei Lehrlinge einstellt, die für die kleineren Märkte arbeiten.«

»Natürlich. Aber zuerst müssen wir die gut zahlenden Märkte mit Kunstwerken von höchster Qualität beliefern. Erst dann dürfen Kopien von geringerem Wert auf den Markt kommen.«

»Ich gebe Euch vollkommen recht. Wir beginnen ganz oben. Zuerst verkaufen wir an die Könige und die märchenhaft Reichen.«

»Zu märchenhaften Preisen.«

»Die mit der Zeit steigen werden.«

»Und das nicht nur einmal, bevor wir unser Ziel erreicht haben. Die Preise werden noch oft steigen, bis der junge Mann einen grauen Bart bekommt.«

»Wir werden den Nachschub natürlich begrenzen. Nur eine bestimmte Anzahl für Lykien, eine bestimmte Anzahl für Kreta und für Ägypten.«

»Vollkommen richtig. Nach einiger Zeit wird sich ein Neureicher noch arm vorkommen, solange in seinem Haushalt nicht zumindest eines der umwerfend teuren Kunstwerke Eures jungen Mannes zu finden ist.«

»Das sind natürlich alles nur Träume, aber wenn ein Geschäftsmann keine Träume hätte und nicht in die Zukunft planen würde, dann könnte er seinen Laden zumachen.«

»Richtig. Er würde als gewöhnlicher Vertreter die kleinen Basare abklappern und zufrieden sein mit dem, was er hat.«

»Er würde als kleiner Händler seinen Karren ziehen, ohne daran zu denken, daß er an Könige verkaufen könnte.«

»Ich sehe schon, wir verstehen einander. Sind wir uns also einig?«

»Gewiß. Jetzt müssen wir nur noch über Preise reden.«

Schobai hatte schon fast das Haus von König Hagirums Berater erreicht, als ihn jemand am Ärmel zupfte. Er blieb stehen. »Pst! Herr! Entschuldigt! Hier bin ich!«

Schobai sah sich ärgerlich um und sah, wie Kihilum ihm zuwinkte. Schobai vergewisserte sich, daß ihn niemand beobachtete, und bog in die dunkle Gasse ein, wo der Mann mit der Augenbinde auf ihn wartete. »Was gibt es?« fragte Schobai barsch. »Ihr wißt, daß ich es nicht schätze, wenn mir jemand bis zur Tür des Generals folgt.«

»Bis zur Tür der Frau des Generals und Beraters von König Hagirum, dessen Armee Ihr bewaffnet«, korrigierte ihn Kihilum und grinste unverschämt. »Aber das ist egal. Ich habe Neuigkeiten für Euch.«

»Neuigkeiten?« fragte Schobai. »Was für Neuigkeiten?«

»Ich habe die richtigen Leute für Euch gefunden. Zwei der besten Männer in Charchemisch. Ruhig, tüchtig und diskret. Was sagt Ihr dazu?«

»Hm. Sind sie auch stark? Haben sie Erfahrung? Arbeiten sie gut zusammen?«

»Alles nach Wunsch. Sie könnten sofort aufbrechen. Dieser Auftrag kommt ihnen in ihrer augenblicklichen Situation sehr gelegen.«

»Welche augenblickliche Situation?«

»Nun, sie müssen für eine Weile die Stadt verlassen. Sagen wir, es ist ihnen etwas zu heiß hier in Charchemisch.«

»Das geht mich nichts an. Wie rasch könnten sie die Sache erledigen?«

»Das kann ich nicht genau sagen. Eile ist nicht unbedingt das erste Gebot. Wichtig ist, daß die Sache so erledigt wird, daß sie nicht bis zu Euch zurückverfolgt werden kann.«

»Ich verstehe. Und worauf warten sie noch?«

»Auf Euer Einverständnis und einen kleinen Vorschuß.«

»Ja, ja, schon gut. Kommt heute abend in die Schenke *Zu den Vier Palmen*. Ich werde dort zu Abend essen.«

»Das ist nichts für mich, Herr. Dort läßt man mich nicht hinein.«

»Dann schickt einen Boten oder besticht jemanden an der Tür. Ihr wißt doch, wie man so etwas macht. Macht mir nicht weis, daß Ihr Euch nicht auskennt.«

»Also gut, aber ...«

»Keine Angst. Sobald der Bote kommt, komme ich zu Euch hinaus, ganz gleich, was ich gerade mache.«

»Und Ihr bringt die erste Anzahlung?«

»Keine Sorge.«

»In Gold, wie ich Euch gebeten habe, ja? Nicht in kleinen Münzen.«

»Ich werde dafür sorgen. Ich habe hier so gut wie unbegrenzten Kredit.«

»Den werdet Ihr brauchen. Aber ich bin überzeugt, daß Ihr alles vorbereitet habt, Herr«, meinte Kihilum und gab seiner Stimme einen schmeichlerischen Ton, den er jetzt für angebracht hielt. »Wir sehen uns also heute abend. Da wäre noch etwas!«

»Und das wäre?«

»Die Männer werden am Morgen nach Haran aufbrechen. Mit der ersten Karawane. Ich habe bereits Vorkehrungen getroffen, damit man sie passieren läßt.«

»Gut. Jetzt laßt mich zufrieden.« Der Einäugige grinste und verschwand. Schobai sah sich noch einmal links und rechts um und klopfte schließlich zweimal an die Tür. Nach einer kleinen Weile klopfte er abermals zweimal schnell hintereinander.

Er ballte die Hand zur Faust beim Gedanken an den bevorstehenden Triumph. Er würde dem verdammten kleinen Wiesel beibringen, was es hieß, sich mit seiner, Schobais, Frau einzulassen. Es war für ihn ein schlimmeres Vergehen, als wenn Reschef ihm sein Eigentum gestohlen hätte. Reschef hatte sein Bett besudelt, seine Frau, die sein Schmuckstück und schönster Besitz war, beschmutzt! Und für diese Beleidigung sollte der Lump teuer bezahlen! Noch heute abend würde Kihilum genaue Anweisungen für die beiden Attentäter bekommen: Reschef mußte seine Nase einbüßen, vielleicht ein Ohr. Nein, ein Auge, das wäre noch besser.

Die Tür ging einen Spalt breit auf. Wunderhübsche braune Augen wurden sichtbar. »Schobai?« fragte eine leise Stimme.

»Der dort drüben ist es. Der mit dem Bart.«

Der junge Offizier blinzelte in die untergehende Sonne. »Der sieht doch ziemlich harmlos aus. Seid Ihr sicher? Ihr wollt doch bestimmt keine falschen Anschuldigungen gegen unschuldige Leute aussprechen. Man weiß ja nie, womöglich ist es jemand von Bedeutung oder, was genauso schlimm wäre, jemand, der mit einer Person von Rang verwandt ist.«

»Stellt ihm einfach ein paar Fragen und hört genau hin, wie er spricht. Er ist nicht aus der Gegend hier. Er kommt auch nicht aus Mari oder Ninive. Ich habe Euch doch gesagt, was ich gesehen habe.«

»Aber Ihr habt gesagt, daß er am Morgen die Stadt mit der Karawane nach Osten verlassen möchte. Was kann er da noch für einen Schaden anrichten?«

»Denkt doch mal genau nach! Ich habe von Anfang an Verdacht geschöpft. Kaum war er in der Stadt, hat er mit einem Halunken namens Ami-Malik Kontakt aufgenommen. Ami-Malik ist ein ganz finsterer Geselle, und von dem ließ er sich in der Stadt herumführen.«

»Daran ist doch zunächst einmal nichts Schlechtes. Ich kenne die kleine Ratte, von der Ihr sprecht. Ich habe ihn schon einmal festgenommen, nein, schon zweimal. Aber kein Gesetz verbietet ihm, jemanden herumzuführen und sich ein paar Kupfermünzen zu verdienen.«

»Aber er hat ihm auch die Verteidigungsanlagen der Stadt gezeigt. Die Stellungen der Wachen.«

»Ihr seid ziemlich neugierig, was?« fragte der junge Offizier den Mann, der ihn beiseite genommen hatte: Er war ein durchschnittlicher Typ, nicht besonders gut angezogen, ein wenig aufdringlich. Leute wie er versuchten immer, sich in das Leben anderer einzumischen. »Seid Ihr ihnen nachgegangen?« fragte der Offizier. »Habt Ihr nichts Besseres zu tun?«

Der Mann reagierte empört. »Ihr seid unverschämt. Ich werde Euch beim Kommandanten melden.«

»Tut das. Aber in der Zwischenzeit werde ich mich über den Mann informieren. Es ist allerdings seltsam, daß sein Gewand einen Blutfleck auf dem Rücken hat. Es würde mich interessieren, wie das zugegangen ist. Zerrissen ist es auch. Sieht mir nach einer Messerstecherei aus. Ich werde ihn ein bißchen aushorchen.«

»Wie Ihr wollt. Aber wenn ich mit Eurem Kommandanten spreche, dann ...«

»Seid endlich still!« Der Soldat ließ den aufdringlichen Bürger stehen und ging hinüber zu dem Fremden, der gerade dabei war, sein Pferd zu satteln. Das rassige schwarze Tier tänzelte nervös hin und her, während sein Gebieter den Sattelgurt schloß. »Entschuldigt, Herr«, begann der Soldat. Der Mann reagierte nicht. Der junge Offizier blickte auf die hohen Mauern von Charchemisch, die hinter ihm aufragten, und auf die Wachen auf den Wällen. Und wenn der Mann tatsächlich ein Spion ist? dachte der Soldat plötzlich. Die Kleider des Fremden waren zweifellos ungewöhnlich, und er konnte sie nirgendwohin zuordnen.

Einer Vorahnung folgend, legte er die Hand auf den Schwertgriff, als er auf den Fremden zutrat. »Entschuldigt«, begann er nochmals, diesmal etwas lauter. »Ich möchte Euch ein paar Fragen stellen.«

Der Fremde wandte ihm den Kopf zu; seine Augen blitzten. Er gewahrte sofort die Hand des Soldaten am Schwertgriff; seine Haltung wurde gespannt, und er faßte nach den Zügeln seines Reittiers.

»Entschuldigt, Herr«, wiederholte der Soldat. Auch er war jetzt in Alarmbereitschaft. Ein harmloser Bürger reagierte nicht so, wenn man ihm eine Routinefrage stellte. »Ich bitte Euch, mich zu begleiten.«

Doch der Fremde trat einen Schritt zurück und schwang sich mit einem Satz in den Sattel. Sofort sprang der Soldat vor und griff nach den Zügeln. Der Fremde riß sie wieder an sich, machte eine blitzschnelle Bewegung und schwang in seiner freien Hand plötzlich ein Schwert. Auch der Soldat zog sein Schwert und holte damit aus. Der Fremde parierte den Schlag geschickt und traf den Soldaten mit der flachen Klinge seitlich am Kopf. Der junge Offizier ging in die Knie. »Wache! Haltet den Mann auf!« schrie er.

Aber der Fremde trieb seinen Rappen schon vom Trab in den Galopp. Sekunden später hatte er die Wachen passiert, hatte die Spitze der großen Karawane hinter sich und war außerhalb der Reichweite der Bogenschützen. »Ihm nach!« schrie der junge Offizier und drückte die Hand auf seinen blutenden Kopf. Aber als die ersten endlich auf ihren Pferden saßen, war der Fremde nur noch ein kleiner Punkt vor einer großen Staubwolke.

»Das kann nicht dein Ernst sein!« Ami-Malik lehnte sich zurück und starrte Jadinim mit offenem Mund an. »Wie in aller Welt ist es uns gelungen, zu überleben?«

»Ich weiß es nicht. Ich würde sagen, wir danken es den Göttern. Ich habe mit zwei Flüchtlingen gesprochen, die den Toten aus der Schenke kannten. Er hat es beiden erzählt. Seinen Erzählungen zufolge war der Mann, den du durch die Stadt begleitet hast, der Stellvertreter des Kommandanten der Nomaden-Streitkräfte. Sie haben ihn nur anders genannt. Der eine bezeichnete ihn als den Henker. Er hat es ungefähr so ausgedrückt: ›Du hast einen König, der zeigt auf irgend jemanden und sagt: Töte ihn! Dann muß jemand dafür sorgen, daß es auch geschieht. Für gewöhnlich tötet er nicht selbst, aber gelegentlich springt er ein.‹«

»Henker, sagst du? Und der spioniert in Charchemisch? Die Götter mögen dem armen Charchemisch beistehen!«

»Sollten wir nicht die Behörden davon unterrichten, daß die Nomaden einen Spion in die Stadt geschickt haben, der sich über die Verteidigungsanlagen informiert?«

»Nein!« Ami-Malik war entsetzt. »Wie stellst du dir das vor? Die Behörden informieren? Ich würde damit die Schlinge um meinen eigenen Kopf legen. Es gibt schließlich einen Toten, und die Behörden versuchen schon seit geraumer Zeit, mir etwas in die Schuhe zu schieben.«

»Ich verstehe. Dann behalten wir es eben für uns. Aber es sieht nicht gut aus für Charchemisch.«

»Da hast du recht. Aber sobald wir unseren jetzigen Auftrag erledigt und die zweite Hälfte der vereinbarten Summe bekommen haben, denke ich allen Ernstes daran, Charchemisch den Rücken zu kehren. Ich bin hier schon zu gut bekannt.«

»Verstehe. Was hast du vor, sobald wir mit diesem Reschef fertig sind und unser Geld haben?«

»Nun ja, Charchemisch ist dem Untergang geweiht. Haran ebenfalls. Wir könnten nach Ugarit gehen oder nach Byblos.«

»Mir soll es recht sein. Schlimmstenfalls müssen wir auch von dort wieder fort. Nach dem, was die Flüchtlinge erzählen, werden dieser Manuk und sein Volk mit Charchemisch und Haran nicht genug haben.«

»Das stimmt. Wo sollen wir dann also hin? Nach Aschkalon? Oder nach Tyros?«

»Soll mir recht sein. Ich kann in jeder Hafenstadt leben. Schlimmstenfalls könnten wir uns auch mit ein paar Kapitänen arrangieren und eine Rekrutierungsgemeinschaft gründen. Auf den Schiffen werden immer tüchtige Leute für die Ruder gebraucht, und die Kapitäne zahlen gut für jeden Mann, den du bringst.«

»Klingt nicht schlecht. Aber zuerst haben wir in Haran noch etwas zu erledigen. Wir sollten früh schlafen gehen. Die Karawane bricht zeitig auf. Je schneller wir diese Sache hinter uns bringen, desto besser.«

Kapitel 8

I

Gegen Mittag tauchte Jamam an der Schenke *Zum Weißen Löwen* auf. »Komm, Danataja, ich habe Käse und Brot. Wir wollen zum Kanal hinuntergehen und dort essen. Ich muß dir etwas Aufregendes erzählen!« Sie zwinkerte Danataja zu.

Danataja wischte sich den Schweiß von der Stirn. »Ich danke dir, Jamam. Es war nett von dir, an mich zu denken, aber ich kann nicht.«

»Kein Aber. Komm mit. Abi-Samar hat bestimmt nichts dagegen.«

»Nein, das ist es nicht. Ich habe ein Problem und muß Abi-Samar um einen Gefallen bitten. Daher will ich es mir mit ihm nicht verscherzen.«

»Dann laß mich ihn fragen. Er wird es nicht wagen, mir etwas abzuschlagen.«

»Nein, es geht nicht. Es geht einfach nicht.«

»Kann ich dir irgendwie behilflich sein?«

Danataja überlegte. Beinahe hätte sie sich überwunden und Jamam gefragt: Ich muß bis morgen abend dreißig Kupfermünzen haben, Jamam. Kannst du bitte ... Bitte was? Mir das Geld borgen? Wie sollte sie es je zurückzahlen? Kann ich bei dir wohnen? Das wäre wirklich zuviel verlangt. »Nein«, antwortete Danataja nach einer Weile. »Nein, vielen Dank.«

»Du kannst zumindest mit mir essen. Ich muß mit jemandem reden, und du bist meine beste Freundin.«

Danataja biß sich auf die Lippen. »Wartest du kurz auf mich, Jamam? Ich muß mit Admuniri reden. Sie ist leichter anzutreffen als Abi-Samar. Wenn ich mit ihm reden will, muß ich bis zum Abend warten.«

»Also gut. Ich gehe in der Zwischenzeit in den Basar. Ich kann zwar nichts kaufen, weil ich mein ganzes Geld bis auf die letzte Kupfermünze für ein wunderschönes Kleid ausgegeben habe, aber ich schaue mich gern um.«

»Aha!« Das ist also erledigt, dachte Danataja. Zumindest was das Darlehen angeht. »Geh du voraus in den Basar, und ich treffe dich dort. Ich brauche nicht lange. Ich wasche mir nur das Gesicht und frisiere mich.«

»So? Ich hätte beinahe vergessen, daß der herzige kleine Sänger mit dem schlimmen Fuß dort arbeitet, richtig? Da willst du dich natürlich von deiner besten Seite zeigen!«

»Jamam! Bitte!«

»Schon gut. Er war in einem jämmerlichen Zustand, als wir ihn das letzte Mal gesehen haben. Es würde mich wundern, wenn er schon wieder an Frauen denkt. Vermutlich bemerkt er dich nicht einmal.«

»Geh jetzt! Ich komme gleich nach!« Jamam machte sich davon, und Danataja ging ins Haus, um sich die Haare hochzustecken. Admuniri wollte soeben das Haus verlassen, als Danataja sie ansprach. »Admuniri, bitte!«

»Ach, du bist es! Bist du mit dem Fußboden fertig?«

»Nein, Herrin. Es ist Mittag. Ich wollte gern mit Jamam zum Kanal hinuntergehen.«

»In Ordnung. Bleib nicht zu lange. Danach machst du die Tische sauber.«

»Ja, Herrin. Ihr könnt Euch auf mich verlassen. Da wäre noch etwas.«

»Was denn? Mach schnell, ich hab es eilig.«

»Es ist wegen Horon, meinem Vermieter. Wenn ich ihn bis morgen abend nicht bezahle, wirft er mich hinaus.«

»Ich werde mit ihm reden. Das kann doch nicht sein Ernst sein!«

»Das ist es aber. Er hat einen anderen Mieter, der angeblich keine Geldprobleme hat. Horon meint, ich sei zu dünn und zu schwach und würde es nicht lange bei Euch aushalten.«

»Abi-Samar wird mit ihm reden.«

»Ich glaube, das wird nicht viel nützen, Herrin. Könntet Ihr mir vielleicht einen Vorschuß bezahlen?«

Admuniri wurde verlegen. »Zu einer anderen Zeit gern, Danataja! Aber diese Woche sind die Steuern fällig.«

»Ach, das wußte ich nicht.«

»Das ist wahrscheinlich auch der Grund für Horons unmögliches Verhalten. Übermorgen früh muß auch er das Geld haben. Wenn du ihn bis morgen abend nicht bezahlen kannst, dann ist es vermutlich zu spät für ihn.«

»Aber Ihr und Abi-Samar, Ihr habt es doch?«

»Ja. Es kommt gerade hin. Sonst würden wir dir gern helfen, das weißt du. Aber die Geschäfte gehen schlecht, sehr schlecht. Die Stadt ist voll von Flüchtlingen. Die können sich ein Gasthaus nicht leisten, aber dafür machen sie den Leuten angst, die gutgestellt sind und es sich leisten könnten.«

»Ich verstehe. Ich habe mir schon gedacht, daß das Geschäft nicht besonders gut geht.«

»Ich hoffe, du verstehst uns! Zu jeder anderen Zeit gern ...«

»Ich weiß, Herrin.« Danataja neigte den Kopf zum Gruß und wandte sich zum Gehen; Admuniri sollte ihr die Angst nicht ansehen. Wo sollte sie hin, wenn Horon sie hinauswarf?

Eine Möglichkeit blieb ihr noch: Jamam könnte sie bei sich aufnehmen. Vor ein paar Tagen hatte sie sogar selbst einen Vorschlag in diese Richtung gemacht. Danataja mußte nur ihren Stolz hinunterschlucken und darauf zurückkommen. Jamam würde nie etwas tun, was Danatajas Stolz verletzen könnte. Im Gegenteil, sie würde vermutlich darauf bestehen, daß Danataja bei ihr wohnte.

Danataja wusch ihr Gesicht in dem Wasser, das sie vor einer Stunde aus dem Brunnen geholt hatte. Sie band ein Kopftuch über die hochgesteckten Haare und bürstete den Staub von ihrem kurzen Gewand, bevor sie auf die Straße hinaustrat.

Dort, wo Hadad vor ein paar Tagen gesungen hatte, sah sich Danataja verstohlen um. Aber der kleine Sänger war nirgendwo zu sehen. Danataja faßte sich ein Herz und fragte die Frau des Gemüsehändlers. »Entschuldigt, Herrin, ich war vor ein paar Tagen dabei, als der junge Mann gefunden wurde. Hadad heißt er, glaube ich. Jetzt wüßte ich gern ...«

Die Frau musterte Danataja von oben bis unten. »Bist du nicht die neue Magd bei Admuniri?« fragte sie ihrerseits. »Ich dachte mir schon, daß ich dein Gesicht kenne. Nein, Hadad ist heute nicht gekommen. Gestern war er auch nicht da. Ich habe ihn besucht. Der Arme sieht ziemlich schlimm aus. Jemand hat ihm eine ordentliche Tracht Prügel verpaßt. Wieso hat er nur so viel getrunken! Noch nie hat er mehr als zwei Schalen gewässerten Wein auf einmal getrunken.«

»Ich weiß es nicht, Herrin. Als wir ihn fanden, ging es ihm furchtbar schlecht, und Jakob brachte ihn nach Hause.«

»Jakob? Er war heute früh hier und hat sich nach Hadad erkundigt. Er ist ein ehrbarer Mann, der sich wohl auszudrücken weiß. Bist du mit ihm befreundet? Oder läuft da etwas anderes?« Die Frau sah Danataja mißtrauisch an.

»Aber nein, Herrin! Ich hatte ihn noch nie zuvor gesehen. Oh, doch, einmal. Aber es ist nicht so, wie Ihr denkt. Jakob kam auf seinem Weg nach Hause an der Schenke vorbei.« Danataja war vor Verlegenheit rot geworden.

»Wie dem auch sei. Wir alle sind froh, daß ihr zur Stelle wart. Wir haben Hadad sehr gern. Wenn du Hadad geholfen hast, bist du uns auf alle Fälle willkommen.«

»Vielen Dank, Herrin. Aber wie geht es Hadad? Ist er schwer verletzt?«

»Nein, es war nicht so schlimm. Seine Wunden werden bald verheilt sein, und er hatte sich nichts gebrochen. Aber innerlich hat ihn etwas tief getroffen, und wir finden einfach nicht heraus, was es war. Warum sollte er sich sonst betrinken? So etwas macht er nie, nicht einmal wenn er es sich leisten könnte, was selten genug der Fall ist. Aber er sagt nichts. Ich werde heute abend wieder nach ihm sehen. Wenn du morgen wieder vorbeikommst, weiß ich mehr.« Sie lächelte etwas freundlicher als zuvor. Eingehend betrachtete sie Danataja, fand aber offensichtlich nichts, was ihr Mißfallen erregt hätte. »Komm morgen wieder«, forderte sie die junge Frau auf. »Komm, wann immer du willst. Hadad braucht Freunde. Wenn du mit ihm befreundet bist, hast du auch in diesem Basar Freunde.«

»Vielen Dank.« Danataja drehte sich um und entdeckte Jamam, die bereits das Bündel mit dem Essen unter dem Arm trug. »Jamam«, begann Danataja unsicher; sie wußte nicht, wie sie es sagen sollte. »Könntest du ...«

Jamam packte Danataja mit der freien Hand am Arm und führte sie aus dem Basar. »Nein, ich erzähle zuerst. Ich platze vor Aufregung. Ich habe einen wunderbaren Mann getroffen. Die Geschichte wird nicht lange dauern, vielleicht einen Monat. Aber während mein reicher alter Mann, der mich heiraten will, du erinnerst dich doch, während er also verreist ist, wird mich der Neue sehr glücklich machen.«

»Ein neuer Mann?« fragte Danataja. »Aber ich dachte, du bist dem anderen treu?«

»Das bin ich auch, auf meine Weise.« Sie lächelte verschwörerisch; Jamam war einfach unwiderstehlich. »Der alte Mann ist geschäftlich unterwegs. Was macht es da für einen Sinn, wenn ich zu Hause sitze und Trübsal blase.« Erst jetzt fiel ihr auf, wie niedergeschlagen Danataja war. »Schau doch nicht so! Das soll ja nicht heißen, daß mir deine Gesellschaft keine Freude macht.« Sie umarmte Danataja herzlich. »Aber wir sind nur einmal jung. Und wenn ich mich für den Rest meines Lebens, oder besser gesagt seines Lebens, einem alten Mann verspreche, dann tobe ich mich zuerst noch ein wenig aus, wenn sich die Gelegenheit bietet. Ich sage dir, dieser neue Mann ist einfach schön, schön und stark! Er ist ein Soldat.« Danataja biß sich auf die Lippen. Sie kannte die Antwort, noch ehe sie gefragt hatte, aber sie fragte dennoch: »Und er wohnt bei dir, solange der alte Mann fort ist?«

»Natürlich! Wo sonst sollte ein Soldat wohnen? Ich kann doch nicht gut im Lager bei ihm im Zelt schlafen. Da wäre mein Ruf dahin. Es ist schon schlimm genug, wenn man sich mit einem Soldaten einläßt. Würde ich ihm folgen, hätte ich bald den Ruf, die Lagerhure zu sein, die für alle ohne Ausnahme zur Verfügung steht.«

»Ich verstehe.« Da ging also ihre letzte Hoffnung dahin. Zuerst Admuniri, dann Jamam. Was sollte sie jetzt tun? Wohin konnte sie gehen? Vielleicht ließ Admuniri sie in der Schenke schlafen, auf einem Tisch oder in einer Ecke.

Rahel schnitt den Käse für Jakobs Mittagessen. Jakob freute sich über die natürliche Anmut ihrer Bewegungen, und er fragte lächelnd: »Lea und die Jungen sind vermutlich bei Laban, nicht wahr?«

»Ja«, antwortete sie sanft. »Bist du sicher, Jakob, daß du mit ihnen zurechtkommst, sobald es soweit ist?«

»Ich weiß, was du denkst«, beruhigte Jakob seine Frau. »Aber ich bin mir sicher, daß es mir gelingen wird. Bis jetzt habe ich es nur nicht versucht. Ich habe zugelassen, daß jemand anderes die Zügel in der Hand hatte. Ab morgen werde ich die Kontrolle übernehmen.«

»Es macht mich so glücklich, Liebster. Die Jungen sind nicht schlecht, nur ungezogen.«

»Ich weiß, und es ist meine Schuld. Ich werde die Zügel in die Hand nehmen, das ist alles. Wenn sie sich erst einmal daran gewöhnt haben, wird es ihnen sicher gefallen.«

»Davon bin ich überzeugt. Sie sind schließlich deine Kinder.« Rahel legte den Käse auf einen Teller und lächelte Jakob liebevoll an. »Du bist ein guter Vater. Du konntest es nur nicht wahrnehmen. Mein Vater ist ein Scheusal!«

»Dabei fällt mir noch etwas ein. Weißt du, daß wir unsere Schuld gegenüber Laban beinahe abgezahlt haben?«

»Jakob!« rief Rahel erfreut. Sie setzte sich neben ihn und hielt seine Hand fest. »Bist du sicher? Wirklich? Es hat so schrecklich lange gedauert!«

Er lächelte glücklich. Es war schön, sie so zu sehen. Wie ein paar zärtliche Nächte eine Frau verändern konnten – und einen Mann auch.

»Ja, so ist es. Dazu kommt, daß mein Teil der Herde kräftiger und gesünder ist als Labans.«

»Gott hat seine Hand über dir gehabt, Jakob.«

»Das stimmt. Aber ich habe auch selbst dafür gesorgt. Warte, bis ich dir einmal erzähle, wie ich die Fortpflanzung der Schafe gesteuert habe. Ich werde es dir erklären. Ich würde den anderen gern mitteilen, daß wir fortziehen. Glaubst du, daß Lea Laban davon erzählt, bevor ich es will?«

»Überlaß das mir, Liebster. Ich werde meine Schwester und die anderen entsprechend vorbereiten. Wann willst du fort?«

»Frag mich lieber, wann ich es mir leisten kann. Es wird noch ein paar Monate dauern. Natürlich bin ich ungeduldig. Am liebsten würde ich heute aufbrechen. Es macht mich traurig, wenn ich daran denke, daß noch ein ganzes Jahr vergehen wird, bis wir in Kanaan sind.«

Sie drückte liebevoll seine Hand und nickte ihm zu. Zum ersten Mal seit langer Zeit wirkte sie zuversichtlich und voller Selbstvertrauen. »Du brauchst es ihnen jetzt noch nicht zu sagen.

Ich werde sie langsam darauf vorbereiten«, schlug Rahel vor. »Die Jungen sind meistens brav. Lea und die Diener machen auch fast immer das, was ich von ihnen erwarte. Ich muß es sie nur deutlich genug wissen lassen.«

Jakob war stolz auf sie und dankbar. Sie ergänzten einander so gut, sie war wirklich die Gefährtin seines Lebens. Noch nie hatte er sie mehr geliebt als jetzt, nicht einmal am ersten Tag, da er sie gesehen und sich für alle Zeiten in sie verliebt hatte.

Hadad setzte sich auf und preßte die Hand auf seine Rippen. Ein stechender Schmerz durchfuhr ihn, und er stöhnte laut auf. Mit seinem gesunden Auge sah er zum offenen Fenster hinaus. Die Sonne stand schon hoch am Himmel. Es war bereits Mittag; höchste Zeit aufzustehen. Aber es fiel ihm unendlich schwer. Erschöpft lehnte er sich in seinem Bett zurück. Eine große Traurigkeit erfüllte ihn, als er merkte, daß er immer noch zu schwach war, um aufzustehen. Entmutigt sah er sich in seinem kargen kleinen Zimmer um. Morgen, dachte er. Morgen bin ich soweit. Spätestens morgen. Ich darf es nicht länger aufschieben; ich muß mit Anat sprechen. Es muß sein; ich muß all meinen Mut zusammennehmen.

II

Am Morgen war Danataja sogar noch früher auf den Beinen als sonst. Vor lauter Sorgen hatte sie kaum schlafen können, und ihre Augen waren rot vom vielen Weinen. Sie stürzte sich in die Arbeit, wusch Berge von Weinschalen und irdenem Geschirr ab und scheuerte die Tische. Als Admuniri auftauchte, war die Schenke bereits blitzblank. Die Frau des Gastwirtes blickte sich erstaunt um. »Gut gemacht, Danataja.« Das sorgenvolle Gesicht ihrer Dienstmagd erinnerte die Wirtin an das Gespräch vom Vortag. »Richtig! Du hast keine Bleibe gefunden, stimmt es?«

»Nein, Herrin. Ohne Geld im voraus nimmt mich niemand. Wenn ich nur etwas bekommen könnte!«

»Danataja! Ich würde dir so gern helfen, wirklich! Ich habe gestern abend mit Abi-Samar darüber gesprochen. Wir haben genau nachgerechnet, wieviel Geld wir haben, aber es reicht kaum, um Lebensmittel für die Gastwirtschaft zu kaufen. Nächste Woche sieht es dann schon anders aus. Wir könnten zwar für dich das Geld leihen, aber da müssen wir dann Zinsen zahlen, und das Risiko wollen wir eben nicht eingehen.«

»Natürlich nicht, Herrin«, antwortete Danataja verbittert. Sie sah ein, warum es den anderen unmöglich war, ihr zu helfen, und sie machte niemandem einen Vorwurf. Zorn, Verbitterung und Angst konnten sich gegen niemanden richten. Sie ganz allein war verantwortlich für ihre schwierige Lage.

Abi-Samar zeigte sich den ganzen Vormittag über nicht, und Danataja arbeitete, als habe der König seinen Besuch in der Schenke angekündigt. Sie scheuerte und schrubbte mit fanatischem Eifer, als könnte sie dadurch den Schmutz entfernen, den Selbstverachtung und Scham auf ihrer Seele abgelagert hatten. Mittags kam Abi-Samar eilig herein. Geschäftig sprach er mit Admuniri über die Steuern und andere Dinge, die nur sie beide etwas angingen. Danach nahm er sich Zeit für Danataja. »Ich habe mit Horon gesprochen«, begann er.

»Ja?« Danataja stellte den Besen beiseite und wischte sich den Schweiß von der Stirn. »Was hat er gesagt?«

»Er gibt dir noch eine Nachfrist von einem Tag, aus Freundschaft zu mir und Admuniri. Aber mehr nicht.« Abi-Samar seufzte verlegen. »Ich habe versucht, ihm mehr Zugeständnisse abzuringen, aber vergeblich.«

»Dann muß ich also morgen abend gehen? Nun, das ist immerhin etwas. Obwohl ich bezweifle, daß ich bis dahin etwas finde.«

»Deshalb habe ich beschlossen, dir den Nachmittag frei zu geben, damit du dir etwas suchen kannst«, sagte Abi-Samar. »Du hast hier heute schon sehr fleißig gearbeitet. Das reicht für einen Tag. Nimm dir auch den Abend frei. Du siehst aus, als hättest du seit Tagen nicht geschlafen. Geh zum Brunnen und mach dich hübsch. Wasch dir die Haare und zieh ein anderes Gewand an. Sieh zu, daß du so gut wie möglich aussiehst. Vielleicht hilft es.« Er klopfte ihr auf die Schulter. »Jetzt lauf los! Verschwende nicht die Zeit!«

Am Brunnen traf sie Jamam, die sie so herzhaft umarmte, als hätten sie einander seit Monaten nicht gesehen. »Danataja! Wie schön, daß ich dich hier treffe. Ich habe eine Lösung für dein Problem.«

»Wie das? Wohnt denn nicht dein Soldat bei dir?«

»Oh, das meine ich nicht. Er wird zwei Wochen bei mir wohnen. Danach muß ich ihn leider hinauswerfen, denn dann kommt der Alte wieder zurück. Wenn ich nur an seine alten grauen Haare denke! Aber mir ist eingefallen, wie du Geld verdienen könntest, Danataja. Nicht nur das Geld für die Miete für diesen Monat, sondern für die Miete mehrerer Monate und für hübsche Stoffe und Gewänder.«

»Aber wie?«

Jamam drehte Danataja herum. »Siehst du den Mann dort drüben? Der mit der kleinen Glatze? Er ist ein Händler aus Aleppo. Er hat mich früher immer aufgesucht, wenn er in die Stadt kam. Er ist ein netter Kerl, in keiner Weise abstoßend oder widerwärtig. Dafür ist er großzügig. Heute früh kam er zu mir, und obwohl ich ihm einen Korb gab, ging er mit mir einkaufen.« Sie deutete auf ihre Netztasche. »Du solltest das Kleid sehen, das er mir gekauft hat. So ein schönes habe ich noch nie besessen!« Jetzt bemerkte sie Danatajas Gesichtsausdruck. »Danataja! Liebste! Was ist los?«

»Du meinst, ich soll mit ihm ...? Mit diesem Mann dort?«

»Aber natürlich! Ich würde dir keinen von der niederträchtigen Sorte schicken! Der dort wird dich nicht mit Bissen und blauen Flecken quälen. Er ist wirklich nett, das verspreche ich dir. Sanft und gefühlvoll.« In verschwörerischem Ton fuhr sie fort: »Er ist auch nicht besonders vital! Auch wenn dir seine Art im Bett nicht gefällt, lächle und ertrag es geduldig. Er wird dich heute nacht nur einmal belästigen, und das nicht lange.«

»Aber ich könnte das nicht, Jamam!«

»Das habe ich damals auch gesagt, meine Liebe, als ich in der gleichen Lage war wie du. Und jetzt schau mich an! Bin ich deswegen schlechter? Bin ich deshalb schlechter, weil ich über meinen Körper verfüge und den Männern nach eigenem Gutdünken zu Gefallen bin? Ich meine, weil ich selbst über mich bestimme, anstatt meinen Vater darüber bestimmen zu lassen? Wäre ich den traditionellen Weg gegangen, würde ich jetzt in einem schäbigen Loch wohnen, zusammen mit einer Schar plärrender Bälger. Statt dessen genieße ich mein Leben. Bald werde ich reich sein. Bald wird mein alter Mann das Zeitliche segnen. Im Grunde genommen ist er zu alt, um zu heiraten. Wenn er dann nicht mehr ist, bekomme ich sein Haus und sein Vermögen und habe viele Jahre vor mir, um alles zu genießen.«

»Ich verstehe«, sagte Danataja. Aber sie konnte es nicht wirklich begreifen. Verwirrt und ängstlich betrachtete sie noch einmal den glatzköpfigen Mann. Er schien nett zu sein und war schon etwas älter. Die Gesichter mancher Menschen alterten früh. Dieser Mann hatte tiefe Sorgenfalten. Wie alt mochte er sein? Vielleicht vierzig?

»Wie heißt er?« fragte sie zögernd. Angst und Unsicherheit schnürten ihr die Kehle zu. »Was soll ich denn jetzt tun?«

»Das klingt schon vernünftiger. Überlaß das einfach mir. Du hast heute nachmittag frei? Das ist gut. Du kannst mein Zimmer benutzen. Ich werde die Sache für dich aushandeln, und du wirst zufrieden sein. Sehr zufrieden, du wirst sehen! Zumindest brauchst du dir um die Miete für die nächsten Monate keine Sorgen machen. Und morgen werden wir für dich neue Gewänder auf dem Markt kaufen.«

Die Karawane war gut vorangekommen – ausgezeichnet sogar. Vor den Mauern von Haran begann am Nachmittag ein geschäftiges Treiben. Zelte wurden aufgestellt, Pferche für die Tiere errichtet, und bald zog der Duft von gekochtem Fleisch über die Zeltstadt vor den Stadtmauern.

Die beiden gedungenen Attentäter, Ami-Malik und Jadinim, bezahlten den Karawanenführer und schlenderten durch das große Tor in die Stadt. Auf ihrem Weg durch die Basare und stillen Straßen machten sie sich aufs neue mit der Stadt vertraut, in der sie seit Jahren nicht gewesen waren.

In einem der besseren Viertel tranken sie auf einer Terrasse eine Schale Wein. Der Wirt betrachtete mißtrauisch ihre Kleider und die staubigen Schuhe. Erst als er sah, daß sie Geld hatten, nahm er widerwillig ihre Bestellung an. Ami-Malik winkte einen Straßenjungen zu sich. »He, Junge, wie gut kennst du dich hier aus?«

»So gut wie niemand sonst. Für eine Kupfermünze finde ich für Euch alles, was Ihr wollt.«

»Und wieviel kostet es mich, daß du für dich behältst, was du für mich suchen sollst?« fragte Ami-Malik.

Der Junge beäugte die beiden Männer und überlegte, was ihm der Handel wohl einbringen könnte. »Ich würde sagen, fünf Kupfermünzen, Herr.«

»Sagen wir vier«, entgegnete Ami-Malik. »Wir sind Agenten der Armee von Haran und wollen Erkundigungen über einen Soldaten namens Reschef einholen. Er soll hier in diesem Viertel verkehren.«

»Richtig, Herr. Wollt Ihr ihn verhaften?«

»Das tut nichts zur Sache. Die Sache ist streng geheim, du verstehst. Niemand darf davon erfahren, am allerwenigsten Reschef.« Ami-Malik beugte sich vor und flüsterte verschwörerisch. »Reschef wird verdächtigt, ein Spion zu sein.«

»Ein Spion?« flüsterte der Junge und riß die Augen auf.

»Ja, ein Spion.«

Mißtrauisch betrachtete der Junge die Gewänder der beiden Männer.

Ami-Malik bemerkte seinen Blick. »Wir haben uns zur Tarnung als einfache Leute verkleidet«, erklärte er. »Wenn wir zu gut angezogen sind, dann wird Reschef uns bemerken. Du verstehst schon. Wir müssen so unauffällig wie möglich bleiben.«

»Ich verstehe, Herr! Aber wie kann ich Euch helfen?«

»Wir wollen alles über ihn wissen. Wo verbringt er seine Tage und Nächte, wenn er nicht im Lager ist? Wo wohnt er, wen trifft er? Vielleicht gelingt es uns sogar, bei dieser Gelegenheit auch andere Spione zu entlarven.«

»Ich verstehe, Herr.« Der Junge flüsterte immer noch. »Hört gut zu, Herr. Ihr kennt den Waffenschmied Schobai. Ein großer Mann mit breiten Schultern? Ungefähr so breit?« Er breitete die Arme aus.

»Jeder kennt Schobai. Was ist mit ihm?«

»Schobai ist nicht in der Stadt, müßt Ihr wissen. Und man munkelt verschiedenes.«

»Ich habe auch etwas gehört. Seine Frau! Sie ist eine von denen.«

»Wirklich?«

»Ja. Aber du darfst niemandem etwas davon erzählen, verstanden? Niemandem! Nicht einmal deiner Mutter.«

»Meine Mutter ist tot. Niemand weiß, wer mein Vater war. Ich lebe bei meinem Onkel. Der ist immer betrunken. Er würde nicht einmal fragen.«

»Um so besser. Ich habe gleich gewußt, daß du der richtige Junge für uns bist. Wo ist also das Haus von diesem Schobai?«

Danataja war nackt und wich zurück. Sie griff nach ihrem Kleid und hielt es vor ihren Körper. »Bitte nicht! Ich kann das nicht. Ich bringe es einfach nicht fertig.«

»Sei ruhig, ich werde nichts tun, was du nicht willst.« Er war ein anständiger, ein wenig trauriger Mann. Im Grunde mochte sie ihn, aber das machte die Sache nur noch schlimmer. Er legte ihr sanft die Hand auf den Arm. Sie wich zitternd aus.

»Ich kann einfach nicht. Es ist nicht, weil du mir nicht gefällst. Es tut mir schrecklich leid, daß ich dir etwas vorgemacht habe und du jetzt erregt bist. Es ist grausam von mir.«

»Keineswegs.« Seine Erregung legte sich. Er klang jetzt beinahe väterlich, als er weitersprach: »Ich verstehe vollkommen. Es ist das erste Mal für dich, nicht wahr? Jamam hätte es mir sagen sollen, dann wäre ich vorsichtiger gewesen. Ich weiß, daß man einer Frau Zeit lassen muß.«

»Aber ich kann es einfach nicht tun. Du gefällst mir. Du bist ein netter Mann. Aber nicht so, so geht es nicht. Ich muß etwas empfinden.«

»Ich verstehe dich. Es ist schon gut.«

»Bitte! Ich möchte mich anziehen, bitte!«

»Wie du willst.« Er resignierte und machte es damit für Danataja noch schwerer. »Ich helfe dir beim Anziehen.« Als sie die Arme nach ihrem Kleid ausstreckte, musterte er sie unwillkürlich von oben bis unten. Danataja errötete und bedeckte Brüste und Scham mit den Händen. Sie schämte sich so sehr wie noch nie zuvor in ihrem Leben. Mit dem Rücken zu ihm zog sie sich an und spürte dabei unentwegt seinen Blick auf ihrem Rücken und ihrem Gesäß. Sie wußte nicht, was schlimmer war: die Selbstverachtung oder die Verzweiflung. Sie hatte alles kaputtgemacht. Der Nachmittag war verstrichen, und sie hatte immer noch kein Geld. Würde Jamam je wieder mit ihr sprechen? Sie mußte sofort zu ihr gehen und sich entschuldigen, wenn sie nicht die einzige Freundin, die sie hatte, verlieren wollte.

»Da wäre noch etwas!« Jakobs Stimme klang ruhig und selbstsicher. Sein entschiedener Ton war neu. »Ich möchte nicht, daß ihr bei Laban herumlungert. Arbeit und Broterwerb machen es oft genug erforderlich, daß wir dort sind. Aber wenn wir die Tagesarbeit beendet haben, bleibt in Zukunft keiner von euch mehr dort. Laban weiß ohnehin schon zu viel über uns.«

»Was soll denn das!« entgegnete Lea verärgert. »Ich besuche meinen Vater und meine Mutter, wann immer ich will. Und die Jungen halten es genauso!«

»Nein, das wirst du nicht, meine Liebe. Von jetzt an nicht mehr. Und versuche es gar nicht erst, dich mir zu widersetzen.«

Er lächelte sanft, aber seine Miene wirkte unnachgiebig.

»So darfst du nicht mit Mutter reden!« lehnte Reuben sich auf. Er ballte die Fäuste und machte einen Schritt auf Jakob zu. »Ich werde es Großvater sagen!«

»Nein, das wirst du nicht, mein Sohn. Du sprichst nicht mit deinem Großvater, es sei denn, er spricht dich an. Und wenn er dich etwas fragt, dann denkst du an die Worte, die ich eben gesagt habe, ehe du ihm antwortest«, mahnte er. Er sprach mit ruhiger Stimme, aber alle spürten, daß Jakob eine neue Stärke gewonnen hatte und unerschütterlich war wie ein Fels. »In Zukunft sprichst du in ruhigem Ton mit mir. Das gleiche gilt, wenn du mit Lea oder mit Rahel sprichst. Auch mit Bilha und Zilpa wirst du freundlicher umgehen. Nach den Gesetzen meines Volkes sind wir alle eine Familie. Der Vater steht der Familie vor, er ist der Patriarch des Hauses und der Priester Gottes. Ein liebender Vater und Patriarch läßt nicht zu, daß Zank und Streit in seiner Familie ausbrechen. Gad und Naftali sind auch meine Söhne und eure Halbbrüder. Ihr werdet sie als solche behandeln und nicht als zweitklassige Mitglieder dieses Haushalts. Ich will keine Rivalität zwischen euch Brüdern. Ihr seid alle gleich. Nur der Wille des Einen Wahren Gottes unserer Väter zählt, des Gottes eurer und meiner Vorväter. Eine Familie, die im Streit lebt, ist ihm ein

Ärgernis.« Sein Blick wanderte über seine Familie, die sich vor ihm versammelt hatte: seine Frauen, Konkubinen und Kinder. Alle wirkten verwirrt, nur Rahel strahlte vor Stolz. »Unsere Familie hat im Zwist gelebt«, fuhr Jakob ruhig fort. »Das war meine Schuld. Ich habe versucht, die Gebote Gottes zu umgehen, und er hat mich bestraft, indem er während all der Jahre, die ich schon in Haran bin, nicht zu mir sprach. Ich habe mich entschlossen, ganz zu machen, was zerbrochen ist. Vielleicht wird Gott dann wieder zu mir sprechen. Aber ob er es tut oder nicht, wir werden wieder eine Familie werden. Eine Familie, die ihre Probleme unter ihrem eigenen Dach löst. Wir werden gemeinsam arbeiten, einander lieben und achten. Das ist nicht mein Wille, sondern der Wille Gottes. Wir werden seinen Willen achten, ihr und ich.« Er lächelte, und sein Lächeln war das Lächeln eines Gebieters, nicht das eines Dieners von Laban. »Habt ihr mich gehört? Habt ihr mich verstanden?« Er legte die Handflächen aneinander wie zum Gebet. »Dann wisset: Von diesem Augenblick an gehorche ich dem Willen Gottes. Und ihr werdet mir gehorchen.«

III

Jamam klopfte zum wiederholten Mal an die Tür. »Danataja?« fragte sie. »Danataja? Bist du da?«

Danataja saß auf dem Bett und starrte an die Wand. Sie wollte nicht antworten und wünschte sich sehnlichst, Jamam würde aufgeben und fortgehen. Doch da sie schließlich in Jamams Zimmer war, blieb ihr nichts anderes übrig, als zu antworten: »Ich bin hier, Jamam.«

»Willst du nicht mit mir sprechen, Danataja? Öffne die Tür. Ich weiß, wie du dich fühlst.«

»Nein, das weißt du nicht. Sag nicht, daß du es weißt, wenn es nicht stimmt«, erwiderte sie weinend.

»Mach doch auf, Danataja! Bitte! Ich verstehe, glaube mir. Laß dir doch von mir helfen, Danataja! Bitte!«

Danataja stand schließlich auf und ging barfuß zur Tür. Ihre Sandalen lagen noch dort, wo sie sie hingelegt hatte, als der

Mann dagewesen war. Schuhe ausziehen ist nicht schwer, dachte sie. Alles übrige abzulegen ist nicht ganz so leicht – vor allem Hemmungen und Gewohnheiten abzustreifen, mit denen man aufgewachsen ist. Sie schob den Riegel zurück.

Jaman trug teure Gewänder und hatte sich sorgfältig zurechtgemacht. »Ach, Danataja!« rief sie und umarmte die Freundin vorsichtig, um ihre Frisur nicht zu zerstören. »Es tut mir so leid! Ich habe ihn getroffen, und er hat mir alles erzählt. Du kannst dir gar nicht vorstellen, wie betrübt der arme Kerl war, einfach untröstlich. Er wollte dir nichts Böses.«

»Ich weiß, ich weiß. Aber ich habe ihn enttäuscht. Er hat etwas erwartet, was ich nicht geben konnte. So ist das immer.«

»Nein, bitte, sag das nicht. Setz dich! Unter dem Bett muß noch ein halbvoller Weinschlauch sein. Hier! Trink einen Schluck davon. Doch, doch, ich bestehe darauf! Siehst du! Dann wird dir von innen gleich ein bißchen wärmer, und deine Laune wird auch besser.«

»Wenn ich etwas trinke, werde ich davon nur noch niedergeschlagener.«

»Du mußt dem Wein Zeit geben! Hier, nimm noch einen Schluck. Ich bestehe darauf, wirklich!« Sie setzte sich neben die Freundin aufs Bett und sprach leise und beruhigend auf sie ein. »Ich weiß, ich habe dich bedrängt. Es war mein Fehler. Ich habe mich bei unserem Freund entschuldigt. Ich bin die Schuldige, nicht du.«

»Du mußt dich nicht entschuldigen. Es war mein Fehler.«

»Nein, auf keinen Fall. Denk einfach nicht mehr darüber nach. Jetzt müssen wir vor allem Geld für Horon auftreiben.« Jamam überlegte angestrengt. Plötzlich hatte sie einen Einfall. Sie lächelte strahlend und ergriff begeistert die Hände der Freundin. »Vielleicht ist das unsere Chance, Danataja! Mein Freund kommt heute abend. Wenn ich früh fertig bin, will er sich mit mir treffen. Er will aber nicht bis nach der Vorstellung warten.«

»Ja und? Was soll ich tun?« fragte Danataja. Dann verstand sie, worauf die Freundin hinauswollte. »Nein, Jamam! Das kann ich wirklich nicht machen! Unter keinen Umständen!«

»Natürlich kannst du, Danataja. Jede Frau kann es, wenn sie die Figur dazu hat. Du kannst es besser als so manche andere. Habe ich dir die Kunst des Tanzens nicht selbst beigebracht?«

»Aber ich könnte das nie tun!«

»Läßt du dich lieber auf die Straße setzen? Gefiele dir das besser? Würdest du dich dabei wohler fühlen?«

»Nein, das nicht, aber ...«

Jamam erhob sich und trat zu der Truhe am Fußende ihres Bettes. »Hier hast du ein Gewand! Das müßte dir passen. Ich habe es bei meinem ersten Auftritt in der Schenke getragen. Ich war damals nicht viel runder als du. Komm, zieh deine Kleider aus.«

»Nein, Jamam.«

»Ich habe gesagt, du sollst dich ausziehen!« Jamam half Danataja und zog ihr mit einer raschen Handbewegung das Kleid aus. »Du siehst richtig süß aus, zum Anbeißen! Sogar ein wenig verführerisch. Wenn mir Männer nicht besser gefielen als Frauen, könnte ich für nichts garantieren!«

»Jamam, bitte!«

»So, und jetzt ziehst du das an. Wickle es einmal herum! Gut so! Und jetzt so!«

»Kannst du mich nicht in Frieden lassen!«

»Gar nicht übel.« Sie machte einen Schritt zurück und betrachtete Danataja von oben bis unten. »Jetzt den zweiten Schleier. Über die Brust.«

»Bitte, Jamam! Ich kann das nicht.«

»Mit der Armesündermiene geht es wirklich nicht, da hast du recht. An Abi-Samars Stelle würde ich dich sofort hinauswerfen, wenn du so ein Gesicht machst.«

»Jetzt reicht es! Ich ziehe das sofort wieder aus.«

»Nein, das wirst du nicht tun. Zumindest nicht jetzt. Trink noch einen Schluck. Der Wein macht dich lockerer, und du kannst dich besser entspannen. So, wo waren wir stehengeblieben? Ach ja! Steh still, und ich drapiere den Schleier. Wenn du ihn ablegen willst, wirbelst du einfach herum, so wie jetzt! Es ist nichts dabei. Aber komm, ich wickle ihn noch einmal herum und befestige die anderen.«

»Du brauchst das Geld doch selbst, Jamam.«

»Das schon, aber wenn ich es hätte, würde ich es dir geben. Heute ist der erste Abend nach der Ankunft der Karawane aus

Charchemisch. Weißt du, was das heißt? Man wird dir so viele Münzen zuwerfen, daß du darüber stolperst! Wenn dein Geld nach den ersten beiden Auftritten nicht für die nächsten zwei Monate reichen sollte, dann nur deshalb, weil mit der Karawane aus Charchemisch bloß Knabenliebhaber gekommen wären, was höchst unwahrscheinlich ist. Die Männer aus Charchemisch haben zum Glück einen konservativen Geschmack. Wackel nicht so herum! Sehr gut sieht das aus! Als wärst du schon ewig im Geschäft. Jetzt muß noch etwas mit deinen Haaren geschehen.«

»Aber was soll ich tun, Jamam? Vielleicht könntest du zu meiner moralischen Unterstützung in der Tür stehen!«

»Aber Danataja! Wenn ich das tue, dann zwingt mich Abi-Samar im Handumdrehen zum Auftreten. Und das wollen wir doch nicht, oder? Bei einem Auftritt ist man immer allein. Du mußt nur die erste Hemmschwelle überwinden, das ist alles. Übrigens, diese Sandalen, die du trägst, kannst du nicht anziehen. Tanze barfuß! Nimm ein paar von meinen Fußkettchen, die mit den kleinen Glocken. Vielleicht nimmst du auch den hübschen kleinen Gürtel, den mir ein Händler aus Ugarit einmal geschenkt hat. Auf deinen schmalen Hüften wird es sich gut machen und die Aufmerksamkeit auf deinen kleinen Dingsbums richten.« Jamam kicherte. »Die Brüste solltest du vor dem Auftritt mit ein wenig Henna schminken.«

»Ich kann es nicht, Jamam!«

Jamam seufzte. »Du mußt aber, meine Liebe. Du hast keine andere Wahl. Entweder du machst es oder ...«

Voller Verzweiflung ließ Danataja die Schultern hängen. Schließlich riß sie sich doch zusammen. »Ich werde es versuchen, so gut ich kann«, sagte sie.

»Das ist gut, meine Liebe.« Jamam umarmte sie noch einmal vorsichtig. »Denk daran, was ich dir gesagt habe. Such dir einen Mann aus, schau ihm in die Augen und tanze nur für ihn.«

»Ich werde es versuchen«, versprach Danataja tapfer.

Hadad sah dem Soldaten nach, wie er davonstolzierte, und schüttelte den Kopf. Es war unfaßbar! Wie konnte er so unverfroren sein! Er machte nicht den geringsten Versuch, seine Affäre mit Anat zu verbergen. Reschef ging an Hadad vorbei, ohne ihn zu beachten. Hadad war sich sicher, daß er ihn nicht einmal bemerkt hatte, dabei stand Hadad direkt vor Schobais Haus. Reschef kannte offensichtlich weder Angst noch Scham.

Hadads Hände zitterten, als er auf das große Tor zuging. Auf der Treppe hielt er inne und holte tief Luft. Sein Herz raste, und er war aschfahl geworden, weil er sich so schämte.

Zuerst klopfte er schüchtern, dann mit mehr Nachdruck.

Die Tür wurde aufgerissen. »Wenn du glaubst, daß ich dir …« schrie Anat und hielt mitten im Satz inne. Erschrocken starrte sie Hadad an.

Ihr Hemd war zerrissen, ihr Haar in Unordnung und ihr Körper mit Kratzern übersät. »Was ist passiert, Anat? Kann ich dir helfen?!«

Außer sich vor Wut starrte sie ihn an. »Was willst du hier? Verschwinde!« Sie versuchte die Tür zuzudrücken, aber Hadad war schneller und schob sich dazwischen. Schnell betrat er das Haus und zog die Tür hinter sich zu.

»Verschwinde!« brüllte Anat nochmals und attackierte ihn mit den Fingernägeln. Hadad machte einen Schritt zurück und versuchte sich zu schützen, ohne ihr weh zu tun. »Du kleiner, elender Schnüffler! Kümmere dich doch um dein eigenes schweinisches Geschäft!« Sie schlug mit der geballten Faust nach ihm und traf sein halbblindes Auge. Er schrie auf und legte die Hände schützend auf das Auge. »Du kannst dich nicht wehren, kannst dich nicht um deine eigenen elenden Angelegenheiten kümmern, kannst mich nicht in Ruhe lassen!« Hadad stellte eine Bank zwischen sich und Anat und schützte sich vor ihren Angriffen, indem er unbeholfen vor- und zurücksprang. Sie erwischte ihn trotzdem und zerkratzte ihm das Gesicht, daß es blutete. Hadad wich entsetzt zurück. »Anat! So kenne ich dich nicht! Bitte, beruhige dich doch!«

»Ich soll mich beruhigen?« kreischte sie haßerfüllt. Ihr sonst so hübsches Gesicht war verzerrt vor Wut. »Beruhige dich, sagt er! Der widerliche Schnüffler, der kleine Krüppel! Krüppel, habe ich gesagt, hast du gehört! Du findest keine eigene Frau und schnüffelst hinter mir her, als wäre das dein gutes Recht! Du schleimiger, lausiger Schwächling! Verschwinde aus meinem Haus, hast du verstanden!«

»Du weißt doch gar nicht, was du sagst, Anat! Laß dir doch helfen!«

»Du und ein egozentrischer Bruder! Er mit seinem albernen Getue vor dem Spiegel! Ziert sich wie eine Frau! Und du mit deinem häßlichen Froschgesicht! Und erst dein verkrüppeltes Bein! Mir wird schlecht, wenn ich dich nur sehe!«

»Anat, so hör doch auf! Es wird dir später leid tun. Ich werde Schobai nichts davon erzählen. Ich wollte nur nachsehen, ob ich dir vielleicht helfen kann.«

»Du? Helfen?« Sie lachte schrill. »Wie kannst du jemandem helfen? Du kommst doch selbst nicht zurecht! Du kannst nicht einmal für dein eigenes Leben aufkommen! Du kannst nicht einmal ordentlich gehen!«

»Sag doch nicht solche Sachen, Anat! Ich will dir nichts Böses. Warum sagst du diese schrecklichen, verletzenden Dinge zu mir? Ich liebe dich doch, Anat. Du bist für mich wie eine Schwester.«

»Wie eine Schwester, sagst du? Jedesmal, wenn du das Haus deines Bruders betrittst, verschlingst du mich mit den Augen, als wäre ich eine Straßenhure! Wenn du so gern hinschaust, hier bitte, aber rühr mich nicht an!« Sie streckte die Brust unter dem zerrissenen Hemd vor. »Schau her, Bruder!« Mit diesen Worten riß sie sich das Hemd vom Leib und stand nackt vor ihm. Die Hände in die Hüften gestützt, die Beine leicht gespreizt, so stellte sie ihren Körper vor ihm zur Schau. Gehässig fuhr sie fort: »Hier hast du also, was du immer so hungrig anstarrst, wenn du deinen arroganten Bruder besuchst. Warum holst du dir nicht deinen Anteil? Komm, Hadad! Ich tu dir nichts zuleide!« Doch Hadad verbarg fassungslos sein Gesicht mit den Händen und schluchzte.

Anat griff nach der kleinen Baal-Statue, die er ihr zum Geburtstag gemacht hatte, und schleuderte sie angewidert an die Wand. Die Figur zerbrach in tausend Stücke. »Wie ich es mir gedacht habe!« grollte sie. »Wie ich es mir gedacht habe!« Sie lachte heiser. »Er schaut nur, aber er rührt nichts an! Wie immer. Jetzt wissen wir wenigstens, woran wir bei ihm sind. Er hält überhaupt nichts von Frauen!« Sie machte einen Schmollmund und sprach voller Häme weiter: »Er spielt lieber mit kleinen Jungen. Er sucht sich die Kleinen aus, die sich gegen solche wie ihn nicht wehren können. Er verspricht ihnen reife Feigen und Süßigkeiten, wenn sie ihn mit ihren kleinen Schwänzchen spielen lassen.«

Hadad hielt sich die Ohren zu. Sein Gesicht war starr vor Entsetzen und Scham, und in seinen Augen standen immer noch Tränen. »Anat«, stammelte er.

»Verschwinde endlich!« Sie hatte sich beruhigt und zischelte tückisch, wie eine Schlange. »Verschwinde, du widerlicher kleiner Krüppel. Ich möchte dein Schweinsgesicht nie mehr wiedersehen! Verschwinde!«

Die beiden nahmen seine Spur auf, als er durch die Straße schlenderte. »Das ist Reschef«, stellte Jadinim fest. »Er macht eigentlich keinen besonders gefährlichen Eindruck, oder was meinst du?« Ami-Malik warf dem Soldaten einen kurzen Blick aus dem Augenwinkel zu, ohne den Kopf zu drehen. »Nicht sehr groß, nicht sehr stark, aber drahtig. Bestimmt übt er viel, und vermutlich ist er sehr schnell. Ich würde ihn nicht unterschätzen!«

»Wenn es dunkel ist, sieht die Sache anders aus. Dann kann er nicht so gut sehen.«

»Stimmt. Der Mond wird wieder schmaler. Außerdem fällt Nebel ein. In den Nebengassen könnte es heute nacht ziemlich finster werden.«

»Dort drüben geht er jetzt!«

»Genau. Folge ihm in einiger Entfernung. Laß ihn nicht aus den Augen. Ich folge dir, aber nicht zu knapp. Wir lassen ihn bis Sonnenuntergang nicht aus den Augen. Wir erwischen ihn sicher irgendwo, wo wir ihn leicht überrumpeln können.«

»Bestimmt. Es wird leichter sein, als wir gedacht haben. Ich kann es nicht erwarten, bis wir ihn zwischen die Finger kriegen!«

»Sei kein Narr! Nur mit den Fingern werden wir gegen den nichts ausrichten!«

»Da hast du allerdings recht.«

IV

Reschef blieb bei der Brücke über den Kanal stehen. Er hatte mittlerweile einiges getrunken, und sein Gesicht war heiß und gerötet. Er blickte auf das Wasser hinunter, in dem sich der Mond spiegelte, die Abendluft war lau. Vom Wasser her kam eine leichte Brise und kühlte sein Gesicht.

Sein Verstand wurde allmählich wieder klarer, und damit verstärkte sich das Unbehagen, das er den ganzen Abend über verspürt hatte. Er schüttelte den Kopf und warf dabei verstohlene Blicke nach links und rechts und über die Brücke, wo der Mond noch hinschien.

Er wurde beobachtet, soviel war sicher.

Schon den ganzen Abend über hatte er etwas bemerkt. Zuerst in der einen Taverne, dann in einer anderen. Das seltsame Gefühl hatte ihn nicht losgelassen. Nur während des vertraulichen Beisammenseins mit der kleinen rundlichen Tänzerin im Gasthof *Zu den Lilien* hatte er sich unbeobachtet gefühlt. Der Garten dort war auf allen Seiten von hohen Mauern umgeben, und er hatte den Wirt bestochen, um ungestört bleiben zu können.

Doch davor und danach hatte er ständig den Eindruck gehabt, beobachtet zu werden. Seit wann ging das schon? Stirnrunzelnd dachte er nach. Seit wann? Vielleicht seit er Anats Haus verlassen hatte? Wieder schüttelte er den Kopf und nützte die Gelegenheit, einen unauffälligen Blick auf die beiden Männer am anderen Ende der kleinen Brücke zu werfen. Er gab vor, sein Gewand oberhalb des Knies am Saum nach unten zu ziehen. Dabei stieß er an die Schwertscheide unter seinem Obergewand und lockerte den Sitz der scharfen Klinge. Er wollte auf alle Fälle gewappnet sein.

Anat! Allein der Gedanke an sie machte ihn unwillig. Frauen waren bisweilen höchst sonderbar. Es gefiel ihr tatsächlich, von ihm schlecht behandelt zu werden. Er spuckte verächtlich in den Fluß. Je schlechter er sie behandelte, desto besser gefiel es ihr! Sie wurde dabei zwar immer ärgerlicher und verdrossener, hatte aber mittlerweile gelernt, es nicht zu zeigen. Was für eine Närrin sie war, ihn immer wieder zu provozieren! Sie bettelte förmlich darum, von ihm mißhandelt und beschimpft zu werden, und forderte ihn zu Liebesspielen heraus, die von Mal zu Mal entwürdigender wurden.

Es gefiel ihr, und das war sein Problem. Seine Liebesspiele mit ihr mochten noch so derb sein, für ihn fehlte die Würze, weil es ihr gefiel und sie praktisch darum bettelte. Für ihn wurde es erst wirklich aufregend, wenn die Frau Haß und Angst empfand, wenn sie ihn wimmernd anflehte aufzuhören.

Er lächelte hämisch auf das Spiegelbild des Mondes im Wasser und dachte an die kleine Blumenverkäuferin im Viertel der Diebe. Es war vor einem Monat gewesen; auch sie hatte darum gebettelt, sogar als seine Hände schon um ihren Hals lagen. Erst als sie begriff, daß er ernst machte und sie tatsächlich würgte, begann sie, sich zu wehren. Aber zu diesem Zeitpunkt war er bereits so erregt, daß ihre schwache Gegenwehr sein Vergnügen nur noch steigerte. Er verstärkte den Druck um ihren Hals und sah zu, wie sie starb, spürte, wie sie just in dem Augenblick unter ihm erschlaffte, als er den Höhepunkt erreichte.

Bei der Erinnerung daran wuchs seine Erregung. Wenn die eigene Befriedigung mit dem Auslöschen eines anderen Lebens zusammenfiel, so bedeutete das für ihn den totalen Sieg, ein Vergnügen, das sich mit kaum einem anderen vergleichen ließ.

Anat! Das wäre etwas wirklich Besonderes! Aber wie? Die Leute hatten ihn kommen und gehen gesehen. Er mußte die Beziehung öffentlich abbrechen, sie vielleicht sogar vor Freunden bloßstellen, um Zeugen für die Trennung zu haben. Sobald alle davon überzeugt waren, daß er mit ihr gebrochen hatte, würde er nachts ungesehen in ihr Haus kommen...

Doch da war diese Dienerin, mit der Anat so vertraut war. Wie hieß sie nur gleich? Tanuha? Zuerst mußte er sie aus dem Weg schaffen. Nur keine Zeugen! Niemanden. Er könnte sie nachts auf die Straße locken und dort würde ihr dann etwas zustoßen.

Doch nein, das würde sich zu nahe am Haus abspielen. Besser er bediente sich Dritter und inszenierte etwas mit Leuten, die niemand mit ihm in Verbindung bringen konnte, falls jemand Nachforschungen anstellte.

So träumte er vor sich hin. Er war so in seine Gedanken und das Spiegelbild des Mondes in den Wellen vertieft, daß ihn zum ersten Mal an diesem Abend sein sechster Sinn und seine Vorsicht verließen.

Plötzlich fielen sie über ihn her. Von beiden Seiten der Brücke stürzten sie sich auf ihn. Ein Messer blitzte im Mondlicht, und eine scharfe Klinge zerschnitt ihm die Wange. Jetzt zog auch Reschef sein Schwert und wehrte einen zweiten Angriff ab. Aber dann traf ihn der zweite Mann im Nacken. Reschef wankte, fiel aber nicht. Er ließ seine Klinge nach hinten sausen und spürte, wie sie traf. Sein Angreifer stöhnte, und Reschef fühlte mehr, als er sah, daß der andere sich zurückzog. Von da an war Reschef wieder hellwachen Sinnes und parierte die Angriffe mit traumwandlerischer Sicherheit. Sein Gegner war groß und bärenstark, aber langsam in seinen Bewegungen und Reaktionen. Reschef attackierte wild dessen Schwerthand und durchtrennte ihm mit einem Schlag die Sehnen. Der Mann heulte laut auf und ließ die Klinge fallen; seine Hand war unbrauchbar. Reschef holte nochmals mit dem Schwert aus und zerfetzte ihm das Gesicht. Danach zog er die Waffe ein letztes Mal und stieß sie seinem Gegner in die Brust. Er sackte zu Boden; Reschef konnte gerade noch die Klinge zurückziehen. Der Mann rührte sich nicht mehr. Ein zweiter Mann drang mit gezückter Klinge aus dem Schatten auf ihn ein.

Eiskalte Wut überfiel Reschef. Er wehrte die Klinge ab und schlug mit dem flachen Schwert auf den Arm seines Angreifers ein, bis dieser endlich die Waffe fallen ließ. Reschef ließ nicht von ihm ab und verpaßte ihm einen Schlag nach dem anderen. Der Mann brüllte vor Schmerz und Angst und wich immer weiter zurück. Reschef folgte ihm, bis sie beide im hellen Licht des Mondes standen. Reschef holte wieder aus und attackierte zweimal gezielt die Arme seines Gegners. Im nächsten Augenblick baumelten beide Arme des anderen nutzlos herunter. Doch Reschef gab sich in seinem Blutrausch nicht zufrieden. Dort, wo er den tödlichen Stoß ansetzen wollte, markierte er die Brust des anderen mit einem X. Doch ehe er zustach, hieb er unerbittlich auf die Arme des Angreifers ein. Der Mann wand sich brüllend, hielt seine blutüberströmten Armstumpen hoch und flehte: »Töte mich!«

»Sofort«, preßte Reschef hervor. »Aber es macht mehr Spaß,

wenn ich dir zuerst den Bauch aufschlitze oder dich kastriere. Außerdem will ich wissen, wer dich geschickt hat!«

»Töte mich, rasch, ich flehe dich an!«

Reschef setzte dem Mann seine Schwertspitze an die Lenden. »Ein kleiner Schnitt, und du bist ein Kapaun. Vielleicht sollte ich dich dann so am Leben lassen. Du würdest um den Tod betteln!«

»Ich flehe dich an, hab Erbarmen!«

»Warum sollte ich?« Reschef legte dem Mann die flache Klinge auf die Genitalien. »Warum sollte ich mir das Vergnügen entgehen lassen?« Damit zog er das Schwert und schlug seinem Opfer mit einer raschen Handbewegung das Ohr ab.

»Bei allen Göttern, ich flehe dich an. Ich erzähle dir alles. Schobai hat uns bezahlt. Du hast ihm Hörner aufgesetzt.«

»Aha.« Reschef legte dem sterbenden Mann die Klinge wieder an die Genitalien und drehte sie leicht. »Soll ich?«

»Nein, verschone mich! Schobai hat gesagt: ›Richtet ihn ordentlich zu! Ich möchte seine Narben sehen!‹«

»Narben wollte er sehen, was?« Zum ersten Mal dachte Reschef an sein Gesicht. Ein tiefer Schnitt lief über seine Wange. »Du miese Ratte! Das ist dir geglückt!« Reschef machte eine kleine Bewegung mit dem Schwert, und sein Gegner versuchte, seine Lenden mit den Armstümpfen zu bedecken. Er wich zurück, aber Reschef folgte ihm mit gezücktem Schwert.

»›Stich ihm ein Auge aus, wenn du kannst‹, hat er gesagt.«

Reschef täuschte mit dem Schwert einen Angriff vor und trieb den Verstümmelten vor sich her. »Erzähl weiter, das ist interessant!« forderte er ihn auf. »Was weißt du noch, was mich interessieren könnte? Schobai hat dich in Charchemisch angeheuert, nicht war? Was ist noch in Charchemisch passiert, was ich gern wüßte?«

Den Mann verließ allmählich die Kraft. Er rutschte aus und fiel auf die Knie. Nur mit Mühe kam er wieder hoch. »Manuk«, stammelte er heiser. »Manuk war in der Stadt. Er hat mich beinahe umgebracht.«

»Manuk?« Reschef grinste böse. »Was weißt du von Manuk? Manuk der Nomadenkönig? Was hat er in Charchemisch gewollt? Antworte rasch, dann mach ich auch rasch ein Ende mit dir! Antworte!«

»Spioniert hat er in der Stadt«, wimmerte der Sterbende. Er fiel auf die Knie, und diesmal stand er nicht mehr auf. Er hielt die blutenden Armstumpen hoch. Sein Gesicht war verzerrt, der Blick seiner Augen leer. »Jetzt ist er vielleicht hier in Haran. Er verließ Charchemisch und ritt nach Osten.«

»Bist du sicher, daß es Manuk war?« Reschef hielt dem Mann die Schwertspitze vor das Gesicht und stach ihm wie zufällig ein Auge aus. Der Sterbende schwankte und drohte zu fallen. »Aber natürlich bist du sicher. Wer würde eine solche Geschichte erfinden? Und woher willst du seinen Namen kennen?« Jetzt erinnerte sich Reschef wieder an sein blutendes Gesicht. »Hurensohn! Du hast mich verstümmelt. Diese Narbe bleibt mir für immer!«

»Bitte!« stammelte Ami-Malik. Der erste tödliche Hieb traf ihn unterhalb des roten X. Reschef holte noch einmal aus, um seinem Opfer den Kopf abzuschlagen. Ami-Malik sah die todbringende Klinge nicht mehr.

»Bist du sicher, daß du das kannst? fragte Admuniri.

Danataja fingerte umständlich an ihren Schleiern herum. »Ich werde es versuchen, mehr kann ich nicht tun.« Sie war weiß wie ein Laken.

Die Frau des Gastwirtes sah sie kopfschüttelnd an. »Du bist ja halb tot vor Angst. Aber beim ersten Mal geht es schließlich allen so. Bei Jamam war es das gleiche. Jamam ist ein Luder! Uns so im Stich zu lassen!« Admuniri seufzte. »Zumindest hat sie uns eine Art Ersatz verschafft. Das ist besser als nichts. Ich gebe den Musikanten Bescheid.« Sie drehte sich um und ging.

Danataja stand allein in dem dunklen Vorraum. Sie zitterte, trotz der vielen Schleier. Von der Tür aus konnte sie die Gesichter im Schankraum nur undeutlich erkennen. Wo sollte sie in dieser Menge einen mitfühlenden, freundlichen Mann entdecken, für den sie tanzen würde, wie Jamam es ihr geraten hatte? Da drinnen saßen grobe, ungehobelte Männer, Karawanenführer, Fleischhändler und dergleichen.

Doch dann machte sie eine freudige Entdeckung. In der Nähe der Tür stand Hadad, der Sänger. Sein Gesicht war immer noch verschwollen von der Schlägerei vor ein paar Tagen, und Danataja bemerkte seine zusammengepreßten Lippen. In seinen Augen lag der gleiche kummervolle Ausdruck wie schon vor Tagen. Der Ärmste, dachte sie.

Doch sie freute sich, Hadad zu sehen! Sie würde für Hadad tanzen! Bei dem Gedanken zitterte sie vor Aufregung. Hadad! Der kleine Sänger mit dem verkrüppelten Bein, dessen Gesang am Brunnen sie so gepackt hatte! Jakob hatte so schöne Dinge über Hadad gesagt. Und Hadad hatte vielleicht noch nie mit einer Frau geschlafen. Hadads Sanftheit rührte ihr Herz.

Danataja betastete unwillkürlich ihren Körper, fuhr über die weichen Rundungen und spürte die zarte Haut unter ihren Fingern, die sie für diese sanften braunen Augen Schritt für Schritt enthüllen wollte. Sie würde alle anderen vergessen. Das Geheimnis bestand darin, so zu tun, als gäbe es nur ihn, als tanzte sie einzig und allein für seine Augen.

Ihr Herz klopfte zum Zerspringen, als die Musik einsetzte.

»Du denkst doch nicht im Ernst daran, ihm etwas zu bringen?«

»Was soll ich tun? Ich kann doch Kundschaft aus der Nachbarschaft nicht abweisen! Wenn sich das herumspricht!«

»Aber bedenk doch, Abi-Samar!«

»Ich kann das nicht machen. Wenn du nicht willst, daß er zu viel trinkt, mische Wasser in seinen Wein.«

»Mann! Er verträgt keinen Wein, nicht einmal verdünnten. Denk daran, was beim letzten Mal passiert ist. Eine Schlägerei unter Betrunkenen!«

»Ich werde ihn im Auge behalten. Du mußt daran denken, Admuniri, was er womöglich tut, wenn wir ihm keinen Wein geben. Wir kennen ihn, und sein Wohlergehen liegt uns am Herzen. Wenn es nötig ist, können wir Wasser in seinen Wein schütten. Wenn er gar nichts von uns bekommt, geht er womöglich in eine der miesen Spelunken im Viertel der Diebe. Was glaubst du, was die dort mit ihm anstellen? Die schütten Drogen in seinen Wein, rauben ihn aus bis aufs Letzte und werfen ihn in die Gosse. Sollen wir den armen Kerl den Geiern dort überlassen? Nein danke, nicht, solange ich hier in meiner Schenke die Dinge beeinflussen kann. Ich werde ein Auge auf ihn haben. Mach dir keine Sorgen. Da, bring ihm das!« Er goß eine Schale halb voll mit Wein und füllte sie mit Wasser auf. »Er wird den Unterschied nicht merken.

Was versteht denn ein junger Mann wie er vom Wein?« Er versetzte Admuniri einen Klaps auf das runde Hinterteil. »Jetzt geh und sag Danataja, daß sie beginnen kann.«

»Sie tanzt schon. Sie hat gerade angefangen. Hmm, gar nicht so schlecht bis jetzt. Sie ist eigentlich ein hübsches kleines Ding!«

»Geh jetzt! Wir haben einen arbeitsreichen Abend vor uns. Und mach dir um Hadad keine Sorgen!«

V

Marsatum öffnete vorsichtig die Tür; es war spät für einen Besucher, und ihr Mann war nicht zu Hause; er verhandelte bei einem Freund über bessere Einkaufsbedingungen. Sie blinzelte in die Dunkelheit, dann lächelte sie überrascht. »Jakob!« rief sie. »Was bringt Euch zu so später Stunde hierher?« Sie öffnete die Tür und ließ ihn ein.

»Ich wäre schon früher gekommen«, erklärte Jakob. »Aber es gab zwei Morde unten am Kanal. Ich war mit einem meiner Söhne unterwegs, und wir sind beinahe über die Leichen gestolpert. Ich habe den Jungen nach Hause gebracht und danach die Wachen benachrichtigt.«

»Wie konnte das passieren? Noch dazu so nahe am Markt.«

»Ich habe mit dem Wachposten gesprochen. Er meinte, so wie die Sache aussieht, haben die beiden Ermordeten jemanden überfallen und wurden dann selbst getötet. Nach dem zu urteilen, was von ihnen übrigblieb, waren es zwei üble Gesellen. Der eine wurde einfach erstochen, der andere regelrecht zerstückelt.«

»Ihr Götter! Und mein Mann ist heute abend unterwegs!«

»Ich würde mir um ihn keine Sorgen machen. Er hat eine Verabredung, nicht wahr? Er wird sicher zusammen mit Freunden nach Hause gehen. Er ist ein großer, starker Mann und immer noch sehr kräftig. Ich bin eigentlich auch nicht gekommen, um Euch einen Schrecken einzujagen, meine Liebe. Ich suche Hadad. Ihr wißt schon, den jungen Figurenbildner.«

»Ich kenne Hadad. Ist er denn nicht zu Hause? Er hatte sich noch gar nicht richtig erholt von den Prügeln, die er vor ein paar Tagen einstecken mußte.«

»Ich war bei ihm. Er ist heute nachmittag ausgegangen und seither nicht zurückgekommen. Ich war auch bei seinem Bruder, aber dort war niemand zu Hause. Ich mache mir Sorgen um ihn, Marsatum. Irgend etwas hat ihn aus dem Gleichgewicht gebracht. Was könnte es nur gewesen sein?«

»Ich weiß es nicht, Jakob, zumindest nicht sicher. Ich vermute nur, daß es mit Schobai zu tun haben könnte. Ihr wißt sicher, daß Hadad seinen Bruder vergöttert. Der Himmel allein weiß, warum. Ich kann Schobai nicht leiden. Er ist eingebildet, egozentrisch und gefühlskalt.«

»Vielleicht ist Hadad ihm auf die Schliche gekommen und wird mit der Enttäuschung nicht fertig?«

»Das könnte sein. Und Ihr sucht ihn jetzt?«

»Richtig. Ich beobachte ihn schon seit einiger Zeit. Er ist ein netter Bursche, und es steckt eine Menge in ihm. Ich würde gern etwas für ihn tun, wenn ich kann.«

»Ihr habt kein Geld, Jakob.«

»Nein, Geld habe ich nicht. Aber manchmal ist Geld nicht die einzige Lösung für ein Problem. Ich habe Erfahrung, Lebenserfahrung, meine ich. Vielleicht kann ich ihm dabei helfen, die Schwierigkeiten des Erwachsenwerdens zu überwinden. Ich habe seinen Vater gekannt und kann mir vorstellen, wie er den beiden Jungen gefehlt haben muß. Sie mußten ohne Kirtas Anleitung und Vorbild aufwachsen.«

»Ihr habt Euch verändert, Jakob. Etwas ist geschehen. Früher habt Ihr es vermieden, Euch einzumischen.«

»Ihr habt recht. Ich habe meinem Leben eine neue Richtung gegeben, und diesmal ist es endgültig. Ich habe mich an meinen Söhnen ebenso schuldig gemacht wie Kirta an den seinen. Aber damit ist jetzt Schluß. Von jetzt an übernehme ich die Verantwortung für mich und meine Familie.«

»Und nicht nur für Eure Familie! Jeder, der Hadad helfen will, ist uns willkommen. Ich hoffe, er redet mit Euch. Ich habe keinen Erfolg gehabt.«

»Ich möchte es versuchen. Ihr habt ihn also nicht gesehen? Und Ihr habt keine Idee, wo er sein könnte?«

»Nein. Wenn er bis morgen nicht auftaucht, schicke ich meinen Mann, damit er ihn sucht. Ich sage es auch den anderen.« Sie begleitete Jakob zur Tür. »Laßt es uns wissen, sobald Ihr ihn gefunden habt.«

»Das mache ich«, versicherte ihr Jakob. Seine ruhige Gelassenheit erstaunte Marsatum. »Seid gegrüßt!«

Wo war er? Danataja tanzte, ließ die Glöckchen an ihren Fußgelenken klingeln und gab sich Mühe, zu lächeln, wie Jamam es ihr beigebracht hatte. Ihr Blick glitt suchend über die derben, gierig grinsenden Gesichter der Männer, aber den kleinen Sänger konnte sie nirgends entdecken. Gerade war er doch noch dagewesen!

Jetzt der dritte Schleier ... Sie warf die Schultern zurück, und drehte sich, so daß ihre bloßen Brüste vom flackernden Lichtschein der Fackeln beleuchtet wurden. Sofort änderte sich die Stimmung im Raum. Die Zurufe wurden derber, die Gesichter der Männer bekamen etwas Tierisches. Danataja schämte sich, aber sie tanzte trotzdem weiter und lockte verführerisch mit den Armen, wie Jamam es ihr gezeigt hatte. Ein vierter Schleier fiel und dann ein fünfter.

Jetzt mußte der letzte Schleier fallen. Sie konzentrierte sich ganz auf die kunstvollen Armbewegungen, legte schließlich die Hände an das Gürtelband, drehte sich einmal, zweimal, wand sich aus dem Schleier und warf ihn einer Dienerin zu, die hinter der Tür stand. Sie stand nackt auf der Tanzfläche und war den unzähligen Männerblicken hilflos ausgeliefert. Derbe, fluchende, betrunkene Männer, die sie begehrten, obwohl sie sie gar nicht kannten. Diese Männer wollten sie für ein kurzes Liebesspiel im Gebüsch. Manche streckten die Hände nach ihr aus, doch Danataja wich ihnen tanzend aus, ließ ihren schlanken Bauch rotieren, bedeckte mit den Armen die nackten Brüste und entblößte sie wieder. Wie durch ein Wunder tanzten ihre bloßen Füße weiter, die Kettchen an den Fußgelenken klingelten fröhlich im Rhythmus zur Musik. Ihr Körper bewegte sich, als besäße er ein Eigenleben. Kühler Schweiß bedeckte ihre Haut, und ein erotisches Gefühl regte sich in ihr. Nackt und ungeschützt wirbelte sie durch den kleinen Raum und bot sich den vielen Männern dar, die sie anschauten.

Und dann entdeckte sie plötzlich den kleinen Sänger. Hadad

sah sie erschrocken an. Danataja glaubte zu spüren, wie er durch ihren nackten Körper hindurch direkt in ihre nackte Seele blickte. Was er da entdeckte, erregte in ihm kein Verlangen, sondern Mitleid! Er bedauerte sie! Sie erschrak, kam aus dem Takt und wankte. Es regnete Münzen, so daß Danataja auf ihnen ausrutschte und beinahe gefallen wäre. Die Musikanten kamen aus dem Takt, der Trommler ebenfalls, und der Lyraspieler schlug eine falsche Saite an.

Danataja hörte auf zu tanzen, sah sich um und bedeckte ihre Blößen mit den Händen. Schluchzend lief sie davon und verschwand in dem dunklen Raum neben der Küche. Zornige Schreie folgten ihr, und die Männer im Schankraum trommelten auf die Tische. Die Musikanten versuchten, eine fröhliche Melodie anzustimmen, aber der Lärm der randalierenden Menge übertönte die Musik.

Hadad griff nach seiner Weinschale und trank. Seine Hand zitterte. Er wußte, was geschehen war. Die Frau hatte ihn angesehen, und was sie in seinen Zügen gelesen hatte, hatte sie derart aus der Fassung gebracht, daß sie nicht weitertanzen konnte. Es war seine Schuld. Die Gäste in der Schenke waren derbe Fremde mit schlechten Manieren, die erst vor kurzem mit der Karawane aus Charchemisch nach Haran gekommen waren; sie drohten jetzt, alles kurz und klein zu schlagen, wenn die Frau nicht noch einmal auftrat. Es war seine Schuld.

Ruhig stellte Hadad die Weinschale auf den Tisch. Er mußte sie finden und sich entschuldigen. Auch beim Wirt der Schenke und bei dessen Frau, die ihn immer nett behandelt hatten, mußte er sich entschuldigen.

Sein Auftritt mit Anat ging ihm durch den Kopf. Vielleicht hatte sie recht. Vielleicht war er dem Leben wirklich nicht gewachsen und erlebte es nur durch seinen Bruder und seine Schwägerin aus zweiter Hand mit, anstatt sich ein eigenes Leben aufzubauen. Ob er Anat wirklich unbewußt begehrt hatte? Vielleicht hatte er sich deshalb keine eigene Frau gesucht? Wenn er Zeit hatte, wollte er in Ruhe darüber nachdenken, ob sie mit ihren grausamen Worten recht gehabt hatte. Vielleicht war er tatsächlich häßlich, ein magerer, kleiner Frosch, wie sie sich ausgedrückt hatte, mit seinem runden Gesicht und breiten Mund.

Dazu noch dieses häßliche Bein, mit dem er nicht normal gehen konnte, sondern hinken mußte.

Entschlossen stand er auf. Ob Anat nun recht hatte oder nicht, es gab keine Entschuldigung dafür, daß er sich in das Leben unschuldiger Menschen drängte und sie ins Verderben stürzte. Er war in die Schenke gekommen, um seine Sorgen hinunterzuspülen und sich zu betrinken. Statt dessen hatte er schuld daran, wenn die junge Frau womöglich ihre Arbeit verlor. Dabei war sie so nett zu ihm gewesen an jenem Abend, als man ihn verprügelt hatte. Wie fürsorglich sie mitgeholfen hatte, seine Wunden abzuwaschen. Ihre Hände hatten sich so sanft angefühlt, und ihre Stimme war leise und angenehm gewesen.

Er schüttelte den Kopf, um den letzten Rest der weinseligen Benommenheit loszuwerden, für die er so viel Geld ausgegeben hatte. Hadad bahnte sich einen Weg durch die Menge zu dem Raum neben der Küche und gab acht, daß er niemandem in die Quere kam. In der aufgeheizten Stimmung brauchte es sicher nicht viel, um eine Prügelei auszulösen. Admuniri stellte sich ihm in den Weg. »Hier könnt Ihr nicht herein!« Dann erkannte sie ihn. »Hadad!« rief sie. »Bin ich froh, daß du den Hexenkessel da drinnen verlassen willst. Abi-Samar gibt sich redlich Mühe, die Meute zu beruhigen. Nimm den Seitenausgang, Hadad. Ich will nicht, daß dir etwas zustößt.«

Hadad schüttelte die Hand der Frau ab, die ihn hinausgeleiten wollte. »Admuniri, ich muß unbedingt mit der Frau reden, die eben getanzt hat. Danataja heißt sie, glaube ich.«

»Ach so!« Admuniri zuckte die Achseln. »Manche Frauen schaffen es einfach nicht. Sie stürzte herein, zog sich rasch an und lief hinaus in die Nacht. Ich hoffe, daß sie nicht fortläuft. Wenn sie schon nicht vor den Männern tanzen kann, so war sie doch eine gute Arbeiterin. Vermutlich ist es nicht ihre Schuld. Für den ersten Auftritt einer Frau sind unsere Gäste heute eine ziemlich rauhe Bande.«

»Ihr erster Auftritt?« fragte Hadad erstaunt. »Kein Wunder! Es ist alles meine Schuld. Sie hat mich während des Tanzes angesehen, und ich habe nicht reagiert, wie sie es erwartet hat, weil ich mit meinen Gedanken ganz woanders war: ›Arme Frau!

Warum tut sie das?‹ Sie muß meine Gedanken erraten haben. Es tut mir so leid.«

Admuniri sah ihn überrascht an. Hadad wirkte jetzt so entschlossen – ganz anders, als er bei seinem Kommen gewesen war. Was war geschehen? »Geh und such sie, Hadad. Sie braucht jemanden. Ich kann mich jetzt nicht um sie kümmern, weil ich Abi-Samar helfen muß, die Leute da drinnen zu beruhigen. Danataja braucht dich. Hast du mich verstanden? Geh ihr nach und hilf ihr. Du kannst ihr sagen, daß sie ihre alte Arbeit jederzeit wiederaufnehmen kann. Sag ihr, daß wir sie gern haben und so weiter. Du weißt schon.«

»Es wird mir etwas einfallen.« Hadad nickte Admuniri zu und ging zur Tür. Admuniri lächelte ihm nervös nach.

In diesem Augenblick steckte Abi-Samar den Kopf zur Tür herein. »Admuniri!« rief er. »Komm schnell und hilf mir. Ich muß jemanden hinausbefördern. Der Mann hat ein Gerücht in Umlauf gesetzt, das sich in Windeseile verbreiten wird, wenn ich ihn nicht zum Schweigen bringen und loswerden kann. Schnell! Er hat Wein bestellt. Gib ihm etwas hinein, du weißt schon. Ich versuche, ihn solange ruhig zu halten. Wir werfen ihn hinaus, bevor er seine Geschichte weitererzählt.«

»Was für eine Geschichte? Was meinst du?« Admuniri blickte zwischen ihrem Mann und Hadad, der immer noch in der Tür stand, hin und her.

»Was ist das für ein Gerücht?«

»Hol endlich den Wein, Frau! Der Mann hat erzählt, daß unten am Kanal ein Doppelmord geschehen sei. Zwei Männer wurden in Stücke gehauen. Nicht weit davon wurde eine Frau vergewaltigt und ebenfalls ermordet. Die Arme wurde vor ein paar Minuten gefunden. Keine fünfzig Schritte von unserer Tür entfernt!«

»Vergewaltigt? Tot?« flüsterte Admuniri entsetzt.

»Ich glaube nicht, daß es Danataja ist. Die Wachen haben sie gefunden. Die Frau war größer. Und jetzt hol endlich den Wein!«

»Danataja ist dort draußen, und der Mörder und Vergewaltiger läuft frei herum!« stammelte Hadad entsetzt.

»Es ist furchtbar!« murmelte Admuniri. »Geh, Hadad! Such sie! Schnell!«

Reschef machte am Brunnen halt und zog einen Eimer Wasser hoch, um sein Gesicht zu waschen. Der Schnitt auf der Wange wollte nicht aufhören zu bluten. Der Waffenschmied hatte seine Rache bekommen, auch wenn die gedungenen Mörder ihren Auftrag nicht überlebt hatten. Er, Reschef, würde für den Rest seines Lebens gezeichnet sein: eine häßliche, gezackte Linie, vom Augenwinkel bis hinunter zum Kinn.

Nicht daß ihm etwas an seinem Äußeren lag. Er war ohnehin nie besonders gutaussehend gewesen. Es ging ihm nur ums Prinzip, und er hatte jetzt einen Grund, Schobai nicht zu vergessen, ihn zu hassen und ihn eines Tages zu töten.

Das Wasser war kalt, und Reschef zuckte zusammen. Das Töten hatte ihm keine Befriedigung gebracht, weder der einfache Mord des großen Angreifers noch das Abschlachten des kleineren. Nicht einmal der Mord an der Hure hatte ihn befriedigt. Sie war in dem Moment vorbeigekommen, als er dem Mann den Kopf abgeschlagen hatte. Reschef hatte sie gegen die Wand gedrängt und sie gezwungen, ihm zu versprechen, den Mund zu halten. Sie hatte ihn angefleht und schließlich das Gewand für ihn gehoben. Dabei war Reschef in den Sinn gekommen, was er sich zuvor für Anat ausgemalt hatte: Er wollte sie im Augenblick des Höhepunktes erwürgen. Aber auch das hatte ihn nicht befriedigt. Er war immer noch rasend vor Wut und lechzte nach Genugtuung; die Wunde im Gesicht hatte seinen Stolz zutiefst verletzt.

Was jetzt? Eine andere Frau? Noch ein Mord? Vielleicht. Aber diesmal müßte es etwas anderes sein, etwas, das länger dauerte und genüßlich war, so ähnlich wie der Mord an dem zweiten Attentäter.

Er grinste, und der stechende Schmerz in seiner Wange erinnerte ihn an Schobai. Schobai! dachte er. Ich werde dich nicht vergessen! Eine Narbe? Ein Auge? Vielleicht beide Augen? Vielleicht deine Zunge? Oder deine Manneskraft?

Die Wunde hörte langsam auf zu bluten, und Reschef wusch sich das angetrocknete Blut vom Gesicht. Das war also in Ordnung. Aber innerlich tobte er noch immer. Erregt ballte er die Hände zu Fäusten. Noch ein Mord, wenn möglich eine Frau. Er würde es dem Zufall überlassen, welche. Die erste Frau, die ihm über den Weg lief, ganz gleich ob hübsch oder häßlich. Er würde sie ganz langsam töten, ohne Eile, wie er es am liebsten mochte.

Ein Mondstrahl fiel auf sein verzerrtes Gesicht, und lautlos verschwand er im Dunkel der Nacht.

VI

Jakob setzte seine Suche nach Hadad fort. Nur kurz sah er zu Hause vorbei, um Rahel und seine Familie zu beruhigen. Als er wieder hinausging, nahm er zur Sicherheit seinen kräftigen Hirtenstab mit. Ein leichter Nebel war aufgekommen, und Jakob hielt den Stab schützend vor seinen Körper, als er auf seiner Suche nach Hadad durch die dunklen Straßen der Stadt wanderte.

An einer Ecke wäre er um Haaresbreite mit dem Wachposten Ischi-Dagan zusammengestoßen, der mit gezogenem Schwert dort wartete. Jakob wehrte das Schwert mit seinem Stock ab. »Vorsicht, Ischi-Dagan. Ich bin es, Jakob.«

»Ach, Ihr seid es, Jakob! Was macht Ihr noch hier draußen an einem Abend wie diesem?«

»Du weißt doch, daß ich die Leichen an der Brücke gefunden habe. Jetzt suche ich einen Freund, der heute nacht noch in der Stadt herumirrt. Mir ist nicht wohl dabei.«

»Ich verstehe. Es ist wirklich keine Nacht zum Spazierengehen. Habt Ihr von der dritten Leiche gehört? Sie wurde ganz in der Nähe der beiden Männer gefunden.«

»Nein, das wußte ich nicht. Wer war es?«

»Eine Frau aus einem anderen Viertel. Sie wurde vergewaltigt und erwürgt. Vermutlich vom selben Mann, oder denselben Männern.«

»Es war nur einer, glaube mir, guter Freund. Ich habe die beiden Leichen gesehen und bin der Meinung, daß beide von demselben Mann getötet wurden. Vielleicht haben die beiden ihn auf der Brücke angegriffen, aber er war ihnen mit dem Schwert überlegen. Er hat einen links und einen rechts getötet, und zwar mit einem Militärschwert.«

»Ein Militärschwert? Seid Ihr sicher?«

»Sicher bin ich natürlich nicht. Aber wer sonst trägt ein

Schwert, das scharf genug ist, um einen Menschen in Stücke zu schneiden, und hart genug, um einem Mann den Kopf abzuschlagen?«

»Da könntet Ihr recht haben. Und Ihr tragt zu Eurem Schutz nur diesen Hirtenstab?«

»Der Gott meiner Väter wird mich zu sich holen, wann immer es sein Wille ist. In meinem Land kämpfen wir mit diesen Stäben sogar gegen Löwen. Ich fürchte einen Feigling nicht, der im Schutz der Dunkelheit angreift, und dazu noch Frauen.«

»Ich wünsche Euch viel Glück. Wer ist dieser Freund, den Ihr sucht?«

»Hadad, der Figurenbildner. Du müßtest ihn eigentlich kennen. Es geht ihm nicht gut, und ich weiß nicht, wo er sich aufhält. Vor ein paar Tagen wurde er fürchterlich verprügelt; du hattest damals dienstfrei.«

»Ich hoffe, Ihr findet ihn. Wir im Basar halten große Stücke auf Hadad. Seid vorsichtig, Jakob!«

»Das bin ich. Ich habe Rahel den Auftrag gegeben, die Tür zu verriegeln und niemandem außer mir zu öffnen.«

»Gut. Die Götter mögen Euch schützen!«

Der Soldat verschwand im Nebel. »Mir reicht ein Gott«, flüsterte Jakob. »Ich brauche keine anderen. Aber ich danke dir.«

Reschef saß am Rand des Basars, wo es vollkommen dunkel war. Er hatte ein leises Geräusch vernommen und starrte angestrengt in die Finsternis. Da! Jetzt hörte er es wieder, ein feines Klingeln. Jetzt wieder! Diesmal schon näher. Reschef grinste lüstern. Er kannte das Geräusch: Es waren Glöckchen, wie sie die Tänzerinnen um die Fußgelenke trugen.

Die Frau kam näher. Sie war allein unterwegs im dunklen Basar und ging auf den Brunnen zu. Er konnte ihre Umrisse erkennen und sah ihr helles Gewand, das ihr kaum über die Oberschenkel reichte. Sie war barfuß und bewegte sich vollkommen lautlos, nur die leise bimmelnden Glöckchen verrieten sie. Sie beugte sich vor; Reschef konnte ihre sanften Rundungen erkennen, als sie sich über den Brunnen beugte. Jung war sie, und eine gute Figur hatte sie; vermutlich war sie hübsch, sonst würde sie nicht in einer Schenke tanzen.

Reschef erhob sich lautlos. Obwohl er ganz still war, schien sie plötzlich etwas zu bemerken. Vielleicht spürte sie seine Anwesenheit. Das war nichts Ungewöhnliches bei Frauen. Sie spürten, wenn ein Mann sie ansah. Reschef blieb regungslos stehen. Die Frau sah sich um.

»Wer ist da?« fragte sie gespannt. »Ist da jemand?«

Er antwortete nicht, sondern blieb still stehen und beobachtete sie. Sie tauchte eine Hand in den Brunnen und benetzte ihr Gesicht. Dann sah sie sich wieder um. Reschefs Lächeln war so kalt wie der Schnee oberhalb des Van-Sees in den Hohen Bergen. Er ballte die Hände zu Fäusten und öffnete sie wieder; sonst rührte er sich nicht, aber all seine Muskeln waren angespannt. Er schätzte, wie viele Schritte es bis zu ihr waren. Er würde ihr die Hand auf den Mund pressen und...

»Danataja?« Es war die Stimme eines jungen Mannes. »Seid Ihr es, Danataja?«

Die Frau machte einen Schritt zurück. Sie erblickte den Ankömmling im selben Moment wie Reschef. Er war mittelgroß und schmächtig, und er hinkte; sein Bein stand in einem komischen Winkel ab. Reschef ballte wütend die Faust und tastete nach dem Schwert.

Der junge Mann ging auf die Frau zu. »Es tut mir wirklich leid, Danataja. Es war meine Schuld. Ich bin gekommen, um mich zu entschuldigen. Es ist alles in Ordnung. Abi-Samar und Admuniri verstehen Euch vollkommen. Es war Euer erstes Mal, und das ist nie leicht. Außerdem war das Publikum heute besonders schwierig.«

»Ich danke Euch, Hadad, daß Ihr gekommen seid! Plötzlich konnte ich einfach nicht weitermachen und wollte nur noch weg!«

»Dabei habt Ihr wunderschön getanzt!« Er stand neben ihr und wollte ihr beruhigend eine Hand auf die Schulter legen, aber sie wich zurück. »Es war meine Schuld. Ihr habt mich angesehen, nicht wahr? Ihr habt in meinen Augen etwas gesehen, was Ihr nicht erwartet hattet. Dabei habe ich in dem Moment nicht einmal an Euch gedacht, Danataja. Mir ist heute etwas Schreckliches passiert, und als ich in die Schenke kam, konnte ich an nichts anderes denken. Ich habe Euch kaum bemerkt, erst als Ihr...«

»Es war einfach furchtbar, Hadad!«

»Vielleicht ist das nicht die richtige Arbeit für Euch, das mag schon sein. Aber versteht mich bitte nicht falsch, ich habe noch nie etwas so Schönes gesehen wie Euren Tanz heute abend.«

Etwas unsicher griff er nach ihrer Hand. Diesmal zog sie sie nicht zurück, aber sie wich seinem Blick aus. Wie kann ich Admuniri je wieder unter die Augen treten, Hadad? Sie hat sich doch auf mich verlassen, und ich bin einfach weggelaufen.«

»Sie hat Euch gern, Danataja, das hat sie mir gesagt. Sie hat auch gesagt, daß ich Euch zurückbringen soll. Kommt, es ist gefährlich hier draußen.«

Langsam führte er sie vom Brunnen fort; sie schlenderten an den Verkaufsständen vorbei und verließen den Basar.

Reschef war wütend. Ausgerechnet der Krüppel, Schobais Bruder! Der Bruder jenes Mannes, der einen Anschlag auf ihn ausführen ließ. Mit der Hand fuhr er an den Schwertgriff. Vielleicht konnte er sich nach heute nacht grausam an Schobai rächen! Sein Bruder sollte für die Narbe bezahlen, die sein Gesicht von heute an entstellen würde. Mit gezogenem Schwert folgte er dem Paar. Leise schlich er näher.

In diesem Augenblick stieß er an eine Holzkiste und warf sie um. Die beiden schauten zurück. »Lauf, Danataja!« rief Hadad. »Lauf schnell hinüber zum Hof des Fleischers. Schnell!«

»Aber Hadad!«

»Eine Frau wurde heute hier vergewaltigt und ermordet. Schau, er hat ein Schwert!«

Danataja wollte fortlaufen, sah sich aber noch einmal um. Hadad stand dem Mann mit dem Schwert unbewaffnet gegenüber. »Hadad!« brüllte sie. »Komm mit mir! Er bringt dich um.«

Reschef wollte sich auf Hadad stürzen. Aber Hadad kannte seinen Basar besser als jeder andere hier. Er befand sich unmittelbar neben Marsatums Verkaufsstand und tastete unter dem Ladentisch nach der Kiste mit den verrottenden Gemüseabfällen, die Marsatum immer den Ziegenhirten zum Verfüttern verkaufte. Er kippte die Kiste Reschef direkt vor die Füße und eilte hinkend hinter Danataja her.

Reschef glitt auf den glitschigen Abfällen aus und stürzte. Fluchend wollte er aufstehen, fiel jedoch nochmals hin. Das Schwert fiel ihm klappernd aus der Hand. Er wollte danach greifen, doch auch der Schwertgriff war mit Abfall beschmiert und entglitt ihm. Reschef fluchte wütend, als er sah, daß die beiden Gestalten vor ihm in der Dunkelheit verschwanden. Schließlich bekam er den Schwertgriff zu fassen und erhob sich.

Auch Hadad war gestolpert und hingefallen. Danataja reichte ihm die Hand und half ihm auf die Beine. Reschef rannte mit gezücktem Schwert hinter ihnen her, als sie um eine Ecke verschwanden. Er hörte gerade noch Hadad atemlos flüstern: »Hier herein, rasch!«

Reschef bog noch rechtzeitig um die Ecke, um zu sehen, hinter welchem Tor die beiden verschwanden. »Rasch, Danataja! Den Bolzen!« keuchte Hadad.

Reschef stürzte zur Tür. Der Riegel war noch nicht vorgeschoben. Mit aller Kraft drücke er gegen die Tür und schob sein Schwert in die Scheide, um beide Hände frei zu haben. Hadad und Danataja mühten sich auf der anderen Seite des Tors ab, doch nicht einmal gemeinsam kamen sie gegen Reschef an, der nicht nur ein guter Schwertkämpfer, sondern auch ein kräftiger Soldat war.

Da wurde Reschef plötzlich auf seinen ausgestreckten Unterarmen von einem heftigen Schlag getroffen. Er ließ das Tor los, und seine Arme sanken kraftlos herab. Es war nicht zu überhören, wie Danataja und Hadad im Hof hinter der Tür den Riegel einschnappen ließen.

Reschef drehte sich um. Seine Unterarme schmerzten so, daß er sie kaum bewegen konnte. Es gelang ihm nicht einmal, nach seinem Schwert zu greifen. Er machte ein paar Schritte rückwärts, als ihn ein derartig wuchtiger Schlag ins Gesicht traf, daß seine Nase anfing zu bluten. Reschef wich zurück und versuchte, seinen Gegner in der Dunkelheit zu erkennen. Schwaches Mondlicht schimmerte durch den Nebel, und er sah einen Mann mit einem kräftigen Stab in den Händen. »Was glaubt Ihr …« begann Reschef heiser mit schmerzverzerrter Stimme, doch weiter kam er nicht, denn die Spitze des Stockes traf ihn in die Lenden, so daß er vor Schmerz in die Knie ging. Der Mann schwang seinen Stock so behende, daß der Stab vor Reschefs Augen hin und her zu tanzen schien. Er taumelte an die nächste Hauswand. Sein Gegner drückte ihm die Spitze des Stockes auf die Nase und preßte seinen Kopf mit unwiderstehlicher Kraft gegen die Mauer.

»Wenn du nur einen einzigen Muskel bewegst«, ließ sich jetzt der Stockkämpfer vernehmen, »dann bohre ich dir meinen Hirtenstab durchs Hirn.« Das Gesicht des Mannes war verschattet; der überwältigte Reschef sah nur seine Augen: ruhige, erbarmungslose Augen, die ihn unverwandt ansahen.

»Ich kenne dich«, begann Reschef jetzt. »Aber woher?«

»Das spielt jetzt keine Rolle. Du hast heute abend bereits drei Morde begangen. Zwei deiner Opfer haben vielleicht den Tod verdient, das kann ich nicht sagen. Aber das dritte Opfer? Eine Frau, die niemandem etwas zuleide getan hat? Für eine Kupfermünze würde ich dich selbst umbringen.«

»Nein! Du hast den falschen Mann erwischt.«

»Habe ich nicht. Warum hast du die beiden jungen Menschen verfolgt? Du wolltest sie ebenfalls umbringen, gib es doch zu. Und jetzt hör mir genau zu! Ich bin Jakob. Mein Schwiegervater ist Laban. Meine Frauen heißen Lea und Rahel, und meine Konkubinen Zilpa und Bilha. Ich habe zehn Söhne. Der junge Mann hinter dem Tor heißt Hadad und die Frau Danataja.«

»Ich weiß nicht, wovon du sprichst.« Reschef wollte die Hände bewegen, aber er konnte es nicht. Schon die kleinste Bewegung bewirkte, daß Jakob den Stock fester gegen seine Nase preßte.

»Hör mir zu, elender Frauenmörder. Ich nenne dir diese Namen, damit du Bescheid weißt. Wenn einer der Genannten oder ich zu Schaden kommt, wenn in der Zeit, die mir noch in Haran bleibt, einem von ihnen auch nur ein Haar gekrümmt wird, dann geschehen zwei Dinge. Keines von beiden wird dir gefallen.«

Reschef versuchte wieder, sich zu bewegen, doch die Stockspitze drückte ihm die Nase flach. Es fehlte nicht viel, und das Nasenbein würde brechen. Er stand also wieder reglos still.

Beharrlich fuhr Jakob fort: »Als erstes werde ich, oder ein Freund, dem ich bestimmte Tafeln mit meinem beschworenen Zeugnis übergeben habe, zum ehrenwerten Oschijahu, dem Kommandanten der Garnison, gehen und ihm berichten, was an jenem Tag geschah, an dem ich dir von meiner Begegnung mit dem Feind berichtete, der Haran bedroht. Du hast diese Nachricht mit Absicht verschwiegen. Stillgestanden! Keine Bewegung!« Jakob drückte die Stockspitze fester gegen Reschefs Nase, als wollte er testen, wieviel Druck sie aushielt. »Hör zu! Danach wird folgendes geschehen. Ich, Jakob, werde mit dir abrechnen. Ich oder einer meiner Söhne werden dir zeigen, was wir mit diesem Stab ausrichten können. Es macht keinen Unterschied, wer es tut. Ich habe die Erziehung meiner Jungen in mancher Hinsicht vernachlässigt, aber den Gebrauch des Stabes habe ich sie gelehrt, so wie es bei uns in Kanaan Sitte es. Mit einem Stock wie diesem hier habe ich einen Löwen getötet. Einen Menschen habe ich damit noch nicht umgebracht, aber mein Bruder Esau hat in den Moabit-Bergen damit einen Räuber getötet. Wir waren damals vierzehn Jahre alt. Esau hat mich alles gelehrt, was er wußte. Ich kann dir jeden Knochen im Leib brechen, ohne daß deine Haut einen einzigen Kratzer hat. Ich mache dich so fertig, daß du keinen heilen Knochen mehr im Leib hast.«

Reschef zitterte; seine Beine drohten nachzugeben. Aber der Stab erwischte ihn unter dem Kinn am Adamsapfel und drückte ihn wieder gegen die Mauer. Der stetige Druck nach oben zwang ihn, aufrecht stehenzubleiben. Außerdem hatte er so keine Chance, nach seinem Schwert zu greifen.

»Haran ist dem Untergang geweiht«, fuhr Jakob fort. »Die Stadt wird untergehen, weil sie von Verrätern wie dir verteidigt wird. Ich werde Haran bald verlassen. Was du dann tust, ist deine Sache. Ihr spielt euer eigenes Spiel und wollt die Stadt an die Nomaden ausliefern. Wenn es soweit ist, werde ich fort sein. Ebenso meine Frauen und Söhne und meine Freunde, die sich meinem Schutz anvertrauen. Aber bis dahin solltest du dich zurückhalten, Reschef! Ich weiß, was ich von dir zu erwarten habe, genauso wie ich weiß, was ich von den Hunden zu erwarten habe, die aus der Gosse fressen. Jetzt geh, und tu für Haran, was du tun mußt. Die Meinen kennst du jetzt, ich habe dir ihre Namen genannt. Du weißt auch, wer meine Söhne sind, deren Namen ich nicht genannt habe. Wenn mir oder ihnen auch nur das Geringste zustößt, sei versichert, daß ich mir zu helfen weiß. Der Gott meiner Väter hat dich in meine Hände gegeben. Kein Stein wird dich verbergen, keine Armee wird dich verteidigen, kein Bollwerk wird dir Schutz gewähren. Der Tod wird deine Lider schwer machen, jedesmal, wenn du dich hinlegst zum Schlafen. Er wird dir Gefährte sein beim Essen, beim Schlafen, beim Lieben. Du wirst nie wissen, wann der Augenblick gekommen ist, da er zuschlägt!«

»Jakob«, krächzte Reschef. Plötzlich war der Druck an seinem Hals verschwunden und Jakob mit ihm. Reschef war allein auf der Straße. Er fiel auf die Knie und zitterte am ganzen Körper. Er mußte sich übergeben; zurück blieb eine alles beherrschende Angst.

VII

Hadad war ungemein erleichtert, als er das Tor verriegelt hatte, aber sie gönnten sich keine Pause. Er und Danataja setzten ihre eilige Flucht fort, durch die Hinterhöfe der Stadt, über Zäune und durch enge Durchlässe. Schließlich kletterten sie über eine Leiter auf einen Speicher über einem Laden. Hier hielten sie zum ersten Mal keuchend inne. Hadad lauschte, ob er Schritte hörte, aber es blieb still. Vorsichtig schloß er die Tür zum Speicher und schob den Riegel vor. »Ich glaube, wir sind ihn los.« Er nickte zufrieden.

Danataja versuchte, in der Dunkelheit etwas von ihrer Umgebung zu erkennen. »Ich kann nichts sehen, Hadad.«

»Das macht nichts«, beruhigte er sie. »Ich kenne mich hier aus. Als kleiner Junge habe ich hier gespielt. Die Gegend ist mir so vertraut wie die Taschen in meinem Gewand. Bleib einfach da stehen, wo du gerade bist. Früher war dies hier mein Versteck, wo mich niemand gefunden hat. Hier ist es! Es ist wirklich unentdeckt geblieben! Wie lange muß das jetzt her sein? Mindestens sechs Jahre.«

»Was? Komm zurück, Hadad. Ich habe Angst.«

»Bleib, wo du bist, bitte! Du könntest hinfallen und dich verletzen. Wenn ich jetzt noch trockenes Stroh finde, wäre das prächtig! Hier ist es schon! Komm, setz dich!«

Danataja ließ sich auf dem Stroh nieder. Im nächsten Augenblick zuckte ein Lichtschein auf, dann noch einmal einer, und schließlich loderte eine kleine Flamme. Hadad zog eine Fackel hervor und entzündete sie am Stroh. Danach trat er das brennende Stroh aus. Er hielt die Fackel hoch und lächelte Danataja zu.

»Früher bin ich immer hier heraufgeschlichen, um den Jungen aus der Nachbarschaft zu entkommen, wenn sie sich über mich lustig machten. Ich hatte ein paar Fackeln und einen Feuerstein in einem Spalt hinter einem Balken versteckt. Seltsamerweise hat sie nie jemand gefunden. Jetzt kommen sie uns sehr gelegen.« Hadad befestigte die Fackel in einem kupfernen Gefäß.

»Du bist großartig, Hadad!«

»Ich? O nein!«

»Doch. Du sagst, du kannst nicht laufen. Aber durch die Hinterhöfe der Stadt warst du schneller unterwegst als ...«

»Ach das! Ich muß eben meine Mängel kompensieren. Meine Beine sind schwach, aber meine Arme sind kräftig, und außerdem kenne ich mich hier aus. Das war mein Vorteil.«

Danataja rückte näher. »Du hast mich vor diesem Ungeheuer gerettet, Hadad.«

»Aber das war doch selbstverständlich«, erwiderte er verlegen.

»Du magst es nicht, wenn dich jemand lobt«, stellte Danataja nachdenklich fest.

Er wollte antworten, doch sie nahm seine Hand in ihre Hände.

»Ich konnte dich doch nicht einfach so gehen lassen, allein hinaus in die dunkle Nacht.«

Doch Danataja hörte ihm gar nicht zu. Sie blickte ihn nur an. »Jakob hatte recht«, sagte sie. »Dir ist nicht bewußt, wie gut du bist. Und wegen deines Beins hast du das Gefühl, daß du häßlich bist. Habe ich recht?«

Hadad schluckte. Anat fiel ihm wieder ein und die fürchterlichen Dinge, die sie am Nachmittag zu ihm gesagt hatte. Er wollte etwas sagen, aber er brachte kein Wort heraus. Er begann zu weinen wie ein kleines Kind, und als er Danataja seine Hand entziehen wollte, ließ sie sie nicht los.

»Was ist geschehen, Hadad? Wer hat dich so verletzt?« Sie strich ihm über die Wange, zog seinen Kopf an sich, und er verbarg sein Gesicht an ihrer Brust.

Hadad brachte immer noch kein Wort heraus. Zärtlich legte sie ihre Arme um seine Schultern, und er spürte die Kraft, die von ihr ausging. Er spürte aber auch, daß es nicht nur Schmerz und Wut waren, die es ihm unmöglich machten zu sprechen, sondern daß da auch ein anderes Gefühl war, das ganz neu für ihn war.

Schließlich löste er sich sanft von ihr, wischte sich über Augen und Nase und faßte sich. »Jemand hat mir heute gesagt, ich sei...«

»Ja? Bitte, Hadad, sag es mir! Du kannst es mir sagen.« Danataja faßte wieder nach seiner Hand und lächelte ihn an. Ihre Warmherzigkeit und ihr Wohlwollen taten ihm wohl, und schließlich begann er, ihr langsam die Geschichte zu erzählen. Hier und da zögerte er und machte immer wieder Pausen, doch die Tränen waren versiegt. Seit seine Mutter den Verstand verloren hatte, hatte er sich nicht mehr so gehenlassen.

Anfangs unterbrach Danataja ihn ab und zu. Aber bald begriff sie, daß er sein eigenes Tempo hatte, um das, was ihn so quälte, auszusprechen. An besonders schmerzlichen Stellen drückte sie ihm nur die Hand oder streichelte sie. Als er schließlich schwieg, fragte sie: »Ist das alles gewesen, Hadad? Ich möchte nämlich alles hören, das heißt, wenn du es mir wirklich erzählen willst. Diese Last ist zu schwer, um sie allein zu tragen. Vielleicht kann ich dir helfen.«

»Du hast mir schon sehr geholfen. Seit Tagen quäle ich mich herum und mache mir Sorgen, aber ich konnte einfach mit niemandem darüber sprechen. Aber nach dem heutigen Tag war es...« Er lächelte ein wenig und bemühte sich, entschlossen zu wirken. »Ich fand, daß sie...«

»Du hast ihr recht gegeben? Aber nur, weil du niemanden hattest, der dir das ausgeredet hätte! Mein lieber Hadad! Weißt du nicht, wie viele Leute in dieser Stadt dich gern haben? Sie machen sich Sorgen um dich, und du weißt es noch nicht einmal. Du hättest hören sollen, was Jakob an jenem Abend sagte, als du verprügelt wurdest. Er sagte: ›Ich wünschte, ich hätte einen Sohn wie Hadad!‹ Er hält so viel von dir, daß er gern dein Freund wäre, so etwas wie ein zweiter Vater. Im Basar lieben sie dich alle. Du hättest ihre Gesichter sehen sollen, als du vor ein paar Tagen gesungen hast.« Etwas verlegen hielt sie inne, fuhr aber entschlossen fort: »Du hättest mein Gesicht sehen sollen, Hadad. Damals hättest du dich nicht für häßlich gehalten und hättest auch die fürchterlichen Sachen nicht geglaubt, die deine Schwägerin heute zu dir gesagt hat. Für mich warst du schön, Hadad. Ein schöner, junger Mann. Gerade Beine sind nicht alles, was zählt. Du bist freundlich, gut und rücksichtsvoll. Du hast ein offenes Lächeln, und das Herz eines jeden muß dir vom ersten ...«

Verlegen brach Danataja mitten im Satz ab. Es dauerte eine Weile, ehe sie den Mut aufbrachte, weiterzusprechen. »Als ich mich heute abend zum Tanzen vorbereitete, hatte ich schreckliche Angst. Aber Jamam, die Freundin, die mir den Auftritt vermittelt hat, gab mir einen guten Rat. Ich sollte mir einen Mann aussuchen und nur für ihn allein tanzen. Vergiß die anderen, hat sie gesagt. Nun, Hadad, der Mann, für den ich heute abend getanzt habe, warst du.«

»Du wirst ja rot, Danataja!«

»Ach, ich weiß, es ist dumm von mir. Es ist nicht leicht, so etwas zu sagen. Was denkst du jetzt von mir?«

»Hast du wirklich für mich getanzt?« Hadad sah sie erstaunt an. Erstaunt und voller Freude. Plötzlich wurde er wieder traurig. »Ich habe dich natürlich fürchterlich enttäuscht, nicht wahr? Ich mit meinem dummen Selbstmitleid! Es tut mir so leid, Danataja. Wenn ich es nur wiedergutmachen könnte!« Er beugte sich vor. »Du hast deine Arbeit nicht verloren, wirklich nicht. Admuniri hat mich gebeten, dir das zu sagen. Morgen früh, wenn du dich besser fühlst, sollst du wiederkommen. Es muß dir auch nicht peinlich sein.« Er drückte ihre Hände und fuhr beruhigend fort: »Wenn ich nicht so mit mir selbst beschäftigt gewesen wäre, Danataja, hätte ich sofort festgestellt, daß ich in meinem ganzen Leben noch nie so jemand Schönes gesehen habe wie dich. Was ist los, Danataja? Habe ich etwas Falsches gesagt?«

»Nein, nein! Mir ist nur gerade eingefallen, daß ich nicht das nötige Geld verdient habe. Ich habe jetzt kein Zuhause mehr. Morgen werde ich auf die Straße gesetzt. Was soll ich tun? Vielleicht läßt Admuniri mich in der Schenke auf dem Fußboden schlafen.«

»Geld? Du brauchst Geld?« fragte Hadad beruhigend. Mit scheuer Zärtlichkeit streichelte er ihre Hand. »Mach dir keine Sorgen. Ich habe einen kleinen Goldklumpen. Wir können ihn zu Geld machen und davon deine Miete bezahlen.« Schüchtern fuhr er ihr über die seidigen Haare und legte ihr die Hand auf die Schulter. »Ich würde nie zulassen, daß dir etwas geschieht. Ich kann immer Geld auftreiben. Seit Jahren tue ich das für Mutter und mich. Wir haben nie gehungert, und wir wurden nie auf die Straße gesetzt. Wenn du Geld brauchst, kann ich welches auftreiben.«

Danataja dachte an verschiedene Geschichten, die sie im Basar gehört hatte. »Du würdest das wirklich tun? Damit wäre mir unendlich viel geholfen, mein lieber Hadad!« Sie beugte sich vor.

Hadad war verwirrt, aber bevor er etwas sagen konnte, küßte sie ihn. Zuerst war ihr Mund zart, wie der eines Kindes, dann wurde ihr Kuß fordernd und verlangend. Sie legte ihre Hände an seine Wangen und zog sein Gesicht näher. Aus einem Kuß wurden viele. Sie küßte seine Wangen, seine Augen, sein Kinn. Hadad legte seine Hände unbeholfen um ihre Taille. Wie wunderbar ihr schlanker Körper sich anfühlte! Voller Entzücken strich er über ihren Rücken bis hinunter zu ihren Hüften und spürte, daß sie nichts weiter am Leib trug als ihr dünnes Hemd. Noch nie hatte ihn etwas so erregt wie ihre warme, weiche Haut unter seinen Händen, doch er empfand keine Scham. Es war ganz anders als damals, als er Anat beobachtet hatte. Dieses kraftvolle Gefühl war ihm vollkommen neu; ihm war, als wolle sein Herz überfließen. Heiser flüsterte er ihren Namen.

»Liebster Hadad«, murmelte Danataja sanft. Sie wußte, was sie tun mußte, und ein berauschendes Glücksgefühl überkam sie. Nur äußerlich blieb sie vollkommen ruhig. »Ich sehne mich nach dir, Hadad. Noch nie im Leben habe ich mich so nach etwas gesehnt.«

»Nach mir?« flüsterte Hadad.

»Pst.« Sie hob ihr Hemd am Saum hoch und zog es mit einer raschen Handbewegung über den Kopf. Sie trug immer noch den goldenen Gürtel und die Kettchen an den Fußgelenken. Sonst war sie nackt, und ihre Haut schimmerte golden im flackernden Licht der Fackeln. »Und nun du«, forderte sie ihn auf.

Es dauerte nur einen Augenblick, und er war ebenfalls nackt. »Schau bitte nicht auf mein Bein, Danataja«, bat er.

»Es ist gar nichts schlecht an deinem Bein. Du siehst wirklich gut aus, Hadad. Selbst wenn ich nicht wüßte, was für ein wunderbarer Mensch du bist und was für eine schöne Stimme du hast, fände ich dich anziehend. Hast du gewußt, daß ich von dem Augenblick an, da ich dich zum ersten Mal singen hörte, dir gehören wollte?«

Sie betrachtete ihn liebevoll und zog ihn näher, zuerst sanft, dann beharrlich und schließlich voll Leidenschaft. Er wußte genau, was zu tun war, auch wenn alles neu war in dieser Stunde seines Lebens.

Zeitweise war Reschef so betrunken, daß er kaum aufrecht stehen konnte, aber er trank weiter. Irgendwann erinnerte er sich mit schrecklicher Klarheit an das, was er im Rausch vergessen wollte. Er ließ sich noch mehr Palmwein bringen; je stärker, desto besser. Er hatte eine jämmerliche Figur gemacht. Obwohl er mit seinem Militärschwert bewaffnet gewesen war, war er von einem Mann bezwungen worden, dessen einzige Waffe ein lächerlicher Stock war. Der andere hatte ihn damit fertiggemacht wie einen räudigen Hund. Als alles vorbei gewesen war, hatte er sich bei ein paar Huren abreagieren wollen, aber feststellen müssen, daß ihn der Vorfall seiner Manneskraft beraubt hatte. »He!« brüllte Reschef dem Wirt der Spelunke im Viertel der Diebe zu. Bringt mir noch Palmwein! Aber schnell!« Doch nicht einmal das Brüllen wollte ihm richtig gelingen. Seine Stimme glich eher einem Krähen als dem Gebrüll des Löwen.

Reschef trank noch zwei Schalen Wein, dann fiel ihm plötzlich der Fremde auf, der ihm gegenüber saß. Seit wann saß der andere schon da? War er kurz eingenickt gewesen und hatte das Kommen des Fremden nicht bemerkt? Mit glasigen Augen blinzelte Reschef sein Gegenüber an. Unerschrocken begegnete der Mann Reschefs Blick. Nach einer Weile sprach er ihn an. »Ich suchen Euch. Ihr Reschef? Nein?« Reschef konnte die Aussprache des Fremden nicht zuordnen. Er hatte Mühe, das Gesicht scharf zu sehen. »Ich fragen nach Euch. Hier. Dort. Endlich ich finden Euch. Nein?«

»Wen geht es etwas an?« Reschefs Stimme klang immer noch ungewohnt schrill, und er konnte dem Blick des Fremden nicht standhalten. „Wer seid Ihr?«

Plötzlich mußte er an die letzten Worte des sterbenden Attentäters denken. Er kniff die Augen zusammen und betrachtete den untersetzten Fremden mit dem Bart und der dicken Nase. »Ihr, Ihr seid Manuk!«

Die Augen des anderen wurden schmal, und sein Lächeln gefror zu einer Maske. »Namen sind Schall und Rauch. War kluger Mann, der von Euch erzählen. Diese« – er machte eine umfassende Handbewegung, die sich auf die Menschen in der Schenke und auf der Straße draußen bezog –, »diese nicht wie Ihr. Ist richtig? Niemand hier wie Ihr. Vielleicht nirgends wie Ihr. Ihr leben nur für Euch. Richtig?«

Der stechende Blick dieser Augen war Reschef unangenehm, und er mußte sich zwingen, den Mann anzusehen. »Sprecht weiter!« sagte er.

»Ah! Ihr! Ich! Wir gehen auf Straße. Hier alle hören. Wir reden. Wir uns verstehen. Nein? Kommt! Hier schlechte Luft. Besser denken auf Straße.«

Reschef wollte nach seiner Weinschale greifen, warf sie aber um. Beim Aufstehen mußte er sich mit beiden Händen am Tisch festhalten. Er wartete, bis er sein Gleichgewicht gefunden hatte und seine Beine aufhörten zu zittern. Der Fremde stand vor ihm, reglos wie ein Fels. Stark, unerbittlich und geduldig. Alles Eigenschaften, die Reschef fürchtete und die ihm fehlten. »Also kommt«, krächzte er. »Bringen wir es hinter uns.«

VIII

Der Morgen dämmerte, als Danataja erwachte. Es war kühl, und ein sanftes Licht erfüllte den Speicher. Sie lag auf einem Strohlager und war sorgfältig mit ihrem und Hadads Gewand zugedeckt. Langsam hob sie den Kopf, rieb sich den Schlaf aus den Augen und sah sich um. »Hadad?« flüsterte sie.

Er stand mit dem Rücken zu ihr vor der offenen Speichertür und sah hinaus. Er war noch nackt, und sein schlanker Körper zeichnete sich klar vor dem hellen Hintergrund des Himmels ab. Sein eines Bein stand in einem ungewöhnlichen Winkel ab, aber je länger sie es ansah, desto weniger schien es ihr ein Gebrechen zu sein, sondern einfach zu Hadad dazuzugehören; zu Hadad, diesem Mann, der plötzlich in ihr Leben getreten war und ein bißchen von ihrer Einsamkeit von ihr genommen hatte. Sie setzte sich auf. Das Gewand, mit dem sie zugedeckt gewesen war, fiel herunter, und mit verschlafenem Lächeln rief sie nochmals leise: »Hadad? Was machst du?«

Er drehte sich um. Er sieht jetzt älter aus, dachte sie, älter, ernster und glücklicher. Hadad lächelte sie liebevoll an. »Die Morgendämmerung ist so wunderschön, Danataja. Komm her zu mir und sieh selbst!« Er streckte die Arme aus und kam ihr mit ein paar unbeholfenen Schritten entgegen. Danataja fiel für einen Moment die Unbeholfenheit seiner Bewegung auf, aber sie schob den Gedanken sogleich wieder beiseite. Sie kniete sich hin, legte ihre Arme zärtlich um seinen nackten Körper und liebkoste seinen Bauch mit ihrem Gesicht. Dann stand sie auf, und Hadad zog sie fest an sich. »Ich bin so glücklich«, murmelte er, und seine Stimme klang ganz verändert. »Ich weiß nicht, wie ich es ausdrücken soll, wie sehr ... wie ich dir erklären soll, was ich empfinde.«

»Ich weiß, was du fühlst, Hadad.« Sie zitterte erregt und drückte ihn fest an sich.

»Du weißt es? Mein ganzes Leben hatte ich das Gefühl, jemand zu sein, den niemand will und den alle beiseite schieben. Ich fühlte mich häßlich und wertlos. Ich verstand mich nur auf meiner Hände Arbeit, auf sonst nichts. Es gab nur wenige Menschen, die das genügend zu schätzen wußten, um mir ihre Aufmerksamkeit zu schenken.«

»Und du kannst singen, Hadad. Hast du eine Ahnung, welche Wirkung dein Gesang hat?«

»Doch, ich kann es mir ungefähr vorstellen. Aber mein Bruder konnte auch singen. Wenn er und ich zusammen sangen, dann sahen alle nur ihn an.«

»Ich kenne deinen Bruder überhaupt nicht, Hadad. Ich bin mir nicht sicher, ob ich ihn mögen würde. Dein Bruder kümmert mich nicht; er ist mir vollkommen gleichgültig. Du bist mir wichtig, sonst nichts. Ich liebe dich, Hadad. Ich glaube, ich liebe dich seit jenem Tag, als du dem Sänger die Lyra aus der Hand genommen und für die Leute im Basar gesungen hast.«

»Du liebst mich? Danataja! Ich kann dir gar nicht sagen, was ich für dich empfinde. Was ich vergangene Nacht empfunden habe und was ich jetzt fühle.«

Er streichelte sie zärtlich, und sein Herz klopfte heftig vor lauter Glück. Er nahm sie fest in die Arme. »Ich liebe dich«, sagte er. »Ich liebe dein hübsches, liebes Gesicht, deinen wunderbaren Körper, einfach alles an dir.«

»Es gehört alles dir, Hadad. Mein Herz und meine Gedanken, alles was ich bin und je sein werde, alles gehört dir.«

»Es kommt mir vor wie ein Wunder«, erwiderte er. »Und das Wunderbarste ist, daß du diese Dinge zu mir sagst und daß ich sie glauben kann.« Er küßte sie. »Komm, Liebste! Komm und schau! Das Licht des Morgens ist so zart rosafarben, und der Himmel ist hellblau. Die Luft ist so klar und rein.« Er bückte sich unbeholfen und reichte Danataja zögernd ihr Hemd. Danataja sah ihm verliebt zu und fand seine Unbeholfenheit bereits anmutig. »Eigentlich möchte ich gar nicht, daß du dich anziehst«, meinte er. »Ich liebe dich, so wie du jetzt bist.«

»Mach die Augen zu«, sagte Danataja und küßte ihn, ehe sie sich anzog. »Stell dir im Geist vor, wie du mich heute nacht gesehen hast, und vergiß es nicht!« Sie zog ihr Hemd an, und die Glöckchen an ihren Knöcheln klingelten leise. »Bei den Göttern! Ich trage immer noch Jamams Schmuck.«

»So werde ich dich immer vor Augen haben. Mit dem hübschen goldenen Gürtel um deine Taille und den klingenden Glöckchen an den Knöcheln. Ich schwöre dir, Danataja: Jedesmal, wenn ich diese kleinen Glöckchen höre, werde ich an dich und an unser erstes Mal denken.«

Liebevoll half Danataja ihm beim Ankleiden, und als sie fertig waren, stellte sie sich auf die Zehenspitzen, um ihn zu küssen. »Komm, wir wollen hinaus und die Morgendämmerung anschauen.«

Sie kletterten hinauf aufs Gebäude, in dem sie die Nacht verbracht hatten, und blickten über die Dächer von Haran. Manche Häuser hatten flache, weit ausladende Dächer, andere runde Kuppeln. Hadad hatte recht gehabt: Es war wunderschön. Die Stadt war in weiches Licht getaucht, die Luft kühl und angenehm. Hadad drückte ihre Hand. »Glaubst du vielleicht, Danataja, daß du ...«

»Was, Hadad?« Sie schmiegte sich in seinen Arm und genoß seine Nähe.

»Ich habe mir überlegt, ob du nicht vielleicht bei mir wohnen möchtest, Danataja? Ich habe zwar nicht viel Platz, aber für uns beide würde es schon reichen.«

»Hadad!« Danataja versuchte in aller Eile, Gründe zu finden, die dagegen sprachen, aber es fielen ihr keine ein. »Ich... ich weiß nicht.«

»Vielleicht könnten wir bald ein größeres Zimmer finden, wo wir Platz für einen kleinen Tisch und auch für einen Herd hätten.« Hadad sprach mit großem Ernst. »Ich könnte mehr verdienen als jetzt. Ich bräuchte nur alle Arbeiten für den Tempel anzunehmen, die man mir anbietet. Jetzt lehne ich solche Arbeiten oft ab, weil sie mich langweilen, aber wenn ich alle Angebote wahrnehmen würde, würde ich mehr verdienen.« Er hielt verlegen inne, weil er nicht wußte, wie sie sein Angebot aufnehmen würde.

»Ich könnte doch weiter in der Schenke arbeiten«, meinte sie zögernd und lächelte ihn schüchtern an. »Ich könnte mir nichts Schöneres vorstellen, als mit dir zusammenzuleben. Ich bin so froh, daß du mich gefragt hast, Liebster.« Glücklich schmiegte sie sich an ihn.

Admuniri öffnete die Tür. Sie trug noch ihr Nachtgewand. »Wer ist denn da?« fragte sie verschlafen. Dann erkannte sie die Ankömmlinge. »Hadad! Danataja! Wie kommt ihr denn hierher um diese Zeit!«

»Ich möchte wieder bei Euch arbeiten«, bat Danataja. »Ich werde weiter den Schankraum saubermachen, wenn Ihr mich noch wollt.«

Admuniri sah ihre strahlenden Gesichter und lächelte verständnisvoll. »Das ist ja eine Überraschung! Ihr beide also! Nun, Hadad, ich danke dir, daß du sie zurückgebracht hast. Ich weiß nicht, was wir ohne sie anfangen würden.« Sie streichelte Danataja die Wange. »Uns so einen Schreck einzujagen, Danataja! Wir haben uns große Sorgen um dich gemacht, als du allein in die Nacht hinausgelaufen bist. Wo sich doch gestern nacht dieser Kerl herumgetrieben hat. Du bist ihm doch nicht etwa begegnet?«

»Doch, sind wir.« Danataja legte stolz ihren Arm um Hadads Schultern. »Aber Hadad hat mich vor ihm gerettet. Wenn er nicht gewesen wäre, dann ...«

Admuniri betrachtete nachdenklich die glücklichen Gesichter der beiden jungen Leute und lächelte. »Dafür sei ihm gedankt! Wenn ich euch so ansehe, würde ich sagen, daß wir Hadad in Zukunft öfter zu Gesicht bekommen werden als bisher. Aber ich wette, er wird nicht mehr zum Weintrinken kommen.«

Hadad verabschiedete sich mit einem Kuß und machte sich auf den Weg durch die Gassen der erwachenden Stadt. Er war so glücklich wie noch nie zuvor in seinem Leben, und ihm war, als müßte er zerspringen vor Freude. Am liebsten hätte er es laut hinausgerufen, daß er, Hadad, jemanden gefunden hatte, den er liebte, und daß er von dieser Frau wiedergeliebt wurde, die von allen Männern der Welt ihn auserwählt hatte. Sein unregelmäßiger, hinkender Schritt erhielt federnden Schwung. Es sah fast aus, als ob er hüpfend die Straße hinunterging.

Am Brunnen machte Hadad halt und wusch sich das Gesicht. Die Schwellung ging allmählich zurück, die offenen Wunden hatten bereits Krusten, und er konnte wieder mit beiden Augen sehen. Glücklich sah er sich um. Er stand vor seinem Verkaufsstand, seinem Zuhause im großartigsten Basar, in der großartigsten Stadt der Welt.

»Hadad!« sagte eine vertraute Stimme hinter ihm. »Du arbeitest also wieder!«

Er drehte sich um. »Marsatum!« rief er und faßte die Freundin an den Händen. »Es ist so schön, wieder hier zu sein und dich zu sehen!« Er tanzte unbeholfen um sie herum und hielt dabei immer noch ihre Hände fest. Marsatum machte sich los.

»Was ist in dich gefahren, Hadad? So habe ich dich noch nie erlebt!« Erstaunt sah sie ihn an. »Aber ich muß sagen, mir gefällt, was ich sehe. Du bist irgendwie verändert. Was ist geschehen?«

»Du hast recht, es ist etwas geschehen!« erwiderte Hadad, nahm sie wieder bei den Händen und küßte sie auf die Wange. Marsatum blickte ihn überrascht an. »Etwas Wunderbares ist geschehen, Marsatum. Es ist so schön, daß ich es nicht für mich behalten kann.«

»Hm.« Marsatum mußte unwillkürlich lächeln. »Es gibt nur eine Erklärung dafür, wenn sich ein Mann so aufführt«, meinte sie und dachte an ihre eigene Jugend. »Du hast dich verliebt, Hadad.«

»Ja, genau! In die wunderbarste Frau der Welt, Marsatum.«

»Ja, natürlich. Das hält die Welt in Gang, würde ich sagen. Ich freue mich für dich Hadad. Wir alle hier haben immer gehofft, daß du eines Tages jemanden findest, aber wir hatten die Hoffnung beinahe schon aufgegeben. Du bist immer so schüchtern! Meine kleine Nichte, die vergangenes Jahr geheiratet hat, hat alles mögliche versucht, um deine Aufmerksamkeit zu erregen. Aber du hast sie keines Blickes gewürdigt.«

»Deine Nichte? Sie wollte mich?« fragte Hadad betroffen. »Aber Marsatum...« Er seufzte und zuckte die Achseln. »Nun ja, jetzt kann ich nichts mehr dagegen tun.« Sogar seine Stimme hatte sich verändert. Sie schien reifer geworden zu sein. »Ich war wirklich ein Narr, aber das ist vorüber. Ich habe meine Lektion gelernt! Du weißt, wer es ist, Marsatum, nicht wahr?«

»Nein, aber ich warte schon die ganze Zeit darauf, daß du es mir sagst. Du spannst mich ganz schön auf die Folter.«

»Es ist Danataja. Sie arbeitet seit kurzem in der Schenke drüben.«

»Ah, die! Sie ist ziemlich nett. Und hübsch ist sie auch.«

»Hübsch? Sie ist die schönste Frau, die du je gesehen hast.« Hadad mußte selbst über seine Worte lächeln. »Das sagen wohl alle, stimmt's? Aber das macht nichts. Ich kann es nicht ändern, ich empfinde es eben so. Ich liebe sie von ganzem Herzen.«

»Bevor ich's vergesse, Hadad, da hat ein Mann nach dir gefragt. Gestern, und am Tag davor ebenfalls. Ich war nicht hier, aber Jahila hat mit ihm gesprochen. Du mußt sie fragen. Aber wenn ich sie richtig verstanden habe, kommt er bestimmt wieder.«

»Was für ein Mann war das?« wollte Hadad wissen. »Vermutlich jemand, der einen Auftrag für mich hat. Das kommt mir jetzt sehr gelegen. Ich muß jetzt alle Aufträge annehmen, die ich bekommen kann. Schließlich sind wir jetzt zu zweit.«

»Bei allen Göttern! Es ist dir also wirklich ernst?«

»Aber natürlich. Weißt du was, Marsatum? Ich werde versuchen, reich zu werden, so reich wie Schobai.«

Marsatum lächelte ihn an und schüttelte den Kopf. In dem Augenblick kam Jahila in den Basar. »Jahila!« rief Marsatum. »Guck mal, wer da ist! Er ist verliebt und voller Pläne!«

»Hadad!« Jahila begrüßte ihn erfreut. »Es ist schön, daß du wieder hier bist. Warte nur, bis mein Mann dich sieht! Hat Marsatum es dir schon erzählt? Es hat jemand nach dir gefragt. Er hat sehr wichtig ausgesehen. Zweimal war er da. Er hat gesagt, daß ...«

Sie sah auf und lächelte. »Aber da ist er ja wieder. Sprich selbst mit ihm!«

Hadad drehte sich um. Arusian stand vor ihm, der Mann, der ihm vor Tagen die Nachricht vom Kaufmann Ibalum überbracht hatte. Heute wirkte er anders als beim ersten Mal. »Hadad?« fragte er in einem Ton, den er nur Gleichgestellten gegenüber benutzte. »Ich freue mich, Euch wiederzusehen. Ich überbringe eine wichtige Nachricht von Ibalum für Euch. Er selbst ist noch in Charchemisch, hat mich aber beauftragt, so schnell wie möglich mit Euch zu sprechen.«

»So?« Hadad lächelte verblüfft. Er sah Jahila und Marsatum an und zuckte die Achseln. »Warum denn?«

»Er läßt Euch bitten, mit mir zum Stadtschreiber zu kommen.«

»Aber ich habe doch nichts Unrechtes getan!«

»Ich bitte Euch!« Arusian lächelte und hielt abwehrend eine Hand hoch. »Natürlich habt Ihr kein Unrecht begangen. Es ist nur so, daß Ibalum große Pläne mit Euch hat; ich habe ihn seit Jahren nicht so erlebt. Er hat Eure Arbeit ein paar Kaufleuten westlich von hier gezeigt. Sie waren alle ganz begeistert und wollen Eure Sachen kaufen. Ibalum will mit Euch einen Vertrag machen. Er möchte, daß Ihr eine Kontrakttafel bestätigt, die Euch und ihn zu Partnern macht. Damit könnte er Eure Arbeit in aller Welt verkaufen. Junger Mann, Ihr werdet nicht glauben, welche Preise er für Eure Arbeiten erzielen wird!«

»Hadad!« Marsatum drückte seinen Arm. »Hast du gehört, was er gesagt hat?«

Hadad strahlte. »Damit könnte ich Material für meine Arbeiten kaufen!«

»Nein, so würde es nicht laufen«, entgegnete Arusian. »Ibalum würde als Euer zukünftiger Partner das Material für Euch kaufen, sobald wir den Vertrag gemacht haben. Außerdem könnt Ihr eine vertretbare Summe für Eure täglichen Ausgaben als Vorschuß bekommen. Wenn Ihr mehr braucht, bekommt Ihr mehr. Wenn Ihr einen besseren Platz für Eure Arbeit braucht, laßt es mich wissen. Wir werden für Euch eine Werkstätte mieten, die Euren Anforderungen entspricht. Ihr müßt nur eines tun: Eure Kunstwerke herstellen!«

»Hadad! Steh doch nicht einfach herum! Geh mit dem Herrn mit! Schnell, bevor er seine Meinung ändert!«

Doch Hadad war unfähig, sich zu rühren. Ungläubig lächelnd sah er von einem zum anderen. Ich muß die Sterndeuter fragen, was für ein Tag das heute war, dachte er bei sich. In einer Nacht und einem Vormittag hatte sich sein Leben vollkommen verändert. Für immer.

Kapitel 9

I

»Seid Ihr sicher, daß Ihr mich nicht braucht?« fragte Kirta. Sein Blick wanderte über den kleinen Hafen mit den vor Anker liegenden Schiffen, über den schmalen Weg, der zum Wasser führte, hinüber zu den Menschen, die an den Marktständen Fisch kauften.

Poliwos, der kretische Schiffsführer, lächelte. »Es ist gut, daß ich Euch nicht brauche. Ihr habt ohnehin etwas anderes im Kopf. Geht und hört Euch um. Bringt in Erfahrung, was Euch so brennend interessiert!« Er entließ Kirta mit einer ungeduldigen Handbewegung. »Geht doch endlich! Worauf wartet Ihr noch?«

Kirta lächelte, und Poliwos nahm ihm den eiligen Abschied nicht übel. Am Beginn der Reise hatte Kirta selten, wenn überhaupt gelächelt. Poliwos hatte das anfangs der Trauer über Xenas Tod zugeschrieben, aber allmählich hatte sich herausgestellt, daß Kirta seit vielen Jahren kaum gelacht hatte. Es hatte sich auch gezeigt, daß Kirta sich immer mehr veränderte. Es war eine positive Veränderung, fand Poliwos. Es war nicht gut, wenn ein Mann menschliche Gefühle auf Dauer verleugnete.

»Ich danke Euch«, sagte Kirta. »Ich muß zugeben, die Aussicht hat mich nicht besonders begeistert, den Nachmittag mit den Leuten vom Zoll zu verbringen. Wann soll ich wieder auf dem Schiff sein?«

»Das ist mir gleich. Kommt, wann immer es Euch beliebt oder sobald Ihr etwas erfahren habt. Eines noch, Kirta: Gebt acht! Diese kleine Stadt ist gefährlicher, als sie aussieht. In der geschützten Bucht auf der anderen Seite der Insel ankern manchmal Piraten. Wenn sie Leute für Überfälle rekrutieren müssen, sind sie nicht zimperlich.«

»Ich weiß. Sie entführen Männer auf ihre Schiffe. Männer, die unvorsichtig sind und die man nicht so bald vermißt. Ich bin bewaffnet. Ich habe für mich das gleiche Schwert geschmiedet wie für Euch.«

»Sehr gut! Es ist ein ausgezeichnetes Schwert. Man könnte es nur noch verbessern, wenn ...«

»... wenn man es aus dem neuen Metall macht. Ich habe Euch ja gesagt, daß ich mehr Erz brauche, dann mache ich Euch alles, was Ihr wollt. Wir brauchen nur an der Küste Lykiens anlegen, wo die Erzhändler in den Hafenstädten ihr Erz verkaufen.«

»Ihr wißt, daß ich keine Tauschwaren für sie mitführe. Außerdem erziele ich hier auf den Inseln bessere Preise.«

Kirta seufzte. »Also gut. Solange Ihr Euer Versprechen haltet.«

»Das werde ich. Habt Geduld. Die Dinge müssen laufen, wie sie immer laufen. Im Herbst werden wir wie jedes Jahr in Ugarit und Arvad sein. Ihr könnt uns verlassen, wo immer Ihr wollt. Bis dahin habt Ihr Euch Eure Überfahrt verdient. Ich habe noch eine Frage.«

»Ja?«

»Was ist, wenn Eure Frau und Eure Söhne ...?«

Kirtas Miene verfinsterte sich. Er preßte die Lippen zusammen, und seine Augen wurden schmal. »Alles ist möglich. Seit ich mich zur Rückkehr entschlossen habe, denke ich über die Konsequenzen meiner Entscheidung nach. Es besteht ja auch die Möglichkeit, daß sie nichts mit mir zu tun haben wollen. Schließlich war ich es, der sie damals verlassen hat. Aber wer weiß? Ich hatte ihnen genug zurückgelassen, um ein gutes Auskommen zu haben.«

Poliwos runzelte die Stirn. »Ihr habt recht. Es ist gut möglich, daß sie reich und glücklich sind, daß Eure Söhne zu starken, gesunden Männern herangewachsen sind und bereits eigene Söhne haben. Aber jetzt geht! Ihr vergeudet Eure Zeit. Und seid vorsichtig!«

Kirta zögerte noch, ehe er in die Stadt ging. Statt dessen schlenderte er an die felsige Landspitze hinaus, wo gerade ein paar Fischer ihr Boot an Land zogen. Die Segel an der Rah flatterten im Wind, und die Männer waren dabei, ihren Fang auszuladen. Es war herrlich warm in der Sonne, und Kirta genoß den Anblick, der sich ihm hier bot: sonnengebräunte, muskulöse Männer, die ihrer harten, ehrlichen Arbeit nachgingen.

Ein bärtiger sehr großer und kräftiger Mann watete aus dem Wasser. Auf seinen Schultern balancierte er eine lange Stange, an der triefende Körbe hingen, die randvoll mit Sardinen waren. Der junge Mann hinter ihm trug ebenfalls eine Stange auf den Schultern, an deren Enden jeweils ein großer Thunfisch hing. Er hatte lockige Haare und helle Augen. Mein Hadad muß ungefähr in seinem Alter sein, vielleicht ein wenig älter, überlegte Kirta. Er mußte sich räuspern, bevor er den jungen Fischer ansprach. »Entschuldigt«, begann er zögernd in der Sprache der Insel. »Kannst du mir sagen, wo ich den Schmied finde?«

»Den Schmied?« Der junge Mann dachte einen Moment lang nach. Das Wort, das er für Schmied benutzt hatte, war das gleiche wie der Name, den Kirta viele Jahre auf Kreta getragen hatte: Khalkeus. »Ich denke, oben am Hügel. Seht Ihr den Rauch im Wald?«

»Ja, natürlich! Auf die Idee hätte ich selbst auch kommen können. Wer sonst unterhält um diese Zeit ein großes Feuer!« Aber Kirta sah gar nicht in die Richtung, in die der junge Mann zeigte. Er konnte sich von dem Gesicht des jungen Fischers nicht losreißen. Hadads Gesicht ist vermutlich etwas runder, dachte er. Oder vielleicht doch nicht? Man kann nie wissen, wie sich das Gesicht eines kleinen Jungen verändert, sobald er einmal erwachsen ist.

»Ich danke dir.« Kirta wandte sich um. Er bemerkte, wie ihn alle anstarrten, besonders ein muskulöser Mann, der nackt unter einem Olivenbaum kniete und Fische putzte. Er hielt ein Messer in der Hand und beobachtete Kirta mißtrauisch. Kirta zog sich rasch zurück und machte sich auf den Weg bergauf zur Hütte des Schmiedes.

Der Schmied war ein stämmiger Mann mit großem Bauch und einem stark geröteten Gesicht. Kirta fand sofort Gefallen an ihm, aber er sah auch, daß der Schmied wohl nicht mehr sehr lange zu leben hatte, denn er atmete schwer. »Ich heiße Eruthros. Wenn ich mir Eure Hände anschaue und die kleinen Brandnarben auf Euren Unterarmen, dann würde ich sagen, daß Ihr ein Zunftgenosse seid.«

»So ist es«, antwortete Kirta. »Ich bin Kirta aus Haran. Aber ich habe viele Jahre auf Kreta gelebt. Es freut mich, Euch kennenzulernen, Eruthros.« Kirta griff nach einem Schwert, das auf einem der Tische lag. »Eine Arbeit von Euch?« fragte er und versuchte, seine Geringschätzung zu verbergen. Derjenige, der das Schwert gemacht hatte, war ein Stümper gewesen.

»Ja. Aber Ihr tragt da etwas Schönes! Habt Ihr es selbst geschmiedet?« Er deutete auf Kirtas Schwert, das in der Scheide an seiner Seite steckte. Kirta nickte und reichte es dem anderen. »Bei allen Göttern! Ihr seid ein Meister unserer Zunft! Ich würde Euch sehr gern eine Weile bei der Arbeit zusehen, Freund!«

»Ich bin sozusagen erblich vorbelastet«, gestand Kirta. »Ich bin ein Kind des Löwen. Sagt Euch das etwas?«

»Ein Kind des Löwen?« Der Schmied runzelte die Stirn. »Ich erinnere mich. Ein Seefahrer hat einmal eine Geschichte erzählt. Die Kinder des Löwen haben alle ein bestimmtes Muttermal, aber ich weiß nicht mehr, wie es aussieht.«

»So wie dieses.« Kirta hob seine Tunika und zeigte ihm das rote Mal. »Ich habe gar nicht gewußt, daß sich unser Ruhm oder, vielleicht besser gesagt, unser schlechter Ruf bis auf diese Inseln hier verbreitet hat. Was genau wißt Ihr von den Kindern des Löwen? Gutes oder Schlechtes?«

»Eigentlich viel Gutes.« Der Schmied begutachtete Kirtas Klinge von allen Seiten. »Aber alles, was ich gehört habe, wurde Euren Fertigkeiten nur halb gerecht. Ihr seid ein Künstler, mein Freund, wirklich ein Künstler, das muß ich sagen. Ihr seid mir haushoch überlegen. Wenn alle Schmiede Eurer Familie solche Sachen machen können!«

Dann wurde er ernst. »Ihr kommt aus Haran, sagt Ihr?«

»Ja, warum? Meine Familie lebt dort.«

Der Schmied runzelte die Stirn. »Dieser Betrüger«, brummte er ungehalten. »Mich so übers Ohr zu hauen!«

»Von wem sprecht Ihr?« fragte Kirta. »Ich weiß nicht, was Ihr meint.«

»So ein Mistkerl! Ich meine den Mann, der mir die Geschichte erzählt hat! Er hat mir ein Schwert verkauft. Angeblich hat es einer von den Kindern des Löwen gemacht.« Er legte Kirtas Schwert beiseite und ging in eine Ecke des Raumes, in der chaotisches Durcheinander herrschte. Dort wühlte er herum und zog nach kurzer Zeit ein Schwert hervor. »Schaut Euch das verdammte Ding an, das er mir angedreht hat! Ich weiß nicht mehr, wieviel ich dafür bezahlt habe, aber es war auf jeden Fall zuviel.«

Kirta nahm das Schwert und hielt es gegen das Licht. Es war nichts Besonderes, nur eine Gesellenarbeit, aber sie war besser als die Arbeit des Inselschmiedes.

Plötzlich löste sich der abgenützte Griff vom Schwert. Kirta hielt ihn in der Hand, sah das Metall unter dem Holz und entdeckte die Prägung des Erzeugers. Seine Hand begann zu zittern. Er legte das Schwert auf den Tisch, nahm es aber gleich darauf noch einmal zur Hand. »Ich würde Euch das Schwert gern abkaufen, Freund«, bat er heiser. »Wenn man Euch beschwindelt hat, möchte ich es wiedergutmachen. Wieviel wollt Ihr dafür?«

»Das habe ich mir noch gar nicht überlegt.« Eruthros kratzte sich am Kopf. »Macht mir ein Angebot! Ich habe nicht daran gedacht, daß ich es mal verkaufen kann.«

Kirta griff in sein Gewand und zog eine Münze hervor. »Würde das genügen?« fragte er. Der Schmied schnappte nach Luft und nickte; für die Münze hätte er zwanzig Schwerter dieser Art kaufen können. »Ich danke Euch.« Kirta versagte beinahe die Stimme. Mit dem staubigen Schwert in der Hand verließ er ohne ein weiteres Wort die Hütte des Schmiedes.

Es wurde allmählich Nacht. Der Gastwirt entzündete Lampen auf der kleinen Terrasse über dem Hafen. »Wollt Ihr nicht doch ins Haus kommen, Herr?« fragte er. »Es wird kühl.«

Kirtas Augen waren vom Alkohol getrübt. Mit glasigem Blick sah er den Gastwirt an. »Mir ist es ganz egal«, meinte er müde, erhob sich aber trotzdem und folgte dem Wirt ins Haus. In der Hand hielt er ein schlecht verschnürtes Bündel, in dem er das alte Schwert verpackt hatte. Im Gehen blickte er noch einmal hinunter in die Bucht, wo die Lichter der Schiffe zu sehen waren. Mürrisch wandte er sich schließlich ab. Der Gastwirt wies ihm einen Platz im Haus an und fragte Kirta noch einmal: »Soll ich Euch nicht etwas zu essen bringen, Herr?« Kirtas Gesicht war grau und ausdruckslos. »Nein. Bringt mir nur noch einmal Wein, bitte.«

Eine Stunde später fand Poliwos ihn in der Gaststube. Er nahm ihm gegenüber am Tisch Platz und legte Kirta die Hand auf den Arm. »Was ist los, Kirta? Ihr seid vollkommen verändert. Wir sind schon viele Häfen angelaufen, seit Ihr bei uns seid, aber so habe ich Euch noch nicht erlebt! Was ist geschehen?«

Es kostete Kirta einige Mühe, sich auf Poliwos' Fragen zu konzentrieren. »Schaut Euch das hier an, Poliwos«, antwortete er heiser, schlug das Bündel auseinander und zeigte ihm das Schwert.

Poliwos sah den Freund an, dann das Schwert, dann wieder Kirta. »Was soll das? Das ist ein gewöhnliches, zweitklassiges Schwert. Nichts, was einen aus der Fassung bringen könnte.«

»Nehmt es in die Hand!« befahl Kirta mit zornigem Unterton. »Schaut es Euch genau an!«

Poliwos tat, wie ihm geheißen. »Ich sehe immer noch nichts Besonderes.«

»Da!« Schmerz und Enttäuschung waren Kirta deutlich anzumerken. Er riß Poliwos die Klinge aus der Hand und zeigte ihm den abgebrochenen Griff. »Da, schaut Euch das an!«

»Die Inschrift habe ich gesehen, aber ich verstehe die Zeichen dieser Schrift nicht. Was bedeuten sie?«

»Hier steht: ›Schobai aus Haran‹«, antwortete Kirta deprimiert. »Dieses Schwert wurde von meinem Sohn gemacht. Aber ich sage Euch, Poliwos, die Arbeit ist nichts wert! Hastig und in Eile gemacht. Wenn das alles ist, was er kann, habe ich ihn um alles betrogen. Um alles! Wäre ich dagewesen und hätte ihm das Handwerk beigebracht, an Stelle des Stümpers, bei dem er offensichtlich in der Lehre war, dann...« Kirta seufzte traurig. »Aber ich war nicht da. Wenn mein älterer Sohn so schlecht ausgebildet wurde, noch dazu in einem Handwerk, das in meiner Familie eine so lange Tradition hat, was ist dann erst aus meinem jüngeren Sohn geworden?« Er wollte noch etwas sagen, aber er hatte Tränen in den Augen und mußte ein paarmal schlucken, bevor er weitersprechen konnte. »Heute habe ich jemanden gesehen, der Hadad hätte sein können. Er war ein gutaussehender, kräftiger junger Mann. Ich kann mir vorstellen, daß Hadads Gesicht jetzt so ähnlich aussieht wie seines. So ähnlich muß ich selbst als junger Mann ausgesehen haben. Er war ein Fischer, ein gewöhnlicher Fischer.«

»Ihr habt doch keine Ahnung, was aus Hadad geworden ist«, versuchte Poliwos ihn zu trösten. »Macht es Euch doch nicht so schwer.«

Aber als er Kirta in die Augen blickte, wußte er, daß Worte hier nicht trösten konnten. Poliwos stand auf. »Ich glaube, Ihr müßt auf Eure Weise damit fertig werden. Amüsiert Euch ein bißchen! Das wird Euch ablenken! Habt Ihr genügend Geld?« Kirta nickte unglücklich. »Dann betrinkt Euch! Sucht Euch eine Dirne! Los! Es ist schon in Ordnung! Aber wenn Ihr bei Morgengrauen nicht zurück seid, lasse ich Euch von meinen kräftigsten Matrosen holen! Vergeßt nicht, wir laufen mit der ersten Flut aus!«

Es war ein ruhiger Abend in der Schenke. Zwei Huren kamen herein, sahen sich um und gingen wieder. Später kam eine von ihnen zurück und setzte sich zu Kirta. »Guten Abend«, grüßte sie und legte ihm eine Hand auf den Oberschenkel. Mit trübem Blick sagte er: »Verschwinde, bitte!« Dann griff er nach seiner Weinschale und starrte auf das Schwert, das vor ihm auf dem Tisch lag.

Spät in der Nacht warf der Wirt ihn freundlich, aber bestimmt hinaus. Unsicher wankte Kirta die Straße entlang. Als ein Riemen an seiner Sandale riß, schleuderte er den Schuh fort; den zweiten warf er gleich hinterher. Er rutschte aus, fiel zu Boden und kam nur mit Mühe wieder auf die Beine. Von weiter vorn waren leise Stimmen zu hören. Kirta folgte dem Geräusch. Vielleicht hatte Poliwos ihm jemanden nachgeschickt? Wie viele waren es? Drei? Vier? »Poliwos?« fragte Kirta trunken. Eine Wolke schob sich vor den Mond, und die Gesichter verschwanden. »Seid Ihr es, Poliwos?«

Jemand kicherte leise. Kirta näherte sich der Gruppe und sah sich plötzlich umzingelt. Noch ehe er nach seinen beiden Waffen im Gürtel greifen konnte, spürte er einen rasenden Schmerz links am Kopf. Er fiel zu Boden, und die Männer stürzten sich auf ihn. Der Mond beleuchtete kurz die Szene, und Kirta erkannte nur fremde Gesichter. Er sah die erhobene Keule und hielt schützend einen Arm hoch, aber der Schlag traf ihn trotzdem mit voller Wucht. Kirta fiel auf den Rücken, und die Schläge prasselten von allen Seiten in so schneller Folge auf ihn ein, daß er sich nicht mehr dagegen wehren konnte.

II

Poliwos erwachte im Morgengrauen. Er setzte sich auf und sah sich um. »Kirta?« rief er. Er rieb sich die Augen, stand auf, gähnte und streckte sich. Er schüttelte den Kopf, blinzelte und rief noch einmal: »Kirta! Seid Ihr da?«

Keine Antwort. Gähnend griff Poliwos nach seinem Lendenschurz und legte ihn an. »Er hat es also nicht zurück geschafft«, brummte er heiser vor sich hin. »Paiawon!« brüllte er dann. »Auf Deck! Aber schnell!«

Der Maat war sofort zur Stelle. »Zu Befehl, Herr! Es ist wegen Kirta, nicht wahr? Ich hole jemanden, der uns begleitet.« Er wollte gehen, aber Poliwos hielt ihn zurück.

»Hol Alkinoos oder jemanden, der genauso stark ist wie er. Und noch etwas, Paiawon!«

»Ja, Herr?«

»Nehmt beide Waffen mit! Ich habe so ein Gefühl, daß etwas nicht stimmt. Es ist zwar möglich, daß Kirta nur betrunken ist, aber ich bezweifle es.«

»Ihr habt recht, Herr. Er ist nicht der Typ, der am Straßenrand seinen Rausch ausschläft. Sollten wir nicht mehr Leute mitnehmen?«

»Nein«, entschied Poliwos. »Wenn es Schwierigkeiten gibt, wissen wir es, noch ehe wir im Dorf sind. Außerdem ...«

Paiawon erriet seine Gedanken. »In Ordnung, Herr! Ich lasse die Wachen auf dem Schiff sofort verdoppeln.«

Als die Sonne über den Hügeln im Osten aufgegangen war, kannten sie bereits die ganze Geschichte. Die Straßen der kleinen Stadt waren überfüllt, aber es waren nur alte und sehr junge Männer zu sehen und die Frauen der Vermißten. Mitten in der Nacht hatten die Piraten den Ort überfallen und alle Männer im arbeitsfähigen Alter verschleppt, Fischer und Hirten in gleicher Weise. Die Frauen weinten, und die alten Männer fluchten; es war ein Bild des Jammers. Kirta, der Schmied, zählte zu den Vermißten.

Poliwos und Paiawon durchstreiften das Dorf, während Alkinoos ihn oben in den Hügeln suchte. Nach einer Stunde kehrte er zurück. »Ich habe mit einem Bauern oben im Wald gesprochen, Herr. In der Bucht an der Leeseite der Insel ankerten gestern abend zwei Galeeren, sagte er. Er selbst hat sich oben in den Höhlen versteckt, weil er schon vermutete, daß es sich um Piraten handelt. Er konnte entkommen, aber die Männer unten im Dorf hatten nicht so viel Glück.«

»Ich verstehe.« Poliwos nickte. »Und die Galeeren?«

»Sind noch vor Tagesanbruch ausgelaufen. Sie hatten es sehr eilig, was mich nicht wundert. Sie müssen ungefähr fünfzig Gefangene gemacht haben.«

»Hat der Bauer gesehen, welche Richtung sie eingeschlagen haben? Ich möchte ihnen nicht ins Gehege kommen.«

»Er war sich nicht sicher, aber vermutlich segelten sie nach Norden. In dieser Richtung ist die Beute vielversprechender; die Küste entlang.«

»Das ist schlecht.« Poliwos war enttäuscht. »Ich wollte auch in diese Richtung. Aber wenn sich dort Piraten herumtreiben, muß Mukenai warten. Ich kann auch anderswo Geld verdienen. Aber wir versäumen die Flut! Paiawon!« brüllte er dem Maat zu. »Alles vorbereiten zum Ankerlichten!« Die Seeleute hasteten zurück auf ihr Schiff, um das Kommando auszuführen.

Poliwos war traurig. Er hatte Kirta gern um sich gehabt. Für den Kapitän eines Schiffes ergab sich selten genug die Gelegenheit, einen gleichgestellten Freund an Bord zu haben, mit dem er sich unterhalten konnte. Mit Untergebenen ergab sich nie ein ehrliches Gespräch, und das war vielleicht auch gut so.

Außerdem war Kirta ein ungewöhnlicher Mensch. Er war intelligent und verfügte über ein enormes Wissen. Aus den Gesprächen mit ihm hatte Poliwos eine Menge gelernt. Es würde lange dauern, bis er wieder einen so anregenden Gesprächspartner fand.

Seufzend beobachtete Poliwos seine Mannschaft bei der Arbeit. So war eben das Leben eines Seemanns. Nichts war von Dauer, außer dem Meer mit seinen düsteren Stimmungen und seiner manchmal unbändigen Wut. Doch die Einsamkeit, das kam Poliwos in diesem Moment deutlich zu Bewußtsein, die Einsamkeit war manchmal schwer zu ertragen.

»Verdammt, Kirta!« murmelte Poliwos betrübt und seufzte. »Warum konntet Ihr es nicht einfach auf sich beruhen lassen?«

Er kannte die Antwort. Jeder Mann hatte eine innere Stimme, die sein Handeln bestimmte. Kirtas innere Stimme forderte ihn ständig heraus, und Kirta stellte sich dieser Herausforderung. Es war zwecklos, einem solchen Mann die logischen Folgen seiner Handlungen vor Augen zu halten. Er hatte keine Wahl, nicht mit diesem Dämon, der in seinem Inneren wütete. Kirta würde nicht ruhen, ehe er nicht das Schicksal seiner Frau und seiner Kinder in Erfahrung gebracht hatte.

Und was dann? Würde Kirta Frieden finden, sobald er sie einmal ausfindig gemacht hatte? Oder würde er für den Rest seines Lebens versuchen, das einmal getane Unrecht wiedergutzumachen? Das Geschehene konnte er nicht ungeschehen machen, soviel war sicher.

Poliwos fand außerdem, daß Kirta seine Talente vergeudete. Kirta war brillant! Er war zu großen Dingen fähig, und jeder König wäre stolz, ihn zu seinen Ratgebern zu zählen. Er aber vergeudete seine Begabung mit –

Jetzt fiel es Poliwos wieder ein. Kirta war jetzt ein Sklave! Ein Rudersklave auf einem Piratenschiff. Poliwos schauderte bei dem Gedanken. Wenn er sich nicht in acht nahm und auf der Hut war, konnte ihm das gleiche Schicksal widerfahren. Eile tat not! Er mußte so schnell wie möglich in See stechen. Auf dem Meer war er vor Überraschungen sicher. Es war reines Glück, daß sich die Piraten den Nachschub für ihre Galeeren nicht an Bord seines Schiffes geholt hatten. Er war auf einen Angriff überhaupt nicht gefaßt gewesen, und die Piraten hätten ihn mitsamt seiner Mannschaft und seinem Schiff in kürzester Zeit überwältigen können. Daß er davongekommen war, wollte er als Warnung nehmen und in Zukunft vorsichtiger sein.

Poliwos kletterte an Bord des Schiffes. Paiawon salutierte. »Wir sind bereit zum Auslaufen, Herr, und warten auf Eure Befehle.«

»Anker lichten und auslaufen!« befahl Poliwos. Paiawon gab die Anweisung weiter, und die Männer im Heck zogen am Ankerseil. Poliwos dachte noch einmal an Kirta, aber er wußte, daß er ihm nicht mehr helfen konnte. Seufzend schob er den Gedanken an ihn beiseite und blickte nach vorn aufs Meer hinaus.

Das Salzwasser im Gesicht weckte ihn. An den leichten Wellenbewegungen spürte er, daß er auf dem Boden eines Schiffes lag. Sein Gesicht lag zur Hälfte in einer Pfütze, und das schmutzige Wasser plätscherte gegen sein eines Ohr. Er konnte nur ein Auge öffnen, und als er aufstehen wollte, hatte er überall Schmerzen. Er hatte das Gefühl, daß seine Arme, Beine und sein Rücken vollkommen steif waren.

»Aha!« ließ sich eine Stimme vernehmen. »Der nächste erwacht zum Leben.«

Kirta sah sich um. Das wenige Licht hier unten kam von oben durch eine Luke. Er befand sich in einem Laderaum, in dem es unglaublich stank, nach verrottetem Fisch, Rattenkot, Menschenschweiß – seinem eigenen und dem anderer Männer. Todesgestank.

»Wo bin ich?« fragte er und bemühte sich, seine Benommenheit abzuschütteln. Aber schon die geringste Kopfbewegung verursachte ihm quälende Schmerzen. Er griff sich an den Kopf und versuchte, sich zu bewegen. Erst jetzt bemerkte er, daß er mit einem Fußgelenk an ein Spant gefesselt war.

»Willkommen im Laderaum Nummer zwei!« begrüßte ihn jemand spöttisch. »Wir hoffen, es gefällt dir hier.«

»Halt doch den Mund!« polterte eine tiefere Stimme. »Siehst du nicht, daß der arme Kerl Schmerzen hat? Sie müssen ihn ganz ordentlich verprügelt haben, wenn er so lange bewußtlos war.«

»Wie spät ist es denn?« wollte Kirta wissen. »Ich muß zurück auf mein Schiff.«

»Du mußt nirgendwohin«, ließ sich die tiefe Stimme wieder vernehmen. »Wir sind mittlerweile schon ziemlich weit draußen auf See. Falls es dich interessiert, du bist zwangsverpflichtet worden, mein Freund, genau wie wir alle vor mehr oder weniger langer Zeit. Dich haben sie anscheinend etwas zu fest verprügelt, sonst wärst du bestimmt schon oben an Deck und würdest dir beim Rudern Blasen an den Händen holen.«

»Was ist das hier für ein Schiff?« Einen Herzschlag lang fürchtete er, es könnte ein kretisches Schiff sein, aber Kirta wußte, daß der Frachtraum eines kretischen Schiffes anders aussah. Dieses Schiff hatte einen größeren Tiefgang, und fürs erste war er froh, denn auf einem kretischen Schiff wäre sein Leben jetzt nichts wert.

»Ein Piratenschiff«, antwortete ihm die tiefe Stimme. »Für gewöhnlich segeln sie die lykische Küste entlang und hinein in die Buchten. Sie überfallen die Schiffe und die kleinen Dörfer auf den Inseln.«

»Ich verstehe«, antworte Kirta. »Mit mir haben sie keinen besonderen Fang gemacht. Galeerensklaven in meinem Alter sind nicht sehr viel wert, das weiß ich. Ich war schon einmal einer, aber das ist viele Jahre her. Heute sieht man es meinen Händen natürlich nicht mehr an.« Kirta lächelte bitter. »Das Leben eines Mannes geht oft seltsame Wege. Ich war einmal ein reicher Mann, danach ein Sklave. Dann war ich wieder reich und habe abermals alles verloren. Jetzt bin ich wieder ein Sklave.« Er tastete im Dunkeln nach der Fessel an seinem Fußgelenk. Erst jetzt fiel ihm auf, daß er nackt war. »Eines beruhigt mich dabei: Es wird nicht viel Neues für mich dabeisein.«

»Sei dir da nicht zu sicher!« entgegnete Kirtas unsichtbarer Gesprächspartner. »Das war auch meine Meinung, bis ich einmal den Mund zu weit aufgemacht habe. Makawon hat mich bewußtlos geschlagen und mich hier heruntergeworfen.«

»Was wird er jetzt mit dir tun?«

»Vermutlich wird er mich verkaufen. Er hätte mich umgebracht, aber mein Aussehen hat mich gerettet. Leute wie ich bringen als Sklaven gutes Geld ein. Du vielleicht auch. Soviel ich erkennen kann, bist du größer als die meisten anderen. Große Männer geben teure Sklaven ab.«

»Das kommt mir von früher noch bekannt vor. Ich habe ein paarmal den Besitzer gewechselt, bevor ich meine Freiheit wiedergewonnen habe. Aber was ist mit dir? Bist du auch so groß wie ich?«

Der Mann mit der tiefen Stimme trat unter die Luke, durch die ein paar Sonnenstrahlen fielen. Sein Gesicht und sein muskulöser Körper glänzten pechschwarz im Sonnenlicht. »Ich könnte dir meinen Wert als Sklave fast auf die Drachme genau sagen. Ich war beinahe mein ganzes Leben lang Sklave. Willkommen in der Sklaverei, mein einst reicher Freund. Ich hoffe, es gefällt dir besser als mir.«

Der Name des schwarzen Sklaven war nicht auszusprechen, und die Mannschaft auf einem früheren Schiff hatte ihn wegen seiner Kraft spöttisch Akilleus gerufen. Der Name war ihm geblieben. Der dritte Mann im Laderaum war ein kleiner, schwächlicher Mensch, der sich an den starken Schwarzen hielt, um von ihm beschützt zu werden. Kirta schenkte ihm von Anfang an wenig Beachtung.

Mit Akilleus war es anders. Der Schwarze war einer der interessantesten Männer, die Kirta je begegnet waren. Er war stark wie ein Ochse, aber sanft wie ein Lämmchen, wenn er mit Freunden zusammen war. Die freundliche, verständnisvolle Art, mit der er Kirta an seinem ersten Tag als Galeerensklave behandelte, erleichterte es diesem, sich mit seinen veränderten Lebensumständen abzufinden.

Akilleus war seinen Erzählungen nach ein weit gereister Mann. Er zählte etwa vierzig Sommer und hatte bereits viele Herren gehabt. Seine ursprüngliche Heimat lag im Königreich Ägypten, mehrere Tagesmärsche oberhalb des sechsten Katarakts des Nils. Sein Onkel und seine Tante hatten ihn in seiner Jugend an die ägyptische Armee als Sklave verkauft. Er arbeitete sich hoch und gehörte schließlich zu der Elitetruppe nubischer Soldaten, die den großen König auf drei Feldzügen begleitete. Danach geriet er in Gefangenschaft und wurde nach Monaten in Kizzuwatna verkauft.

Akilleus war mitten im Erzählen, als oben an Deck plötzlich eilige Schritte und aufgeregtes Stimmengebrüll zu hören waren. »Was ist los?« wollte Kirta wissen. Er versuchte, durch die Luke etwas zu erkennen, als jemand von oben die Klappe zumachte. Die drei Männer im Laderaum saßen nun in völliger Dunkelheit da und lauschten dem Poltern und Klappern auf Deck.

Erst nach einigen Minuten antwortete Akilleus. »Das Horn war das Signal, das die Männer zum Kampf ruft. Es wird also gekämpft. Ob sie sich verteidigen oder ob sie einen Überfall planen, kann ich noch nicht sagen.«

»Und wir sitzen hier in der Falle«, jammerte Argurios. »Was sollen wir nur machen, Akilleus?«

Der Schwarze legte Argurios die Hand auf den Mund, um ihn zum Schweigen zu bringen. »Beruhige dich, Kleiner«, sagte er. »Ich muß die Ohren spitzen. Da, jetzt ist etwas passiert!« Kirta nickte; auch er hatte gespürt, wie das Schiff unter einer Erschütterung erbebte. »Mach dir keine Sorgen, mein Freund«, war Akilleus' beruhigende Stimme wieder zu vernehmen. Es wird schon nichts sein! Wenn wirklich was geschieht, bringe ich dich in Sicherheit, das verspreche ich dir.«

Ein harter Schlag erschütterte das Deck, gefolgt von eiligen Schritten. »Da hat uns jemand mit einem Katapult ein kleines Geschenk geschickt«, erklärte Akilleus. »Einem Schiff wie diesem macht das nichts aus, es sei denn, sie haben uns ein in Pech getauchtes Reisigbündel herübergeschossen. Feuer ist ein Problem, mit allem anderen werden wir fertig.«

»Aber was ist, wenn wir leckschlagen?« meinte Kirta. »Sind wir dann nicht die ersten, die ertrinken?«

»Ich kann aus dem Laderaum hier jederzeit entkommen«, versicherte Akilleus. »Wenn es wieder hell ist, werde ich es dir zeigen. Ich bleibe nur hier unten, weil ich mir meine Freiheit oben an Deck gegen fünfzig Männer erkämpfen müßte. Aber wenn das Schiff sinkt und alle flüchten, dann weiß ich, wie ich rauskomme.« Zu dem kleinen Mann neben ihm sagte er gutmütig: »Und du auch. Aber hoffen wir, daß nichts passiert. Ich kann nämlich nicht schwimmen.« Sein Lachen übertönte die Kampfgeräusche oben an Deck.

Kirtas Herz klopfte zum Zerspringen, während oben der Kampf tobte. Für ihn gab es im Augenblick nur zwei Möglichkeiten: in die Freiheit schwimmen oder ein schneller, barmherziger Tod. Er wollte auf beide Möglichkeiten vorbereitet sein und ruhig bleiben.

Als es wieder still wurde und jemand die Luke öffnete, entdeckte er eine dritte Möglichkeit. Eine Strickleiter wurde heruntergelassen, und jemand brüllte von oben: »He, ihr drei! Herauf an Deck mit euch! Aber fix!«

»Werden wir jetzt verkauft?« fragte Kirta Akilleus.

»Nein«, antwortete der Schwarze. »Wahrscheinlich sind ein paar Ruderer im Kampf gestorben. Jetzt müssen wir für sie einspringen.« Damit griff er nach der Leiter und zog sich an den Armen nach oben. Kirta wollte ihm folgen, doch die Fessel an seinem Fußgelenk hinderte ihn daran. Akilleus kehrte noch einmal um und bog mit einem einzigen Ruck die Fußfessel auseinander.

»So, jetzt komm mit uns an Deck. Du kennst Makawon und den Rest seiner netten Freunde noch nicht. Vielleicht wird dir der Gestank hier unten bald lieber sein als die frische Luft da oben. Und unsere Gesellschaft auch. Ratten können wenigstens nicht reden.«

III

Oben auf Deck blinzelte Kirta im hellen Sonnenschein. Plötzlich übergoß ihn jemand mit einem Eimer kaltem Wasser. Das Wasser rann ihm über das Gesicht, und er rieb sich prustend die Augen.

Akilleus, der Kirta um Haupteslänge überragte, grinste ihn an. »Wenn wir gemeinsam auf einer Ruderbank sitzen, muß ich zumindest den Gestank von dort unten nicht mehr ertragen.« Er klopfte Kirta freundschaftlich auf die Schulter und drehte ihn ein wenig zur Seite. »Kirta, ich möchte dich mit Makawon bekannt machen. Er ist der erlauchte Kommandant dieses schwimmenden Schweinekobens.«

»Halt den Mund!« brüllte jemand. Kirta sah sich um. Der Kommandant war der dickste Mann, den er je gesehen hatte. Er reichte Kirta bis zur Schulter, Akilleus höchstens bis zur Brust, aber er wog bestimmt um die Hälfte mehr. Doch obwohl er fett war, war er bärenstark, das war deutlich zu sehen. »Halt den Mund, du unverschämter schwarzer Bastard! Setz dich ans Ruder!«

»Wie du willst, Makawon.« Akilleus lächelte und schlenderte aufreizend langsam zum Ruderplatz am Bug des Schiffes. »Behandle ihn gut! Er ist nämlich ein Freund von mir.«

Makawon schimpfte hinter Akilleus her, dann funkelte er Kirta mit seinen dunklen Augen an. »Nun zu dir. Du bist groß und hast anscheinend auch gelernt, ordentlich zuzupacken, obwohl du so vornehm aussiehst.«

»Ich bin, das heißt, ich war ein Schmied«, erklärte Kirta. Es machte sich immer bezahlt, die Rede auf dieses nützliche Handwerk zu bringen. Normalerweise verbesserte man damit seine Lage. »Ich war früher Waffenschmied. Als Eure Leute mich ergriffen, trug ich zwei Waffen bei mir. Ich war zu betrunken, um sie zu gebrauchen. Das bessere Schwert habe ich gemacht. Ich sehe, daß Ihr es jetzt tragt.«

»Was? Das hier?« Makawon zog das Schwert. »Gute Arbeit. Mehr als das! Besser als gut! Hör zu: Einen guten Waffenschmied können wir immer gebrauchen. Ich werde dir Arbeit geben. Aber im Augenblick müssen wir zusehen, daß wir weiterkommen. Bei dem Überfall vorhin haben wir viele Männer verloren. Fürs erste setze ich dich an ein Ruder. Mach dir keine Sorgen, es wird deinen Händen nicht schaden.«

»Ich war schon einmal Rudersklave«, erwiderte Kirta ungerührt. »Setzt mich auf die Ruderbank gegenüber von dem schwarzen Mann, auf der anderen Seite des Mittelgangs. Wenn wir beide an der Innenseite sitzen, können wir für gutes Tempo sorgen.«

»Ha! Wenn du den schwarzen Kerl ordentlich zum Rudern bringst, um so besser! Setz dich zu ihm nach vorne.« Er bedeutete Kirta zu gehen und rief ihm nach: »Im nächsten Hafen finde ich eine andere Arbeit für dich.«

Kirta nickte und ging zu den Ruderbänken. Akilleus vorn im Bug drehte sich zu ihm um. »Komm her, ich habe dir einen Platz neben mir reserviert!«

Kirta nahm jedoch den Platz auf der anderen Seite des Mittelgangs ein. Nachdenklich faßte er nach dem eingelegten Ruder. »Wo ist der Aufseher?« fragte er und deutete mit dem Kopf auf den leeren Platz vor der Trommel, wo üblicherweise der Aufseher der Galeerensklaven saß und den Takt für die Ruderer schlug.

»Dort, wo die Hälfte der Ruderer ist«, antwortete der Nubier. »Über Bord gegangen. Ein Pfeil hat ihn am Hals erwischt. Ich habe auch sofort nach ihm gefragt. Sie haben noch keinen neuen Mann dafür bestimmt. Vielleicht wird es gar keinen geben. Zumindest nicht bis zum nächsten Hafen.«

»Hm«, brummte Kirta. »Was hältst du davon, wenn du und ich das Tempo angeben? Hast du Lust dazu?«

»Nein, bitte nicht!« jammerte Argurios. »Beim letzten Mal bin ich beinahe gestorben.«

»Mach dir keine Sorgen, Kleiner«, beruhigte ihn Akilleus. »Du setzt dich hier neben mich. Ich rudere für uns beide. Abgemacht,

Kirta! Ich habe mich schon gefragt, ob du mir am Ruder das Wasser reichen kannst.«

»Also gut!« Kirta besah sich seine Handflächen. »Ich habe schon eine Weile nicht am Ruder gesessen. Meine Hände werden ein paar Tage wund sein. Aber es gab eine Zeit, da war ich ziemlich gut!«

»He! Ihr da vorn!« brüllte jetzt Makawon. »Genug geredet! Volle Kraft voraus! Klemmt euch ordentlich dahinter!«

Der schwarze Riese grinste Kirta an. »Fertig? Dann los! Ru-dert!« brüllte er. Er holte aus und legte sich mächtig in die Riemen.

Viele Jahre zuvor hatte Kirta beim Rudern einen Trick herausgefunden. Er zählte in langsamem, synkopiertem Rhythmus vor sich hin und füllte die Zeit zwischen zwei Schlägen mit sinnlosen Phrasen, so daß der Schlag mit dem Rhythmusschlag des Aufsehers zusammenfiel. »Vierundfünfzig dämliche Piraten ertranken in der Gosse; fünfundfünfzig dämliche Piraten ertranken in der Gosse ...« Anfangs schmerzten die Arme, danach die Brust (weil man nie genug Luft für einen langen Ruderschlag hatte), danach schmerzte das Hinterteil und zuletzt, und das war am schlimmsten, die Hände, aber durch den Rhythmus bekam das Rudern etwas Hypnotisches, und das half. Danach brauchte er nur noch die Augen zu schließen und an etwas anderes zu denken.

War er so weit, daß er mit geschlossenen Augen ruderte, registrierte er zuerst noch den hellen Sonnenschein hinter den geschlossenen Lidern. Bunte Farben schienen vor seinem geistigen Auge vorbeizuschweben. Dann verschmolzen die Farben, die unbestimmten Formen wurden zu einem halb offenen Tor, hinter dem ein Licht schimmerte. In diesem Wachtraum ging er auf das halb geöffnete Tor zu. Er streckte die Hand nach dem Türgriff aus, die Tür gab nach, und er stand vor einer Welt aus gedämpften hellen Farben. Sanfte Hügel und grüne Hänge, mit weißen und braunen Schafen, darüber ein heller blauer Himmel. Er roch den Duft der wilden Blumen, wanderte über die Berge und sah hinunter in ein grünes Tal. Ein rasch und munter dahinströmender Bach floß durch das Tal und ergoß sich weiß schäumend über die Felsen ...

Padan-Aram, murmelte er im Geist.

Das Bild änderte sich. Er näherte sich den hohen Mauern einer Stadt. Die Stadt war umgeben von sanften Hügeln mit Oliven- und Feigenbäumen, mit Bienenstöcken, Obst- und Weingärten. Die Häuser der Armen dieser Stadt sahen aus wie Bienenstöcke, mit rund gewölbten, spitz zulaufenden Dächern.

Haran...

Kirta tauchte aus seiner Versunkenheit allmählich auf. Er hätte gern mehr und Genaueres gesehen. Bitte, nur einen Blick auf ihre Gesichter, nur einen einzigen Blick!

Aber das Bild verschwand, und sein Traum wich der Realität. Er wurde sich seines schmerzenden Körpers bewußt, als er sich über dem großen Ruder krümmte und sich wieder streckte. Was hatte er nun davon, daß er ein gut Teil seines Lebens auf der Suche nach dem Geheimnis der Eisenerzverhüttung verbracht hatte? Getrieben von dieser wahnwitzigen Idee, hatte er seine Familie bedenkenlos im Stich gelassen und so viel Lebenskraft vergeudet. Einfach vergeudet. Der Schwarze kommandierte unentwegt weiter: »Ru-dert, Ru-dert.«

Die Sonne war weiter am Himmel hochgestiegen, als ein anderes Schiff beidrehte und die Sklaven die Ruder einlegten. Akilleus war groß genug, um im Stehen die Besucher sehen zu können. Doch Kirta war hundemüde und zog es vor, sitzen zu bleiben, zu Atem zu kommen und seine mit Blasen überzogenen Hände zu reiben. Wie schnell die alten Gewohnheiten wieder da sind, dachte er erstaunt. Er war in der Lage, durch die Schatten, die von einer Seite des Schiffes auf die andere wanderten, die Tageszeit festzustellen. Er streckte sich und gähnte. Die glatten Planken unter seinem nackten Hinterteil hatten schon zwei Vertiefungen von den vielen anderen, die hier schon gesessen hatten.

Akilleus setzte sich wieder und grinste Kirta an. »Sie machen einen Handel mit dem anderen Schiff. Sie tauschen ein paar tüchtige Männer gegen einen guten Aufseher ein, um den toten zu ersetzen.« Der Nubier sprach die Sprache der Inseln nahezu ohne Akzent; er klang wie ein echter Ahhijawan. Kirta betrachtete ihn interessiert und überlegte, wie sich der Dunkelhäutige als freier Mann entwickelt hätte. Wäre er ein Häuptling oder König geworden? Kirta war überzeugt davon, daß der Schwarze Menschen begeistern und anführen konnte.

»Wenn sie die Männer, die sie für den Aufseher eintauschen, nicht ersetzen, müssen wir kräftiger rudern, Kirta.« Er drehte sich um. Makawon führte zwei Ruderer von der Steuerbordseite auf das Oberdeck.

»Mir macht das nichts aus«, meinte Akilleus grinsend. »Du und ich, wir könnten dieses Schiff allein rudern. Du bist sehr stark, mein Freund. Es gibt nicht viele Männer, die mit mir so lange Schlag für Schlag mithalten können.«

»Aber jetzt bin ich mit meinen Kräften am Ende«, gab Kirta zu. »Ich habe seit vielen Jahren nicht gerudert.«

»Du wirst sehen, du hast Kraft genug. Einen schwachen Mann bringt die Arbeit am Ruder um; das Ruder saugt die Kraft aus ihm heraus. Bei einem starken Mann ist die Wirkung umgekehrt. Du wirst sehen, wie dir über das Ruder Stärke in die Arme strömt.« Akilleus ballte die Hände am Ruder zu Fäusten und löste sie wieder. Dann wandte er sich an seinen kleinen Gefährten neben ihm. »Und du, Argurios? Wie bekommt dir das Rudern?«

»Du weißt, wie es mir bekommt«, jammerte der kleine Mann. »Ich bin erschöpft. Ich schaffe keinen einzigen Schlag mehr.«

»Hör ihn dir an!« neckte der Nubier den Gefährten gutmütig. »Dabei ist er die ganze Zeit praktisch nur mitgefahren. Glaubst du etwa, Argurios, ich kann nicht unterscheiden, ob du dich beim Rudern anstrengst oder nicht?« Er zuckte die Achseln; damit war die Sache für ihn erledigt. »Kannst du dich aus deiner früheren Zeit als Rudersklave nicht mehr erinnern, was ich meine?« fragte Akilleus Kirta.

»Ich weiß ungefähr, was du meinst«, antwortete Kirta. Er verschränkte fröstelnd die Arme vor dem Körper, denn sie saßen jetzt im Schatten und waren naß vom Spritzwasser. »Ich wünschte, wir würden wieder rudern; dabei wird einem wenigstens warm.«

»Du hast recht«, pflichtete Akilleus ihm bei. »Was hat Makawon übrigens zuvor mit dir geredet?«

»Er hat mich gefragt, was ich früher gemacht habe. Ich erzählte ihm, daß ich Waffenschmied bin.«

»Aha. Du wirst nicht lange auf der Ruderbank sitzen. Schade. Es macht Spaß mit dir.«

»Mit dir auch«, gestand Kirta. »Wenn er mich nach oben holt, werde ich sehen, ob sich für dich auch eine bessere Arbeit findet.«

»Hah!« rief der Nubier spöttisch. »Makawon wird dich eher umbringen. Bei unserem letzten Kampf habe ich ihm die Nase gebrochen. Das tut ihm immer noch weh. Er hat mich daraufhin mit einem abgebrochenen Ruder verprügelt, während sechs Männer mich festhielten. Aber es ist nicht der körperliche Schmerz, es ist die Demütigung. Er verkraftet es nicht, daß ein Schwarzer ihm das angetan hat. Für ihn und seinesgleichen sind Schwarze ein verfluchter Menschenschlag. Aber mein Volk hat von Leuten wie ihm auch keine bessere Meinung, obwohl ich schon so lange von meinem Volk getrennt bin, daß ich mich für seine Ansichten und Gebräuche nicht mehr verbürgen kann.«

»Interessant, wenn man bedenkt, daß dunkelhäutige Menschen das ganze Niltal und die halbe Welt beherrschen. Das muß ein seltsamer Fluch sein, wenn er Menschen die Herrschaft über ein Gebiet verleiht, das so groß ist, daß man Monate braucht, um es zu durchqueren.« Der Nubier reckte den Hals, um über die Seitenwand des Schiffes zu sehen. »Was ist los?« fragte Kirta.

Der Schwarze stand auf und sah sich um. »Anscheinend haben sie jetzt einen Mann. Er kommt herüber. Ich glaube nicht, daß er beim letzten Überfall gefangengenommen wurde, bei dem sie auch dich erwischt haben. Er sieht mir erfahrener aus, so als wäre er schon eine Weile zur See gefahren. Einer von den ruhigen, bestimmten Typen. Absolut nicht mein Geschmack. Aber es spielt eigentlich keine Rolle. Ich werde ihn überleben, wie ich die anderen auch überlebt habe. Entweder er kippt in der Sonne um, oder er kommt bei einem Kampf ums Leben, oder er betrinkt sich und fällt über Bord. Wie ein Trinker sieht er allerdings nicht aus.«

»He! Schwarzer! Runter mit dem Kopf!« brüllte Makawon von oben. Grinsend setzte Akilleus sich wieder hin. In dem Augenblick ging der neue Aufseher oben vorbei, der von nun an den Ruderern den Takt vorgeben würde. Er konnte sie verprügeln oder töten lassen. Als Kirta das Gesicht des Aufsehers sah, wurde er schreckensbleich. Fassungslos schüttelte er den Kopf.

»He! Hast du ein Gespenst gesehen? Du machst ein Gesicht, als hätte dich ein Todeshauch gestreift«, bemerkte Akilleus.

Es dauerte eine Weile, ehe Kirta antworten konnte. Er war aschfahl geworden. »Vielleicht hast du mit beidem recht. Der neue Aufseher...«

»Ja? Kennst du ihn?«

»Nur zu gut. Er heißt Nikos und war früher mein Sklave. Vor ungefähr zwei Sommern habe ich ihn zuletzt gesehen. Ich habe ihn damals im Stich gelassen. Es ist ein Wunder, daß er noch lebt.«

IV

Gleich darauf tauchte Makawon am Vorderende des Ruderdecks auf, stemmte die Hände in die Hüften und musterte die Mannschaft mit finsterem Blick. »Hört her, ihr Gauner«, begann er. »Ich habe Ersatz für die Fehlenden gefunden. Ihr müßt also nicht bei jedem Schlag für zwei rudern. Aber wenn ich erfahre, daß sich einer von euch nicht mit vollem Gewicht in die Riemen legt, wird derjenige noch in derselben Stunde zu Fischfutter.«

Er deutete auf das Ende des Ruderdecks. »Da sind sie.« Die Ruderer drehten sich um. Etwa ein Dutzend Männer kletterte auf das Ruderdeck und setzte sich hinter die Ruder. »Gute, abgehärtete Ruderer, die den ganzen Tag rudern können. Ihr anderen nehmt euch zusammen und steht ihnen nicht nach. Sonst werdet ihr etwas erleben, das könnt ihr mir glauben!«

Kirta sah sich die Männer an. Sie wirkten tatsächlich abgehärtet. Ihre nackten Körper waren mit einer Salzkruste überzogen. Sie hatten ausgeprägte Armmuskeln, waren jedoch dem Anschein nach schlecht ernährt. Der ständige Kampf mit der See hatte ihre letzten Fettreserven aufgebraucht, auch die, die sie für die bevorstehenden Wintermonate gebraucht hätten. Bei dieser Überlegung stellte sich Kirta die nicht ganz unbegründete Frage, wann er und die anderen etwas zu essen bekommen würden. Aber er schwieg; auch das war ihm aus seinen früheren Tagen als Rudersklave noch gut in Erinnerung, daß es besser war, abzuwarten und zu schweigen.

»Und das ist euer neuer Aufseher.« Die Ruderer drehten die Köpfe. Makawon deutete auf einen Mann, den sie noch nicht sehen konnten. »Das ist Nikos.« Nikos tauchte auf. Sein Blick wanderte von einem zum anderen und änderte sich nur unmerklich, als er Kirta erkannte. Sein Gesichtsausdruck war der gleiche wie damals, als er noch Kirtas Sklave gewesen war: gelassen und undurchschaubar. Nur glaubte Kirta jetzt eine Kälte in Nikos' Zügen zu erkennen, die früher nicht dagewesen war. Oder bildete er sich das nur ein?

»Nikos war früher ein Sklave wie ihr«, erklärte Makawon. »Er hat beim Überfall auf Zypern vor einem Monat Polydeuces gerettet und damit seine Freiheit erlangt. Er ist ein guter Aufseher und ein guter Kämpfer. Wahrscheinlich wird er früher oder später ein eigenes Schiff haben. Polydeuces hat mir versichert, daß Nikos die Ruderer besser einschätzen kann als jeder andere und ein gutes Tempo vorgibt. Ich an eurer Stelle würde es mir mit ihm nicht verscherzen, denn wenn er einmal sein eigenes Schiff hat, entschließt er sich vielleicht, euch zu kaufen, wenn ihr gut seid.« Mit diesen Worten verschwand Makawon aus dem Gesichtsfeld der Rudersklaven. Nikos stand an Deck, hielt die Trommelstöcke in den Händen und sah sich seine Mannschaft genau an.

Die Anwesenheit seines früheren Herrn schien Nikos vollkommen kaltzulassen. »Ihr habt gehört, was Makawon gesagt hat«, begann er. »Ich war viele Jahre ein Sklave, genau wie ihr.« Sein eisiger Blick blieb für einen Augenblick an Kirta hängen, der nackt vor ihm saß.

»Vor kurzem gewann ich meine Freiheit wieder. Das gleiche kann auch euch passieren. Unter Makawons Mannschaft ist das in der Vergangenheit nicht oft vorgekommen, das weiß ich. Aber er hat mir weitreichende Vollmacht verliehen. Ich kann Männer für eine besondere Behandlung vorschlagen, wenn sie es verdienen. Besondere Behandlung heißt zum Beispiel zusätzliche Essensrationen, Aufstieg zum Arbeiter auf Deck oder in besonderen Fällen Freiheit und vollwertiges Mitglied in der Mannschaft der Befreiten.« Während seiner kleinen Rede wanderte sein Blick von Mann zu Mann; seine Augen blieben dabei vollkommen ausdruckslos. »Diese Möglichkeiten bestehen, aber sie bestehen nur für Männer, die hart und ausdauernd rudern und vollen Einsatz im Kampf bringen.«

»Soll das heißen, daß sie uns kämpfen lassen?« meinte Akilleus. »Sie würden mir tatsächlich eine Waffe in die Hand drücken?«

»Es könnte sein«, antwortete Nikos trocken. »Einmal. Um zu sehen, was du damit tust. Du könntest mich oder Makawon damit töten, aber das würde dir nicht viel nützen, denn die Besatzung der Schiffe wurde durch Bogenschützen ergänzt. Ehe du dich umsehen kannst, hast du ein paar Pfeile im Rücken, wenn du nicht tust, was man dir befiehlt.« Er zuckte gelassen die Achseln. »Du könntest dich aber auch entschließen zu kämpfen. Das würden wir natürlich begrüßen. Wenn du gut kämpfst, dann soll es nicht dein Schaden sein. Dem guten Kämpfer winkt die Freiheit. Für den überdurchschnittlich guten Kämpfer springt vielleicht mehr heraus als nur die Freiheit. Wer weiß, vielleicht winkt ihm sogar einmal ein Anteil an der Beute. Vielleicht sogar ein eigenes Schiff!«

»Ein eigenes Schiff?« rief einer der Ruderer. »Mach uns nicht lachen, sonst können wir nicht rudern!«

»Ihr könnt es glauben oder nicht«, antwortete Nikos gleichgültig. »Der lebende Beweis steht vor euch. Schaut euch meinen Sklavenbrand an! Ihr seht, daß er durchgestrichen ist!« Er hob einen Arm. »Aber laßt euch eines sagen: Ihr tut gut daran, mir zu glauben und danach zu handeln. Rudert wie Männer aus Bronze, und kämpft wie Dämonen!« Damit nahm er seinen Platz vor der Trommel ein und griff nach den Trommelstöcken. »Jetzt möchte ich einmal sehen, was ihr könnt. Alles bereit? An die Ruder! Fertig! Ru-dert!«

Die Männer tauchten die Ruder ins Wasser und spannten die Muskeln an. Nikos gab mit dem Schlag seiner Trommel den Rhythmus an. Er hielt in jeder Hand einen Trommelstock und schlug damit den langsamen, gleichmäßigen Rhythmus, den die Männer brauchten: eins ... zwei ... eins ... zwei ...

Kirta nahm den Rhythmus mühelos auf; Nikos hatte für die ersten Ruderschläge nach dem Stillstand ein perfektes Tempo gewählt. Kirta spannte den Rücken und legte sich mächtig in die Riemen. Aus dem Augenwinkel registrierte er, wie Akilleus jeden seiner Schläge mitmachte und seine gewaltigen Muskeln sich im Takt anspannten und wieder lösten.

Sobald das Schiff in Fahrt war, erhöhte Nikos das Tempo. Als die Ruderer sich dem neuen Rhythmus angepaßt hatten, tauchte Makawon vorne im Bug bei Nikos auf; er grinste. »Steuerbord!« brüllte er. Das Schiff wendete. »Vorwärts!« kam lauthals sein nächstes Kommando. Der Mann am Steuer reagierte. »Volle Kraft voraus!« Nikos schlug mit seinen beiden Schlegeln einen schnelleren Rhythmus an. Die Ruderer spürten das Sprühwasser im Nacken, als das Schiff mit der zum Angriff nötigen vollen Geschwindigkeit durch das Wasser pflügte.

Kirta bemerkte zum ersten Mal jenes Phänomen, von dem Akilleus ihm erzählt hatte: Von den Rudern ausgehend, schien die Kraft durch seine Hände bis in die Oberarme zu strömen und seinen Körper zu durchfluten. Fester umfaßte er die Ruder, und seine Muskeln schienen neue Kraft zu haben.

Kirta wandte den Kopf, und Akilleus grinste. »Der Insulaner gibt einen guten Rhythmus vor. Ich könnte den ganzen Tag so rudern.« Nicht die leiseste Anstrengung war ihm anzumerken. »Du auch, wie ich sehe. Ich hatte recht, nicht wahr?« meinte er, als er bemerkte, mit welch gleichmäßiger Kraft sich Kirta in die Riemen legte. »Die Kraft fließt vom Meer über die Ruder in deine Arme.«

Kirta gab keine Antwort. Er lächelte nur und widmete sich wieder seinem Ruder, das er mit nimmermüden Armen durch das Wasser zog. Überrascht stellte er bei einem zufälligen Blick nach vorn fest, daß sein ehemaliger Sklave ihn ansah, während er gleichmäßig auf der tief tönenden Trommel den Takt schlug. Auch jetzt war Nikos' Gesicht vollkommen ausdruckslos, aber Kirta hatte plötzlich das Gefühl, als umklammere eine eisige Hand sein Herz. Er könnte mich töten lassen. Er könnte mich zu Tode schinden, dachte er. Hatte er, Kirta, seinen Sklaven, ohne es zu wollen, während ihrer gemeinsamen Jahre schlecht behandelt? Oder, was noch wichtiger war, machte Nikos ihm Vorwürfe wegen der Vorfälle im Hafen von Amnisios? Es war nicht Kirtas Absicht gewesen, und dennoch hatte er Nikos seinem Schicksal überlassen, um selbst das Schiff des Poliwos zu erreichen und mit Xena zu entkommen.

Kirta fand keine Antwort in Nikos' teilnahmslosen Augen.

Nikos hatte die Rudermannschaft auf ihre Leistungsfähigkeit geprüft und gab sich zufrieden. Er stand auf, legte die Trommelschlegel beiseite und wandte sich an Akilleus. »Wie heißt du?«

»Akilleus«, antwortete der Nubier. »So nennt man mich. Meinen richtigen Namen würdet Ihr nicht aussprechen können. Daher habe ich ihn vielleicht schon vergessen. Es spielt keine Rolle. Ihr könnt mich Akilleus nennen, wenn Ihr wollt.« Dabei grinste er frech wie immer.

»Ein guter Name für einen starken Ruderer. Aber du täuscht mich nicht. Du hast deinen richtigen Namen nicht vergessen. Du bist stolz, und es ist dir auch nicht gleichgültig, wie man dich ruft.« Er suchte etwas in seinem Gewand. »Ein Mann, der seinen Namen vergessen hat, hat sich aufgegeben. Schau her!« Nikos hielt Akilleus einen gewöhnlichen kleinen Kieselstein hin. »Der ist aus meiner Heimat. Ich habe ihn aufgehoben und in den Mund gesteckt, als ich in die Sklaverei kam. Ich habe ihn nie verloren. Sollte ich ihn je verlieren, würde ich meine Identität verlieren. Jeder, der sich erinnert, besitzt etwas wie diesen Kieselstein, und wenn es nur seine Erinnerung ist. Das bewahrt uns davor, daß wir uns wie willenloses Strandgut von den Gezeiten treiben lassen. Ich frage dich nicht nach deinem Stein, Akilleus, aber ich weiß, daß auch du einen hast.«

Kirta sah Akilleus an. Zu seinem Erstaunen blieb der Schwarze stumm, und sein Gesicht war ernst. Nachdenklich nickte er. Gleich darauf verfiel er wieder in seine alte Art und grinste. »Ein ungewöhnlicher Mann«, sagte er zu Kirta. »Er kann meine Gedanken lesen.«

»Nein«, entgegnete Nikos. »Aber ich habe auch einmal dort gesessen, wo du sitzt. Schlag die Trommel für mich, Akilleus.« Damit verschwand er ohne ein weiteres Wort.

»Was hältst du von ihnen?« fragte Makawon. Er saß auf Deck und trank gewässerten Wein. »Kann ich von ihnen gute Leistungen erwarten?«

»Ich denke schon«, antwortete Nikos. »Ich habe die üblichen Manöver und Richtungswechsel mit ihnen durchgeprobt. Sie sind geschickt und ausdauernd. Innerhalb von fünfzehn Tagen mache ich eine gute Mannschaft aus ihnen, und nach Ablauf eines Mondes sind sie unschlagbar. Dann könnt Ihr auf sie wetten und Geld verdienen.«

»Ha! Spielst du mit?«

»Eher nicht. Man verdient mehr Geld, wenn man einen phönizischen Handelskonvoi überfällt und ausraubt. Außerdem müssen Neue für die erste Ruderbank angelernt werden.«

»Was?« Makawon richtete sich auf. Nikos blieb ungerührt. »Neue für die erste Bank? Aber ich habe geglaubt, der Schwarze und der Schmied...«

»Der Schwarze ist zu gut für ein Ruder. Zum Ruderer kann man jeden anlernen. Der Mann ist der geborene Kämpfer.«

»Wem sagst du das? Er hat mir das Nasenbein gebrochen. Nicht weniger als meine halbe Mannschaft war nötig, als ich ihn das letzte Mal in den Laderaum werfen ließ.«

»Ein Grund mehr, ihn aus dem Laderaum und dem Ruderdeck zu holen. Gebt ihm einen Anreiz, für uns zu kämpfen. Ihr werdet sehen, er wird gegen den Feind noch besser kämpfen, als er gegen uns gekämpft hat.«

»Ich soll ihm eine Waffe anvertrauen?«

»Ihr habt ihm doch schon ein Ruder anvertraut. Habt Ihr eine Ahnung, wieviel Schaden ein Mann mit einem Ruder anrichten kann, wenn er so stark ist wie Akilleus?«

»Hm. Du hast nicht ganz unrecht. Ich sage es ja nicht gern, aber ich mag den großen Affen irgendwie. Er besitzt Mut und Feuer. Wenn er nur nicht so unverschämt wäre!«

»Was das angeht, wird er sich nicht ändern. Aber Ihr könntet eine bessere Verwendung für ihn finden.«

»In Ordnung. Ich überlasse die Sache dir. Aber was ist mit dem anderen? Mit ihm hatte ich schon etwas vor.«

»Nun, sagen wir es so: Ich schulde ihm etwas.« Der kühle Unterton in Nikos' Stimme entging Makawon nicht. »Ich habe lange darauf gewartet, die Rechnung zu begleichen. Ich will ihn haben. Ihr könnt für ihn verlangen, was Ihr wollt, ich werde es bezahlen.«

»Wieviel hast du?«

»Im Augenblick nichts. Ich mache Euch einen Vorschlag: Ich gebe Euch meinen gesamten Anteil am nächsten Überfall.«

Makawon bat ihn, sich zu setzen. »Wie groß ist dein Anteil?« fragte er nachdenklich.

»Der fünfzigste Teil der Beute.«

»Was? Ein Fünfzigstel? Ich bekomme nur ein Siebzigstel, dabei bin ich Kapitän eines Schiffes! Wie kommt das?« Doch dann begriff er. »Ich verstehe! Polydeuces ist großzügig. Das wäre ich vermutlich auch, wenn ein Mann das für mich getan hat, was du für ihn getan hast. Aber ein Fünfzigstel? Dir muß viel an dem Mann liegen! Hat er dir so übel mitgespielt?«

Nikos griff nach dem ledernen Weinschlauch, hob ihn hoch und ließ einen Strahl vom roten Wein in seinen Mund fließen, ohne einen Tropfen zu verschütten. »Er war einmal mein Herr«, erklärte er kühl. »Ihr wart auch einmal Sklave. Würdet Ihr nicht viel darum geben, Euren letzten Herrn in Eure Gewalt zu bekommen?«

Makawon war nachdenklich geworden. »Vielleicht«, antwortete er. »Früher auf alle Fälle, als ich mich noch besser an alles erinnerte. Im Lauf der Jahre habe ich Zorn und Groll weitgehend abgelegt, hauptsächlich dadurch.« Er hob prüfend den Weinschlauch hoch. Dann verfinsterte sich sein Gesichtsausdruck. »Das stimmt zwar nicht ganz, denn man braucht die Sache nur zu erwähnen, und schon erinnere ich mich wieder. Mein letzter Herr ließ mich einmal so verprügeln, daß ich einen Monat nicht ohne Schmerzen sitzen, stehen oder liegen konnte. Hätte er mir bei lebendigem Leib die Haut abgezogen, hätte es auch nicht schlimmer sein können. Wenn der mir jetzt in die Hände fiele! Fünf Minuten würden reichen. Ich wüßte schon, was ich täte!«

»Dann nehmt Ihr mein Angebot an?« fragte Nikos kühl.

»Nun ja, also gut«, antwortete Makawon vorsichtig. »Was hast du vor? Willst du ihn umbringen? Oder willst du ihn foltern lassen? Das ist ein teures Vergnügen. Aber wenn man die Umstände bedenkt, ist es vielleicht die Sache wert.«

Nikos schwieg. Er griff noch einmal nach dem Weinschlauch und ließ sich den guten Wein in den Mund laufen. Er ließ ihn eine Weile im Mund, ehe er ihn schluckte. »Ich weiß es nicht«, meinte er schließlich. »Ich habe keine Pläne. Fürs erste genügt es mir, ihn zu bekommen. Das übrige wird sich finden.« Er blickte hinaus aufs Meer, ohne daß sich sein rätselhafter Gesichtsausdruck verändert hätte.

Sie ankerten schließlich in einer Bucht vor einer kleinen felsigen Insel südlich von Samos. Die Bucht war einmal der Krater eines Vulkans gewesen, und das Wasser war vollkommen klar. Mannschaft und Sklaven sprangen abwechselnd vom Heck des Schiffes hinein, wuschen sich im durchsichtigen Wasser und schwammen um das Schiff herum. Auch Kirta genoß das kühle Bad nach den Anstrengungen des Tages. Plötzlich hörte er, wie jemand seinen Namen rief. »Du wirst vorne am Bug verlangt, Kirta!« Akilleus stand an Bord und winkte ihm zu. Kirta ergriff die ausgestreckte Hand des Nubiers und ließ sich an Deck ziehen. Es war kühl geworden; die Dämmerung brach allmählich herein. Kirta bekam Gänsehaut vom kalten Wasser. »Vorn am Bug, hast du gesagt?«

»Ja.« Akilleus nickte besorgt. »Gib acht, Kirta!«

Kirta nickte. Als er über die Bootsplanken nach vorn ging, war er sich seiner Nacktheit und Verwundbarkeit schmerzlich bewußt. Der kühle Wind blies ihm die Haare über die Augen, und das Salz auf seiner Haut erstarrte zu einer Kruste. Er fror erbärmlich und fühlte sich elend; müde strich er sich die nassen Haare aus dem Gesicht.

Nikos stand vorn am Bug des Schiffes und beobachtete seinen ehemaligen Herrn. Er selbst trug warme Kleider, die ihn vor der Kälte schützten, und seine Haare waren ordentlich gekämmt. Er wirkte reserviert und entspannt zugleich. Kirta zwang sich, aufrecht zu stehen und die Schultern gerade zu halten.

»Kirta«, sagte Nikos, sonst nichts. In diesem Augenblick fielen die letzten Strahlen der untergehenden Sonne auf sein Gesicht und tauchten es in ein orangerotes Licht. Kirta fröstelte. Ein kühler Wind sang durch die um die Rah gewickelten Segel.

V

»Früher habe ich mich gefragt, was ich tun würde, solltest du mir je wieder über den Weg laufen«, begann Nikos schließlich. Kirta konnte sein Gesicht im Licht der scheidenden Sonne kaum noch erkennen.

»Ich habe mich oft gefragt, was mit dir geschehen sein mochte«, erwiderte Kirta. »Ich hätte genausogut stehenbleiben und dir helfen können. Es hat mir nicht viel Gutes eingebracht weiterzulaufen.«

»So?« Nikos' Gesicht lag jetzt vollkommen im Schatten, und Kirta konnte nur die Konturen erkennen. »Was ist geschehen?«

»Ein Pfeil vom Ufer traf sie. Sie war sofort tot.«

»Ich hatte so eine Ahnung, daß sie es nicht schaffen würde«, sagte Nikos leise. »Damit warst du frei und konntest zu Frau und Kindern zurückkehren?«

»Frei? Schau mich doch an! Ich bin Makawons Sklave.«

»Du bist mein Sklave«, verbesserte ihn Nikos mit leiser Schärfe. »Ich habe dich heute nachmittag gekauft.«

»Aha.« Kirta wußte nichts zu sagen.

»Du warst teuer. Aber jetzt haben sich unsere Positionen verkehrt. Ich könnte dich töten lassen. Ich könnte dich selbst töten.«

Kirta hätte gern Nikos' Augen gesehen. »War ich dir denn ein so schlechter Herr? Ich meine das ernst. Man weiß das oft nicht. Man denkt darüber nicht nach.«

»Das ist das Problem«, entgegnete Nikos. »Man denkt nicht.« Er trat näher, und Kirta machte sich auf einen Schlag gefaßt. Aber Nikos legte ihm nur sanft die Hand auf die Schulter. »Komm«, sagte er. »Dir ist kalt. Vermutlich hast du noch nichts gegessen. Komm in mein Zelt. Dort werden wir uns unterhalten.«

Kirta folgte ihm auf das Achterdeck, wo vor Makawons großem Zelt noch ein kleines errichtet war. »Komm herein«, bat Nikos von drinnen. Kirta betrat das Zelt. Auf einem kleinen Tisch waren Wein, Brot und Käse angerichtet. Das flackernde Licht einer Öllampe erhellte das kleine Zelt. »Hier! Reib dich damit trocken! Hinter dir liegt ein Gewand, das müßte dir passen. Zieh es an und setz dich zu mir. Wir wollen zu Abend essen.«

Kirta war verwirrt. Er rieb sich mit dem groben Tuch trocken und hatte keine Ahnung, was er zu erwarten hatte. Doch ihm war warm, und er war wieder angezogen, so daß er sich zum ersten Mal, seit er auf dem Schiff war, besser fühlte. Er nahm Platz und bemerkte, wie Nikos ihn neugierig über den Tisch hinweg musterte.

»Du hast mich gefragt, was für ein Herr du warst.« Nikos griff nach dem Wein, trank und reichte Kirta den Ziegenschlauch. »Anfangs habe ich dich gehaßt. Ich hätte jeden gehaßt, der zwischen mir und meiner Heimat stand.« Er lehnte sich zurück; seine Fingerspitzen berührten einander. »Heimat!« fuhr er nachdenklich fort. »Vor einer Woche lagen wir vor meiner Heimatinsel vor Anker. Ich hatte natürlich etwas Besonderes erwartet. Ein bewegendes Erlebnis, eine Begegnung mit den Menschen, die ich verloren oder zurückgelassen habe.«

Kirta tat einen herzhaften Schluck. »Und es war nicht, was du erwartet hast?« fragte er.

»Wenn man einen Ort verläßt, läßt man nur sich selbst zurück. Den Nikos, den ich einst zurückgelassen hatte, gab es nicht mehr. Ich war ein anderer geworden. Es war niemand mehr da, den ich kannte.« Nikos versagte die Stimme.

»Verzeih mir, Nikos«, bat Kirta. »Ich habe dich im Stich gelassen. Ich hätte dich freilassen sollen.«

»Ich könnte dich jetzt freilassen. Was hindert mich daran?« Nikos beugte sich vor und nahm Kirta den Weinschlauch aus der Hand. Er hatte Tränen in den Augen. »Ich sage dir den Grund. Wir sind zwei Narren, genau wie alle anderen. Wir haben die Pflicht, uns zu bemühen, bessere Menschen zu werden als wir sind, ganz gleich ob wir Herren oder Sklaven sind. Aber tun wir etwas, um dieser Pflicht nachzukommen? Oder machen wir einfach weiter und begehen die gleichen dummen Fehler wie gestern, bleiben die gleichen Narren wie immer?« Er trank, und es kam Kirta vor, als wolle er sich an diesem Abend betrinken. Doch dann legte er den Weinschlauch beiseite und trat zum Tisch. »Iß! Bei der Liebe zu allem, was heilig ist, iß! Sonst wird dir übel. Auf einen leeren Magen kannst du dich nicht besaufen!«

Betroffen registrierte Kirta, wie verstört Nikos war. »Kann ich dir helfen, Nikos?« fragte er. »So habe ich dich noch nie gesehen.«

»Ich wollte dich töten«, gestand Nikos verzweifelt. »Mit dieser Absicht habe ich dich gekauft. Aber jetzt stehst du vor mir, und ich rede mit dir, Kirta. Du warst nicht schlecht. Du warst manchmal gedankenlos und vergeßlich, aber du warst nicht böse. Du hast viel Gutes an dir gehabt.« Er griff wieder nach dem

Weinschlauch. »An dem Tag, an dem Minos' Leute das kleine Fischerdorf zerstörten, ist etwas mit dir geschehen. Du hast damals das Geheimnis ...«

Er hielt inne. Plötzlich hatte er begriffen. »Jetzt verstehe ich! Das war es! Du hast das Geheimnis erfahren, dem du dein ganzes Leben nachgejagt bist.« Er sprach nicht weiter und sah Kirta fragend an.

Kirta seufzte. Er hielt das Messer in der Hand; sein Blick war nachdenklich geworden. Dann schnitt er den Käse in große Stücke und brach das Brot. »Weißt du, was mir damals klar wurde? Mir wurde bewußt, daß mein ganzes Streben wertlos war. Alles. Mir ging es gar nicht um die Menschen, sondern ich jagte meinem Traum hinterher. Diesen Traum wollte ich verwirklichen, und dabei habe ich die Menschen um mich enttäuscht. Auch dich, Nikos. Ich habe an dir genauso gefehlt, wie an allen anderen. Vermutlich habe ich nicht das Recht, um Vergebung zu bitten.«

»Ja, so war es.« Nikos legte Kirta die Hand auf die Schulter. Kirta erschrak; Nikos hatte ihn noch nie berührt, aber ihr Verhältnis zueinander hatte sich geändert. Mit gequälter Stimme fuhr Nikos fort. »Genauso war es, Kirta. Ich lebte viele Jahre für den Traum, nach Hause zu kommen, aber mein Traum war genauso leer wie deiner. Ich habe meine Frau gesehen. Sie hat mich nicht erkannt. Sie war mit einem Nichtsnutz verheiratet, sie hat zu trinken begonnen und ist frühzeitig gealtert. Ich habe ihr in die Augen gesehen. Jahrelang habe ich von diesen Augen geträumt, und jetzt fand ich nichts von dem wieder, was ich einst geliebt hatte. Sie bedeutet mir nichts mehr. Ich habe mein altes verlorenes Ich gesucht, und als ich es fand, hat es mir nichts bedeutet, weil der Nikos von damals vor langer Zeit gestorben war.« Nikos griff wieder nach dem Wein, aber Kirta drückte ihm statt dessen ein Stück Ziegenkäse in die Hand. Nikos starrte den Käse an. »Meine Tochter starb im Kindbett. Aber sie wäre auch gestorben, wenn ich dagewesen wäre. Der neue Mann ihrer Mutter war wohlhabend. Von ihm bekam sie eine bessere Mitgift, als ich sie je hätte aufbringen können. Durch mein Verschwinden ist ihr Leben nicht ärmer geworden. Höchstens um ein paar Erinnerungen ärmer, aber die verblassen, wie eben alles verblaßt.«

Kirta legte Nikos beruhigend die Hand auf den Arm. »Ich sage dir jetzt, was du mir vorhin gesagt hast: Du mußt etwas essen.« Die beiden Männer sahen einander bewegt in die Augen. Herr oder Sklave, das hatte keine Bedeutung mehr. Sie hatten beide einen Traum gehabt, und dieser Traum war zerbrochen.

Der volle Mond stieg über der kleinen Insel empor, vor der sie vor Anker lagen. Drüben auf der Landzunge saßen die Männer am Feuer und sangen Seemannslieder. »Was soll ich jetzt mit dir machen?« fragte Nikos schließlich. »Ich könnte dir die Freiheit schenken und du könntest weiterziehen. Wohin wolltest du noch gleich?«

»Nach Haran. Falls sie noch dort leben.«

»Begreifst du nicht, daß sich dein Leben nicht mehr um deine Frau und deine Kinder dreht? Deine Frau erinnert sich womöglich nicht einmal mehr an dein Gesicht. Deinen Söhnen bist du vermutlich gleichgültig geworden. Ihre Welt hat sich auch ohne dich weitergedreht. Dir wird das Herz brechen, wenn du bei deiner Rückkehr nach Haran die gleichen Erfahrungen machst wie ich auf meiner Heimatinsel. Nein, Kirta! Du mußt vorwärtsschauen. Du hast noch eine Bestimmung vor dir.«

»Du schenkst mir also die Freiheit?«

»Gab es da je einen Zweifel? Als sie mich von den Steinen aufhoben und auspeitschten, habe ich dich verflucht. Aber das spielt heute keine Rolle mehr. Bei unserem Wiedersehen auf dem Schiff spürte ich, daß uns mehr verband, als uns trennte. Ich fühlte mit dir. Du hast die Erniedrigung des Sklavendaseins mit Würde getragen. Ich begriff, daß ich dich in Wirklichkeit gar nicht haßte. Vergebung? Es gibt nichts zu vergeben, Kirta. Ganz gleich ob wir reich sind oder arm, Sklaven oder Freie, König oder Bettler, wir müssen mit unserem Leben so gut wie möglich fertig werden. Glaubst du nicht, daß ich mir Vorwürfe gemacht habe, weil man mich gefangengenommen hat? Weil ich meine Frau und mein Kind zurückgelassen habe? Aber was hätte ich anderes tun können?« Er war ruhig geworden, so als hätte er seinen Frieden gemacht. »Was bringt es, wenn ich von mir mehr erwarte, als in mir steckt? Ich bin genauso ein Narr wie du. Du quälst dich wegen der Fehler, die du gemacht hast, mit Schuldgefühlen. Siehst du nicht, wie sinnlos das ist? Du mußt dich mit den Tatsachen abfinden und sie akzeptieren. Du vergeudest nur dein Leben, wenn du zurückkehrst und die Dinge verändern willst.«

Kirta schüttelte langsam den Kopf. »Ich habe versucht, die Dinge von dieser Warte aus zu betrachten, mein Freund. Die Versuchung war sehr groß. Damit wäre ich jede Verantwortung für das, was ich durch meine Torheiten angerichtet habe, los. Ich gebe zu, daß ich ein Narr war, daß ich es immer noch bin. Aber was ist, wenn ich wirklich noch etwas ändern und verbessern könnte? Wenn ich an meinen Söhnen gutmachen könnte, was sie durch mein Pflichtversäumnis erduldet haben?«

»Wie? Wie stellst du dir das vor?«

»Ich habe ein Werkstück meines älteren Sohnes gesehen. Es ist eine armselige Schmiedearbeit. Keineswegs völlig mißraten, aber auch nicht das, wozu mein Sohn in der Lage sein sollte. Ich war nicht da, um ihn zu unterweisen, daher mußte er von jemand anderem lernen. Der hat ihm beigebracht, was er wußte, und das war nicht viel. In einer Provinzstadt wie Haran ist Schobai bestimmt immer noch besser als die übrigen, aber was bedeutet das schon? Er ist ein Kind des Löwen! Er sollte ein Künstler sein, ein Meister seines Gewerbes! Und wenn ich nichts anderes mehr mache, Nikos, aber ich muß ihn und Hadad finden. Hadad wird nicht besser dran sein als sein Bruder. Ich muß sie in allem unterweisen, was ich kann.«

Nikos war nachdenklich geworden. »Du lebst für deine Familientradition, nicht wahr? Das ist verständlich. Aber es ist auch deine berufliche Eitelkeit, die dich treibt.«

»Eitelkeit? Ist es denn Eitelkeit, wenn ich ...«

»Bitte! Wir wollen uns nicht streiten! Nicht du und ich! Wir reden offen miteinander, wie Männer miteinander reden, die gemeinsam Leid erduldet haben. Vergiß deine Söhne, Kirta! Sie leben ihr Leben, ohne dich und ohne sich an dich zu erinnern.«

»Nein, und nochmals nein! Das ist es ja eben! Die Tradition darf nicht sterben. Es ist, als hätte mir mein Vater die Fackel überreicht, die er von seinen Ahnen erhalten hatte. Ich muß die Flamme am Leben erhalten, denn wenn sie erlischt ...«

Er sprach nicht zu Ende.

»Was dann?« konterte Nikos. »Wenn sie erlischt, erlischt deshalb die Sonne? Verlöschen deshalb die Sterne? Macht es für die

Welt auch nur den kleinsten Unterschied? Schau!« Er deutete auf die unzähligen Sterne am Himmel. Wird einer dieser winzigen Punkte auch nur einmal mehr blinzeln, wenn Kirta seine mystische Bestimmung nicht erfüllt?«

Kirta starrte in die Flamme der Öllampe. »Seit Xenas Tod habe ich mir das unzählige Male gesagt. Aber du sagst es selbst: Ich bin ein Narr. Außerdem hast du eines vergessen.«

»Und das wäre?«

»Das Geheimnis, das ich von Turios von Tyros erfahren habe. Das Geheimnis, wie man das dunkle Metall schmilzt. Das Metall, das so hart ist wie das Erz, das vom Himmel fällt. Das Metall, das unsere Schwerter durchschlägt, als wären sie Kinderspielzeug aus Holz.« Seine Augen leuchteten, und zum ersten Mal seit Beginn ihres Gesprächs schwang in seinen Worten so etwas wie Hoffnung mit.

»Du möchtest es deinen Söhnen weitergeben?« fragte Nikos ungläubig. »Du möchtest also unbedingt eure Familientradition fortsetzen?« Er schüttelte verbittert den Kopf. »Hast du nicht verstanden, was ich dir gesagt habe?«

»Natürlich habe ich es verstanden. Aber begreife doch, Nikos: Turios von Tyros war nicht der einzige, der das Geheimnis kannte. Auch ich bin nicht der einzige, jetzt da er tot ist. Er hat es aus dem Land der Hethiter mitgebracht. Meine Söhne leben genau dort, wohin sich die Hethiter wenden werden, sobald sie sich entscheiden, im Süden bessere Weidegebiete zu suchen. Sie oder andere Räuber. Auf Poliwos' Schiff hörte ich ein Gerücht. Jemand, der aus Ugarit kam, berichtete von einer großen Völkerwanderung aus dem Norden.«

»Die Hethiter?«

»Nein, ich glaube nicht. Ich glaube, sie kamen aus der Gegend nördlich des Tals der zwei Ströme. Der Mann wußte auch nichts Genaues. Er hatte die Geschichte aus zweiter oder dritter Hand.«

»Aha. Du willst also das Geheimnis an deine Söhne weitergeben, damit sie reich werden.«

»Nein! Das ist es nicht! Verstehst du denn nicht? Wer seine Leute mit dem neuen Metall bewaffnet, wird die Welt regieren. Wer das Metall nicht besitzt...«

Nikos sah ihn scharf an. Er gab sich geschlagen. »Dann geh,

du verdammter Narr«, flüsterte er heiser. »Du bist frei! Frei, jede Dummheit zu begehen, die dir in den Sinn kommt. Geh und brich dir das Herz! Dein eigenes Herz und das der anderen, denen du begegnest. Aber vergiß nicht, daß ich dich gewarnt habe! Es ist sinnlos, hörst du? Sinnlos!«

Epilog

Ganz leise, ohne die aufmerksam lauschende Menge zu stören, hatte immer wieder einer der Umsitzenden einen weiteren Lappen in den Topf mit Tierfett getaucht und auf die Stangen im Wüstensand gesteckt. Auf diese Weise lag stets ein rötlicher Lichtschein auf den Gesichtern der Zuhörer, die der lebendigen Erzählung des hageren Mannes in ihrer Mitte gebannt gefolgt waren.

Aber inzwischen war das rötliche Flimmern der Flammen einem anderen roten Schein gewichen, der sich hinter den Bergen am östlichen Horizont erhob. Die Menschen hatten kaum bemerkt, daß sie die ganze Nacht durchwacht hatten und nun ein neuer Tag anbrach. Der Geschichtenerzähler erhob sich und setzte einen ledernen Wasserschlauch an seine Lippen. Einige wenige flüsterten ihren Nachbarn etwas zu, aber noch einmal bat der alte Mann mit ausgestrecktem Arm, zu schweigen.

»Ihr habt nun viele Worte gehört. Ich will nur noch ganz wenige folgen lassen. Dank sei dem Allmächtigen und Allesbeherrscher für diese ruhige, friedliche Nacht, die ich in eurem Kreis zubringen konnte. Möge der kommende Tag genauso friedlich für uns alle sein. Ihr habt in dieser Nacht aus der Legende der Kinder des Löwen gehört, was Kirta, dem ehrgeizigen Schmied, auf der Insel der Göttin widerfahren ist und wie es in der Zwischenzeit seinen Söhnen daheim in Haran ergangen ist, wo sie vaterlos aufwuchsen. Kirta hat das Geheimnis, das er suchte, ergründet, aber er hat auch viel Schmerzvolles erdulden müssen, und von Reue geplagt, zieht es ihn nun zu den Seinen. Mittlerweile wird Haran, wo seine Familie eine zeitweilige Heimat gefunden hat, von den wandernden Nomadenkriegern aus dem Norden bedroht.«

Ein erster Sonnenstrahl erhellte das Gesicht des aufrecht stehenden Geschichtenerzählers. Man konnte die Stimmen verschiedener Tiere auf den Weiden und in den Pferchen ringsum hören, die den neuen Tag begrüßten. Am äußeren Kreis der Zuhörermenge erhoben sich die ersten Männer. Noch einmal ergriff der Geschichtenerzähler das Wort und ließ seine Stimme mächtig erschallen: »Ruht noch ein wenig, bevor ihr euer Tagwerk beginnt. Die Legende der Kinder des Löwen ist noch lange nicht zu Ende. Sie sind ein ruheloses Geschlecht, vom Schicksal dazu verdammt, immer wieder aufs neue über das Antlitz der Erde zu schweifen. Ich werde wiederkommen und euch berichten, wie es Jakob und seiner Sippe und Kirta und seinen Söhnen in Haran erging, als die Nomadenkönige kamen. Nun geht in Frieden.« Dann griff der Geschichtenerzähler nach seinem Wanderstab. Damit schien der Bann endgültig gelöst, und in der Menge erhob sich ein erwartungsvolles Raunen, als jeder gedämpft mit seinem Nachbarn zu sprechen anfing. Die noch nahe am Feuer Sitzenden rückten beiseite, um dem Geschichtenerzähler Platz zu machen, der sich mit geneigtem Kopf seinen Weg bahnte. In einiger Entfernung verlor sich die einsame Gestalt hinter einer Hügelkuppe.